13 jours

Valentina Giambanco

13 jours

ROMAN

Traduit de l'anglais
par Isabelle Maillet

Albin Michel

Pour Claudio Giambanco et Giulio Cardi
mon père et mon grand-père

*L*E CIEL, D'UN BLEU SI LUMINEUX *qu'il fait mal aux yeux. Partout, des arbres centenaires, immenses – des cèdres jaunes et des thuyas géants qui voisinent avec des peupliers de l'Ouest et des érables à feuilles de vigne –, dont les racines tordues émergent d'un sol tapissé de bois mort et de mousse glissante vert foncé.*

Le garçon court pieds nus. Il s'arrête dans une petite clairière. Hors d'haleine, les yeux exorbités, il tend l'oreille. Il doit avoir onze ou douze ans. Son jean est déchiré aux endroits où des branches l'ont accroché, la sueur tache le dos de son T-shirt gris poussiéreux, dont les manches collent à ses bras maigres. On voit sa peau à travers les trous du tissu, le sang dégouline de ses mains comme s'il les avait trempées dedans.

Il écarte une mèche de cheveux qui balaie son front, avant de vomir le peu qu'il lui reste dans l'estomac, s'appuie contre un tronc le temps de récupérer, puis dévale la pente. La gravité l'attire et le déséquilibre tandis qu'il écrase les feuilles mortes. Sous ses pieds, le monde crépite et vacille.

Dans la nuit

LES TÉNÈBRES. Les vagues grondaient et déferlaient sur la plage de galets, produisant un fracas comme jamais James Sinclair n'en avait entendu. Il lui semblait le sentir résonner dans tout son corps.

Il ne se rappelait pas s'être réveillé, ni avoir quitté la maison pour descendre jusqu'au ponton. Un vent froid lui cinglait le visage, pourtant une sensation de brûlure se répandait dans ses poumons. Pris de panique, il tenta d'ouvrir les yeux, mais le goût du sang lui emplit la bouche et il s'entendit hurler. Il y avait le lit sur lequel il était couché, il y avait le bandeau sur ses yeux, les liens autour de sa gorge et de ses mains… Il pensa à ses enfants. Il pensa à sa femme.

1.

CERTAINS SOIRS, l'odeur de la mer monte jusqu'à University Hill.

Alice Madison baissa sa vitre de quelques centimètres pour humer l'air iodé. La nuit était glacée, et le brouillard de décembre formait entre les maisons et les arbres dénudés de grandes nappes humides qui stagnaient au ras du sol. Il ne restait que deux semaines avant Noël, et les étudiants assez aisés pour vivre de ce côté de la colline avaient déjà regagné leurs foyers disséminés dans tout l'État de Washington.

Sur le tableau de bord, l'horloge indiquait 4 h 15. L'inspecteur Brown, silhouette sombre assise sur le siège passager, avait bien résumé la soirée des heures plus tôt.

« Une fois qu'on a avalé des litres de café et dit tout ce qu'il y avait à dire, planquer revient à essayer de tuer le temps, alors qu'on donnerait cher pour faire autre chose, ailleurs, avec quelqu'un d'autre. »

Ce qui décrit assez bien notre collaboration, pensa-t-elle.

Son souffle embuait la vitre. Il avait fallu choisir : avoir froid ou supporter les relents de sueur et d'ennui dégagés par les corps après des heures d'attente. Elle préférait avoir froid.

Quand Brown se retourna pour jeter un coup d'œil à l'autre bout de la rue, elle perçut l'odeur de son after-shave, fraîche et plutôt plaisante. Alice devinait son coéquipier profondément contrarié : leurs chances de voir leur mission aboutir étaient quasiment nulles.

Gary Stevens – blanc, vingt-trois ans, pas de casier – était le suspect numéro un dans leur enquête sur le meurtre d'une étudiante du campus âgée de dix-neuf ans. La police avait découvert Janice Hiller affaissée près du radiateur auquel elle était menottée. Tuée d'un coup porté à la tête. Une tasse de café à moitié vide était encore posée à côté de sa main droite.

Le jour où elle avait intégré la Brigade criminelle de Seattle, quatre semaines plus tôt, Alice Madison s'était rendue au cimetière proche de Burien où étaient enterrés ses grands-parents. Après avoir déposé un bouquet de roses blanches sur leur tombe, elle s'était recueillie un long moment dans la solitude du lieu. Où qu'ils soient, ils devaient savoir au plus profond de leur cœur que, si elle était devenue ce qu'elle était aujourd'hui, c'était grâce à eux : leur amour était une bénédiction qu'elle portait comme un bijou précieux, à même la peau, bien caché. Ce soir-là, de retour chez elle, elle avait avalé un dîner léger – jamais de surgelés, jamais de conserves – et dormi dix heures d'affilée.

Depuis son arrivée, Brown ne se montrait pas spécialement froid envers elle, il ne lui refusait pas non plus son aide à l'occasion, mais il faisait preuve d'un certain détachement. C'était un excellent flic, sans doute l'un des meilleurs. Tous deux ne seraient jamais amis, elle en avait bien conscience, mais en même temps elle se sentait prête à lui confier sa vie. Peut-être était-ce suffisant.

À aucun moment ils n'avaient débattu de la nature du mal quand ils avaient vu le cercle de peau brûlée autour du poignet de Janice Hiller, là où le radiateur avait chauffé le bracelet métallique. Au lieu de quoi, ils s'étaient concentrés sur leur objectif : essayer d'éviter de nouvelles victimes, tout mettre en œuvre le plus rapidement possible pour éloigner les innocents de la tornade dévastatrice.

À l'autre bout de la rue, deux hommes dans une Ford Sedan de couleur sombre luttaient eux aussi contre le sommeil après avoir épuisé depuis longtemps leurs réserves de café et de blagues salaces. Alice aurait de loin préféré passer la soirée en leur compagnie. Les inspecteurs Spencer et Dunne, coéquipiers depuis trois ans, s'étaient rencontrés à l'École de police et se complétaient bien. Ils formaient pourtant un duo étrange. Spencer, d'origine japonaise, était marié, père de trois enfants et titulaire d'un diplôme de criminologie qu'il avait préparé en cours du soir. De son côté, Dunne, un vrai rouquin irlandais, avait financé ses études grâce à la bourse que lui avaient value ses talents de footballeur, et sortait avec des femmes dont les minijupes étaient entrées dans la légende au poste. Tous deux se connaissaient au point de pouvoir deviner les pensées de l'autre et anticiper ses réactions.

Alice espérait bien n'avoir jamais besoin d'établir une telle intimité avec Brown, ni avec quiconque. Mais pour le moment elle était dans cette voiture avec lui, et elle n'aspirait qu'à une chose : scruter les ténèbres.

Si son partenaire n'avait pas tort au sujet du caractère fondamentalement ennuyeux des planques, Alice savait en revanche qu'une partie d'elle-même appréciait cette attente tranquille avant l'apparition du suspect, quand tout était calme et paisible, quand seules comptaient la traque et la mise en place du piège.

L'École de police lui avait appris beaucoup de choses, sauf ce qu'on ressent réellement en se lançant à la poursuite d'un individu malveillant ; cette expérience-là, Alice Madison l'avait acquise dans la rue. Elle chercha une position plus confortable sur le siège en cuir usé. Spencer et Dunne auraient certes été des compagnons plus agréables, mais pour rien au monde elle n'aurait voulu être ailleurs.

Le vent avait forci. Quelques centaines de mètres plus loin, la mer agitée éclaboussait les quais déserts, répandant partout des flaques noires. De toute évidence, Gary Stevens ne rentrerait pas ce soir-là ; peut-être même ne rentrerait-il jamais, peut-être avait-il déjà quitté l'État, changé de nom et décidé de sévir sur un autre campus. Alice ne se laissa pas décourager par cette pensée ; elle en était au stade où elle gardait en mémoire tous les noms inscrits en rouge sur le tableau des enquêtes en cours, ainsi que ceux passés du rouge au noir, et qui venaient grossir le sacro-saint taux d'affaires élucidées.

La voix de Dunne, accompagnée de grésillements, s'éleva soudain du talkie-walkie. « Bonjour, Seattle, la nuit est douce, il doit faire un peu moins de zéro dehors. Et il est exactement… »

Brown saisit l'appareil logé entre les sièges.

« Je dirais… quelque chose comme quatre heures et quart.

– Idem de notre côté. Tu veux qu'on planque encore combien de temps ?

– Il est déjà tard…, soupira Brown. C'est bon les gars, on lève le camp. »

Alice éprouva une pointe de déception. Même s'ils n'avaient guère eu d'illusions au départ, la perspective de renoncer avait le goût amer de l'échec.

« Ça ne me dérange pas d'attendre encore un peu, dit-elle.

– Il y aura d'autres nuits.

– Pas pour Stevens.

– Stevens s'est tiré, Madison.

– Peut-être pas pour toujours, objecta-t-elle.

– Et tu crois que si on reste là, il reviendra plus vite ?

– Sans doute pas.

– Mais…

– Mais je me sentirais mieux », conclut-elle.

Brown se tourna vers elle. Alice fouillait toujours du regard les zones d'ombre entre les réverbères, comme si elle pouvait faire surgir leur suspect grâce à sa seule volonté.

« Et on s'en fout, je sais, reprit-elle.

– Il y aura d'autres nuits », répéta Brown.

La voix de Dunne s'éleva de nouveau. « J'ai repéré une supérette ouverte vingt-quatre heures sur vingt-quatre à deux rues d'ici. On n'a qu'à s'y retrouver.

– D'accord, on vous suit. » Brown tourna la clé de contact et démarra en douceur, laissant la rue exactement telle qu'elle était des heures plus tôt, avant leur arrivée.

Le couple d'une vingtaine d'années qui traînait dans les allées du Night & Day choisissait des plats à réchauffer au micro-ondes. Tous deux donnaient l'impression de revenir d'une soirée : ils gloussaient beaucoup, sans pour autant paraître trop éméchés. Alice se dit qu'ils ne devaient pas être tellement plus jeunes qu'elle.

Dunne était parti chercher du café et des donuts, Spencer de l'eau minérale et Brown un Coca light. Les quatre collègues n'avaient pas échangé un mot ; la fatigue accumulée au cours des heures passées à patienter en vain s'était fait sentir dès qu'ils étaient entrés dans le magasin. Dunne s'étira et bâilla.

Alice prit une brique de lait avant de se diriger vers le rayon des DVD à louer – en majorité des films d'action et d'horreur, auxquels se mêlaient quelques Walt Disney pour les familles Elle-même s'était plongée depuis plusieurs semaines dans la filmographie de Billy Wilder. À son retour du cimetière, un mois plus tôt, elle s'était endormie sur le canapé du salon devant *Certains l'aiment chaud*, bercée par les voix de Joséphine et de Daphné. Cela lui permettait de se vider la tête – une nécessité, parfois, compte tenu de la noirceur de ses pensées. Elle paya son achat et s'en alla attendre dehors.

Adossée à la voiture, elle but un peu de lait. Le brouillard s'attardait, mais peut-être la lumière du jour le dissiperait-elle ? Le vent venu de la mer soufflait plus fort, et apportait la plainte solitaire d'une corne de brume.

Alice resserra frileusement les pans de sa grosse doudoune, et elle songeait à tout ce qu'elle ferait volontiers au cours des vingt-quatre heures suivantes, quand la fille surgit de l'obscurité.

Alice la remarqua tout de suite, car elle avait l'air très jeune et portait des vêtements inadaptés à la saison : blouson en denim sur un pantalon de toile. *Elle doit être gelée*. Cette gamine aurait-elle besoin d'aide ? se demanda-t-elle en l'observant. Les cheveux blonds coupés court, elle ne paraissait pas avoir plus de quatorze ans – le profil type de la fugueuse, sac à dos compris. Alice nota le rouge à lèvres rose, l'épais trait d'eye-liner, les joues rougies par le froid.

En doudoune et casquette de base-ball, elle-même savait qu'elle n'avait pas l'allure d'un flic – ce qui était plutôt une bonne chose : elle ne tenait pas à effrayer la gosse, dont elle distinguait à présent les yeux profondément cernés.

« Salut. »

L'adolescente marqua un temps d'arrêt, se tourna vers elle et hocha la tête. Alice ébaucha un sourire rassurant ; elle espérait ainsi ne pas passer pour une espèce de perverse, tout en se disant que c'était l'impression qu'elle devait donner. Son expérience lui soufflait que la gamine dormait à la belle étoile, ne mangeait pas à sa faim et couvait probablement une infection pulmonaire.

Après une brève pause, la fille gravit en deux enjambées les marches à l'entrée du magasin et disparut à l'intérieur. Elle voyageait léger : juste un petit sac à dos et un objet gonflant la poche droite de son blouson, qu'elle serrait fermement sous le tissu blanc. Or, au moment où elle se détournait, Alice aperçut ce qu'elle tentait de cacher. Et la nuit, déjà morne, froide et vaine, prit soudain une tournure encore plus sinistre : ce qu'elle avait entrevu ressemblait à la crosse d'une arme de poing. Elle s'empressa de pénétrer à son tour dans la supérette.

La jeune inconnue se tenait à environ trois mètres, devant les rangées de barres chocolatées et autres friandises. La tête inclinée de côté, elle les examinait attentivement.

Du coin de l'œil, Madison vit Brown qui, à moins de deux mètres sur sa droite, se préparait à régler ses achats. Spencer et Dunne se trouvaient encore au fond du magasin. Le couple de joyeux fêtards, dont le panier était désormais rempli de diverses boîtes et briques, se dirigeait vers la caisse. Ils ne bavardaient plus, et seuls le grésillement des néons et le bourdonnement des vitrines réfrigérées troublaient le silence.

D'un mouvement fluide, Alice ouvrit sa doudoune puis souleva la patte du holster sur sa hanche droite. Ce n'était pas le moment de penser que la plupart des inspecteurs de la Criminelle n'ont jamais à dégainer leur arme de service au cours de leur carrière.

Discrètement, elle fit un pas vers Brown, lui effleura l'épaule, et, rapprochant deux doigts pour imiter une arme, lui indiqua l'adolescente. Brown haussa les sourcils et porta la main à son holster.

De son côté, la fille avait la paume moite dans la poche de son blouson – une sensation des plus désagréables. Elle ne voulait pas prendre le risque de sortir sa main pour l'essuyer sur son pantalon, ce qui n'aurait rien arrangé. Le poids de l'arme, qui déformait sa poche, la mettait terriblement mal à l'aise. Ses doigts glissaient sur la crosse, et elle devait sans cesse raffermir sa prise tandis qu'elle parcourait du regard les barres Hershey, Mars, Reece… Il y en avait trop.

Le couple posa le panier sur le comptoir, et un caissier vraisemblablement sous-payé et surexploité commença à scanner les articles. Alice s'approcha d'eux pour leur glisser quelques mots d'une voix si basse qu'elle-même s'entendit à peine.

« Police. Sortez du magasin.

– Que… » Le jeune homme s'interrompit net quand elle lui montra l'insigne à l'intérieur de sa veste.

« Tout de suite, reprit-elle. Ne regardez pas autour de vous. Dehors. »

Par chance, le couple obéit, non sans avoir au préalable jeté un rapide coup d'œil à la ronde. Le caissier ne fut pas aussi accommodant.

« Hé ! Qu'est-ce que… ? »

L'adolescente se retourna brusquement, agrippant à deux mains le revolver qu'elle brandit à bout de bras.

« Bougez pas ! » Elle avait crié d'une voix tremblante mais claire, et le caissier plongea aussitôt sous le comptoir.

La gamine visa tour à tour Brown et Alice, déplaçant l'arme par mouvements saccadés. Spencer et Dunne avaient disparu derrière les présentoirs, mais Alice se doutait qu'ils avaient dégainé et se concertaient pour essayer de neutraliser le danger en évitant une fusillade.

« O.K… on t'écoute, déclara Brown. Et maintenant ? » Il parlait d'un ton calme, mesuré, qui força l'admiration d'Alice.

« Faites ce que je dis. Couchez-vous par terre. Allez, vite ! » La voix de l'adolescente se brisa en montant dans les aigus.

Elle avait de plus en plus de mal à respirer, constata Alice. Il fallait à tout prix la calmer, sinon elle risquait un malaise cardiaque.

« Vite ! » cria-t-elle de nouveau. À l'évidence, elle perdait son sang-froid.

« Ça n'en vaut pas le coup, répliqua Brown. Il n'y a même pas cinquante dollars dans la caisse. Et je te signale que t'es en train de menacer deux flics », ajouta-t-il en indiquant de la tête sa partenaire.

Le regard de la gamine refléta une expression éloquente, du genre « Oh, merde ! ».

« Alors pose ton flingue et fiche le camp », lui conseilla Brown.

La bouche entrouverte, elle faisait visiblement de gros efforts pour réfléchir. L'expérience avait appris aux quatre inspecteurs que, à partir du moment où il a une arme à la main, n'importe quel quidam peut s'imaginer être un dur mais que certains ne perdent pas la tête pour autant.

De son côté, Alice luttait pour rester concentrée, pour empêcher les pensées parasites d'altérer son jugement. N'existaient plus devant elle que cette gosse à cran, ce bras tendu et cette main qui braquait le revolver sur la tête de Brown. Au besoin, elle se savait capable de dégainer, de tirer et de l'abattre en moins de trois secondes. Elle voyait le canon trembler à hauteur des yeux de Brown, qui ne tressaillait même pas et continuait de s'exprimer d'une voix douce. La gosse portait du vernis à ongles pailleté, et elle avait les oreilles percées – deux trous dans le lobe gauche, un dans le droit. La doublure de son blouson était miteuse, et, sous la lumière des néons, son teint laiteux paraissait presque translucide.

« Arrêtez de parler ! » hurla-t-elle, et cette fois Alice fixa toute son attention sur l'arme, prête à agir. Entre deux battements de cœur, il lui sembla que tout ce qu'il y avait de bon et d'authentique en elle la désertait.

« Ça ne vaut pas le coup, répéta Brown.

Malgré son épuisement, elle semblait ragaillardie par son en-cas. Pour peu qu'il soit débrouillard, un jeune fugueur est capable de parcourir pas mal de chemin, mais pas en hiver : si ce n'est pas la rue qui le tue, le froid et la pluie s'en chargeront.

« T'es sûre que tu ne veux pas téléphoner à quelqu'un ? lui demanda Alice. Tu peux passer un appel longue distance, si tu le souhaites. Ou alors, tu me donnes un nom, et je chercherai le numéro. »

Rose secoua la tête. Alice se doutait de ce que voyait l'adolescente : une adulte qui portait de bons vêtements chauds, mangeait manifestement à sa faim et possédait sans doute les clés d'un appartement, voire d'une maison. Elle n'avait pas envie de se justifier, mais elle la comprenait mieux que Rose ne pouvait l'imaginer.

« Je me rappelle la première fois que je suis entrée dans un poste de police… », dit-elle, avant de mordre dans la pomme prise sur son bureau.

La gamine était trop fatiguée pour feindre l'intérêt.

« J'avais douze ans, et je m'étais enfuie de chez moi, expliqua Alice. La police du comté m'avait trouvée près de la frontière du Canada, au nord d'Anacortes. J'étais partie depuis une semaine.

– N'importe quoi.

– Non, je t'assure. Une semaine. En août. Il faisait très chaud, pas comme maintenant. » Alice s'exprimait d'un ton neutre. « On habitait sur une île, et un jour j'ai pris le ferry.

– Je suis sûre que c'est des craques. Vous devez raconter cette histoire à tous les gamins que vous ramassez. »

Rose paraissait toute petite en cet instant, et aussi fermée qu'un poing serré sous l'effet de la colère.

« Tu paries ?

– Bonjour, inspecteur ! » lança Shawna Williams, une Afro-Américaine d'une quarantaine d'années, en entrant dans la pièce. Alice l'avait rencontrée à l'époque où elle travaillait encore en uniforme.

« Alors, qui est cette jeune personne ? demanda la nouvelle venue en regardant l'adolescente. Bon, je peux m'installer dans une salle d'interrogatoire ?

– Pas de problème, répondit Alice. Et sers-toi un café.

– Fait par qui ?

– Moi.

– Ah. Tu le prépares toujours comme si c'était le dernier que tu devais boire.

– Et alors ? C'est un problème ?

– Seulement si t'as envie de dépasser les quarante ans.

– Je m'en souviendrai.

– Je te le conseille, répliqua Shawna, qui se remplit néanmoins une tasse. Allons-y. »

Alice et Rose échangèrent un bref hochement de tête en guise de salut. Puis Alice lui tendit une carte.

« Si jamais tu tombais sur un autre flingue… »

L'adolescente fourra le bristol dans sa poche et s'engagea dans le couloir mal éclairé. Les murs répercutèrent encore quelques instants les intonations chaleureuses de Shawna, mais Alice ne distinguait plus ses paroles. Il faudrait que quelqu'un enquête sur le revolver découvert par Rose, et se renseigne pour savoir s'il avait déjà été utilisé à des fins illégales – des recherches qui devraient cependant attendre le lendemain.

Six heures du matin. Alice enfila sa veste, redressa les piles de papiers sur son bureau, et éteignit sa lampe avant de sortir. Howard Jenner, l'agent de permanence, lui adressa un petit signe, le téléphone calé entre l'oreille et l'épaule. Sur les marches, à l'entrée du poste, elle croisa deux inspecteurs qui encadraient un pochard menotté. L'homme la reluqua au passage.

« Fais de beaux rêves, ma belle. » L'alcool rendait pâteuse sa voix éraillée.

Il ne pleuvait plus, le ciel se déployait à l'infini au-dessus d'eux.

Alki Beach était déserte à cette heure matinale. Alice se gara à l'endroit habituel, puis s'installa sur la banquette arrière pour se changer. Elle ôta son pantalon, enfila son jogging et son vieux sweat-shirt des Sonics. Elle n'aimait pas laisser son arme dans la voiture, elle craignait toujours qu'un petit malin ne se mette en tête de lui voler sa vieille Honda. Elle ajusta le holster sous son sweat et fit rouler sa tête pour détendre sa nuque. Les muscles de ses épaules étaient contractés ; compte tenu de la fraîcheur et de l'humidité de l'air, elle aurait intérêt à s'échauffer assez vite. Une fois dehors, appuyée d'une main contre la voiture, elle plia une jambe, ramena son pied le plus haut possible derrière elle, puis recommença avec l'autre jambe.

Elle se dirigea vers la grève à petites foulées, et, quelques minutes plus tard, accéléra l'allure pour se donner à fond. Dans un moment, le monde se réduirait pour elle à l'eau qui venait lécher la plage et à ses pieds qui foulaient le sable.

Dans l'obscurité presque totale qui règne sur le chemin de randonnée de la Hoh River, à trois heures de route de Seattle, un homme file dans les bois – silhouette floue à travers les arbres. C'est la trente-septième fois qu'il suit ce parcours, et la vingtième de nuit. Il doit trouver un rythme suffisamment rapide pour rester en vie le temps qu'il faudra, mais assez modéré aussi pour pouvoir accomplir son dessein.

Arrivé sur la berge, il consulte sa montre. *Vingt-trois minutes.* Il contemple le ciel en frissonnant sous un brusque coup de vent et, de ses yeux clairs, presque incolores, fixe un semis d'étoiles. Quel temps doit-il réaliser pour mettre toutes les chances de son côté ?

2.

LE JOUR SE LEVAIT quand Alice Madison prit le volant. Sa voiture sentait le frais – pas le parfum, juste une senteur de propre à laquelle se mêlait une légère odeur de cuir –, et elle la poussa rapidement jusqu'à la limite de vitesse autorisée. Les haut-parleurs diffusaient *No Cars Go*, d'Arcade Fire, assez fort pour chasser de son esprit la scène de la supérette.

Quand l'annonce de son transfert à la Criminelle avait été communiquée au service, Brown et Spencer avaient mené leur petite enquête. C'était une tradition officieuse : quelques coups de fil à droite et à gauche pour en savoir plus sur la nouvelle recrue. Ils auraient même pu se faire envoyer son dossier par l'université de Chicago, mais dans un premier temps les informations qu'ils avaient rassemblées leur suffisaient ; le reste se dévoilerait de lui-même bien assez vite.

Alice Eleanor Madison était née à Los Angeles. Elle avait fréquenté six écoles différentes dans six villes différentes avant d'arriver à Seattle à treize ans, et apparemment de se stabiliser. Ensuite, université de Chicago, diplôme en psychologie et criminologie, mention Très Bien. Classée parmi les meilleurs à l'École de police et, avait ajouté Spencer avec une pointe de satisfaction, affichant une moyenne supérieure à quatre-vingt-dix points sur cent pour chaque main au test de tir en soixante secondes, avec un Smith & Wesson modèle 19.

« Exactement ce qu'il nous fallait », avait déclaré Brown pour tout commentaire.

Elle était célibataire, buvait peu, ne fumait pas et ne payait jamais ses factures en retard. Il lui arrivait de fréquenter les autres flics en dehors du service, mais le plus souvent elle gardait ses distances.

De son côté, Dunne avait découvert qu'elle s'était fait draguer par sept de ses collègues dans différents postes de police, et qu'elle les avait poliment éconduits, même ceux qui n'étaient pas mariés.

Depuis quatre semaines, elle se consacrait entièrement à son travail, observant tout ce qui se passait, écoutant tout ce qui se disait. Son expérience de policier en civil devait l'aider à poser les bases du projet qu'elle voulait concrétiser. À eux trois, Brown, Spencer et Dunne totalisaient quarante années de maison, dont vingt à la Criminelle. Pour elle, c'était un peu comme retourner à l'école.

Three Oaks est une banlieue résidentielle verdoyante au sud-ouest de la ville. Entre les pins Douglas se profilent des villas d'un ou deux étages, avec garage double, entourées de jardins bien entretenus. Derrière, les pelouses descendent en pente douce vers les eaux étales du Puget Sound : il y a des bateaux, de jolis petits pontons, et de l'étroite plage de galets qui borde les nombreuses propriétés on aperçoit Vashon Island au large – juste une bande vert foncé à fleur d'eau. Avec ses demeures transmises par héritage ou appartenant à des professions libérales, le quartier offre l'image de l'opulence discrète.

Les rues étaient désertes en ce dimanche matin à l'aube, et seuls quelques oiseaux se risquaient à rompre le silence.

Alice prit Maplewood Avenue, parcourut quelques mètres et tourna dans l'allée devant chez elle. Durant une fraction de seconde, elle crut apercevoir une silhouette derrière l'une des fenêtres du rez-de-chaussée, mais elle savait qu'il s'agissait seulement de l'ombre d'un arbre.

Elle gara sa voiture près de celle de ses grands-parents, une Mercedes qui n'avait pas roulé depuis plus d'un an. Alice ne la remarquait même plus. C'était devenu un élément du décor, au même titre que les arbres alentour ou les rochers couverts de feuilles mortes.

Une grande enveloppe matelassée était appuyée contre la porte. Alice sourit en la ramassant. Il n'y avait rien d'écrit ni au recto ni au verso, et le papier épais était doux au toucher. Elle attendit d'être entrée pour l'ouvrir. Le mot à l'intérieur disait : « *Brunch à midi, viens quand tu peux. À tout à l'heure, Rachel.* »

Elle le glissa de nouveau dans l'enveloppe, puis grignota un cookie aux pépites de chocolat.

Shawna Williams l'avait remerciée d'avoir tenu compagnie à l'adolescente au poste ; dans la mesure où celle-ci l'avait menacée d'une arme, avait-elle dit, c'était vraiment sympa de sa part.

Des formes encore indistinctes à son arrivée commençaient à se matérialiser derrière les grandes fenêtres donnant sur la terrasse de l'arrière. Alice s'assit sur le canapé avant de laisser son regard dériver vers la pelouse, et au-delà, vers le bras de mer. La nuque calée par le dossier, elle savoura la perspective de n'avoir rien à faire pendant vingt-quatre heures.

L'image de Rose agrippant le revolver comme si sa vie en dépendait lui traversa soudain l'esprit. Elle savait comment elle aurait réagi si l'adolescente avait fait mine de tirer sur Brown. Cette certitude, qui ne la surprenait pas, l'emplissait cependant d'une douleur sourde. Qu'en déduirait Shawna Williams ?

Son jogging l'avait vidée de ses dernières réserves d'énergie, ainsi qu'elle l'avait espéré. Elle ferma les yeux, pour plonger presque aussitôt dans le rêve familier, et Alice Madison, douze ans, se réveille en sursaut dans sa chambre, à Friday Harbor.

Comme chaque fois, la lune est haute derrière la fenêtre ouverte, une brise chaude caresse les draps et son cœur s'emballe. Elle sait ce qui va se passer. Le réveil Mickey sur sa table de chevet indique 2 h 15, et peu à peu ses yeux s'accoutument à la pénombre.

Sa mère est morte cinq mois plus tôt. À cette pensée, son chagrin est tel qu'elle en a presque le souffle coupé. Ses livres sont alignés sur des étagères, ses vêtements soigneusement pliés sur la chaise, ses pantoufles placées près du lit. Elle sait ce qui va se passer. Quand une latte de plancher craque dans le couloir, elle tourne vivement la tête vers la porte fermée. Il y a quelqu'un dans la maison. Son père travaille de nuit, il ne rentrera qu'au petit jour.

Elle cligne des yeux à plusieurs reprises et tente de se raisonner. *C'est peut-être papa*. Non, parce que la lumière dans le couloir est éteinte. Lui, il l'aurait allumée pour voir si elle dort, il n'avancerait pas ainsi dans le noir. Quelqu'un se déplace de pièce en pièce, et elle enfonce ses ongles dans ses paumes à travers les draps lorsque les pas se font plus légers en entrant dans la chambre de ses parents.

Sa batte de base-ball est sous le lit. Elle se penche pour l'attraper, sans jamais quitter des yeux la porte close.

L'intrus est de nouveau dans le couloir. Alice a peur de bouger, et en même temps elle a peur de rester dans son lit. Un pied nu posé sur le sol froid, le corps toujours couvert par le drap, elle serre la batte à deux mains, comme paralysée. Les pas s'arrêtent de l'autre côté de la porte, le temps se fige. Il est 2 h 18. Alice ne respire plus… ne fait pas un bruit, ne cille pas…

Un chien aboya dans les environs, et Alice Madison se réveilla dans sa maison vide, le holster coincé sous sa hanche, le cœur cognant à grands coups sourds.

Ce rêve était pour elle comme une cicatrice qu'on dévoile en relevant sa manche : ignoble, indélébile, intime. Il ne cessait pas toujours au même moment ; parfois, elle allait jusqu'à manier la batte, et alors le fracas du verre brisé la tirait du sommeil. Mais pas ce matin-là.

À moins d'un kilomètre, James Sinclair, immobile depuis des heures, ne distingue pas les premières lueurs du jour. Des ombres se forment, s'allongent et s'évanouissent. Le silence, pareil à de la fumée, s'est insinué dans tous les recoins de la chambre.

3.

À DES KILOMÈTRES DE LA VILLE.

L'homme ferma les yeux pour mieux écouter le murmure de la rivière. La mouche, qu'il avait expédiée d'un mouvement souple du poignet, se posa délicatement à la surface de l'eau. Il avait les doigts gelés, mais il n'aimait pas porter de gants quand il pêchait. Sur le dos de sa main droite s'entrecroisaient trois fines cicatrices d'un blanc nacré, longues d'environ dix centimètres. Le ciel s'éclairait peu à peu, et le silence des bois semblait lui donner sa bénédiction.

Il savait qu'il offrait l'image d'un citadin comme tant d'autres, parti camper quelques jours dans la nature : cheveux courts à la coupe soignée, matériel de pêche onéreux posé près de ses bottes – aucun élément susceptible d'attirer l'attention d'un éventuel randonneur, une allure passe-partout qui ne risquait pas de marquer les esprits. Le poids du petit revolver dans le holster de cheville dissimulé sous la jambe droite de son pantalon lui était devenu tellement familier qu'il ne le sentait plus. Il avait appris à ne jamais compter que sur lui-même.

Il lança de nouveau sa ligne et suivit du regard l'arc qu'elle décrivait dans les airs, conscient de vivre l'un des rares moments de paix que lui autorisait son existence.

Les coups de fusil tirés par les chasseurs dans la montagne au-dessus de lui ne le firent même pas tressaillir.

Alice émergea du sommeil à une heure moins le quart. Elle se sentait un peu ankylosée après s'être endormie sur le canapé, mais une longue douche chaude et une tasse de café corsé suffirent à la remettre d'aplomb. Elle enfila un pantalon en coton, une chemise en denim bleu foncé et un blouson en daim matelassé, couleur tabac. Elle rangea près de la penderie de sa chambre les tennis qu'elle avait portées dans la nuit et opta pour des bottines noires. Enfin, elle déposa holster et Glock dans le coffre-fort sous son lit.

La règle voulait qu'elle évite de se présenter armée chez Rachel quand elle n'était pas en service. Elles avaient décidé d'un commun accord que ce n'était pas une saine habitude pour les enfants que de voir un adulte portant un holster siroter tranquillement son café dans la cuisine.

Le trajet à pied lui prit sept minutes. Depuis vingt ans qu'elles se connaissaient, jamais Rachel et elle n'avaient habité à plus d'un quart d'heure de marche l'une de l'autre. Quand on a treize ans, une telle proximité compte plus que tout.

En longeant Blueridge Drive, Alice constata que quelques familles avaient déjà sorti leurs décorations de Noël. Ici et là, des guirlandes lumineuses clignotaient derrière les rideaux. Elle-même n'avait jamais trop apprécié les fantaisies de ce genre. Pourtant, lorsque ses grands-parents avaient décidé d'acheter le plus grand sapin de tout Seattle pour fêter leur premier Noël ensemble, elle avait adoré.

À son arrivée chez Rachel, elle découvrit la maison bondée. Tous les frères de Neal étaient là, avec femme et enfants, de même que des oncles, des tantes et des cousins qu'Alice n'avait pas revus depuis des années. Plusieurs gamins, massés devant le téléviseur, jouaient à des jeux vidéo. Les adultes avaient pris place sur les canapés ou s'étaient rassemblés près du buffet. Ruth, la mère de Rachel, allait et venait pour s'assurer que tout le monde avait à manger et à boire.

Au bout d'un moment, Rachel finit par entraîner son amie à l'écart, et elles s'installèrent dans l'escalier du vestibule, une assiette en équilibre sur les genoux.

À l'époque où Alice travaillait encore en uniforme, elle avait enquêté sur la disparition d'un garçonnet de neuf ans. Le jour où les policiers avaient retrouvé son corps enfoui sous les taillis, dans la cour de récréation, Rachel était venue lui tenir compagnie chez elle pendant des heures, se bornant à rester assise près d'elle dans le noir. Mais depuis son transfert à la Criminelle, Alice n'éprouvait plus le besoin d'éteindre les lumières pour s'isoler.

Rachel but une gorgée de vin, puis chercha le regard de son amie.

« Alors, comment tu vas ? demanda-t-elle.

– Bien. J'ai dormi comme un bébé. Et toi ? Comment s'est passée ta semaine ?

– Pas trop mal, répondit Rachel. C'est la fin du trimestre, pas de catastrophe majeure à signaler. Je serai obligée de corriger un tas de copies pendant les vacances. »

Elle donnait des cours deux fois par semaine à l'université de Washington, au département de psychologie. « T'as encore fait des cauchemars ? »

Rachel était la seule personne au monde à connaître le secret d'Alice.

« Ils reviennent de temps en temps. Mais c'est supportable.

– Si tu as besoin de te confier à quelqu'un, n'oublie pas cette femme dont je t'ai parlé. Elle est vraiment douée.

– Non, ça va, répliqua Alice. Je suis habituée, maintenant.

– Je ne crois pas que ce soit la bonne solution de refouler tout ça.

– Je t'assure, ça ne me perturbe plus.

– Oh, bon sang ! T'as un diplôme de psycho, oui ou non ?

– Je sais, je sais. Étonnant, hein ?

– D'accord, j'ai compris... Au fait, au supermarché l'autre jour, Tommy s'est encore sauvé. Je l'ai retrouvé assis par terre au rayon des céréales, en train de jouer avec les boîtes. C'est la seconde fois en un mois. Dis-moi, vous avez attrapé votre suspect, hier soir ?

– Non. Juste une gosse de treize ans qui a menacé quatre flics dans une supérette avec une arme non chargée.

– C'est dingue…
– Encore un peu, et elle se faisait descendre pour deux Mars.
– T'étais là ?
– Oui. Les services sociaux l'ont prise en charge. » Alice avala une gorgée de vin. « Elle s'appelle Rose.
– Joli prénom », commenta Rachel.

Deux heures plus tard, Alice lisait une histoire à Tommy, le fils de Rachel, six ans, assis sur le canapé à côté d'elle. Il s'agissait d'un recueil de contes et légendes amérindiens écrits pour les enfants. Le garçonnet les connaissait par cœur, ce qui ne l'empêchait pas de les réclamer tout le temps.

Les flammes crépitaient dans la cheminée, et ils avaient étalé sur leurs genoux le couvre-lit de Tommy. Quand cinq bonnes minutes se furent écoulées sans que la voix flûtée de l'enfant l'interrompe, Alice s'aperçut qu'il s'était endormi. Son regard se porta vers la cloison au-dessus de la cheminée, celle que Rachel appelait le « mur de la famille », où figuraient plusieurs générations de Lever et d'Abramowitz. Alice avait toujours eu ses préférés : les grands-parents russes de Rachel le jour de leur mariage, Rachel et elle à l'entrée de l'appartement qu'elles partageaient à la fac, le portrait en noir et blanc d'un adolescent inconnu dans son plus beau costume du dimanche.

Alice, qui n'avait pas de photos de ses parents, trouvait réconfortant d'avoir sa place sur ce mur, parmi les proches de Rachel.

Quelqu'un se mit à jouer du Bach dans la maison voisine – un morceau dont on devinait la perfection de la structure malgré les tâtonnements de l'apprenti pianiste.

Elle se replongea dans la contemplation du feu, puis se leva en veillant à ne pas réveiller le petit garçon. Il ne remua même pas. Après avoir pris congé des invités, elle rentra chez elle, inspecta rapidement l'intérieur de son frigo et passa dans sa chambre. En moins de temps qu'il n'en fallait pour le dire, elle avait récupéré son holster, refermé le coffre-fort et quitté la maison.

Au supermarché, elle choisit des fruits et des légumes, du fromage et du pain frais. Le magasin, qui jouait à fond la carte des fêtes, diffusait en boucle des chants de Noël.

Elle se tenait au rayon volailles quand son regard fut attiré par la silhouette d'un Blanc maigrichon vêtu d'un blouson en jean. Il se dandinait sur place tout en jetant des coups d'œil furtifs à l'agent de sécurité qui bavardait avec une caissière.

Rien ne choquait dans son allure, et ses deux mains étaient bien visibles. Il regarda une nouvelle fois vers la sortie, où l'agent de sécurité était toujours en pleine conversation. Au même moment, il fut rejoint par une femme et un enfant en bas âge. Alice prit un paquet de cuisses de poulet et se dirigea vers les caisses. Pourquoi faut-il qu'on imagine toujours le pire chez les autres… ? Elle savait néanmoins que tous les flics de sa connaissance étaient en permanence sur le qui-vive, à guetter l'apparition du type en long manteau par une belle journée ensoleillée.

De retour chez elle, elle enfila sweat-shirt et pantalon de survêtement, puis partit courir quarante-cinq minutes dans le voisinage. Elle pensait à Brown, à ses chemises blanches amidonnées sous ses éternels pardessus… Le bout de son nez la piquait dans l'air froid. Elle était bien déterminée à en apprendre le plus possible auprès de son coéquipier, qu'il le veuille ou non. Et, quoi qu'il arrive, elle ferait face.

Elle se prépara à dîner en regardant le journal télévisé, et mangea à même la casserole devant une rediffusion de la série *Sports Night*. Juste avant d'aller au lit, elle sortit son arme pour la nettoyer méthodiquement. Elle percuta à vide deux fois, la rechargea et la replaça sous le lit. Elle éteignit à vingt et une heures trente et dormit d'une traite jusqu'au matin, d'un sommeil qu'aucun rêve ne vint troubler.

4.

LES LOCAUX de Quinn, Locke & Associates occupaient le neuvième étage de la tour Stern, entre Pike Street et la Sixième Avenue. Nathan Quinn, arrivé au bureau à sept heures et demie, lisait le compte rendu de l'affaire *Comté de King contre Mallory* tout en prenant des notes. Il n'y avait rien d'autre sur sa table de travail que ce dossier, son ordinateur portable, une lampe et une tasse en porcelaine blanche remplie de café noir, posée sur la soucoupe assortie. Un fin rideau de pluie voilait le Puget Sound et le port, qui émergeaient peu à peu de la pénombre derrière la fenêtre d'angle.

L'élégance cosy du bureau, alliée à la vue magnifique, seyait au personnage, de même que le costume noir et les chaussures de marque. Mais rien ne comptait plus pour Nathan Quinn que cette flaque de lumière sur la table d'acajou et le document dans sa main – le moyen d'affûter ses armes en prévision de son entrée dans l'arène.

Carl Doyle, qui assurait le bon fonctionnement du cabinet au quotidien, lui apporta son courrier à huit heures et demie. Il y avait joint une liste des messages reçus sur le répondeur au cours de la nuit, ainsi qu'un rappel des audiences prévues au tribunal ce jour-là.

Quinn survola du regard les enveloppes puis en ouvrit quelques-unes. La première contenait un mot de remerciement, la deuxième une menace à peine déguisée émanant d'un témoin qu'il avait cité à comparaître. La troisième, en vélin épais, ressemblait à celles qui accompagnent les invitations. De fait, Quinn en tira un carton de qualité identique. Deux mots seulement y figuraient, imprimés en noir. Intrigué, il le retourna, mais il n'y avait rien au verso. Il relut le message :

13 jours

Il le plaça à l'écart avant d'éplucher les autres missives. Ce n'était pas la première lettre anonyme qu'il recevait, et ce ne serait sans doute pas la dernière. Celle-là n'avait même pas le mérite de l'originalité.

Plus tard, cependant, beaucoup plus tard, il repenserait à ce moment comme à une petite mort.

5.

LUNDI MATIN, huit heures et demie. Maria Davis était en retard. Elle pressait le pas dans Blueridge Drive en serrant son parapluie malmené par le vent. Il y avait toujours beaucoup de circulation le lundi, pourtant elle ne voyait aucun inconvénient à faire le trajet jusqu'à Three Oaks. Elle était entrée au service des Sinclair sept ans plus tôt, à la naissance de leur cadet. C'était un couple charmant, et l'entretien de la maison n'exigeait pas trop d'efforts. Maria Davis qui, à quarante-trois ans, était elle-même mère de deux adolescents, travaillait aussi pour une autre famille du quartier.

Au moment de s'engager dans l'allée, elle remarqua que les rideaux étaient toujours tirés derrière les fenêtres du rez-de-chaussée. Elle appuya une fois sur la sonnette, inséra sa clé dans la serrure, la tourna et ouvrit.

« Bonjour ! » lança-t-elle. Elle referma la porte en guettant des bruits de voix. La seule lumière dans le vestibule provenait des guirlandes lumineuses sur le sapin de Noël.

« Ohé ! » Elle suspendit son manteau à la patère dans l'entrée.

Des branches griffaient les carreaux quand, après avoir franchi le seuil du salon, elle s'immobilisa. Tout paraissait en place : rideaux fermés, sapin dressé près des portes-fenêtres…

« Madame Sinclair ? Annie ? »

Elle alla jeter un coup d'œil dans la cuisine. Le voyant du lave-vaisselle, allumé, indiquait que le cycle était terminé. Maria Davis se retourna ; personne n'avait préparé de café ce jour-là. Ce n'était qu'un détail, mais, sans qu'elle puisse se l'expliquer, il la troublait plus que de raison. *Il faut que je monte voir les chambres.*

Parvenue en haut de l'escalier, elle fut assaillie par une odeur épouvantable qui l'emportait sur celle de la cire d'abeille, et elle en eut la chair de poule.

La chambre des parents, grande ouverte, lui révéla la scène : quatre corps alignés sur le lit – les deux garçons entre les deux adultes –, figés dans une immobilité de pierre, les mains liées et les yeux dissimulés par un bandeau, appuyés contre les oreillers luisant de sang.

La gorge trop nouée pour crier, elle se contenta de rester là, à regarder. Lorsqu'elle parvint enfin à rassembler ses esprits, elle descendit l'escalier, décrocha le téléphone et appela Police-Secours.

« Les enfants… », dit-elle en agrippant le combiné à deux mains. Après avoir reçu l'assurance qu'une patrouille était en route, Maria Davis alla ouvrir la porte d'entrée et se laissa choir sur le perron.

La première voiture arriva sur place à 8 h 47. Les agents Giordano et Hall firent monter Maria Davis à l'arrière, puis pénétrèrent dans la maison. La femme de ménage appuya sa nuque contre le dossier de la banquette et ferma les yeux.

Foutue façon d'attaquer un lundi matin, songea Giordano, dont l'ulcère se réveillait déjà.

Hall lui indiqua l'escalier. Les lieux n'ayant pas encore été sécurisés, tous deux avaient dégainé leur arme. Ils gravirent lentement les marches, atteignirent en même temps le palier et découvrirent la scène telle que Maria Davies l'avait vue.

« On touche à rien, chuchota Giordano.

– Comme si je le savais pas ! » répliqua Hall.

Au cours de sa carrière, Giordano avait vu plus de cadavres qu'il ne l'aurait voulu, mais, chaque fois qu'il y avait des enfants parmi les victimes, il se sentait obligé de parler à voix basse. À côté de lui, Hall paraissait incapable de bouger, incapable même de détourner les yeux de l'odieux spectacle.

Dans leur véhicule, quelques minutes plus tard, ce fut cependant d'un ton ferme que Giordano annonça par radio :

« … deux adultes, deux enfants. 1135, Blueridge Drive, Three Oaks… »

Il se passa les mains sur le visage avant de repartir vers la maison. Son calepin à la main, il commença à prendre des notes.

Le lieutenant Fynn reçut l'appel dans son bureau à 8 h 58. Après avoir rapidement inscrit sur un papier les informations qu'on lui donnait, il sortit rassembler son équipe. Alice sentait en lui un vrai flic, qui préférait rester sur le terrain et travailler avec ses hommes plutôt que d'accepter une promotion et d'arpenter les parcours de golf.

« Votre attention, s'il vous plaît, dit-il. On vient de nous signaler quatre victimes d'homicide dans une propriété privée de Three Oaks. »

Alice délaissa ses dossiers pour demander d'une voix qu'elle espérait neutre :

« À quelle adresse ?

– 1135, Blueridge Drive. » Fynn balaya la pièce du regard. « Je veux tout le monde sur le pont. Brown, je vous mets sur le coup ? »

L'inspecteur Brown enfilait déjà son pardessus. « Je prends. »

Alice attrapa son blouson. Elle ne connaissait personne dans Blueridge Drive. Ce constat aurait dû la soulager, mais ce n'était pas le cas : pour la première fois de sa carrière, elle allait devoir enquêter en territoire familier. La perspective n'avait rien de réjouissant.

Brown et elle firent le trajet avec Chris Kelly, un vétéran de la Criminelle au caractère exécrable qu'aucun de ses collègues n'appréciait. Il se considérait lui-même comme un « salopard de première », ce qui semblait le satisfaire au plus haut point. Brown le tolérait tout juste. Quant à Alice, elle gardait prudemment ses distances.

« Madison ? lança Brown. T'as des amis dans cette rue ? »

– Non, mais c'est mon quartier », répondit-elle.

Elle eut presque l'impression de voir Kelly dresser l'oreille. Sans doute pensait-il aux prix de l'immobilier dans cette banlieue aisée…

Quand le hurlement des sirènes noya le grondement de la circulation sur l'I-5, elle ressentit les premiers effets de l'adrénaline.

« Je ne sais pas ce qu'on va trouver là-bas, reprit Brown, mais à mon avis on n'a pas fini d'en entendre parler dans les médias. »

L'hélicoptère blanc d'une chaîne d'informations tournoyait au-dessus des collines boisées tel un oiseau de mauvais augure. Un petit groupe de badauds s'était déjà rassemblé devant la maison où les victimes avaient été découvertes. Brown ralentit et montra sa plaque à l'un des trois policiers en uniforme qui contrôlaient l'accès à la rue.

Quatre voitures de patrouille étaient garées le long du trottoir, gyrophares éteints et radios crachotantes. Au moment où l'agent faisait signe à Brown d'avancer, les ambulances arrivèrent.

Brown se dirigea vers deux jeunes flics postés près de la porte et leur fit voir son insigne.

« Inspecteur Brown, de la Criminelle. Qui est le premier policier arrivé sur les lieux ? »

Alice sortit son calepin en survolant du regard l'attroupement de curieux. Ils allaient affluer toute la journée, elle n'en doutait pas. Rien de tel qu'un spectacle gratuit pour attirer les foules… Elle avait laissé son blouson dans la voiture et portait juste un blazer sur sa chemise et son pantalon. Sa plaque était accrochée à sa poche de poitrine. Quand l'un des deux flics en uniforme la détailla de la tête aux pieds, elle le fixa droit dans les yeux, jusqu'au moment où il détourna la tête.

Ce fut l'agent Giordano qui les escorta à l'étage. « C'est moche », dit-il simplement.

Le mot est faible, songea Alice alors qu'ils pénétraient dans la chambre.

« Spencer ? appela Brown. Tu pourrais aller interroger Mme Davis ? Et vois avec elle s'il lui faut un médecin. »

Son collègue s'éclipsa. Alice savait Spencer capable d'employer un ton suffisamment apaisant pour permettre au témoin de recouvrer un peu de calme, et de répondre à ses questions.

« La femme de ménage vous a donné le nom des victimes ? demanda Brown à Giordano.

– Oui. Là, c'est le père, James Sinclair. Dans les trente-huit, quarante ans, d'après elle. Et ici, c'est sa femme, Annie. Même âge. Entre eux, leurs deux fils, John et David, neuf et sept ans. Toute la famille a été massacrée. » Giordano referma son calepin. « Il n'y a aucun signe d'effraction nulle part. Et toutes les lumières étaient éteintes, sauf dans le vestibule.

– Merci, agent Giordano. »

Brown prit dans sa poche un crayon, dont il pressa la pointe sur l'interrupteur afin d'éclairer le plafonnier. L'agent Giordano, l'air mal à l'aise, changea de position. De toute évidence, il aurait voulu se rendre utile, mais il ne voyait pas comment.

« Je vais faire en sorte qu'on ne vous dérange pas », finit-il par dire.

L'assassin avait soigné la mise en scène à leur intention, constata Alice. Il n'avait pas improvisé, il avait au contraire méticuleusement préparé l'opération, comme en témoignaient la présence des accessoires et la position des corps. Si elle ignorait encore tout du crime ou presque, elle avait déjà compris au moins une chose : quel que soit le motif de la fureur à l'origine d'un tel carnage, la main qui avait frappé était ferme, précise et impitoyable.

Elle balaya lentement la pièce du regard pour en recenser tous les détails.

« Qu'est-ce que tu constates ? lui demanda Brown. Vas-y, commence par le père. »

Elle alla s'accroupir près du lit. Une odeur fétide lui parvint, dont elle s'efforça de ne pas tenir compte.

« À mon avis, il est mort depuis au moins vingt-quatre heures.

– Comment le sais-tu ?

– La lividité. Je ne peux pas me prononcer sur la rigidité sans l'avoir déplacé, et il vaut mieux ne pas le toucher avant que le légiste l'ait examiné.

– Exact. Continue.

– On lui a bandé les yeux avec un bout de velours noir. Le tissu a été découpé, pas déchiré. Il y a une sorte de signe de croix sur son front, peut-être tracé avec du sang. Il est entravé par des liens en… en cuir, apparemment, très fins, qui lui enserrent le cou, les chevilles et sans doute les poignets. On ne voit pas ses mains, certainement attachées derrière lui. Autant dire qu'il ne pouvait guère bouger, surtout s'il était allongé sur le dos… »

Elle s'interrompit pour reprendre son souffle. La tâche n'avait rien de facile, elle devait laisser les faits s'imposer d'eux-mêmes.

« On note la présence d'ecchymoses et de profondes entailles au niveau des liens. Il a résisté, selon toute vraisemblance. Je ne vais pas enlever le bandeau tout de suite. Pas de blessures évidentes. Je ne crois pas que ce soit son sang sur l'oreiller. Cause du décès : asphyxie, probablement. Il faudra examiner ses yeux pour en avoir la confirmation.

– D'accord. Et pour les autres ? »

Consciente d'un mouvement, Alice tourna la tête vers le couloir, où elle découvrit les techniciens de l'unité de scène de crime. Le Dr Fellman, le légiste, venait d'arriver lui aussi et enfilait ses gants. Elle reporta son attention sur les corps de la femme brune et des deux enfants.

« Ils ont tous les yeux bandés. Et une croix sombre tracée sur le front. Leurs poignets sont attachés. Devant eux. Pas d'abrasions causées par les entraves.

– Qu'est-ce que ça nous indique ?

– Qu'ils étaient déjà morts quand on les a ligotés. Ils ont tous les trois été abattus d'une seule balle, à bout portant ; on voit le tatouage formé par les résidus de poudre. Le tireur se tenait à moins de soixante centimètres d'eux. Pas de lésions, aucun signe de lutte. »

Elle se redressa. Il faisait froid dans la pièce, restée ouverte pour permettre les allées et venues. Les Sinclair et leurs enfants étaient en pyjama. Brown lui adressa un petit signe de tête approbateur – peut-être le seul signe d'encouragement qu'elle avait reçu de sa part depuis quatre semaines.

« Alors, comment va ? lança le Dr Fellman à l'adresse de Brown.

– Pour tout dire, je me sentais nettement mieux avant de venir, répondit ce dernier.

– Je peux comprendre… » Après avoir rapidement balayé du regard la scène, le Dr Fellman se pencha vers le père.

« James et Annie Sinclair, lui révéla Brown. Entre eux, leurs fils, John et David. »

Un photographe s'approcha à son tour des victimes. Dans un coin, un technicien traçait un plan de la chambre en indiquant l'emplacement des meubles.

« La femme de ménage est en état de choc, annonça Spencer à son retour. Elle travaille pour eux depuis sept ans. Une famille charmante et sans histoires, d'après elle. Le père est avocat fiscaliste, la mère employée à temps partiel dans une école primaire du coin. Mme Davies ne leur connaît pas d'ennemis, et elle ne les a jamais entendus se disputer. »

Incommodée par la lumière vive des flashs, Alice détourna les yeux.

Brown enregistra les informations dans un coin de sa tête. « Vous avez bientôt terminé ? demanda-t-il au photographe. Je voudrais enlever son bandeau au père.

– Donnez-moi encore une minute. »

Alice, qui désirait entendre les premières constatations du légiste, resta sur place et nota sur son calepin les éléments dont elle avait fait part à son coéquipier. À partir de maintenant, ni James Sinclair ni ses proches n'auraient plus droit à la moindre intimité. Le photographe s'activait toujours, et quelque part au-dessus de la maison les passagers de l'hélicoptère attendaient patiemment de pouvoir filmer les corps qu'on emportait.

Andrew Riley apprit la nouvelle par le scanner radio de la police. Il dut réfléchir vite – une occasion pareille ne se présente pas deux fois dans une carrière de journaliste. Il jeta un coup d'œil morose à son studio miteux. Quatre morts dans le quartier huppé de Blueridge, c'était peut-être enfin la possibilité de quitter ce trou à rats…

Il se dirigea vers sa penderie pour en sortir l'uniforme de Federal Express qu'il avait acheté à prix d'or trois mois plus tôt. C'était le déguisement parfait, incluant planchette, bloc-notes, casquette et, mieux encore, sacoche flambant neuve qu'il pouvait porter à l'épaule. Le jour où il l'avait acquis, il l'avait aussitôt confié à un ami pour le faire personnaliser. L'objectif du minuscule appareil photo était à présent dissimulé par une boucle sur le côté de la sacoche, et une petite télécommande aisément logeable dans une poche permettait de contrôler le déclencheur. L'appareil était suffisamment sensible pour pouvoir prendre des photos à l'intérieur sans flash. Exactement ce dont il avait besoin pour les meurtres de Blueridge.

Il se rasa en hâte, conscient que les apparences comptaient, et dans sa précipitation s'entailla la joue. Une rapide recherche sur le site d'un annuaire inversé lui révéla qui habitait au 1135, Blueridge Drive : *Sinclair, James. R.* Riley nota le nom sur une grosse enveloppe FedEx, de même que les coordonnées d'un expéditeur imaginaire, glissa à l'intérieur un exemplaire du *Seattle Times* de la veille puis la scella. S'il parvenait à prendre ne serait-ce qu'une bonne photo des corps – des quatre corps – à l'intérieur de la maison, où personne n'avait le droit d'entrer, il pourrait sans doute en tirer plusieurs milliers de dollars.

Treize minutes précisément après avoir entendu l'information sur le scanner, Andrew Riley montait dans sa voiture.

Le photographe de la Scientifique avait mitraillé sous tous les angles les victimes et la scène de crime.

« Bon, dit le Dr Fellman. Allons-y. »

Il sortit de sa poche un dictaphone, le posa sur la table de chevet à côté du corps du père, puis pressa la touche d'enregistrement.

« Sam ? Vous voulez bien vérifier la chaudière ? J'ai besoin de savoir à quel moment précis elle se met en route et s'éteint. »

L'assistant du légiste, qu'Alice n'avait jamais entendu prononcer un seul mot, s'esquiva. Le Dr Fellman appuya légèrement sur la tempe du mort afin d'évaluer la rigidité des muscles du cou. Il lui effleura ensuite la mâchoire.

« La rigidité est totale, déclara-t-il. J'estime que le décès remonte à vingt-quatre heures minimum et trente-six maximum. » Il se tourna vers Brown. « Vous sentez ?

– Quoi ? »

Le légiste se pencha vers le visage du défunt, et, tout en reniflant, lui glissa une main sous la tête.

« Vous avez photographié le nœud du bandeau ? cria-t-il au photographe qui, dans l'intervalle, était sorti dans le couloir.

– Oui. Pour les quatre. »

Le Dr Fellman découpa soigneusement le tissu près du nœud, avant de le montrer à Alice et à Brown.

« Du chloroforme, annonça-t-il. Regardez les cloques qui se sont formées autour du nez et de la bouche… Il est possible qu'il y en ait eu suffisamment pour provoquer un arrêt cardiaque en quelques minutes. L'autopsie permettra de l'établir avec certitude. On ne dirait pas qu'il a suffoqué, pourtant… » Il souleva les paupières de la victime afin d'examiner ses yeux.

Alice, qui n'avait pas perçu l'odeur caractéristique du chloroforme, se promit d'être plus attentive à l'avenir.

Après avoir inséré le bandeau dans un sachet de mise sous scellés, puis rempli la fiche descriptive, le Dr Fellman déclara : « On va le retourner. »

Brown l'aida à faire rouler le corps sur le côté, et le légiste entreprit de trancher le lien en cuir autour des poignets, également près du nœud. Il le plaça ensuite dans un autre sachet. L'entrave était recouverte de sang séché, nota Alice. Le Dr Fellman palpa les coudes, les avant-bras et les doigts du mort, avant de l'allonger de nouveau sur le dos et d'essayer de lui plier les jambes sans lui libérer les chevilles. Quelques instants plus tard, il contournait le lit pour procéder de la même façon avec les autres victimes : il leur enleva leur bandeau en prenant soin de couper le tissu près des nœuds, et examina leurs blessures.

« Calibre 22 ? demanda Brown.

– C'est probable. Tir à bout portant, pas d'orifice de sortie.

– Il y a deux balles logées dans le mur près des lits superposés des enfants, intervint Dunne, posté sur le seuil.

– Exploitables ?

– Difficile à dire. Elles sont sacrément déformées.

– Quoi qu'il en soit, je ne peux rien faire de plus pour l'instant », déclara le Dr Fellman. Il se tourna vers son assistant. « On va leur protéger les mains et emporter les corps. »

De son côté, Brown étudiait les quatre visages nus, ainsi que les croix sombres au-dessus de leurs yeux.

Sans entrer dans la pièce, l'agent Hall toussota pour s'éclaircir la gorge.

« Oui ? fit Brown.

– On a un coursier de chez FedEx, en bas, qui affirme avoir une enveloppe pour la victime… Il faudrait que quelqu'un signe.

– Madison, tu peux…

– J'y vais. »

En se retournant, Hall faillit heurter le coursier.

« Hé ! Je vous avais dit d'attendre en bas.

– Toutes mes excuses, m'sieur l'agent. » L'homme, petit et trapu, avait les cheveux coupés en brosse sous sa casquette, et ses yeux brillaient comme ceux d'un oiseau. « J'ai b'soin d'une signature. »

Alice s'interposa entre l'inconnu et la porte ouverte.

« Je vais régler ça, déclara-t-elle. Vous n'avez rien à faire ici. »

Comme il ne bougeait pas, elle se rapprocha de lui.

« Je vous répète que vous n'avez rien à faire ici. Venez avec moi, ajouta-t-elle en notant les regards furtifs que le coursier jetait en direction de la chambre.

– C'est vous la responsable ? » lança-t-il. Il tenait l'enveloppe d'une main, et de l'autre la télécommande dans sa poche. Il était prêt à l'actionner dès qu'il aurait réussi à contourner cette femme-flic bien décidée à lui barrer le passage, et qu'il n'écoutait que d'une oreille. « J'ai b'soin d'une signature, répéta-t-il. C'est le règlement. »

Quelque chose, dans l'expression de cet homme, déplut à Alice. Alors que l'hélicoptère de la chaîne télévisée survolait lentement la maison, elle eut une brusque révélation.

« Descendez ! ordonna-t-elle. Tout de suite ! »

Il recula en affichant une mine contrite. « S'cusez-moi, m'dame, je voulais pas causer de problèmes. » Il s'engagea dans l'escalier, escorté par l'agent Hall et Alice.

Celle-ci observa les mains du coursier, l'enveloppe, la sacoche.

« Montrez-moi votre sacoche, dit-elle.

– Non, pourquoi ? C'est ce papier que vous devez…

– Donnez-la-moi. »

Riley se savait cerné : les deux policiers en uniforme qu'il avait croisés à son arrivée étaient maintenant derrière lui, et la femme ne le lâchait pas d'une semelle. Il leva les mains. « Hé !

– Quoi, "hé" ? J'ai dit : donnez-moi ce foutu sac ! »

Alice ne le quitta pas des yeux tandis qu'il faisait glisser la sangle de son épaule. Elle n'eut qu'à soulever le large rabat de la sacoche pour découvrir le mécanisme sur le côté.

« Vous avez dissimulé autre chose sur vous ?

– Non. »

Elle constata que la ceinture du coursier ne comportait pas de boucle. Il ne pouvait pas avoir caché d'autres dispositifs sur lui.

« Vos papiers. »

Riley lui remit son permis de conduire. Inutile de poursuivre la comédie. Son regard se porta vers la sacoche confisquée par la femme-flic. *Salope*, songea-t-il. *Putain de salope*.

Alice l'attrapa par le bras pour l'entraîner vers la porte.

« À votre place, je me ferais oublier, gronda-t-elle, le cœur battant sous l'effet de la colère. Tous ces gens, dehors, seraient certainement choqués s'ils apprenaient ce que vous aviez en tête. »

Elle le tira dans l'allée, en direction de la rue. Devant eux, voisins inquiets et passants intrigués – ils étaient plusieurs dizaines, à présent – se rassemblaient tous sous les parapluies noirs. Des journalistes à l'air blasé braquaient déjà leurs caméras vers les deux silhouettes qui venaient de quitter la maison.

« Je faisais mon boulot, c'est tout », maugréa Riley.

Alice resserra sa prise sur le bras du faux coursier pour le conduire jusqu'à la rangée de policiers en uniforme qui contenaient la foule. Tournant le dos aux reporters, elle se pencha pour lui chuchoter à l'oreille : « Si jamais je vous revois sur une scène de crime, je vous garantis que vous et moi aurons un sérieux problème. Bonne journée. »

Elle survola du regard les groupes de badauds, puis rebroussa chemin en ignorant les journalistes qui l'apostrophaient.

« Sale garce, jura Riley sous la pluie.

– Hé, Riley ! » Un visage familier se détachait au milieu du mur de photographes, de caméras et d'appareils photo en face de lui. Des flashs crépitaient.

Alice franchit le seuil au moment où Andrew Riley, portant un imperméable qu'une âme charitable lui avait prêté, commençait à raconter sa mésaventure à un confrère.

À l'intérieur, on se préparait à évacuer les corps dans des housses mortuaires. D'ici à quelques minutes, les médias pourraient diffuser les premières images de la macabre procession. Les ambulances s'éloignèrent, suivies par la voiture du légiste.

Après leur départ, certains badauds rentrèrent chez eux tandis que d'autres s'attardaient sur place, hésitant sur la conduite à tenir maintenant que les principaux protagonistes n'étaient plus là. Il tombait toujours une petite pluie fine qui trempait les policiers, dont Spencer et Dunne, occupés à interroger les curieux et les habitants du quartier pour tenter d'obtenir des informations.

Dans la chambre des garçons, Brown effleurait de l'index le trou creusé par la balle près du lit du haut.

Alice s'efforçait de refouler sa colère. Ce n'était pas le moment de se laisser envahir par ses émotions. Quelqu'un avait essayé de leur dire quelque chose en commettant ces meurtres. Le message était tordu et hideux. Il fallait essayer d'en savoir plus sur son auteur.

Les deux équipiers explorèrent la maison pour se familiariser avec les lieux et tenter de s'imprégner de leur atmosphère. Brown allait et venait entre la chambre des parents et celle des enfants. Sur l'encadrement de la porte, à environ un mètre cinquante du sol, des traces de sang auxquelles se mêlaient d'autres résidus – peut-être des cheveux – souillaient la peinture blanche et brillante.

Alice fit le tour des pièces, sans relever aucun signe laissant supposer que le tueur les avait visitées : fenêtres intactes, pas d'éclats de verre repoussés sous les tapis ou sous les canapés. Au rez-de-chaussée, la cuisine étroite et tout en longueur était bordée à gauche par des fenêtres qui donnaient sur le jardin, et à droite par des placards blancs. Tout paraissait en ordre. Les mains toujours protégées par des gants, Alice ouvrit le lave-vaisselle : à l'intérieur, des assiettes et des verres propres. Une canette de Coca était posée près de l'évier, à côté d'un grand verre. Alice s'en saisit pour jeter un coup d'œil dedans – vide. Elle se tourna vers le technicien de la Scientifique occupé à répandre de la poudre à empreintes sur les appuis des fenêtres.

« Vous pouvez les emporter ? demanda-t-elle en indiquant canette et verre.

– O.K. », répondit-il.

Pour reconstituer la chronologie des faits, songea-t-elle, il leur faudrait essayer de déterminer qui, du mari, de la femme ou des enfants, avait été la dernière personne à entrer dans la cuisine. Le lave-vaisselle devait déjà avoir entamé son cycle, sinon le verre utilisé y aurait été rangé.

Quand elle remonta à l'étage, elle était tellement perdue dans ses pensées qu'elle faillit ne pas entendre la question de Brown.

« Pourquoi n'a-t-il pas tiré sur le père, à ton avis ? Quand on s'introduit par effraction dans un foyer, quelle est la plus grande menace ?

– Le chef de famille, répondit Alice, que cet aspect troublait elle aussi.

– T'as remarqué les ecchymoses sous le bandeau ?

– Oui. Sinclair a résisté. Alors, pourquoi ne pas l'avoir abattu ?

– Aucune idée, avoua Brown.

– Pour moi, ils n'ont rien vu venir, dit Alice en regardant autour d'elle. L'assassin connaissait les lieux. Il n'a pas hésité un seul instant avant de faire ce qu'il avait à faire. Il se sentait si sûr de lui qu'il a même laissé le père essayer de se libérer. »

Comme le silence se prolongeait, elle crut que son partenaire avait quitté la pièce. Surprise, elle se retourna. Il était toujours là, le regard rivé sur un point au-dessus de la porte, à l'intérieur de la chambre. Alice leva les yeux à son tour. Deux mots avaient été gravés dans la peinture blanche, en lettres de dix centimètres de hauteur, irrégulières et anguleuses, mais parfaitement lisibles :

13 jours

« Il faut montrer ça aux gars de la Scientifique », déclara Brown.

Il émanait du tracé précis de l'inscription une impression de violence à peine contenue qui en rendait la vue difficilement supportable. Son auteur était même allé jusqu'à orner chaque lettre d'une petite boucle.

« T'avais déjà été confronté à un truc pareil ? demanda Alice.

– Jamais, répondit Brown.

– C'est peut-être un avertissement.

– Ça pourrait être une quantité de choses. Toutes plus sinistres les unes que les autres. »

Ils s'engagèrent de nouveau dans l'escalier où flottait toujours un parfum de cire d'abeille. La rampe en chêne avait été récemment polie. Une belle maison, une famille unie…

Du seuil, Brown contempla les badauds encore nombreux.

« Quelqu'un a pensé à prendre des photos de la foule ? lança-t-il. J'aimerais aussi un enregistrement vidéo. Les visages – je veux qu'on puisse distinguer les visages. » Il désigna le rempart de parapluies, tandis que les flashs se déclenchaient et que les caméras de télévision tournaient.

6.

FRANK LAUREN examinait le bureau des Sinclair, à l'étage, tandis que sa partenaire, Mary Kay Joyce, enfilait une nouvelle paire de gants. Ils avaient pour mission de trouver des indices. Une recherche d'empreintes avait déjà été effectuée sur la fenêtre, et des traces de poudre noire souillaient les encadrements laqués de blanc. Un livre ouvert était posé sur le fauteuil en cuir devant la table de travail : *Lettres d'Afrique*, de Karen Blixen. Joyce saisit l'ouvrage et le glissa, toujours ouvert, dans un sachet en plastique qu'elle scella, avant de fixer sur les côtés deux minuscules pinces clip pour l'empêcher de se refermer. Elle remplit ensuite la fiche descriptive, la signa et la tendit à Lauren, qui y apposa également sa signature. Tous deux procédaient méthodiquement et en silence.

Alors que Joyce passait la main sur l'assise de l'autre fauteuil, derrière la table, elle délogea une fine bandelette de papier vert pâle, coincée entre le siège et l'accoudoir. Elle la retira à l'aide d'une pince à épiler, puis la leva vers la lumière.

Brown avait pris le volant. À côté de lui, Alice tentait de mettre de l'ordre dans ses notes. Ils avaient découvert dans le portefeuille de James Sinclair le nom d'un proche, Nathan Quinn, à prévenir en cas de problème – un nom également inscrit, à l'intention sans doute de la femme de ménage, sur un mémo accroché au mur dans la cuisine. Dans ce cas précis, peut-être encore plus que dans d'autres affaires, il convenait de s'entretenir rapidement avec cette personne, un avocat connu, car la télévision avait déjà dû diffuser des images.

Le lieutenant Fynn avait fait une déclaration à propos de la « célérité de la justice », mais aucun détail concernant les victimes ou le crime n'avait été communiqué aux médias. Alice inscrivit quelques mots dans son calepin pour ne pas oublier de demander au Dr Fellman si l'heure du décès était la même pour le père.

« Il va se passer quelque chose, dit-elle soudain. Treize jours à compter de la mort des Sinclair, ça nous porte à la nuit du 23 au 24. À partir d'aujourd'hui, ça n'en fait plus que douze.

– Deux cent quatre-vingt-huit heures et des poussières », confirma Brown.

Il se gara. Autour d'eux, les voitures avançaient à une allure d'escargot, et des flots de piétons circulaient sur les trottoirs. Alice aperçut une mère de famille qui rattrapait son petit garçon d'environ cinq ans au moment où il s'apprêtait à poser le pied sur la chaussée, juste devant un véhicule.

« T'as déjà rencontré Quinn ? s'enquit Brown quand ils entrèrent dans l'ascenseur de la tour Stern.

– Non, je l'ai juste aperçu au tribunal. Il n'est pas tendre avec certains témoins, en tout cas.

– Mouais. Pour autant que je sache, la plupart des flics préféreraient encore se casser une jambe plutôt que de répondre à ses questions. » Brown lissa sa cravate du plat de sa main gauche.

Ils sortirent de la cabine au neuvième étage, et pénétrèrent dans les locaux de Quinn, Locke & Associates.

À l'accueil, Brown demanda à parler à Nathan Quinn. Ils furent dirigés vers une salle d'attente, où on leur proposa une boisson qu'ils déclinèrent tous les deux. Nathan Quinn les recevrait d'ici à quelques minutes, leur assura-t-on. Alice balaya du regard la pièce, dont les murs s'ornaient de tableaux. Elle se rappelait avoir vu dans les journaux des photos d'événements caritatifs auxquels l'avocat avait assisté.

Enfin, on les introduisit dans le bureau de Nathan Quinn, qui se leva pour les accueillir. La quarantaine passée, il avait des yeux noirs et cette même expression solennelle qu'Alice avait déjà remarquée au tribunal. De près, il ne dégageait cependant pas l'impression d'aisance désinvolte à laquelle on pouvait s'attendre chez l'un des associés d'un cabinet juridique florissant, ayant pour clientèle de grandes entreprises. Il avait plutôt l'air déterminé d'un homme capable de tailler en pièces n'importe quel adversaire au moyen des armes fournies par le système pénal – voire, au besoin, de l'achever à mains nues.

« Inspecteur Brown, inspecteur Madison… Que puis-je pour vous ? Je vous en prie, asseyez-vous. »

Il était manifestement habitué à traiter avec la police, et il devait croire que leur visite avait un rapport avec une affaire sur laquelle il travaillait.

« M. James Sinclair fait-il partie des collaborateurs de ce cabinet, monsieur Quinn ? » commença Brown.

L'avocat se rassit dans son fauteuil.

« Il en est l'un des associés depuis dix ans, inspecteur.

– Depuis combien de temps le connaissez-vous ?

– Pourquoi cette question ?

– Je crains d'avoir une mauvaise nouvelle à vous annoncer », répondit Brown.

Quinn s'adossa à son siège.

« Je ne vois pas comment présenter ça autrement : James Sinclair a été retrouvé mort chez lui ce matin. Sa famille… » Brown marqua une pause. « Sa femme et ses enfants ont été tués aussi.

– Annie et les garçons ?

– Oui.

– Que s'est-il passé ?

– Quelqu'un s'est introduit chez eux, probablement dans la nuit de samedi à dimanche. »

Nathan Quinn appuya les coudes sur sa table et s'absorba dans la contemplation de ses mains. Durant peut-être une minute, le

– Comment un individu comme Cameron pouvait-il connaître les Sinclair ? s'étonna Alice. Quel est le lien entre eux ? James Sinclair était avocat. Spécialiste du droit fiscal. Un boulot de col blanc, a priori sans danger…

– Ne t'emballe pas, on ignore encore si c'est bien ce Cameron-là. Il s'agit peut-être d'un homonyme.

– Peut-être, oui. On a un dossier sur lui ? Il a déjà été arrêté ?

– On lui a pris ses empreintes une fois, quand il était jeune, après une interpellation pour conduite en état d'ivresse. Après, plus rien. Si on a des infos sur lui, c'est juste parce qu'il a bu un coup de trop à dix-huit ans.

– Donc, on a une photo.

– Pour ce qu'elle vaut… Elle doit dater d'au moins deux décennies.

– On peut toujours la modifier par ordinateur, pour essayer de savoir à quoi il ressemble aujourd'hui. Et la montrer aux voisins.

– On risque de déclencher une tempête en mentionnant le nom de Cameron. Avant toute chose, je voudrais établir le lien qui l'unissait aux victimes.

– Je m'en occupe. Il nous faut son dossier et ses empreintes. Je te rejoins plus tard à la morgue, d'accord ?

– D'accord. Mais attention, Madison, pas de vagues. »

Lorsque Brown s'arrêta à un carrefour animé, Alice en profita pour descendre de voiture. Quelques secondes plus tard, elle se fondait dans la foule.

Dans le bâtiment qui abritait temporairement le bureau du légiste et le laboratoire de la police scientifique, des techniciens affairés allaient et venaient devant Brown, qui patientait à l'entrée. Il voulait voir comment Nathan Quinn, qui lui paraissait particulièrement difficile à cerner, allait affronter l'épreuve de l'identification.

Avec un peu de chance, peut-être apprendrait-il sur l'avocat des choses qui, un jour, pourraient se révéler utiles.

Quand le moment arriva, Nathan Quinn s'approcha de la vitre. Brown frappa un coup à la paroi, et les stores furent relevés de l'autre côté, dévoilant les corps des quatre victimes. Après avoir pris le temps de scruter tour à tour chaque visage, Quinn se retourna et hocha la tête.

Dans le parking, il remonta en voiture et demeura immobile quelques instants, avant de démarrer en trombe. Brown contempla l'emplacement déserté en songeant à la façon dont l'avocat avait prestement glissé dans la poche de son pardessus sa main droite agitée de tremblements.

Il alla ensuite chercher un verre d'eau à la fontaine dans le couloir et avala en même temps un comprimé de vitamine C. Puis, s'efforçant de chasser toute pensée de son esprit, il sortit son calepin et pénétra dans la fraîcheur aseptisée de la salle d'autopsie.

Alice montra à son partenaire l'enveloppe qu'elle tenait à la main.

« J'ai les infos, dit-elle.

– T'as pas eu trop de mal à les obtenir ?

– Non. J'ai sa photo, un relevé d'empreintes et une copie de sa signature pour établir une comparaison. T'as eu l'occasion de voir le chèque ?

– Oui. Il est aux Documents, à l'étage. Le papier est froissé mais exploitable. Il faut s'occuper de la signature avant de procéder à la recherche d'empreintes. Les gars t'attendent.

– Qu'est-ce qu'ils ont trouvé ?

– Du chloroforme. » Brown consulta les notes qu'il avait prises pendant que le Dr Fellman parlait. "Présence d'ecchymoses sur l'os zygomatique sous l'œil gauche de James Sinclair, probablement causées par un coup de crosse, porté avec suffisamment de force pour le plonger dans l'inconscience. Mais pas de fractures. Le meurtrier a dû profiter de ce que le père avait perdu connaissance pour aller abattre la femme et les enfants. Quand Sinclair est revenu à lui, il était ligoté, il avait les yeux bandés et il respirait le poison."

– Il a essayé de se libérer, observa Alice, les yeux fixés sur les marques violacées autour des poignets et des chevilles de la victime.

– Ses liens lui ont profondément entaillé la peau, presque jusqu'à l'os. Il s'est débattu jusqu'au moment où le cœur a lâché.

– Docteur ? appela Alice. Combien de temps est-il resté conscient ? »

Depuis le début de l'affaire, elle était troublée par la différence de méthode employée par l'assassin pour exécuter les membres de la famille.

« Difficile à dire. Il peut s'écouler jusqu'à un quart d'heure avant que le chloroforme fasse effet. En l'occurrence, compte tenu de la quantité de produit appliquée sous le nez, je pencherais pour quelques minutes seulement. Avec convulsions et douleur intense. »

Alice se tourna vers son coéquipier.

« Donc, James Sinclair s'est démené sur le lit pendant plusieurs minutes…

– Et pourtant, draps et couvertures étaient parfaitement lisses sous les corps quand on les a découverts, acheva Brown.

– Conclusion : le meurtrier a refait le lit avant de partir. »

Pour la première fois, Alice visualisait la scène : elle voyait l'intrus attendre patiemment que sa victime s'immobilise, que la vie la déserte peu à peu, puis effacer les plis des draps sous les dépouilles et déplacer chaque élément du sinistre tableau jusqu'à obtenir la composition désirée. Étrangement, l'image ne la révulsait pas. En esprit, elle se tenait près de la porte, concentrée sur l'homme qui s'activait, essayant de distinguer ses traits. Quand elle quitta la salle d'autopsie, le Dr Fellman s'apprêtait à examiner le contenu gastrique du défunt.

Le service Identification d'empreintes et Analyse de documents était situé au premier étage du triste bâtiment en béton. Alice, qui s'y était rendue souvent lors d'une mission à la Répression des vols, entretenait de bonnes relations avec les techniciens.

Elle trouva Payne en bras de chemise, occupé à se préparer une tisane au cynorhodon. Il savait qu'elle avait suivi une formation complémentaire en criminalistique, ce qui pour lui était un bon point.

« Bonjour, inspecteur, vous allez bien ?

– Très bien, merci. Je vous ai apporté la signature.

– Je n'ai pas pu attendre, je m'en suis déjà procuré une copie », avoua-t-il.

Alice sortit de l'enveloppe le relevé d'empreintes, qu'elle lui tendit. Il regarda le nom en haut de la page.

« Je vois, dit-il. Bon, je vais procéder à des vérifications pour exclure les membres de la famille, les proches, etc. Au besoin, je comparerai les résultats avec les fichiers d'empreintes établis aux points d'entrée sur le territoire… La routine, quoi.

– Vous avez bien travaillé sur l'affaire du *Nostromo*, n'est-ce pas ?

– Oui. Pour ce que ça a donné… Le bateau était propre comme un sou neuf. On l'avait nettoyé de fond en comble. »

Alice percevait l'odeur métallique de la ninhydrine, aussi forte que désagréable, mélangée aux relents de banane pourrie caractéristiques de l'acétate d'amyle – la solution utilisée pour imprégner le papier sans dissoudre l'encre. Elle fut soulagée de quitter la pièce.

« Quand vous verrez Brown, lança Payne, rappelez-lui que je suis censé être en congés, aujourd'hui ! »

Wade Goodwin, aux Documents, repoussa ses lunettes qui avaient glissé sur son nez. « Franchement, j'aurais préféré effectuer la comparaison avec des originaux. Je ne vais pas pouvoir tirer grand-chose de ce que vous m'avez apporté, et je ne pense pas que ce soit recevable au tribunal. Vous avez entendu parler des hampes et des jambages dans l'analyse graphologique ?

– Oui », répondit Alice.

Il lui montra les deux zigzags qu'il venait de tracer au-dessus de la signature.

« Eh bien, maintenant que je vous ai fait part de mes réserves, je peux vous donner mon opinion : à mon avis, la signature sur le chèque a été falsifiée.

– Merci », dit Alice. C'était un point de départ : cinq minutes plus tôt, ils n'avaient rien, et à présent ils disposaient peut-être d'un mobile. Un chèque avait été falsifié, un homme était mort.

Dans Blueridge Drive, les habitants s'étaient montrés coopératifs et sincèrement affectés par la mort des Sinclair, mais personne ne se rappelait rien de particulier au sujet de la soirée du samedi ou des jours précédents. Brown avait beau savoir que le bureau du procureur du comté de King accordait peu de crédit aux témoignages oculaires, il ne pouvait les négliger pour autant.

Il songeait à Payne et son équipe, qui avaient pour mission de relever les empreintes sur des dizaines d'objets provenant de la scène de crime. Le processus prendrait du temps, et harceler les techniciens pour obtenir des résultats plus rapides serait inutile. Il reporta son attention sur les mains du légiste.

Le Dr Fellman étudia d'abord l'angle d'entrée des blessures sur les victimes abattues d'une balle, puis les ecchymoses sur la joue de James Sinclair.

« Qu'en pensez-vous ? demanda Brown quand le médecin s'écarta de la table d'autopsie.

– J'ai bien une idée, mais je ne vois pas trop en quoi elle pourrait vous aider.

– Dites toujours.

– Les membres de la famille étaient allongés au moment de l'agression. Le sang et les cheveux découverts sur un encadrement de porte sont sûrement ceux d'un des deux enfants que le meurtrier a déplacés. Je dirais que notre homme mesure entre un mètre quatre-vingts et un mètre quatre-vingt-cinq, à quelques centimètres près. Il est droitier et possède une grande force physique.

– C'est Monsieur Tout-le-Monde, en somme. Quoi qu'il en soit, cette description est cohérente avec l'angle des incisions dans le bois au-dessus de la porte : elles ont probablement été pratiquées de la main droite.

– Aucune trace d'activité sexuelle, aucun fluide corporel non plus… », poursuivit le médecin.

Il fut interrompu par la sonnerie du téléphone. Il décrocha, échangea quelques mots avec son correspondant, puis coupa la communication.

« J'ai trouvé des poils coincés dans le nœud des liens qui entravaient les poignets de James Sinclair », reprit-il. Il ôta ses gants. « Je les ai fait analyser.

– Et ? »

Le Dr Fellman sourit.

« Ce sont ceux d'un homme adulte inconnu de nos services. Je dirais qu'ils proviennent de ses bras ou de ses mains.

– On a son ADN ?

– Oh, les poils étaient parfaits. Avec les racines et tout. On n'aurait pas pu rêver mieux. »

Le légiste avait les traits tirés, et sa pâleur le faisait paraître presque spectral dans sa combinaison verte. Brown lui serra la main, et prit congé.

Depuis des heures, il essayait de joindre Nathan Quinn sur son mobile. Il voulait lui demander si Sinclair avait déjà mentionné John Cameron devant lui. Une fois monté dans sa voiture, il fit une nouvelle tentative. Sans plus de succès. L'avocat n'avait toujours pas rallumé son portable.

Brown se sentait épuisé et affamé. La pluie s'était muée en neige fine, et l'air dans l'habitacle était glacé.

Sur le trajet jusqu'au poste de police, il s'arrêta pour acheter un sandwich au poulet et un café, qu'il avala en conduisant.

9.

APRÈS AVOIR MIS SON ÉQUIPIER au courant de la signature falsifiée, Alice retourna à la tour Stern interroger les collègues de James Sinclair. Nathan Quinn, lui, avait quitté le cabinet depuis des heures, et ce fut Carl Doyle qui l'installa dans une salle de réunion moquettée de bleu clair, où trônait une table immense, capable d'accueillir une bonne vingtaine de personnes. Un pichet d'eau et des verres y étaient posés. Derrière la fenêtre se déployait l'étendue gris ardoise du Puget Sound.

« Si je peux faire quoi que ce soit pour vous aider… », dit Doyle quelques instants plus tard, en introduisant une jeune collaboratrice. Celle-ci faisait apparemment de gros efforts pour ne pas pleurer. Elle serrait entre ses doigts un mouchoir en papier qu'elle portait régulièrement à ses yeux, le maculant de mascara noir.

« Je donnerais cher pour avoir quelque chose à vous apprendre, déclara-t-elle. Mon Dieu ! Je n'imagine même pas qu'on puisse commettre un acte pareil. C'est tellement… tellement horrible ! »

Au bout de plusieurs minutes d'un entretien improductif, Alice la laissa partir. « Merci pour votre coopération, mademoiselle. Je n'ai plus de questions pour le moment. »

Elle interrogea encore deux collaborateurs du cabinet. Ils étaient l'un et l'autre sous le choc, et n'avaient rien de particulier à lui révéler.

Enfin, Carl Doyle lui-même s'assit en face d'elle. Il avait les yeux rouges mais paraissait maître de lui. Alice avait apprécié la façon dont il avait essayé de réconforter ses collègues ; sous ses manières de chef scout, elle le sentait solide. Il se passa les mains dans les cheveux, puis se frotta les paupières.

« Que voulez-vous me demander, inspecteur ?

– Pour commencer, pourriez-vous me dire depuis combien de temps vous travaillez chez Quinn, Locke & Associates ?

– Une dizaine d'années.

– Comme James Sinclair, donc.

– Exact. Je suis arrivé deux mois avant lui.

– Vous le connaissiez bien ? »

Doyle se servit un verre d'eau, se ménageant ainsi un temps de réflexion.

« Je n'irais pas jusque-là. On n'allait jamais dîner ensemble ni même boire une bière, si c'est ce que vous voulez dire, mais on se voyait tous les jours. Je savais, sans qu'il ait besoin de me le dire, quand une affaire tournait mal, ou au contraire si elle était bien engagée. »

Ses yeux d'un bleu limpide restaient fixés sur Alice.

« Je me rappelle encore le jour où son premier fils est né… »

Elle se pencha en avant.

« Quels souvenirs gardez-vous de ces dernières semaines ? Comment James se comportait-il ?

– Il travaillait sur un dossier complexe qu'il voulait boucler avant les vacances. Tout se passait bien. Il était fatigué mais confiant. Il envisageait de prendre quelques jours de congés pour le nouvel an.

– Avez-vous noté un quelconque changement dans ses habitudes ?

– Non.

– A-t-il reçu des visites qui vous ont paru suspectes ?

– Non. »

La déception faisait à Alice l'effet d'une boisson amère qu'elle aurait été obligée d'avaler.

« Une dernière question : auriez-vous entendu parler d'un client ou d'un ami de James Sinclair nommé John Cameron ? »

Doyle la dévisagea un long moment en cillant à plusieurs reprises.

« Bien sûr, répondit-il enfin. James et lui se connaissent depuis des années.

– Pardon ?

– Ce sont des amis d'enfance.

– Comment le savez-vous ?

– Vous vous rappelez le kidnapping de la Hoh River ? C'étaient eux, les gamins concernés. »

S'il n'avait pas été prononcé devant elle depuis longtemps, le nom lui remit instantanément l'affaire en mémoire. que, même des années après les faits, sa grand-mère l'accompagnait encore chez Rachel pour ne pas la laisser se promener seule dans la rue, ne serait-ce que cinq minutes.

« Avez-vous vous-même rencontré Cameron ? demanda-t-elle.

– Non, jamais.

– Merci beaucoup. C'est tout pour l'instant. »

Carl Doyle sortit et referma la porte derrière lui. Alice appela Brown sur son portable en espérant qu'il allait répondre.

« Sinclair et Cameron étaient amis de longue date, l'informa-t-elle quand il prit la communication. C'étaient deux des garçons de l'affaire de la Hoh River. »

Brown garda le silence quelques instants.

« On a des traces d'ADN, dit-il enfin. Il y avait des poils dans l'un des nœuds des entraves. Les tests préliminaires semblent indiquer qu'ils n'appartiennent pas aux victimes.

– Des précisions sur les caractéristiques physiques du suspect ?

– C'est encore vague : environ un mètre quatre-vingts, droitier, doté d'une certaine force… Sans doute brun, à en juger par les poils. Bref, ça correspond à un quart de la population du pays.

– On devrait retourner voir Quinn, tu ne crois pas ? S'il était aussi proche de Sinclair qu'il l'affirme, il devait forcément être au courant des relations que la victime entretenait avec Cameron.

– J'ai essayé de le joindre tout l'après-midi, expliqua Brown. Il a éteint son portable.

– Il va bien falloir qu'il rentre chez lui à un moment ou à un autre…

– T'as terminé ton service depuis trois heures, je te signale.

– Je sais. Je vais juste passer au bureau rédiger mon rapport sur les entretiens que j'ai eus au cabinet. À ton avis, les Archives ont conservé le dossier de la Hoh River ?

– Sûrement, mais tu n'y auras pas accès à une heure pareille.

– Tu vas rester tard au bureau ?

– Je dois encore consulter le VICAP. »

Le Violent Criminal Apprehension Program est une base de données créée par le FBI, et qui recense différents types de crimes et de criminels. Si un meurtre commis dans l'Arkansas présente des caractéristiques semblables à celles d'un homicide perpétré dans le Maryland, les enquêteurs ont la possibilité de comparer les rapports et de déterminer s'il s'agit du même criminel. C'est un outil précieux, et Brown était l'officier de liaison chargé à Seattle de tenir le système à jour.

Alice se leva pour partir et éteignit le plafonnier. La vue, occultée jusque-là par le reflet de la pièce sur la vitre, se révéla alors à elle : venu de l'océan d'un noir d'encre, le vent charriait des tourbillons de flocons au-dessus des lumières scintillantes de la ville. Sans réfléchir, Alice appuya sa paume sur la vitre, comme si elle pouvait les toucher. Quelque part sous ses yeux rôdait une créature qui avait tracé des croix sanglantes sur le front de ses victimes.

Je peux te voir, pensa-t-elle.

10.

Andrew Riley était assis sur un tabouret au comptoir, un petit verre vide posé près de son coude et une bouteille de Budweiser à la main, qu'il portait régulièrement à ses lèvres. Il avait entrepris de noyer sa colère dans l'alcool depuis déjà un bon moment et, peu à peu, il la sentait refluer.

Il voyait néanmoins rouge chaque fois qu'il repensait à l'appareil photo dans la sacoche FedEx qu'il ne récupérerait jamais, et à l'humiliation infligée par la parution à la Une de ce cliché où il avait l'air d'un minable. D'autant qu'un exemplaire du *Washington Star* circulait dans la salle bondée, et que certains habitués l'avaient gratifié d'une bonne bourrade dans le dos avant de lui payer un verre.

Le Jordan est un bar des sports situé près d'Elliot Avenue. Sur les murs, des photos dédicacées de différents joueurs des Mariners et des Seahawks voisinent avec des articles de journaux encadrés, rédigés par des reporters qui viennent de temps à autre s'y payer une bonne cuite.

Après son altercation avec cette femme flic dont il avait depuis appris le nom, l'inspecteur Alice Madison, Riley était resté un moment devant la maison, à se plaindre auprès d'un confrère. Il avait assisté à l'évacuation des corps et suivi des yeux la fourgonnette du légiste jusqu'à ce qu'elle disparaisse.

De retour chez lui, il s'était prestement défait de son uniforme FedEx, avait attrapé le sac qui contenait son Leica et son Olympus, ainsi que divers objectifs, et était aussitôt ressorti. Il ne supportait pas l'idée de rester enfermé entre ses quatre murs. Alors qu'il roulait vers le centre-ville, il avait d'abord appelé son agence, ensuite un ami au *Star*.

Toujours furieux, il avait dû attendre des heures dans sa voiture pour pouvoir prendre quelques clichés d'une actrice hollywoodienne qui tournait un film à Seattle. Sa patience s'était révélée payante, et il avait envoyé par mail les photos à son agence, mais à aucun moment il n'avait réussi à oublier ces trois minutes passées à l'intérieur de la maison de Blueridge. Son travail achevé, il s'était rendu directement au bar.

La voix de l'homme assis à sa droite lui parvint soudain, à travers les acclamations des clients qui regardaient le match sur une chaîne câblée et le tumulte de ses propres pensées.

« C'est les Hawks qui jouent. »

Qu'est-ce que ça peut me foutre, bordel ?

Riley se frotta les yeux avec ses poings, comme un gamin. Son voisin, qui devait avoir une bonne vingtaine d'années de plus que lui, arborait un costume élégant et une montre de prix. Il fit signe au barman de les resservir tous les deux.

Après avoir avalé son whisky, Riley se tourna vers l'inconnu, et, le coude gauche appuyé sur le comptoir, tenta de se concentrer sur ce qu'il lui disait. *Du blabla sans intérêt.*

Il ne vit ni la porte s'ouvrir ni l'homme entrer, se frayer un passage parmi les habitués qui se pressaient dans la salle, commander un Coca puis s'accouder au comptoir derrière lui, les yeux fixés sur le match.

Ce qu'on ignore constitue souvent la meilleure des protections. Or Andrew Riley ne serait sans doute jamais aussi près de signer sa propre perte qu'en ces instants où il essayait d'oublier sa tristesse et sa frustration en discutant avec un inconnu dans un bar bruyant.

« Vous avez entendu parler de Weegee ? demanda-t-il.

– Qui ?

– Rien, laissez tomber. »

L'alcool le rendait mélancolique, et il préférait encore se sentir en colère. Il n'eut pas conscience du regard qui survolait les tables, s'arrêtait sur lui, et se fixait de nouveau sur le match. Des cris d'enthousiasme s'élevèrent soudain, suivis par des applaudissements. De toute évidence, un joueur s'était illustré sur le terrain.

Le téléphone derrière le comptoir sonna, et le barman décrocha en plaquant une main sur son autre oreille.

« C'est pour toi », dit-il un instant plus tard avant de tendre le combiné à Riley.

Celui-ci n'en fut pas surpris ; il lui arrivait souvent de recevoir des appels dans ce bar.

« Andrew Riley à l'appareil… »

Silence. Juste un bourdonnement mêlé de grésillements. Riley n'aurait su dire s'il venait du téléphone ou du mal de crâne qui lui vrillait les tempes.

« Allô ? »

La communication s'interrompit.

« Merde ! » Riley rendit le combiné au barman, puis il vida sa bière à longs traits. Les relents de sueur rance et de tabac froid qui imprégnaient sa polaire l'incommodaient au point de lui donner la nausée.

« C'était sympa de bavarder avec vous, vieux », dit-il à son voisin en posant deux billets sur le comptoir. Il enfila sa grosse doudoune matelassée, garnie de bandes Velcro aux poignets, et tapota sa poche intérieure pour vérifier que l'Olympus s'y trouvait toujours.

Il traversa la salle et déboucha dans la nuit glaciale. Il avait garé sa voiture sur le côté de l'établissement, dans une ruelle que le personnel utilisait comme parking. Le temps d'effectuer le court trajet jusque chez lui, et il pourrait enfin s'accorder une longue nuit de sommeil.

« Riley ! appela une voix dans l'obscurité derrière lui.

– Ouais ? » Au moment où il se retournait, on lui assena un violent coup à la tempe. La douleur lui coupa le souffle. Le second coup l'atteignit avant qu'il ait eu le temps de lever les mains pour se protéger, et il s'écroula à plat ventre, incapable de respirer. Puis tout devint noir autour de lui. D'instinct, il croisa les bras sur sa tête. Il sentit des doigts le palper. Le bitume mouillé était râpeux sous sa joue ensanglantée.

Son agresseur s'empara de l'appareil photo glissé dans la poche intérieure de la doudoune, en passa la dragonne autour de son poignet et l'écrasa contre le mur de brique juste au-dessus du crâne de Riley.

Une fois, deux fois. L'appareil explosa, projetant une pluie de minuscules fragments de plastique et de métal. Au troisième choc, il ne restait pratiquement plus rien au bout de la courroie.

Riley, qui luttait pour reprendre son souffle, entendit l'inconnu se rapprocher, puis s'immobiliser à côté de lui.

C'est la fin, songea-t-il, avant de perdre connaissance.

Un serveur le découvrit dix minutes plus tard, appela Police-Secours et l'enveloppa d'une couverture pour lui tenir chaud en attendant l'arrivée des urgentistes.

11.

BROWN, qui avait classé ses documents en trois piles bien nettes sur son bureau, les consultait tout en parlant au téléphone. Il avait retroussé ses manches de chemise, mais pas desserré son nœud de cravate.

« Non. Sûrement pas. On n'a pas encore le résultat des analyses de sang. »

Alice s'approcha. Son bloc-notes sous le bras, elle tenait un petit plateau contenant deux tasses de café. Brown et elle s'étaient approprié la troisième salle d'interrogatoire, car la grande pièce en open space, où les inspecteurs accueillaient parfois le public, n'était pas le lieu idéal pour afficher des photos de scène de crime.

Après avoir posé l'une des tasses sur un coin de la table occupée par son coéquipier, Alice lui montra les notes qu'elle avait prises pendant ses entretiens.

« Merci, articula-t-il, une main sur le micro. C'est Kamen. »

Fred Kamen était l'une des sommités de l'Unité d'investigation du FBI à Quantico – la section autrefois appelée Sciences du comportement. Quand elle était encore à l'université de Chicago, Alice l'avait eu comme professeur. À l'époque, on ne parlait que de l'enlèvement du jeune Goulden-McKee, et à la fin des cours un agent venait toujours chercher Kamen, qui partait passer le reste de la journée à essayer de rendre un adolescent à sa famille. Cela conférait un sentiment d'urgence à ses interventions, et tous ses étudiants se sentaient concernés. Lorsque le jeune garçon avait été retrouvé sain et sauf après quatre semaines de négociations, Alice et ses camarades avaient laissé éclater leur joie.

« Oui, je sais. Ce sera sur la hotline demain. Allez, salut. »

Brown rajusta ses lunettes sur son nez. Quatre photos étaient placées bien en évidence devant lui – une de chaque victime. Son exemplaire de *Moby Dick*, toujours fermé, était maintenant sur l'appui de la fenêtre. L'espace d'un instant, Alice eut l'impression de voir un simple employé de bureau dans une administration quelconque.

« Il faudra plusieurs heures pour obtenir la réponse du VICAP, mais de son côté Kamen n'a jamais été confronté à ce type de mise en scène, expliqua-t-il à Alice. Il ne pense pas non plus à un rituel lié à un culte. En attendant, l'histoire des "treize jours" le chiffonne ; c'est un ultimatum dont le sens nous échappe complètement.

– Des nouvelles des Empreintes ?

– Rien de concluant. Payne a appelé il y a une demi-heure, son équipe et lui avaient terminé pour la journée. Ils ont surtout relevé les empreintes des membres de la famille et de la femme de ménage. Plus quelques-unes, des petites, dans la chambre des enfants – celles de leurs copains, probablement. Mais aucune trace de Cameron. »

Devant son ordinateur, Alice s'était mise à pianoter sur son clavier.

« De toute façon, même si on en trouvait, poursuivit-il, un bon avocat pourrait toujours arguer du fait qu'il les a laissées à un autre moment. »

Elle leva les yeux.

« Combien de personnes sont au courant, pour Cameron ?

– Toi, moi, Fynn, Payne, Lauren et Joyce.

– Je veux dire, quelles sont les chances pour que ce soit une coïncidence, et que le nom sur le chèque corresponde à celui d'un médecin à Tacoma dont Sinclair gérait le patrimoine ?

– Je dirais, quasi nulles.

– Je ne me rappelle pas qu'on ait découvert un message sur le *Nostromo.* Il y en avait un près du corps du dealer ?

– Non, c'est une première. »

Alice continua de taper, laissant les mots affluer sous ses doigts en même temps qu'elle réfléchissait.

« T'as fait du bon boulot, aujourd'hui », déclara soudain Brown.

Étonnée, elle leva les yeux. Toute l'attention de son coéquipier se concentrait sur un schéma de projections de sang qu'il examinait à la lumière.

« Je ne sais pas où nous mènera cette enquête, reprit-il, mais on devra monter le dossier à partir de rien. Morceau par morceau. Le chèque ne constitue que notre première brique. Ne te focalise pas là-dessus.

– Qu'est-ce que t'essaies de me dire ?

– De garder l'esprit ouvert.

– C'est bien mon intention ! se défendit Alice.

– D'accord, d'accord. En attendant, rappelle-toi que chaque affaire progresse à son propre rythme. Celle-là va bientôt connaître une accélération, j'en suis certain. » Brown étudiait toujours le dessin des éclaboussures. « Il ne faut pas que ça affecte ton jugement. »

Quelqu'un d'autre aurait peut-être été agacé par son ton condescendant, mais Alice décida de ne pas s'y arrêter. Brown essayait de lui transmettre son expérience, et toute autre considération était hors sujet. Elle termina son rapport, puis l'ajouta aux documents sur la table de son équipier.

« À la première heure demain matin, on se plongera dans le dossier de la Hoh River, dit-il. Si c'est à cette époque que Sinclair et Cameron se sont connus, autant commencer par là.

– J'aimerais me rafraîchir la mémoire avant, répliqua Alice en prenant son blouson. Je file à la bibliothèque. »

Brown jeta un coup d'œil par la fenêtre. Il faisait nuit.

« J'ai un ami qui bosse là-bas », précisa Alice. Elle aligna deux ou trois crayons qui traînaient sur son bureau. « Les journaux ont dû publier des tas d'articles sur cet enlèvement. Je verrai ce que je peux dénicher. »

Alice, qui roulait vers le nord en direction de la Quatrième Avenue, s'arrêta près d'une supérette encore ouverte et composa un numéro sur son téléphone portable.

« Monsieur Burton ? Bonsoir, Alice Madison à l'appareil. Est-ce que je peux venir ce soir ? »

Le magasin ne proposait pas un grand choix de pâtisseries, mais Alice ne voulait pas arriver les mains vides. Comme lors de sa visite précédente, elle opta pour un gâteau au chocolat.

Il n'y avait pas de circulation et, sur une impulsion, elle passa devant la bibliothèque et continua dans la Sixième Avenue. Le neuvième étage de la tour Stern, où se situaient les bureaux de Quinn, Locke & Associates, était plongé dans le noir. Elle contempla le gratte-ciel quelques secondes, puis fit demi-tour. Elle se gara à proximité de l'entrée de service de la bibliothèque municipale et appuya sur l'interphone. La porte métallique fut déverrouillée presque aussitôt.

Quelques années plus tôt, la fille d'Ernie Burton, seize ans à l'époque, avait eu des démêlés mineurs avec la justice. Alice s'était arrangée pour régler le problème, ce qui lui avait valu un laissez-passer à vie, valable vingt-quatre heures sur vingt-quatre, pour la bibliothèque municipale de Seattle. Burton était le chef des vigiles de nuit, et, quand il lui avait accordé ce privilège, il avait aussi demandé aux membres de son équipe de lui réserver le même traitement.

Elle le découvrit en train de jouer aux cartes avec trois collègues. Tous s'étaient reconvertis dans la sécurité après avoir exercé d'autres métiers, motivés autant par le salaire que par la perspective d'échapper ainsi à la retraite et à leurs épouses. Alice n'eut pas besoin d'observer longtemps les joueurs pour savoir qui gagnait, qui perdait et qui se réjouissait de l'interruption provoquée par son arrivée.

« Regardez qui nous rend une petite visite...

– Ah, inspecteur Madison ! J'avais peur de ne plus vous revoir. J'en avais le cœur brisé.

– Votre femme va bien, Ronnie ? demanda Alice en souriant.

– Elle est toujours de ce monde, en tout cas. Et vous, toujours pas mariée ?

– Certainement pas ! Vous voudriez que je renonce au plaisir de flirter avec vous, les gars ? »

Ils se servirent une part de gâteau, arrosée d'un infâme jus de chaussettes.

« Je sais que vous avez du boulot, dit Burton. On ne voudrait surtout pas vous retenir.

– D'accord, je ferais mieux de m'y mettre. »

Les quatre hommes retournèrent à leur partie de cartes tandis qu'Alice traversait le bâtiment devenu familier. Quand elle venait ainsi après la fermeture, en général ce n'était pas seulement pour collecter des renseignements.

Lorsque Burton lui avait offert le libre accès à la bibliothèque, il pensait juste la remercier d'avoir aidé sa fille ; il était loin d'imaginer que, dans l'esprit d'Alice, ce cadeau excédait largement le service qu'elle lui avait rendu : elle n'avait pas eu besoin de plus d'un quart d'heure pour arranger les choses avec son supérieur et avec les services sociaux, en échange de quoi elle avait obtenu les clés de ce qui était pour elle un véritable sanctuaire.

Au début, elle arrivait avec des recherches précises à effectuer, mais, après la mort de son grand-père, elle avait pris l'habitude de passer environ une fois par mois pour lire durant deux ou trois heures dans la vaste salle, après minuit, avant l'arrivée des équipes d'entretien.

Elle s'arrêta près de la section des Sciences humaines, au premier, afin de consulter l'index et de recenser les articles parus dans les journaux de la région au moment de l'affaire. Les lecteurs de microfilms de la section Presse se trouvaient au deuxième, et il lui fallut environ cinquante minutes pour rassembler les informations qui l'intéressaient.

L'histoire avait été largement couverte par les quotidiens. Elle photocopia tous les articles qui en parlaient, et les classa ensuite par date, privilégiant les comptes rendus sérieux et écartant les tabloïdes. La grande salle où elle s'était installée n'était pas très éclairée, et les voix des joueurs de cartes au rez-de-chaussée ne montaient pas jusqu'à elle. Une pancarte près du bureau du bibliothécaire indiquait : « INTERDIT DE CONSOMMER NOURRITURE ET BOISSONS SUR PLACE. »

Peu après vingt-trois heures, Alice s'assit à sa table habituelle, sortit de son sac une canette de Coca ainsi qu'un bloc-notes jaune standard, avala une gorgée de soda et commença à lire. D'abord l'article du *Times* : un récapitulatif neutre des faits, dénué de détails choquants. Elle le relut.

Le 28 août 1985, trois garçons avaient été enlevés alors qu'ils pêchaient dans un parc boisé à Ballard. Il s'agissait de : David Quinn, treize ans ; James Sinclair, treize ans ; John Cameron, douze ans.

David Quinn.

Quatre hommes dans une camionnette bleue les avaient abordés à Jackson Pond. Ils les avaient maîtrisés à l'aide de chiffons imbibés de chloroforme, puis emmenés dans leur véhicule. Il n'y avait pas de témoins.

Ne les revoyant pas revenir en fin d'après-midi, leurs parents avaient commencé à s'inquiéter et organisé une battue. Quand les vélos des garçons avaient été repêchés dans l'étang, la panique avait gagné les familles. Amis et proches avaient méthodiquement fouillé les alentours de Jackson Pond et frappé à toutes les portes des habitations proches. À la tombée de la nuit, toujours aucune nouvelle. Les enfants avaient disparu sans laisser de traces.

À cinq heures et demie du matin, le 29 août, Carlton Gray roulait sur Upper Hoh Road quand un gamin, identifié plus tard comme étant John Cameron, avait déboulé des bois pour venir pratiquement se jeter sous les roues de son pick-up. Le jeune garçon était confus dans ses explications, mais Gray avait compris qu'il voulait le conduire quelque part.

Alors seulement, il avait remarqué le sang sur les bras du gosse, et les lacérations sur les manches de son T-shirt. Ils avaient marché dans les bois pendant peut-être un quart d'heure avant d'atteindre une clairière.

Là, Carlton Gray avait découvert James Sinclair ligoté à un épicéa de Sitka, vivant mais en état de choc. Il l'avait libéré avant de ramener les deux garçons jusqu'à son pick-up, d'où il avait appelé les secours. La police de l'État ainsi que les urgentistes étaient arrivés rapidement sur place. Supposant que les trois disparus avaient été retrouvés sains et saufs, ils avaient déjà alerté les parents.

Ce qui s'était produit au cours des précédentes vingt-quatre heures restait en partie flou. Les autorités avaient cependant réussi à établir un fait : les ravisseurs avaient amené leurs prisonniers dans la clairière, où ils les avaient attachés. La suite des événements était moins claire : un bandeau sur les yeux, James et John avaient bien entendu David Quinn haleter et s'étouffer, mais ensuite, plus rien. Quelques minutes plus tard, les hommes étaient partis avec lui en abandonnant les deux autres dans la forêt.

David Quinn… Alice se leva et s'approcha de la fenêtre. Elle termina son Coca et jeta la canette dans la corbeille à papier du bibliothécaire, avant de consulter sa montre. Brown aimerait sûrement savoir si elle avait déniché quelque chose… Elle l'appela sur son portable.

« Le troisième garçon de la Hoh River, celui qui est mort dans les bois…, commença-t-elle. C'était le petit frère de Nathan Quinn.

– Eh bien, je crois qu'on l'a, notre lien.

– Oui.

– Il serait peut-être temps que tu rentres chez toi, non ?

– Bientôt. »

Elle aurait apprécié un bon café corsé, mais le distributeur du rez-de-chaussée ne proposait qu'une lavasse insipide. Elle alla aux toilettes s'asperger le visage d'eau fraîche puis retourna à sa table.

L'article du *Post-Intelligencer* ne se révéla guère différent de celui du *Times*. Tous deux s'achevaient sur une triste conclusion : aucun mobile apparent, et aucun élément permettant d'identifier les kidnappeurs.

Si les tabloïdes, eux, n'apportaient aucune information complémentaire, ils avaient publié des photos de classe – une pour chaque garçon. Alice les examina à la lumière de la lampe. D'abord, Cameron, le plus jeune et apparemment le plus petit des trois. James Sinclair souriait, David Quinn arborait un maillot des Mariners, et ses cheveux blonds bouclés avaient été disciplinés, sans doute en prévision de la séance de pose.

Alice découvrit également un cliché en noir et blanc de la famille après les funérailles de David Quinn – certainement l'œuvre d'un photographe sans scrupules qui s'était glissé dans le cimetière, comme Andrew Riley sur la scène de crime de Blueridge.

Il avait capturé l'image des proches au moment où ils se détournaient de la tombe. C'était une intrusion révoltante dans leur intimité en un moment particulièrement douloureux, mais le résultat était saisissant.

Le ciel devait être couvert ce jour-là, car aucune silhouette ne projetait d'ombre. Un homme et une femme se tenaient au premier plan, tout de noir vêtus, une expression d'incompréhension totale figée sur leurs traits. De toute évidence, ils étaient au-delà du chagrin. Une cinquantaine de personnes les entouraient, des adultes pour la plupart, quelques enfants aussi.

Tous les hommes portaient la kippa. L'un d'eux avait posé une main sur l'épaule du père, à qui il s'adressait. Les deux jeunes survivants du rapt se trouvaient près de lui, et Cameron avait un bras en écharpe. Ils paraissaient hagards. Alice repéra Nathan Quinn à côté d'eux ; il était plus âgé, vraisemblablement déjà à la fac. Il regardait sa mère, la main gauche levée comme pour la toucher.

Un frisson parcourut Alice, accompagné d'une sensation de nausée. La température de la pièce lui parut avoir brusquement chuté. Elle rassembla ses papiers et plaça une main dessus.

Après avoir attendu une longue minute, dans le silence lugubre de la salle déserte, elle rassembla ses affaires et quitta la bibliothèque.

À peine avait-elle tourné la clé de contact dans sa voiture que, soudain, elle eut l'impression de sentir sur sa peau la douceur de l'air en ce jour de mars où sa mère avait été enterrée. La brise faisait voler des fleurs de cerisier. D'un revers de main, elle essuya les larmes qui noyaient ses cils. Son père se tenait derrière elle, les mains sur ses épaules.

Les yeux clos, elle laissa le moteur tourner en attendant que la voiture se réchauffe.

C'étaient toujours les mêmes funérailles qui sans cesse repassaient dans sa tête. Depuis, elle avait assisté aux obsèques de plusieurs flics, des hommes et des femmes qu'elle connaissait à peine, pourtant c'était invariablement près de la tombe de sa mère qu'elle s'imaginait en uniforme, tandis qu'on repliait le drapeau.

Ses grands-parents étaient arrivés à Friday Harbor le matin même, et devaient repartir juste après la cérémonie. Elle ne les avait pas vus depuis des années. Consumés de chagrin, ils n'arrêtaient pas de regarder cette enfant qui ressemblait tant à leur fille mais qui restait une étrangère pour eux.

Cinq mois plus tard, elle s'était réveillée en pleine nuit. Son réveil Mickey indiquait 2 h 15, et la pleine lune, qui brillait derrière la fenêtre ouverte, baignait d'une clarté argentée la chambre parfaitement rangée – résultat des efforts d'une gamine de douze ans qui avait punaisé à son tableau d'affichage les numéros de téléphone de psychologues scolaires et de divers groupes de soutien, mais qui n'en avait appelé aucun.

Elle préparait elle-même ses repas et obtenait de bonnes notes à l'école. « C'est une battante, avait déclaré le conseiller pédagogique. Elle surmontera l'épreuve. » Alice avait couvert de papier Kraft ses manuels scolaires et pris l'habitude de disposer soigneusement ses pantoufles à oreilles de lapin près de son lit, le soir, quand elle allait se coucher – autant de petits riens qui lui permettaient de tenir durant la journée. À l'intérieur, cependant, elle se sentait sombrer.

Cette nuit-là, en entendant des pas de l'autre côté de la porte, elle avait su tout de suite que ça ne pouvait pas être son père, qui ne rentrait jamais avant le matin. Elle avait saisi sa batte de base-ball et attendu, la poitrine dans un étau.

Mais l'intrus s'était éloigné dans le couloir, avant de sortir de la maison, et, en même temps que le soulagement la submergeait, elle avait perçu le goût âcre du sang sur sa lèvre qu'elle avait mordue. Elle avait encore patienté quelques secondes, avant de se glisser hors de son lit et de jeter un coup d'œil par la fenêtre, pour s'assurer que l'homme était bien parti. Elle l'avait vu au bout de la rue, dans la pénombre – silhouette indistincte qui s'éloignait d'un pas rapide. Quand il était passé sous un réverbère, malgré la distance elle avait reconnu son père. La batte lui avait glissé des mains, et elle s'était fait l'effet d'une parfaite idiote. *Mais pourquoi n'avait-il pas éclairé ce fichu couloir ?* Elle avait bien failli avoir une crise cardiaque.

Elle était descendue à la cuisine en allumant toutes les lumières. Toujours ébranlée, elle avait bu un verre d'eau du robinet. En retournant vers sa chambre, elle avait remarqué que la porte de celle de ses parents – de son père, désormais – était entrebâillée. Par l'ouverture, elle avait vu que le premier tiroir de la commode était tiré. *Le tiroir de maman…* La plupart du temps, il restait fermé ; il contenait le coffret à bijoux de sa mère, et Alice ne s'autorisait que rarement à les sortir, chacun d'eux étant chargé de souvenirs à la fois trop merveilleux et trop douloureux.

Elle s'était approchée de la commode. La raison lui dictait de repousser le tiroir et d'aller se recoucher. Mais, si elle le faisait, il subsisterait toujours en elle un doute qui la rendrait incapable d'affronter le regard de son père pendant des jours. Elle n'avait pas le choix, il fallait qu'elle voie.

Alors elle avait sorti l'écrin de velours noir. Le minuscule crochet sur le devant était ouvert. L'intérieur était garni de soie rouge, et Alice avait effleuré l'étoffe du bout des doigts. Les bagues de sa mère avaient disparu, de même que ses boucles d'oreilles, le collier au fermoir en forme de S et le papillon en diamants.

Elle n'avait aucune idée de leur valeur, elle savait juste qu'ils n'étaient plus là et que son père n'avait pas éclairé le couloir. Après avoir hésité quelques instants, elle avait rangé le coffret, puis elle était repartie vers sa chambre, où elle avait saisi la batte.

Jamais encore elle n'avait éprouvé une telle détermination. C'en était étourdissant. Le premier coup avait cueilli l'étagère de livres qui, sous l'impact, s'était détachée du mur. Ensuite, le bureau. Elle avait ainsi démoli méthodiquement tout ce qui se trouvait dans la pièce, jusqu'à ce que son bras soit devenu trop douloureux pour soulever la batte ; elle saignait, blessée par un éclat du miroir de la salle de bains, et elle était hors d'haleine. Son père ne rentrerait qu'à l'aube… Elle avait regagné son lit en se frayant prudemment un chemin parmi les débris, et s'était allongée sans lâcher son arme. Elle voulait fermer les yeux juste un petit moment, et quand il rentrerait elle l'obligerait à l'emmener là où il avait emporté les bijoux. Elle s'était endormie avant même que les larmes aient séché sur ses joues.

Lorsqu'elle avait rouvert les yeux, le réveil Mickey indiquait 6 h 47. Elle avait regardé autour d'elle en frissonnant. Tout était fracassé, détruit, déchiré. Après avoir glissé ses pieds nus dans ses tennis, puis entrebâillé la porte de sa chambre, elle avait perçu la respiration régulière de son père dans la sienne.

Il dormait à plat ventre entre les draps, et ses vêtements gisaient en tas près du lit. Alice s'était accroupie pour fouiller les poches de la chemise et du jean. Elle en avait sorti douze dollars en petites coupures et un cran d'arrêt au manche de nacre qu'elle n'avait jamais vu. Elle avait tout remis en place.

Son père était toujours plongé dans un profond sommeil. Elle s'était de nouveau approchée de la commode pour vérifier le contenu de l'écrin. Au moment de l'ouvrir, elle s'était surprise à espérer envers et contre tout. Mais elle n'avait plus rien éprouvé – ni larmes, ni colère, ni souffrance. À la froide lumière du jour, elle avait compris une grande vérité de la vie : certaines choses sont perdues à jamais, point final. Elle s'était assise dans le fauteuil en osier, les yeux fixés sur le dos de son père, qui se soulevait et s'abaissait au rythme de son souffle. Elle attendait que s'estompent tous les bons souvenirs qu'elle gardait de lui. Il n'avait pas fallu longtemps.

Le cran d'arrêt dépassait de la poche du jean. Alice s'était levée pour le récupérer, elle avait éjecté la lame et s'était tournée vers son père. Il lui semblait si facile d'enfoncer le couteau dans ce corps immobile… Elle se sentait vidée de toute émotion. Une seule pensée l'obsédait : il n'avait plus le droit de vivre. Le reste – le papier Kraft sur ses livres, ses bonnes notes en classe – lui paraissait sans importance. « On va bien voir comment les psychologues te sortiront de là, cette fois », lui soufflait une petite voix mauvaise.

Et puis, le chien dans le jardin voisin avait aboyé à deux reprises – le bruit avait crevé le silence aussi brusquement qu'un coup de feu –, et elle s'était vue dans cette chambre, dont elle avait perçu chaque détail avec une incroyable acuité.

Son père se réveillerait tard, en ce matin d'août étouffant, pour découvrir la maison vide, sa fille envolée et la lame du cran d'arrêt enfoncée profondément dans sa table de chevet.

Une semaine après, quand les policiers de l'État avaient recueilli une fillette en train de faire du stop au nord d'Anacortes, ils s'étaient étonnés de la réaction du père, qui ne semblait pas tellement pressé de la ramener à la maison. De fait, il n'avait pas caché son soulagement lorsque le grand-père d'Alice avait proposé d'aller la chercher. « Elle avait l'air gentille, pourtant, cette gosse, avait confié l'un des flics à son collègue, après coup. Mais bon, après tout, on ne la connaît pas… »

Les grands-parents d'Alice l'observaient derrière la fenêtre de la cuisine lorsqu'elle demeurait assise des heures au bord de l'eau, à contempler Vashon Island. Ils l'observaient aussi lors de leurs randonnées paisibles sur le mont Rainier.

« Il faut la laisser faire, disait son grand-père. L'essentiel, c'est qu'elle ait trouvé son foyer, et qu'elle le sache. »

Alice n'aurait pu dire si c'était elle qui avait adopté la région ou l'inverse. Quoi qu'il en soit, les sombres forêts environnantes l'avaient accueillie en leur sein. Peu importait, au milieu des montagnes et des rivières, qu'elle ait failli tuer son père ; cet environnement lui avait offert la sécurité et un certain apaisement.

L'inspecteur Alice Madison posa le dossier sur le siège passager, tourna la clé de contact et démarra. Quand elle arriva chez elle, le voyant rouge du répondeur clignotait.

« Salut, Alice, c'est Marlene. Je te préviens : ce coup-ci, tu n'échapperas pas à notre dîner de filles. On n'a toujours pas fêté ta promo, sans compter que Judy vient enfin d'obtenir son transfert, elle va quitter la Circulation. Incroyable, non ? Rappelle-moi avant que je signale ta disparition. »

Un quart d'heure plus tard, Alice dormait sur le canapé, enveloppée dans la couette prise sur son lit. Un sandwich au thon à moitié grignoté était abandonné sur la table basse, et le DVD de *Certains l'aiment chaud* tournait toujours dans le lecteur.

12.

LA CARRIÈRE de Fred Tully stagnait depuis longtemps. Assis à son bureau dans les locaux du *Washington Star*, il tenait d'une main une page d'épreuves à relire, et de l'autre une part de pizza refroidie. Il jeta un coup d'œil à l'horloge ronde sur le mur du fond. Minuit. Il aurait voulu être ailleurs – n'importe où plutôt qu'ici, à ce poste qui lui donnait l'impression de s'étioler jour après jour. Il songea à sa femme qui, chez eux, regardait probablement une chaîne câblée sans penser à lui un seul instant.

Quand le stagiaire laissa tomber une enveloppe devant lui, Tully tressaillit si violemment qu'il manqua dégringoler de sa chaise.

« Tu pourrais au moins t'annoncer ! » lança-t-il sans se retourner.

L'enveloppe blanche, en papier rigide, comportait une petite étiquette sur laquelle était imprimé son nom. Aucune inscription manuscrite. Tully regarda autour de lui ; il n'était pas le genre de journaliste qui reçoit du courrier en pleine nuit – du moins, il ne l'était plus depuis une éternité.

Il glissa le bout de l'index sous le rabat, qu'il déchira. Si c'était une blague, son auteur allait le regretter amèrement… À l'intérieur se trouvaient une feuille de papier ainsi qu'une autre enveloppe plus petite.

Tully lut rapidement le court texte, et enfourna le reste de sa pizza avant d'ouvrir la seconde enveloppe.

Elle contenait une photo en couleur, prise à l'intérieur avec un flash. On voyait une lampe au premier plan, et derrière ce qui ressemblait à une tête de lit. Tully n'avait aucune idée de ce qu'il était en train de regarder. Il relut le texte, réexamina le cliché.

Quand il fit irruption dans le bureau de Greg Salomon, le rédacteur en chef du *Star*, celui-ci ne leva même pas les yeux.

« Qu'est-ce qui t'amène ? »

Tully referma la porte derrière lui, puis plaça la photo devant Salomon, qui repoussa ses lunettes sur son nez.

« C'est quoi ?

– La scène de crime de Blueridge. »

Un court silence s'ensuivit.

« Comment t'as eu ça ? »

Pour toute réponse, Tully se contenta de sourire.

« Sérieux, comment tu t'y es pris ?

– J'ai un fan, apparemment. On me l'a apporté, tout simplement.

– T'as payé combien ?

– Rien du tout, figure-toi. »

Une loupe émergeait de sous une pile de papiers. Salomon la récupéra et étudia le tirage.

« On ne distingue pas grand-chose, mais c'est suffisant pour avoir une idée de ce qu'on regarde. C'est du sérieux, à ton avis ?

– Tu parles ! Tiens, c'était avec. » Tully lui tendit le papier :

Je vous contacterai.

« Qu'est-ce que t'en penses, Greg ?

– On ne peut pas publier ça, on se ferait démonter par la police et par le bureau du procureur. À mon avis, ton gars essaie de nous dire qu'il est proche de l'enquête. Je pencherais pour un flic.

– Mouais, il veut nous appâter. La prochaine fois, il réclamera du fric. Merci mon Dieu d'avoir permis que les fonctionnaires soient si mal payés…

– Amen. » Tully griffonna sur son calepin. « Je vais appeler le responsable de l'enquête. On pourra obtenir la confirmation de la position des corps, de la présence des bandeaux… »

Il jeta de nouveau un coup d'œil à la photo. Si elles étaient mal cadrées, les croix sombres n'en étaient pas moins parfaitement nettes. Pour autant qu'il puisse en juger, il n'y avait rien d'autre à voir – juste des têtes sur des oreillers, prises de biais.

« Ça pourrait venir d'une de tes sources habituelles ? demanda Salomon.

– Je ne crois pas.

– Il va falloir que je prévienne Kramer. C'est lui qui couvre l'affaire.

– Elle est à moi, Greg.

– Je sais. On va trouver un arrangement. »

Y a intérêt, songea Tully.

5 h 45. Alice se réveilla en sursaut. Les chiffres du réveil numérique sur sa table de chevet se détachaient dans l'obscurité. Trois heures plus tôt, elle avait ouvert les yeux sur le canapé du rez-de-chaussée. Le film était fini, et, dans une sorte de brouillard, elle avait éteint le téléviseur avant de se traîner à l'étage pour se mettre au lit.

5 h 46. Alice se leva et descendit pieds nus à la cuisine en éclairant les pièces sur son passage. Elle remplit d'eau le réservoir de sa cafetière napolitaine, versa le café dans le filtre central, revissa la partie supérieure et la plaça sur la gazinière.

Elle accomplissait ces gestes machinalement, sans être tout à fait réveillée. Combien de fois avait-elle pris son service après seulement deux heures de sommeil ?

À 6 h 30, elle quittait la maison.

Elle traversa Blueridge Drive et s'arrêta à côté de la voiture de patrouille stationnée devant chez les Sinclair.

Les deux agents en uniforme la regardèrent approcher, le visage marqué par leurs longues heures de veille dans la nuit froide. Elle ne les avait encore jamais vus. Elle baissa sa vitre et leur montra sa plaque.

« Alice Madison, Brigade criminelle. Tout va bien ? »

Le plus âgé des deux hocha la tête.

« La nuit a été tranquille ?

– Deux crétins ont essayé de voler le ruban de scène de crime », répondit l'agent. Il lui montra les bandes de plastique jaune qu'ils avaient récupérées. Elles étaient posées sur le plancher près de la portière.

Il émanait déjà de la maison des Sinclair une impression d'abandon, comme si personne n'y avait mangé, dormi ni vécu depuis longtemps.

Alice redémarra, puis s'inséra dans le flot des banlieusards qui se rendaient en ville. Au loin, Seattle miroitait sous le soleil – mélange de structures en métal et verre, environné d'eau scintillante.

Elle alluma la radio, pour l'éteindre presque aussitôt. Peut-être n'aurait-elle pas dû faire un détour par la scène de crime. Sur le moment, elle avait bien failli y entrer pour la fouiller de fond en comble. Or, elle ne l'avait pas fait, et à présent il lui faudrait attendre plusieurs heures pour pouvoir y retourner. Le tueur avait choisi cet endroit pour accomplir son œuvre, et c'était à travers elle qu'il se révélerait.

Nathan Quinn n'allait pas être content. Les enquêteurs auraient besoin d'un mandat pour éplucher les transactions financières de James Sinclair, ses dossiers, ses affaires en cours… Il rapportait sûrement du travail chez lui, puisque le chèque avait été découvert dans son bureau.

Ce chèque est la clé de tout, songea-t-elle. Quatre personnes avaient perdu la vie à cause de ces misérables vingt-cinq mille dollars, mais ils allaient définitivement signer la perte d'un monstre qui aurait dû y réfléchir à deux fois avant de commettre un tel crime.

La salle de repos était bondée, mais c'était la seule pièce fermée capable de les accueillir tous en même temps. Les inspecteurs s'étaient assis autour de la table. Le dossier de l'affaire, posé au milieu des gobelets en polystyrène et des calepins, était déjà épais.

Brown, aidé d'Alice, procédait au débriefing. Il consulta sa montre. Spencer et Dunne avaient installé un tableau sur lequel étaient affichés les plans de la maison des Sinclair. Le lieutenant Fynn avait apporté les journaux du matin. Il avait rendez-vous deux heures plus tard avec une représentante du service Relations publiques, et aurait encore préféré se faire arracher une dent sans anesthésie.

Spencer, Dunne et Kelly resteraient dans l'équipe encore quarante-huit heures. Ensuite, Alice et Brown devraient se débrouiller en grande partie seuls ; les autres seraient affectés à de nouvelles enquêtes, mais tâcheraient de les aider sur le terrain dès qu'ils le pourraient.

Alice remarqua que Kelly portait son costume bleu marine, un peu étriqué au niveau de ses épaules d'ancien rugbyman mais toujours élégant, rehaussé d'une cravate violet vif tape-à-l'œil. C'était sa tenue de tribunal : il leur ferait faux bond l'après-midi même pour témoigner dans une affaire de cambriolage avec homicide, qui remontait à un an et dont le procès venait seulement de s'ouvrir.

Tous les policiers présents avaient vu la scène de crime, tous avaient senti sur leurs vêtements l'odeur des corps privés de vie depuis trente-six heures. Brown alla droit au but.

« On a reçu le rapport préliminaire du légiste. Je vais y venir dans une minute. Pendant que vous tourniez en rond, messieurs, Lauren et Joyce ont mis la main sur une moitié de chèque coincée entre l'assise et l'accoudoir du fauteuil dans le bureau. L'autre était dans la poubelle de la cuisine. »

Alice, qui avait allongé ses jambes sous la table, avala une gorgée de café en attendant que Brown lâche sa bombe. Fynn, lui, était déjà au courant.

« Ce chèque laisse supposer une malversation, poursuivit Brown. Les empreintes qu'on y a relevées sont celles de Sinclair, mais la signature a été falsifiée, et le nom qui apparaît est celui de John Cameron. »

Dans la salle, bruissements de papiers, raclements de semelles et griffonnages sur les calepins s'interrompirent net. Kelly lâcha son stylo.

Un large sourire éclaira les traits de Dunne. « Certains diraient sans doute qu'on tient une piste sérieuse… »

Une nouvelle fois, Brown consulta sa montre. « Bien. Sinclair et Cameron se connaissaient depuis longtemps : c'étaient deux des garçons de la Hoh River. » Cette révélation donna lieu à un échange de regards entendus. « Si Sinclair a voulu l'arnaquer, tout est possible.

– J'attendais depuis des années que ce salopard de Cameron sorte de son trou, gronda Kelly en tripotant le nœud de sa cravate. J'étais sûr qu'il reparaîtrait un jour ou l'autre.

– Alors, qu'est-ce qu'on a ? s'enquit le lieutenant Fynn.

– On a découvert des poils dans le nœud des liens autour des poignets de Sinclair, répondit Brown. Ils ont été envoyés à Fellman, qui pense pouvoir en extraire l'ADN. Il est possible qu'ils appartiennent au tueur. Par ailleurs, l'analyse toxicologique a confirmé la présence de chloroforme sur le bandeau du père. »

Alice percevait le changement d'atmosphère autour d'elle, comme si la salle avait été balayée par un courant d'air glacial. Cinq minutes plus tôt, James Sinclair était encore la victime innocente d'un meurtre brutal ; à présent, il était en passe de devenir un escroc dont la cupidité avait causé la mort des siens.

Son équipier ôta ses lunettes pour se frotter les yeux.

« Bon, arrêtons-nous un instant. D'abord, on n'a pas retrouvé l'arme du crime. Oh, à propos, la Balistique a établi qu'il s'agissait d'un calibre 22. Ensuite, on n'a toujours aucune idée de la façon dont le meurtrier s'est introduit dans la maison.

– Les portes et les fenêtres ont été examinées ? interrogea Spencer.

– Oui. Elles étaient verrouillées et exemptes de traces. On n'a relevé ni signes d'effraction ni empreintes de pas dehors.

– Il ne s'est quand même pas téléporté chez les victimes ? lança Dunne.

– C'est à se demander…

– Et pour l'histoire des "treize jours" ? s'enquit Spencer.

– Rien de concluant. Si c'est un message, on ne sait même pas à qui il est destiné. On peut supposer que c'est nous, mais, jusque-là, le sens nous échappe. »

Le téléphone sonna, et Brown décrocha. C'était Bob Payne. Leur conversation dura moins d'une minute. Après avoir coupé la communication, Brown demeura silencieux quelques instants, le regard rivé sur le combiné.

Autour de lui, Dunne interrogeait Alice au sujet du rendez-vous avec Nathan Quinn, tandis que le lieutenant Fynn et Spencer épluchaient la Une des journaux.

Soudain, Alice croisa le regard de son coéquipier. Il avait l'air abasourdi, comme s'il venait d'apprendre que le soleil se lèverait désormais à l'ouest.

« Un problème ? » articula-t-elle.

Il cilla à deux reprises, le temps de rassembler ses esprits.

« Payne vient de m'annoncer qu'il a effectué une recherche d'empreintes sur le verre qui était dans la cuisine, et qu'il a obtenu une correspondance. Ce sont celles de Cameron. Trois empreintes, douze points de concordance. »

Des jurys avaient déjà conclu à la culpabilité d'un accusé pour moins que ça. Le plus profond silence régnait à présent dans la salle. Alice, qui avait assisté à d'innombrables matchs des Sonics, songea que, prise collectivement, leur équipe avait tout du gars tiré au sort dans le public pour essayer de marquer un panier à la mi-temps. C'est une chance inouïe pour lui, qui pourrait lui permettre de décrocher le gros lot, mais il doit se placer en milieu de terrain, tous ses copains le regardent, et s'il rate son coup personne ne l'oubliera jamais.

Le lieutenant Fynn avait suffisamment d'informations pour affronter son rendez-vous avec la fille des Relations publiques. Il se leva, glissa quelques mots en aparté à Brown, puis laissa les autres se remettre au travail – un travail qui, comme le souligna Dunne, revenait en gros à tâtonner dans le noir.

Il y avait encore beaucoup à faire. Alice se rappela brusquement qu'ils n'avaient toujours pas interrogé les collègues d'Annie Sinclair à l'école primaire. C'était étrange : dès l'instant où elle avait découvert la scène de crime, il lui avait semblé que toute l'énergie du tueur s'était concentrée sur le père. Vingt-quatre heures plus tard, aucun des éléments dont ils disposaient n'était venu contredire cette première impression.

« T'as vu Sarah Klein ? lui demanda Brown.

– Elle est dans le bâtiment, je l'ai aperçue tout à l'heure.

– Je vais essayer de la joindre sur son pager. »

Sarah Klein, l'assistante du procureur qui était de permanence ce jour-là, n'inspirait pas une sympathie particulière à Alice. Elle lui préférait de loin Georgia Wolf, une autre assistante d'environ trente-cinq ans dont l'attitude implacable était à la hauteur du nom : avec elle, il n'y avait pratiquement jamais d'alternative quant aux poursuites.

Elle se connecta au réseau afin d'effectuer une recherche sur John Cameron au service des cartes grises. Elle espérait recenser tous les véhicules qu'il avait possédés et toutes les adresses où il avait séjourné. En même temps, elle était presque sûre de ne rien trouver de plus que les renseignements consignés sur la fiche d'identité établie au moment de son arrestation, vingt ans plus tôt.

Faut bien reconnaître que ce tordu s'est montré rudement prudent, pensa-t-elle.

Sarah Klein, qu'elle n'avait pas entendue approcher, s'assit sur un coin de son bureau. Elle avait des cheveux bruns brillants, coupés à la garçonne, et portait un tailleur gris impeccable dont l'austérité était adoucie par un chemisier en soie. Alice s'attendait toujours à la voir essuyer le bureau avant de s'y appuyer, mais l'assistante du procureur ne l'avait jamais fait.

« J'ai entendu dire que vous aviez tiré le bon numéro », déclara-t-elle en guise de préambule.

Elle écouta en silence Alice lui résumer la situation.

« Les poils ne vous seront utiles que si le Dr Fellman réussit à en extraire l'ADN, observa-t-elle.

– Il a affirmé que c'était possible, répliqua Alice.

– Je ne mets pas sa parole en doute. En ce qui concerne le chèque et le verre, eh bien, vous tenez certainement quelque chose, sauf que votre marge de manœuvre est étroite.

– Comment ça ?

– Le verre vous a fourni un nom, et le chèque vous a permis de l'associer à un mobile. Oubliez la relation personnelle entre la victime et le suspect pour vous concentrer sur l'argent. Il vous donne une raison valable de soupçonner une malversation financière.

– Je compte appeler le fisc.

– C'est un début, approuva Klein. Si Sinclair était bien le fiscaliste de Cameron, vous n'aurez probablement aucun mal à obtenir un mandat pour examiner ses dossiers. Mais si, et seulement si. Son cabinet ne vous facilitera pas la tâche.

– Brown planche sur l'*affidavit*[1] en ce moment même.

– Quel juge ?

– Hugo.

– Non, il vaudrait mieux éviter. Je me suis entretenue avec lui tout à l'heure, et il est en rogne.

– Martin, alors.

– D'accord. Autre chose ?

– Quand on aura trouvé Cameron, dit Alice, s'autorisant un bref instant d'optimisme, quelles sont nos chances d'avoir une

1. Dans le droit anglo-saxon, écrit à l'appui d'une demande de mandat de perquisition. (*N.d.T.*)

ordonnance pour une comparaison d'ADN avec les poils prélevés sur la scène de crime ?

– Compte tenu de ce que vous avez rassemblé jusque-là, et à moins de l'amener à vous mordre ou à vous cracher dessus, pratiquement aucune.

– Super. Bon, pour ce qui est de la maison des victimes...

– Oui ?

– On aurait besoin de la considérer dans son ensemble comme une "scène de crime". À ce stade, on ne sait pas encore où le meurtrier a pu laisser des traces. Il faut qu'on ait accès à tous les papiers jusqu'au dernier dans tous les tiroirs de chaque pièce...

– Ça ne devrait pas poser de problème.

– ... à tous les clous dans le garage, à tous les cartons dans le grenier...

– Idem.

– ... à l'ordinateur de James Sinclair installé dans le bureau...

– Vous aurez le droit de consulter tous ses fichiers sauf ses dossiers de travail.

– Ce qui ne nous avancera guère !

– Désolée, ce n'est pas moi qui établis les règles.

– Encore une chose : c'est Nathan Quinn que James Sinclair avait désigné comme la personne à contacter en cas d'urgence, et peut-être aussi comme son exécuteur testamentaire. »

Klein soupira.

« Dites à Brown de s'assurer que le mandat est inattaquable, inspecteur. Carrément blindé, même. Quinn ne va pas être heureux d'apprendre qu'un de ses fiscalistes est impliqué dans une fraude. Les clients ont tendance à ne pas apprécier.

– Sinclair et lui étaient des amis de longue date.

– Peu importe. C'est ce qui a fait tomber Capone.

– Quoi ? La fraude aux impôts ?

– Tout juste. »

Au moment de sortir, Sarah Klein se retourna. Alice avait déjà décroché le téléphone pour composer un numéro.

« Une marge de manœuvre très étroite, répéta l'assistante du procureur en rapprochant le pouce et l'index droits.

– Je sais », confirma Alice.

Elles ne pensaient ni l'une ni l'autre aux mandats.

Dix minutes plus tard, Alice posait sur son bureau un tirage des renseignements qu'elle avait glanés au service des Cartes grises. Elle commença par examiner la photo de Cameron, qui remontait à la même époque que celle de la fiche d'identité établie au moment de son arrestation. Elle montrait un jeune homme à l'air grave, qui portait un blouson en peau retournée.

L'adresse correspondait à celle qu'ils avaient déjà relevée. Leur serait-elle d'une quelconque utilité vingt ans plus tard ? Ils ne tarderaient pas à le savoir. Apparemment, John Cameron avait été le propriétaire de plusieurs pick-up Ford noirs. Un bon point pour la fidélité.

Alice plaça les documents sur la table de Brown, qui parlait au téléphone. Devant lui, l'*affidavit* était presque complet.

Elle s'occupa ensuite d'appeler le Trésor public. Au terme de sa conversation avec l'employé, elle se rendit compte qu'elle avait pris trois pages de notes.

« Les choses sont un brin plus compliquées qu'on ne le pensait, dit-elle à son coéquipier.

– Le fisc t'a donné des infos ?

– Oui. Sauf qu'on se retrouve avec plus de questions que de réponses.

– Vas-y, je t'écoute.

– James Sinclair était bien le fiscaliste de John Cameron. Et il s'acquittait scrupuleusement de sa tâche : tous les ans, il lui remplissait sa déclaration de revenus.

– C'est gentil de sa part. Et ses revenus, justement, tu sais d'où Cameron les tirait ?

– Tiens-toi bien : leurs pères possédaient un restaurant, le Rock, à Alki Beach, et quelques bouts de terrain autour. Les fils en ont hérité.

– Cameron et Sinclair, tu veux dire ?

– Cameron, Sinclair, et aussi Quinn. Leurs pères l avaient ouvert au début des années 1960. J'ai vérifié auprès de la Chambre de commerce, ils sont répertoriés. L'établissement est confié à un gérant mais ils en sont toujours propriétaires.

– Et ils paient les impôts.

– Rubis sur l'ongle. Le Trésor public va nous envoyer une copie du dossier.

– Croisons les doigts… » Brown se leva, l'*affidavit* à la main. « La juge Martin est dans son bureau. Viens, on va lui pourrir sa journée. Où est Quinn ?

– Au tribunal toute la matinée. »

Au moment où ils passaient devant l'agent de permanence, au rez-de-chaussée, celui-ci, qui était au téléphone, plaça une main sur le micro et fit signe à Brown.

« Fred Tully, du *Star* », murmura-t-il.

Brown secoua la tête.

« Désolé, Fred, il n'est pas là », déclara l'agent. Il leva les yeux au ciel. « Non, je ne pense pas.

– C'est la troisième fois aujourd'hui », bougonna Brown.

Dehors, le soleil brillait timidement. Un photographe posté sur les marches de l'entrée, et qui attendait quelqu'un d'autre, reconnut Alice et Brown pour les avoir vus au Journal télévisé. Quand il les prit en photo, la lumière du flash leur parut plus aveuglante que celle du soleil.

13.

La juge Claire Martin signa d'un geste théâtral le mandat autorisant la perquisition des dossiers de James Sinclair. Quand elle le tendit aux deux policiers, son regard disait clairement : « Vous avez intérêt à ne pas foirer. »

Devant l'ascenseur, les mains enfoncées dans les poches de son pardessus, Brown gratifia Alice d'un regard appuyé.

« Il y a du nouveau au labo, annonça-t-il. C'était ça, le coup de fil que j'ai reçu. Ils ont peut-être quelque chose. Fellman s'en occupe.

– S'il te plaît, dis-moi que ça ne concerne pas l'ADN…

– Non. C'est à propos des entraves, ou plus exactement du lien de cuir passé autour des poignets de Sinclair.

– Et qui lui a profondément entaillé la peau. »

Deux avocates s'approchaient de la fontaine à eau. Brown attendit pour poursuivre qu'elles se soient éloignées, leurs talons claquant sur le sol.

« C'est le problème, justement, déclara-t-il. La quantité de sang et de cellules de peau sur le cuir n'est pas en rapport avec les blessures de la victime. »

Les portes de la cabine s'ouvrirent devant eux. Ils entrèrent, soulagés de ne pas avoir de compagnie pour descendre.

« Tu peux préciser ? demanda Alice.

– Le lien a cisaillé les tissus musculaires, pourtant il n'y avait presque pas de sang dessus. Pas assez, en tout cas, quand on pense aux efforts que Sinclair a dû fournir pour essayer de se libérer.

– Il était étroitement ligoté, lui rappela Alice. Les mains attachées dans le dos.

– Je sais. Et compte tenu de ses mouvements pour se dégager, du frottement sur sa peau, le cuir devrait être beaucoup plus abîmé. »

Ils sortirent du tribunal du comté de King, situé au croisement de la Quatrième Avenue et de James Street. Le crachin – un fin voile d'humidité dans l'air plutôt qu'une véritable pluie – rendait la rumeur de l'I-5 plus sonore.

Alice posa ses coudes sur le toit de leur berline Ford.

« Tu penses que le meurtrier aurait remplacé les entraves *après* la mort de Sinclair ?

– Pour le moment, je ne sais pas trop quoi penser. Mais on peut le supposer. »

Alice s'installa sur le siège passager. Son équipier ne laissait personne lui servir de chauffeur.

« Il a remplacé les liens, dit-elle à haute voix.

– Heureusement pour nous, sinon on n'aurait jamais eu son ADN.

– Après la mort de Sinclair », répéta-t-elle, plus pour elle-même que pour Brown. Une ébauche d'hypothèse, même pas encore une question, prenait forme dans son esprit.

Quelques instants plus tard, ils s'arrêtèrent pour boire un café dans Cherry Street.

Brown observait son équipière depuis des semaines. Il avait été attentif à sa façon d'entrer dans la salle de brigade, le premier jour, tout comme à son comportement sur les différentes scènes de crime… Deux nuits plus tôt, dans la supérette, elle avait dû évaluer rapidement les risques que la gamine tire. Elle avait fait preuve d'une solide capacité de jugement ; résultat, ils étaient tous sains et saufs.

En cet instant, elle se concentrait sur sa tasse sans éprouver apparemment le besoin de parler. Brown appréciait son côté taciturne. Il lui semblait que les quatre semaines écoulées depuis l'arrivée de la jeune femme à la Criminelle n'étaient qu'un préambule à ce moment où ils allaient affronter les embouteillages de Noël, leurs gilets pare-balles dans le coffre, pour se rendre chez John Cameron.

Ils longèrent la Quatrième Avenue en direction du nord, puis University Street en direction de l'est, et, comme tout le monde, se retrouvèrent bloqués devant le palais des congrès. Quand ils purent enfin s'engager sur l'autoroute, Brown accéléra, laissant derrière eux le lac Union et Capitol Hill, traversa les nouvelles zones commerciales d'Eastlake et fonça vers University District.

Alice ne voyait ni n'entendait rien. Son esprit était retourné dans la maison de Blueridge, où elle tentait de cerner les pensées d'un homme qui avait estimé nécessaire de changer les entraves d'une de ses victimes après sa mort, et qui avait trempé son doigt dans leur sang pour tracer un signe de croix sur leur front.

Il existait un rapport direct entre les victimes et le mobile, de même qu'entre les indices et le suspect. Jusque-là, rien de nouveau. En attendant, la façon dont les corps des petits garçons avaient été disposés entre ceux de leurs parents dans cette chambre – un spectacle qui allait au-delà de toute description – suggérait une motivation complexe.

Il ne s'agissait pas de simples représailles, mais d'une vengeance qui avait pris des proportions inhumaines. Les péchés des pères rejaillissent sur les enfants… Le tueur avait peut-être voulu faire un exemple pour intimider tous ceux qui traitaient avec lui.

Alice songea à l'adresse où ils se rendaient, à Laurelhurst. Celle qui figurait sur le permis de conduire de John Cameron et sur ses déclarations de revenus. Celle de la maison dans laquelle les siens avaient emménagé après qu'il avait été kidnappé tout gosse et dont il avait hérité des années plus tard.

C'était aussi la seule qu'il avait indiquée, et au fond Alice était persuadée qu'il n'y habitait pas davantage qu'il ne conduisait le pick-up noir immatriculé à son nom. Néanmoins, l'endroit lui appartenait, et ils y découvriraient peut-être des éléments susceptibles de les mettre sur sa piste. Même si, bien sûr, ils n'avaient pas encore de mandat les autorisant à perquisitionner.

Quand elle travaillait encore en uniforme, Alice avait souvent appréhendé des suspects au moment où ils essayaient de fuir par la fenêtre de derrière pendant que son coéquipier frappait à la porte d'entrée. Mais ce ne serait vraisemblablement pas le cas ce jour-là.

Laurelhurst est une banlieue résidentielle où se côtoient des propriétés coquettes, entourées de pelouses soigneusement tondues. La vie de quartier y est rythmée par les réunions parents-professeurs, la seule animation notable, ce qui convient à tout le monde.

Ils tournèrent dans une petite rue bordée d'arbres. Les maisons, égayées par des décorations de Noël assez discrètes, y étaient moins grandes et moins espacées les unes des autres. Pas mal de voitures stationnaient dans les allées. Autrement dit, les habitants n'étaient pas tous au travail.

Brown ralentit à l'approche de la villa de Cameron, une construction de brique et de bois dont le toit pentu dissimulait certainement un grenier éclairé par une lucarne à l'arrière. Il n'y avait pas de véhicule garé devant. Brown s'arrêta le long du trottoir.

Les rideaux étaient tirés et aucune lumière ne brillait derrière le panneau vitré de la porte d'entrée. Brown coupa le moteur, et tous deux se contentèrent d'observer les lieux en silence pendant une bonne minute. *Ce n'est pas très différent de chez mes grands-parents*, pensa Alice, qui effleura machinalement son holster, rassurée par le poids de l'arme sur sa hanche droite.

« Vaut mieux pas trop s'attarder dans la bagnole, sinon quelqu'un risque de prévenir les flics », dit Brown avant de descendre.

Quand Alice foula la pelouse, elle sentit la terre gelée crisser sous ses pieds. Elle prit une profonde inspiration, savourant l'air froid et pur. Des filets de fumée, échappés de certaines cheminées du quartier, montaient vers le ciel pâle. *Un décor de carte postale*, songea-t-elle en portant la main au speed loader accroché à sa ceinture.

Brown et elle s'engagèrent dans l'allée de ciment. Le garage sur le côté était suffisamment large pour accueillir un pick-up et un autre véhicule.

Arrivés devant la porte, ils échangèrent un coup d'œil. Durant une fraction de seconde, Alice s'attendit contre toute logique à la voir s'ouvrir. Brown appuya sur la sonnette comme s'il passait à l'improviste chez un vieil ami. Ils patientèrent, sans distinguer de bruit ni de mouvement à l'intérieur. Brown sonna de nouveau. Toujours rien.

« Je vais faire le tour », annonça Alice. Elle recula pour examiner la façade. Trois fenêtres au premier, derrière lesquelles les rideaux beiges étaient parfaitement immobiles. Le garage se trouvait sur la droite, à côté d'un bosquet d'érables rouges. Sur la gauche se dressait une clôture d'un bon mètre quatre-vingts de hauteur, avec une porte ouvrant sur le jardin. Alice se dirigea vers la droite.

Quelques heures plus tôt, quand elle était passée devant, la maison des Sinclair, déserte depuis moins de quatre jours, lui avait paru complètement abandonnée. Ici, bien avant d'être arrêté, bien avant de perpétrer le massacre du *Nostromo* et de commettre tous ces crimes inconcevables, John Cameron avait fait ses devoirs le soir après l'école, comme tous les gosses du quartier. Alice sentait sa présence partout.

Des taillis dénudés, qui lui arrivaient à l'épaule, poussaient près des murs du garage. Elle se faufila à travers, puis se haussa sur la pointe des pieds pour regarder par la fenêtre étroite, qu'elle découvrit fermée et occultée de l'intérieur. Alors qu'elle progressait le long du mur, son blouson accrocha une branche, qui se brisa avec un claquement sec.

Soudain, un bruissement se fit entendre au-dessus d'elle, derrière un érable. Elle se figea. À cet instant seulement, l'odeur l'assaillit, et elle l'identifia aussitôt.

Elle s'avança vers le côté de la maison, laissant les taillis derrière elle. Aucune fenêtre ne s'ouvrait dans le mur. Le passage faisait environ trois mètres de large.

Le froid hivernal avivait la puanteur. Alice aperçut derrière un entrelacs de racines une mouette qui s'éloignait dans un froissement de feuilles mortes. Le temps de contourner l'arbre, et elle comprit d'où provenait l'odeur. L'oiseau poussa un piaillement strident. Un chat crevé gisait sur le sol ; il avait dû se traîner jusque-là après avoir été heurté par une voiture, à moins qu'il ne soit mort de maladie ou de vieillesse… La mouette s'en repaissait manifestement depuis un certain temps, à en juger par l'aspect du pelage qui avait dû être gris et blanc.

« Saloperie ! » marmonna Alice d'une voix si basse que le volatile ne l'entendit même pas. Il se borna à faire un petit saut de côté quand elle se rapprocha, refusant d'abandonner son butin.

Alice s'accroupit, puis souleva les branches sous lesquelles le chat avait trouvé refuge. Une profonde entaille s'ouvrait dans l'une de ses pattes arrière, encore repliée. La mouette avait aussi dévoré une partie des tissus mous autour de la gueule. Alice ramassa un bout de bois pour tâter le cou de l'animal. Pas de collier.

Après avoir rassemblé une grosse poignée de feuilles mortes et de brindilles, elle en recouvrit le petit corps. L'oiseau ne la quittait pas des yeux.

Elle se redressa et fit un pas vers lui. Cette fois, il s'envola.

La clôture était suffisamment haute pour décourager les curieux, sans pour autant constituer un rempart contre les voisins. Peut-être les Cameron avaient-ils voulu ainsi offrir un refuge sûr et intime à leur fils, pour l'aider à se remettre de la terrible épreuve subie aux abords de la Hoh River.

Elle regarda à droite et à gauche. Personne, et l'endroit n'était pas visible de la rue. Elle plaça les deux mains sur le haut de la barrière, prit son élan et se hissa à la force des bras. Penchée en avant pour assurer son équilibre, les hanches appuyées contre le bois, elle examina l'endroit.

Derrière la véranda s'étendait une terrasse prolongée par un grand jardin. Il y avait un barbecue en brique sur le côté, mais rien d'autre, et l'herbe était brûlée par le gel. Des feuilles mortes poussées par le vent s'étaient accumulées contre la porte vitrée. De toute évidence, personne ne l'avait ouverte depuis longtemps.

Certains lieux sont chargés du souvenir de ce qui s'y est produit. La maison de Cameron apparaissait au contraire à Alice comme une coquille vide.

La mouette la survola et alla se percher sur le toit pour l'observer. Alice se laissa retomber sur le sol.

« On se reverra », murmura-t-elle, avant de repartir vers l'entrée de la maison.

Brown, venu de la direction opposée, arriva en même temps qu'elle.

« Rien, annonça-t-il.

– Moi non plus.

– Je peux vous aider ? » demanda une voix derrière eux. Brown et Alice se retournèrent peut-être un peu trop vite.

Un homme d'environ soixante-dix ans, cheveux blancs coupés court et belle veste rouge en Gore-Tex, s'avançait vers eux, chargé d'un sac de courses. La porte de la maison d'en face était largement ouverte, et une femme vêtue d'une veste semblable portait d'autres sacs de provisions à l'intérieur.

« Bonjour, dit Alice. Nous sommes de la police de Seattle. » Tous deux montrèrent leurs insignes.

« Clyde Phillips, se présenta l'homme en souriant. Je suis un voisin. Si vous cherchez Jack, il n'est pas chez lui. »

Jack, le diminutif de John.

« M. Cameron, précisa Brown.

– C'est ça. Il est en voyage d'affaires. Vous venez pour les cambriolages dans Surber Drive ?

– Non, c'est personnel. Vous auriez quelques minutes à nous accorder ?

– Bien sûr. »

Phillips posa son sac par terre. Il paraissait en bonne condition physique pour son âge. À en juger par l'état de ses chaussures de randonnée, il leur avait fait parcourir pas mal de kilomètres.

« Pourquoi voulez-vous le voir ? » S'il était évident que Brown était le plus gradé des deux policiers, Clyde Phillips avait néanmoins adressé sa question à Alice. « Il y a un problème ? »

Elle saisit la balle au bond.

« Il faut qu'on lui parle de toute urgence, monsieur Phillips. Savez-vous où il est et quand il doit revenir ?

– Et vous êtes… ?

– Inspecteur Brown et inspecteur Madison, de la Brigade criminelle. »

Phillips esquissa un mouvement de recul. De toute évidence, les termes « Brigade criminelle » faisaient mauvais effet à Laurelhurst.

« Oh… » Il ne lui fallut pas longtemps pour comprendre. « C'est au sujet de cette famille assassinée à Three Oaks ? »

Les médias n'en avaient toujours que pour cette affaire, et diffusaient en boucle les mêmes reportages.

« Oui. M. Cameron les connaissait. C'est pourquoi nous aurions besoin de nous entretenir avec lui le plus vite possible.

– Est-ce que Jack est en danger ? »

Quelle approche adopter ? se demanda Alice. Pour s'assurer de sa coopération, fallait-il lui confier qu'ils soupçonnaient son voisin d'avoir commis au moins quatre meurtres particulièrement odieux ?

« Peut-être, répondit-elle. Pour le moment, nous n'en savons encore rien. »

Un point pour l'équipe des menteurs, songea-t-elle.

« Eh bien, il s'absente souvent, mais… Écoutez, j'ai le numéro de téléphone d'un de ses amis, au cas où il y aurait un problème dans la maison. Lui sait sûrement où est Jack. Je vais vous le chercher. »

Clyde Phillips revint quelques instants plus tard avec un papier sur lequel il avait noté un numéro.

« J'espère que ça vous sera utile, et que tout ira bien pour Jack, dit-il.

– Ne vous inquiétez pas, je suis presque sûre qu'il ne risque rien.

– Transmettez-lui nos amitiés, en tout cas.

– Je n'y manquerai pas, quand je le verrai », affirma Alice. Elle lui serra la main en se faisant l'effet d'être une voleuse. « Merci. »

Elle se détourna pour se diriger vers la voiture où Brown, déjà au volant, communiquait par radio. En regardant le papier remis par Phillips, elle constata que le numéro inscrit à l'encre rouge, en chiffres bien lisibles, était celui de la ligne professionnelle de Nathan Quinn.

Sur l'I-5 qui les ramenait vers le sud, Brown louvoya entre les véhicules.

« Donc, s'il y avait le feu chez Cameron, le second coup de fil de Phillips serait pour Nathan Quinn, dit-il.

– Apparemment, oui.

– Et Quinn sait toujours où joindre Cameron.

– Oui. » Alice pianotait sur le tableau de bord. « Est-ce qu'il est véreux ? T'as déjà entendu des rumeurs sur lui ?

– Ce serait plus facile s'il l'était, pas vrai ? C'est un chieur, mais pour autant que je sache, il est clean.

– À propos, juste pour en avoir le cœur net, j'ai fait quelques recherches sur les époux Sinclair. Aucun n'avait d'antécédents judiciaires. » Alice feuilleta son calepin pour y chercher ses notes sur le kidnapping de la Hoh River. « À la bibliothèque, hier soir, je suis tombée dans un journal sur une photo prise à l'enterrement de David Quinn. Ils y étaient tous.

– L'enquête a tourné au désastre. Les flics n'avaient pas l'ombre d'une piste, sans compter que les gamins refusaient de parler. Il n'y avait rien, absolument aucun élément auquel se raccrocher. Le corps du jeune Quinn n'a même jamais été retrouvé. Mouais, un sacré fiasco…

– Je m'en souviens. Beaucoup de parents ont cru à l'époque que c'était le début d'une vague d'enlèvements.

– Ils se trompaient. » Brown frappa le volant. « Les ravisseurs avaient un compte à régler avec ces trois garçons et leur famille. Mais personne ne voulait rien dire. Et la Scientifique ne disposait pas des moyens qu'elle a aujourd'hui. La scène de crime n'a rien révélé.

– Les Quinn sont juifs, déclara Alice après un court silence. La coutume veut que l'enterrement ait lieu le plus rapidement possible après le décès. »

Du coin de l'œil, elle voyait défiler derrière la vitre les eaux grises et étales du lac Union.

« Le cercueil ne contenait qu'un peu de terre recueillie à l'endroit où il était censé avoir péri, dit-elle.

– L'horreur. »

Alice n'aurait su dire s'il faisait allusion à la tragédie vécue par la famille ou s'il exprimait ce qu'il ressentait. Quoi qu'il en soit, le terme convenait parfaitement.

« Pour en revenir à Nathan Quinn, reprit-il, ou il ignore à quoi s'est occupé Cameron durant toutes ces années, ce qui est peu probable, ou il le sait et il est impliqué.

– Il y a une troisième possibilité : il sait, mais il n'est pas impliqué.

– Il est avocat, Madison. Auxiliaire de justice. À ce titre, s'il a connaissance d'un crime, il est forcément impliqué.

– Cameron n'a pas de complices répertoriés. Il n'a jamais fait partie d'une bande, ni eu recours à des hommes de main.

– Il est malin. » Brown écrasa l'accélérateur. « Bon, il est grand temps que M. Quinn passe un coup de téléphone à son copain. »

14.

POUR LA SECONDE FOIS en vingt-quatre heures, Brown et Alice se présentèrent dans les locaux de Quinn, Locke & Associates en demandant à voir Nathan Quinn. Comme la veille, les assistants juridiques s'affairaient, des coursiers apportaient des plis, et des tableaux ornaient les murs. Pourtant, plus rien ne serait jamais pareil. Des fleurs avaient remplacé les décorations de Noël, tous les clients et toutes les entreprises de l'immeuble avaient envoyé leurs condoléances. L'arrivée des deux enquêteurs ne passa pas inaperçue.

Au rez-de-chaussée, ils étaient tombés sur Tommy Saltzman, envoyé par le Trésor public, qui se plongerait dans les déclarations de revenus que James Sinclair avait remplies pour le compte de John Cameron.

Saltzman, un quadragénaire pâlot et dégingandé qu'un simple coup de vent devait suffire à renverser, avait l'air réjoui par cette occasion d'échapper à son train-train quotidien. Quand on lui avait demandé s'il accepterait d'examiner les dossiers d'une des victimes, qui était fiscaliste, il n'avait pas hésité une seconde.

Carl Doyle, toujours élégant en costume gris anthracite et cravate de soie noire, vint accueillir les visiteurs. Il ne semblait pas avoir dormi plus de trois heures. Après avoir serré la main de Brown, il chercha le regard d'Alice et la gratifia d'un hochement de tête.

La première fois que les deux inspecteurs l'avaient rencontré, ils avaient une nouvelle terrible à lui annoncer ; ce jour-là, ils apportaient l'équivalent juridique d'une matraque.

Dans l'ascenseur, Brown avait laissé son équipière répondre aux nombreuses questions de Saltzman. Il savait qu'un mandat de perquisition ne leur servirait pas à grand-chose s'ils échouaient à s'assurer la collaboration de Nathan Quinn : une histoire de fraude n'était rien quand leur objectif était d'obtenir une accusation d'homicide volontaire.

Quelques minutes plus tard, Quinn leur faisait signe d'entrer dans son bureau puis refermait la porte derrière eux. Toute son attention se concentrait sur Brown, il paraissait à peine conscient de la présence des deux autres. Il ne les invita pas à s'asseoir.

« Qu'est-ce que vous avez ? demanda-t-il.

– Une piste, répondit Brown, préférant aller droit au but. Des indices recueillis sur la scène de crime nous orientent vers l'un des clients de James Sinclair.

– Qui ? »

Brown ignora la question.

« Ils nous laissent également supposer d'éventuelles malversations financières de la part de M. Sinclair, poursuivit-il.

– Impossible. » Quinn s'était exprimé d'un ton mesuré, mais catégorique, et Alice sentit Saltzman tressaillir à côté d'elle.

« Nous avons un mandat. » Brown le lui tendit. L'avocat le saisit sans même y jeter un coup d'œil.

« Comprenez-moi bien : James a toujours fait preuve de la plus grande intégrité dans tous les domaines, affirma-t-il. Si c'est votre seule piste, permettez-moi de vous dire que vous perdez votre temps. Qui est ce client ?

– Vous aussi, vous devez bien comprendre une chose, rétorqua Brown. De notre côté, nous ne pouvons pas négliger les indices. Vous avez le mandat entre les mains, monsieur Quinn. Acceptez de coopérer, et notre enquête progressera d'autant plus vite. M. Saltzman ici présent va examiner les dossiers de M. Sinclair. »

L'avocat ne le quittait pas des yeux, comme si les deux autres n'existaient pas.

« Les indices…, répéta-t-il.

– Nous aimerions que vous nous suiviez au poste, reprit Brown. Nous y serons mieux pour parler. C'est le meilleur service que vous puissiez rendre aux victimes. »

Rompu depuis des années aux joutes avec les jurys, les juges et les avocats de la partie adverse, Quinn connaissait la procédure à fond. Il parcourut du regard le mandat, appela Doyle par l'interphone et chargea un collaborateur d'aider Saltzman à rassembler les documents à vérifier.

Doyle déverrouilla le bureau de James Sinclair puis éclaira la pièce, révélant un vaste espace digne d'un associé dans un cabinet juridique prospère. Sur la table de travail, plus grande que celle de Quinn, les divers papiers étaient classés en piles bien nettes. À gauche de la porte, une bibliothèque occupait tout un pan de mur ; des ouvrages de droit s'alignaient sur chacun des rayonnages.

Derrière la table, à droite du fauteuil en cuir, il y avait une petite console ancienne sur laquelle étaient posées trois photos encadrées : une de la famille Sinclair au complet, et deux photos de classe. Dans le vase placé au milieu, des freesias blancs luttaient pour survivre. Alice remarqua les empreintes de pas sur la moquette bleu clair – peut-être celles de la femme de ménage, peut-être celles de Sinclair lui-même.

Une table de réunion était installée près des fenêtres. Carl Doyle demanda à Saltzman s'il avait besoin de quelque chose. Il ne se serait pas adressé d'un ton plus courtois à l'un de ses invités, songea Alice. Courtois, et aussi chaleureux qu'une averse de janvier. Décidément, cet homme lui plaisait beaucoup.

« On y va », dit Brown.

Ils allèrent attendre Quinn de l'autre côté des portes vitrées, près de l'ascenseur.

Lorsque Doyle les avait introduits dans le bureau de Sinclair, Quinn ne les avait pas accompagnés. Il n'avait même pas jeté un coup d'œil à la pièce. Alice avait eu le sentiment qu'il n'y était pas entré depuis la mort de son ami.

« Il a juste survolé le mandat, dit-elle.

– Je sais. »

Ce n'était pas bon signe, cela signifiait que Nathan Quinn était persuadé qu'ils feraient chou blanc. Or, si James Sinclair avait la conscience tranquille, Cameron aussi. Et ça, c'était impossible.

« T'as faim ? demanda Brown.

– J'ai l'estomac dans les talons », avoua-t-elle.

Ils disposaient de vingt minutes – le délai nécessaire à Quinn pour briefer le collaborateur qui assurerait à sa place les rendez-vous de l'après-midi. Il y avait une sandwicherie dans la Quatrième Avenue, après le croisement avec Seneca Street ; ils avaient juste le temps d'y faire un saut.

Alice ne se rappelait même plus si elle avait pris son petit déjeuner. Elle choisit toutes les garnitures sauf le concombre et la betterave, qu'elle n'aimait pas, et alla s'asseoir sur une banquette près de la fenêtre.

Brown s'était déjà attaqué à un sandwich saumon fumé-fromage frais.

Ils avalèrent leur en-cas, arrosé d'un jus de fruits, sans échanger un mot. Ils déjeunaient ensemble pratiquement tous les jours depuis qu'Alice avait intégré la brigade. Elle savait que son coéquipier aimait le poulet mais pas le bœuf, le poisson mais pas les crustacés, et qu'il buvait au moins autant de café qu'elle. Pourtant, la veille encore, elle n'aurait pu jurer qu'il serait capable de la reconnaître lors d'une parade d'identification.

Brown s'essuya les doigts sur une serviette en papier. Il songeait au lieutenant Fynn qui l'avait convoqué dans son bureau un peu plus tôt dans la matinée, avant le briefing, et avait soigneusement refermé la porte derrière eux. Il lui avait demandé s'il pensait Alice Madison de taille à mener cette enquête ou s'il préférait un partenaire plus expérimenté pour l'assister. C'était une question directe ; le temps pressait, et il n'était pas question de former quiconque sur le terrain dans cette affaire. Alice Madison pourrait être assignée à d'autres tâches moins cruciales.

« Elle sera à la hauteur », avait-il affirmé à son supérieur.

Brown froissa sa serviette et l'abandonna sur son assiette.

Quarante-cinq minutes plus tard, ils pénétraient dans le poste de police. Alice récupéra une petite pile de messages auprès de l'agent de permanence et en tendit quelques-uns à Brown. Dans la voiture, elle lui avait demandé comment il voulait mener l'interrogatoire, et s'il pensait obtenir des résultats probants dès le premier entretien.

« Je veux que Quinn oublie tout ce qu'il croit savoir », avait-il répondu, laconique.

C'était avant tout une question de territoire. Ils auraient très bien pu interroger Nathan Quinn dans son bureau, mais les circonstances ne s'y prêtaient pas. En général, quand ils convoquaient un témoin au poste, c'était aussi pour lui faire sentir toute l'importance de la procédure et donner un caractère solennel à sa démarche. Un « truc du métier », en quelque sorte. Dans le cas de Quinn, cependant, ils ne pouvaient espérer l'intimider en l'installant dans une pièce lugubre équipée d'un miroir sans tain. L'avocat ne changerait pas ses réponses simplement parce qu'on l'interrogeait dans un lieu différent. C'était juste que la partie devait se jouer ainsi, et tous en connaissaient les règles.

En voyant arriver Nathan Quinn, deux inspecteurs qui se tenaient près du bureau surélevé, derrière lequel était assis l'agent de permanence, le gratifièrent d'un long regard appuyé, puis le suivirent des yeux tandis qu'il s'éloignait. L'avocat ne comptait pas beaucoup d'amis parmi les policiers. Il ne chercha pas délibérément à les ignorer, il remarqua à peine leur présence.

Alice ouvrit la porte d'une salle d'interrogatoire vide au premier étage.

« On n'a qu'à se mettre ici », proposa-t-elle.

Quinn jeta un coup d'œil à l'intérieur : une pièce carrée, une table entourée de quelques chaises et un miroir sans tain dissimulant un box d'observation réservé aux enquêteurs et aux représentants du parquet. Il se tourna vers Alice.

« À combien de personnes vais-je m'adresser aujourd'hui ? demanda-t-il en indiquant le miroir.

– Seulement mon partenaire et moi.

– Tant mieux. Bon, vous voulez bien m'emmener ailleurs ? »

Il était venu de son plein gré. Sachant qu'il aurait sous peu d'autres raisons d'être contrarié, Alice et Brown le conduisirent à la salle de repos.

Là, Brown s'éclipsa sous prétexte d'aller consulter un message. Il se rendit aussitôt dans le bureau du lieutenant Fynn pour le tenir au courant.

« Je n'aime pas ça du tout, déclara Fynn. Non seulement ce type est un témoin clé, mais il est à la fois proche des victimes et du principal suspect ?

– Il ignore encore qui est le suspect. Pour le moment, il a le cul entre deux chaises. Il va bien falloir qu'il choisisse un camp, et sa décision devrait nous apprendre pas mal de choses.

– Vous croyez ?

– Je l'espère. »

Pour la première fois, Alice se retrouvait seule avec Nathan Quinn, et il lui vint soudain à l'esprit qu'elle n'avait probablement pas échangé plus de cinq mots avec lui depuis leur rencontre de la veille.

Il s'assit à la table en face d'elle, après avoir soigneusement plié son manteau sur le dossier de sa chaise. Un verre d'eau était posé près de sa main droite. Il chassa un grain de poussière imaginaire sur sa manche. Alice ne décela aucune chaleur dans le regard brillant qu'il fixait sur elle.

Elle savait qu'il devait connaître la plupart des inspecteurs de la police de Seattle, et se douter que, ne l'ayant jamais vue jusque-là, elle n'avait pas sa plaque dorée depuis longtemps.

« Allons-y, dit-il. Qu'on en finisse. »

Alice ouvrit son calepin. Au même moment, Brown reparut avec un classeur, ferma la porte, puis s'assit à côté de sa partenaire. Il plaça le classeur sur la table. Les règles du jeu.

« Vos indices, j'imagine, dit Quinn.

– De quoi nous permettre d'obtenir un mandat, affirma Brown.

– Vous allez devoir vous montrer plus précis. »

La main droite de Brown reposait sur le classeur.

« Laissons cela pour le moment, éluda-t-il. Il se trouve que nous sommes en mesure de reconstituer la chronologie des événements qui se sont déroulés samedi soir. Vous voulez la connaître ? »

À cet instant, Alice comprit que le classeur contenait les photos des victimes. Elles allaient servir d'appât.

« Je vous écoute, déclara Quinn.

– Ce sera sans doute difficile à entendre.

– Allez-y.

– D'accord. Dans la nuit de samedi à dimanche, donc, un homme s'est introduit chez les Sinclair. Comment ? On n'a relevé aucun signe d'effraction. Les portes et les fenêtres ont toutes été inspectées. Nous pensons qu'il avait peut-être une clé de la maison. »

Quinn ne cilla même pas, se bornant à se pencher légèrement en avant. Brown lui accorda quelques secondes pour assimiler l'information.

« L'intrus s'est rendu dans la chambre des parents, où il a frappé James Sinclair à la tempe avec la crosse d'une arme. Celui-ci dormait, et il a dû perdre connaissance plusieurs minutes. L'assassin a ensuite abattu Annie Sinclair d'une seule balle dans la tête, avant de passer dans la chambre des enfants, qu'il a également abattus – d'abord le garçon sur le lit du haut, ensuite son frère sur le lit du bas. Là encore, il leur a tiré une balle dans la tête. À en juger par le trou dans la couverture, le deuxième gosse tentait de se cacher. »

De nouveau, Brown marqua une pause.

« Le meurtrier est ensuite retourné auprès de James Sinclair. Il lui a mis un bandeau sur les yeux et l'a attaché à l'aide de liens en cuir. Cou, chevilles, poignets. Lorsque Sinclair a repris connaissance, il n'aurait pas pu bouger même s'il l'avait voulu. Et Dieu sait qu'il le voulait ! Il savait que sa famille avait été agressée, et il s'est démené comme un beau diable. Les liens lui ont profondément entaillé la peau. »

Quinn observait une immobilité de pierre.

« Après, l'assassin est allé chercher les enfants pour les placer entre Annie et James Sinclair. Celui-ci essayait toujours de se libérer, mais en vain. Pour finir, l'homme a versé quelques gouttes de chloroforme sur le bandeau qui aveuglait Sinclair, et il a attendu que le produit fasse son œuvre. Votre ami est mort d'un arrêt cardiaque. Le meurtrier n'avait plus qu'à s'en aller bien tranquillement. »

L'avocat indiqua le classeur.

« Ce sont des photos ? demanda-t-il.

– Oui. » Brown le poussa vers lui. Quinn s'en empara.

Il ne laissa rien transparaître de ses émotions en découvrant le premier cliché – un plan large qui permettait de voir le lit et les quatre corps. Il l'examina un long moment, puis étudia le suivant, un gros plan de Sinclair, le bandeau toujours sur les yeux. Le troisième tirage montrait Annie Sinclair, le quatrième un petit garçon. Quinn referma le classeur et écarta les mains.

« Je vous ai dit ce qu'on savait, reprit Brown. Maintenant, je vais vous parler des éléments dont on dispose : on a récupéré un verre dans la cuisine, près de l'évier, et les empreintes qu'on y a relevées ne sont pas celles des victimes. Peut-être le tueur s'est-il servi à boire avant de partir ? Ah, et nous avons aussi découvert un chèque dans le bureau de Sinclair, sur lequel la signature a été falsifiée.

– Quelqu'un a imité la signature de James ? s'étonna Quinn.

– Non. C'est Sinclair qui a imité celle de quelqu'un d'autre. Seules ses empreintes figurent sur le papier.

– Impossible, déclara l'avocat.

– On a comparé le nom sur le chèque aux empreintes sur le verre, poursuivit Brown. Ce sont celles d'un individu arrêté il y a vingt ans pour conduite en état d'ivresse. Un certain John Cameron. »

Quinn s'adossa à sa chaise, puis regarda posément les deux enquêteurs.

« Non, énonça-t-il clairement et distinctement. James n'aurait jamais fait une chose pareille.

– Comment pourriez-vous en être sûr ? intervint Alice. Vous n'étiez pas derrière lui vingt-quatre heures sur vingt-quatre, n'est-ce pas ?

– Je le connaissais bien.

– D'accord, mais admettez qu'il avait la possibilité de fabriquer un faux, puisqu'il gérait les affaires de Cameron. À propos, est-ce que John Cameron avait la clé de la maison des Sinclair ? »

L'avocat ne répondit pas, mais son regard se porta vers le classeur.

« Vous n'êtes pas obligé de me croire, déclara Brown. Vous ne pouvez cependant pas aller contre les indices.

– Ces empreintes ne signifient rien, rétorqua Quinn. Jack s'est rendu des dizaines de fois dans leur maison. Êtes-vous en mesure de prouver qu'elles ont été laissées sur ce verre la nuit des meurtres ?

– Êtes-vous proche de John Cameron ? » Brown rouvrit le classeur à la première page.

Sans même y jeter un coup d'œil, Quinn tendit la main pour le refermer.

« Inutile de vous abaisser à ce genre de manœuvre, inspecteur, dit-il.

– Quand avez-vous vu Cameron pour la dernière fois ? » insista Brown.

Quinn garda le silence.

« Hier, affirma Alice, frappée par une soudaine révélation. Vous l'avez vu hier, pour lui annoncer la nouvelle. »

Les deux hommes se tournèrent vers elle.

« Vous ne vouliez pas qu'il l'apprenne par les médias », poursuivit-elle. Son intuition lui soufflait qu'elle était sur la bonne voie, et elle décida d'exploiter son avantage. « Comment a-t-il réagi ? »

Dans le silence presque palpable qui suivit, elle se concentra sur le regard de Quinn.

Brusquement, il se leva pour s'approcher de la fenêtre. Elle donnait sur le parking – d'innombrables rangées de voitures mouillées par une pluie fine. Il reprit la parole sans se retourner, d'une voix dénuée d'émotion.

« Je suis l'avocat de John Cameron. Ce qu'il a pu me dire relève du secret professionnel. Vous n'avez pas le droit de m'interroger sur cet entretien, ni sur tout ce qui touche à notre relation. »

Il sortit son téléphone portable. « Je vais faire préparer les papiers nécessaires au transfert de la succession des Sinclair à Bob Greenhut, de Greenhut Lowell. Il me remplacera en tant qu'exécuteur testamentaire jusqu'à ce qu'un juge détermine qu'il n'y a pas conflit d'intérêt. Alors, et alors seulement, le dossier me reviendra. Est-ce que cela vous paraît acceptable ?

– Si vous y tenez, dit Brown.

– Je préférerais qu'il en soit autrement, je vous assure, répliqua Quinn. Je vais appeler Bob de ce pas et m'atteler à la paperasse. Ensuite, nous reparlerons de ce que vous attendez de mon client. »

Tandis qu'il composait un numéro, Alice et Brown quittèrent la pièce.

« Bel exemple de loyauté entre amis, observa-t-elle. Tu peux m'expliquer pourquoi ça n'a pas l'air de te contrarier ? »

Son équipier haussa les épaules. « Quinn a tranché. On aura besoin de Sarah Klein pour la suite de l'interrogatoire. À propos, comment savais-tu qu'il avait rencontré Cameron hier ?

– Je n'en savais rien. C'est ce que j'aurais fait à sa place.

– Quinn ne nous a pas raconté comment Cameron avait réagi, mais il est évident que tu lui as donné à réfléchir sur ce point. »

Le lieutenant Fynn, lui, fut vivement contrarié. « On n'a même pas encore coincé ce type qu'il a déjà un avocat ? »

Vingt minutes plus tard, Bob Greenhut avait accepté de reprendre le dossier des Sinclair, tous les documents requis avaient été remplis avec autant de célérité que d'efficacité, des fax avaient été envoyés au poste et les documents originaux expédiés par courrier. Autrement dit, si Nathan Quinn souhaitait désormais ne serait-ce que jeter un coup d'œil en direction de la maison des Sinclair, il lui faudrait d'abord la permission de son confrère.

Tous quatre étaient assis autour de la table.

« Je suis là seulement pour m'assurer que vous respectez les règles du jeu, déclara Sarah Klein, l'assistante du procureur, en s'adossant à sa chaise.

– Vous n'avez pas suffisamment d'éléments pour mettre mon client en examen, souligna Quinn. Si vous essayez encore une fois de pénétrer chez lui, ajouta-t-il en regardant Alice droit dans les yeux, vous écoperez d'une plainte pour harcèlement policier. Et encore, je suis gentil, Sarah. »

Merci beaucoup, monsieur Phillips, songea Alice en se remémorant le voisin de Cameron.

« Il faut qu'il se présente au poste, dit Brown. Aujourd'hui même. Les entraves de Sinclair nous ont fourni un ADN. Cameron n'aura qu'à nous donner un échantillon de son sang, et ensuite on pourra tous rentrer chez nous. Si vous êtes si sûr de vous, monsieur Quinn, téléphonez-lui maintenant. »

On frappa à la porte. La secrétaire du service apportait un message à Alice. Il émanait de Spencer. Elle le lut et le passa à son coéquipier en se promettant de ne pas oublier d'offrir un verre à Spencer le soir même ; son timing était parfait.

Brown parcourut rapidement le papier, puis le plaça sur un coin de table.

« On a un témoin, déclara-t-il. Un voisin a vu un pick-up Ford noir stationné près de chez les Sinclair avant le lever du jour dimanche matin. Quel genre de véhicule possède Cameron, déjà, monsieur Quinn ? » Sans attendre la réponse, Brown se tourna vers l'assistante du procureur. « Alors, c'est suffisant ? »

Sarah Klein acquiesça d'un signe de tête.

Ils n'avaient pas besoin de plus pour entamer les poursuites, et Quinn ne l'ignorait pas.

« Nous avons donc terminé », décréta-t-il. Il se leva et rassembla ses documents.

« Nathan ? » Sarah Klein s'était redressée elle aussi. « Votre client va être appréhendé, et vous savez que le jury le condamnera. Si vous dissimulez certaines informations, si vous avez connaissance de l'endroit où il se cache… »

Tous deux étaient parfaitement conscients des conséquences judiciaires.

« Je n'en ai pas la moindre idée, affirma-t-il.

– Mais si vous veniez à l'apprendre…, insista Brown.

– Vous en seriez le premier averti, évidemment, le coupa Quinn.

– Où l'avez-vous rencontré hier ? » demanda Alice.

Une main sur la poignée de la porte, Quinn se figea. « Si vous me faites surveiller ou si vous mettez ma ligne téléphonique sur écoute, inspecteur, je peux vous garantir que nous passerons de bons moments au tribunal. J'ai été ravi de vous revoir, Sarah. »

Sur ces mots, il sortit.

Mais Alice ne comptait pas en rester là. Elle s'élança derrière lui et le rattrapa dans l'escalier.

« Monsieur Quinn… »

Deux de ses collègues, l'un en civil, l'autre en uniforme, montaient les marches. Elle les laissa s'éloigner avant de reprendre la parole :

« Vous avez travaillé pour le bureau du procureur, autrefois.

– C'était il y a longtemps.

– Ça m'intéresse d'avoir votre avis. Compte tenu des éléments dont on dispose, comment feriez-vous vous-même pour enquêter sur cette affaire ?

– Pourquoi cette question ?

– Je suis convaincue que vous refusez de nous communiquer une bonne partie de ce que vous savez. C'est dommage, mais c'est comme ça. En attendant, à titre personnel, vous voulez que l'assassin soit arrêté. »

Alice n'aurait pu expliquer ce qui l'avait poussée à prononcer ces mots. Peut-être juste le besoin d'énoncer une réalité.

« Vous ne pouvez sans doute pas le concevoir pour le moment, répliqua-t-il, mais, croyez-moi, il y a pire que de découvrir que John Cameron est l'auteur de ces actes.

– Et ce serait quoi, d'après vous ?

– De découvrir qu'il ne les a pas commis. Quant à mon intérêt personnel dans cette affaire, inspecteur, il ne concerne que moi. Je fais ce que j'ai à faire, c'est tout. »

La voiture de Quinn était garée non loin de l'entrée du poste. Quand il passa devant elle, Alice se demanda s'il était déjà au téléphone. Elle avait la certitude que derrière son silence et les arguments juridiques qu'il leur opposait résidait une demi-vérité, et qu'elle avait intérêt à la mettre au jour le plus rapidement possible.

Brown et Klein étaient déjà dans le bureau du lieutenant Fynn quand Alice les rejoignit. Ils avaient besoin d'un juge pour signer deux mandats : l'un qui leur permettrait d'arrêter Cameron, l'autre de fouiller sa maison.

Klein tenait absolument à suivre la procédure à la lettre. D'après elle, se faire révoquer devant un jury pour vice de forme n'avait rien d'agréable, sans compter que ce genre de revers restait dans toutes les mémoires.

« Et puis, il y a le problème de Quinn, dit Brown au lieutenant Fynn.

– Comment ça ?

– Eh bien, il est tout à fait possible qu'il détienne des informations susceptibles de nous mener jusqu'à Cameron. Sauf qu'il ne veut pas nous les donner. Or, certaines ne sont peut-être pas couvertes par le secret professionnel…

– Qu'est-ce que vous entendez par là ? s'enquit Klein.

– Vous le savez très bien, répliqua Brown.

– Vous voulez l'assigner à comparaître ? s'étonna l'assistante du procureur.

– Exactement.

– Et vous pensez qu'un juge va vous suivre ?

– Pourquoi pas, si vous intervenez pour expliquer les circonstances…

– La loi est on ne peut plus claire sur la question du secret professionnel, objecta Alice. Aucun juge ne voudra courir le risque de créer un précédent.

– Je m'en doute, admit Brown. Mais qu'est-ce qu'on a d'autre ? Une baraque où Cameron ne met jamais les pieds et une bagnole qu'il ne conduit pas. Quinn l'a rencontré hier, et je suis prêt à parier tout ce que vous voudrez qu'il est en ce moment même au téléphone avec lui.

– Je comprends votre point de vue, déclara l'assistante du procureur. Bon, dans la mesure où on est tous conscients que ça ne marchera jamais, et que le juge me flanquera dehors rien que pour avoir essayé, je veux bien en toucher un mot à mon patron. Pour ce qui est de la perquisition chez Cameron, assurez-vous de bien spécifier dans l'*affidavit* ce que vous voulez. Vous vous intéressez à ses factures de téléphone ? Alors pensez à mentionner les petits espaces : tiroirs, boîtes à chaussures, etc.

– L'arme du crime, ce ne serait pas mal, lâcha le lieutenant Fynn, sans s'adresser à personne en particulier.

– J'y veillerai », affirma Alice. Elle savait que Klein essayait de les mettre en garde. Ils avaient besoin de rassembler des éléments susceptibles de leur donner une indication sur la vie du suspect ; or, s'ils ne dressaient pas une liste précise de ce qu'ils cherchaient, leur mandat de perquisition se limiterait peut-être seulement à ce qui était bien en vue. Ce qui, si la maison était aussi ordonnée que la scène de crime, ne les avancerait à rien.

D'une certaine façon, c'était ainsi, quelque part entre les rumeurs et les histoires les plus folles, qu'Alice imaginait l'existence de John Cameron : à la fois ordonnée et discrète.

15.

Le policier appuya l'index du jeune garçon sur le tampon encreur en veillant à ne pas salir le poignet de sa propre chemise. Il fit ensuite lentement rouler le doigt sur la petite carte blanche, de gauche à droite, pour obtenir une empreinte parfaite.

À vrai dire, il avait un peu pitié de l'adolescent. Quand il avait son âge, lui-même avait parfois pris le volant avec une bière bien fraîche posée sur le siège à côté de lui. Et si la plupart des gamins éméchés jouaient les fanfarons pendant qu'on relevait leurs empreintes, juste pour essayer de ranimer leur courage défaillant, celui-là s'était montré poli et courtois. Difficile de croire qu'on l'avait trouvé imbibé de bourbon, une bouteille vide à la main, dans une voiture qui refusait de démarrer.

« T'as pu passer ton coup de fil ? lui demanda-t-il.

– Oui, merci », répondit John Cameron, dix-huit ans.

Les cicatrices sur le dos de sa main intriguaient le policier ; elles ne dataient pas d'hier, manifestement. Il savait quel genre de dégâts peut causer une lame aiguisée, et pour lui il était évident que quelqu'un avait joué du couteau avec ce gosse.

« T'avais déjà eu des ennuis avec la police ?

– Non, m'sieur. »

Après avoir attrapé un mouchoir en papier, John Cameron s'essuya lentement les doigts en balayant la pièce du regard. Il était quatre heures et demie du matin, et il y avait quatre agents sur place : deux qui piochaient des parts de pizza dans un carton, un autre posté près de la porte, le quatrième au téléphone. Dans un coin, un homme dormait, affalé sur un banc, menottes aux poignets.

Cameron décelait des odeurs chimiques dans l'air, mêlées aux relents d'alcool qui flottaient autour de lui tel un nuage. L'appareil photo était installé à trois mètres sur sa gauche, et il avait toujours l'impression de sentir la lumière blanche du flash sur son visage, quand on lui avait tiré le portrait.

Il se laissa docilement conduire jusqu'à la cellule. Elle avait été récemment nettoyée à la Javel ; un seau et une serpillière traînaient encore au bout du couloir. Une ampoule électrique vacillait derrière le panneau vitré d'une porte fermée, comme si le bâtiment tout entier luttait pour rester éveillé.

Cameron pénétra dans la cellule carrée. Sol en ciment, barreaux sur deux côtés. Deux hommes dormaient sur les couchettes. Ils s'étaient couverts de leur manteau et ronflaient doucement. Un troisième occupait une chaise dont il avait incliné le dossier contre le mur.

« Pas de conneries, Larry, hein ? » lança le policier en pointant son doigt sur lui.

Quand la porte métallique se referma, le dénommé Larry redressa sa chaise et jaugea longuement le gamin vêtu d'un blouson en peau retournée. Lui-même était grand – peut-être un mètre quatre-vingts – et massif, mais sa corpulence devait moins aux muscles qu'à l'excès de graisse. Cameron percevait son odeur de l'endroit où il se tenait. Le regard rendu vitreux par l'alcool, l'homme se demandait manifestement quelle attitude adopter envers le nouveau venu.

Cameron s'avança dans la cellule et alla s'adosser aux barreaux en face de lui. Puis, les bras croisés, il leva les yeux vers l'horloge murale. Plusieurs minutes s'écoulèrent ainsi, comme au ralenti.

Larry finit par se lever pour se diriger vers lui d'un pas chancelant. Il se rapprocha suffisamment pour pouvoir, en cas de nécessité, lui agripper l'épaule d'une de ses grosses paluches.

« Salut », croassa-t-il.

Cameron se concentra sur lui. Il vivait la seconde nuit la plus longue de toute son existence, et l'expérience avait dû laisser dans son regard des traces que Larry n'appréciait pas. Il le vit se frotter le menton d'un revers de main.

« Salut », lui dit Cameron.

Les lèvres de Larry remuaient, mais aucun son ne s'échappait de sa bouche. Non, décidément, ce jeunot ne lui revenait pas. Il en avait presque la gorge nouée.

Il s'essuya les mains sur son jean et recula sans jamais lui tourner le dos. Quand il eut atteint sa chaise, il se rassit. Il se sentait brutalement dégrisé et assoiffé – un état redoutable.

« Jack ? »

Le policier avait déverrouillé la porte. Nathan Quinn se tenait sur le seuil, manteau ouvert sur les vêtements qu'il avait enfilés à la hâte après avoir reçu le coup de téléphone de son ami, quelques flocons de neige encore accrochés à la visière de sa casquette de base-ball.

Cameron sortit de la cellule, et Quinn le serra contre lui.

« Salut. » Il l'entraîna vers une table dans un coin où ils pourraient bavarder tranquillement. « Merci, Jeff, dit-il au policier.

– Y a pas de quoi, répondit ce dernier, avant de les laisser seuls.

– Comment tu te sens, Jack ? » Quinn ôta son manteau et le posa sur la table. Cameron nota la barbe naissante qui lui ombrait les joues, et les cheveux bouclés qui commençaient à devenir un peu trop longs pour quelqu'un qui travaillait au bureau du procureur.

Quinn lui parlait, mais Cameron ne l'entendait plus : en esprit, il était retourné dans sa voiture où, garé sur le bas-côté, il respirait l'air glacial en attendant que les policiers l'appréhendent. Il avait la poitrine en feu. Les phares des véhicules circulant sur la route projetaient des lumières floues sur le pare-brise, et ses mains étaient si engourdies par le froid qu'il ne pouvait même pas serrer le volant. Il avait dévissé le bouchon de la bouteille, avalé une grande lampée d'alcool et craché. Il avait ensuite répandu un peu de bourbon sur le devant de son blouson et en avait projeté quelques gouttes sur le siège passager. Puis il avait tiré le starter et noyé le moteur.

Le faisceau de la lampe-torche du policier l'avait éclairé alors qu'il tentait pour la centième fois de faire redémarrer la voiture. Enfin.

« Qu'est-ce qui t'est arrivé, Jack ? » Quinn avait l'air soucieux, mais guère plus que d'habitude, songea Cameron. « Tu vas passer en comparution immédiate au tribunal correctionnel. Bernie Rhodes, l'avocat commis d'office, va arriver d'une minute à l'autre. Il me doit un service. Tu plaideras "non coupable" et je paierai ta caution. »

Quinn le dévisagea avec bienveillance. Il allait devoir emmener Jack chez lui pour lui donner le temps de dégriser, sinon sa mère risquait d'avoir une attaque.

« Alors, qu'est-ce qui t'est arrivé ? répéta-t-il.

– C'est fait.

– T'as beaucoup bu ?

– Suffisamment. C'est fait, Nathan. C'est fini.

– Ne t'inquiète pas, tout va s'arranger. »

Bernie Rhodes entra dans la pièce quelques instants plus tard, accompagné du policier qui tenait une tasse de café. Tous deux riaient de la chute d'une blague.

Cameron se pencha vers son ami pour répéter d'une voix entrecoupée, presque désincarnée :

« C'est fait. »

Quinn lui posa une main sur l'épaule.

« Tout va bien. Allez, on s'en va. »

Larry les suivit des yeux tandis qu'ils s'éloignaient.

Il fallut plusieurs mois à Nathan Quinn pour comprendre ce que Cameron avait voulu dire ce soir-là. Entre-temps, le printemps avait fait fondre la neige hivernale, et il était alors trop tard pour tout le monde.

16.

Ils avaient pris deux voitures. Alice et Brown, déjà revêtus de leur gilet pare-balles, les mandats en poche, occupaient la première. Spencer et Dunne suivaient.

Ils arrivèrent à Laurelhurst en début de soirée, au moment du dîner. Brown coula un regard de biais à sa coéquipière : elle avait enfilé son gilet en Kevlar par-dessus son chemisier, sous son blazer, et en frottait du pouce la surface rugueuse. Sinon, elle était parfaitement immobile.

De la lumière brillait derrière les fenêtres, chez Clyde Phillips. En face, la maison de Cameron était plongée dans l'obscurité. Les quatre enquêteurs laissèrent leurs véhicules dans la rue, avant l'entrée de l'allée. Quelques arbres se dressaient entre eux et le pavillon du suspect. Une voiture de patrouille, phares éteints, stationnait une cinquantaine de mètres plus loin. Deux agents en uniforme en descendirent pour se porter à leur rencontre.

« Personne n'est entré ni sorti depuis une heure qu'on est là », les informa l'agent Buchman, trapu et large d'épaules, les cheveux coupés en brosse. Son coéquipier, l'agent Glaiser, salua Dunne d'un hochement de tête. Il n'y avait sans doute pas plus de cinq personnes dans tous les services de police de Seattle que l'inspecteur Dunne ne connaissait pas au moins de vue.

« Il n'y a aucun signe de vie à l'intérieur, dit Brown. Mais on applique la procédure d'intervention standard. On fait "comme si".

– O.K., je surveille l'arrière, déclara Alice. Je suis déjà venue aujourd'hui. Donnez-nous trois minutes pour prendre position. »

Guidée par son souvenir des lieux en plein jour, elle se dirigea vers la zone d'ombre sous les arbres, et atteignit rapidement le petit tas de feuilles mortes. Spencer, qui lui avait emboîté le pas, renifla ostensiblement.

« Qu'est-ce qui schlingue comme…, commença-t-il.

– Un chat crevé », l'interrompit Alice en dégainant.

Parvenue devant la clôture, elle risqua un œil de l'autre côté. Le jardin était tel qu'elle l'avait laissé, les portes et les fenêtres de la maison toujours fermées. À l'écart de la rue, le silence paraissait plus profond. Son rythme cardiaque s'était légèrement accéléré, sans toutefois s'affoler.

Comme elle avait besoin de ses deux mains pour escalader la barrière, elle rengaina son arme et referma machinalement la patte du holster.

Spencer et elle échangèrent un coup d'œil, puis, sans un mot, franchirent la clôture et atterrirent dans le jardin de Cameron. Arme à la main et pointée vers le sol, Alice longea la haie. Quelques secondes plus tard, Spencer et elle s'étaient positionnés de façon à couvrir toutes les issues.

Maintenant, se dit-elle.

Brown allait s'engager dans l'allée quand il entendit une voiture approcher. Il s'immobilisa, pensant qu'elle allait poursuivre sa route, mais contre toute attente elle s'arrêta devant la maison. Il se retourna.

Un jeune homme en costume-cravate baissa sa vitre. « Inspecteur Brown ? »

Celui-ci pressentit aussitôt des problèmes.

« Je m'appelle Benny Craig, et je travaille pour Quinn, Locke & Associates. C'est Nathan Quinn qui m'envoie. Comme vous êtes en possession d'un mandat qui vous autorise à perquisitionner à cette adresse, M. Quinn a pensé qu'il vaudrait mieux vous remettre ceci. »

Il descendit de son véhicule et tendit la main droite à Brown. Dans sa paume luisait un petit porte-clés auquel étaient accrochées trois clés.

« Il a dit que ça vous éviterait d'avoir à forcer la porte, et à lui d'avoir à la faire réparer. »

Craig souriait peut-être ; dans la pénombre, Brown n'aurait su le dire.

« Je peux voir votre mandat, inspecteur ? »

Ignorant la question, Brown prit les clés et s'éloigna rapidement dans l'allée.

« Allons-y. »

Mais Craig n'avait pas terminé.

« Attendez ! Il n'y a pas d'alarme, et je dois récupérer les clés avant votre départ. »

Sans s'arrêter, Brown lui remit le mandat qu'il avait sorti de sa poche. Les agents Buchman et Glaiser ne comprenaient manifestement pas ce qui se passait ni pourquoi il avait l'air aussi furieux, mais ils parurent soulagés de ne pas avoir à défoncer le battant.

« Restez à l'écart », ordonna Dunne, qui plaça sa paume sur la poitrine de Benny Craig et le repoussa sans brutalité. Il lui indiqua un endroit, à environ cinq mètres sur la gauche, en direction de la rue. Le jeune homme battit docilement en retraite.

Les quatre policiers avaient dégainé. Brown inséra la clé dans la serrure du bas. Elle tourna aisément. Il renouvela la manœuvre avec celle du haut et la porte s'ouvrit.

Les lueurs des réverbères de la rue éclairaient à peine le vestibule. Tous se figèrent.

« Police de Seattle… », s'entendit annoncer Brown.

Après avoir allumé, ils se rendirent de pièce en pièce en criant « RAS ! » à mesure qu'ils exploraient tous les espaces susceptibles de dissimuler un homme. Dunne alla déverrouiller la porte de derrière pour laisser entrer Alice et Spencer.

« L'oiseau s'est envolé », dit-il.

Benny Craig avait franchi le seuil lui aussi et semblait hésiter sur la conduite à tenir. Dunne lui indiqua un banc près du portemanteau.

« Asseyez-vous là, ordonna-t-il. Et surtout, ne touchez à rien. »

Le jeune homme obéit.

Alice enfila des gants en latex, puis s'adossa à la porte d'entrée. Cette fois, ils étaient bel et bien à l'intérieur.

Elle avait déjà participé à de nombreuses perquisitions dans toutes sortes d'endroits : grandes propriétés, taudis d'une pièce, voitures que leurs propriétaires conduisaient la journée et où ils dormaient la nuit… Chaque fois, elle avait eu le sentiment qu'elle en apprenait davantage sur les personnes concernées en examinant pendant dix minutes la façon dont elles vivaient plutôt qu'en passant une heure en salle d'interrogatoire avec elles.

D'autant qu'elle avait eu de bons professeurs : John Douglas, à l'École de police, et Dave Carbone quand elle travaillait en uniforme. Elle connaissait bien les différentes techniques, et en l'occurrence savait pertinemment ce qu'ils cherchaient dans cette maison : le calibre 22 qui avait abattu les victimes, et peut-être au moins une partie des entraves utilisées pour les attacher. De même, tout document qui permettrait d'établir un lien entre Cameron, Sinclair et des transactions financières illégales serait du pain bénit pour le dossier d'accusation.

L'enjeu d'une perquisition en règle, répétait souvent Douglas, dépasse toujours le cadre du tangible. Il ne s'agit pas seulement de déterminer quel livre a été replacé à l'envers sur l'étagère ; il faut aussi s'interroger sur ce que cette lecture révèle d'un homme qui s'apprête à commettre un crime.

Alice ne bougeait pas. Elle avait conscience des autres en train de parler et de se répartir les tâches, et elle aurait aimé qu'ils se taisent un moment.

« Qu'est-ce que tu fais ? lui demanda Brown.

– J'essaie de visualiser la pièce sans nous. »

John Cameron arrive chez lui, insère la clé dans la serrure, la tourne et entre. Du seuil, voilà ce qu'il voit. Il va sûrement suspendre sa veste au portemanteau… Alice s'efforça d'ignorer Benny Craig. Son regard fut attiré par une petite console sur laquelle était posé un ravissant vide-poche en porcelaine, probablement destiné à recevoir des clés. En l'occurrence, il était vide. Le vestibule donnait sur un vaste salon sans doute décoré par les parents de Cameron : les deux grands canapés, ainsi que les deux fauteuils assortis, étaient tendus d'un tissu à l'imprimé fleuri discret qui leur conférait un aspect à la fois plaisant et démodé. Le genre de mobilier que ses propres grands-parents auraient pu choisir, se dit-elle.

Deux vastes bibliothèques, garnies d'ouvrages reliés et de romans de poche, couvraient deux pans de murs. De petits objets avaient été disposés sur les rayonnages, devant les livres. Une collection de blagues à tabac.

Spencer et Dunne examinaient déjà les bibliothèques et la table pliante installée dans un coin. Alice s'avança. Les coussins sur les canapés et sur les fauteuils étaient bien gonflés et parfaitement en place. Elle passa un doigt sur le plateau de la table. Pas de poussière.

Elle se dirigea vers la cheminée au fond de la pièce. Une seule photo encadrée ornait le manteau : celle d'un couple souriant d'une soixantaine d'années – les parents de Cameron, selon toute vraisemblance. Dans un panier à droite de l'âtre se trouvaient quatre bûches soigneusement empilées. Un parfum de vanille flottait dans l'air, provenant du pot-pourri sur la table basse.

Alice ne pouvait se défaire de l'impression étrange que, si elle ouvrait le frigo, elle y découvrirait du lait frais. Dans une maison où personne n'habitait.

« Les gars… », commença-t-elle.

Quand ils se retournèrent, elle leur montra le grand vase transparent sur une table d'angle. Il contenait un bouquet de lys blancs dont les feuilles étaient piquetées de minuscules gouttelettes. Au fond stagnaient des résidus de poudre pour conserver les bouquets ; ils n'avaient pas fini de se diluer. Aucun doute, John

Cameron était venu dans cette maison peut-être quelques heures seulement avant eux.

« C'est joli, commenta Spencer.

– Parle-moi du témoin de Blueridge, lui demanda Brown.

– C'est le voisin d'en face, qui rentrait d'une soirée vers deux heures et demie du matin. Un pot d'entreprise, plus précisément, et c'est lui qui avait été désigné pour servir de chauffeur à ses collègues…

– Merci mon Dieu !

– Il a jeté un coup d'œil à la maison des Sinclair et remarqué le pick-up garé dans l'allée. Rien d'autre. Juste le pick-up.

– Il t'a paru comment ?

– Tout à fait crédible. Il fera bon effet au tribunal. »

Tout en les écoutant, Alice était entrée dans la cuisine. Le père de Cameron était chef dans le restaurant dont il détenait des parts, et l'aménagement de la pièce reflétait les exigences d'un professionnel de l'art culinaire.

Plus grande que la moyenne, elle était bordée par des placards et des cabinets vitrés. Au milieu trônait un immense plan de travail. Des casseroles étaient suspendues à des crochets sur un pan de mur, en face d'un piano de cuisson comportant deux fours et six brûleurs.

Poussée par la curiosité, Alice alla ouvrir le frigo. L'intérieur était propre et vide. Pas de lait, pas d'œufs, pas de restes. Dans le compartiment freezer, en revanche, elle fit une découverte intéressante : un pot de Ben & Jerry. Elle sourit sans raison particulière, peut-être juste parce que la crème glacée conférait une touche d'humanité à John Cameron. Elle referma le compartiment, puis survola du regard toutes les surfaces. Rien, à part de hauts récipients garnis de louches et de cuillères.

« Il n'y a pas de couteaux », observa-t-elle à l'adresse de Brown, qui l'avait rejointe.

Elle inspecta tous les tiroirs, jusqu'à trouver ce qu'elle cherchait : des couverts.

« Le père de Cameron était chef de cuisine au Rock. En général, les chefs aiment bien travailler avec leurs propres couteaux, mais il n'y a pas trace d'ustensiles de professionnel. De plus, je n'ai remarqué qu'une seule photo de famille sur le manteau de la cheminée... »

Elle repoussa le tiroir d'un coup sec.

« Cameron n'a laissé aucun objet personnel sur place, déclara-t-elle. Il a tout débarrassé quand il a déménagé. À mon avis, il possède une autre maison quelque part, où il a entreposé les affaires qui devraient être ici. Les photos de famille, les couteaux de son père...

– C'est fou ce que tu me remontes le moral !

– Désolée, répliqua-t-elle en explorant les placards.

– Saltzman a téléphoné. Jusque-là, il n'a relevé aucune irrégularité dans les dossiers de Sinclair. Il y retournera demain. »

Brown annonçait toujours les nouvelles, bonnes ou mauvaises, d'un ton égal. Alice le vit balayer la pièce de ses yeux bleu clair.

« Oh, et le pick-up n'est pas dans le garage, ajouta-t-il.

– Il y a quelque chose, dans ce garage ? demanda-t-elle.

– Non, absolument rien. Bon, je vais faire un tour à l'étage. »

Au moment où il sortait de la cuisine, les premières mesures de *Should I stay or should I go*, des Clash, s'élevèrent dans la pièce voisine.

« Ça, c'est la technique personnelle de Dunne pour apprendre à connaître le suspect en se plongeant dans son univers », commenta Brown, avant de s'éloigner.

Alice alla jeter un coup d'œil dans le salon : Spencer palpait méthodiquement les coussins des canapés, et Dunne braquait une fine lampe-torche derrière les bibliothèques. Tous deux paraissaient absorbés par leur tâche.

Un observateur extérieur aurait pu croire à une fête en découvrant toutes les lumières allumées et le rock des Clash déversé par les enceintes. Benny Graig, visiblement mal à l'aise, changea de position sur son banc. Pour la première fois depuis son arrivée, il paraissait inquiet.

Alice, qui en avait terminé avec la cuisine, s'engagea dans l'escalier, faisant craquer les lattes sous ses pas. L'étage se composait de deux chambres, d'une salle de bains et de la pièce où se tenait Brown, qui devait faire office de bureau. Son équipier s'était assis derrière la table et nettoyait ses lunettes à l'aide d'un mouchoir.

« Madison ? Ta famille a accroché au mur la photo de ta remise de diplôme ? lança-t-il.

– Bien sûr, répondit Alice.

– On dirait bien que notre homme n'aime pas se faire tirer le portrait… »

Les murs autour de lui étaient nus, à l'exception de trois posters qui représentaient des paysages montagneux. Alice songea au cliché pris à l'enterrement de David Quinn.

Toujours accompagnés par la musique, ils fouillèrent ensemble le bureau. Pour autant qu'ils pouvaient en juger, l'existence des Cameron se résumait à des factures de gaz et d'électricité, à divers reçus et à une correspondance vieille de quinze ans avec des cousins en Écosse.

Quand ils eurent tout passé en revue, ils rejoignirent Spencer et Dunne dans la chambre des parents, où les boîtes à chaussures dans la penderie ne contenaient que des chaussures.

La porte de la seconde chambre – celle de Cameron, sans aucun doute – était fermée. Alice posa la main sur la poignée. Brown, Spencer et Dunne s'étaient postés derrière elle, comme en renfort, bien que l'endroit ait déjà été inspecté par l'un des agents en uniforme.

Elle ouvrit, et, inexplicablement, sentit un frisson la parcourir.

Des couvertures rouge vif garnissaient les lits superposés. Des banderoles aux couleurs de l'équipe des Mariners et des Sonics étaient punaisées aux murs, formant un contraste saisissant avec le motif délicat du papier peint. Sur les rayonnages étaient rangés des romans de science-fiction et des encyclopédies. Plusieurs manuels scolaires traînaient sur le bureau, et un coupe-vent vert drapait le dossier de la chaise. Une maquette d'avion, suspendue au plafond, oscillait légèrement. Un peignoir en éponge était accroché à une patère derrière la porte, et une paire de baskets usées, lacets emmêlés et traces de boue sur le cuir, dépassait de sous le lit. C'était une chambre de garçon typique.

Dunne relâcha son souffle.

« O.K., on y va, dit Brown.

– O.K. », fit Alice en écho.

À l'intérieur, ils s'immobilisèrent quelques instants au milieu de la pièce. Brown dut se baisser pour éviter de heurter l'avion miniature.

« Je m'occupe de la penderie. » Impatiente de se mettre à l'ouvrage, Alice entreprit d'explorer l'étagère du haut.

Brown s'approcha du bureau et feuilleta tous les manuels scolaires. Quand son regard croisa celui d'Alice, elle comprit qu'ils avaient la même impression : ce n'était pas dans une simple chambre qu'ils avaient pénétré, mais au cœur d'un décor révélateur d'un esprit troublé.

La penderie ne contenait pas beaucoup de vêtements, et ce n'étaient en aucun cas ceux d'un adulte. Alice laissa courir sa main sur les blousons en jean et sur les chemises, qui témoignaient d'une nette préférence pour le bleu, en estimant que John Cameron avait dû cesser de les porter à la fin de l'adolescence. Elle repéra un teddy rouge à manches jaunes, plus petit que le reste d'au moins une taille. Peut-être son propriétaire s'était-il désintéressé jeune des sports d'équipe… Alice se demanda si Cameron était allé à l'université, et si la question était pertinente.

Dans le coin du placard, derrière les vêtements, elle découvrit une batte de base-ball ainsi qu'une balle logée au creux d'un gant en cuir. Alice sortit la batte, et, la tenant à deux mains, comme un frappeur, en examina les lignes fuselées. Elle était toujours étonnée par le plaisir que lui procurait la sensation du bois sous ses doigts, et ce fut tout juste si elle n'entama pas un swing.

Un détail attira soudain son regard : une marque visible sur la surface pourtant parfaitement lisse. Quelque chose était incrusté à l'endroit où la batte vient frapper la balle – un fragment aussi fin qu'un ongle. Alice l'effleura de son index ganté, sans rencontrer la moindre aspérité. Quelle que soit sa provenance, l'éclat était enfoncé si profondément qu'on ne pouvait pas deviner sa présence, à moins de savoir où chercher.

« Tu vois une loupe quelque part ? » demanda-t-elle à Brown.

Dans son esprit, tous les garçons s'en servaient un jour ou l'autre pour tenter de faire brûler un papier à la lumière du soleil. Il devait y en avoir une dans cette chambre.

« Oui, là. » Brown la dénicha dans un mug en porcelaine rempli de stylos et de crayons. Il la lui tendit. « Qu'est-ce que t'as trouvé ?

– Je n'en sais encore rien. »

Alice orienta la lampe articulée de façon à éclairer directement la batte. Si la loupe n'était pas aussi puissante que celle du labo de la police, elle lui permit néanmoins d'avoir la confirmation de ce qu'elle soupçonnait.

Quand elle pratiquait le base-ball en catégorie junior, un garçon de son âge, mais deux fois plus gros qu'elle, avait voulu la bloquer en attrapant la batte par-derrière alors qu'elle faisait un swing. Lui avait eu la main cassée, et Alice avait appris à quoi ressemblait un éclat d'os incrusté dans une batte.

« C'est vieux, dit-elle.

– Très vieux, renchérit Brown.

– Je crois quand même que ça mérite d'être analysé.

– Mouais. »

Alice appuya la batte contre le mur, près de la porte. La pièce ne lui paraissait pas moins étrange qu'au moment où ils étaient entrés ; il y manquait seulement cette odeur de sueur propre aux vestiaires qui flotte souvent dans les chambres d'adolescents.

« J'appelle Fred », annonça Brown, qui s'assit sur la chaise en sortant son téléphone portable. Après que son appel eut été transféré deux fois, il réussit enfin à joindre Fred Kamen, à Quantico.

« Je suis dans un endroit dément, déclara-t-il. Non, je veux dire, littéralement. T'as cinq minutes ? »

Les premières quarante-huit heures d'une enquête sont toujours décisives ; après, tout commence à s'estomper. À mesure que les jours passent, les témoins oublient de plus en plus de détails, et la relation entre la victime et l'assassin tend à devenir plus floue.

Avant la découverte du chèque, Kamen aurait pu les aider à établir le profil du tueur. Maintenant que les soupçons se concentraient sur John Cameron, il était sans doute en mesure de leur fournir des pistes pour mieux cerner le suspect et réussir à le coincer. Brown n'appelait pas officiellement le FBI, c'était juste une conversation entre Kamen et lui. Le téléphone dans la main droite, il fouillait de la gauche les tiroirs du bureau.

Alice ne l'écoutait plus. Quand on est fils unique et qu'on a des lits superposés, lequel choisit-on ? Celui du haut, certainement. Elle pinça le coin de l'oreiller entre le pouce et l'index pour le soulever. Pas de pyjama dessous. Elle ne s'attendait pas vraiment à en découvrir un ; de fait, elle ne savait pas trop à quoi s'attendre.

Elle s'appuya contre les lits, puis tendit le bras pour effleurer la banderole triangulaire des Sonics accrochée au mur. Les lettres étaient imprimées en relief sur le tissu – un procédé qui n'avait plus cours aujourd'hui.

Si John Cameron avait laissé la chambre telle qu'il l'avait occupée autrefois, ce n'était pas à l'intention de la police – il ne pouvait pas deviner que les flics débarqueraient dans cette maison –, mais parce qu'il en avait besoin. Alice ôta ses gants et suivit de l'index les contours des lettres sur la banderole. Aussi sûrement que la ligne sombre autour de l'éclat d'os était du sang, cet endroit – qui, de toute évidence, avait une signification particulière pour Cameron, même s'ils ignoraient encore laquelle –, permettrait de le faire plonger ; elle le sentait au plus profond d'elle-même, comme un chien de chasse qui vient de flairer une piste. Pour autant, cette certitude ne la réconfortait pas. Elle remit ses gants.

Brown et elle terminèrent leur travail, perdu l'un et l'autre dans leurs pensées, et ce fut avec soulagement qu'ils s'en allèrent. Ils n'avaient pas trouvé grand-chose, mais la sensation de malaise qu'ils éprouvaient ne se dissiperait pas avant des heures.

17.

« QU'EST-CE QUE T'A DIT KAMEN ? » demanda Alice à son coéquipier.

Ils venaient de quitter Laurelhurst et la batte de base-ball était posée sur la banquette arrière.

« D'après lui, si Cameron s'est montré particulièrement habile durant des années, ces vingt-cinq mille dollars lui ont sacrément ramolli le cerveau, répondit Brown.

– C'est tout ?

– En substance, oui. »

Alice garda le silence, préférant laisser Brown suivre le cheminement de ses pensées.

« Quelle est la différence pour toi entre la "mise en scène" et la "pose" ? lança-t-il quelques instants plus tard.

– C'est une interro surprise ?

– Tu voulais savoir ce que m'avait dit Kamen, non ?

– O.K. » Alice s'installa plus confortablement sur son siège. « Par l'intermédiaire de la mise en scène, l'assassin cherche à donner une image différente de ce qui s'est réellement passé : une exécution maquillée en cambriolage, par exemple. La pose relève de l'intention de traiter la victime comme un objet, de la positionner d'une façon spécifique pour signifier quelque chose, faire passer un message…

– Exact. T'as déjà eu l'occasion d'enquêter sur une affaire impliquant la pose ?

– Non. C'est extrêmement rare.

– Qu'est-ce qui motive le tueur, dans ce cas ?

– La sensation de pouvoir – celui d'ôter la vie, mais aussi de maîtriser totalement la situation.

– Chez les Sinclair, les corps ont été placés sur le lit, ligotés et aveuglés. C'est la signature de l'assassin, en quelque sorte, le moyen par lequel il voulait indiquer son pouvoir absolu sur eux après leur mort.

– Je suis d'accord.

– Kamen m'a demandé s'il y avait aussi des signes de pose sur le *Nostromo* ou dans l'affaire du dealer découvert au bord du lac Washington. Et si on avait récupéré des indices après coup.

– Non, et non.

– Cameron a pu commettre d'autres meurtres sans qu'on le suspecte, parce que rien ne nous permettait de le relier à la scène de crime. Jusque-là, avec lui, le mode opératoire était toujours le même ; il n'y avait pas de pose, pas d'indices, pas d'avertissement ni de message sur les lieux.

– Tu veux dire que…

– Il a changé. Aujourd'hui, il s'en prend aux proches de sa cible, et on dirait qu'il a besoin d'épater la galerie.

– Peut-être qu'il a agi ainsi parce qu'on lui avait fait personnellement du tort : son ami l'avait escroqué. Alors il a voulu s'assurer que Sinclair comprenait ce qui arrivait à sa famille en le tuant en dernier. Pour laver l'affront, j'imagine.

– C'était ça, le but : que Sinclair sache. En fait, tu viens toi-même de répondre à la question que t'as posée hier. Pourquoi avoir choisi une méthode différente pour se débarrasser du père ? Pourquoi le chloroforme ? Pourquoi l'avoir ligoté avant sa mort, et pas après, comme les autres ? »

Tout paraissait si simple.

« Pour lui infliger la punition la plus terrible qui soit.

– Ce qui n'aurait pas été le cas si Cameron s'était contenté de lui tirer une balle en pleine tête dans une ruelle sombre.

– Et Kamen a un problème avec ce scénario ?

– Il n'aime pas trop quand les meurtriers modifient leurs habitudes. Ça l'inquiète.

– Et toi ? Ça t'inquiète aussi ? »

Brown haussa les épaules.

« Kamen a une idée pour l'histoire des treize jours ?

– Non.

– Ce matin, quand Payne t'a dit que les empreintes sur le verre étaient celles de Cameron, t'as eu l'air surpris, comme si c'était une mauvaise nouvelle pour nous.

– C'est vrai, ça m'a étonné.

– Pourquoi ?

– Difficile à dire. Peut-être que je ne le pensais pas du genre à laisser des traces derrière lui. »

Après avoir toqué à la porte, Carl Doyle pénétra dans le bureau de Nathan Quinn.

« Il est là, annonça-t-il.

– Bien. Dites-lui d'entrer.

– Vous avez besoin d'autre chose ?

– Non, Carl. Merci d'avoir attendu. Vous pouvez partir. »

Ce n'était pas le moment d'aborder la question des dossiers de Sinclair, ni de demander pourquoi la succession avait été confiée à Bob Greenhut. En temps normal, Nathan Quinn n'était pas homme à se confier, et Dieu sait que les circonstances n'avaient rien de normal. Doyle ne pouvait que lui offrir son soutien et sa présence.

« À demain, alors. »

Cela n'avait jamais dérangé Doyle de rester tard au bureau, il avait ainsi la possibilité de mettre à jour son travail. Ce qui le dérangeait, en revanche, c'était de voir Tod Hollis, le détective employé par le cabinet, se présenter à une heure aussi indue. Pour lui, cette visite n'augurait rien de bon.

Comme toujours, Hollis, coupe en brosse et moustache noire grisonnante, portait un costume sombre et une cravate – une tenue qui évoquait plus un agent du FBI que l'ancien flic qu'il était. Il avait été blessé par balle après vingt-cinq années de service, et le boitillement qui en résultait, quoique léger, l'avait forcé à quitter la police pour se spécialiser dans les enquêtes privées. Quinn, Locke & Associates était son principal client.

Il serra fermement la main tendue par Quinn.

« Toutes mes condoléances pour James et sa famille, dit-il.

– Merci. »

Hollis avait souvent eu affaire aux proches des victimes au cours de sa carrière. Il considéra attentivement Quinn pour essayer de déterminer à quel stade il en était du douloureux processus de deuil.

« Asseyez-vous. Vous voulez boire quelque chose ? » Quinn indiqua d'un geste les deux chaises de l'autre côté de sa table. Une demi-heure plus tôt, lui-même s'était servi un petit verre de bourbon auquel il n'avait pas touché.

« Non, merci. »

Quinn prit place sur le siège voisin.

« Vous tenez le coup ? s'enquit Hollis.

– Ça va. Désolé de vous avoir appelé si tard…

– Ne vous en faites pas pour ça.

– J'ai besoin de votre aide.

– Vous pouvez compter sur moi.

– J'aurais un service un peu particulier à vous demander.

– C'est-à-dire ? »

Des cernes sombres se dessinaient sous les yeux de l'avocat. Hollis espéra qu'ils étaient seulement dus à la fatigue et au chagrin.

« Je veux offrir une récompense pour toute information qui permettra d'arrêter l'assassin de James et de sa famille, expliqua

Quinn. Deux cent cinquante mille dollars. J'aimerais que vous vous en occupiez.

– C'est une grosse somme.

– Le jeu en vaut la chandelle.

– Je comprends. Le problème, c'est que pour toucher un tel pactole, tous les tordus d'ici à Miami vont sortir de leur trou et balancer leur mère.

– Quel montant serait le plus approprié, selon vous ?

– Cent mille – et encore, il va falloir faire un sacré tri parmi les appels !

– Je suis prêt à signer le chèque.

– Je m'en doute.

– Autre chose : j'aimerais que vous enquêtiez vous-même sur les meurtres. »

La police était sur l'affaire depuis à peine deux jours, et Hollis connaissait bien les membres de la brigade – tous de bons éléments qui ne compteraient pas leurs heures pour obtenir des résultats.

« Pourquoi ? Qu'est-ce qui se passe ?

– Les policiers disent avoir découvert des indices laissant supposer que James escroquait l'un de ses clients. D'après eux, ce dernier aurait voulu se venger de lui. Aujourd'hui, ils ont passé en revue ses dossiers. Ils n'ont évidemment relevé aucune anomalie susceptible d'étayer leur hypothèse.

– Et vous, qu'en pensez-vous ?

– Je n'y crois pas une seconde.

– Quel genre d'indices ? s'enquit Hollis, habitué à raisonner en flic.

– Je vais y venir. Mais ce n'est pas tout : ils ont déjà un suspect.

– Qui ?

– Ce n'est pas lui.

– Ah.

– Et je suis son avocat. »

Hollis patienta.

« John Cameron », révéla Quinn.

Cette fois, Hollis s'adossa à son siège.

« À la réflexion, je veux bien boire quelque chose », déclara-t-il.

Quinn lui servit une rasade de bourbon. Hollis fit tourner le verre entre ses doigts, sans toucher au contenu.

« Si j'accepte de vous aider, Nathan, vous devrez jouer franc jeu avec moi. Je ne peux pas m'engager sans avoir toutes les cartes en main.

– Je vais vous dire tout ce que la police m'a rapporté. Tout ce qui me paraît pertinent. Ensuite, ce sera à vous de décider. »

Hollis sortit son calepin.

« Il n'est pas exclu que les flics aient raison. Vous en avez conscience ?

– Je suis persuadé du contraire, répliqua Quinn.

– Est-ce une intuition de votre part, ou une conviction absolue ?

– J'en ai la conviction absolue.

– Écoutez, Nathan, il s'agit d'une enquête en cours, entamée il y a deux jours seulement. Tant que les policiers seront sur l'affaire, ils ne verront pas d'un bon œil une intervention extérieure. Et que se passera-t-il si je trouve des éléments qui confirment leurs soupçons ?

– Vous n'en trouverez pas, affirma Quinn. Tâchez aussi de me dénicher des renseignements sur les inspecteurs concernés. Je veux savoir à qui j'ai affaire. Et que ça leur plaise ou pas, je m'en fous complètement ! »

Une voiture de police était garée devant chez les Sinclair. Dans la soirée, Brock et McDowell, les agents en uniforme, avaient régulièrement fait des rondes autour de la propriété. Depuis quelques années se posait le problème de la vente en ligne d'objets dérobés sur les scènes de crime ; s'ils n'y prenaient pas garde, avant la fin de leur service un souvenir volé dans la maison pourrait se retrouver hors de la ville, voire de l'État, pour être ensuite proposé sur Internet à un prix exorbitant.

Les deux hommes éteignirent leurs lampes-torches en retournant vers leur véhicule. Ils avaient presque épuisé leur réserve de café, et cette pensée préoccupait McDowell presque autant que la sécurité des lieux. Le quartier ne leur était pas familier ; s'ils avaient déjà patrouillé dans le secteur, ils n'en avaient cependant pas découvert les secrets – en particulier l'existence d'un sentier, trois cents mètres après la maison : de Blueridge Drive, il serpentait entre les arbres et les habitations jusqu'à l'étroite plage de galets et le Puget Sound. Or, ce passage, John Cameron le connaissait bien.

Il se mouvait dans l'obscurité sans la moindre hésitation – ombre parmi les ombres. Il progressait en silence sur le chemin de terre, et il ne lui fallut pas longtemps pour atteindre le bord de l'eau. Le Puget Sound miroita un instant devant lui, puis un nuage masqua la lune et Cameron s'avança sur la plage.

Les lumières de Vashon Island brillaient au loin. La maison de James Sinclair se dressait sur sa droite, sombre et vide. Il prit cette direction.

Il avait observé les policiers et vu les faisceaux de leurs lampes. Il avait attendu qu'ils soient remontés dans leur voiture pour s'engager sur le sentier.

Il gravit les marches en bois jusqu'à la pelouse, la traversa en quelques enjambées et s'approcha de la porte donnant sur la terrasse. La clé était déjà dans sa main, et il s'introduisit prestement à l'intérieur. Il referma la porte vitrée derrière lui, la verrouilla, puis rajusta les plis des rideaux.

John Cameron, immobile, s'entend respirer l'air vicié du salon. Il a mémorisé l'emplacement de chaque meuble, de chaque objet. Peu à peu, ses yeux s'accoutument à la pénombre. Il sort de la poche droite de son pantalon une lampe électrique qu'il allume. Il oriente la lumière vers le sol pour s'assurer que rien n'a changé depuis sa dernière visite.

En élevant légèrement le faisceau, il remarque les traces de poudre noire laissées par les techniciens de scène de crime. Elles sont partout. En même temps qu'il enregistre tous les détails, Cameron visualise la pièce dans son ensemble, à la lumière du jour, et imagine les policiers à l'œuvre. Quelqu'un a déplacé une pile de magazines. Il y a des éraflures sur le plancher, sans doute dues aux nombreuses allées et venues. Autant de petites intrusions dans cet univers familier.

À moins de dix mètres, les deux policiers discutent tranquillement dans leur voiture. Mais leur présence, dont il a conscience, l'indiffère.

Il ne laisse ni ses souvenirs ni la pensée de ce qui s'est passé dans cette maison interférer avec le présent et avec la mission qu'il s'est fixée. Guidé par sa lampe, il gravit l'escalier jusqu'à la chambre parentale. À mi-chemin, l'air se charge d'une odeur âcre rappelant celle d'une boucherie par une chaude journée.

Pour être venu souvent chez les Sinclair, il sait quelle marche craque, et il avance sur la pointe des pieds. Un homme à l'étage ne pourrait pas deviner qu'il est là.

Il s'approche de la chambre des parents, braque le faisceau de sa lampe sur la tête de lit et l'examine un long moment. Puis il suit à la trace le travail des enquêteurs à mesure qu'il découvre des marques sur le mur et des résidus de poudre noire autour de la fenêtre. Le haut du chambranle a disparu, constate-t-il. Une traînée de sang sur la porte le conduit jusqu'à la chambre des enfants, où il voit les impacts de balles dans le mur.

En ce lieu où se sont produits des actes d'une violence inouïe, John Cameron explore méthodiquement chaque pièce sans se presser. Dans le bureau, il va s'asseoir sur le canapé en cuir avant d'éteindre sa lampe. Aucune étoile ne brille dans le ciel qui se déploie derrière la fenêtre.

Fatiguée et fébrile, Alice roulait vers Three Oaks en s'efforçant de ne pas dépasser la vitesse autorisée. Elle appela Brown sur son portable.

« J'ai encore un truc à faire ce soir, annonça-t-elle. Je voudrais retourner sur la scène de crime pour voir s'il n'y aurait pas des points communs avec la baraque de Cameron.

– Si tu tombes sur quelque chose…

– Je sais. Je demanderai à un agent de cosigner le procès-verbal.

– Le problème, c'est que les clés sont ici. Tu comptes entrer comment ?

– Bah, j'improviserai. À vrai dire, je mise un peu sur une clé de secours cachée sous le paillasson.

– Attention, hein ? Je ne veux pas entendre parler d'un intrus qui aurait cassé un carreau…

– Ne t'inquiète pas. Si je ne mets pas la main sur cette clé dans les cinq minutes, je rentre chez moi et je me prépare à passer une nuit blanche. »

Quand elle s'arrêta près de la voiture de patrouille, Alice se sentait toujours aussi nerveuse. Elle montra sa plaque aux deux agents, leur expliqua qui elle était et pourquoi elle était là. Brock et McDowell se regardèrent ; peut-être levèrent-ils les yeux au ciel – elle n'aurait su le dire.

Il lui fallut dix minutes pour dénicher le petit sachet en plastique, genre sac de congélation, logé à l'intérieur d'une souche creuse le long de l'allée. Il contenait un porte-clés auquel étaient accrochées deux clés.

Il était minuit cinq lorsque Alice franchit le seuil de la maison. Elle éclaira le vestibule, puis le salon. Tout était exactement comme dans son souvenir. Elle n'avait aucune idée de ce qu'elle était venue chercher ; elle le saurait quand elle l'aurait trouvé. Mais d'abord, elle avait quelque chose à faire.

Elle appuya sur l'interrupteur de l'escalier. Personne n'avait pensé à arrêter le chauffage, qui venait de s'éteindre pour la nuit, et la tuyauterie émettait de légers gargouillements.

À l'étage, elle s'approcha de la chambre des parents, éclaira la pièce, mais n'entra pas. Malgré les traces de sang et de violence, ce n'était pas la scène de crime la plus horrible qu'il lui ait été donné de voir, loin s'en fallait. Il s'en dégageait pourtant une impression de fureur aveugle, toute-puissante et néanmoins contenue, comme en témoignait le couvre-lit soigneusement tiré.

Une telle fureur suggérait plus de choses qu'elle n'en révélait. Si elle avait pu se traduire par un son, se dit Alice, il aurait été d'une intensité insoutenable.

Elle ne s'attarda pas sur cette considération. Il était tard, et elle avait d'autres préoccupations en tête. Au fond, elle savait très bien pourquoi elle était montée au premier : c'était une façon pour elle de demander leur permission aux Sinclair avant de s'immiscer dans leur intimité. Certains secrets sont bien gardés, mais peut-être la maison accepterait-elle de lui livrer ceux dont elle avait besoin.

Les lattes du plancher craquèrent sous ses pieds lorsqu'elle passa devant le bureau. Elle n'y entra pas non plus – sage décision, sans doute la meilleure qu'elle ait prise de la journée.

La lumière de l'escalier s'éteint. John Cameron range le couteau dans son étui et prend appui contre l'encadrement de la porte.

Il a compris qu'il s'agissait d'une femme à la façon dont elle a gravi les marches. C'est un flic, forcément, peut-être même l'un des inspecteurs chargés de l'enquête. Les autres agents, ceux qu'il a observés à l'extérieur, n'ont pas essayé d'entrer. Cette ingérence dans un moment qui n'appartient qu'à lui le contrarie vivement. En attendant, cette fille est là, et si elle a décidé de fouiller les lieux en pleine nuit, autant essayer de savoir ce qu'elle cherche.

Durant une fraction de seconde, Cameron met en balance curiosité et prudence. La tête inclinée de côté, il guette les sons en provenance du salon, puis s'avance dans le couloir. Qu'on le voie ou pas, il s'en moque. Il a été interrompu dans sa tâche, et ce soir il ne se sent pas d'humeur clémente.

Alice regarda autour d'elle. Les Sinclair avaient les moyens, manifestement, sans toutefois mener grand train. Il y avait deux voitures dans le garage, et tous les attributs habituels d'un foyer aisé disséminés dans les pièces : téléviseur à écran plat, lecteur de DVD… Elle se rappela avoir remarqué un Olympus et un appareil photo numérique Sony dans le bureau, avant que Lauren et Joyce les emportent.

Le mobilier, moderne et de bon goût, était agrémenté de quelques antiquités. Tout était réuni pour assurer des conditions de vie confortables à la famille. Alors pourquoi James Sinclair avait-il voulu escroquer un homme dont il savait pourtant qu'il fallait se méfier ? Comment avait-il pu être aussi stupide ?

Une passion secrète pour les jeux de hasard, des dettes cachées, un chantage, une maîtresse exigeante… tout était possible. Alice s'agenouilla devant deux étagères basses sur lesquelles s'alignaient des DVD. Possible, d'accord, mais peu probable. Si James Sinclair menait une double vie, il l'avait fait avec une telle discrétion qu'il leur serait difficile de le découvrir.

Alice vit beaucoup de titres de films pour enfants, surtout des Walt Disney qu'elle-même avait possédés autrefois. Quelques Scorsese et plusieurs Spielberg. Rien que de très banal.

Un intitulé accrocha soudain son regard : *Concert et fête de Noël.* L'écriture était soignée et parfaitement lisible. Des films de famille. Elle sortit le disque du boîtier, l'inséra dans le lecteur et appuya sur PLAY.

Une salle de classe aux murs décorés de guirlandes de Noël. Une rangée de chaises vides sur une estrade. La personne qui filmait soignait le travail : partant d'un gros plan sur une étoile dorée, elle élargit le champ jusqu'à inclure les spectateurs – des adultes qui chuchotaient dans la pénombre.

« Ah, les voilà ! s'exclama un homme à gauche.

– Oui, ça y est, il est là », dit une femme.

Zoom sur un groupe d'une trentaine d'enfants qui sortaient des coulisses et allaient s'installer sur les sièges avec leurs instruments.

« Où il est ? Où ? » Une voix jeune. Des bruissements proches du micro.

Alice imagina James Sinclair juchant son fils sur ses épaules pour lui permettre de voir son frère jouer. Quand les musiciens en herbe attaquèrent un morceau, elle sourit. Certaines choses ne changent jamais dans les écoles : c'était le *Canon* de Pachelbel.

Même si Cameron avait fait moins attention, les premières mesures auraient suffi à couvrir le bruit de ses pas dans l'escalier. Parvenu à mi-hauteur, il marque une pause. La maison est plongée dans le noir, à l'exception du salon éclairé par une lampe.

Grâce au halo de lumière, il distingue la silhouette de la femme assise par terre, devant le téléviseur qui projette des lueurs bleues sur les murs.

Lorsqu'elle se détourne pour attraper la télécommande, son profil se découpe nettement sur le fond constitué par l'écran. La photo en noir et blanc parue dans le journal permet à Cameron de reconnaître l'officier de police qui a chassé de la scène de crime le faux coursier de chez FedEx : l'inspecteur Alice Madison. Il classe cette information dans un coin de sa tête. Mais que cherche-t-elle dans ces vieux films de famille ?

Il aurait préféré la découvrir occupée à fouiller la bibliothèque ou à vider les tiroirs. Au lieu de quoi, baignée par les lueurs mouvantes du téléviseur, elle observe une immobilité totale. Cameron regarde à la fois la femme et les images sur l'écran. Elle ne bouge pas, lui non plus.

Les musiciens étaient malhabiles, le morceau pas tout à fait en place, le visage de John Sinclair à moitié dissimulé par sa flûte à bec. Adossée au canapé, Alice osait à peine respirer.

Le premier morceau s'acheva, et un autre lui succéda – cette fois, le *Jésus que ma joie demeure*, de Bach. Parfois, l'image montrait l'ensemble de l'estrade, mais le plus souvent l'objectif restait braqué sur le petit Sinclair.

Quand les spectateurs commencèrent à applaudir, Alice pressa la touche PAUSE. Elle se leva, puis se rendit à la cuisine, située à droite en sortant du salon.

Cameron entend les portes des placards claquer, l'eau couler du robinet. La raison voudrait qu'il s'en aille sur-le-champ ; il n'aurait qu'à ouvrir la fenêtre du bureau, sauter dans le jardin et disparaître. Sauf qu'à ce stade de la soirée, John Cameron n'écoute plus la raison. Appuyé contre la rambarde, il croise les bras. Du temps, il en a plus qu'il ne lui en faut. À son grand soulagement, il ne ressent rien.

Alice se servit un verre d'eau du robinet, le vida d'un trait, le remplit de nouveau. Ces films familiaux constituaient désormais les seules traces du passage des Sinclair sur terre.

Quand elle eut lavé et essuyé le verre, elle le rangea et retourna s'installer devant le lecteur de DVD. Elle appuya sur PLAY. Le concert était terminé, les enfants couraient partout et les parents bavardaient par petits groupes. James Sinclair, souriant, portait une chemise bleu marine sur un jean ; il ne ressemblait en rien au mort qu'elle avait vu dans la chambre. Elle était heureuse de ne plus entendre de musique.

Ignorant les deux garçons, elle se concentra sur les parents. Quand James Sinclair se mit à filmer à son tour, elle découvrit Annie Sinclair, une grande femme au visage anguleux et au regard vif, qui n'arborait apparemment aucun bijou, à part son alliance.

Alice regarda la vidéo jusqu'à la fin. Puis elle prit une profonde inspiration, relâcha son souffle et passa aux suivantes. Une bonne dizaine au total. Les Sinclair avaient dû filmer avec l'appareil numérique qu'elle avait remarqué à l'étage, et les transférer ensuite sur DVD.

Elle visionna en accéléré un spectacle scolaire et une fête d'anniversaire, en se disant qu'elle se préparerait bien un café. Mais, étrangement, cela lui paraissait inconvenant.

Son mobile sonna au moment où elle allait changer de DVD. Elle sursauta, et, machinalement, jeta un coup d'œil à sa montre.

« T'es toujours chez les Sinclair ? demanda Brown.

– Oui. Je suis plongée dans leurs vidéos de famille.

– T'as trouvé quelque chose ?

– Rien de spécial, non. Ça tourne surtout autour des enfants : spectacles d'école, goûters d'anniversaire…

– Aucun signe de Cameron ?

– Non. Il ne doit pas être du genre à apprécier les rassemblements de gosses.

– Probablement pas.

– Je vais en regarder encore deux ou trois, et je rentre.

– La journée aura été longue, hein ?

– Tu parles ! » Elle sourit. « Brown…

– Oui ? »

À en juger par les bruits de fond, son coéquipier était dans sa voiture.

« Qu'est-ce qu'il voulait faire de cet argent ? Je n'ai rien vu dans cette maison qu'il n'aurait pu s'offrir avec son salaire.

– Qui, soit dit en passant, était beaucoup plus élevé que le tien ou le mien.

– Exact. Alors ? »

Cameron aurait voulu entendre toute la conversation, et pas seulement les interventions de l'inspecteur Madison. Le sujet l'intéresse au plus haut point, et il pourrait leur donner deux ou trois précisions susceptibles d'éclairer leur lanterne, mais ce n'est ni l'endroit ni le moment.

Soudain, Alice se leva et s'étira.

Cameron ne la quitte pas des yeux.

« Je ne sais pas, répondit Brown.

– Il faudrait qu'on creuse la question, non ?

– On en reparlera demain matin, si tu veux bien.

– O.K. À demain. »

Alice glissa un nouveau DVD dans le lecteur – cette fois, l'anniversaire du benjamin, David. Son septième et dernier. Elle laissa les images défiler à vitesse normale, écoutant les voix désormais familières en même temps qu'elle survolait du regard les photos sur le manteau de la cheminée – mélange habituel de portraits posés et d'instantanés. Il y avait aussi une belle photo de mariage montrant un groupe d'invités à la réception. Elle reconnut Nathan Quinn parmi eux, le détailla quelques secondes, puis considéra les autres visages. Pas de John Cameron.

Sur l'écran, David Sinclair, ravi, poussait des cris de joie. Sa mère éclata de rire.

« Qu'est-ce qu'on dit, David ? le taquina-t-elle.

– Merci, oncle Jack. »

Alice se figea.

Cameron relâche lentement son souffle.

Elle revint en arrière pour repasser la scène. La famille était réunie à l'intérieur de la maison. Autour de la grande table couverte d'assiettes en carton, de décorations et de lambeaux de papier cadeau, les flashs des appareils crépitaient. Alice vit la mère, le père, le frère aîné, le héros de la fête… Quinn était là aussi, ainsi qu'une dizaine d'enfants à peu près du même âge que David, et plusieurs adultes qu'elle ne connaissait pas. Quand elle eut éliminé les femmes, il ne resta que six hommes : deux trop vieux, un Japonais, et trois qui ne ressemblaient pas du tout à Cameron.

« Merci, oncle Jack », répéta David devant la caméra.

Oh, bon sang ! C'est lui qui filme !

Elle remit l'enregistrement au début et scruta attentivement toutes les images. Elle renouvela la manœuvre à trois reprises – en vain. L'oncle Jack n'apparaissait jamais dans le champ, et, s'il avait pris la parole, ce qu'il avait forcément fait à un moment ou à un autre, il devait se tenir loin du micro. Impossible d'identifier sa voix au milieu d'un tel charivari.

Alice fit une brève pause sur un plan de David Sinclair en train de regarder l'objectif. Ses doigts pianotèrent sur la télécommande. C'était horriblement frustrant d'échouer si près du but.

Cameron se concentre lui aussi sur l'écran, les yeux étrécis au souvenir de cette journée, et il cille quand le flash d'un appareil se déclenche. Il lui faut quelques secondes pour s'apercevoir que la femme s'est redressée.

Alice ouvrit une à une les portes des placards au bas de la bibliothèque, puis les referma. Rien. Dans le dernier, cependant, elle vit une petite pile de photographies posées sur l'étagère inférieure. La quatrième pochette concernait l'anniversaire de David Sinclair.

John Cameron descend encore une marche.

Alice s'approcha de la lampe, sortit chaque cliché et l'examina attentivement quelques secondes avant de le mettre de côté. Elle avait passé en revue la moitié du paquet lorsqu'elle trouva ce qu'elle cherchait. Il ne figurait pas lui-même sur la photo, mais la vitre de la porte donnant sur le jardin avait capturé son reflet : celui d'un homme brun muni d'un caméscope, se détachant sur fond de ciel bleu.

« Salut, Jack », murmura-t-elle.

Dans la pénombre, Cameron sent sa main droite se crisper.

Alice scrutait toujours la photo sous la lumière, avec l'impression de contempler une silhouette sous l'eau. Un coup sonore frappé contre la porte d'entrée la tira de ses pensées. Elle se retourna, quitta le salon et s'engagea dans le vestibule. À aucun moment elle ne regarda en arrière. Elle n'avait pas éteint la lampe. Quand elle ouvrit la porte, ce fut pour découvrir l'agent McDowell qui tapait des pieds sur le sol pour réactiver sa circulation sanguine.

« Je voulais juste vous dire qu'on s'en va. La relève vient d'arriver. »

Une seconde voiture de patrouille s'était garée à côté de la leur, occupée par deux agents en uniforme qui avaient l'air nettement plus frais et dispos.

« Merci de m'avoir prévenue.

– Je vais informer les collègues que vous êtes toujours là. »

Alice jeta un coup d'œil aux nouveaux venus, qui la saluèrent d'un hochement de tête. Leur expression trahissait néanmoins une certaine méfiance ; ils avaient sans doute du mal à comprendre qu'on veuille explorer une scène de crime à deux heures du matin. *À leur place, je me méfierais aussi*, songea-t-elle avant de refermer la porte, la photo à la main.

Elle ignorait que, pour la première fois de la soirée, elle était réellement seule dans la maison.

Elle étudia les autres clichés par acquit de conscience – sans résultat. Ce fut seulement après les avoir rangés qu'elle décida de rentrer.

Quand elle arriva chez elle, elle crut percevoir sur elle l'odeur de la maison des Sinclair. Elle prit une douche, se lava les cheveux, enfila son pyjama de flanelle rouge et se mit au lit.

John Cameron quitte Three Oaks pour se diriger vers le nord. Il roule vite, toutes vitres baissées.

18.

FRED TULLY n'avait pratiquement pas quitté les locaux du *Star* depuis vingt-quatre heures. Il était juste rentré chez lui pour se changer et s'accorder un petit somme sur le canapé. Pourtant, il y avait longtemps qu'il ne s'était pas senti aussi bien.

Il était quatre heures du matin, et, assis à son bureau, il lisait une épreuve de la Une qui serait bientôt dans tous les kiosques. Un sourire flottait sur ses lèvres.

Le stagiaire lui avait remis l'enveloppe vers vingt heures.

« Qui te l'a donnée ? avait-il demandé. T'as vu le type ? »

Pour toute réponse, le jeune homme s'était contenté de hausser les épaules.

Depuis que l'identité des victimes avait été révélée au grand public, trente-six heures plus tôt, un flot ininterrompu de curieux avait déferlé à l'école primaire Lincoln de Three Oaks, l'établissement fréquenté par John et David Sinclair. Tout avait commencé par deux ou trois bouquets de fleurs déposés près des grilles par des mères qui avaient connu les deux garçonnets. C'était maintenant un véritable autel éclairé par des bougies, où s'amoncelaient petits présents et messages scotchés à des bouquets.

Les reporters de King et de Komo-TV l'utilisaient comme toile de fond chaque fois qu'ils tournaient, et plusieurs bénévoles parmi les employés de l'établissement s'assuraient que les enfants ne plaçaient pas les bougies trop près des cartes de condoléances et des jouets en peluche.

Quand Harry Salinger descendit de sa camionnette, il avait déjà épaulé sa caméra. Sur le flanc du véhicule blanc aux vitres teintées, immatriculé dans l'Oregon, se détachaient les lettres KTVX.

Du haut de son mètre quatre-vingts, Harry Salinger paraissait bâti pour le saut à la perche plutôt que pour l'haltérophilie. Ses cheveux châtains étaient coupés en brosse depuis qu'il avait commencé à les perdre, vers vingt-cinq ans. Ce jour-là, pour se protéger de la pluie pourtant timide, il portait une casquette en laine dont les rabats lui couvraient les oreilles, ainsi qu'une épaisse veste matelassée.

Il s'inséra parmi les journalistes comme s'il faisait partie de leur groupe, puis passa quelques minutes à filmer l'autel de fortune en affichant une mine de circonstance. Mais la présence des enfants le mettait mal à l'aise, aussi ne tarda-t-il pas à s'éclipser.

Au moment où il se détournait, une mère qui serrait un bébé dans ses bras le bouscula. Elle s'excusa en adressant un sourire à cet inconnu dont le visage bienveillant lui rappelait celui d'un médecin, et poursuivit son chemin.

Salinger se dirigea vers sa fourgonnette, déverrouilla la porte coulissante et grimpa à l'intérieur. Après avoir soigneusement refermé derrière lui, il se débarrassa de sa casquette. Une bonne odeur de propre régnait dans l'habitacle : il avait lui-même changé la moquette du plancher une semaine plus tôt.

Il avait du mal à supporter la foule, la cacophonie des voix et la promiscuité qu'elle impliquait. Sa caméra lui avait permis d'observer et d'enregistrer la scène à bonne distance, en évitant les contacts physiques déplaisants.

L'autel était ravissant, et il se réjouissait d'avoir réussi à en dérober quelques images. Il aimait tout particulièrement les couleurs pastel des cartes, et la façon dont la flamme des bougies paraissait floue dans le viseur.

Quelques instants plus tard, il quittait sa place de parking et s'éloignait. Il alluma l'autoradio, choisit KEZX sur la fréquence 1150-AM, et attendit le bulletin d'informations. Il savait déjà quel en serait le premier titre. Une lueur brilla brièvement dans ses yeux aussi clairs que l'eau de pluie. Une fois sur la Highway 99, il prit la direction du nord et longea d'abord Greenwood, ensuite Mountlake Terrace. Il sortit à Lynnwood.

Plus proche d'Everett que de Seattle, sa maison se nichait au bout d'une allée, à environ deux cents mètres de la route, derrière un petit bois de sapins qui se dressait au milieu d'un champ. Il n'avait pas de voisin.

Il rentra la camionnette dans le garage, à côté de son Accord. L'habitation avait été construite dans les années 1920, et agrandie peu à peu en fonction des besoins de la famille. Elle se composait aujourd'hui de trois chambres à l'étage, et au rez-de-chaussée d'un salon, d'une salle à manger et d'une cuisine

Salinger prenait en général ses repas à la cuisine, et personne ne s'était assis sur le canapé depuis la venue du notaire de ses grands-parents, qui lui avait donné les papiers à signer avant de le gratifier d'une tape sur l'épaule. Lui-même s'était borné à prononcer les paroles convenues, et l'homme de loi ne s'était pas attardé dans la maison – *sa* maison désormais.

Resté seul, Salinger avait contemplé quelques instants l'endroit sur son blazer où le notaire avait posé la main. Il avait frotté le tissu, puis ouvert toutes les fenêtres pour chasser l'odeur d'eau de Cologne laissée par son visiteur.

Le garage était à peine assez large pour accueillir deux véhicules, mais Salinger faisait preuve d'une grande prudence au volant, comme dans tout ce qu'il entreprenait.

Il n'y avait pas de porte communiquant avec l'intérieur. Il verrouilla le cadenas fixé à celle du garage, puis se dirigea vers la petite véranda, à l'entrée du pavillon. Celui-ci avait été peint en blanc des années plus tôt, et la façade aurait bien eu besoin d'un coup de pinceau. Salinger ajouta mentalement cette réfection sur la liste des « choses à faire » l'année suivante, avant de songer que, si tout se passait bien, il ne serait plus là. Cette pensée amena un sourire sur ses lèvres. Il se sentait profondément soulagé de savoir que l'opération avait été mise en branle et serait bientôt achevée.

Il était l'unique occupant des lieux. Il aimait se retrouver seul chez lui, isolé des bruits de l'extérieur, presque englouti par le silence. D'autres auraient peut-être trouvé la situation dérangeante, mais pour un homme tel que lui, qui avait vécu ce qu'il avait vécu, c'était plus qu'il n'avait jamais osé espérer.

Il se confectionna un sandwich au jambon, enveloppa l'extrémité dans un carré de papier absorbant et l'emporta au sous-sol, pour grignoter tout en travaillant.

Le vaste espace en bas faisait toute la superficie de la maison. Salinger en utilisait le quart comme espace de rangement. Après avoir nettoyé le reste, il avait fixé des lampes supplémentaires aux poutres et des spots aux étagères en bois brut qui couraient le long des murs de brique. Des dizaines de schémas au crayon avaient été affichés sur un tableau blanc ; certains étaient des plans, d'autres montraient les différentes étapes de la réalisation d'un objet associant le métal et le verre. Salinger n'avait jamais pris de cours de dessin, mais un éventuel visiteur n'aurait pas manqué d'être déconcerté par ses œuvres.

Divers outils ainsi que du matériel de soudure voisinaient en bon ordre sur un établi dans un coin, et sur deux grandes tables accolées se trouvaient trois écrans de télévision connectés chacun à un lecteur-enregistreur de DVD. Le coquillage posé près d'une rangée de crayons attira un instant son regard, et il en admira la spirale délicate, de la taille d'un ongle.

Il se pencha vers la table, sur sa gauche, et pressa un interrupteur dissimulé au milieu de câbles et de fils électriques. Deux moniteurs s'allumèrent, son coupé. Les programmes du matin.

Ses yeux se portèrent de l'un à l'autre tandis qu'un frisson lui parcourait l'échine. Émissions culinaires, débats, jeux… C'était une langue inconnue pour lui – celle d'un monde qu'il ne comprenait pas. Il consulta sa montre. Les informations n'allaient plus tarder.

Il avait installé une sono sur la petite table à côté de lui. Il appuya sur quelques touches, et les enceintes crachotèrent.

C'était un montage artisanal – rien de high-tech, rien qu'un bricoleur ayant du temps devant lui ne puisse assembler. En attendant, Salinger en était très fier, à juste titre. Il passa en avance rapide jusqu'à atteindre le chiffre désiré sur le compteur, puis laissa l'enregistrement défiler. La voix d'Alice Madison s'éleva dans le sous-sol.

« On lui a bandé les yeux avec un bout de velours noir. Le tissu a été découpé, pas déchiré. Il y a une sorte de signe de croix sur son front, peut-être tracé avec du sang. Il est entravé par des liens en… en cuir, apparemment, très fins, qui lui enserrent le cou, les chevilles et sans doute les poignets. On ne voit pas ses mains, qui sont certainement attachées derrière lui. Autant dire qu'il ne pouvait guère bouger, surtout s'il était allongé sur le dos… »

Pause.

Le troisième moniteur s'éclaira, montrant des images neigeuses, filmées dans la chambre des Sinclair. Une silhouette évolue devant l'objectif. Derrière, sur le lit, trois corps sont visibles, complètement immobiles ; le quatrième, le plus proche de la caméra, se débat, se contorsionne, et manque tomber du lit dans un effort désespéré pour se dégager.

Salinger baissa le son. Les gémissements assourdis de la victime ne faisaient que le déconcentrer.

« On note la présence d'ecchymoses et de profondes entailles au niveau des liens. Il a résisté, selon toute vraisemblance. »

Les yeux plissés, Salinger scruta l'écran et mordit dans son sandwich. Il avait écouté cette voix à d'innombrables reprises. Il avait même transféré l'enregistrement sur une cassette pour pouvoir l'écouter n'importe où dans la maison, à l'aide d'un vieux Walkman qu'il accrochait à sa ceinture.

Quand il avait placé un micro à activation vocale sur la scène de crime – un dispositif qu'il pouvait facilement contrôler, caché au milieu des journalistes –, sa motivation était d'ordre pratique : il voulait se faire une idée de la réaction des flics, de leurs premières impressions sur les meurtres – sur son œuvre. La vanité expliquait en partie cette décision, il l'admettait volontiers. Elle lui procurait néanmoins un avantage dont il avait bien besoin.

Il avait vu Alice Madison entraîner le photographe hors de la villa. Une initiative dictée par un mélange d'intuition et de détermination, dont il avait visionné les images encore et encore. La plupart des journalistes avaient braqué leurs caméras sur Riley, mais pas lui. Il avait préféré suivre la femme qui s'engageait dans l'allée, il l'avait vue scruter la foule, et il était resté focalisé sur elle jusqu'à ce qu'elle rentre dans la maison, qu'il connaissait désormais aussi bien que la sienne.

Ce premier soir, après sa séance de travail au sous-sol, il avait déambulé de pièce en pièce pendant des heures, écouteurs aux oreilles.

« Ils ont tous les trois été abattus d'une seule balle, à bout portant ; on voit le tatouage formé par les résidus de poudre. Le tireur se tenait à moins de soixante centimètres d'eux. Pas de lésions, aucun signe de lutte… » Salinger ferma les yeux pour mieux visualiser la couleur de chaque mot, un tourbillon d'écarlate et de bleu qui le consumait. Mieux – et ça, il n'aurait jamais pu le prévoir –, la voix d'Alice Madison s'était révélée indigo. Dans ce sous-sol aux allures de caverne, c'était le seul son humain.

19.

ALICE MADISON, dix ans, appuya son vélo contre le mur en béton tiédi par le soleil et se dirigea vers la porte-moustiquaire rouillée du bungalow. Elle avait dit à sa mère qu'elle serait de retour une heure plus tard, et elle avait pédalé à toute vitesse dans le vent de la mi-journée. Le ciel, au-dessus du désert du Nevada, était comme chauffé à blanc, mais elle savait qu'à l'intérieur de la maison régnerait une pénombre réconfortante, rafraîchie par la climatisation.

Au sous-sol, les hommes jouaient depuis douze heures sans interruption, et se fichaient pas mal qu'il n'y ait aucune fenêtre dans ce lieu ou qu'il ne porte pas un nom aussi célèbre que celui des casinos de Las Vegas. La partie n'en était pas moins acharnée et les sommes conséquentes pour chacun d'eux.

Il fallait verser un droit d'entrée de cinq cents dollars pour pouvoir occuper une chaise dans le sous-sol de Joey Cavizzi. Ensuite, il incombait aux participants de fixer le montant de la mise.

À peine avait-elle toqué à la porte qu'un homme trapu lui ouvrit. Elle entra, puis descendit au sous-sol.

« Salut, ma puce, dit l'un des joueurs.

– B'jour, p'pa », répondit Alice.

Elle contourna la table pour aller se percher sur un haut tabouret placé près du bar installé dans un coin. Dans la pièce flottait une odeur de cage aux fauves, mêlée à des relents de tabac froid.

C'était le neveu de Joey qui ravitaillait les joueurs en boissons diverses.

« Comme d'habitude ? » lui demanda-t-il.

Alice hocha la tête. Il sortit d'un petit réfrigérateur un soda au gingembre, pêcha des glaçons dans un seau, en remplit un verre, y vida d'un grand geste le contenu de la canette et l'entoura d'une serviette en papier. Il le lui tendit, avant de faire glisser vers elle une coupelle remplie de bretzels.

« Tu sais quoi, ma puce ? reprit son père. Y a pas dix minutes que Richard nous a tiré une quinte flush. Quelle est la probabilité d'avoir une main pareille ? ajouta-t-il, les yeux brillants.

– Une chance sur quelques milliers », répondit Alice sans hésitation. Tous les joueurs éclatèrent de rire. Alice avait assisté à bon nombre de leurs parties. Sa présence ne les dérangeait pas le moins du monde ; au contraire, elle les stimulait. Elle était devenue en quelque sorte leur mascotte, cette gosse capable de comprendre les joies et les arcanes de leur religion.

Elle resta parfaitement immobile, le regard fixé sur les cartes et sur les mains des joueurs. Quand son père lui jeta un coup d'œil, elle concentra son attention sur Richard O'Malley, son voisin de gauche – le père O'Malley, qui officiait tous les jours de la semaine à dix-sept heures et deux fois le dimanche. Alice savait qu'il avait de quoi l'emporter et qu'il était prêt à lancer l'offensive. Son père sourit.

Le mercredi matin, Alice pénétra dans le poste de police à 7 h 45, soit un quart d'heure avant le début de son service. Deux journalistes qui l'avaient aperçue de l'autre bout du parking tentèrent en vain de la rattraper avant qu'elle atteigne les marches à l'entrée du bâtiment.

La sonnerie de son réveil l'avait tirée d'un sommeil agité. Il lui semblait s'être démenée dans ses rêves toute la nuit.

Elle s'engagea dans l'escalier au moment où deux inspecteurs des Mœurs descendaient. Elle les vit échanger un regard à son approche. Quand ils se croisèrent, la femme tourna la tête vers elle pour lui glisser : « T'as intérêt à boucler ta ceinture. »

L'avertissement ne pouvait signifier qu'une chose : l'Office of Personal Responsibility – le bureau de la Responsabilité personnelle, autrefois les Affaires internes – était là. Le changement de nom ne rendait pas cette perspective plus attrayante. Alice grimaça.

Elle aperçut un homme et une femme dans le bureau du lieutenant Fynn. La porte était fermée, mais les lamelles des stores étaient suffisamment relevées pour lui permettre de se rendre compte qu'elle ne les connaissait pas.

Brown, debout derrière sa table, brandissait un journal.

« T'as pas écouté la radio en venant ? lui demanda-t-il.

– Non, pourquoi ? »

Elle l'avait allumée dans sa voiture, mais les bavardages n'avaient pas tardé à l'agacer, et elle l'avait coupée.

« Lis ça. C'est un chouette exemple de journalisme d'investigation. » Il lui tendit le *Washington Star.*

L'article s'intitulait : « LE TUEUR DE BLUERIDGE MASSACRE TOUTE UNE FAMILLE POUR SE VENGER. » À partir de là, c'était une avalanche de mauvaises surprises. Alice s'assit sur un coin de bureau pour poursuivre sa lecture. L'article, signé Fred Tully, dévoilait suffisamment de détails sur les meurtres pour donner la possibilité à n'importe quel tordu d'inventer des aveux. Il mentionnait des indices, des documents, des mobiles. Et, cerise sur le gâteau, il livrait le nom de John Cameron.

Tully parlait des relations qu'entretenait le suspect avec la famille assassinée et avec Quinn, Locke & Associates. Il dressait aussi la liste des affabulations, rumeurs et demi-vérités associées à Cameron.

« Salopard », murmura Alice.

Son coéquipier darda un œil noir sur le quotidien. « Il a aussi entamé un compte à rebours pour les treize jours.

– Comment l'a-t-il découvert ?

– On le saura bien assez tôt », répondit Brown d'une voix morne.

Autrement dit, il y avait eu une fuite. Ce n'était pas exceptionnel, dans la mesure où les journalistes arrivaient souvent sur les scènes de crime en même temps que les enquêteurs. Résultat, de petites transactions s'opéraient parfois : quelques informations contre une poignée de billets verts. Regrettable, mais inévitable.

En l'occurrence, il lui semblait inconcevable qu'après avoir vu des enfants assassinés, un flic ait pu accepter de se faire de l'argent sur leur dos.

Elle relut l'article, avant de s'apercevoir qu'elle s'était redressée. Son instinct la poussait à sauter dans sa voiture pour aller dire deux mots à ce sale petit pisse-copie.

« Plus tard », décréta Brown, comme s'il avait lu dans ses pensées.

Au même instant, le lieutenant Fynn ouvrit la porte de son bureau et leur fit signe de venir. Il leur présenta les deux officiers : inspecteurs Julianne Casey et Bobby Carr, de l'OPR. Ils étaient chargés de découvrir qui était la source du journaliste. Il n'y eut pas d'échange de poignées de main.

Casey et Carr avaient tous deux la quarantaine, et, à leur allure, Alice estima qu'ils n'avaient pas dû salir leurs belles chaussures sur une scène de crime depuis un bon moment. Ils paraissaient cependant ouverts et aucun d'eux n'avait cherché à éviter son regard au moment des présentations.

« Tully n'est qu'un journaleux de seconde zone, commença Casey. Très franchement, je suis même surprise qu'il connaisse des mots comme "massacrer", qui comportent plus de deux syllabes. En attendant, il s'agit d'un désagrément dont on se serait bien passés. C'est dommageable pour l'enquête et pour la police dans son ensemble. »

Bien vu, songea Alice. Julianne Casey avait opté d'emblée pour l'approche « On forme tous une équipe ».

« Il va falloir qu'on interroge au plus vite tous les enquêteurs qui travaillent sur l'affaire », renchérit Carr, qui avait manifestement un esprit d'équipe moins développé que sa collègue. Il avait les yeux éteints et portait une cravate trop voyante.

« Autant clarifier les choses tout de suite, déclara le lieutenant Fynn. La fuite ne provient pas de mon service. Si vous devez absolument intervenir en plein milieu d'une enquête sur un quadruple homicide, arrangez-vous pour ne pas faire perdre de temps à mes hommes. Vous voulez leur poser des questions ? Alors allez leur parler maintenant. Nous avons tous du boulot. Quoi qu'il en soit, un bon conseil : cherchez ailleurs. »

Casey et Carr se tournèrent vers Alice et Brown.

« Vous ne voyez pas d'inconvénient à ce qu'on commence par vous ? » demanda Casey.

Alice s'approcha de la fontaine à eau pour se servir à boire. L'entretien qu'elle venait d'avoir avec les deux inspecteurs des Affaires internes n'avait rien donné, évidemment. En attendant, elle ne pouvait pas se permettre de laisser sa rancœur et sa frustration altérer son jugement. Dans l'intérêt de son travail, elle allait devoir reléguer l'histoire du *Star* au second plan.

20.

POSTÉ PRÈS DE LA FENÊTRE de son bureau, Nathan Quinn regardait dehors sans rien voir. Il avait passé la plus grande partie de la soirée à discuter avec Tod Hollis et à mettre au point avec les rédactions du *Times* et du *Post Intelligencer* l'offre de récompense qu'il voulait faire paraître.

Il avait été le dernier à quitter le cabinet, tard dans la nuit, et le premier à y revenir au petit matin. Il faisait toujours noir derrière la vitre.

Quand les policiers s'étaient présentés, la veille, il avait aussitôt été assailli par un funeste pressentiment. Ce goût amer dans sa bouche – les effets de l'adrénaline –, il l'avait tout de suite reconnu : il avait éprouvé la même sensation autrefois, quand il avait reçu ce coup de fil au sujet de David. Son père était venu le chercher à l'aéroport et lui avait tout expliqué. Aujourd'hui, des années plus tard, l'amertume resurgissait, et il doutait de pouvoir jamais s'en débarrasser.

Il se remémora son père, mort depuis longtemps, et sa voix teintée d'un fort accent écossais quand il chantait pour bercer David, alors bébé : « *Au plus fort de l'été, quand l'air embaume le doux parfum des fleurs écloses…* » Quinn n'avait pas repensé à cette chanson – la préférée de son père – depuis une éternité, mais soudain les paroles lui revenaient, s'imposant à lui alors même qu'il aspirait à un silence réconfortant.

Un coup frappé à la porte le tira de ses souvenirs. Carl Doyle entra, le courrier à la main.

« Bonjour, Nathan, dit-il. Tenez, vous devriez lire ça ».

Après avoir placé la pile d'enveloppes sur la table de travail, il tendit à Quinn l'édition matinale du *Star*.

« Merci, Carl.

– Vous avez rendez-vous avec Victor dans cinq minutes, pour l'affaire Redmond contre Woodleigh. Et la juge Martin vous attend dans son bureau à 11 heures.

– Dites à Victor que je le recevrai dans dix minutes.

– Entendu. »

Doyle se retira. Il songea qu'il lui faudrait parler à Quinn de son entretien avec Alice Madison, même s'il était le seul à y accorder de l'importance. C'était lui qui avait fait les premiers rapprochements, sans avoir toutefois la moindre idée de ce qu'il en résulterait.

Toujours près de la fenêtre, Nathan Quinn parcourut l'article indiqué par son collaborateur. Il le relut ensuite plus lentement pour être sûr de cerner tous les liens établis par le journaliste Fred Tully. Le travail de recherche que ce dernier avait effectué sur les relations existant entre James Sinclair et John Cameron était assez sommaire, mais ce n'était qu'un début : tous les journaux de l'État allaient rapidement s'emparer de l'histoire, et les éditions du soir ne manqueraient pas de ressortir l'affaire de la Hoh River et le passé commun des deux hommes. Au fond, Quinn n'était pas surpris : quarante-huit heures après la découverte des corps, on pouvait s'attendre à de tels développements. Oh Seigneur ! Les « corps »…

Il composa le numéro de Hollis, qui décrocha à la seconde sonnerie.

« C'est parti », dit-il simplement.

Dans la pile de courrier posée sur la table, au milieu des cartes de Noël et de condoléances, se trouvait une enveloppe crème, qui ne contenait ni vœux ni message de sympathie.

Billy Rain travaillait pour son beau-frère, Tom Crane, propriétaire d'un garage dans Eastlake Avenue. C'était un assez bon mécanicien qui connaissait bien les voitures et pouvait résoudre la plupart des problèmes avec rapidité et efficacité.

Il réparait le moteur d'une Pontiac lorsqu'il sentit le regard de Crane peser sur lui. Il ne leva pas la tête pour autant. L'animosité de son beau-frère envers lui n'avait d'égale que son mépris ; Billy le savait et ne lui en voulait même pas.

Son problème, c'était de n'exceller que dans un seul domaine : il était celui à qui on s'adressait quand on voulait ouvrir quelque chose, comme une porte blindée, une serrure à points multiples, un coffre-fort. . Billy Rain avait un don. Certains se découvrent une aptitude précoce pour un instrument ou pour les maths ; Billy, lui, pouvait forcer n'importe quel mécanisme, s'introduire n'importe où. Ses aînés s'en étaient vite rendu compte et ne l'avaient plus jamais lâché.

Quand il se redressa enfin, ce fut pour constater que son beau-frère discutait avec un autre mécanicien, et que les deux hommes lui jetaient de temps à autre un coup d'œil peu amène. En attendant, s'il s'attirait des regards hostiles, personne au garage n'osait le provoquer ouvertement. Il mesurait plus d'un mètre quatre-vingt-dix, et tous étaient au courant qu'il avait souvent séjourné derrière les barreaux. Son image d'ex-taulard coriace l'arrangeait. Billy Rain ne s'était jamais battu, et n'avait jamais cherché la bagarre. En prison, on l'avait laissé tranquille, essentiellement parce qu'il était protégé par ceux qui pensaient avoir recours à ses services une fois dehors. Ses mains, à présent tachées de cambouis et d'huile, étaient son bien le plus précieux. Il les essuya sur son bleu de travail.

Quelques années plus tôt, Crane avait assuré à la sœur de Billy que celui-ci pourrait travailler pour lui quand il serait libéré – une faveur qui devait lui permettre ensuite de toiser de haut, jour après jour, un être qu'il estimait plus misérable que lui. Mais Billy s'en fichait. Il avait une femme qui méritait mieux que lui, un fils de quinze ans qui le détestait et une fille de neuf ans qui l'adorait.

Il ne voyait pas comment modifier le cours de son existence. Son beau-frère invoquerait tôt ou tard un prétexte pour le virer, il n'en doutait pas, et il retrouverait alors le seul mode de vie qui lui convenait.

« Je prends ma pause », dit-il.

Il se servit une tasse de café dans le bureau de Crane et l'emporta dans la cour. Il faisait froid dehors, le ciel était d'un gris métallique, mais il se dirigea néanmoins vers le banc près du grillage pour s'éloigner du son de la radio et des bavardages incessants dans l'atelier.

Après avoir posé la tasse à côté de lui, il jeta un coup d'œil au journal qu'il avait acheté ce matin-là. C'était le *Washington Star*. L'article de Fred Tully retint aussitôt son attention.

Billy n'avait jamais donné dans la violence. Il n'était même pas un voleur, il se bornait à faire entrer les autres là où ils le désiraient. Le récit des tristes événements de Blueridge le troubla ; l'un des garçons avait l'âge de sa fille.

Peu à peu, alors qu'il lisait la description des meurtres, les bruits d'outils et le son de la radio s'estompèrent, pour ne plus laisser autour de lui qu'une bulle de silence oppressant. L'article de Fred Tully était aussi sordide qu'explicite.

Dans une sorte d'état second, il marcha vers les toilettes, à gauche de la cour, et s'y enferma. Le cabinet exigu comportait un miroir au-dessus du lavabo sur lequel traînait un reste de savonnette grisâtre. Son visage dans la glace lui apparut aussi blanc que le carrelage. Un violent spasme lui contracta l'estomac, et il vomit dans la cuvette.

C'était arrivé trois ans plus tôt, en prison, par une matinée aussi froide que celle-ci. Il se pencha de nouveau pour expulser un flot de bile.

Il venait de terminer son travail dans la blanchisserie, et la relève n'était pas encore arrivée. Il quittait les lieux quand, au détour d'un couloir, il avait soudain pris conscience de la présence de deux hommes engagés corps à corps dans une lutte silencieuse. Il avait aussitôt battu en retraite, bien décidé à leur laisser le temps de régler leurs comptes et de s'en aller. C'est alors qu'il avait entendu un gargouillement étouffé, puis des chocs sourds, comme si l'un des deux adversaires donnait des coups de pied frénétiques pour se dégager. Adossé à un chariot de linge, Billy s'était raidi dans une immobilité totale.

Il avait encore perçu des bruissements, et enfin des pas qui s'éloignaient. Après quoi il avait découvert le corps sur le ciment, les mains attachées devant lui. En s'approchant, Billy avait reconnu un jeune pyromane nommé George Pathune. On lui avait bandé les yeux avec un bout de denim bleu foncé arraché à un uniforme de prisonnier. Il était mort. Deux traînées sanglantes sur son front évoquaient une croix.

Billy Rain ne l'avait observé que quelques secondes, avant de prendre ses jambes à son cou. Il n'avait jamais parlé à personne de ce qu'il avait vu – pas même aux autres détenus. Il avait préféré faire profil bas en attendant l'audience pour sa libération.

Dans les toilettes du garage, Billy se savonna les mains, les rinça, puis s'aspergea le visage d'eau fraîche. À compter de ce moment, les heures et le reste de la journée s'écoulèrent sans qu'il en ait conscience.

Nathan Quinn quitta son bureau peu avant 11 heures et prit l'ascenseur pour descendre au parking souterrain de la tour Stern. Il se glissa au volant de sa Jeep et démarra, prêt à faire le court trajet jusqu'au tribunal, au croisement de la Sixième Avenue et de Spring Street. Il n'était pas inquiet. Sarah Klein, la représentante du ministère public, avait beau être capable de déceler la fragilité d'un argument en moins de temps qu'il n'en fallait à un guépard pour repérer une proie boiteuse, elle ne pourrait jamais, au grand jamais, deviner ses véritables préoccupations.

Dehors, le ciel était bas, d'un blanc éblouissant, lourd de la neige qu'il s'apprêtait à déverser. En débouchant du parking, Nathan Quinn cligna les yeux, aveuglé par la luminosité. Il songea brièvement à la terre qui devait être durcie par le gel et aux longues heures de travail qui attendaient les fossoyeurs.

« Voyez-vous, mademoiselle Klein, la semaine s'annonçait plutôt calme – et nous sommes tous bien placés pour savoir à quel point c'est rare –, quand votre requête est arrivée sur mon bureau. »

Nathan Quinn et Sarah Klein, assis en face de la juge Claire Martin, gardèrent le silence. Tous deux avaient passé suffisamment d'heures dans son tribunal pour savoir qu'il valait mieux ne pas l'interrompre. Elle s'accorda le temps d'enlever sa robe et de la suspendre au portemanteau. Comme toujours, elle avait rassemblé en un chignon strict ses longs cheveux poivre et sel, et ses lunettes à double foyer étaient perchées sur le bout de son nez.

Depuis plus de deux décennies qu'elle exerçait, la juge Claire Martin avait pris au dépourvu bon nombre d'avocats. Personne ne pouvait, à aucun moment, prévoir la manière dont elle allait statuer, mais une chose était sûre : ses décisions étaient respectées et n'avaient jamais été contestées par une juridiction supérieure.

« Le secret professionnel, donc..., dit-elle en s'asseyant. Bien, mademoiselle Klein, tâchez d'imaginer que je vis coupée du monde et que je n'ai ni lu les journaux ni regardé les informations. Expliquez-moi tout, et soyez brève. »

Sarah Klein avait répété son entrée en matière à maintes reprises dans sa tête. Un quadruple meurtre, la manière dont le crime avait été planifié et exécuté, le jeune âge des enfants – tous ces facteurs devaient être clairement exposés, de manière à peser sur la décision de la magistrate.

Elle parvint à se montrer brève sans pour autant laisser de côté aucun détail. La juge prenait des notes en l'écoutant.

« À l'heure qu'il est, poursuivit l'assistante du procureur, la police de Seattle et le procureur du comté mettent tout en œuvre pour localiser M. Cameron, qui fait l'objet d'un mandat d'arrêt. Or, M. Quinn ici présent est en contact avec lui depuis le début de cette affaire et sait exactement où et comment le joindre.

– Madame la juge… », commença Quinn.

D'un geste, elle lui intima le silence.

« Pas maintenant. Bon, qu'attendez-vous au juste de moi, Sarah ?

– Le secret professionnel concerne la teneur des communications entre un avocat et son client, mais pas le fait qu'elles aient eu lieu, ni la forme qu'elles ont prise, ni l'endroit où elles se sont déroulées. En tout cas, pas quand l'intérêt de la justice l'emporte sur l'objectif auquel le principe de confidentialité est censé répondre.

– Il vous a fallu dix minutes pour en arriver à l'intérêt de la justice, fit remarquer Quinn d'un ton aimable.

– Je pense en effet qu'il serait mieux servi si M. Quinn était tenu de révéler l'endroit où se trouve son client et le moyen qu'il utilise pour le contacter, poursuivit Klein en s'adressant directement à la juge. Oh, il peut bien décrocher son téléphone ou lui envoyer un message dans une bouteille, ce n'est pas le problème. Mais s'il protège l'assassin d'au moins quatre personnes, il me semble qu'on ne peut plus invoquer la confidentialité.

– "Au moins" quatre personnes ? s'étonna la juge. Je vous rappelle que nous sommes réunis aujourd'hui au sujet d'une seule affaire. »

Sarah Klein hocha la tête.

« La démarche de l'accusation est néanmoins justifiée, dit-elle. Un individu dangereux s'abrite derrière son droit à être assisté d'un conseil pour sa défense. Ce n'est pas dans ce but que le Sixième Amendement a été rédigé. »

La juge s'adressa à Quinn. « Nathan… »

C'était à lui de prendre la parole. Il regarda tour à tour les deux femmes.

« Aucun de nous ne souhaite plus que moi la capture de l'homme qui a commis ces meurtres, soyez-en sûres, déclara-t-il. Mais le mandat d'arrêt ne se fonde que sur des présomptions et sur les dires d'un témoin ayant vu, en pleine nuit, de l'autre côté d'une rue sombre, un pick-up "semblable" à celui de mon client. Or ce témoin n'a pas été en mesure d'attester la présence de mon client sur les lieux du crime, ni même aux alentours.

– J'ai signé le mandat moi-même, je sais ce qu'il stipule, souligna la juge.

– Oublions un instant les desiderata de l'accusation, voulez-vous ? répliqua Quinn. Rien dans cette affaire, telle qu'elle a été présentée, ne m'oblige à m'écarter de mon devoir de confidentialité ; par conséquent, la requête formulée par Mlle Klein n'est pas pertinente pour le moment, et toute révélation de ma part constituerait une violation des règles déontologiques. Pour envisager de lever le statut confidentiel de ces communications, il faudrait d'abord que la partie adverse puisse démontrer qu'elles concernaient un acte illégal, projeté ou déjà accompli, dont j'aurais moi-même, en tant qu'avocat de mon client, été complice…

– Allons, Nathan, vous savez très bien que la question n'est pas là, l'interrompit Klein.

– Elle est précisément là, au contraire.

– Le secret professionnel ne concerne que les faits dont il est fait mention pendant la communication, objecta Sarah Klein. Vous êtes au courant des déplacements de Cameron parce que vous entretenez une relation personnelle avec lui. C'est d'ailleurs pour cette raison que vous vous êtes exonéré de vos devoirs d'exécuteur testamentaire de James Sinclair.

– Vous confirmez ? demanda la juge.

– Oui. »

Claire Martin s'adossa à son fauteuil et enleva ses lunettes. Quinn n'appréciait pas du tout la tournure prise par la discussion ; il mesurait l'importance de la brèche dans son système de défense, et il ne voulait pas donner à Sarah Klein la possibilité de s'y engouffrer. Il devait absolument la détourner de cette voie.

« Écoutez, Sarah, je suis à la fois l'avocat de mon client et un auxiliaire de justice, avec toutes les obligations que cela entraîne. Alors je ne serais pas là, à plaider en faveur de la confidentialité, si je savais ou si j'avais la preuve que mon client avait commis ces meurtres.

– Je n'arrive pas à le croire ! s'exclama Sarah Klein. Vous me faites le coup de la bonne foi, de l'honneur et du vertueux ministre du temple de la justice ?

– Doucement, vous deux, intervint la juge. Rappelez-vous où vous êtes et changez de ton.

– Il me paraît tout de même ironique que M. Quinn invoque son statut d'auxiliaire de justice, quand son refus de révéler des informations constitue une entrave aux efforts de cette même justice pour entendre son client. D'autant que, et j'insiste bien sur ce point, nous demandons seulement à l'entendre.

– Je vous concède que la situation n'est pas simple, mademoiselle Klein, dit la juge. Vous connaissez l'affaire Heidebrink contre Moriwaki ? ajouta-t-elle à l'adresse de Quinn.

– L'intention du client ?

– Tout juste. L'un des aspects déterminants relatifs aux propos protégés par le devoir de confidentialité réside dans l'intention du client au moment de la communication.

– Si sa démarche est motivée par le désir sincère d'obtenir un conseil juridique, et si l'avocat est consulté dans le cadre de ses compétences professionnelles, alors la communication est protégée.

– Dans l'affaire qui nous concerne, mademoiselle Klein, l'intention du client n'est pas mise en doute, déclara la juge. Avez-vous d'autres points à aborder ? »

Quinn savait déjà ce que sa consœur allait répondre.

« Qu'en est-il des intentions de l'avocat ? » demanda-t-elle. Elle avait vu la brèche et s'y engouffrait.

« Continuez, l'encouragea la juge.

– Au cours de l'interrogatoire mené par les inspecteurs Brown et Madison, il a été établi que M. Quinn avait informé personnellement son client des meurtres, parce qu'il ne voulait pas que ce dernier apprenne la nouvelle par le Journal télévisé. Ce que je veux dire, c'est que l'intention de M. Quinn à ce moment-là n'était pas d'apporter une réponse à un problème juridique mais d'épargner à un ami un choc brutal. Il est donc évident pour moi que nous sortons des limites imposées par le secret professionnel. »

La magistrate s'absorba quelques instants dans ses réflexions.

« Est-ce vous qui avez initié cette communication avec John Cameron ? demanda-t-elle à Quinn.

– Je pense que la réponse relève du secret professionnel », éluda-t-il.

Un long silence s'ensuivit. Après avoir dévisagé les deux avocats assis de l'autre côté de son bureau, la juge Martin prit son stylo-plume et signa l'assignation à comparaître.

21.

« DEMAIN MATIN, 11 heures. Dieu bénisse la juge Martin », dit Sarah Klein au téléphone. La ligne était mauvaise, et sa voix s'accompagnait de grésillements.

Alice sourit. C'était enfin une bonne nouvelle, et ils en avaient tous besoin. Les inspecteurs de l'OPR avaient travaillé dur ce matin-là. Ils s'étaient entretenus avec tous les membres de l'équipe, gardant le lieutenant Fynn pour la fin. Après leur départ, la salle de brigade avait recouvré son niveau sonore habituel.

On en était au troisième jour de l'enquête. L'affaire suscitait beaucoup de curiosité au sein même de la police, et des inspecteurs qui n'avaient rien à faire à la Criminelle s'étaient comme par hasard trouvés une bonne raison d'y passer. De ce point de vue, Alice se réjouissait que leur équipe ait décidé de s'installer dans une pièce à l'écart.

Sur l'un des murs figuraient des clichés de la scène de crime, à côté de photos des Sinclair découpées dans des journaux. Celles des victimes étaient en couleur, et certaines montraient en gros plan les orifices d'entrée et de sortie des balles. Les images collectées dans la presse étaient en noir et blanc. Les techniciens de la Scientifique avaient soigneusement démonté le haut du chambranle pour l'analyser en laboratoire, mais Alice en avait aussi affiché un cliché pris avant leur intervention.

Des pages entières dressant la liste des objets récupérés chez les Sinclair étaient également punaisées à la cloison, voisinant avec les plans de la maison et avec un tableau qui montrait quel enquêteur avait interrogé quel voisin.

Alice avait également scotché au-dessus de son bureau la photo de la fête d'anniversaire qu'elle avait rapportée de chez les Sinclair, de même qu'un agrandissement du relevé d'empreintes digitales de John Cameron. Elle aurait évidemment préféré un portrait récent du suspect, mais la vue des arcs et des tourbillons, noirs sur fond blanc, suffisait à lui apporter la preuve qu'ils étaient bien à la recherche d'une vraie personne. Un être mortel, de chair et de sang.

Sa table de travail disparaissait sous un monceau de documents. Les différentes strates répondaient néanmoins à une certaine logique d'organisation : d'abord les notes qu'elle avait prises à la bibliothèque sur les kidnappings de la Hoh River, ensuite le dossier du *Nostromo*, ainsi que les coupures de presse relatives à l'affaire, et enfin, les relevés de banque de James et Annie Sinclair.

« Tiens, regarde ça, dit-elle à Brown en lui montrant le relevé de la Seattle First Savings & Loans. James Sinclair a ouvert ce compte il y a six mois. À son nom seulement, alors que sa femme et lui avaient déjà un compte commun… »

Elle parcourut rapidement la feuille, qui ne contenait pas grand-chose.

« Il a effectué un premier dépôt de cinq cents dollars au moment de l'ouverture, expliqua-t-elle. Puis quatre autres de vingt-cinq mille dollars, une fois par mois. L'argent ne faisait que transiter sur le compte, il était retiré en liquide dès le lendemain. T'as remarqué ? C'est la somme qui était inscrite sur le chèque falsifié.

– Je crois avoir compris où est allé l'argent, à défaut de savoir pourquoi, observa Brown.

– Le total des retraits se monte à cent mille dollars. »

Brown se cala sur sa chaise, enleva ses lunettes, et sortit son mouchoir pour les essuyer.

« La récompense offerte par Quinn est de combien, déjà ? »

Une question de pure forme, Alice le savait. Son partenaire n'était pas du genre à oublier les informations importantes.

« Cent mille dollars », répondit-elle néanmoins.

Ils avaient tous les deux eu la même pensée : au final, les choses finissent toujours par s'équilibrer.

Mais la récompense offerte par Quinn était d'abord et avant tout un sale coup pour les enquêteurs. Tous s'accordaient sur ce point ; dans la salle de brigade, la nouvelle avait été accueillie par un concert de grognements contrariés. Cette initiative ne permettrait pas d'obtenir des informations valables sur Cameron, elle donnerait juste l'occasion de se manifester à tout un tas de cinglés ayant une carte téléphonique et du temps à perdre. L'avocat avait tenté de brouiller les pistes, ni plus ni moins.

Brown reprit la liste qu'il avait dressée des complices identifiés de John Cameron. Elle était courte : le suspect n'avait pour ainsi dire pas d'associés connus. Seuls figuraient sur le papier les noms qui, au fil des ans, avaient été cités dans des affaires où celui de Cameron avait été mentionné, sans qu'aucun élément concret permette de l'impliquer.

« Harry Cueron », annonça-t-il.

Alice leva la tête. « Du menu fretin. Trafiquant d'armes de bas étage ?

– C'est ça.

– L'ATF l'a coincé l'année dernière, il est à l'ombre.

– Bobby Hooper, trafic de drogues et prostitution.

– Parti à Miami. »

Brown barra les deux noms.

« John Keane, suggéra Alice. Un loser de première. Son frère est mort sur le *Nostromo*.

– Et lui a été tué en prison il y a trois mois.

– Ah. Eddy Cheung, alors ? Il revend la marchandise volée sur les docks.

– Possible, mais peu probable, objecta Brown. Eddy se tient à carreau. »

Le silence entre eux se prolongea quelques instants.

« Bon, on ne va pas y arriver comme ça », conclut Brown.

La secrétaire de la brigade frappa à la porte et entra. « Ça vient des Archives et Identification. C'est la version papier. » Ignorant ostensiblement les photos sur le mur, elle tendit une enveloppe à Brown, puis se retira.

Un logiciel avait été développé dans les années 1980 pour faciliter la recherche d'enfants disparus depuis longtemps. Il permettait, à partir de leur photo la plus récente, de vieillir leurs traits pour avoir une idée de leur apparence cinq, dix ou vingt ans plus tard.

Brown sortit un cliché en couleur de quinze centimètres sur dix. « Tiens, voilà notre homme », dit-il en le tendant à Alice.

Les Archives avaient fait du bon boulot : l'adolescent photographié au moment de son arrestation, deux décennies plus tôt, s'était transformé en homme. Même si le rendu n'était pas complètement fidèle, Alice fut saisie d'un frisson lorsqu'elle le regarda. Ce n'était pas de la peur qu'elle ressentait – plutôt de l'excitation : John Cameron était là, sous ses yeux. Enfin.

« Il faudrait demander à Quinn si c'est ressemblant, murmura-t-elle.

– Bah, je parie qu'il va nous ressortir le coup du secret professionnel… »

Le lieutenant Fynn passa la tête dans l'entrebâillement de la porte. « Le chef m'appelle tous les quarts d'heure. On en est où ?

– J'ai eu Gertz au téléphone, répondit Brown. La photo sera transmise aux patrouilleurs, ainsi qu'à tous les services de police de l'État, du comté, des ports et des aéroports. Je vais m'assurer que tous les petits aérodromes qui assurent des vols vers les îles l'auront aussi. Et je l'enverrai également au VICAP et au FBI. Pour ce qui est du pick-up, on peut faire une croix dessus ; Cameron l'a sans doute déjà abandonné dans les bois. Ah, et Klein a enfin réussi à obtenir que Quinn passe devant la juge. Il est convoqué demain matin, alors on n'a pas une minute à perdre…

– On devrait vendre des billets d'entrée pour le spectacle, ironisa Fynn, avant de marquer une brève pause. Cameron agit dans l'ombre depuis des années : maintenant, je veux qu'il soit visible, que son portrait s'étale partout : à la télé, à la Une des journaux… Les médias le réclament ? Eh bien, ils vont l'avoir ! Ce type ne doit pas pouvoir s'acheter un paquet de cigarettes sans être reconnu par au moins vingt-cinq personnes. »

Dans le silence qui suivit, il jeta un coup d'œil aux deux équipiers.

« Je ne sais pas trop…, commença Alice. Il faut alerter l'opinion publique, évidemment, mais… On vit dans une région montagneuse et rude, où les citoyens ont le droit de porter une arme. Si on en fait trop, on augmente le risque qu'un quidam bien intentionné provoque un carnage dans une supérette… »

Fynn se tourna vers Brown.

« Attendons encore un peu, suggéra ce dernier. Au moins jusqu'à ce qu'on ait entendu Quinn demain.

– Mais ça laisse à Cameron vingt-quatre heures de plus pour aller où il veut, fit remarquer Fynn.

– Pas vraiment, non. Toutes les forces de police de l'État sont à sa recherche. Il ne peut ni louer de voiture ni acheter de billets de train ou d'avion. Il n'a pas d'autre solution que de se planquer.

– D'accord, mais après l'audience il fera la Une du Journal de treize heures, décréta Fynn, qui mordit dans une pomme. Vous avez interrogé nos informateurs ?

– Le problème, c'est qu'ils ont tous quitté la ville pour les fêtes.

– Si seulement je pouvais en faire autant…, soupira le lieutenant, avant de retourner dans son bureau.

– On est partis du principe que Cameron était encore à Seattle, observa Alice. Et s'il avait pris la tangente lundi, après son rendez-vous avec Quinn ?

– Possible, admit Brown, mais je n'y crois pas.

– Moi non plus. En attendant, je serais curieuse de savoir comment il a réagi en apprenant la nouvelle.

– J'ai entendu parler d'un restau à Alki Beach, l'interrompit son coéquipier, qui se leva pour enfiler sa veste. On va déjeuner ? »

Quand on se retrouve en face d'un mur, il est parfois utile d'y donner quelques coups de pied pour voir si des morceaux s'en détachent. Alice en était fermement convaincue.

Alki Beach. Le restaurant The Rock, tout de bois et de verre, se dressait à l'extrémité d'un petit ponton, au-dessus de l'eau, comme s'il avait voulu fuir la plage. Ses longues baies vitrées miroitaient dans la grisaille de décembre, capturant le reflet des nuages et le moindre rai de lumière qu'ils laissaient filtrer.

À peine descendue de voiture, Alice savoura l'effet vivifiant de l'air iodé. Suivi par une nuée de mouettes, le ferry pour Bremonton s'éloignait, traçant une fine ligne blanche dans les eaux calmes. De l'autre côté d'Elliot Bay, on distinguait les immeubles du centre de Seattle.

Elle ignorait encore si John Cameron avait jamais mis les pieds au Rock, mais elle savait au moins une chose : dans toutes les cuisines de restaurant on est sûr de trouver des casseroles sur le feu et des employés en train de papoter – qui a fait ou dit quoi à qui, et quand… Si Cameron était passé, ils en avaient forcément parlé. Et, avec un peu de chance, quelqu'un aurait remarqué sa voiture. Alice espérait que les membres du personnel feraient preuve d'une certaine loyauté envers James Sinclair et sa famille, qu'ils se souviendraient des enfants.

Ils furent accueillis par le gérant, Jacques Silano – un Franco-Canadien d'environ trente-cinq ans au physique de Méditerranéen, qui s'exprimait avec un léger accent et portait un élégant costume à fines rayures, rehaussé d'une cravate bordeaux. Il les conduisit dans son bureau exigu, rempli de dossiers et de factures parfaitement classés, où trois plannings étaient punaisés au mur : LIVRAISONS, CONGÉS DES EMPLOYÉS et RÉSERVATIONS. La pièce offrait une apparence aussi irréprochable que lui. Alice et Brown s'assirent.

« Alors, en quoi puis-je vous aider ? » demanda-t-il.

Alice devina qu'il n'était pas du genre à leur servir des banalités – tous ces « Je n'arrive pas encore à y croire » ou « C'est tellement horrible » qu'ils avaient entendus dans la bouche des autres relations des Sinclair. Jacques Silano paraissait déterminé à aller droit au but.

Tout comme Brown. « John Cameron est l'un des propriétaires de cet établissement, commença-t-il. Nous aimerions que vous nous parliez des contacts que vous avez pu avoir avec lui depuis que vous travaillez ici. En commençant par la dernière fois où vous l'avez vu. »

En moins de deux minutes, ils étaient au cœur du sujet.

« Eh bien, ils viennent tous les trois le dernier vendredi de chaque mois, expliqua Silano. Quinn, Sinclair et Cameron, je veux dire. Ils arrivent toujours tard, après la fermeture des cuisines. Il y a un petit salon privé dans le fond. À cette heure-là, tous les employés sont déjà partis. » Il ébaucha un sourire. « C'est la soirée poker.

– Continuez, l'encouragea Brown.

– C'était déjà une tradition avant que je prenne mon poste. Ils m'ont invité à leur table il y a environ trois ans. En général, on joue jusqu'à l'aube. Ensuite, je rentre chez moi, mais eux, souvent, restent ici pour le petit déjeuner.

– Et Cameron est là chaque fois ? »

Silano hocha la tête.

« Que savez-vous de lui ?

– Pas grand-chose, en fait… Je travaillais ici depuis une semaine quand je l'ai rencontré. Il dînait avec Sinclair et Quinn. On nous a présentés, mais je ne savais pas qui c'était. Ce n'est que des mois plus tard que j'ai surpris une conversation entre deux commis – oh, juste des ragots sur ce qu'il était censé avoir fait. Je leur ai dit que je ne voulais pas de ce genre de commérages en cuisine, et le chef m'a d'ailleurs apporté son soutien. Donny est employé au Rock depuis plus longtemps que moi. Donny O'Keefe… Quinn et Sinclair viennent déjeuner ou dîner à peu près tous les quinze jours, contrairement à Cameron qui arrive toujours tard le soir. Quand ils m'ont demandé si je voulais me joindre à eux, Donny était déjà intégré au groupe. Ils formaient un petit comité privé, et je me suis senti flatté d'y être convié.

– Tout se passait bien entre vous ? demanda Brown.

– Au mieux.

– De quoi parliez-vous pendant ces soirées ?

– Bah, de tout et de rien. Jamais de sujets personnels.

– Et Cameron ?

– Il n'en disait pas plus que les autres.

– Ça tournait autour de quelles sommes ? »

Silano sourit. « Il m'est arrivé d'empocher jusqu'à trois cents dollars les bons soirs, et d'en perdre autant quand la chance n'était pas avec moi. Personne n'a jamais gagné ni perdu gros.

– James Sinclair était-il accro ? Vous savez s'il jouait ailleurs ?

– Lui, accro ? Je ne l'ai même jamais vu bluffer !

– À quand remonte votre dernière partie ? intervint Alice.

– Au dernier vendredi de novembre. »

À ce moment-là, Sinclair escroquait Cameron depuis déjà plusieurs mois, pensa-t-elle.

« Avez-vous remarqué quelque chose de différent ce soir-là, monsieur Silano ?

– Non.

– À quelle heure avez-vous commencé à jouer ? »

Alice était prête à parier qu'un homme aussi ordonné dans sa vie professionnelle se souviendrait du moindre détail.

« Après minuit, comme d'habitude, répondit-il.

– Qui est arrivé le premier ? »

Silano s'accorda un instant de réflexion.

« Quinn et Cameron ont dîné ici. Sinclair les a rejoints un peu plus tard.

– Et ensuite ?

– Une fois tout le monde parti, on est allés s'installer dans la pièce du fond et on a joué jusqu'au lever du jour. Point final.

– Est-il arrivé que d'autres joueurs soient invités à votre table ? demanda Brown.

– Non.

– Personne n'est jamais venu vous saluer ou prendre une bière, quelque chose comme ça ?

– Non. Il n'y avait toujours que nous cinq.

– Y avait-il des disputes entre vous ? De la triche ?

– Avec ces types-là ? Vous voulez rire ! » Silano sourit. « Non, personne ne trichait. On charriait souvent Sinclair, parce qu'on pouvait deviner ce qu'il avait en main rien qu'en regardant son visage, comme la fois où il a tiré un full… Vous connaissez la probabilité pour que…

– De l'ordre d'une chance sur six cents, répondit Alice machinalement.

– Euh, oui. Bon, ce coup-là lui a rapporté dix dollars. Voilà, ça, c'était Sinclair. Avec Quinn et Cameron, en revanche, on ne pouvait jamais savoir. Quant à Donny… Eh bien, j'ai entendu dire qu'il avait payé les études d'un de ses enfants grâce au poker.

– Revenons-en à Cameron. J'aimerais que vous vous concentriez sur la dernière partie, dit Brown.

– C'était une bonne soirée. » Silano ferma les yeux. « Quinn avait apporté des cigares hors de prix qu'il voulait absolument nous faire goûter. J'ai gagné quatre-vingt-dix dollars. » Il rouvrit les yeux.

« Avez-vous perçu une certaine tension entre Sinclair et Cameron ? Un échange de regards, peut-être ? L'ambiance était-elle différente ?

– Non.

– De quoi avez-vous parlé ?

– De choses et d'autres. À force, toutes les parties se mélangent un peu dans ma mémoire, si vous voyez ce que je veux dire… Celle-là n'avait rien de spécial. » Silano s'adossa à son fauteuil. « J'ai lu le journal ce matin, et je comprends pourquoi vous me demandez ça, mais, non, il ne s'est rien passé de bizarre et il n'y a jamais eu de disputes entre nous. Pas une seule fois. »

Estimant que l'entretien était terminé, Brown se leva. « Nous aimerions avoir la liste complète de vos employés sur l'année en cours, si vous en avez une toute prête, avec les adresses et les numéros de téléphone.

– J'en ai une là, dit Silano en sortant des feuillets de l'un de ses dossiers.

– Nous allons poser quelques questions au personnel. »

Silano hocha la tête. Il n'avait manifestement rien à ajouter.

« Savez-vous quelle voiture conduit Cameron ? » demanda Alice en se levant à son tour. Elle se doutait déjà de la réponse qu'il allait donner.

« Un pick-up Ford noir, déclara-t-il sans hésiter.

– Bien sûr. »

Brown posa la main sur la poignée de la porte. « Qu'est-ce qui vous a décidé à nous parler des parties de poker, monsieur Silano ?

– Un soir, il y a quelques mois, on était tous en cuisine pour se préparer un en-cas. À un certain moment, j'ai entendu quelque chose tomber par terre, et Donny s'est mis à jurer. Quand je me suis retourné, j'ai vu du sang partout. Cameron s'était blessé avec un couteau, j'ignore comment. Sinclair et Quinn sont allés chercher des torchons pour lui faire un bandage, et pendant ce temps il se contentait de regarder sa main, il l'a même ouverte pour évaluer les dégâts. Tous les autres s'agitaient autour de lui, glissaient sur les flaques en essayant de se rendre utiles, mais Cameron n'a pas voulu entendre parler de points de suture, il a juste enroulé un torchon autour de sa paume. » Silano marqua une pause. « À aucun moment il ne s'est plaint. »

Il secoua la tête. « Je ne sais pas quoi en penser… », conclut-il.

Ils trouvèrent Donny O'Keefe en train de fumer une cigarette sur la terrasse. La porte arrière de la cuisine donnait sur une petite plate-forme d'où partait un escalier qui menait à la plage. O'Keefe leur tournait le dos, accoudé à la rambarde en bois. Un vent glacial soufflait de la mer et le ciel s'assombrissait déjà, mais le chef, qui n'avait pas enfilé de parka par-dessus sa veste blanche, ne paraissait pas avoir froid.

« Monsieur O'Keefe ? » lança Brown.

L'interpellé se retourna. Sec et noueux, il n'avait pas loin de la cinquantaine, et ses cheveux déjà blancs étaient coupés court. S'il mesurait moins d'un mètre soixante-dix, la lueur farouche dans son regard devait suffire à décourager les provocations.

Une fois les présentations faites, il considéra Alice et Brown durant quelques instants. Ses manches retroussées laissaient voir, sur son avant-bras droit, un tatouage carcéral typique : un aigle cerné par du fil de fer barbelé. Il y jeta un bref coup d'œil.

« C'était à la prison d'État, il y a vingt-trois ans. Je l'ai gardé pour me rappeler que j'ai été jeune, beau gosse et con comme la lune. »

Il tira une dernière bouffée et écrasa son mégot dans le cendrier qu'il avait posé sur la rambarde.

« En quoi je peux vous être utile ?

– Vous savez ce qui nous amène, j'imagine, dit Brown.

– J'ai entendu les infos ce matin. J'étais sûr que vous alliez débarquer à un moment ou à un autre.

– Depuis combien de temps travaillez-vous au Rock ?

– Dix ans. Trois comme second de cuisine, sept comme chef de cuisine.

– Ça fait pas mal de soirées poker… »

O'Keefe sourit.

« … et pas mal de discussions autour de la table, ajouta Brown.

– Exact.

– On ne passe pas des heures assis en face d'un homme pendant dix ans sans finir par le connaître au moins un peu… »

Brown plaça les mains sur la rambarde et laissa son regard dériver vers la plage, où un couple promenait un petit chien.

« Ça dépend, répliqua O'Keefe. Quelquefois, plus on voit quelqu'un et moins on le connaît.

– À votre avis, John Cameron aurait pu faire ce qu'on lui reproche ? s'enquit Alice.

– Non.

– Vous ne l'en croyez pas capable ?

– Je dis juste que c'est pas son genre, c'est tout. »

O'Keefe enfonça les mains dans les poches de son pantalon.

« Vous vouliez mon avis sur lui, je vous le donne, reprit-il. Vous imaginez vraiment que quand on était tous réunis autour de nos bières et de nos chips, on lui demandait comment il avait éliminé les types sur ce bateau ?

– Nous le soupçonnons d'avoir tué un homme et sa famille, dit Alice d'une voix douce qui couvrait à peine les cliquetis en provenance des cuisines. Or, cet homme, James Sinclair, faisait partie de votre vie depuis longtemps ; vous avez peut-être connaissance de certaines choses qui pourraient nous aider à arrêter son assassin.

– Vous insinuez que j'ai pas envie qu'on coince ce fumier ?

– Alors parlez-nous.

– Vous ne comprenez pas. Cameron vient ici une fois par mois pour jouer aux cartes, c'est tout ce qu'on sait de lui. Qu'est-ce qu'il fabrique dans l'intervalle ? Où il habite ? Mystère. Personne pose de questions. »

Il sortit un paquet de Marlboro de sa poche de poitrine, le secoua pour en extraire une qu'il proposa à la ronde – une offre qui fut déclinée –, puis l'alluma et en tira une longue bouffée.

« Le seul truc que je peux vous dire, c'est que je fais une soupe de poisson à tomber, ajouta-t-il. Pour le reste, j'en ai pas la moindre idée. »

Brown lui montra la photo de Cameron transmise par l'Identification.

« C'est ressemblant ?

– Assez », répondit O'Keefe, d'un ton qui signifiait plutôt : « Pas vraiment. »

De la tête, Brown indiqua les cuisines. « On va interroger vos collègues, au cas où l'un d'eux se rappellerait quelque chose qui justifierait notre visite.

– Allez-y, vous gênez pas. Vous voulez manger un morceau ? » O'Keefe croisa les bras et se pencha en arrière, les yeux légèrement plissés.

« Peut-être une autre fois, répondit Alice. Au fait, il y a vingt-trois ans, vous avez été incarcéré pour quoi ?

– Je me demandais quand vous alliez me poser la question. » Il tira sur sa cigarette jusqu'à faire rougeoyer l'extrémité. « Vol de voiture aggravé. La bagnole appartenait à un flic. Il leur a pas fallu trois heures pour me serrer. »

Il avait l'air de trouver l'histoire amusante, comme si elle était arrivée à quelqu'un d'autre.

« Pas très malin, observa Alice.

– Con comme la lune, je vous dis », répliqua O'Keefe.

Ils en restèrent là.

Dans la cuisine immaculée, longue et étroite, cinq hommes – dont trois Hispaniques –, vêtus d'une veste blanche, étaient occupés à découper, émincer, nettoyer et tout préparer en prévision du coup de feu du soir et des nombreuses réservations en cette période de fêtes. L'arrivée d'Alice et Brown interrompit net les bavardages.

Tous les employés présents savaient qui ils étaient et ce qu'ils voulaient. Il fallut quarante-cinq minutes aux deux équipiers pour les interroger un par un. Quant aux serveurs et aux commis, ils étaient rentrés chez eux à la fin de leur service.

Lorsque Alice et Brown quittèrent le Rock, les voitures avaient allumé leurs phares. La nuit tombait. Brown prit le temps de cocher des noms sur la liste que Silano leur avait fournie. Alice avait hâte de se mettre en route et d'appeler le poste pour savoir où en étaient les patrouilleurs chargés d'enquêter auprès des agences de location de voitures, au cas où Cameron s'y serait rendu après avoir abandonné le pick-up.

À sa place, elle aurait prévu un véhicule de secours, immatriculé dans la région et payé en liquide pour qu'on ne puisse pas trouver trace de la transaction. Et elle l'aurait acquis bien avant les meurtres.

Il y avait aussi les caméras de sécurité de l'aéroport : il faudrait envoyer quelqu'un à Sea-Tac avec la photo de Cameron pour visionner les enregistrements des passagers au départ durant les premières vingt-quatre heures après le crime. Elle ne se faisait cependant guère d'illusions : les chances d'obtenir des résultats étaient minces – et encore, en supposant qu'il n'avait pas trop modifié son apparence… Alice sortit de sa poche le calepin noir fermé par un élastique que tous les enquêteurs avaient sur eux. Elle le posa sur le toit de la voiture et y inscrivit deux mots : « Soirée poker. » Elle ferma les yeux, et, l'espace d'un instant, se revit assise sur un tabouret de bar, en train de regarder par-dessus l'épaule de son père les cartes qu'il avait en main. Sans doute aurait-elle appris beaucoup sur Cameron si elle avait pu le voir jouer ne serait-ce qu'une fois…

Derrière elle, Brown téléphonait. L'après-midi était bien avancé, et Alice, qui mourait de faim, repensa à la soupe de poisson dont O'Keefe leur avait vanté les mérites.

« C'était Kelly, déclara Brown après avoir refermé son portable. Un meurtre à Genesee Hill. Il veut qu'on le rejoigne là-bas.

– Pourquoi ? Il a découvert quelque chose ?

– Un Blanc, la gorge tranchée. »

Alice hocha la tête. L'inspecteur Kelly ne lui inspirait aucune sympathie, et elle savait d'expérience qu'il serait encore plus insupportable si l'enquête lui était confiée.

« Tu joues au poker ? lui demanda soudain Brown.

– Je connaissais des joueurs, autrefois. »

Brown pianota sur le toit de la voiture. « Ça te dirait de faire une halte au Husky ? »

Un de leurs repaires de prédilection, où ils pourraient manger un bout. Enfin une perspective réjouissante.

Les journalistes étaient déjà sur place. Comme attirés par l'odeur du sang, ils attendaient en groupes, caméras et appareils photo prêts à entrer en action.

« Comment se fait-il qu'ils soient toujours au courant, bon Dieu ? » marmonna Brown.

Les flashs crépitèrent quand il ralentit à la hauteur des trois véhicules de patrouille bloquant l'accès à l'allée. Il présenta son insigne aux agents, qui leur firent signe d'avancer.

C'était une grande maison, construite dans la partie la plus huppée de Genesee Hill. Une clôture séparait la pelouse de la rue, et Alice repéra une petite caméra de sécurité fixée en haut du portail. La fourgonnette de la Scientifique était garée près de la porte d'entrée, à côté d'une ambulance.

Chris Kelly sortit au moment où Alice et Brown descendaient de voiture.

« Vous arrivez à temps, dit-il. Je voulais que vous puissiez voir le corps avant qu'on l'embarque. »

Tony Rosario, le coéquipier de Kelly, un maigrichon toujours renfrogné, venait de reprendre le travail après un congé maladie. Il salua de la tête les nouveaux venus avant de se diriger vers sa voiture. Alice le suivit des yeux en se disant que c'était peut-être quelqu'un de charmant au départ, mais que passer douze heures par jour en compagnie de Kelly devait forcément l'avoir aigri.

Celui-ci les guida vers le salon, où les techniciens s'affairaient. La villa était moderne, et la décoration intérieure, d'inspiration vaguement minimaliste, cherchait de toute évidence à prolonger l'impression produite par l'extérieur. Alice détestait ce style. Dans la pièce où ils venaient d'entrer, meublée en noir et blanc, un canapé imposant couleur de jais et une table basse en verre dominaient l'espace ; le reste n'était qu'angles aigus et parquet en chêne massif.

Alice fut frappée par la présence de traces brunâtres sur les murs, qui détonnaient dans le décor, avant même de comprendre de quoi il s'agissait. Cette vision suscita en elle une décharge d'adrénaline. Elle suivit du regard le dessin ondulant des éclaboussures sur la cloison, puis remarqua les coussins blancs mouchetés de rouge. Personne n'aurait pu perdre autant de sang et être encore en vie. Impossible.

L'homme était affalé derrière le canapé, contre le dossier. Du seuil, on ne le voyait pas.

Alice s'approcha. Elle n'aurait su dire de quelle couleur était la chemise du mort à l'origine – bleu ciel, peut-être, ou blanche. Le sang qui l'inondait, et assombrissait également son jean, s'était accumulé dans les plis des vêtements et formait de petites flaques autour du corps. Ses mains, qui reposaient sur le plancher, étaient déjà protégées par des sachets en plastique.

C'était un costaud : un bon mètre quatre-vingt-dix, des épaules de déménageur… Ses cheveux châtains révélaient un début de calvitie qu'il avait tenté de dissimuler. Il paraissait en bonne condition physique ; en cas de bagarre, c'était sûrement un adversaire redoutable. Mais à présent il gisait sans vie dans ce salon, la gorge entaillée profondément d'une oreille à l'autre, la bouche ouverte, comme figée sur une exclamation de surprise.

« C'est sa copine qui l'a découvert, expliqua Kelly. Les urgentistes ont dû la mettre sous sédatifs. La porte d'entrée est munie de quatre serrures, pas moins ; notre homme avait tout d'un maniaque de la sécurité ! Quand la fille a ouvert avec ses clés, les quatre étaient verrouillées. Les fenêtres sont intactes, et la porte de derrière est équipée de trois serrures. Tout était bouclé. Aucun signe d'effraction nulle part. Et je vous ai gardé le meilleur pour la fin : dans la chambre de la victime, il y a un coffre-fort de la taille d'un placard. Grand ouvert, avec assez de poudre dedans pour faire un bonhomme de neige.

– Un dealer, dit Brown.

– Erroll Sanders », précisa Kelly.

Le nom semblait vaguement familier à Alice.

Son partenaire s'accroupit pour examiner la blessure.

« Hello, Sanders. Ça faisait un bail…

– Tu le connaissais ? s'étonna-t-elle.

– Oui. Il se tenait à carreau depuis plusieurs années. » Brown se redressa. « En gros, depuis qu'un de ses gars avait refait surface dans le lac Washington les yeux et les mains en moins.

– Signé Cameron ?

– Très probablement. »

Alice regarda autour d'elle. Plusieurs portes-fenêtres s'alignaient d'un côté de la pièce, et les trois autres murs étaient peints en blanc. Hormis les arcs sanglants sur la cloison, il n'y avait aucune trace de lutte. Deux vases trônaient sur le manteau de la cheminée, près de la porte, et des lampes étaient posées sur de petits guéridons à chaque extrémité du canapé. Rien n'avait été brisé.

« Il a été attaqué de face, déclara Kelly, les yeux fixés sur le corps.

– Exact. » Brown examina les projections sur le mur de droite. « Là, c'est quand le couteau a été retiré de la plaie. »

Il suivit du doigt le tracé d'une fine ligne de gouttelettes, en déplaçant lentement son bras, afin de déterminer la position du meurtrier.

La blessure paraissait profonde, et, étant donné le gabarit d'Erroll Sanders, il était peu probable que son adversaire ait pu le maîtriser par-derrière avant de lui trancher la gorge.

Alice s'accroupit près du corps. L'incision, plus marquée du côté droit, remontait légèrement en biais vers la gauche. Autrement dit, l'agresseur avait frappé fort, et aussi vite que l'éclair ; Sanders avait dû se vider de son sang et perdre connaissance en quelques secondes seulement.

« Le tueur a porté le coup de la gauche vers la droite, observa Brown. Il est droitier.

– Les gars de l'Unité de scène de crime cherchent des empreintes depuis des heures, déclara Kelly, l'air étrangement satisfait de lui-même. Pour le moment, ils ont que dalle. Sanders avait un flingue dans un étui de cheville – pour ce que ça lui a servi ! – et un calibre 45 sur sa table de nuit… Il doit toujours y être, si les techniciens l'ont pas emporté. On a aussi découvert cinq mille dollars en liquide à côté du stock de poudre. L'agresseur était pas là pour la came, ni pour le fric. J'ai l'impression d'un scénario à la *Nostromo*.

– Il est encore trop tôt pour se prononcer, répliqua Brown. On a tiré quelque chose de la caméra de sécurité, dehors ?

– J'ai vérifié, répondit Kelly. Le disque à l'intérieur a disparu. Ah, et il y a deux verres dans l'évier – lavés. Si l'assassin a bu un coup avec Sanders, il a fait la vaisselle avant de partir. »

Alice jeta un coup d'œil à la table basse en verre – la surface idéale pour relever des empreintes.

« Rien non plus là-dessus », annonça Kelly, comme s'il devinait ses pensées.

Le déchaînement de violence qui avait balayé la vie d'Erroll Sanders s'était éteint avec lui. Son meurtrier n'avait apparemment qu'un seul objectif : le supprimer d'un seul coup, rapide et dévastateur.

« À quand remonte le décès ? demanda Alice.

– Probablement entre quatre et six heures ce matin », répondit Kelly sans la regarder.

C'était une des bizarreries de leurs relations : quand elle lui posait une question, c'était en général à Brown que Kelly donnait la réponse. Elle se demanda brièvement si elle aurait un jour envie de consacrer du temps et de l'énergie à en parler avec lui pour mettre les choses au clair. *Pas maintenant, en tout cas*, pensa-t-elle. *Ce n'est ni le lieu ni le moment.*

« On peut l'emmener ? intervint l'un des ambulanciers qui venait d'entrer dans la pièce.

– Oui, allez-y », dit Kelly, et Erroll Sanders fut soulevé avec précaution, placé dans une housse mortuaire, puis évacué.

Durant quelques instants, on n'entendit plus que les techniciens de la Scientifique qui cherchaient des indices.

« Difficile de dire si l'intrus attendait Sanders chez lui ou s'il l'a suivi, déclara Brown. On ne connaît pas le "pourquoi", et on n'a qu'une vague idée du "quand".

– Je serais curieux de savoir comment il est entré, ajouta Kelly.

– Tu devrais t'assurer que les gars inspectent la voiture de la victime. Cameron lui a peut-être fait le coup du cheval de Troie. Tu permets qu'on fasse le tour ? »

Kelly réfléchit une seconde. Même s'il n'avait pas lu Homère, il connaissait le concept.

« Vous gênez pas », dit-il en partant rejoindre Rosario.

Brown jeta un coup d'œil à Alice, qui essayait de reconstituer la chronologie des événements en observant le dessin des projections de sang sur les murs. Il savait que, avec le temps, la façon dont elle gérerait ses relations avec des individus comme Kelly aurait autant d'importance dans sa carrière que ses talents d'enquêtrice. C'était cependant à elle de le découvrir. Et, le jour où elle le comprendrait, Kelly en viendrait sûrement à regretter d'être sorti de son lit.

« On n'a pas grand-chose, mais c'est mieux que rien, fit-elle remarquer. Je vais consulter les rapports d'autopsie dans l'affaire du *Nostromo*, pour voir si la description des blessures correspond à celle de Sanders.

– C'est Kelly qui est chargé de l'enquête, lui rappela son partenaire.

– D'accord. En attendant, Cameron a fait profil bas pendant des années, et brusquement on se retrouve avec cinq meurtres en quatre jours.

– Tu penses qu'il y a un lien ?

– Pas toi ? »

Brown se frotta les yeux d'un geste las. « Les cinq hommes du *Nostromo* ont été égorgés par un droitier. Trois ont été attaqués par-derrière, et deux de face. Dans le premier cas, la blessure allait de gauche à droite, dans le second de droite à gauche. L'angle de pénétration de la lame laissait supposer que le meurtrier devait mesurer environ un mètre quatre-vingts. Ce qui est aussi le cas pour Sanders. Le couteau utilisé sur le *Nostromo* n'était pas cranté mais lisse, et particulièrement tranchant, genre rasoir. Comme ici, conclut-il en désignant les taches sombres sur les murs.

– Le choix de l'arme implique la volonté de combat rapproché, donc une prise de risques pour l'agresseur, souligna Alice. Kelly a raison : le meurtrier en voulait tellement à Sanders qu'il était prêt à se mettre en danger pour le frapper au plus près… »

Une idée lui traversa soudain l'esprit.

« Vu la quantité de sang qu'il y a sur la victime et autour d'elle, je pense que le tueur en était couvert lorsqu'il s'est enfui. »

Brown acquiesça. « Kelly a dû demander aux techniciens d'aller inspecter la poubelle dans la rue.

– Sauf que, à mon avis, notre homme n'a rien laissé derrière lui, répliqua Alice, qui examinait le sol près du canapé. Il savait qu'une fois touché Sanders allait s'effondrer. À partir de là, lui-même n'avait plus qu'à profiter du spectacle… »

Elle indiqua un point à son coéquipier.

« Regarde ! » Sur le parquet, à environ un mètre de l'endroit où Sanders avait agonisé, des gouttes de sang formaient une ligne légèrement incurvée. Elles étaient larges et rondes. Autrement dit, elles étaient tombées perpendiculairement au sol, elles n'avaient pas dégouliné du mur.

« Il portait un long manteau, reprit-elle. Un ciré, je dirais. Le sang a giclé sur le vêtement et goutté par terre. Après coup, le meurtrier n'avait plus qu'à se défaire du ciré, et sans doute aussi de ce qu'il avait mis sur ses chaussures pour les protéger. Ensuite, il lui a suffi de tout bourrer dans un sac, et le tour était joué.

– Et ce sac, il en aurait fait quoi ?

– Il a dû le brûler.

– Un ciré…, répéta Brown, songeur.

– Oui. Du style transparent, en plastique.

– Je vois.

– Pratique, hein ?

– Je ne te le fais pas dire. »

Dans le but de mieux cerner la victime, et peut-être aussi de trouver une raison à sa mort, ils explorèrent toutes les pièces, du couloir à la cuisine, puis de la salle de billard à la chambre dans laquelle le coffre était encore ouvert, même si la drogue et l'arme avaient maintenant été emportées.

La maison ne leur révéla rien, si ce n'est que Erroll Sanders avait mauvais goût et peu de discernement, et qu'un matin de décembre, à la première heure, l'un ou l'autre de ces défauts l'avait rattrapé et lui avait coûté la vie.

De retour au poste, Brown et Alice se plongèrent dans le dossier *Nostromo*. Bien qu'épais, il ne leur fut pas d'une grande utilité. Il confirma tous les détails que Brown avait cités de mémoire, mais rien de plus.

Feu Joe Navasky, l'employé d'Erroll Sanders, était resté immergé plusieurs jours dans le lac Washington avant que son corps soit découvert. Son état de décomposition avancée n'avait alors pas permis de déterminer si la décapitation partielle et la mutilation des yeux et des mains avaient eu lieu avant ou après son décès.

Le *Nostromo*, Navasky, Sanders... Alice pressentait un lien entre ces trois affaires, qui lui semblaient présenter certaines similitudes, entre autres le mode opératoire et le soin avec lequel on avait fait disparaître empreintes et indices éventuels. Elle reprit ses notes sur les meurtres de Blueridge.

Le choix de l'arme, la façon de tuer, le recours au chloroforme, l'élimination des proches, et même la présence sur les lieux d'éléments incriminants – rien ne correspondait.

Elle repensa à la chambre d'adolescent dans la maison de Cameron et à la batte de base-ball au fond de la penderie. Le labo lui avait dit que les traces de sang et l'éclat d'os dataient d'au moins quinze ans.

Brown avait à peine desserré les dents depuis qu'ils avaient quitté la scène de crime chez Sanders. Alice, qui avait appris à s'accommoder de ses silences, se sentit néanmoins troublée en le voyant contempler la même page pendant une demi-heure. Seule l'arrivée de Sarah Klein, venue préparer l'audition de Quinn, parvint à le tirer de ses réflexions.

L'assistante du procureur était partie depuis peu quand Kelly entra dans le bureau.

« La voiture de Sanders était nickel, à un détail près : une empreinte partielle de pouce sur l'essieu. » Il avait le regard brillant. « Elle avait beau être à moitié effacée, on a identifié suffisamment de points de concordance pour que ce soit recevable au tribunal. L'audition est à quelle heure, demain ? »

C'était une bonne nouvelle – la confirmation que Cameron était encore en ville et devenait négligent, et qu'eux-mêmes tenaient une piste dans l'affaire Sanders. Alice se plongea encore une heure dans la lecture des coupures de presse sur le kidnapping de la Hoh River, jusqu'au moment où Brown se leva et enfila sa veste.

« Rentre chez toi, Madison. On en a fini pour aujourd'hui.

– Le petit frère de Quinn…, commença Alice. Pourquoi les ravisseurs ont-ils emporté le corps, à ton avis ?

– À l'époque, en l'absence de cadavre, il était impossible d'engager des poursuites. Et les deux autres gamins, qui avaient eu les yeux bandés tout le temps, ne pouvaient pas témoigner puisqu'ils n'avaient rien vu. »

Après le départ de son équipier, Alice chercha quelque chose à faire, des dépositions à lire, mais elle avait perdu sa capacité de concentration. N'ayant pas envie de quitter le poste tout de suite, elle déambula dans la salle de brigade où, parmi les odeurs de plats livrés par les restaurants du coin, régnait l'animation habituelle.

Quelqu'un avait laissé traîner un exemplaire du *Seattle Times* sur une table. Elle s'en empara et passa directement en page deux pour éviter de lire les articles sur l'affaire. Un entrefilet accrocha soudain son regard : le photographe qu'elle avait chassé de la scène de crime de Blueridge avait été agressé et abandonné inconscient au fond d'une ruelle. Dans sa déclaration, Andrew Riley avait laissé entendre que la police pourrait bien être derrière tout ça, et qu'au moins un officier – il ne citait pas de nom, mais Alice ne doutait pas qu'il s'agissait d'elle – devait lui en vouloir après ce qui était arrivé chez les Sinclair.

Elle cligna des yeux, surprise. L'incident avec Riley lui était complètement sorti de l'esprit. Elle n'eut qu'à donner deux coups de téléphone pour joindre l'inspecteur chargé de l'enquête.

« On l'a méchamment dérouillé, ce sale petit fouineur, lui expliqua l'inspecteur Nolan. Du coup, il n'ose plus sortir de chez lui tellement il a peur qu'on lui fasse la peau. Oh, à propos, il a mentionné votre nom.

– Ça ne m'étonne pas.

– On ne prend pas ça au sérieux. N'empêche, il a dû mettre quelqu'un sacrément en rogne.

– On ne lui a rien volé ?

– Non, rien du tout. Il est persuadé qu'on l'a agressé parce qu'il avait réussi à s'introduire chez les Sinclair. Il était au Jordan, dans Elliot Avenue, quand il a reçu un coup de téléphone au bar. Mais il n'y avait personne au bout du fil. Il est parti quelques minutes plus tard. Le type le guettait, de toute évidence. Il lui est tombé dessus et l'a bourré de coups de poing jusqu'à lui faire perdre connaissance. Il a aussi fracassé son appareil photo. Il n'en reste pratiquement plus rien… »

Songeuse, Alice raccrocha puis rentra chez elle. Andrew Riley avait joué de malchance, sans aucun doute. En attendant, à part son intrusion sur la scène de crime, rien ne semblait le relier aux Sinclair.

Deux points lui paraissaient importants : un, le coup de téléphone que le photographe avait reçu au bar devait selon toute vraisemblance permettre de l'identifier ; par conséquent, son agresseur était sur place pour le voir prendre l'appel. Deux, ce même agresseur avait mis un point d'honneur à détruire l'appareil photo.

Il avait réussi à repérer Riley au milieu d'un bar plein à craquer, puis, sans lui donner d'explications, sans l'avoir menacé ni même mis en garde, il l'avait attaqué et privé de son précieux matériel.

Quel que soit l'angle sous lequel on considérait les faits, il était évident que les activités de Riley avaient contrarié quelqu'un. Alice pouvait comprendre : si c'était sa propre famille dont on avait ainsi essayé de voler des clichés, sa réaction aurait certainement été moins mesurée.

La personne la plus proche des Sinclair était Nathan Quinn. Pourtant, Alice ne l'imaginait pas embusqué dans l'obscurité pour guetter le photographe ; ce n'était pas son style. Lui ne s'en prendrait pas physiquement à son adversaire, ils ne se rencontreraient peut-être même jamais, mais il ferait sans doute en sorte que Riley ne puisse plus vendre la moindre photo. Et qu'il sache pourquoi. Dans une situation semblable, Alice préférait ne pas se demander jusqu'où elle aurait pu aller.

La maison des Sinclair formait une masse sombre derrière les arbres. Alice, qui roulait au ralenti dans la rue, aperçut une voiture de patrouille garée devant et se souvint brusquement qu'elle n'avait pas replacé les clés dans la souche ; elles étaient encore dans la poche intérieure de son blazer. Elle freina, et, la main sur le levier, s'apprêtait à passer la marche arrière, quand elle se ravisa.

Non, pas encore.

Elle enclencha la première et s'éloigna.

Vingt-quatre heures plus tôt, Erroll Sanders était rentré chez lui. Peut-être Cameron se trouvait-il dans la voiture avec lui, ou peut-être pas. Quoi qu'il en soit, à ce moment-là, il ne lui restait plus qu'une demi-heure à vivre.

Arrivée devant chez elle, Alice continua en direction de chez Rachel. Elle n'avait pas fait cela depuis longtemps – pas depuis le décès de son grand-père. Elle se gara le long du trottoir.

La seule lumière visible était la lampe au-dessus de la porte d'entrée, dont le heurtoir s'ornait d'une couronne de Noël. Deux voitures stationnaient sur le côté de la maison, et les rideaux étaient tirés. Alice coupa le moteur. Quelquefois, au terme d'une journée marquée par le sang et la violence gratuite, elle venait se garer devant chez son amie et demeurait un moment dans la voiture silencieuse. Cette habitude ne l'inquiétait pas. Au contraire, elle avait ainsi l'impression de s'imprégner de la vie à l'intérieur de ce foyer, d'accéder à un univers qui d'ordinaire ne recoupait que très partiellement le sien ; celui de Rachel était sûr, rempli d'amour, et aussi éloigné que possible des horreurs qu'elle-même côtoyait. Elle y puisait chaque fois un immense réconfort.

Au bout de quelques minutes, elle démarra et rentra chez elle.

Nathan Quinn verrouilla la porte vitrée derrière lui, et l'alarme du bureau fit entendre un léger bip. Il salua l'une des femmes de ménage qui poussait son chariot sur le palier du neuvième étage, puis appela l'ascenseur. Il tenait son attaché-case de la main droite, et, de la gauche, une petite pile de lettres qu'il n'avait pas encore eu le temps de regarder. Après avoir appuyé sur le bouton du parking souterrain, il passa rapidement en revue les enveloppes.

Il reconnut l'épais papier beige de la quatrième avant même que son cerveau fasse le lien. Il la déchira et en sortit un carton assorti, sur lequel cinq chiffres étaient inscrits à l'encre noire :

28885

Les portes de la cabine s'écartèrent. Quinn leva les yeux comme s'il avait soudain entendu une voix l'interpeller.

Il remonta au neuvième, composa le code pour désactiver l'alarme et se dirigea droit vers son bureau, dans la pénombre. À l'intérieur, il alluma la lampe sur sa table de travail, puis ouvrit l'un des tiroirs du classeur vertical derrière lui. C'était la première pochette dans le dossier, il l'y avait placée lui-même le lundi. Même papier, même carte. Seul le message différait. Il posa les deux côte à côte.

Aucun doute : la main qui avait écrit ces mots était aussi celle qui avait ôté la vie à James et à sa famille.

Il décrocha le téléphone, composa un numéro et raccrocha. Une trentaine de secondes plus tard, son portable sonnait. Il prit la communication.

« Bonsoir, Jack », dit-il.

22.

ASSIS DEVANT SON ÉTABLI, dans le sous-sol de sa maison, Harry Salinger examine un éclat de verre à travers sa loupe de bijoutier. Le tenant délicatement entre le pouce et l'index droits, il le fait tourner jusqu'à obtenir un angle d'observation satisfaisant.

Dans un coin de la pièce, le fruit de son travail a pris forme. La structure de base a été facile à monter, compte tenu de la nécessité de garder l'ensemble léger et maniable, mais il sait que ce sont les barreaux métalliques qui vont soit parachever son œuvre, soit la détruire. Il se lève et trébuche sur ses lunettes de soudeur.

Lynne Salinger avait trente-neuf ans lorsqu'elle découvrit qu'elle attendait un enfant. Elle pleura pendant des heures, sachant le fragile équilibre de sa vie sur le point de voler en éclats. Compte tenu de l'éducation catholique rigide qu'elle avait reçue, il n'était cependant pas question pour elle d'avorter.

Son mari, Richard Salinger, quarante et un ans, agent en uniforme au sein de la police de Seattle, paya quelques tournées au bar pour fêter la nouvelle, et, en fin de soirée, se fit raccompagner chez lui par son coéquipier.

Ce n'était un secret pour personne, au poste, que son sale caractère l'avait plus d'une fois empêché d'accéder à une promotion. En privé, c'était un tyran qui n'avait cependant jamais frappé sa femme, parce qu'il n'avait même pas besoin de le faire : il avait amplement l'occasion de se défouler dans la rue, et réservait sa mauvaise humeur à ses proches.

Lynne Salinger donna naissance à des jumeaux, Michael et Harry, et sombra aussitôt dans une dépression post-partum non diagnostiquée qui allait durer trois ans ; la semaine suivant le troisième anniversaire des garçons, elle avala une surdose de somnifères et mourut comme elle avait vécu, sans faire de vagues.

Son décès fut attribué à une réaction brutale aux médicaments qu'on lui avait prescrits, et, au cas où l'un de ses collègues aurait voulu vérifier ce qu'il en était sur le certificat de décès, Richard Salinger se tenait prêt à l'en dissuader. Il était doué pour la dissuasion ; c'était sa spécialité, son métier, sa raison de vivre.

Dix ans plus tard. Michael et Harry Salinger pédalent à toute allure sur le trottoir, bien décidés à arriver chez eux avant l'heure du couvre-feu fixée par leur père. Blonds tous les deux, ils ont les yeux clairs, presque incolores. Ils ressemblent à leur mère, dont ils ne gardent aucun souvenir. Grands pour leur âge, ils dépasseront bientôt leur géniteur, sans que les rapports de force changent pour autant.

Au moment où ils referment la grille derrière eux, ils entendent le téléphone sonner dans la cuisine.

C'est Michael qui court le plus vite, ils le savent tous les deux.

« Fonce ! » hurle Harry.

Son frère jette son vélo à terre et se précipite vers la porte de derrière en cherchant sa clé dans la poche de son jean. Il l'introduit dans la serrure, la fait tourner, se rue à l'intérieur et atteint le téléphone en une enjambée. Sa main est moite, et le combiné manque lui échapper lorsqu'il décroche.

« Allô ? halète-t-il. C'est Michael. Oui, papa, d'accord. Je te le passe. »

Harry saisit le combiné que lui tend son frère.

« Bonjour, papa. Oui. D'accord. On se débrouillera. »

Il raccroche et, durant un instant, les deux garçons restent immobiles dans la pièce sombre. Puis Michael va ouvrir le réfrigérateur et commence à préparer des sandwichs au beurre de cacahuètes et à la confiture, pour son frère et lui.

Richard Salinger avait tenu la promesse qu'il s'était faite : élever seul ses enfants dans le foyer qui les avait vus naître. Etta Greene, une voisine d'une cinquantaine d'années, veillait sur eux et donnait un coup de main pour le ménage quand il n'était pas là, mais le reste du temps ils restaient entre hommes – le « clan Salinger », comme il disait.

Il n'ignorait pas que ses fils avaient peur de lui, et il se plaisait à entretenir cette situation en les abreuvant d'histoires sur son travail, de préférence celles qui concernaient des actes de violence.

Un jour, quand les garçons avaient cinq ans, Etta Greene qui jouait avec eux avait demandé à Harry de lui citer une couleur commençant par la lettre « b ». Sans hésiter, Harry avait répondu : « Rouge. » Etta avait paru déçue, sans que Harry puisse se l'expliquer.

Pour lui, la lettre « b » avait toujours été rouge. C'était ainsi qu'il la ressentait, et d'ailleurs elle teintait de rouge tous les mots dans lesquels elle figurait. Même si les jumeaux étaient parfois en désaccord sur la couleur associée à telle ou telle lettre, Michael savait exactement ce que Harry voulait dire. C'était un don qu'ils tenaient de leur mère, un pouvoir secret non diagnostiqué et non reconnu.

Lynne Salinger s'imaginait souffrir d'une forme d'aliénation mentale, pourtant elle n'était ni folle ni maudite : elle était en réalité atteinte de synesthésie, un trouble rare de la perception, encore largement inexpliqué. Elle trouvait effrayant que la plupart des sons évoquent pour elle une couleur – un phénomène à la fois intense et incontrôlable. L'expérience la déroutait complètement, elle ne la comprenait pas et tentait en vain de la combattre. Quand elle pensait à son mari, son nom lui apparaissait toujours en noir et rouge.

Pour sa part, Etta Greene s'était juste dit que Harry n'avait pas bien compris la question, et elle n'avait pas cherché plus loin.

Quand les deux frères furent en âge d'aller à l'école, ils en avaient déjà appris suffisamment sur la nature humaine pour savoir qu'il valait mieux ne jamais mentionner les couleurs cachées – à personne, et surtout pas à leur père.

Puis Richard Salinger fut blessé dans l'exercice de ses fonctions : un voleur armé lui tira une balle dans le genou droit. À sa sortie de l'hôpital, deux changements s'étaient produits dans sa vie, qui perdureraient jusqu'à la fin de ses jours : il boitait, et il touchait une pension d'invalidité.

Le flot de visiteurs bien intentionnés venus lui apporter leur soutien les premiers temps se tarit peu à peu. Six mois plus tard, le clan Salinger était complètement isolé.

Un matin, pendant que les garçons étaient à l'école, Richard Salinger fouilla leur chambre et découvrit un drap souillé, roulé en boule dans un coin. Lorsqu'ils rentrèrent, il les attendait dans le salon. Il n'avait rien bu, et son visage était fermé.

« J'ai une question à vous poser, commença-t-il. Si vous êtes francs avec moi, on en restera là. Si vous me mentez, je le saurai. »

Quand il sortit d'un sac en plastique l'objet du délit, Harry sentit son estomac se nouer.

« Alors ? Lequel de vous deux a fait ça ? »

Il connaissait déjà la réponse. Il aurait pu se contenter de laver le drap sans rien dire, mais il n'était pas homme à agir ainsi. Il patienta. Pour finir, Michael avança d'un pas. Harry ouvrit des yeux ronds.

« C'est moi, papa, déclara Michael. Je m'excuse. »

Sans quitter Harry du regard, leur père demanda : « T'as rien à ajouter, gamin ? »

À dix ans, Harry savait parfaitement ce qu'il était : un avorton malingre, dépourvu de cervelle et de tripes. Il le savait parce qu'on le lui avait assez répété. Malgré tout, il préférait recevoir une bonne raclée plutôt que de laisser son frère payer à sa place.

« Non, je… c'est moi, bredouilla-t-il.

– Tu m'apprends rien, dit Richard Salinger en se levant. Bon, à partir de maintenant, voilà comment on va procéder : quand l'un de vous fera une connerie, c'est l'autre qui paiera. Michael, t'es le premier. »

Harry Salinger, trente-sept ans, est accroupi dans son sous-sol. Les étincelles produites par son chalumeau fusent autour de ses lunettes. Ce n'est pas sa plus belle réalisation, mais la perfection de ce qu'elle va lui permettre d'accomplir, qu'il perçoit au-delà des défauts d'exécution, le remplit de satisfaction. Il enlève ses gants et les expédie sur l'établi. Il est temps de partir.

Dans le parc national Olympic, à trois heures de route de Seattle, se déploie une étendue foisonnant de fougères et d'arbres séculaires, sillonnée de chemins tortueux – un endroit que les touristes, parfois venus de loin, tiennent à immortaliser sur leur téléphone portable.

Mais Harry Salinger n'a que faire du paysage. C'est à peine s'il quitte du regard le sentier rocailleux et glissant. Au cœur de l'hiver, personne ne vient ici, et dans la pénombre du crépuscule il est attentif au moindre relief. Sans doute n'aura-t-il plus l'occasion d'effectuer une telle reconnaissance.

Il se penche pour vérifier que les lacets de ses chaussures de randonnée sont correctement noués, puis, une fois la nuit tombée, s'élance en se fiant à ses souvenirs. Il slalome entre les arbres, parce qu'un trajet en ligne droite le desservirait. Ses chaussures fendent l'herbe dans un bruissement à peine perceptible, au rythme de ses foulées qu'il s'efforce de contrôler au mieux : elles ne doivent être ni trop rapides ni trop lentes.

Dans son esprit, c'est la terre qui se porte à la rencontre de ses pieds, lui apportant le soutien dont il a besoin ; la forêt est avec lui. C'est la trente-huitième fois qu'il court sur cette piste, et la vingt et unième dans l'obscurité.

23.

6 H 30. Les locaux de Quinn, Locke & Associates étaient encore déserts. Nathan Quinn referma la porte de son bureau, puis alla chercher dans une armoire métallique une pochette en plastique transparent qu'il tendit à Tod Hollis. Elle contenait les messages anonymes qu'il avait reçus.

Hollis, en pull à col roulé noir sous un épais pardessus, l'examina quelques secondes.

« Café ? proposa Quinn.

– Je veux bien, merci. »

L'avocat se rendit dans la cuisine. Il sortit d'une boîte un filtre en papier, y versa du café moulu et alluma la cafetière.

Il savait que Hollis allait lui dire de porter les messages à la police, afin de procéder à une recherche d'empreintes et à une analyse du papier. Il lui conseillerait sans doute d'appeler les inspecteurs chargés de l'enquête et de les leur remettre en main propre. C'était la solution la plus raisonnable, bien sûr, sauf que Quinn n'était pas encore prêt à se séparer des missives. Il devait d'abord découvrir ce que voulait leur auteur.

Hollis serait probablement contrarié, mais il ne pourrait pas le faire changer d'avis. Sa décision, Quinn l'avait prise des années auparavant, en prévision d'une éventualité qu'il espérait ne jamais voir se concrétiser. En attendant, la juge Martin le recevrait dans quelques heures, et le reste n'avait aucune importance. Le café commença à passer.

La récompense offerte par Quinn avait donné lieu à plus d'une centaine d'appels en vingt-quatre heures. Ils avaient tous été filtrés et transcrits, mais aucun n'avait fourni d'éléments utiles à l'enquête.

Alice feuilletait les tirages, pendant que Brown parlait au téléphone. Une équipe du SWAT, l'Unité d'intervention armée, était déjà mobilisée pour les épauler au cas où ils obtiendraient une adresse, et les techniciens de scène de crime avaient été prévenus qu'on pourrait avoir besoin de leurs services en urgence. Selon l'issue de l'audience, une conférence de presse serait peut-être donnée, durant laquelle la photo de John Cameron – la seule chose que Fred Tully n'avait pas en sa possession – serait rendue publique.

« On ne sait toujours pas pourquoi il l'a rattaché », observa-t-elle.

Brown lui jeta un coup d'œil perplexe.

« Les liens, précisa-t-elle. Cameron a remplacé les liens autour des poignets de James Sinclair. Pourquoi ?

– Quelle importance ? »

Quelle importance ?

« Quinn va s'empresser de démolir tout ce qui n'est pas solide dans notre dossier », dit-elle.

Son coéquipier se leva pour aller fermer la porte entre leur bureau et la salle de brigade, puis revint s'asseoir.

« Bon, qu'est-ce que tu voudrais de plus ? demanda-t-il.

– Comment ça ?

– C'est simple, on a quatre corps, un mobile et un suspect. Ainsi que des preuves concrètes. Qu'est-ce qu'il te faut encore ?

– Tout le reste, répondit-elle sans hésiter. Je veux comprendre pourquoi Cameron a pris telle initiative et pas telle autre.

– Il fait exactement ce qu'il a prévu de faire. Ni plus ni moins. Le meurtre d'Erroll Sanders s'inscrit dans cette logique, pas celui des Sinclair. C'est tout.

– Il arrive que les gens changent leurs habitudes en fonction des circonstances, d'accord. Dans le cas de Sinclair, Cameron avait pour objectif de le punir. Sa mort elle-même n'était peut-être que secondaire ; ce qui comptait avant tout, c'était qu'il se rende compte de ce qui arrivait à sa famille.

– En attendant, Madison, j'ai du mal à m'expliquer ton insistance sur cette histoire de changement de liens. T'as vu la maison de Cameron, tu te rappelles sa chambre… Oublie le tribunal un moment et dis-moi pourquoi on devrait creuser la question.

– Tu sais très bien pourquoi.

– Fais comme si je l'ignorais.

– C'est un problème de comportement. Les liens ne sont qu'un élément du puzzle, tout comme l'empreinte sur le verre.

– Qu'est-ce qu'elle a, l'empreinte ?

– Quand Payne nous a appelés pour nous dire qu'elle correspondait à celle de Cameron, t'as pas eu l'air content. Je t'ai demandé ce qui te contrariait et t'as répondu…

– J'étais surpris.

– Déçu, plutôt.

– Entre nous, je crois que tu te préoccupes trop des détails. »

Alice se pencha en avant.

« Le verre qui portait l'empreinte se trouvait à côté de l'évier, dans la cuisine. Je l'ai vu avant que le technicien l'emporte, il était posé près d'une canette de Coca.

– O.K.

– Je te signale qu'on n'a pas relevé d'empreintes sur la canette. Bizarre, non ? On est bien d'accord que Cameron portait des gants. Il se serait servi à boire, et ensuite il les aurait enlevés pour saisir le verre à mains nues ? Sacrée négligence de sa part, pas vrai ? Or il est tout sauf négligent. Ce ne sont pas des détails, ça ! »

Ils se regardèrent quelques instants. C'était la première fois qu'Alice élevait la voix en présence de Brown, et elle ne comprenait même pas les raisons de son emportement.

« Qu'est-ce qui t'a poussée à vouloir intégrer la Criminelle ? demanda-t-il.

– Pardon ?

– Ce n'est pas l'argent, et je suis à peu près sûr que ce n'est pas la gloire non plus.

– Pourquoi tu me poses la question maintenant, alors que je suis là depuis cinq semaines ?

– Si je l'avais fait plus tôt, je n'aurais pas eu de contexte pour analyser ta réponse. Là, j'ai eu le temps de te voir à l'œuvre. Alors ? Pourquoi la Crim' ? »

Alice se rendit soudain compte qu'elle attendait ce moment depuis leur première rencontre. Les mots jaillirent sans qu'elle ait besoin de réfléchir : « Parce que c'est le seul endroit où je voulais être. »

Il acquiesça. Un jour, peut-être, il chercherait à en savoir davantage.

Les journalistes se pressaient autour du palais de justice. Alice, Brown, Kelly et Rosario durent se frayer un chemin au milieu d'une foule de curieux, de micros et de caméras. Partout les flashs se déclenchaient ; la présence de l'inspecteur en charge de l'enquête dans l'affaire Sanders à une audience portant sur les meurtres de Blueridge ne passait pas inaperçue… Pour l'occasion, Kelly avait mis son costume de tribunal.

Ce serait le grand show de Sarah Klein. À l'intérieur du bâtiment, où l'on n'entendait plus la cohue, l'atmosphère était feutrée et chacun vaquait à ses occupations, cette audience-là n'étant qu'une parmi des dizaines d'autres.

Tony Rosario avait toujours les traits tirés et le teint pâle après sa récente maladie, mais Alice n'aurait su dire s'il avait naturellement l'air épuisé. Les différentes teintes de gris déclinées par son costume, sa chemise et sa cravate n'arrangeaient rien.

« Fais-moi plaisir, évite de t'appuyer contre le mur, j'ai peur de plus te voir, ironisa Kelly.

– Qu'est-ce que tu veux, j'ai une prédilection pour le gris », répliqua Rosario.

La porte de l'ascenseur coulissa, et ils s'engagèrent dans la cabine. Sarah Klein, qui venait de les rejoindre, prit la parole à voix basse :

« Si vous avez quelque chose à me dire pendant l'audience, écrivez-le sur un bout de papier, mais seulement si c'est absolument nécessaire.

– Est-ce que vous avez le droit d'interroger Quinn sur l'affaire Sanders ? » Kelly ne se sentait concerné que de loin. La présence de l'empreinte de Cameron sous la voiture du dealer ne constituait pas un élément suffisamment solide pour lui permettre d'obtenir ne serait-ce que l'autorisation de perquisitionner au domicile du suspect. De toute façon, Brown et Alice l'avaient déjà fouillé, sans résultat.

« Non, répondit l'assistante du procureur. Je dois m'en tenir à ce qui s'est produit entre Quinn et Cameron au moment où ils se sont rencontrés pour parler des meurtres. Le reste est protégé par le secret professionnel. Vous êtes ici en touriste, inspecteur Kelly, alors profitez-en ! » Sur ces mots, elle pénétra dans la salle d'audience, suivie par les policiers.

Alice était souvent venue au tribunal, en tant que témoin ou en simple spectatrice. Elle avait vu des jurys prendre la bonne décision après que l'avocat général avait été lamentable, et d'autres prendre la mauvaise après un réquisitoire parfait. Elle n'en gardait pas moins foi en un système qui avait le mérite d'exister, et qui était conçu pour évoluer en même temps que les hommes, en tenant compte de leurs forces et de leurs faiblesses. Elle s'installa du côté de l'accusation, Brown se glissa près d'elle, et Kelly et Rosario s'assirent derrière eux.

Brown sortit ses lunettes de leur étui et les chaussa. Il était soulagé que l'audience ait lieu en huis clos. Ils en attendaient tous quelque chose, et, même si ses propres attentes différaient de celles des autres, il savait qu'il ne serait pas déçu. La veille au soir, il s'était longuement entretenu au téléphone avec Fred Kamen. Il jeta un coup d'œil à Alice et espéra avoir l'occasion de lui en parler avant la fin d'une journée qui promettait d'être interminable.

Nathan Quinn occupait l'autre table. Il se représentait lui-même, ce qui n'étonna pas Alice, et ne montrait rien de ses éventuelles inquiétudes vis-à-vis de la procédure imminente.

« Bonjour, Sarah, dit-il en la saluant d'un signe de tête.

– Bonjour, Nathan », répondit-elle de la même façon.

Le reste de l'assemblée ne paraissait pas compter pour eux.

La juge Martin prit place, et Nathan Quinn prêta serment.

« Soyez concise et précise, mademoiselle Klein, dit-elle. Nous ne sommes pas en présence d'un jury, et nous savons tous pourquoi nous sommes ici. Bien. Monsieur Quinn, je vous rappelle que vous êtes sous serment. Vous savez ce que ça signifie. »

Sarah Klein se leva pour s'adresser à lui.

« Monsieur Quinn, auriez-vous l'obligeance de nous faire part des événements qui se sont déroulés lundi dernier, à partir du moment où les inspecteurs Brown et Madison sont venus vous voir à votre bureau pour vous annoncer la mort de James Sinclair et de sa famille ?

– L'inspecteur Brown m'a expliqué que les Sinclair avaient été assassinés chez eux par un intrus, répondit Quinn. Il m'a ensuite demandé d'aller identifier les corps, ce que j'ai fait.

– Il était quelle heure ?

– C'était en début d'après-midi.

– Que s'est-il passé ensuite ?

– J'ai appelé John Cameron. »

Sarah Klein détacha son regard des papiers qu'elle tenait à la main. Il ne leur avait fallu que quarante-cinq secondes pour en arriver là. Quinn la fixa droit dans les yeux.

« Pourriez-vous nous expliquer qui est John Cameron et quelle relation vous entretenez avec lui ?

– C'est un ami et un client. Je suis son conseil juridique et nous partageons des intérêts dans une entreprise que nous avons héritée de nos pères. James Sinclair en détenait également des parts.

– Pourquoi avez-vous téléphoné à Cameron en quittant la morgue ?

– Un de mes confrères, au cabinet, m'avait dit que des journalistes s'étaient massés devant la maison des Sinclair, et je ne voulais pas que John apprenne la nouvelle par les médias. Je préférais la lui annoncer en personne. Alors je l'ai appelé sur son pager, et il m'a rappelé quelques secondes après sur mon portable. Je lui ai donné rendez-vous. »

La greffière termina de taper sur son clavier, et un court silence s'ensuivit. *Quelque chose cloche*, songea Alice. Sarah Klein obtenait toutes les réponses qu'elle voulait. C'était presque trop facile.

« Le but de cette audience, reprit l'assistante du procureur, est de nous assurer que M. Cameron – qui, je tiens à le souligner, fait l'objet d'un mandat d'arrêt dans le cadre d'une enquête sur un quadruple homicide – ne s'abrite pas derrière le secret professionnel pour échapper à la justice.

– Ce point est parfaitement clair pour tout le monde, souligna la juge.

– Tant mieux. Monsieur Quinn, comment contactez-vous M. Cameron lorsque vous avez besoin de vous entretenir avec lui ?

– Comme je l'ai dit tout à l'heure, je l'appelle sur son pager et il me rappelle.

– C'est tout ?

– C'est tout.

– Le ministère public demande que ce numéro lui soit communiqué, madame la juge.

– Vous y opposez-vous, monsieur Quinn ? s'enquit cette dernière.

– Non. »

Il indiqua un numéro que la greffière s'empressa de taper et les inspecteurs de noter, même s'ils se doutaient que Cameron s'était déjà débarrassé du pager. Fin du premier round. Alice entoura les chiffres au crayon avant de dessiner deux tibias croisés en arrière-plan.

« Lorsque M. Cameron vous a rappelé, que lui avez-vous dit ? reprit Sarah Klein.

– Qu'il s'agissait d'une urgence et que nous devions nous voir immédiatement.

– Avez-vous précisé la nature de cette urgence ?

– Non.

– A-t-il paru surpris ?

– Il m'a demandé ce qui se passait et je lui ai répondu que je ne pouvais pas lui en parler au téléphone.

– Ah oui… le téléphone. D'où vous a-t-il rappelé ?

– Je l'ignore.

– Possède-t-il un mobile ?

– Je l'ignore.

– C'est un ami de longue date et un associé en affaires, et vous ne savez pas s'il a un mobile ? »

Quinn se tourna vers la juge.

« J'ai répondu à la question, madame la juge.

– Veuillez poursuivre, mademoiselle Klein, ordonna la magistrate.

– Entre le moment où vous l'avez bipé, et celui où il vous a rappelé, combien de temps s'est-il écoulé ?

– Peut-être une minute.

– Se trouvait-il à proximité d'un téléphone ?

– C'est possible.

– Mademoiselle Klein », intervint la juge Martin.

L'assistante du procureur leva la main en un geste d'excuse et enchaîna :

« Comment a-t-il réagi lorsque vous lui avez dit que vous deviez le voir ?

– Il m'a juste demandé de lui indiquer un point de rencontre.

– Est-ce une habitude entre vous, de ne pas aborder certains sujets au téléphone ?

– Non. »

Sarah Klein le gratifia d'un regard appuyé.

« Qui de vous deux a choisi le lieu du rendez-vous ?

– C'est moi. Je lui ai dit de venir chez moi. »

Deuxième round.

L'assistante du procureur recula légèrement et s'appuya contre sa table. Alice entendit Kelly, derrière elle, relâcher son souffle. Quinn n'aurait pas pu choisir d'endroit plus sûr que son domicile pour recevoir Cameron : pas de témoins de l'entrevue, un site impossible à perquisitionner.

« Donc, ce n'est pas vous qui êtes allé le rejoindre, reprit Klein.

– Non.

– Où était M. Cameron quand vous l'avez appelé ?

– Je ne sais pas.

– Il ne vous l'a pas dit ?

– Non, et je ne le lui ai pas demandé. »

Sarah Klein s'adressa à la juge. « J'aimerais rappeler à M. Quinn qu'un mensonge formulé sous serment est considéré comme un parjure.

– Vous venez de le faire, mademoiselle Klein, déclara la magistrate. Savez-vous quelque chose que nous ignorons ?

– Non, madame la juge.

– Alors, enchaînez. M. Quinn est tout à fait conscient de ce qu'il encourt s'il s'avise de mentir dans ma salle d'audience. »

Klein acquiesça.

« Êtes-vous rentré directement chez vous après avoir identifié les victimes, monsieur Quinn ?

– Oui.

– Combien de temps vous a pris le trajet ?

– Environ vingt-cinq minutes.

– Et combien de temps a-t-il fallu à Cameron pour arriver ?

– Environ une heure et demie.

– Où habitez-vous, monsieur Quinn ?

– À Seward Park.

– Par conséquent, on peut supposer que l'endroit où se trouvait M. Cameron au moment de votre appel se situait à une heure et demie de Seward Park ?

– Oui, mais il a pu s'arrêter pour prendre de l'essence, ou être ralenti par les embouteillages…

– Bien sûr, admit l'assistante du procureur. Bon, que s'est-il passé ensuite, quand il s'est présenté chez vous ?

– Madame la juge, dit Quinn en se tournant vers elle, nous sortons du cadre de la communication que j'ai initiée pour motif personnel et nous pénétrons dans le domaine de l'information protégée.

– Nous n'en sommes pas encore là, monsieur Quinn. Veuillez répondre à la question.

– Je lui ai annoncé la nouvelle, déclara-t-il.

– Comment a-t-il réagi ? demanda Sarah Klein.

– Il était bouleversé.

– Et surpris ?

– Oui.

– Qu'a-t-il dit exactement ?

– Rien. Il n'y avait rien à dire.

– Il n'a pas prononcé un seul mot ?

– Non. Il était sous le choc, et moi aussi.

– Avec le recul, et sachant quels indices ont été découverts chez les Sinclair, est-ce que quelque chose vous paraît bizarre dans son attitude ?

– Non.

– Vous en êtes bien certain ?

– Madame la juge…, commença Quinn, sans quitter l'assistante du regard.

– M. Quinn vous a déjà répondu, mademoiselle Klein. »

Celle-ci poursuivit : « Pourriez-vous nous dire quelle voiture conduisait M. Cameron ce jour-là ?

– Madame la juge…

– Une voiture est une voiture, monsieur Quinn », trancha la magistrate.

Il dévisagea tour à tour Alice et Brown.

« Un Ford Explorer noir. »

Alice soutint son regard. Ils savaient tous les deux que les policiers se précipiteraient sur l'information à la minute même où ils quitteraient la salle d'audience, et que la voiture devait déjà être abandonnée dans un coin, peut-être avec le pager à l'intérieur. Mais Cameron l'avait bien achetée quelque part, et il l'avait conduite ; il y aurait forcément des personnes qui l'avaient vue, qui pourraient leur donner des renseignements…

« Est-ce le véhicule dont il se sert d'habitude ?

– Je ne fais pas attention aux voitures.

– Vraiment ?

– Oui.

– Permettez-moi d'en douter. Je suis sûre au contraire que rien ne vous échappe, monsieur Quinn. Seriez-vous surpris si je vous disais que le service des cartes grises a enregistré un pick-up Ford noir au nom de John Cameron ?

– Non, il en possédait un, avant.

– Qu'est-il devenu ?

– Je n'en ai aucune idée.

– Revenons à ce rendez-vous à votre domicile. Qu'avez-vous fait après avoir annoncé la mort des Sinclair à John Cameron ?

– Nous avons encore discuté un moment, et ensuite il est parti.

– De quoi avez-vous parlé ?

– Madame la juge…

– Je regrette, mademoiselle Klein. Vous êtes hors juridiction. »

L'assistante du procureur acquiesça.

« Pourriez-vous nous décrire l'apparence de M. Cameron au moment de votre rencontre ?

– Son apparence ?

– Tout juste. À commencer par ses vêtements.

– Est-ce bien le propos, mademoiselle Klein ? l'interrompit la juge Martin.

– Je sais qu'il y a des limites à ne pas franchir, madame la juge, mais compte tenu de la gravité de l'affaire et des conséquences possibles de la liberté dont jouit actuellement M. Cameron, je m'efforce d'obtenir le plus d'informations possible. Je n'ai pas besoin de rappeler à la cour que M. Cameron est également recherché dans le cadre de l'enquête sur le meurtre d'Erroll Sanders…

– Je ne crois pas qu'un mandat ait été établi à l'encontre de M. Cameron dans cette affaire, rétorqua la juge, aussi seriez-vous bien avisée de ne pas vous aventurer sur ce terrain. Je vous accorde néanmoins une certaine latitude concernant la question de l'apparence.

– C'est tout ce que je demande.

– Et c'est tout ce que vous aurez. » D'un geste, la magistrate lui enjoignit de poursuivre.

« Que portait-il, monsieur Quinn ?

– Un blouson noir avec une doublure en polaire et un pantalon vert foncé. »

Sarah Klein sortit d'un dossier la photo retouchée par les Archives.

« Ce portrait a été établi à partir du cliché qui figurait sur la fiche d'identité datant de l'arrestation de M. Cameron. Est-il relativement proche de la réalité ? »

Quinn l'examina quelques secondes. « C'est lui sans être lui.

– Diriez-vous que c'est ressemblant ?

– Plus ou moins.

– Pardon ?

– Vous ne pouvez probablement pas faire mieux. »

Klein rangea le document.

« John Cameron possède-t-il une arme, monsieur Quinn ? »

La juge le regarda, attendant manifestement une objection.

Une certaine soirée poker revint à la mémoire de Nathan Quinn : il avait laissé tomber un jeton par terre, et, lorsqu'il s'était baissé pour le ramasser, il avait remarqué quelque chose à la cheville de son ami. Dans la pénombre, sous la table, il n'avait cependant pas bien vu de quoi il s'agissait.

« Non, pas que je sache, répondit-il néanmoins.

– Mademoiselle Klein, intervint la juge, il me semble que vous avez épuisé le sujet justifiant l'assignation à comparaître. Avez-vous d'autres questions ?

– Beaucoup, madame la juge. Mais, malheureusement, pas selon les termes définis par l'assignation. Nous en avons terminé pour aujourd'hui.

– Eh bien, merci, monsieur Quinn, ce sera tout. Vous pouvez partir. »

En quelques mots, la juge Martin venait de clore un entretien qui aurait dû se révéler crucial.

Après son départ, ne restèrent plus dans la salle que Nathan Quinn, Sarah Klein et les inspecteurs.

« Vous avez dû réfléchir vite lundi dernier, n'est-ce pas, Nathan ? lança Sarah Klein. Vous étiez sous le choc, mais vous avez toujours su que, tôt ou tard, on vous poserait des questions. Vous avez préféré ne pas rejoindre votre client à l'endroit où il se cachait, pour ne pas vous retrouver dans l'obligation de répondre au cas où on vous interrogerait. Vous avez fait en sorte de ne pas avoir son numéro de téléphone, pour les mêmes raisons. Pourtant, malgré toutes les précautions que vous avez prises pendant des années, vous êtes ici aujourd'hui. Et il ne s'agit pas d'une simple accusation de conduite en état d'ivresse, cette fois ; vous ne pourrez pas arranger cette histoire-là.

– Je sais très bien que toutes les personnes dans cette pièce ne rêvent que de vous voir mettre mon client en examen, car il représente pour vous le suspect idéal, répliqua-t-il. Le problème, c'est que vous cherchez dans la mauvaise direction. Vous ne vous posez pas les bonnes questions. Rappelez-moi quand vous n'aurez plus le nez collé à vos fichus indices. »

Déjà, il s'éloignait.

« Allons-nous-en, dit Sarah Klein. L'audience suivante doit débuter dans quelques minutes. »

Alice était déçue. Ils avaient beaucoup misé sur cette convocation, et ils repartaient avec bien peu d'éléments. Ils allaient chercher la voiture, bien sûr, et le pager aussi, mais ce n'étaient que des miettes. Quinn s'était préparé à un scénario de ce genre dès l'instant où il avait quitté la morgue, et il avait mobilisé toutes ses ressources pour ériger un rempart autour de John Cameron. Il devait posséder un remarquable sang-froid pour faire preuve d'une telle présence d'esprit juste après avoir identifié les corps de ses amis et de leurs enfants... *Sans doute est-ce pour cette raison qu'il excelle dans son métier*, conclut-elle.

Ils quittèrent le tribunal par la porte de derrière. Le moment était venu de faire intervenir les médias et de donner au visage de John Cameron le degré de notoriété qu'il méritait.

Avant de reprendre la voiture pour retourner au poste, Brown appela le lieutenant Fynn afin de le mettre au courant du déroulement de l'audience, et de s'assurer qu'il prenait toutes les mesures nécessaires.

« Comment a réagi Quinn quand il a vu les corps à la morgue ? lui demanda Alice alors qu'ils affrontaient la circulation chargée à l'heure du déjeuner.

– Il était bouleversé.

– Je m'en doute. Comment ne pas l'être ? »

Une autre question lui brûlait les lèvres, qu'elle finit par poser : « À ton avis, il a menti ?

– Au tribunal ?

– Oui.

– Tu veux savoir si Quinn s'est parjuré ?

– Oui.

– Je ne crois pas. Il n'a pas cherché à éviter nos questions, c'est juste que ses réponses ne nous avancent à rien.

– Tu veux que je te dise le fond de ma pensée ? Il nous a répondu d'autant plus volontiers qu'il ne livrait aucun élément potentiellement compromettant.

– Qu'est-ce qui te tracasse ?

– Moi non plus, je ne crois pas qu'il ait menti. Mais pourquoi a-t-il accepté cette procédure d'assignation quand il aurait pu simplement s'entretenir avec la juge dans son cabinet ? C'est une perte de temps et d'énergie, et Quinn n'est pas du genre à gaspiller l'un ou l'autre. Il était prêt, il avait déjà toutes ses déclarations en tête. Il n'aurait eu qu'à nous donner la voiture et le pager plus tôt pour s'éviter bien des désagréments.

– D'après toi, il a fait de la rétention d'informations ?

– Non. Ç'aurait été trop risqué pour lui. Klein lui a demandé ce qu'il avait fait après l'identification, et il a dit qu'il avait appelé Cameron pour lui fixer un rendez-vous… »

Lors de leur première rencontre, elle avait vu Quinn confronté à un drame. Il avait gardé la tête sur les épaules, posé les bonnes questions et parfaitement contrôlé ses émotions. Quand ils l'avaient quitté, il devait prévenir la famille d'Annie Sinclair à Chicago, ainsi que ses confrères au cabinet, avant de partir rejoindre Brown à la morgue.

Entre le moment où ils étaient partis et celui où Nathan Quinn avait vu les corps, un changement s'était produit. Alice se souvint qu'il les avait interrogés sur un éventuel cambriolage qui aurait mal tourné, mais que la préméditation ne faisait pas l'ombre d'un doute dans son esprit. Il connaissait les statistiques de la criminalité à Seattle, et, à sa place, elle serait parvenue aux mêmes conclusions : la famille Sinclair avait été ciblée et exécutée.

« Tu veux t'arrêter boire un café ? » La voix de Brown la tira de ses pensées.

« Non, ça va. »

Le meurtre des Sinclair ressemblait fort au crime parfait, à une exception près : les indices laissés sur les lieux du crime – des indices dont Nathan Quinn ne savait rien lorsqu'il s'était présenté à la morgue, ce qui ne l'avait pas empêché de faire le lien avec Cameron. Il avait alors compris que, d'une façon ou d'une autre, toute cette histoire allait lui revenir à la figure. À partir de là, il fallait absolument tenter de limiter la casse.

Brown avait dû allumer l'autoradio pendant qu'elle était plongée dans ses réflexions, car une voix monocorde énonçait maintenant les nouvelles du monde.

Quelque chose, dans l'attitude de Quinn, retenait tout particulièrement son attention : le fait qu'il ait tenu à annoncer en personne la terrible nouvelle à Cameron, qu'il ait voulu lui éviter de l'apprendre par la radio, entre deux jingles et une émission de sport. En se comportant ainsi, il avait agi en ami, non en avocat. Sur ce point, elle était sûre qu'il n'avait pas menti.

Ensuite, un changement de perspective s'était opéré, et l'homme de loi avait repris le dessus. Alice ferma les yeux. Il y a certaines choses qu'on ne devrait pas dire au téléphone… Elle se remémora ce jour où, quand elle était encore à l'université, elle avait reçu un coup de fil de la mère de Rachel lui expliquant que son mari venait d'avoir un accident de voiture, qu'il était en soins intensifs et que leur fille devait absolument les rejoindre.

Ne sachant pas où était Rachel, Alice avait appelé tous leurs amis communs. Les mobiles n'existaient pas à l'époque, elle avait dû leur téléphoner chez eux, et au bout d'une heure de recherches elle avait finalement réussi à localiser Rachel chez un certain Neal, qu'elle épouserait des années plus tard. Alice se souvenait parfaitement des paroles qu'elle avait prononcées : « Je passe te prendre, dis-moi comment venir. » *Dis-moi comment venir.*

Les guirlandes lumineuses formaient des taches indistinctes derrière le pare-brise balayé par les essuie-glaces, et Alice se redressa sur son siège. Elle était là, la seule faiblesse de Quinn qui aurait pu coûter sa liberté à John Cameron. En sortant de la morgue,

Quinn l'avait appelé : « Il faut que je te voie tout de suite, dis-moi comment venir. » Et Cameron s'était exécuté. Mais, sur le trajet, Quinn avait compris qu'il se mettait dans l'impossibilité de nier et qu'il allait au-devant de sérieux problèmes. Alors il avait rappelé son ami pour lui demander de le retrouver chez lui.

Ensuite, il ne lui restait plus qu'à espérer que la question ne serait jamais abordée, en sachant toutefois que si elle se posait – ce qui avait bel et bien été le cas, Sarah Klein n'était pas née de la dernière pluie –, il brandirait jusqu'au bout l'argument du secret professionnel, quitte à recevoir une assignation à comparaître.

Dans cette éventualité, il s'arrangerait pour donner l'impression que chaque réponse devait lui être arrachée, et livrerait une version « sécurisée » des événements. Ainsi, les policiers penseraient avoir remporté une victoire quand, dans les faits, ils n'auraient rien obtenu de concret.

Sarah Klein n'avait pas demandé à Quinn combien de fois Cameron et lui s'étaient parlé, aussi n'avait-il pas eu besoin de mentir. Le premier appel lui avait été dicté par un élan du cœur, le second par la raison, alors qu'il devait affronter l'idée glaçante que son interlocuteur était peut-être un meurtrier.

La radio diffusait à présent un bulletin météo : un front froid se déplaçait vers Seattle, et, sous quarante-huit heures, la ville serait frappée de plein fouet par une tempête de neige et de grésil.

Aucune surprise de ce côté-là, songea Alice. Ils venaient de perdre Cameron.

Dans son bureau, le lieutenant Fynn, trop furieux pour s'asseoir, s'était adossé au mur du fond. Alice et Brown se tenaient près de la porte, tandis que Sarah Klein faisait les cent pas dans la petite pièce. La voix de la juge Martin leur parvenait à travers le haut-parleur du téléphone.

« Je pensais que nous nous étions mis d'accord dans mon cabinet pour dire que les circonstances étaient extraordinaires, déclara la magistrate.

– Nathan Quinn est toujours sous serment, madame la juge.
– A-t-il menti ?
– Pas vraiment.
– Ne tournez pas autour du pot ! Oui ou non ?
– Non, mais…
– Avez-vous une seule preuve de plus qu'il y a deux heures ? »
Klein chercha le regard d'Alice. Au mieux, ce qu'ils avaient pouvait s'apparenter à une intuition.
« Non, madame la juge. Mais j'aimerais vous expliquer le souci que nous avons avec le témoignage de M. Quinn.
– Écoutez-moi bien, mademoiselle Klein : si vous n'avez pas posé les bonnes questions durant l'audience, c'est votre problème. Vous n'avez pas droit à un deuxième essai. Alors passez à autre chose et tâchez de m'amener quelqu'un que j'aurai de bonnes raisons de mettre en examen. »
Sur ces mots, la magistrate raccrocha. Klein coupa le haut-parleur.
« Parfait, on est nettement plus avancés », lança le lieutenant Fynn au bout d'un instant. Il récupéra son manteau accroché à la patère. « Je vais au briefing. Débrouillez-vous pour obtenir le numéro d'immatriculation de l'Explorer d'ici la fin de votre service, ou cherchez-vous un boulot ailleurs. »
Quand il ouvrit la porte du bureau, un silence de mort s'abattit dans la salle de brigade. Il la traversa en ignorant tout le monde.
« Désolée, dit Klein.
– Bah, ça arrive, marmonna Brown. Alors on oublie ça et on s'y remet. »
Alice décrocha le combiné pour composer le numéro de pager de Cameron. La connexion fut établie, mais il n'y avait pas de messagerie, rien qu'un bip.

John Cameron était maintenant officiellement un fugitif. En tant que tel, il venait d'intégrer la liste des dix criminels les plus recherchés du pays, entre un homme qui avait abattu son agent de probation et un violeur en série qui sévissait dans les villes le long de l'autoroute I-5. La conférence de presse donna les résultats escomptés : les médias burent les nouvelles comme du petit-lait et les journaux du soir changèrent leur Une. Une hotline avait déjà été mise en place pour recueillir d'éventuels témoignages, et Quinn avait fait savoir qu'il offrait une récompense pour toute information qui permettrait l'arrestation de l'assassin. S'il avait pris soin de ne pas mentionner le nom de John Cameron, Alice ne doutait pas que la plupart des gens interpréteraient néanmoins le message en ce sens.

Sans un regard pour le sandwich encore emballé posé au coin de sa table, Alice explorait Internet tout en prenant des notes.

La montée d'adrénaline qu'elle avait ressentie en comprenant comment Quinn les avait manipulés n'était plus qu'un souvenir, et elle éprouvait maintenant un profond sentiment d'échec.

« Tu veux que je te dise combien de Ford Explorer sont immatriculés dans l'État de Washington ? » demanda-t-elle à Brown, sans quitter son écran des yeux.

Il venait de reposer le téléphone. Durant les premières quarante-cinq minutes qui avaient suivi la diffusion de la photo de Cameron, la hotline avait reçu soixante-quinze appels. Quelques informations dignes d'intérêt commençaient enfin à leur parvenir.

Pour être lui-même souvent passé par là, non sans conséquences parfois, il savait à quel point sa partenaire était déçue.

« C'est pas ta faute, Madison. T'as fait les bonnes déductions.

– Tu parles… Si j'avais percuté dix minutes plus tôt, à l'heure qu'il est on serait en train de fouiller sa maison – la bonne, j'entends.

– Possible. Et si les Sinclair avaient eu un chien, ils seraient peut-être encore en vie aujourd'hui. »

Alice tourna la tête vers lui. Parfois, elle n'était pas loin de le trouver antipathique.

« On n'a pas le temps de pleurer sur notre sort, Madison, reprit-il. Au moins, maintenant, on sait à quoi s'en tenir au sujet de Quinn, et ça c'est une bonne chose. Alors, combien ?

– Combien de quoi ?

– D'Explorer.

– Cent six mille, répondit-elle d'un ton neutre.

– Ah.

– On peut éliminer tous ceux qui ne sont pas noirs, et qui appartiennent à des femmes ou à des hommes qui ne sont pas d'origine européenne ou qui ont, mettons, plus de cinquante ans.

– O.K., c'est un point de départ. Bon, Quinn a été informé de l'audience hier matin, donc il est possible que Cameron se soit débarrassé de la voiture au cours des dernières vingt-quatre heures. Imagine que tu veuilles abandonner un véhicule dans un endroit où il ne risque pas d'attirer l'attention, même s'il y stationne plusieurs jours…

– Un parking longue durée.

– On va commencer par ceux du centre-ville et de l'aéroport. »

Ils décrochèrent leur téléphone, et bon nombre de personnes dont l'activité principale consistait à rester assis dans une guérite en regardant défiler les autres furent obligées de se lever pour aller se joindre à la mêlée.

Quelques heures plus tard, Dunne passa la tête dans l'entrebâillement de la porte.

« Salut ! dit-il.

– Salut », répondit Alice.

Avec Brown, ils avaient installé dans la pièce un petit téléviseur relié à un lecteur de DVD, et, entourée d'une montagne d'enregistrements vidéo, elle contemplait à l'écran une image figée, en noir et blanc.

« Quoi de neuf ?

– Ce sont les enregistrements des caméras de surveillance de l'aéroport. Je suis partie du plus récent, et je vais remonter jusqu'à… bah, je ne sais pas, jusqu'au dernier de la pile. »

Dunne prit la photo de Cameron sur le bureau et regarda à son tour le téléviseur, qui montrait des flots d'inconnus, avec ou sans bagages, certains coiffés de chapeaux, d'autres portant bonnets et écharpes.

« Tu penses pouvoir le reconnaître dans la foule ?

– Peut-être. Mais pour tout dire, je préférerais ne pas le voir. S'il a réussi à monter dans un avion pour quitter le territoire, ce sera la croix et la bannière pour le faire revenir.

– Donc, tu cherches un type en espérant ne pas le trouver.

– En gros, oui. »

Alice reporta son attention sur les images. Quand il n'y avait personne dans le champ, elle appuyait sur avance rapide, pour revenir à la vitesse normale dès que quelqu'un arrivait.

« Ça m'a l'air passionnant, ironisa-t-il.

– Tu l'as dit !

– Tu fais quoi, pour le réveillon ?

– Je serai probablement ici, avec un sandwich dans une main et une télécommande dans l'autre. Et toi ?

– Je vais chez mes parents, à Portland. »

Alice passa en avance rapide, scruta l'écran, renouvela la manœuvre.

« Tu vas rater la tempête de neige, reprit-elle distraitement.

– J'y compte bien. Où est Brown ?

– Dans le coin… » Elle leva la tête. « Il a dû aller vérifier s'il y avait eu des appels sur la hotline. »

Elle pressa la touche PAUSE, se redressa et s'étira. « Et vous, vous bossez sur quoi ?

– On va nous enrôler dans l'équipe qui s'occupe de la hotline, j'imagine, répondit Dunne. T'as eu des nouvelles de l'OPR ?

– Non.

– Si j'ai bien compris, les Affaires internes ont réussi à faire avouer à Tully qu'il avait reçu l'information d'une source anonyme. D'après lui, il n'y aurait pas eu d'échange de fric.

– Ils l'ont cru ?

– Si t'enlèves le fric de l'équation, qu'est-ce qu'il reste ?

– Je sais... »

Après le départ de son collègue, Alice se replongea dans les enregistrements. Personne ne ressemblait, même vaguement, à l'homme qu'ils recherchaient, et d'une certaine façon c'était aussi bien.

Quatre heures plus tard, elle avait vu bon nombre de scènes plus ou moins insolites se dérouler sous ses yeux : un couple qui se disputait, un resquilleur qui doublait tout le monde dans la file d'attente au comptoir d'enregistrement, un gamin qui s'était perdu... Une femme avait essayé de voler un portefeuille et s'était fait prendre, un homme avait réussi à faucher une valise.

Brown reparut dans la soirée, et vint poser un carton de pizza devant elle. Il l'avait choisie aux olives et aux anchois – ils s'étaient découvert un goût commun pour les anchois –, et ils en prirent chacun une part.

Puis le téléphone sonna sur le bureau de Brown, qui alla décrocher. Il écouta et nota un numéro.

« Tiens, fais une recherche là-dessus, dit-il en donnant le papier à Alice. Un Ford Explorer noir, garé sur le parking longue durée de Sea-Tac. D'après le ticket, il est arrivé hier après-midi, à 14 h 20. »

Il dut deviner ce qu'elle pensait, car il ajouta aussitôt : « Ça ne veut pas dire que Cameron est parti. Il a très bien pu se contenter d'abandonner la bagnole à l'aéroport.

– J'espère », dit-elle, avant de pianoter sur son clavier.

Il ne lui fallut pas longtemps pour apprendre que le propriétaire de la voiture était un certain Roger Key, de Bellingham. Un Blanc.

Brown s'approcha par-derrière pour jeter un coup d'œil à l'écran. « L'âge correspond, la couleur de peau aussi. Mais il n'a pas la même tête. »

Roger Key avait de fins cheveux bruns et un visage quelconque. Les deux équipiers se concentrèrent sur sa photo.

« Il a les paupières tombantes et le dessin de la bouche est différent, observa Brown.

– La forme du menton et la ligne de la mâchoire aussi. On peut toujours appeler le numéro qu'il a indiqué au service des cartes grises, mais, si sa voiture est garée en longue durée, je doute qu'il soit chez lui.

– Essaie quand même. »

Alice décrocha son téléphone. Elle laissa sonner longtemps, en vain.

« Regarde s'il a un casier.

– Non, dit-elle après avoir vérifié. Pas de casier.

– O.K. Il habite où, déjà ?

– À Bellingham. »

Brown retourna s'asseoir à son bureau. « Je vais faire surveiller l'Explorer pendant qu'on envoie quelqu'un chez lui.

– D'accord. Moi, je m'occupe du mandat », déclara Alice.

La juge Martin avait fini sa journée, mais son confrère, le juge Kramer, surnommé « SOS mandat », était de permanence ce soir-là. Une chance pour eux.

Vingt minutes plus tard, Brown reçut l'appel d'un policier de Bellingham, qui lui téléphonait de sa voiture.

« Je suis à l'adresse qu'on m'a indiquée, expliqua l'agent. C'est un entrepôt vide. La porte a été condamnée. Personne ne vit ici à part les rats. »

Après avoir raccroché, Brown se tourna vers Alice. « Si tu veux faire immatriculer un véhicule au nom de quelqu'un d'autre, comment tu t'y prends ?

– Avec un faux permis de conduire. » Elle attaqua une autre part de pizza. « Il faut juste vingt dollars, un extrait de naissance, une pièce d'identité émise dans un autre État et deux ou trois justificatifs de domicile. Pour ce qui est de l'extrait de naissance, il suffit de chercher dans les registres d'état civil le nom d'un enfant décédé qui aurait à peu près ton âge aujourd'hui, et de payer douze dollars en ligne. C'est simple comme bonjour. D'ailleurs… »

Elle posa les doigts sur son clavier. « Je vais essayer un truc.

– Quoi ?

– Je vais consulter les registres d'état civil. Si Roger Key est un nom emprunté à un enfant mort, on a peut-être une chance de le savoir vite.

– Croisons les doigts. »

Madison formula sa demande puis attendit que la réponse s'affiche à l'écran. La pizza refroidissait, et elle aurait bien voulu un Coca pour l'accompagner. Un bip la tira de ses pensées.

« Je l'ai ! Roger Key est mort à huit ans.

– Entendu, j'appelle la Scientifique. Après, on file à Sea-Tac. »

Deux agents de la police de l'aéroport faisaient les cent pas sur le parking et tapaient des pieds pour se réchauffer. Lorsque Alice et Brown arrivèrent à leur hauteur, l'un d'eux s'approcha de la voiture et demanda à voir leurs insignes pendant que l'autre restait près de l'Explorer.

Brown les remercia tous les deux pour leur peine.

« Vous avez touché le véhicule ? demanda-t-il en feignant de ne pas y attacher trop d'importance.

– Peut-être, quand j'ai regardé à l'intérieur, répondit son interlocuteur.

– Bon, les techniciens de la Scientifique seront là dans une minute. Vos empreintes sont déjà dans le fichier, de toute façon. Merci de m'avoir prévenu. »

Les deux policiers s'éloignèrent.

Alice, qui avait enfilé des gants, serrait dans sa main droite une puissante lampe-torche. De l'extérieur, l'Explorer paraissait impeccable. Elle s'approcha et braqua le faisceau lumineux sur les sièges. Brown fit la même chose de l'autre côté, se déplaçant en même temps qu'elle de l'avant vers l'arrière de la voiture.

Puis Alice se baissa légèrement pour éclairer les tapis de sol, et Brown l'imita. Leurs faisceaux se croisèrent.

« Rien, dit-elle.

– Pareil pour moi. »

Brown éteignit sa torche.

« On ne sait pas encore si c'est lui, déclara-t-il. Pour le moment, on n'a aucune certitude.

– C'est lui, affirma Alice.

– C'est une intuition ?

– Oui. C'est ma journée spéciale intuitions. » Elle s'accroupit derrière l'Explorer pour éclairer le bas de caisse.

Quand la fourgonnette de la Scientifique arriva, elle se réjouit de voir l'officier Amy Sorensen en descendre, enfiler sa veste et mettre ses gants.

« Désolée de ne pas avoir été là lundi, dit la responsable du labo en les rejoignant. Je me suis fait opérer de l'appendicite ce week-end, et on m'a mise au repos forcé. Une belle perte de temps, si vous voulez mon avis. Alors, qu'est-ce qu'on a ? »

Âgée d'une quarantaine d'années, Amy Sorensen était une belle rousse d'un mètre quatre-vingts. Elle appartenait à une famille qui faisait figure de légende dans le service : elle-même était fille et femme de flic, l'une de ses deux jeunes sœurs travaillait aux Mœurs et l'autre venait d'être nommée inspecteur en civil. Son esprit était affûté comme une lame de rasoir, et elle avait le rire le plus gras qu'on puisse imaginer – un rire et une vivacité d'esprit qui seraient les bienvenus, songea Alice.

Une fois informée de la situation, Sorensen s'attela à la tâche sans perdre une minute. Elle avait pour coéquipier un jeune technicien qu'Alice avait déjà vu plusieurs fois. Tous deux commencèrent par braquer des projecteurs sur l'Explorer.

« Donc, il est là depuis hier après-midi.., dit Sorensen en examinant le béton autour des pneus. Alors voilà comment on va procéder : on va jeter un coup d'œil à l'intérieur pour voir ce qu'il en est, en essayant de ne rien toucher. Je ne veux pas prendre le risque de détruire des indices. Ensuite, on fera transporter la voiture au labo pour un examen approfondi. »

Pendant que son équipier appelait une dépanneuse elle s'approcha de la portière côté conducteur. Il ne lui fallut pas vingt secondes pour l'ouvrir.

« Vous êtes douée, observa Brown.

– La meilleure », affirma Sorensen. Elle prit une grosse lampe-torche pour éclairer les sièges.

« Vous sentez cette odeur ? Ça m'évoque un mélange de cire d'abeille et de ce machin parfumé qu'on met dans les aspirateurs… »

Elle examina les rétroviseurs, le dessous du volant, puis la boîte à gants, sans rien découvrir.

« Bon, il faut déplacer ce véhicule au plus vite, pour éviter qu'il soit contaminé.

– Cameron l'a manifestement nettoyé avant de l'abandonner, intervint Brown.

– Oh oui, et il a fait du bon boulot, confirma Sorensen.

– C'est trop propre pour qu'on puisse trouver des indices ? s'enquit Alice.

– On va bien voir. »

Ils n'eurent pas à attendre longtemps la dépanneuse, qui emporta l'Explorer. Après le départ de la responsable du labo et de son assistant, Alice et Brown s'attardèrent à l'endroit où John Cameron s'était tenu seulement dix-huit heures auparavant. Privé de la lumière des projecteurs, le parking était redevenu sombre et lugubre.

« Je vais demander si on a obtenu des infos grâce à la hotline, dit Alice en sortant son téléphone portable.

– Attends une seconde. » Brown, qui inspectait le sol inégal, lui tournait le dos. « Je voudrais te parler d'un truc. »

Alice rangea son téléphone, puis fourra les mains dans ses poches. Son équipier contemplait toujours le ciment taché d'huile.

« Je t'écoute, Brown.

– À ton avis, qu'est-ce qu'on va tirer de la voiture ? »

Elle s'était habituée à sa façon de l'interroger sur un sujet avant de l'entraîner dans une tout autre direction.

« Si elle contient des éléments intéressants, on peut compter sur Sorensen pour les relever. Est-ce qu'ils nous permettront de nous rapprocher de Cameron ? Impossible à dire, mais tout est bon à prendre. De plus, il ignore que son identité d'emprunt est grillée, il va peut-être s'en servir encore. Quelque chose va bien bouger…

– Et nous mener à lui.

– Tôt ou tard, oui. Et le plus tôt sera le mieux.

– On a quatre corps à la morgue – cinq même, avec Sanders, récapitula Brown. On sait "comment", mais on ne sait toujours pas "pourquoi". Tu peux m'expliquer ça ? » Il avait posé la question comme s'il s'agissait d'un problème mathématique. Il ne paraissait conscient ni du froid, ni de l'heure tardive, ni de l'endroit sinistre où ils s'attardaient. Pour sa part, Alice commençait à ressentir des picotements dans les yeux.

« On nous a toujours dit à l'École de police qu'on ne peut pas avoir toutes les réponses en même temps, déclara-t-elle. C'est la seconde loi de Murphy : tout est plus long et plus difficile que ça en a l'air. Bon, on a un mobile pour les Sinclair, mais pas pour Sanders. On a la preuve que Sinclair escroquait Cameron, mais on ignore pourquoi. Cameron n'a pas touché à la drogue ni à l'argent chez Sanders, et il n'a pas laissé d'indices derrière lui. Chez les Sinclair, au contraire, il en a semé des tas, sauf que rien ne colle… » Elle s'interrompit en se rendant compte que Brown avait autre chose en tête.

« Il faut absolument qu'on prenne du recul pour avoir une vue d'ensemble, affirma-t-il.

– Du recul ? Cameron a deux longueurs d'avance sur nous depuis le début ! Tu voudrais vraiment qu'on creuse l'écart ?

– Réponds-moi, Madison : jusqu'où es-tu prête à aller pour arrêter l'homme qui a tué ces gosses ?

– Aussi loin qu'il le faudra. Pourquoi ? Qu'est-ce que t'essaies de me dire, là ?

– On le retrouvera quand on verra ce qu'il voit.

– Mais merde à la fin ! s'écria Alice, incapable de se contenir. Tu me caches des trucs ou quoi ? Tu ferais mieux de cracher le morceau, parce que le coup de Yoda en imperméable, là, ça commence à sérieusement me gonfler ! »

Un bref silence s'ensuivit. Alice était aussi surprise par cet éclat que son coéquipier. Puis, lentement, un sourire se dessina sur les lèvres de Brown, événement rare s'il en était.

« Je n'en sais pas plus que toi », affirma-t-il posément.

Au même instant, son téléphone sonna. C'était Fynn. Il le mit au courant de la situation en montant en voiture : les personnes qu'ils avaient besoin d'interroger à Sea-Tac ne seraient là que le lendemain matin.

Assise à côté de Brown, les yeux rivés devant elle, Alice ne voyait pas trop comment relancer la conversation. Son partenaire souriait toujours quand il raccrocha et prit la direction du laboratoire.

Les membres de l'équipe de nuit ne prêtèrent aucune attention aux deux nouveaux venus qui longeaient les couloirs silencieux, un badge « VISITEUR » accroché à leur veste.

Le distributeur proposait des boissons et des snacks. Sous la lumière impitoyable des néons, Alice sentit toute la fatigue accumulée lui tomber sur les épaules. Elle sélectionna un Coca en espérant que la caféine agirait avant qu'elle s'endorme debout. Elle tira la languette métallique, avala une gorgée de soda et se mit à faire les cent pas.

Brown avait pris une bouteille d'eau. Il entra dans le bureau de Sorensen, dont la porte était ouverte, pour aller chercher l'exemplaire du *New York Times* posé sur la table. Puis il s'installa sur un banc dans le couloir, chaussa ses lunettes et se plongea dans la lecture. Au bout de quelques minutes, il leva les yeux.

« Viens t'asseoir, Madison. »

Elle s'exécuta. Il retourna à son journal.

« Ce que j'ai dit tout à l'heure…, commença-t-elle.

– Le coup de Yoda ? demanda-t-il d'un ton sec, sans cesser de lire.

– Oui.

– C'était marrant. »

Ils gardèrent le silence un moment. Brown tournait une page de temps à autre, et Alice, la tête appuyée contre le mur derrière elle, avait fermé les yeux. Il était 23 heures passées lorsqu'il reçut un appel, et tous deux devinèrent que ce n'était certainement pas pour leur annoncer une bonne nouvelle.

La communication fut longue. Brown écouta plus qu'il ne parla, et, quand il raccrocha, il avait l'air pensif. Seul le léger bourdonnement du distributeur troublait le silence autour d'eux.

« C'était l'inspecteur Finch, de la Brigade criminelle de Los Angeles, expliqua-t-il enfin. Ses collègues et lui ont été appelés sur une scène de crime aujourd'hui, chez un dealer connu. Ça faisait des années que les Stups cherchaient à le coincer. Bref, ils ont trouvé trois cadavres : celui du dealer et de ses deux gardes du corps. Un règlement de comptes, apparemment. Le monde civilisé ne s'en portera que mieux, mais les gars doivent tout de même enquêter, alors ils ont commencé à chercher du côté des fréquentations et des associés de la victime, pour essayer de savoir qui aurait eu intérêt à l'éliminer. »

Il s'interrompit un instant.

« Les gardes du corps se sont vidés de leur sang après avoir été égorgés, et leur patron a été abattu avec son propre flingue. Il a reçu une balle dans l'œil droit. Le légiste de Los Angeles estime qu'il est mort dans la journée de mardi. Aucune empreinte, aucun témoin, aucun indice jusque-là. Mais figure-toi que le dealer avait un complice à Seattle : un certain Erroll Sanders. »

Il laissa l'information faire son chemin.

« Et quand ils se sont renseignés sur lui…

– Ils soupçonnent Cameron ? le coupa Alice.

– C'est une possibilité, à cause de Sanders et de la façon dont les gardes ont été tués. Ils vont envoyer un e-mail à Kelly pour lui indiquer les spécificités de la lame utilisée, ce qui permettra de la comparer au couteau qui a tué Sanders.

– C'est arrivé mardi dans la journée, donc…

– Oui.

– Autrement dit, avant que Sanders soit tué. »

Brown acquiesça. Alice tenta de reconstituer la chronologie des événements.

« Bon, Cameron est à Seattle samedi soir, l'heure du décès des Sinclair le confirme, dit-elle. Le lundi après-midi, il rencontre Quinn. Mardi, il est à Los Angeles, où il règle ses comptes. De bonne heure mercredi matin, il est de retour ici pour liquider Sanders. Il parle avec Quinn après la première audience, et hier à 14 h 20 il abandonne l'Explorer à l'aéroport.

– Il a un emploi du temps chargé », conclut Brown.

Sorensen les rejoignit un peu plus tard. « On a une empreinte partielle de pouce à l'intérieur du coffre ; elle n'est pas nette, ce qui nous laisse supposer qu'on a voulu l'effacer. Ce ne sera peut-être pas un élément assez probant pour le tribunal. L'extérieur et le dessous de la voiture sont impeccables, comme on pouvait s'y attendre. » Elle porta à ses lèvres un gobelet en carton. « On a découvert des cheveux sur la banquette arrière, mais ne vous emballez pas, ils n'ont pas été arrachés, ils sont tombés d'eux-mêmes, donc pas de bulbe ni d'ADN nucléaire. Sur cette même banquette, on a aussi récupéré quelques fibres de ce qui pourrait être du coton ou de la laine. Des fibres noires. Et je vous ai gardé le meilleur pour la fin : il y avait une goutte de sang sous le volant. On est en train de la comparer à l'ADN retrouvé chez les Sinclair. Et maintenant, je vous en supplie, rentrez chez vous. »

Les deux équipiers sortirent dans la nuit. Autour d'eux, seules les fenêtres des immeubles de bureaux déserts étaient éclairées, et Alice songea au plaisir de pouvoir enfin rentrer chez elle, seule dans sa voiture, en écoutant la musique suffisamment fort pour se vider la tête.

Billy Rain passa le reste du mercredi au garage, à ressasser l'article de Fred Tully et le souvenir de George Pathune gisant sans vie sur le sol de la blanchisserie. C'était plus qu'un souvenir, à vrai dire ; l'image le hantait, au point qu'il en perdit le contrôle de ses mains et se coupa à deux reprises. Jamais encore il n'avait fait preuve d'une telle maladresse, ce que son beau-frère ne manqua pas de remarquer.

« Tâche de pas saloper les sièges », grommela-t-il.

Mais Billy se fichait bien des sièges. La journée s'écoula au ralenti, et le soir venu il quitta son travail en emportant dans la poche de son manteau le journal soigneusement plié. Il avait besoin de boire un verre dans un bar où il ne connaîtrait personne, et où personne ne le connaîtrait. Il en repéra un près de Fairview Avenue – un petit établissement sombre, où la sciure répandue par terre n'avait pas dû être balayée depuis des lustres.

Il s'installa dans un box d'angle et termina sa première bière sans avoir déplié le quotidien posé à côté du bol de cacahuètes. Il en commanda une deuxième, en but une gorgée et ouvrit le *Star*. Il lut l'article de Tully à deux reprises, de bout en bout, malgré la sensation glaçante de peur qui s'emparait chaque fois de lui.

La troisième bière l'aida à se ressaisir. Assez, en tout cas, pour savoir qu'il était temps de passer au soda s'il voulait garder les idées claires.

Il n'avait pas repensé à cette macabre découverte depuis sa libération, comme s'il avait décidé de laisser cet épisode derrière lui, dans sa cellule. Il n'en avait jamais parlé non plus, d'autant qu'il n'en avait pas eu besoin : le meurtre de George Pathune avait été mis sur le compte d'un autre détenu, Edward Morgan Rabineau, déjà incarcéré pour un double homicide. Qu'il ait fait une troisième victime n'avait étonné personne.

Ce soir-là, dans le refuge sûr de son box, Billy Rain s'obligea à repasser en esprit la scène à laquelle il avait assisté trois ans plus tôt. Il n'aurait su dire si l'agresseur de Pathune était Rabineau. Il le connaissait de vue, évidemment, mais ils ne s'étaient jamais adressé la parole. Ils évoluaient dans des cercles différents, et, dans la hiérarchie carcérale, ils étaient aussi éloignés l'un de l'autre que deux représentants de la même espèce puissent l'être. Or Rabineau était encore derrière les barreaux, Billy n'avait aucun doute sur ce point.

D'après l'article de Tully, le principal suspect était un certain John Cameron – un nom que Billy n'avait pas entendu depuis longtemps et qu'il avait sérieusement espéré ne plus jamais entendre.

Il vida son verre de soda au gingembre. S'il y avait bien une autre chose dont il était certain, c'était que Cameron ne se trouvait pas en prison au moment où Pathune avait été tué. Par conséquent, il était tout à fait possible que Tully se trompe. Mais ce n'était pas son problème. Ça ne l'avait jamais été.

Il se commanda un plat, qu'il mangea en regardant le sport sur une chaîne câblée, puis rentra dans son studio. Il estimait ne pas avoir encore suffisamment fait ses preuves pour retourner vivre avec ses proches, et se contentait de dîner avec eux quelques soirs par semaine. Installé devant sa télé, il finit par s'endormir dans son fauteuil.

Le jeudi matin, l'annonce de la récompense offerte par Nathan Quinn paraissait dans tous les principaux quotidiens.

24.

L'HIVER AVAIT ÉTÉ RUDE. Michael et Harry Salinger avaient passé de nombreux après-midi à la maison, prisonniers de la pluie, de la pénombre précoce et des humeurs de leur père. Ils enduraient la classe de première en priant pour que le printemps annonçant l'été libérateur arrive au plus vite.

Un samedi après-midi, alors qu'ils revenaient de l'épicerie, ils aperçurent Richard Salinger assis dans la cuisine. Ce fut Michael qui le remarqua le premier, et il recula aussitôt pour ne pas se montrer. Puis il enjoignit à son frère de le suivre vers le portail qui donnait sur le jardin.

« Je crois qu'il nous attend, murmura-t-il.

– J'ai rien fait, se défendit Harry.

– Tant pis, on y va. Autant en finir tout de suite. »

Les deux frères rentrèrent et allèrent poser leurs sacs sur la table de la cuisine.

Richard Salinger les regarda. « Ça vous dirait d'aller voir *Retour vers le futur* ? »

Ils en restèrent sans voix. Le film venait de sortir, et tout le monde ne parlait que de ça.

Quand ils firent la queue pour acheter tickets et pop-corn, les garçons, toujours abasourdis, se laissèrent porter par le mouvement de la foule.

Pendant la séance, ils entendirent leur père rire – un son teinté d'exotisme pour eux. Richard Salinger les emmena ensuite manger une pizza salami-fromage arrosée de Coca cerise. Autour d'eux, la salle était remplie de familles. Avant de s'endormir, ce soir-là, Harry eut une dernière pensée : ça devait ressembler à ça, de vivre comme tout le monde…

La bonne humeur de Richard Salinger dura environ une semaine. Puis, un jour, le « Oui, p'pa » de Michael ne fut pas aussi rapide qu'il aurait dû l'être, et son frère reçut immédiatement une claque à l'arrière de la tête. « Ce serait comique si on n'était pas obligés d'habiter ici », dit Michael un peu plus tard.

Les deux frères étaient assis sur les marches derrière la maison. En cette fin de journée estivale, le ciel virait au pourpre. Leur père n'était pas encore rentré du travail, et les grands arbres entourant le jardin les protégeaient des regards.

Ils en profitaient pour partager une cigarette, conscients néanmoins de ce que pourrait leur coûter chaque bouffée si Richard Salinger les surprenait.

« On n'a qu'à s'enfuir, reprit Michael. C'est pas impossible… »

Tous les deux savaient cependant que, pour les retrouver, leur père n'hésiterait pas à faire jouer toutes les relations qu'il avait encore dans la police. Ils n'auraient certainement pas l'occasion d'aller bien loin.

Ils rangèrent le paquet de cigarettes et les allumettes dans un petit sac en plastique qu'ils allèrent cacher, de même que le mégot, sous les racines de l'arbre le plus éloigné de la maison.

Deux jours plus tard, Michael découvrit l'arme.

Ils se lançaient une balle de tennis en haut de l'escalier quand Michael la manqua. Elle roula jusqu'à la chambre paternelle, où elle disparut par la porte entrouverte. Les deux garçons échangèrent un coup d'œil consterné. C'était toujours risqué de pénétrer dans cette pièce, même quand ils avaient une bonne raison, et en l'occurrence ce n'était pas le cas. Mais leur père était sorti, aussi Michael poussa-t-il le battant.

« Je suis sûr qu'elle a filé sous le lit, dit Harry. Grouille-toi de la récupérer et sors de là. »

Son frère franchit le seuil, s'immobilisa et regarda autour de lui. Le lit, dans un coin, avait été grossièrement refait. Une veste et une chemise traînaient sur la chaise voisine. La chambre n'avait pas été aérée depuis longtemps et sentait le sirop contre la toux.

« Grouille ! répéta Harry, affolé.

– O.K. » Michael se mit à quatre pattes, souleva le couvre-lit et scruta la pénombre sous le sommier.

Il distingua deux vieilles paires de mocassins en cuir positionnés bizarrement et recouverts d'une telle couche de poussière qu'il était impossible de deviner leur couleur. La balle de tennis était là, coincée entre le mur et une boîte à chaussures entourée d'un bout de ficelle.

Michael n'avait pas trop envie de mettre la main dans toutes ces saletés, mais il ne voyait pas d'autre solution.

Allez, un peu de cran ! s'encouragea-t-il.

Il se coucha à plat ventre en s'efforçant de maintenir son visage le plus loin possible du sol, et tendit le bras jusqu'à sentir la boîte sous ses doigts. Il la tira à lui avant d'essayer de déloger la balle. À chaque inspiration, il inhalait de la poussière, et il fut obligé de fermer les yeux. Après avoir enfin récupéré la balle, il se redressa et frotta le devant de son T-shirt blanc.

Il s'apprêtait à repousser le carton sous le lit quand il se ravisa.

« Qu'est-ce que tu fabriques, bon sang ? s'impatienta Harry.

– T'avais déjà vu ça ? » demanda Michael en indiquant la boîte.

Harry fit non de la tête.

Michael la soupesa.

Dans cette maison qui recelait bien des secrets, le plus farouchement gardé par Richard Salinger était celui de la mort de leur mère. Les garçons n'avaient aucun souvenir d'elle. Comme leur père ne leur en parlait jamais, ils n'osaient pas l'interroger. Mais il leur arrivait de l'évoquer entre eux, et de se poser des questions.

Lentement, Michael commença à défaire la ficelle. Il ne savait pas lui-même ce qu'il espérait trouver – un bout de papier comportant l'écriture de leur mère, peut-être, ou une photo d'elle…

Harry s'était figé sur place, le cœur battant à se rompre.

Son frère posa la ficelle près de lui, puis souleva le couvercle. Ses yeux s'arrondirent de surprise.

« Qu'est-ce que c'est ? demanda Harry.

– Viens voir, répondit Michael d'un ton grave.

– Non.

– Viens, je te dis ! »

Harry finit par s'exécuter. L'arme, enveloppée dans un grand mouchoir blanc, était rangée à côté d'une petite boîte de munitions. Malgré le tissu qui la dissimulait, il ne faisait aucun doute qu'il s'agissait d'un revolver.

Michael plaça la boîte par terre, entre eux. Autrefois, quand leur père était encore policier, il leur montrait souvent son arme de service logée dans son étui, hors de portée de leurs petites mains.

Lentement, Michael écarta les coins du mouchoir, osant à peine effleurer le métal.

Le revolver, lustré avec soin, brillait faiblement.

Au bout de ce qui leur parut durer une éternité, Michael le saisit par la crosse. Harry ne bougeait toujours pas. Jamais les deux frères n'avaient imaginé que leur père puisse conserver une arme dans la maison, et cette découverte les pétrifiait. Les cigarettes cachées derrière l'arbre, c'étaient des broutilles de gosses en comparaison. Ce qu'ils étaient en train de faire là allait bien au-delà d'une simple transgression, c'était plus grave que d'enfreindre n'importe laquelle des règles qui leur étaient imposées.

« Range ce flingue », ordonna-t-il à Michael.

Celui-ci se leva, pointa l'arme en direction de la fenêtre et ferma un œil pour mieux viser. « Dans une seconde. »

Harry n'aurait su dire pourquoi il ressentait un tel malaise. Ils ne pouvaient pas se faire prendre, puisque leur père ne rentrerait pas avant plusieurs heures. En face de lui, Michael actionna le barillet pour vérifier qu'il était vide. En fait, ce qui troublait le plus Harry, c'était l'aisance avec laquelle son frère manipulait l'arme, la façon dont il en caressait la crosse...

« Range-le !

– Oui, oui... Tu veux le tenir ? » Michael lui tendit le revolver, canon pointé vers le sol.

Harry prit le 38, dont le poids dans sa main l'étonna et le ravit tout à la fois. La sensation était tellement étrange ! Il leva le bras à son tour pour viser le soleil couchant. C'était plus qu'agréable, c'était presque... naturel.

Quelques minutes plus tard, ils s'accroupirent devant la boîte, puis y replacèrent leur trouvaille soigneusement enveloppée du mouchoir. Michael la repoussa sous le lit, et ils quittèrent la pièce. Sans se consulter, ils sortirent de la maison pour se diriger vers la cachette au pied de l'arbre. Ils allumèrent l'un et l'autre une cigarette qu'ils fumèrent assis sur les marches devant la cuisine, plus effrayés et exaltés qu'ils ne l'avaient jamais été de toute leur vie.

« C'est pas impossible », répéta Michael doucement.

Ils ne parlèrent de rien d'autre durant tout le reste de l'été : pourquoi leur père gardait-il ce revolver, pourquoi le cachait-il, quel usage pourraient-ils faire de cette précieuse découverte... En présence de Richard Salinger, ils étaient muets comme des carpes, mais dès qu'ils en avaient l'occasion ils reprenaient la même conversation.

« On devrait partir avant la rentrée, déclara Michael un jour, alors qu'ils pliaient le linge à repasser. Je crois pas que je supporterai de passer un autre hiver ici. »

Harry se borna à hocher la tête. Son frère avait toujours été plus bavard que lui. Cette fois, cependant, il tenait des propos différents, plus précis et concrets : il envisageait des dates et des façons de se déplacer, mentionnait des grandes villes où il serait possible à deux gamins de disparaître sans laisser de traces, des endroits où il ferait chaud, où ils pourraient décrocher des petits boulots pour leur permettre de survivre. Sans compter qu'ils emporteraient l'arme pour garantir leur sécurité.

La nuit, il se réveillait de plus en plus souvent. Les yeux ouverts dans le noir, il écoutait les bruits de la maison avec l'impression d'être piégé entre un père tyrannique et un frère obsédé par son désir de fuir.

Le contact métallique de l'arme avait fait naître dans sa tête diverses nuances de bleu acier. Le mot lui-même, « arme », se détachait en violet foncé sur fond noir. Qu'il le veuille ou non, les couleurs s'imposaient à lui.

Un dimanche matin, alors que leur père dormait encore et que le soleil resplendissait déjà, annonçant une belle journée de fin d'été, Michael s'adressa à son frère, assis en face de lui à la table de la cuisine.

« Si on allait faire un tour à la plage du mont Baker ? »

Ils prirent le bus pour s'y rendre. Plus ils s'éloignaient de la maison, plus ils se sentaient revivre. En ce week-end de septembre précédant la Fête du travail, les familles étaient venues nombreuses au lac Washington, et il y avait des enfants partout, qui s'en donnaient à cœur joie. Les deux frères s'achetèrent chacun un Coca cerise, puis s'assirent sur la grève. Au bout d'un moment, Harry se leva.

« Je vais me baigner. »

Sur sa peau chauffée par le soleil, l'eau lui parut si fraîche qu'il fut saisi d'un léger étourdissement. Il plongea néanmoins, refit surface et secoua la tête.

« Elle est superbonne ! Viens, Michael ! » En riant, il éclaboussa son frère.

Ils se lancèrent dans une grande bataille près du bord, et nagèrent sous la surface jusqu'à ne plus avoir pied. Remontés à l'air libre, ils s'amusèrent à cracher l'un sur l'autre, nagèrent encore, et firent la planche, se laissant ballotter par les vaguelettes.

Après peut-être deux heures de baignade, Harry reprit la direction de la plage.

« Je reste encore un peu », dit Michael en regardant s'éloigner son frère, dont les pieds pâles lui rappelaient la queue d'un poisson.

Harry regagna l'endroit où ils avaient laissé leurs vêtements et s'allongea sur le sable. Bercé par la brise, il finit par s'endormir. À son réveil, ses cheveux avaient séché et Michael n'était toujours pas revenu. Il se redressa. Le soleil n'était plus aussi haut dans le ciel et la plupart des gens étaient partis. Il scruta les alentours. Plus rien ne troublait les eaux étales du lac, pourtant il y entra, puis se retourna pour regarder la plage, avant de reporter son attention sur l'horizon.

« Tout va bien, gamin ? » Harry sursauta quand le maître nageur lui toucha l'épaule.

Le soleil venait de se coucher lorsque les sauveteurs ramenèrent le corps sans vie de Michael.

Harry rentra chez lui à l'arrière d'une voiture de patrouille. Il tremblait de manière incontrôlable. Les deux agents lui parlaient gentiment, mais leurs mots n'avaient aucun sens pour lui. Le trajet lui parut irréel : un instant auparavant, il entendait encore en arrière-fond les grésillements de l'émetteur-radio, puis les policiers se garèrent, et ce fut soudain le silence tandis qu'ils allaient frapper à la porte de la maison. Harry vit son père apparaître sur le seuil. L'un des agents lui posa la main sur le bras, tandis que son collègue gardait les yeux fixés sur ses chaussures. Richard Salinger esquissa un mouvement de recul et tourna lentement la tête vers la voiture.

Un mois plus tard, Harry vit par la fenêtre de la cuisine son père se disputer avec leur voisin. Peu après, ce dernier découvrait son chat égorgé, mais personne ne remarqua les égratignures sur les mains et les bras du jeune Salinger. Ce jour-là, Richard Salinger se fendit d'un sourire fugace. « Il y a parfois une justice en ce monde, mon garçon. Sauf que c'est rare. Alors, on apprécie d'autant plus quand ça se produit. »

Dans son sous-sol, Harry Salinger entoure de fil de fer le fragment de verre. Le morceau translucide a la forme d'une goutte d'eau et ne déparerait pas en pampille sur un lustre. Exposé à la lumière, il projette des couleurs sur ses mains et sur le coffret en bois posé à côté de lui. L'effet aurait certainement plu à Michael.

Le travail est apaisant. Salinger, qui a coupé le son des moniteurs, lève les yeux de temps à autre pour s'assurer que les informations n'ont pas commencé.

La voix indigo d'Alice Madison décrit en boucle la scène de crime. Jamais il n'aurait pu imaginer qu'elle comblerait à ce point le silence de la maison.

« … pour moi, ils n'ont rien vu venir… »

Elle semblait tellement bien le comprendre, les détails qu'elle donnait étaient si précis… C'en était presque intime. Après tout, songea-t-il, les projets qu'on fait peuvent être défaits. Le moment était peut-être venu d'improviser, de se laisser porter par le courant. Cette fille était un véritable don du ciel.

25.

ALICE MADISON ouvrit les yeux dans l'obscurité. Réveillée en sursaut, les sens en alerte, elle regarda l'heure projetée au plafond par son réveil : 5 h 43. Le téléphone placé sur la table de nuit sonna de nouveau, et elle décrocha.

« Allô ?

– Brown m'avait dit de l'appeler dès que j'aurais du nouveau, déclara Sorensen. J'ai bien essayé de le joindre, mais il ne répond pas. Alors je me rabats sur vous.

– Bonjour, Amy…

– Bonjour.

– Donnez-moi une seconde. » Alice alluma sa lampe de chevet, dégagea ses jambes de sous les couvertures et posa les pieds par terre. Elle ne portait qu'un T-shirt, et la fraîcheur ambiante – le chauffage ne s'était pas encore mis en route – lui donna un petit coup de fouet. Elle inspira profondément à deux ou trois reprises, espérant apporter à son cerveau l'oxygène nécessaire pour entrer en action.

« O.K., je suis prête », dit-elle dans le combiné.

Sorensen n'était pas du genre à faire la causette ; elle alla droit au but.

« Les fibres proviennent d'un tricot en cachemire, le sang est d'origine humaine et on a cinq points de concordance pour l'empreinte. D'accord, c'est insuffisant pour le tribunal, mais bon, c'est un début. »

Alice tentait de se concentrer.

« Vous êtes toujours là, inspecteur ? » À l'entendre, personne n'aurait pu deviner que la responsable du labo avait passé la nuit à travailler, et que sa blouse dissimulait une cicatrice d'appendicite toute fraîche.

« Euh, oui…

– Parce que c'est maintenant que ça devient intéressant. L'empreinte, c'est celle de Cameron. »

Préférant prendre des notes, Alice se dépêcha d'aller chercher son calepin dans la poche de son blouson, resté sur une chaise du salon.

« On attend encore les résultats de l'analyse d'ADN, reprit Sorensen. Je sais, cinq points de concordance, c'est un peu léger…

– Mais c'est mieux que rien.

– Vous êtes d'humeur optimiste, vous ! »

Alice sourit en griffonnant sur son carnet. « Vous m'avez bien parlé de cachemire, tout à l'heure ?

– Oui. Les fibres sont noires. Au moins, notre homme a du goût… Bon, débrouillez-vous pour m'apporter un élément de comparaison – un pull, peut-être, ou une écharpe.

– Je vais faire mon possible. En tout cas, merci de m'avoir tenue au courant.

– De rien. Je vous laisse transmettre les infos à Brown, moi je rentre faire un somme. Je serai de retour avant le déjeuner. »

Alice savait qu'elle ne se rendormirait pas. Elle alluma la cafetière, puis, en attendant que le café soit prêt, enfila un pantalon de jogging et un gros pull. Quelques minutes plus tard, bravant l'air glacial du petit matin, elle sortit sur la terrasse, les mains serrées autour de son mug pour se réchauffer.

Il faisait encore nuit noire, on ne voyait pas grand-chose, mais elle connaissait par cœur l'emplacement de chaque arbre, de chaque buisson, et elle aimait cet endroit dont elle ne profitait hélas pas beaucoup depuis quelque temps. L'atmosphère y était si paisible… Elle espérait qu'un peu de cette quiétude l'accompagnerait toute la journée.

Dans le principal terminal de l'aéroport de Seattle-Tacoma, des flots de passagers déferlaient autour d'Alice et de Brown, sans se soucier de leur présence. Les deux équipiers épluchaient des listings – achats de billets et dates de règlement – lorsque le téléphone de Brown sonna. L'agent Jerez, frais émoulu de l'École de police, avait questionné les chauffeurs de taxi à l'aéroport du comté de King et découvert des éléments potentiellement intéressants. La nouvelle provoqua chez Alice une petite décharge d'adrénaline.

Il n'y a pas de trafic passager régulier à Boeing Field, mais, entre les jets d'entreprises, les appareils privés et l'activité des aéroclubs, l'aéroport enregistre malgré tout une moyenne journalière de huit cent trente-trois mouvements aériens.

« Sa main droite…, avait dit George Malden, l'un des chauffeurs interrogés par Jerez. Je me souviens des cicatrices sur sa main droite. »

Le mardi, en fin d'après-midi, il avait chargé un homme muni d'un bagage. La photo que lui avait montrée l'agent Jerez n'avait pas vraiment éveillé de souvenirs chez lui, contrairement à la mention des cicatrices sur la main droite. Sur ce point, il était catégorique.

Pendant le trajet vers Boeing Field, effectué à vive allure, Brown appela le poste pour réclamer un portraitiste.

Quand Alice et lui présentèrent de nouveau la photographie à Malden, celui-ci déclara : « Si je vous dis que mon client ressemblait à ce type-là sans lui ressembler, vous allez me prendre pour un barjo… »

Un sourire aux lèvres, Brown fit non de la tête. « C'est un portrait modifié par ordinateur, réalisé à partir d'un cliché vieux de vingt ans.

– Ah. Pour les yeux, c'est ça, confirma Malden. En attendant, le gars était plus mince, le bas de son visage était un peu différent et il portait une petite barbe taillée en pointe… un bouc, quoi. Quant à ses cheveux, ils étaient plutôt blonds, du style décolorés. Vous voyez ? »

Après l'avoir remercié pour son aide, Brown proposa à sa coéquipière d'aller s'asseoir pour discuter. Elle sentit aussitôt ses muscles se contracter. Ils avaient retrouvé la piste de Cameron.

Malden l'avait déposé au Marriott Residence Inn, à Fairview. Un hôtel.

Deux détails chiffonnaient cependant Alice. D'abord, pourquoi Cameron serait-il allé à l'hôtel alors qu'il avait une maison à Laurelhurst et probablement une autre quelque part dans le comté de King ? Ensuite, pourquoi n'avait-il pas caché sa main ? Il lui paraissait pour le moins étrange qu'après avoir tué sept personnes en quatre jours, et fait preuve jusque-là de la plus extrême prudence, Cameron n'ait pas dissimulé le seul signe particulier susceptible de le trahir.

Il revenait pour Erroll Sanders, déterminé à finir le travail qu'il avait commencé le dimanche à l'aube chez les Sinclair. Donc, il aurait dû porter des gants. Peut-être les avait-il oubliés ? Parce qu'il faisait chaud à Los Angeles et qu'il n'en avait pas besoin ?

Bien sûr… Alice ajouta ces questions à toutes celles qui, demeurées sans réponse, se bousculaient dans sa tête.

Construit au bord du lac Union, le Residence Inn est un établissement prisé des touristes et des hommes d'affaires en déplacement. Ses chambres identiques, de couleur pastel, offrent tous les équipements auxquels les voyageurs sont habitués dans les chaînes hôtelières, mais John Cameron ne les avait pas utilisés. Il fallut un peu moins d'une heure à Brown et Alice pour établir sans l'ombre d'un doute qu'il ne s'était pas présenté à la réception le mardi soir. Ni sous son nom ni sous celui de Roger Kay. En fait, aucun individu correspondant à son signalement n'avait pris de chambre entre le mardi et le mercredi. Alice se plongea dans les listings informatiques, pendant que son partenaire se chargeait d'interroger le personnel.

Cameron avait peut-être bu un verre au bar ; le barman ne pouvait jurer de rien. Alice n'en fut pas surprise. Déçue, oui, mais pas vraiment étonnée.

Brown et elle sortirent de l'hôtel, comme Cameron avait dû le faire quatre jours auparavant. Donc, songea Alice, après son arrivée à l'aéroport, il monte dans un taxi pour aller au Résidence Inn… où il ne prend pas de chambre. Et ensuite ? Elle huma la brise venue du lac, dont les eaux sombres s'étendaient de l'autre côté de la route. *Et merde !* Elle se tourna vers Brown. Une certitude s'était brusquement imposée à elle.

« Il a un bateau. »

Brown soutint son regard un instant, puis acquiesça. « Sûrement. C'est ce que Quinn ne voulait pas nous dire. »

Ils s'attardèrent un moment devant Chandler's Cove, dans l'air iodé du crépuscule, le regard fixé sur les innombrables bateaux de plaisance amarrés aux quais.

« Viens, on va marcher un peu », proposa Brown.

Cette nouvelle hypothèse contrariait Alice, qui s'en voulait de ne pas y avoir pensé plus tôt. Si Cameron possédait réellement un bateau, il pouvait aller n'importe où. Et sur l'eau, devenir pratiquement invisible. Les chiffres jouaient contre eux : des milliers de bateaux de plaisance étaient immatriculés dans le comté de King.

Brown et elle ne détenaient encore aucune preuve concrète, pourtant ils avaient maintenant l'impression de voir Cameron sortir de l'hôtel, s'assurer que le taxi était reparti, puis se diriger d'un pas léger vers l'un des pontons. Le port de plaisance de Chandler's Cove, ouvert vingt-quatre heures sur vingt-quatre, accueille toutes sortes d'embarcations, dont certaines font jusqu'à vingt mètres de long. Du lac Union, Cameron avait pu rejoindre le lac Washington ou mettre le cap sur le Puget Sound et ensuite sur une destination inconnue. La traversée vers l'île de Vancouver, au Canada, était sans doute des plus attrayantes.

Alice balaya les alentours du regard. Les quais étaient pratiquement déserts, ce ne serait pas facile de trouver des témoins. Le Ford Explorer avait été immatriculé sous un autre nom, et il y avait fort à parier qu'il en irait de même pour le bateau. Tout cloisonner pour plus de sûreté… Cameron n'aurait pu agir librement aussi longtemps s'il n'avait pas pris d'infinies précautions. Il devait utiliser plusieurs identités distinctes à des fins spécifiques : permis de conduire, permis bateau, actes de propriété, achat de billets d'avion… Alice était plongée dans ses pensées lorsqu'elle se rendit compte que Brown lui parlait.

« Madison ? Tu t'y connais en bateaux ?

– J'ai un kayak, je ne sais pas si ça compte…

– En gros, il faut payer le droit de les amarrer, le fuel et l'entretien pendant les neuf mois de mauvais temps… T'as même pas encore sorti un de ces douze-mètres qu'il te coûte déjà un œil ! » Brown contemplait les voiliers fuselés et les yachts plus massifs, aux cabines bien équipées. « Cameron ne fait pas dans la demi-mesure : s'il a un bateau, c'est forcément un petit bijou, et je suis sûr qu'il n'est pas passé inaperçu. Quelqu'un a dû le voir à bord. Et peu importe qu'il se soit teint en blond. »

Les mains dans les poches, Alice leva les yeux vers le ciel violet. « On a douze kilomètres carrés d'eau à explorer… »

Brown tourna la tête vers elle, ouvrit la bouche pour répliquer, puis changea d'avis et garda le silence. Autour d'eux, portés par la houle, les coques se balançaient doucement, s'effleurant parfois.

De retour au poste, Alice ouvrit le réfrigérateur de la salle de repos et en examina l'intérieur d'un œil morose. Elle avait souvent pensé à laisser un en-cas dans son bureau ou dans leur kitchenette de fortune, pour des occasions comme celle-ci.

Le frigo, presque vide, aurait bien eu besoin d'un bon nettoyage. La brique de soupe au poulet repoussée au fond de la deuxième clayette était déjà là quand elle-même était arrivée à la Criminelle. De la moitié de sandwich posée à côté dépassaient des fragments verts dont elle préféra penser qu'il s'agissait de feuilles de salade. Une substance jaune et poisseuse – soda ou potage – avait été renversée dans le bac à légumes. Inutile de s'en faire pour les Affaires internes, pensa-t-elle, c'est l'OMS qui allait réclamer la fermeture du service.

Andrew Dunne, en bras de chemise, cravate desserrée et col ouvert, la rejoignit et contempla à son tour le spectacle de désolation qui s'offrait à eux. Ses cheveux roux rebiquaient un peu à l'arrière, et il était pâle sous ses taches de rousseur.

« J'ai entendu dire que vous aviez un problème de bateau, commença-t-il.

– Exact.

– J'ai un copain au service des permis, si ça peut vous aider.

– Merci, mais ça devrait aller. Va juste falloir se plonger dans la paperasse, c'est qu'un mauvais moment à passer.

– T'en as de la chance…

– Du nouveau du côté de Sea-Tac ?

– Non, sauf que Kelly était furieux de ne pas être allé à Boeing Field avec vous. Quand il est revenu au poste, il a foncé dans le bureau du portraitiste pour lui enlever le chauffeur de taxi. »

Alice se borna à hausser les sourcils. C'était exactement en prévision de ce genre de réaction que Brown n'avait pas emmené Kelly à l'aéroport.

Du bout de l'index, Dunne repoussa la porte du frigo.

« C'est pain de viande ce soir au Jimmy's », annonça-t-il.

Situé à quelques centaines de mètres du poste, le Jimmy's était un bar fréquenté essentiellement par des flics. Pour peu qu'on soit un habitué et qu'il n'y ait pas trop de monde dans l'établissement, on pouvait demander à être livré. Dunne avait enregistré le numéro de téléphone dans son répertoire, et, vingt minutes plus tard, on leur apportait six plats du jour.

Alice n'avait qu'une envie : s'installer à son bureau avec le sien pour parcourir les listes de billets délivrés par les compagnies aériennes de Sea-Tac, ainsi que les copies des registres fournies par le service des Immatriculations des navires de plaisance dans l'État de Washington. Au lieu de quoi, elle se jucha sur un coin de la table de Spencer et opta pour quelques minutes de sociabilité. Kelly l'ignorait, Rosario lisait son journal, Dunne et Spencer discutaient de tatouages, et Brown parcourait les fax que la police de Los Angeles leur avait envoyés dans la journée, tout en mangeant distraitement.

Alice goûta le pain de viande – un délice ; même sa grand-mère en aurait convenu.

Enfin, elle retourna à sa table encombrée par des piles de documents divers. Pour faire de la place et poser la tasse de café qu'elle tenait à la main, elle écarta l'un des dossiers – contenant les notes qu'elle avait prises à la bibliothèque sur le kidnapping de la Hoh River et le passé de Cameron, de Sinclair et de Quinn. Elle l'ouvrit machinalement, en songeant que quatre autres personnes étaient mortes depuis cette soirée.

Son regard tomba sur les photos de l'enterrement de David Quinn publiées par les journaux : celle du groupe entourant la famille, et une autre de John Cameron, qui retint son attention. Elle ne se rappelait pas l'avoir vue auparavant. Le bras en écharpe, Cameron était en train d'arracher de sa main valide l'appareil photo dont un photographe avait passé la courroie autour de son cou. Parmi les proches, personne ne semblait avoir remarqué l'intrus, sauf Nathan Quinn. Si le visage du photographe exprimait la stupéfaction, celui du jeune Cameron ne reflétait que la haine ; il semblait totalement étranger à la peur, et comme habité par une force toute-puissante. L'homme, pourtant beaucoup plus grand et corpulent, tentait manifestement de battre en retraite.

Alice cilla. Sous le dossier qu'elle avait déplacé se trouvait un autre article qu'elle avait découpé. Elle le récupéra. Il relatait l'agression d'Andrew Riley – le journaliste sans scrupules qui avait essayé de photographier les corps des Sinclair sur la scène de crime – dans une ruelle derrière un bar. Elle se rappela ce que l'inspecteur Nolan lui avait dit de Riley après l'attaque, à quel point il était choqué et affolé…

Consciente d'un mouvement à la périphérie de son champ de vision, elle redressa la tête. Brown avait rejoint Spencer à l'entrée du bureau. Il la dévisagea quelques instants tout en écoutant son collègue lui parler. Puis Alice baissa les yeux pour contempler tour à tour la photo de Cameron et l'article sur Riley. Le lien s'imposait désormais à elle, évident, irréfutable.

Elle chercha le regard de son équipier. Celui-ci glissa quelques mots à Spencer, qui quitta la pièce, puis il ferma la porte et s'y adossa.

« C'est Cameron qui a attaqué Riley, annonça-t-elle, abasourdie.

– Oui, confirma-t-il.

– Comment ça, “oui” ?

– Pour le punir d'avoir tenté de photographier ses amis assassinés. »

Alice garda le silence quelques instants. Dans sa tête, tous les éléments de l'affaire prenaient une tournure et une signification nouvelles.

Elle leva la main. « Donne-moi une minute. » Son regard passait d'un document à l'autre sans pouvoir se fixer : le rapport de la scène de crime chez les Sinclair, les photos, les notes sur l'interrogatoire de Nathan Quinn, les premières conclusions de Sorensen au sujet de l'Explorer… Il allait falloir tout reprendre – tout ce qu'elle avait fait, tout ce qu'elle avait constaté.

« Merde ! » Du plat de la main, elle frappa le mur derrière elle. Elle se sentait soudain capable de le défoncer à coups de poing. Mais lorsqu'elle se tourna de nouveau vers Brown, elle maîtrisait assez sa colère pour lancer d'un ton mesuré :

« T'avais compris ?

– Oui.

– Pourquoi ne pas m'en avoir parlé ?

– Si je l'avais fait, ça ne t'aurait rien apporté. J'avais confiance, je savais que tu arriverais à cette conclusion par toi-même. Pour pouvoir convaincre Fynn ou d'autres, il vaut mieux que toi comme moi on soit convaincus de ce qu'on raconte. Ça devait finir par te sauter aux yeux, à toi aussi.

– Et si ça n'avait pas été le cas ?

– J'aurais demandé un nouveau coéquipier. »

Ils échangèrent un regard.

« Maintenant, Madison, réfléchis et dis-moi où on en est.

– O.K.

– Bien. »

Ils se rassirent.

Ce qu'elle venait de découvrir avait de nombreuses implications et conséquences, dont la première – et la plus importante – lui paraissait presque difficile à formuler, surtout après toutes ces heures passées à chercher le comment et le pourquoi. Elle s'y efforça néanmoins.

« Puisque Cameron a voulu punir Riley pour avoir porté atteinte à la dignité de ses amis, j'en conclus qu'il n'est pas responsable de leur mort. » Cela lui fit un drôle d'effet de prononcer ces mots. « S'il l'était, il aurait sans doute apprécié au contraire qu'on cherche à montrer son œuvre, comme le laisse supposer le soin apporté à la mise en scène, le positionnement des corps… Il n'aurait demandé qu'à être mis en valeur.

– Exact. Je ne crois pas que ce soit lui le meurtrier.

– Depuis quand as-tu des doutes ?

– Depuis le coup de fil de Payne au sujet du verre.

– Mardi dernier, donc, pendant le débriefing du matin ?

– Oui.

– *Mardi dernier ?* insista Alice.

– Je sais.

– Et tu n'en as parlé à personne d'autre ?

– J'en ai discuté avec Fred Kamen.

– C'est ce verre qui t'a mis la puce à l'oreille ?

– En quelque sorte. À ce moment-là, on avait déjà le chèque déchiré avec la signature contrefaite et les poils dans le nœud des liens. Il m'a semblé que c'était trop beau. Quand on considère les antécédents de Cameron, on se rend compte que le meurtre des Sinclair répond à une logique complètement différente.

– Il nous reste encore tellement d'indices à analyser... » Alice se raccrochait aux indices, elle s'y fiait. C'était d'autant plus difficile pour elle d'admettre qu'elle s'était laissé berner et qu'elle n'en aurait jamais rien su si le hasard et une tasse de café n'en avaient décidé autrement.

Son esprit s'activait pour réorganiser les différents éléments de l'affaire.

« Si Cameron n'est pas le meurtrier, alors qui a tué les Sinclair ? Il a peut-être découvert que le dealer de Los Angeles et Sanders étaient impliqués dans leur mort...

– Tu penses vraiment que c'est leur style ?

– Attends, j'aimerais qu'on revienne un peu en arrière. Tu as commencé à avoir des doutes mardi dernier, c'est bien ça ? Depuis, on a essayé de soutirer des informations à Quinn, on a lancé un mandat d'arrêt à l'encontre de Cameron, et on s'est immergés dans des tonnes de paperasses avec un seul objectif : le coincer. Et aujourd'hui, tu voudrais me faire croire qu'on s'est trompés de suspect ? Pourquoi tu ne l'as pas dit plus tôt, bon sang ?

– Je n'ai pas la moindre preuve, Madison, c'est juste une intuition. Une simple supposition, même si je suis convaincu d'avoir raison. À partir de là, je ne vois qu'un seul moyen de procéder : suivre la piste que le tueur nous a laissée pour nous mener jusqu'à Cameron et, parallèlement, la remonter jusqu'au tueur lui-même. L'exploiter par les deux bouts, en somme.

« Le meurtre des Sinclair n'a pas été improvisé : l'assassin savait quels éléments on allait rechercher et il nous les a fournis. La façon dont il a monté son coup et élaboré son piège nous renseigne sur lui, sur son état d'esprit, sur ce qu'il espère retirer de son crime. Ah, autre chose : même si Cameron n'a pas tué les Sinclair, il n'en reste pas moins que trois hommes sont morts à Los Angeles et un autre à Seattle parce qu'il a décidé de les éliminer. Alors, si quelqu'un est assez proche de lui pour pouvoir nous l'apporter sur un plateau, je ne dis pas non. »

Alice médita ces propos un moment.

« On va reprendre l'affaire Sinclair, dit Brown. À commencer par la méthode employée pour les tuer.

– La femme et les enfants ont été abattus, le mari a été ligoté et il est mort d'une crise cardiaque provoquée par l'inhalation du chloroforme, récapitula Alice. On avait conclu que le meurtrier avait procédé différemment avec lui afin qu'il sache ce qui était arrivé à sa famille. Pour le punir de l'avoir escroqué.

– Si on enlève Cameron de la scène de crime, qu'est-ce que ça donne ?

– Le tueur tenait à ce que James Sinclair meure en dernier. Il voulait faire savoir à Cameron que son ami avait connu une agonie lente et douloureuse, et qu'il avait été conscient du massacre des siens. » Présenté ainsi, le scénario paraissait encore plus sinistre.

« Oui. Et ce n'est pas du tout le style de nos copains de Los Angeles. »

Alice s'adossa à sa chaise. « L'histoire des treize jours serait un avertissement destiné à Cameron, donc. Par un individu qui rôde toujours. »

Brown hocha la tête. Alice savait maintenant qu'il avait raison, et elle sentit un frisson glacé la parcourir. Dans le milieu où évoluait Erroll Sanders, on ne différait pas les représailles ; en général, les préparatifs étaient sommaires mais les munitions abondantes. Dans le cas des Sinclair, c'était tout le contraire.

« Dès que Payne a parlé de l'empreinte sur le verre, reprit Brown en ouvrant le rapport de la Scientifique, on s'est focalisés sur les indices. Or, je suis persuadé que le tueur a utilisé l'ADN et les empreintes de Cameron pour le relier à la scène de crime, et qu'il lui a fabriqué un mobile en falsifiant sa signature et en nous orientant sur des transactions financières suspectes.

– Saltzman a fini d'éplucher les dossiers de Sinclair ?
– Oui, et il n'a relevé aucune trace de malversation.
– Il nous reste le chèque et les mouvements d'argent sur le compte.
– Tu crois que c'est compliqué d'ouvrir un compte sous un nom d'emprunt ? T'as passé du temps chez les Sinclair. Quelle impression t'as eue ? Qu'ils avaient besoin de revenus supplémentaires ?
– Non… »
Alice secoua la tête. Quand elle regardait leurs films de famille, elle avait bien eu une impression, mais elle l'avait ignorée. Surgie de nulle part, une idée lui traversa l'esprit.
« Les liens, Brown. Tu m'as dit que la quantité de sang et de cellules sur les liens ne correspondait pas aux blessures de Sinclair, qu'il aurait dû y en avoir beaucoup plus étant donné ses efforts pour se libérer. On s'est demandé pourquoi l'assassin l'avait rattaché après sa mort.
– On a la réponse, maintenant.
– Oui. Il voulait placer des poils dans le nœud, et il n'aurait pas pu le faire si Sinclair avait été en mesure de se débattre. »
Alice commençait à cerner le personnage. Si elle voulait le trouver, elle devait d'abord essayer de le comprendre. Et pour le combattre, il lui faudrait faire appel à d'autres talents – ceux qu'on n'enseigne pas forcément à l'École de police.
Elle sursauta en entendant son portable sonner. L'écran indiquait 22 h 45, et le numéro lui était inconnu.
« Allô ?
– Bonjour, vous êtes bien l'inspecteur Madison ? »
À en juger par sa voix, l'homme avait plus de vingt ans mais moins de cinquante, et était originaire de la région.
« Oui, et vous êtes… ?
– Je m'appelle Greg Phillips, vous avez rencontré mon père, Clyde, il y a quelques jours à Laurelhurst. Il habite la maison en face de celle de John Cameron. »
Clyde Phillips, le vieil homme qui revenait de courses.

« Oui, je vois. Comment va-t-il ?

– Très bien, merci. Vous lui avez laissé votre carte, et je voulais vous dire qu'on vient d'appeler Police-Secours parce que quelqu'un essayait de s'introduire chez Cameron. Mon père m'a demandé de vous prévenir, il a pensé que ça pourrait vous intéresser.

– Vous avez eu la bonne réaction, merci. On arrive tout de suite. »

Alice referma son téléphone et se leva en attrapant son blouson. « Il y a un intrus chez Cameron », dit-elle.

Brown saisit aussitôt sa veste.

26.

ALICE ET BROWN traversèrent au pas de charge le poste presque désert ; à cette heure, tous les autres inspecteurs étaient rentrés chez eux ou partis boire un verre. La baisse brutale de la température avait dissuadé les gens de sortir, et la circulation était fluide, ce qui leur permettrait d'arriver rapidement à Laurelhurst.

« Qu'est-ce que Kamen t'a dit ? demanda Alice quand ils s'engagèrent dans la Vingt-Troisième Avenue.

– Il est intrigué par l'utilisation de l'ADN et des empreintes. D'après lui, on devrait chercher quelqu'un qui s'intéresse de près au travail de la Scientifique. Peut-être un candidat qui a été refusé à l'École de police, qui fréquente les bars où traînent les flics et qui engage volontiers la conversation avec eux… Ce genre de trucs.

– Et s'il a été accepté ?

– Compte tenu de ce que l'assassin a fait à cette famille, j'ose espérer qu'il n'a pas passé le cap de l'examen psychologique…. Il n'en est pas à son coup d'essai, c'est évident. Il a eu le temps de s'entraîner.

– On peut avoir accès aux dossiers de l'École de police, tu crois ?

– On devrait les avoir demain. En attendant, j'ai demandé à Payne de réexaminer le verre pour voir s'il avait été traité avec un produit chimique quelconque. Et Sorensen s'occupe de l'analyse des poils. On arrivera peut-être à savoir comment le tueur les a obtenus et comment il les a conservés. »

Alice avait encore du mal à organiser ses pensées. Jusque-là, ils avaient tout misé sur un suspect, et maintenant ils en cherchaient un autre… Comme s'il comprenait son désarroi, Brown demanda : « Si le lieutenant Fynn te posait la question, là, maintenant, tu dirais quoi ? »

Elle gonfla ses joues, puis soupira. « Tu connais ces illusions d'optique qui mêlent deux images ? Tu ne peux jamais les voir toutes les deux en même temps ; si tu fixes ton attention sur l'une, l'autre disparaît. Tout ce que je sais, c'est que Cameron a tabassé Riley, mais quand je me concentre sur ce point, je perds la vue d'ensemble. »

Il acquiesça.

« On ne sait toujours pas pourquoi, reprit-elle.

– Ça fait une semaine qu'on s'interroge sur le "pourquoi", et regarde où on en est… Alors, aujourd'hui, je vais me contenter du "comment" et du "qui". »

Alice déplaça légèrement son holster pour s'installer plus confortablement sur son siège. « La maison de Cameron est encore sous surveillance, non ?

– On n'a pas assez d'effectifs. L'adresse a été entrée dans le fichier, et une voiture de patrouille doit passer devant toutes les heures, quelque chose comme ça.

– Ça m'étonnerait que ce soit une simple tentative de cambriolage. Je pencherais plutôt pour un petit malin qui cherche un souvenir à vendre sur eBay pour Noël.

– Ou alors, un journaliste qui voulait jeter un œil à l'intérieur. Tu sais, les intrusions ne sont plus ce qu'elles étaient !

– On va devoir mettre Fynn au courant…

– Demain, décréta Brown. On le prendra en douceur de bon matin.

– Après son premier café, alors.

– Tu parles ! »

Tout était calme et tranquille à Laurelhurst, où les rues résidentielles en sommeil étaient envahies par une légère brume. Brown tourna à droite, en direction de chez Cameron, et ralentit aux abords de la maison. De part et d'autre, des voitures étaient garées dans les allées, devant les habitations.

Un policier en uniforme se tenait au milieu de la chaussée. En les voyant approcher, il agita la lampe-torche qu'il tenait dans la main gauche. Brown se gara, déclina leur identité, et ils sortirent de la voiture. Le rayon lumineux de la lampe électrique leur balaya les pieds tandis que l'air froid leur picotait les joues.

La maison de Cameron paraissait déserte, tout comme la dernière fois qu'ils l'avaient vue. Alice remarqua quelques fenêtres encore éclairées chez les Phillips.

« Mon équipier et moi, on a reçu un appel d'urgence, et on est venus tout de suite. Les propriétaires ne sont pas là », déclara l'agent, qui s'était présenté sous le nom de Mason. Grand et sec, il avait un visage passe-partout sous sa casquette.

« C'est bien ce qu'on pensait, dit Brown.

– La porte d'entrée et les fenêtres sont bien fermées, mais mon équipier a pris la voiture pour faire le tour, au cas où quelqu'un chercherait à se sauver par là. » Le jardin de Cameron s'étendait jusqu'à la propriété voisine, qui donnait sur une rue parallèle.

Aux grésillements émis par la radio de l'agent succéda brusquement un fracas de verre brisé. Tous trois s'élancèrent, arme au poing, dans l'allée en direction du garage.

Alice entendit Mason, qui la talonnait, réclamer des renforts par radio.

Le bruit provenait de l'arrière de la maison. Il leur faudrait longer le côté de l'habitation, et se frayer un chemin parmi les arbres et les buissons dans une obscurité de plus en plus dense. Alice sentit les battements de son cœur s'accélérer, mais ne s'en inquiéta pas, ce n'était qu'une réaction normale. En outre, elle connaissait déjà l'endroit pour y être venue une fois.

« Je vais y aller la première, dit-elle. J'ai vu les lieux en plein jour, c'est assez étroit.

– Non, c'est à moi d'y aller, décréta Brown. Couvre-moi ! » Il se rua en avant sans lui laisser le temps de protester. Elle le suivit aussitôt, abandonnant l'agent Mason derrière elle, et tous deux s'éloignèrent de la rue éclairée.

Le bras levé à hauteur du visage pour se protéger les yeux des branches qui revenaient sur elle après le passage de Brown, Alice accéléra l'allure sur la terre durcie. Ils atteindraient bientôt la barrière, où le chemin s'élargissait. Encore quelques enjambées… Alice entendait son partenaire courir devant elle, les brindilles se brisaient sous ses pas. Le grésillement bruyant d'une radio résonna soudain dans son dos, et Alice attendit de voir apparaître l'agent Mason.

« Coupez votre radio, ordonna-t-elle d'un ton sans réplique.

– Euh, oui. Désolé », chuchota-t-il.

Elle reprit sa course, le bras gauche toujours levé, le Glock dans sa main droite pointé vers le sol. Elle décelait à présent la puanteur du chat crevé ; ils étaient presque arrivés. À part le fracas du verre brisé, elle n'avait perçu aucun autre bruit. Ils n'allaient plus tarder à en découvrir l'origine – probablement une vitre qui avait volé en éclats. Elle se souvenait d'avoir vu des portes-fenêtres à l'arrière de la maison. Il lui suffirait d'escalader la clôture pour sauter dans le jardin.

Une autre odeur plus diffuse s'ajouta bientôt à celle de la charogne. Du chloroforme… Intriguée, Alice voulut se retourner, mais trop tard : son bras droit fut violemment ramené dans son dos tandis qu'on essayait de lui arracher son pistolet. Le chloroforme s'était rapproché de son visage. À peine perçut-elle son assaillant qu'il la soulevait du sol. Elle tenta de se dégager et se cogna le crâne contre le mur en voulant échapper au tampon posé sur sa figure.

Non, ne te laisse pas faire ! Respire un bon coup et crie ! Il faut que tu préviennes Brown, il faut qu'il sache !

Quelques secondes s'écoulèrent qui lui parurent une éternité. Quand elle parvint à donner un grand coup de pied en arrière, le tampon s'écarta de son nez, son front heurta le mur et un liquide chaud lui coula sur la joue. Galvanisée, elle projeta son coude gauche dans le torse de son agresseur, qui poussa un glapissement de douleur. Son bras droit lui faisait mal. L'homme avait la force pour lui, mais elle était animée par l'énergie du désespoir. Dans son esprit, le chloroforme ne signifiait qu'une chose : la mort. C'était ainsi que James Sinclair avait été tué.

Si elle parvenait à tirer au moins une fois, Brown comprendrait qu'il devait se mettre à couvert. Elle ne réussirait probablement qu'à loger une balle dans le mur, et la manœuvre risquait d'être fatale à son bras droit toujours prisonnier, mais tant pis. Mobilisant toutes ses forces et sa volonté, elle fit feu. Un élancement fulgurant lui traversa l'épaule. Le tampon s'écrasait toujours sur son nez. Son assaillant jura.

Elle tira de nouveau et lâcha son arme. *Ne respire plus, surtout ! N'inhale pas !*

Comme dans un rêve, elle entendit Brown revenir à travers les fourrés en criant son nom. L'arcade sourcilière ouverte, aveuglée par le sang qui lui inondait le visage, Alice tomba à genoux et tâtonna sur le sol à la recherche de son Glock. « BAISSE-TOI ! » hurla-t-elle, la gorge douloureuse.

Trois détonations successives claquèrent dans la nuit. Alice vit les flammes de bouche à environ deux mètres d'elle.

Brown… Débrouille-toi pour rejoindre Brown… Quand elle tenta de se relever, ses jambes se dérobèrent. Ses tympans résonnaient encore des coups de feu qu'elle avait elle-même tirés, et elle n'entendait pas grand-chose, mais elle ne percevait plus aucun mouvement à proximité. L'homme avait déguerpi.

Elle appela son coéquipier, qui ne répondit pas. Elle se redressa tant bien que mal, puis, une main appuyée contre le mur pour se guider, avança dans l'obscurité sans cesser d'appeler Brown. Elle le découvrit gisant près de la clôture, et malgré la pénombre elle distingua tout de suite la tache sombre luisant sur sa poitrine.

Non ! Sans perdre une seconde, elle fit les gestes qu'on lui avait enseignés. Elle se laissa tomber à côté du blessé en répétant son nom pour l'empêcher de sombrer dans l'inconscience. De ses doigts poisseux de son propre sang. elle lui prit le pouls ; il battait toujours, quoique faiblement. Elle se pencha pour écouter sa respiration, dont le son ténu l'effraya plus encore que tout ce qu'elle venait de vivre. Elle continua de lui parler, encore et encore, tout en maintenant la pression sur sa blessure, et lorsque le hurlement lointain des sirènes lui parvint, elle pria pour qu'une ambulance fasse partie des véhicules et que les secours les localisent rapidement dans cet enchevêtrement de végétation.

Quelques minutes plus tard, deux agents et un urgentiste étaient à leurs côtés. De sa fenêtre, une voisine avait vu un homme en uniforme se porter à la rencontre des inspecteurs. Lorsqu'elle avait entendu les coups de feu, elle avait appelé le 911 pour signaler une fusillade impliquant des policiers. L'alerte avait été donnée immédiatement.

« Vous avez été touchée ? demanda l'urgentiste à Alice.

– Je ne crois pas.

– Vous pouvez marcher ?

– Mon partenaire a besoin d'oxygène.

– Je m'en occupe. »

Il plaça un masque sur le visage de Brown et tenta de convaincre Alice de retourner vers la rue, mais elle refusa, préférant attendre que son coéquipier soit sanglé sur une civière et conduit vers l'ambulance.

Entre-temps, deux autres voitures de patrouille s'étaient garées devant la maison, tous gyrophares allumés, et une petite foule de curieux se pressait déjà autour d'elles. Alice regarda enfin Brown à la lumière des réverbères. Il ne montrait aucun signe de vie.

« Il va s'en sortir ?

– Montez dans la voiture. Vous irez le voir à l'hôpital.

– Il respire ?

– Oui. Maintenant montez dans la voiture ! » Les urgentistes s'activaient, et elle ne doutait pas qu'ils grilleraient tous les feux rouges sur le trajet jusqu'aux urgences. Il lui semblait que sa tête allait exploser, et, à en juger par l'expression des flics autour d'elle, elle ne devait pas être belle à voir non plus… Elle se tourna vers l'un des deux agents arrivés les premiers sur les lieux. Elle ne se souvenait plus de son nom, mais dans son état c'était tout juste si elle se rappelait encore le sien.

« Sécurisez le périmètre et prévenez Sorensen, de la Scientifique. Vous avez bien compris ? Sorensen. »

Elle avait du mal à tenir debout. Lorsqu'elle voulut prendre appui d'une main sur la voiture, la douleur fut telle qu'elle faillit s'évanouir.

Sans trop savoir comment, elle parvint néanmoins à se glisser sur la banquette arrière du véhicule de patrouille, dont le conducteur démarra en trombe à la suite de l'ambulance.

« Ça va, derrière ? lança-t-il.

– Oui… » Enveloppée dans une couverture, elle se retenait de vomir tandis qu'elle subissait de plein fouet le contrecoup du choc. « Vous… vous pourriez me rendre un service ?

– Bien sûr. Que voulez-vous que je fasse ? s'enquit-il en la regardant dans le rétroviseur.

– Demandez au dispatcheur d'appeler mon chef, le lieutenant Fynn, à la Criminelle. Il faut l'informer de ce qui s'est passé.

– Pas de problème. » Le policier parla dans sa radio pendant quelques instants. « Vous êtes tombés dans une embuscade, c'est ça ? »

Alice sentait encore l'odeur du chloroforme sur ses vêtements. « C'est ça », confirma-t-elle.

Elle palpa son holster. À sa grande surprise, le Glock était à sa place, rangé par automatisme, et l'étui refermé. Elle s'autorisa à fermer les yeux une seconde, pour ne les rouvrir que dans la lumière crue du service des Urgences de l'hôpital Northwest, en entendant quelqu'un s'adresser à elle.

« Comment vous appelez-vous ?

– Alice Madison. Où est mon coéquipier ? Il a été amené ici quelques minutes avant moi. »

Elle était assise sur une civière, en face d'un médecin en blouse verte qui braquait le rayon d'une minuscule lampe électrique sur son œil droit intact, tandis qu'un infirmier nettoyait l'entaille de son arcade sourcilière gauche. La blessure était profonde et l'antiseptique piquait terriblement.

« Regardez vers le haut, ordonna le praticien. On s'occupe de lui, ne vous inquiétez pas.

– Je veux bien vous croire, mais si vous ne m'en dites pas plus je vais devoir aller moi-même aux nouvelles. »

Malgré son état de faiblesse, elle était déterminée, et son interlocuteur s'en rendit compte.

« Adam ? Vous pouvez aller vous renseigner, s'il vous plaît ? » demanda-t-il.

L'infirmier s'éclipsa. Alice ne portait plus qu'une blouse d'hôpital. Un technicien de scène de crime était déjà passé faire un prélèvement sous ses ongles, et il avait emporté ses vêtements, sa ceinture et son arme après les avoir placés dans un sac en plastique. Tout allait très vite.

Le médecin fixa des radios sur le négatoscope. Les clichés montraient le crâne d'Alice, vu des deux côtés, et son bras droit.

« La tête, ça va, déclara-t-il. Vous allez avoir mal pendant quelque temps, à cause du chloroforme et du coup que vous avez reçu. Rien de grave. » Il la gratifia d'un petit sourire avant d'indiquer l'autre cliché. « Vous vous êtes foulé le poignet et le muscle du coude est endommagé. Vous êtes droitière ?

– Oui.

– D'accord. Vous allez garder l'attelle qu'on vous a posée. Et surtout, ne soulevez rien de plus lourd qu'une tasse de café ! Votre épaule vous fera souffrir pendant plusieurs jours, et je ne vous conseille pas de conduire : ce serait difficile et extrêmement douloureux. On va vous recoudre l'arcade, quelques points suffiront. La cicatrice s'estompera avec le temps. » Il donnait chaque fois cette précision parce que ses patients voulaient toujours le savoir. En l'occurrence, Alice Madison ne semblait pas du genre à s'en soucier.

« Pensez à mettre un sac de petits pois surgelés sur l'hématome pour le faire dégonfler », ajouta-t-il.

Elle acquiesça. Au même moment, l'infirmier reparut. Alice tourna la tête trop vite, et une vive douleur lui rappela qu'elle devrait faire attention. « Ils ont réussi à le stabiliser et ils l'emmènent au bloc. C'est le Dr Taylor qui va opérer.

– Le Dr Taylor est notre meilleur neurochirurgien, déclara le praticien. Votre équipier est en de bonnes mains.

– Comment ça, "neurochirurgien" ? s'étonna Alice. Brown a été touché à la poitrine, non ?

– Il a reçu deux balles », répondit le médecin. Et d'ajouter, après lui avoir laissé le temps d'encaisser la nouvelle : « La première n'a fait que traverser le thorax, sans toucher les poumons… Le Dr Taylor va s'occuper de l'autre. »

Alice hocha la tête, contente d'être déjà assise.

« Bon, je vais vous laisser souffler, reprit le médecin. Un interne viendra vous faire les points de suture. »

Restée seule, Alice prit son gobelet et avala une gorgée d'eau. On lui avait donné un antalgique et Fynn allait bientôt arriver, mais elle ne pouvait penser qu'à Brown, en salle d'opération.

Elle se trouvait dans une pièce adjacente au bureau d'accueil et d'orientation des patients – un endroit exigu, qui avait néanmoins le mérite d'offrir une certaine intimité. Elle écarta de son visage la lampe que le médecin avait utilisée, mais la clarté restait trop vive, et elle finit par l'éteindre. Des voix résonnaient dans le couloir, ainsi que des bruits de pas précipités. Alice ferma les yeux, heureuse de ces quelques instants de solitude.

Dans ce réduit gris et fonctionnel, où on annonçait chaque jour à des patients des nouvelles qui allaient modifier le cours de leur existence, elle tenta de rassembler ses esprits et de puiser en elle la force de faire ce qui devait être fait. Le temps pressait, elle n'aurait pas d'autre chance de s'expliquer : le lieutenant Fynn serait bientôt là, et il demanderait aussitôt à la voir.

Ce n'était pas censé se passer comme ça. Fynn aurait dû être informé de la situation le lendemain matin de bonne heure, dans son bureau. Brown aurait pris les choses en main, et elle l'aurait soutenu. Au lieu de quoi, son partenaire était en train de se battre contre la mort sous la lumière des néons dans une salle d'opération sinistre, et elle-même allait devoir convaincre un homme intelligent et solide, doublé d'un bon flic, que le noir n'était plus noir, mais blanc.

L'interne, une jeune Chinoise, entra, et lui fit deux points de suture au niveau du sourcil gauche.

« Deux centimètres plus bas, et c'était bien plus grave, observa-t-elle. Vous avez eu de la chance. »

Au moment de sortir, elle s'adressa de nouveau à Alice, qui buvait un peu d'eau. « Vous devriez aller jeter un coup d'œil dans le couloir », ajouta-t-elle.

Après son départ, Alice posa les pieds par terre, et fit quelques pas. Elle était toujours faible, mais au moins la tête ne lui tournait plus. Elle se dirigea vers le battant et l'entrouvrit. D'abord éblouie par la soudaine clarté, elle ne tarda pas à découvrir une véritable marée bleue dans le hall : des agents en uniforme, trop nombreux pour qu'elle puisse les compter, des policiers en civil et des inspecteurs venus de différents postes – tous attendaient des nouvelles de leurs collègues.

Alice laissa la porte se refermer et inspira profondément à plusieurs reprises. Ils étaient là pour soutenir Brown, et elle espérait qu'il aurait conscience de leur présence, qu'elle l'aiderait dans son combat.

Cinq minutes plus tard, le lieutenant Fynn frappa à la porte et entra. Alice se tenait près du négatoscope, sous le plafonnier. Elle le vit l'examiner rapidement, sans doute pour évaluer l'étendue des dégâts. Il portait un manteau sombre par-dessus un pull à col roulé, et semblait s'être habillé à la hâte.

« Bonsoir, Madison. »

L'attelle qu'elle portait lui recouvrant la moitié de la main droite, elle lui tendit la gauche, qu'il serra.

« Bonsoir, monsieur.

– Comment vous sentez-vous ?

– Ça va. Vous êtes au courant, pour Brown ?

– Oui. Il a une sœur qui habite Vancouver, je l'ai prévenue. Spencer quadrille déjà la scène à Laurelhurst, c'est lui qui sera en charge de l'enquête.

– Bien. » Alice se rendit compte qu'elle ne savait rien de la famille de Brown. Encore une chose dont elle n'était pas fière.

« Vous ne voulez pas vous asseoir ? demanda Fynn.

– Non, monsieur, merci. Je préfère rester debout.

– D'accord. Alors, racontez-moi ce qui s'est passé.

– On était au poste, en train d'éplucher tous les documents qu'on avait rapportés de l'aéroport, quand j'ai reçu un coup de fil sur mon portable. C'était le fils d'un voisin de Cameron, un homme que j'avais interrogé et à qui j'avais donné ma carte. Bref, il voulait me prévenir qu'il avait appelé la police parce qu'il y avait un intrus chez Cameron. Il pensait que l'information pouvait m'être utile. Du coup, on est partis tout de suite pour Laurelhurst, où on a été accueillis par un agent en uniforme.

– Vous avez pu voir son visage ?

– Oui, brièvement. Après, quand on a longé la maison, il faisait trop sombre.

– Vous pourriez le décrire à un portraitiste ?

– Je crois. Blanc, entre un mètre quatre-vingts et un mètre quatre-vingt-cinq, pas de signe distinctif. Il a dit s'appeler Mason – l'agent Mason, du district nord. Il a affirmé que son équipier avait pris la voiture pour aller surveiller la rue derrière la maison, au cas où l'intrus tenterait de s'enfuir par là. Il a dit aussi que les portes et les fenêtres étaient fermées. Et puis, on a entendu un bruit de verre brisé et on s'est précipités. »

Elle ajouta que Brown était parti le premier et qu'elle était restée en arrière à cause des grésillements de la radio, ce qui avait permis à leur agresseur de les attaquer séparément. Elle parla aussi du tampon de chloroforme.

Fynn hocha la tête. Au cours des semaines précédentes, il n'avait guère eu l'occasion de juger si Alice Madison avait l'étoffe d'un bon inspecteur, et ce n'était pas ainsi qu'il avait pensé se faire une idée de sa valeur. En voyant les ecchymoses violacées sur son bras, qui s'étendaient de l'épaule au poignet, il devina qu'elle avait donné son maximum.

« Il y a une chose que je tiens à préciser, monsieur, reprit-elle. Si j'avais réussi à avertir l'inspecteur Brown plus tôt…

– Que les choses soient claires, Madison. Comment vous êtes-vous bousillé le bras ?

– J'ai tiré dans le mur alors que mon assaillant m'avait fait une clé.

– Vous vouliez prévenir Brown, donc. »

Alice garda le silence.

« Bon, vous avez parlé de trois coups de feu, récapitula-t-il. Brown se mettait à couvert quand il a été touché. La première balle l'a atteint, la deuxième aussi, mais pas la troisième. Si vous n'aviez pas eu cette réaction, il les aurait reçues toutes les trois en plein cœur, et la teneur de notre conversation serait totalement différente. »

Elle préféra changer de sujet.

« L'agresseur avait apporté du chloroforme, comme chez les Sinclair. Et je suis prête à parier que la Balistique va établir que les douilles de Laurelhurst et celles de Blueridge proviennent de la même arme : un 22, le calibre qui a tué Annie Sinclair et ses enfants.

– Cameron, donc. »

Elle regarda le lieutenant Fynn bien en face. Le moment était venu de transformer le noir en blanc.

« Non.

– Ce n'est pas lui qui vous a tendu cette embuscade ? »

Comme elle se contentait de le dévisager, il insista.

« Allez-y, je vous écoute. »

En quelques phrases, elle lui résuma ce qu'ils avaient appris dans le cadre de leur enquête sur l'assassinat des Sinclair, sans oublier d'intégrer les meurtres de Los Angeles et celui de Sanders. Elle mentionna les indices, les mobiles et les différentes possibilités.

« Maintenant, dit-elle, essayez d'imaginer que c'est quelqu'un d'autre qui s'est introduit chez les Sinclair samedi dernier – une personne déterminée à nous faire croire que Cameron avait tué ses amis et leurs enfants, et assez proche de lui pour pouvoir se procurer facilement des preuves matérielles, comme le verre avec ses empreintes et les poils placés dans le nœud des liens après la mort de Sinclair. Le véritable meurtrier a détaché sa victime avant de la ligoter de nouveau, ainsi que l'attestent les tissus prélevés sur la lanière de cuir. »

Le lieutenant redressa la tête, mais ne dit rien.

Alice continua de démonter point par point leurs arguments, analysant chacun des éléments qui incriminaient Cameron pour mieux le réfuter. En même temps, elle avait bien conscience que, si Nathan Quinn avait vent de cette conversation, il s'empresserait de contester le mandat d'arrestation.

Lorsqu'elle eut fini d'exposer les faits, Fynn et elle se mesurèrent du regard, chacun essayant de deviner ce que l'autre pensait.

« Vous avez perdu la tête ? marmonna-t-il enfin.

– C'est ce que j'ai cru au début, mais non, je ne pense pas. Je suis arrivée à cette conclusion aujourd'hui – par hasard, en fait. Brown, lui, y était parvenu depuis plusieurs jours.

– D'après vous, il "suivait la piste dans les deux sens", c'est ça ?

– Oui. Fred Kamen pourra vous le confirmer.

– Hé, ne vous emballez pas ! Je n'ai pas l'intention d'en parler à Kamen. Ni à personne, d'ailleurs.

– Monsieur…

– Vous voulez me faire croire que toute l'enquête est à mettre à la poubelle, Madison. Brown a eu raison de ne pas venir me voir : vous n'avez rien de concret pour étayer votre hypothèse…

– Sauf que c'est la seule explication qui se tienne. »

Fynn s'assit sur le lit. Il savait maintenant quel genre d'inspecteur elle deviendrait.

« Je ne peux pas à la fois en discuter avec Kamen et maintenir le mandat d'arrêt », déclara-t-il en sortant un chewing-gum de sa poche.

Alice prit place à côté de lui. Elle avait les jambes tremblantes, et se sentait vidée. Elle aurait voulu parler encore, de Brown, de la journée qu'ils venaient de vivre. Elle garda cependant le silence, préférant laisser le lieutenant réfléchir à ce qu'elle venait de lui raconter.

Elle se rendit soudain compte qu'elle n'avait aucun moyen d'influer sur la décision qu'il prendrait concernant la suite des investigations. Le seul aspect qu'elle pouvait maîtriser, c'était la façon dont elle-même continuerait ses recherches. Le Rolodex de Brown était posé sur son bureau, et en regardant à la lettre K elle trouverait le numéro direct de Fred Kamen. Ce serait un début.

« Vous souffrez beaucoup ? demanda Fynn.

– Ils m'ont donné des comprimés de Tylenol. Ça peut aller.

– Vous êtes droitière, c'est ça ? » Il indiqua la main à demi couverte par l'attelle.

« Oui. » Ne sachant comment présenter les choses sans avoir l'air de se vanter, elle opta pour la formulation la plus directe : « Mais j'ai aussi tiré de la main gauche en compétition. »

Fynn ébaucha un sourire.

« Il aurait pu m'abattre s'il avait voulu, enchaîna-t-elle. J'étais là, à sa portée…

– Mais il ne l'a pas fait. En attendant, il n'est plus question que vous alliez sur le terrain.

– Je…

– Laissez-moi finir. Voilà comment je vois les choses : c'est moi qui vais reprendre l'enquête de Brown qui, soit dit en passant, est une sacrée tête de mule. Je lui annoncerai la nouvelle en personne dès demain. Spencer est à Laurelhurst, il ne devrait pas tarder à venir ici. Quant à Kelly, il reste sur l'affaire Sanders.

– Et moi ?

– Vous êtes hors jeu, Madison. Je ne peux pas vous réintégrer tant que vous ne serez pas en état de réussir le test d'aptitude physique. Vous n'êtes pas capable de manier une arme pour le moment. Ni même de taper un rapport, d'ailleurs ! »

Alice ouvrit la bouche pour protester, mais il la devança.

« Vous allez agir discrètement. Brown a mis le doigt sur quelque chose et il m'est impossible de l'ignorer, même si c'est mon plus cher désir. Mais, je vous préviens, vous ne pourrez parler à personne de ce que vous allez faire. »

Elle hocha la tête.

« Vous allez mettre vos notes à jour, passer quelques coups de fil, et éventuellement vous entretenir avec deux ou trois personnes. Ça vous paraît envisageable ?

– Oui, monsieur.

– Vous avez bien compris ce que je viens de vous expliquer ?

– Oui, monsieur.

– Dites-le-moi.

– J'ai compris.

– La prochaine fois que vous viendrez me voir officiellement, vous aurez intérêt à m'apporter des preuves solides, parce que, de mon côté, j'ai bien l'intention de continuer à chercher Cameron. Et de le coffrer. Même s'il ne se laisse pas faire…

– C'est très clair.

– Tant mieux.

– Merci, monsieur. »

Le lieutenant Fynn secoua la tête. « Il y a des tas de gens dehors qui voudraient vous manifester leur sympathie. Vous êtes prête ? »

Quand ils sortirent ensemble de la pièce, un murmure collectif accueillit leur apparition. Si Alice connaissait bon nombre des hommes présents, il y en avait aussi beaucoup qu'elle n'avait jamais vus. Elle suivit Fynn qui, louvoyant entre les groupes, se dirigeait vers les ascenseurs pour monter au deuxième. Chacun la gratifiait d'une parole encourageante, d'un signe de tête ou d'une petite tape amicale sur l'épaule, mais elle n'avait qu'une envie : s'en aller au plus vite. Sans le savoir, ils étaient en train de rendre hommage à ce qui resterait certainement la plus grosse erreur de toute sa carrière.

Brown était encore au bloc, et personne ne pouvait les informer de son état. Contraints de patienter, ils allèrent s'installer en salle d'attente, dans un petit coin où étaient disposées des chaises et une banquette, ainsi qu'une table basse couverte de magazines. Fynn se laissa tomber sur un siège tandis qu'Alice s'asseyait au bord du sien, les yeux rivés sur chaque médecin ou infirmière qui passait.

Il était un peu plus de deux heures du matin lorsque Spencer et Dunne, chaussures boueuses et cravate dans la poche, les rejoignirent.

« Salut, Madison, dit Spencer à voix basse. Tu t'es rudement bien défendue, tu sais. Les gars du labo ont récupéré des tas d'indices sur place. On a des nouvelles de Brown ?

– Non, pas encore.

– Il faut qu'on t'entende, et le plus tôt sera le mieux.

– O.K., on n'a qu'à s'y mettre maintenant.

– T'es sûre ?

– Oui, pas de problème.

– D'accord. »

Alice leur rapporta tout ce dont elle se souvenait, tandis que Fynn les observait en silence. Quand Spencer et Dunne partirent, il était plus de trois heures, et ils n'avaient toujours aucune nouvelle de Brown. Autour d'eux, les couloirs étaient pratiquement déserts. Alice se cala sur sa chaise et entreprit de compter les dalles grises au plafond, pour tuer le temps, mais elle dut finit par s'endormir car elle se réveilla en sursaut. La pendule murale indiquait 5 h 55, et un médecin s'avançait vers eux.

Le Dr Taylor se révéla être une femme d'une cinquantaine d'années aux cheveux grisonnants coupés court et aux petits yeux bleus.

« Comment va-t-il ? lui demanda aussitôt Alice.

– Votre équipier est en salle de réveil.

– Oh. Tant mieux.

– Il est très résistant, et, sur un plan chirurgical, on peut dire que l'opération est un succès. On a réussi à réparer la plus grande partie des dégâts au thorax. Quant à la deuxième balle, elle n'a pas pénétré le cortex, ce qui tient du miracle vu le gonflement provoqué par le traumatisme. Le problème, c'est qu'il a fait un arrêt cardiaque durant l'intervention, et qu'on l'a perdu un moment. » Elle ménagea une pause pour les laisser encaisser le choc. « On l'a ranimé et il est maintenant sous assistance respiratoire, mais il est encore trop tôt pour se prononcer. Il ne reste plus qu'à attendre, et à espérer.

– Quand va-t-il se réveiller ? s'enquit Alice.

– On ne peut pas le savoir. Il nous faudra faire le point heure par heure. » Elle examina Alice, dont l'entaille à l'arcade sourcilière se détachait, rouge vif, sur son visage couleur de cendres. « Vous devriez rentrer chez vous et vous reposer, lui conseilla-t-elle. Je dirai à l'infirmière de vous prévenir s'il y a le moindre changement. »

Sur ces mots, elle se retira.

« Je ne bouge pas d'ici jusqu'à l'arrivée de la sœur de Brown, déclara Fynn. Je vais vous faire raccompagner, Madison, d'accord ? » Il passa un coup de téléphone sur son portable, et deux agents en uniforme se présentèrent peu après.

« Je vous appellerai dans la matinée », ajouta-t-il.

Comme Alice ne réagissait pas, il ordonna :

« Rentrez chez vous, Madison ! »

Six heures du matin. La lumière des phares éclairait les flocons de neige qui tourbillonnaient au-dessus de la route. Three Oaks était toujours en sommeil. Alice avait pris place sur le siège passager dans le véhicule de patrouille, tandis qu'un autre agent, derrière eux, lui ramenait sa voiture.

Elle avait demandé à faire un détour par le poste pour récupérer quelques affaires. Quand elle entra, personne ne lui posa de questions ; à cette heure matinale, il y avait peu de monde dans les couloirs.

Elle trouva leur bureau dans l'état où ils l'avaient laissé sept heures auparavant. Les emballages contenant les plats qu'ils avaient commandés traînaient encore sur les tables.

Son sac à dos était accroché au dossier de sa chaise. Alice s'en saisit et ouvrit le compartiment principal en considérant les piles de documents qu'elle avait rassemblées. Elle attrapa les notes prises à la bibliothèque, ainsi que les coupures de presse, puis les glissa dans le sac avec son calepin. Elle y ajouta la photo où l'on voyait le reflet de Cameron lors de la fête d'anniversaire du jeune Sinclair.

Avisant le Rolodex noir de Brown sur sa table, à côté du téléphone, elle s'en approcha pour chercher le numéro de Kamen. La sangle du sac passée à son bras valide, elle feuilleta fébrilement les fiches, mais en vain. Quand elle se pencha en avant, les mains soudain tremblantes et la vue brouillée, son chargement tomba par terre.

Elle s'empara du Rolodex, le fourra dans le sac et s'essuya rapidement les yeux.

Sur un ultime regard à la pièce, elle éteignit la lumière, referma la porte et quitta le poste.

C'était le dernier samedi avant Noël.

Alice aperçut une voiture de patrouille garée devant chez elle quand ils arrivèrent. L'agent Giordano, qui avait découvert la scène de crime chez les Sinclair, en descendit pour venir vers elle.

« Le chef m'a dit que vous ne vouliez pas d'une protection permanente, alors je voulais vous informer qu'on viendrait de temps en temps voir si tout va bien », expliqua-t-il. Son équipier et lui attendirent qu'elle soit rentrée dans la maison, puisqu'ils s'éloignèrent lentement sur la chaussée glissante.

Après avoir laissé tomber son sac à dos près de la porte, Alice ôta ses chaussures et se dirigea vers la cuisine, où elle avala deux antalgiques accompagnés de jus d'orange. Elle appellerait Kamen dans quelques heures.

Au fond, elle n'avait pas peur d'une éventuelle intrusion. Leur agresseur avait eu la possibilité de l'abattre, et il n'en avait rien fait. Pourquoi ? Sans doute la raison finirait-elle par se dévoiler tôt ou tard, en même temps que tous les autres secrets sombres et tordus de cette affaire…

Persuadée que les gestes familiers lui apporteraient un peu de réconfort, elle se rendit dans sa chambre, ouvrit le coffre-fort sous son lit et en sortit le 45, son arme personnelle. Elle le nettoya comme elle put, le graissa, et percuta à vide plusieurs fois. Le pistolet pesait lourd dans sa main gauche, et les muscles de son bras se contractaient sous l'effet de la fatigue. Un entraînement au stand serait nécessaire, estima-t-elle.

Cette pensée en tête, elle s'enveloppa de sa couette avant d'aller s'asseoir sur le canapé où, les yeux grands ouverts, elle attendit le sommeil.

27.

LA MAISON de Nathan Quinn, dans le quartier de Seward Park, avait été décorée avec beaucoup de soin par son propriétaire, qui n'était pourtant pas souvent chez lui. La semaine précédente, il n'avait même pas prêté attention une seule fois à la vue sur Mercer Island et le lac Washington.

Sur la table en acajou de son bureau se trouvait la pochette en plastique transparent contenant les messages anonymes. Quinn s'attendait à un troisième envoi sous quarante-huit heures, et son instinct lui soufflait qu'il ne s'agirait pas d'une demande d'argent.

Il ne pensait pas à une histoire de chantage, puisque le premier message lui avait été expédié le lundi matin, avant même que les médias annoncent les meurtres et que l'enquête s'oriente sur John Cameron. Et s'il ne s'expliquait pas pourquoi le tueur avait choisi de s'adresser à lui, il avait au moins une certitude : il suffit de comprendre ce qu'une personne veut, ce dont elle a besoin par-dessus tout, pour pouvoir exercer une pression sur elle. Et régler le problème.

Le bulletin d'informations sur radio KIRO lui révéla qu'il était neuf heures du matin. Il vérifia machinalement sa montre ; depuis deux heures qu'il était debout, il avait passé presque tout son temps au téléphone avec Tod Hollis. Celui-ci n'avait pas grand-chose de plus à lui apprendre, mais ils avaient parlé de l'embuscade dans laquelle les inspecteurs Brown et Madison étaient tombés, ainsi que des informations obtenues par le détective privé auprès de ses contacts dans la police.

Des images de l'hôpital Northwest avaient été diffusées dans tous les journaux télévisés, et Quinn avait même vu Alice Madison monter dans une voiture de patrouille qui avait démarré en trombe. L'être maléfique qui avait fait irruption dans sa propre existence avait aussi croisé la route des enquêteurs.

Il s'assit à sa table de cuisine pour lire le *Los Angeles Times*, qui avait publié un article sur le meurtre d'un dealer et de ses deux gardes du corps. Il parcourut le texte à la recherche de ce qu'il pensait y découvrir, et qui figurait bien dans le dernier paragraphe : le nom de son client le plus insaisissable.

Son téléphone fixe sonna quelques instants plus tard, et il décrocha.

« Allô ?

– Vous êtes Nathan Quinn ? »

La voix lui était inconnue.

« Lui-même. Qui est à l'appareil ?

– Vous connaîtrez mon nom quand je l'aurai décidé. »

Quinn raccrocha. Et patienta cinq secondes avant que le combiné sonne de nouveau.

« Qu'est-ce qui vous prend, bordel ?

– Qui est à l'appareil ? » répéta-t-il.

Dans le silence qui suivit, il perçut la rumeur assourdie de la circulation en arrière-fond. Son correspondant devait utiliser un téléphone public.

« Mon nom vous dira rien. » L'inconnu avait perdu son assurance. « Vous avez offert une récompense pour des informations au sujet de ces meurtres… » C'était une affirmation, pas une question.

« Vous n'appelez pas au bon numéro, répliqua Quinn. Je vais vous le donner.

– Je veux pas avoir affaire aux flics…

– Ce sont eux qui filtrent les appels et procèdent aux vérifications nécessaires.

– Ils ont aussi lancé un mandat d'arrêt contre votre client, et ce que j'ai à dire risque de pas leur plaire.

– Pourquoi ? Qu'est-ce que vous savez ?

– Quelque chose qui pourrait aider la défense.

– Je vous écoute.

– Vaudrait mieux qu'on se voie. C'est pas un truc dont j'ai envie de parler au téléphone.

– Si vous ne m'en dites pas un peu plus maintenant, cette rencontre risque de ne jamais avoir lieu.

– D'accord. Et si je pouvais prouver que le meurtrier de cette famille avait déjà frappé avant ? Et que je vous indiquais où et quand ?

– Ça mérite une conversation, en effet.

– Mais vous devez me donner deux garanties : un, que mon nom apparaîtra pas ; deux, que j'aurai le cash à la minute où les flics abandonneront les charges. C'est clair ?

– Comme de l'eau de roche.

– Quai 52, le ferry pour Bainbridge Island, aujourd'hui à 15 heures. Venez à pied, pas en voiture. Allez attendre sur le pont supérieur, je vous trouverai. »

Quinn s'apprêtait à lui faire répéter les instructions quand la communication fut coupée.

Il hésita à composer le nouveau numéro du pager de Cameron. Puis ses yeux tombèrent sur le *Los Angeles Times*, et il replaça le combiné sur son socle. Il n'avait aucune idée de l'endroit où était son ami, mais il savait désormais, sans le moindre doute, où il était récemment allé.

Au cœur de Seattle, Billy Rain, immobile près d'une cabine téléphonique, frissonna dans la clarté pâle du matin.

Après avoir passé quelques heures à déambuler chez lui, Nathan Quinn, incapable de fixer son attention, décida de se rendre au cabinet pour tromper l'attente. Il gara sa voiture dans le parking souterrain et prit l'ascenseur jusqu'au neuvième étage. Lorsqu'il sortit de la cabine, il salua de la main l'agent de sécurité qui, au rez-de-chaussée, avait dû le voir arriver sur ses écrans de surveillance.

Les locaux étaient déserts. Il désactiva l'alarme, entra, alluma et se dirigea vers son bureau.

Depuis le début de la semaine, Carl Doyle s'était remarquablement bien débrouillé pour gérer les affaires courantes. Il lui avait laissé une petite pile de chemises cartonnées sur sa table. Quinn s'assit et ouvrit la première. Dans un monde qui lui semblait étrangement éloigné du sien, il y avait des dossiers à traiter, des dates d'audience à respecter, des décisions à prendre.

Il passa en revue l'ensemble des documents, soulagé d'avoir ainsi la possibilité de penser à autre chose avant son rendez-vous. Le moment venu, il quitta la tour Stern, s'engagea dans Pike Street, tourna dans la Deuxième Avenue, et ensuite à gauche pour suivre Seneca Street jusqu'au front de mer.

Il ne neigeait pas encore, il faisait trop froid. Devant lui, l'eau et le ciel se fondaient en un même gris couleur d'étain.

Quinn marcha vers le quai, seul et sans arme. Il était presque sûr d'avoir été repéré et suivi, mais peu lui importait ; il espérait juste que son mystérieux interlocuteur savait dans quoi il s'engageait.

Il regarda autour de lui. Le ferry était immense – de ceux qui peuvent transporter deux cents véhicules et un bon millier de passagers. Ce jour-là, cependant, il n'y avait pas beaucoup d'activité. La traversée jusqu'à Bainbridge Island durerait trente-cinq minutes. Au moment du départ, Quinn s'était offert un thé et approprié un banc sur le pont supérieur, près d'une fenêtre.

Des odeurs de nourriture réchauffée flottaient dans l'air. Quinn remarqua un vieux couple assis quelques bancs plus loin, une femme seule à cinq ou six mètres sur sa gauche, et une famille de quatre personnes – les parents et deux enfants en bas âge qui couraient partout. Dos à la cloison, il sirota son thé en surveillant les allées et venues.

Quand l'inconnu s'approcha, il l'évalua rapidement, comme s'il s'agissait de déterminer s'il ferait un bon juré lors d'un procès.

Dans les trente-huit, quarante ans. De fines rides au coin des yeux. Il portait un blouson rouge en Gore-Tex sur un jean et des bottes de travail. Cheveux courts, joues rasées de frais. Il n'avait pas des mains d'employé de bureau, pourtant il émanait de lui une étrange impression de délicatesse. Il se glissa sur le banc, en face de Quinn, de l'autre côté de la table.

« Billy Rain, se présenta-t-il.

– Nathan Quinn.

– Oui, je sais.

– Venons-en au fait.

– O.K. »

Rain avait des yeux d'un bleu très clair. Il regarda quelques instants par la vitre en pianotant légèrement sur la table. Quinn nota que ses ongles étaient d'une propreté impeccable.

« On est bien d'accord que mon nom sera pas mentionné ?

– Oui, confirma Quinn.

– Et pour le reste ?

– Je souhaite tout autant que vous que vous ayez raison, monsieur Rain.

– J'ai raison. C'est arrivé y a trois ans et demi. Quand j'étais en taule dans le nord de l'État.

– À McCoy ?

– C'est ça. Je tirais cinq ans à Bones, dont trois ferme. »

« Bones » était le surnom donné à la prison d'État de McCoy. Peut-être lui avait-il été attribué par un fan de *Star Trek* qui y avait fait un séjour[1] ? À vrai dire, personne n'en connaissait l'origine.

« J'ai surpris quelque chose de très… » Rain hésita. « … similaire à ce qui est arrivé à cette famille. » Ses yeux se fixèrent sur un point, loin derrière l'épaule de Quinn.

« Un type a été tué dans la blanchisserie. Son meurtrier l'avait ligoté et lui avait mis un bandeau sur les yeux. Il avait aussi

1. Leonard McCoy, dit « Bones », est un personnage de la série *Star Trek*. (*N.d.T.*)

dessiné… » Il traça le signe de la croix sur son front. « Avec du sang. »

Quinn hocha la tête. Un règlement de comptes en prison.

« Vous avez assisté à la scène ?

– J'ai tout vu. Je me cachais à trois mètres de là.

– Mais vous n'en avez jamais parlé », devina Quinn.

Rain le gratifia d'un regard appuyé. « Vous avez déjà fait de la taule ? Traîné avec les détenus à l'intérieur ?

– Non.

– Vous comprendrez mieux quand vous aurez séjourné derrière les barreaux.

– Qu'est-il arrivé quand le corps a été découvert ?

– C'est un certain Edward Morgan Rabineau qui a été accusé. Il avait déjà pris perpète pour un double homicide, et les autorités lui ont collé le meurtre sur le dos, mais je sais pas trop quelles preuves elles avaient. Moi, j'ai rien remarqué quand… quand je me suis penché vers le mort. Bref. Ce que je voulais vous dire, c'est que Ted Rabineau est toujours en taule, et qu'à mon avis il en sortira jamais. »

Billy Rain attendit une remarque de la part de Quinn, mais celui-ci demeura silencieux un long moment, le mettant mal à l'aise.

« On va prendre l'air ? » proposa-t-il enfin en se levant. Quinn préférait poursuivre la conversation à l'extérieur.

Ils remontèrent leur col et s'accoudèrent au bastingage. Devant eux, l'île de Bainbridge se rapprochait rapidement.

« Racontez-moi tout ce dont vous vous souvenez, monsieur Rain. »

Le meurtrier avait agi vite, avec ordre et méthode. Il avait apporté un bandeau et une corde, ce qui était en soi inhabituel : en prison, quand on veut se débarrasser de quelqu'un, on lui plante une lame entre les omoplates ou sous le sternum, avant de décamper.

« Qui était la victime ? demanda Quinn.

– Un pyromane, George Pathune. Un jeune qui était là depuis peut-être trois mois.

– Et c'est ce Rabineau qui l'a attaqué ? »

Rain s'absorba dans la contemplation de la mer. Il avait du mal à se remémorer le visage de l'agresseur ; il ne l'avait aperçu que quelques secondes, et la peur l'avait empêché de graver les détails dans sa mémoire.

« J'en sais rien, avoua-t-il. Même si ma vie en dépendait, je pourrais pas le jurer. Y me semble que Rabineau était plus grand et plus costaud. Quoi qu'il en soit, il avait rien de spécial, c'était pas le genre de type qu'on regarde à deux fois en temps normal... Je suis pas certain que je pourrais le reconnaître aujourd'hui.

– Je suis sûr que si.

– C'est vous qui le dites.

– Pourquoi Rabineau aurait-il voulu tuer ce gars ?

– Aucune idée.

– D'après vous, ce ne serait pas lui l'agresseur ?

– Je vous répète que j'en sais rien. En attendant, j'ai bien vu dans quel état était le corps de Pathune. Alors si c'est pas votre client qui a fait le coup, et si c'est pas Rabineau non plus, c'est forcément quelqu'un d'autre. »

John Cameron n'avait jamais mis les pieds dans une prison d'État, et Edward Morgan Rabineau n'avait pas quitté la sienne depuis des années. Quinn sentit qu'il tenait désormais une piste, ou du moins une ébauche de piste.

« Pourquoi ne pas avoir averti la police, monsieur Rain ?

– Les flics m'auraient pas écouté. Tout ce qu'ils veulent, c'est alpaguer votre client. Sans compter que je suis en conditionnelle. Vous croyez vraiment qu'ils m'auraient pris au sérieux ?

– Je vois. Vous aviez fait quoi, pour être envoyé à McCoy ? »

Rain haussa les épaules. « La dernière fois, vous voulez dire ? »

Le ferry allait accoster d'une minute à l'autre.

« Je préfère vous prévenir, reprit Billy Rain. J'ai écrit une lettre à mon avocat, qu'il devrait recevoir lundi. S'il m'arrive quelque chose maintenant, ou si vous essayez de me rouler, il vous laissera pas vous en tirer.

– Moi aussi, je préfère vous prévenir : je pense que vous m'avez dit la vérité, mais si je découvre que vous m'avez menti pour toucher la récompense, ou que vous avez dissimulé des informations importantes, je vous taillerai en pièces.

– Ben comme ça, on sait tous les deux à quoi s'en tenir.

– Exact. »

Rain fut soulagé de descendre du ferry. Il avait les mains tremblantes. Nathan Quinn regarda les vagues lécher la coque. « *Au plus fort de l'été, quand l'air embaume le doux parfum des fleurs écloses…* »

Nathan Quinn retourna à l'intérieur, se commanda un autre thé puis alla se rasseoir sur le même banc. Un règlement de comptes en prison. À l'époque, les journaux n'avaient pas dû donner de détails… Ainsi, personne n'avait pu faire le rapprochement entre ce meurtre et le massacre d'une famille dans une banlieue aisée.

Le rapprochement… Des bandeaux, des liens en cuir et du sang sur les oreillers. Quinn avala une gorgée de thé en regrettant de ne pas avoir la possibilité de l'additionner d'une dose de bourbon. Une double dose, même.

Il allait charger Tod Hollis de se renseigner du côté de la prison. Ils avaient besoin d'en savoir le plus possible sur la mort de George Pathune, et l'établissement avait certainement conservé le rapport d'enquête dans ses archives.

Quinn appela le détective pour lui parler de Billy Rain.

« Je préfère vous dire tout de suite qu'on va devoir se battre pour parvenir à consulter leurs dossiers, souligna Hollis.

– Je sais, mais il faut absolument qu'on réussisse. Vous ne voyez pas un moyen de contourner le problème ?

– Je connais un gars à McCoy qui me doit un service ; je peux lui en toucher deux mots, de façon informelle. Je vais aussi me pencher sur le casier de ce Billy Rain. Vous croyez qu'il est fiable ?

– Je crois surtout que ce qu'il a vu l'a tellement effrayé que seule la perspective d'une récompense pouvait le faire sortir de son silence.

– Vous pensez que Rabineau a été piégé, c'est ça ?

– Oui.

– Par la même personne qui cherche aujourd'hui à piéger Cameron ? »

Durant quelques secondes, Hollis n'entendit rien d'autre que le message diffusé par le haut-parleur du ferry.

« Oui, répondit enfin Quinn.

– Vous comptez le mettre au courant ?

– Tod…

– Je lis les journaux, Nathan.

– Je comprends. Rappelez-moi quand vous aurez quelque chose, d'accord ?

– D'accord. »

Ils raccrochèrent.

Il existait une foule de sujets dont Nathan Quinn et John Cameron n'avaient jamais parlé et ne parleraient jamais. Ces frontières-là, ils les avaient établies longtemps auparavant. Si, depuis quelques années, Quinn avait sincèrement cru que les choses avaient changé et que leur accord tacite était devenu caduc, il y avait aujourd'hui trois cadavres à Los Angeles et un à Seattle qui pouvaient témoigner du contraire. Cette fois, il était temps d'oublier les règles. Il composa un numéro de téléphone sur son portable, entra un code et raccrocha. Deux minutes plus tard, le combiné sonnait.

« Il faut qu'on se voie », dit-il.

Le soleil s'était couché lorsque Quinn rentra chez lui. Il était d'abord passé récupérer sa voiture dans le parking de la tour Stern. Il lui arrivait d'oublier pendant quelques heures, puis soudain il se rappelait que Jimmy était mort, de même qu'Annie, John et David. Ils avaient tous disparu. Et cette pensée lui faisait l'effet d'un coup de poing à l'estomac. Dans ces moments-là, Nathan Quinn s'expliquait mieux la colère et le Dieu de l'Ancien Testament. Mais il n'y avait pas de place pour eux dans sa vie : sa maison se situait dans un quartier privilégié, et son travail était défini et protégé par la loi. En attendant, ses amis avaient été assassinés, et aucun juge ne pourrait les ramener à la vie.

Il déverrouilla la porte, puis pénétra dans la maison, désactiva l'alarme dans la pénombre et se dirigea vers la cuisine. Il posa son sac de courses sur la table, en sortit une bouteille de Johnnie Walker Black Label et dévissa le bouchon.

« Tu m'accompagnes ? demanda-t-il.

– Oui, merci », répondit John Cameron.

Les stores étaient baissés, et la seule source de lumière provenait de la lampe au-dessus de la table devant laquelle il était assis. Lorsque Quinn alla chercher deux verres dans un placard, Cameron se leva pour le rejoindre. Il portait un col roulé noir sur un pantalon brun foncé, ses cheveux avaient retrouvé leur couleur naturelle et il avait rasé son bouc.

Quinn leur servit deux généreuses doses de whisky. Au moment où son ami prenait l'un des verres, il remarqua les cicatrices sur sa main. D'habitude, il ne les voyait même plus, mais ce soir-là elles lui semblèrent étrangement pâles.

La maison de Nathan Quinn était l'un des rares endroits au monde où Cameron se sentait parfaitement à l'aise. Les deux hommes s'installèrent à la table de la cuisine, comme ils le faisaient toujours, et laissèrent se prolonger quelques instants un silence dénué de tension.

« Comment s'est passée ta journée ? » s'enquit Cameron, avant de boire une gorgée d'alcool.

Quinn sourit. Les yeux de son interlocuteur étaient d'une nuance ambrée plus foncée que le whisky.

La dernière fois qu'ils avaient pris place à cette même table, Quinn lui avait annoncé le meurtre de James et de sa famille. Ils levèrent leurs verres et les vidèrent. Cameron les resservit.

« J'ai rencontré le témoin d'un homicide qui présente de fortes similitudes avec l'affaire en cours », révéla Quinn.

Cameron hocha lentement la tête.

« C'est arrivé à McCoy il y a trois ans et demi. Le meurtre a été mis sur le compte d'un condamné à perpétuité qui est toujours là-bas, mais le témoin a des doutes.

– C'est un ex-détenu ?

– Oui. Il n'a jamais raconté ce qu'il avait vu.

– Il s'appelle comment ?

– Billy Rain.

– Billy Rain…

– Tu le connais ?

– Non, mais j'ai entendu parler de lui.

– Il a décidé de m'appeler en découvrant l'offre de récompense. Il s'est dit, à juste titre, que je serais plus motivé que la police pour agir.

– Tu le crois ?

– Oui.

– O.K.

– Hollis va se renseigner.

– Hollis ?

– On fera ce qu'il faut. »

Un court silence s'ensuivit.

« Parle-moi de ce meurtre, Nathan. »

Celui-ci s'exécuta, et Cameron l'écouta attentivement. Ils ne touchèrent plus, ni l'un ni l'autre, à leur verre.

« Donc, il était en prison à une heure d'ici, conclut Cameron lorsque son ami se tut.

– Les enquêteurs ont dû faire une recherche dans le VICAP, sans rien obtenir. Pourquoi aurait-on entré cet homicide dans la base de données, puisque le coupable était déjà derrière les barreaux ? On va tâcher de réduire le champ d'investigation en essayant de déterminer quel crime l'assassin aurait pu commettre, l'âge qu'il pourrait avoir, la date à laquelle il a été libéré… On le coincera.

– J'aimerais m'entretenir avec Hollis.

– Ce n'est pas une bonne idée.

– Nathan…

– Je compte porter tous ces éléments à la juge pour la convaincre d'abandonner les charges contre toi. C'est ma priorité.

– Je comprends. Tu sais pourquoi cet homme s'en est pris à Jimmy ? »

Quinn ne répondit pas.

« Pour attirer mon attention », poursuivit Cameron. Il marqua une pause. « Et tu sais pourquoi il a attaqué ces deux inspecteurs ? »

De nouveau, Quinn garda le silence.

« Pour leur donner l'arme du crime. Je suis prêt à parier que, en ce moment même, la Balistique compare les douilles à celles découvertes dans la maison de Jimmy. Résultat, je vais être accusé d'avoir expédié un flic à l'hôpital dans un état critique et d'en avoir tabassé un autre. » Cameron s'accorda une gorgée de whisky. « Je pense que tu devrais quitter la ville.

– Pas question.

– Cet homme que j'ai hâte de rencontrer va s'en prendre à toi, Nathan. On ne sait pas ce qui va se passer à l'expiration du délai de treize jours.

– Il ne m'a pas encore dit ce qu'il voulait. Je vais recevoir d'autres messages, j'imagine.

– Je peux y jeter un coup d'œil ? »

Quinn alla les chercher et les posa sur la table, entre eux.

Cameron examina les cartes une par une en prenant soin de ne pas toucher aux pochettes. Puis, sans les quitter des yeux, il répéta :

« Tu devrais quitter la ville.

– Je ne suis pas en danger.

ce n'était pas de la légitime défense et qu'elle aurait très bien pu le quitter avant d'en arriver là.

– Sauf qu'elle ne l'a pas fait. Qu'est-ce qu'elle risque ? »

Nathan Quinn s'essuya les mains sur sa serviette en papier. Ce n'était pas la première fois qu'il avait ce genre de conversation avec Jack, sur l'équité et la justice dans le monde, ou, de temps à autre, sur leur cruelle absence.

« La prison ferme, déclara-t-il.

– Pas la peine de mort ?

– Non. Il y a des circonstances atténuantes. »

Une activité débordante régnait dans le restaurant pour le service de midi. Quand un serveur lâcha un plateau de verres, le fracas suscita une vague d'acclamations et d'applaudissements. Mais Cameron n'y prêta pas attention.

« Dans quel cas tu réclamerais la peine de mort, alors ? demanda-t-il avant de mordre dans son sandwich.

– Tu peux me dire d'où te vient cet intérêt soudain pour mon boulot ? »

Pour toute réponse, Cameron se borna à hausser les épaules.

« Eh bien, dans les affaires d'homicide où il y a clairement intention de tuer ou de nuire gravement à l'intégrité physique de la victime, expliqua Quinn. Ou si on peut prouver la préméditation. Ou encore, en cas de délit aggravé, comme un braquage, un incendie criminel… »

Ou un kidnapping d'enfants… Le terme, informulé, résonna pourtant entre eux.

« Et que se passe-t-il quand tu n'as pas suffisamment d'éléments dans ton dossier ?

– De quoi on parle au juste, Jack ?

– Si tu n'as pas assez de preuves pour poursuivre quelqu'un, mais que tu es convaincu qu'il est coupable, qu'est-ce que tu fais ?

– Je me remets au boulot jusqu'à les trouver.

– Sauf que, parfois, tu ne trouves rien.

– C'est vrai. »

Cameron saisit son verre. De son côté, Quinn ne voyait toujours pas où son ami voulait en venir.

« Quelle valeur t'accordes aux déclarations des témoins ? reprit Cameron.

– En théorie ?

– Oui.

– Et en l'absence de preuves matérielles ?

– Oui.

– Difficile à dire. Un bon avocat de la défense est capable de démolir n'importe quel témoignage. »

Cameron hocha la tête.

« Mais nous, on est les gentils, et on envoie les méchants à l'ombre, reprit Quinn. En gros, c'est mon job. T'as suivi l'affaire dans la presse, c'est ça ?

– C'est ça.

– Tu devrais assister à une audience, un de ces jours. Tu te rendras compte par toi-même de ce qu'il en est. »

Un petit sourire éclaira les traits de Cameron. « J'y penserai. C'est juste que, dans les journaux, on laisse entendre que cette fille avait des raisons valables de faire ce qu'elle a fait.

– Des raisons valables ? La formule est intéressante… Le problème, c'est qu'elle aurait très bien pu quitter cet homme. Ou s'adresser à l'une des nombreuses associations qui aident les victimes de violences domestiques. Elle n'était pas obligée de le tuer.

– Elle se disait peut-être qu'elle n'avait pas le choix…

– Pour moi, ce qui lui est arrivé dans sa vie est dramatique, mais la mort de son petit ami ne pouvait pas compenser les drames de sa jeunesse. Ça n'a rien effacé.

– T'en es convaincu, hein ? »

Quinn termina son verre. Il n'avait jamais pris Jack pour un gamin, même si c'en était encore un. « Où veux-tu en venir ?

– Quelle est l'expression consacrée, Nathan ? On parle bien d'un "homicide justifiable", non ?

– C'est différent.

« Bonjour, monsieur, c'est Alice Madison. Je viens d'avoir Spencer au téléphone. Il a déjà fait procéder à la comparaison des douilles. Il faut que je l'avertisse.

– Alice ! Comment allez-vous ?

– Bien, monsieur, merci. Mais pour en revenir à Spencer…

– Vous avez appelé l'hôpital ?

– Oui. J'irai plus tard.

– Ils n'autorisent que les visites de la famille.

– Je sais. Monsieur…

– Écoutez-moi : est-ce que quelque chose a changé entre la nuit dernière et ce matin ?

– Non, mais Spencer ne peut pas rester dans l'ignorance. Il pense que c'est Cameron qui a tiré sur Brown, et je n'y crois pas une seconde.

– Y a-t-il eu des faits nouveaux, Madison ? Êtes-vous en mesure de me livrer autre chose qu'une simple intuition requérant un effort d'imagination ?

– Non.

– Alors laissez Spencer travailler sur les éléments dont il dispose. »

Le silence se prolongea entre eux. Alice regarda les documents et les notes rassemblés sur la table, qui lui apparaissaient maintenant comme de bien piètres ressources. Si son raisonnement lui avait semblé solide à trois heures du matin, à présent elle n'était plus aussi sûre d'elle.

« D'accord, finit-elle par dire. Mais permettez-moi au moins de reconsidérer l'affaire sous cet angle.

– Vous êtes en arrêt, inspecteur. La façon dont vous occupez votre temps ne me regarde pas.

– Bon.

– Encore une chose : quoi que vous fassiez, faites-le vite.

– Oui, monsieur. »

Et merci beaucoup, vraiment, ajouta-t-elle in petto en raccrochant. Elle n'informerait pas Spencer tout de suite, mais peut-être y serait-elle contrainte à plus ou moins brève échéance, et tant pis si Fynn décidait de la renvoyer à la Circulation.

Quand son téléphone sonna, quelques instants plus tard, son « Allô » fut sans doute un brin plus cassant que de coutume.

« Alice ? »

C'était Rachel. La voix de la raison dans un monde qui ne tournait plus rond.

« Salut…

– Oh, ma chérie… J'ai entendu la nouvelle aux informations, et je voulais t'appeler plus tôt mais j'avais peur de te réveiller. J'ai même failli faire un saut chez toi pour m'assurer que tout allait bien, en me disant que je me servirais des clés que tu m'as données. J'ai quand même préféré attendre, parce que je ne voulais pas te surprendre alors que tu dormais…

– Ne t'inquiète pas, je n'ai que quelques bleus.

– Comment va ton coéquipier ?

– Mal, hélas.

– Je suis tellement désolée… Tu veux que je vienne ?

– Pas maintenant. J'ai encore des trucs à finir, et il faut que j'aille à l'hôpital tout à l'heure. Je te le répète, tu n'as aucune raison de t'inquiéter.

– Tu travailles ? s'étonna Rachel.

– Je triais des papiers, c'est tout », prétendit Alice.

Elle ne pourrait pas abuser son amie longtemps, elle le savait. Rachel avait des années d'expérience dans le soutien clinique aux victimes de traumatismes.

« Tu me racontes ?

– Ça s'est passé vite, répondit Alice. Très vite, même. C'était déjà fini avant que je me rende compte de ce qui arrivait.

– Tu sais que tu peux m'en parler quand tu veux, hein ?

– Oui.

– Tu devrais te reposer. Pourquoi tu ne viendrais pas manger à la maison, plus tard ?

– Bonne idée. Merci.

– Écoute, Tommy a entendu certaines choses, et il pense que tu as eu un accident de voiture comme son oncle Robert. Je ne vais pas le détromper pour le moment.

– Je comprends.

– Pas d'imprudences, surtout.

– D'accord. Ne t'en fais pas.

– Et appelle un taxi pour aller à l'hôpital. Évite de conduire, s'il te plaît.

– Oui. Ne t'en fais pas », répéta Alice.

Son café avait refroidi dans l'intervalle, et ce fut seulement en entrant dans la cuisine pour remplir sa tasse qu'elle mesura à quel point elle était affamée. L'intérieur de son frigo se révéla cependant aussi déprimant que celui du poste, les risques d'intoxication alimentaire en moins. Elle finit par dénicher trois œufs qui n'avaient pas dépassé la date limite de consommation, les cassa dans une poêle et les remua à l'aide d'une spatule. Lorsqu'elle voulut soulever la poêle de la main droite, elle dut y renoncer, son bras blessé refusant tout effort. Elle se débrouilla avec le gauche pour verser les œufs brouillés sur une assiette, qu'elle emporta dans la salle à manger en même temps qu'un café frais et un morceau de pain.

Compte tenu du décalage horaire avec la Virginie, elle pourrait peut-être joindre Fred Kamen à son domicile. Elle chercha à la lettre « K » dans le Rolodex de Brown, sans succès. Ses coordonnées ne figuraient pas non plus à la lettre « F ».

O.K., on reprend tout depuis le début. Elle feuilletait les cartes quand elle s'aperçut que si le premier nom commençait par un « A », le deuxième débutait par un « F » et le troisième par un « T ». Donc, Brown les avait classés en fonction de la fréquence des communications. La carte de Kamen arrivait en cinquième position.

Tout en terminant ses œufs, Alice contempla le numéro que son coéquipier avait inscrit d'une écriture appliquée. Elle avait intérêt à soigner son entrée en matière, car Fred Kamen était désormais la seule personne avec qui elle pouvait parler de l'affaire.

Elle avait eu moins de vingt-quatre heures depuis l'agression pour rassembler ses esprits. C'était peu. Elle récapitula rapidement tous les événements survenus depuis le lundi : ce qu'ils avaient fait, ce qu'ils avaient découvert, avec qui ils s'étaient entretenus…

Enfin, elle composa le numéro. Les sonneries se succédèrent un long moment, puis il y eut un léger déclic, et elle se prépara à laisser un message.

« Allô ? » C'était une voix d'homme.

« Bonjour, je m'appelle Alice Madison, je travaille pour la police de Seattle. Pourrais-je parler à Fred Kamen, s'il vous plaît ? »

Un court silence.

« Je sais qui vous êtes. Ne quittez pas, je transfère l'appel dans mon bureau. »

Encore un déclic. Trente secondes plus tard, la voix de Kamen s'élevait de nouveau dans le combiné. Elle était plus grave que dans le souvenir qu'avait gardé Alice de ses cours à la fac, et se teintait d'inflexions raffinées plus typiques d'un professeur de Harvard que d'un agent du FBI de la côte Est.

« J'ai appris la nouvelle au journal télévisé, déclara-t-il. Comment va Brown ?

– Mal. Il a été transféré en Soins intensifs après l'intervention, mais il est toujours sous assistance respiratoire, et les médecins ne se prononcent pas. Il va falloir attendre qu'il se réveille pour… Bref, on ne peut rien faire d'autre qu'attendre.

– Et vous ? Vous tenez le coup ?

– Ça va, monsieur, merci. Voilà, si je me permets de vous appeler, c'est parce que, avant de tomber dans cette embuscade, on a beaucoup discuté avec Brown. À propos de l'homme qui a tenté de faire accuser Cameron du meurtre des Sinclair.

– Je vois.

– Et je pense que c'est lui, le véritable assassin de cette famille, qui a tiré sur mon partenaire hier. Alors, j'aurais besoin de savoir tout ce que vous vous êtes dit sur ce sujet, Brown et vous.

– Vous en avez parlé au lieutenant Fynn ?

– Oui. Je peux continuer à enquêter. En principe, je suis en arrêt, mais Fynn ne renoncera pas à poursuivre Cameron sans preuves solides.

– C'est pour cette raison que Brown hésitait à aller le trouver, il y a quelques jours.

– Il m'a parlé des indices semés par le tueur. D'après lui, s'ils sont censés nous conduire jusqu'à Cameron, on devrait pouvoir suivre la piste en sens inverse pour remonter jusqu'au meurtrier.

– C'est ça. La tâche que ce dernier s'est fixée n'a qu'un objectif : la destruction de sa cible par tous les moyens possibles. Mais la façon dont il l'atteindra dépendra avant tout de ses impulsions et des ressources dont il disposera au moment de frapper.

– On va bientôt recevoir la liste de tous les candidats refusés par l'École de police.

– Parfait. Autre chose, inspecteur : il est important que vous commenciez à considérer Cameron comme une victime. Vous devez vous demander comment le meurtrier l'a choisi, comment il a eu connaissance de ses points faibles et comment il a utilisé des indices pour le compromettre. Dans toute affaire criminelle, on essaie d'abord de déterminer ce qui a pu guider le choix de la victime. Cette règle s'applique aussi dans le cas présent, même si la situation est inhabituelle.

– C'est un sacré changement de perspective !

– J'en ai conscience.

– Cet homme, l'assassin… il est méticuleux, il devait préparer son coup depuis des mois. Et il n'a pas hésité à attaquer deux policiers. À mon avis, ce n'est pas la première fois qu'il passe à l'acte. On n'arrive pas à ce degré de – j'allais dire de "compétence" –, sans avoir peaufiné ses talents au préalable.

– Tout à fait d'accord, approuva Kamen. Ça ne m'étonnerait pas qu'il se soit entraîné avant de s'en prendre à Cameron.

– Notre agresseur devait avoir entre trente-cinq et quarante ans, voire un peu plus. Il était calme, maître de lui ; rien ne nous a paru anormal quand on l'a rejoint dans la rue. Il nous attendait bien tranquillement, c'est tout. »

Kamen marqua une brève pause. « Est-ce vous qui avez répondu à son appel ?

– Oui.

– Avait-il aussi le numéro de Brown ? »

Alice s'accorda un instant de réflexion.

« Oui, le voisin de Cameron avait nos deux cartes. Le meurtrier nous a sûrement vus nous entretenir avec lui.

– Mais c'est vous qu'il a appelée.

– Exact. Et c'est moi qui ai entraîné Brown dans ce piège.

– Non, il vous a téléphoné et il a tiré sur Brown. Il aurait pu lui téléphoner et vous abattre tous les deux. Ai-je raison de supposer qu'il était en position de vous éliminer aussi ?

– Oui.

– Il a tranché. Cet homme ne fait rien qu'il n'ait soigneusement planifié et répété. Vous êtes vivante parce qu'il voulait vous épargner.

– Je sais.

– Votre domicile est-il placé sous surveillance ?

– Je ne crois pas que ce soit nécessaire. Vous l'avez dit vous-même : il aurait pu me tuer hier.

– Oui, mais il existe certaines caractéristiques communes aux individus de ce genre, ceux qu'on décrit comme organisés jusqu'à l'obsession, et je ne serais pas surpris qu'il rôde autour de chez vous, pour voir si votre voiture est garée dans l'allée, ou si vous vous remettez de vos blessures…

– Je comprends, répliqua Alice, peut-être un peu trop vite. J'ouvrirai l'œil.

– Bien. Bon, puisqu'il faut un point de départ, à votre place je me concentrerais sur Cameron.

– Oh, je donnerais cher pour avoir une petite conversation avec lui, je vous assure…

– Je m'en doute.

– En tout cas, merci, monsieur Kamen. J'apprécie que vous m'ayez répondu.

– Vous pouvez m'appeler quand vous voulez. Vous avez mon numéro de portable ?

– Oui.

– N'hésitez pas à vous en servir. »

Dans sa chambre, elle ouvrit son coffre-fort et en sortit son arme personnelle, un calibre 45 compact qu'elle pouvait porter discrètement. Elle le glissa dans un petit holster dissimulé derrière sa hanche gauche, remit son attelle et troqua son sweat-shirt à capuche contre un pull noir et un blazer dont elle laissa les pans ouverts pour ne pas révéler la présence de l'étui.

Après avoir vérifié que toutes les fenêtres étaient fermées, elle activa l'alarme et verrouilla la porte d'entrée. L'air était vif, et l'odeur de la mer lui parvenait de derrière les arbres. Elle s'apprêtait à monter dans sa voiture quand elle entendit le véhicule bleu et blanc freiner devant l'allée.

L'agent Giordano en descendit. « Vous voulez que je vous dépose quelque part, inspecteur ?

– Non, merci.

– Vous allez à l'hôpital ?

– Oui.

– Franchement, vous feriez mieux de monter avec moi. Ça vous éviterait d'avoir à solliciter votre bras. »

Elle hésita. Valait-il mieux prendre le volant, quitte à peiner pour conduire, ou accepter l'aide qu'on lui offrait ?

Elle finit par monter à l'arrière de la voiture de patrouille, et, arrivée devant l'hôpital Northwest, remercia chaleureusement l'agent Giordano et son coéquipier.

Deux policiers avaient été postés au rez-de-chaussée. Alice prit l'ascenseur jusqu'à l'étage des Soins intensifs, et se dirigeait vers le bureau d'accueil pour se renseigner, quand elle repéra un agent en uniforme devant une porte au bout du couloir.

Au même moment, une femme sortit de la chambre. Elle avait les mêmes yeux et les mêmes cheveux blond vénitien que Brown. Alice s'avança à sa rencontre.

« Bonjour, je m'appelle Alice Madison.

– Vous êtes la partenaire de Kevin, c'est ça ?

– Oui.

– Ellen McCormick. Sa sœur.

– Comment va-t-il ?

– Son état est stable, mais je serais plus rassurée s'il parvenait à respirer sans assistance. »

Âgée d'une cinquantaine d'années, Ellen McCormick arborait un T-shirt blanc sous un élégant tailleur bleu marine. Son visage respirait la franchise et elle s'exprimait sans détour. « Je suis médecin, expliqua-t-elle. Ce qui, dans le cas présent, est à la fois une bénédiction et une malédiction.

– Je comprends.

– Je partais me chercher un café. Vous m'accompagnez ?

– Avec plaisir. »

Ellen McCormick s'adressa au policier en uniforme. « Je reviens dans cinq minutes.

– Personne n'entrera, madame, ne vous inquiétez pas. »

Alice, qui avait eu l'intention d'entrer quand même, comprit que la sœur de Brown s'en doutait. Ellen McCormick était un peu plus petite qu'elle, et beaucoup plus âgée, mais elle la sentait capable de faire preuve d'une détermination inébranlable. Elles montèrent ensemble dans l'ascenseur, et, lorsqu'elles furent seules, Ellen McCormick déclara : « On vous a tendu un piège.

– Exact, confirma Alice. Le lieutenant Fynn vous a expliqué ?

– Oui. » Sa compagne survola du regard ses blessures.

« Depuis combien de temps travaillez-vous à la Criminelle ?

– Pourquoi cette question ?

– Vous êtes plus jeune que je ne l'imaginais. Je me demande si vous avez suffisamment d'expérience pour vous lancer à la poursuite de l'agresseur.

– J'apprécie votre franchise. »

Une lueur farouche brillait dans les yeux d'Ellen McCormick. Quand elle reprit la parole, sa voix était chargée d'une colère contenue.

« Votre supérieur m'a garanti que tous les effectifs étaient mobilisés pour chercher cet homme et qu'il serait arrêté. Un jour, il y a des années de ça, le partenaire de Kevin a été abattu au cours d'une tentative de braquage. Le tireur a réussi à s'échapper, mais mon frère l'a traqué et appréhendé trois jours plus tard. Il ne l'a pas frappé, il n'a même pas porté la main sur lui, et à ma connaissance ce salopard est toujours sous les verrous. Je me fiche pas mal du sort que vous réserverez à cet individu quand vous l'aurez attrapé, j'ai juste besoin d'être sûre que vous ne renoncerez pas avant d'y être parvenue. C'est ce que mon frère aurait fait pour vous.

– Je sais.

– Vous devez veiller personnellement à ce que tout soit mis en œuvre pour empêcher ce monstre de nuire. Vous me le promettez ? »

Alice hocha la tête.

« Vous ne travaillez pas avec Kevin depuis longtemps, n'est-ce pas ?

– Assez longtemps pour avoir compris quel genre d'homme il était. »

La sœur de Brown lui sourit. « Il vous en a fait baver ? »

Le sourire que lui rendit Alice s'évanouit rapidement. « Je trouverai le coupable. »

Ellen McCormick relâcha son souffle. « Vous voulez voir mon frère ? »

Alice poussa doucement la porte et entra. Le battant se referma derrière elle sans un bruit. Ellen McCormick était restée dans le couloir.

La pièce était emplie de moniteurs, de tubes et du sifflement régulier du respirateur artificiel, mais Brown reposait au centre comme s'il était seulement endormi.

Elle s'immobilisa à distance respectueuse. C'était toujours son coéquipier, et leur relation, qui avait son fonctionnement et ses limites propres, n'avait pas changé au cours des vingt-quatre heures écoulées.

La seule tache de couleur sur le lit était la chevelure blond roux du blessé, visible au-dessus du masque à oxygène.

Il paraissait étrange à Alice de se tenir là, si près de lui, alors qu'elle le savait d'un tempérament réservé et plutôt pudique ; sans doute n'aurait-il pas aimé qu'on le voie dans cet état.

Elle enfonça les mains dans les poches de sa veste. Elle n'avait pas avalé d'antalgiques avant de partir, mais, de toute façon, il n'existait à sa connaissance aucune pilule capable d'atténuer la douleur qu'elle ressentait.

Elle finit par prendre la parole, parce que c'était pour elle une façon de justifier sa présence. L'oxygène qui circulait à travers la machine rythmait ses propos.

« J'ai parlé à Kamen ce matin. Il s'est montré très coopératif : il m'a donné des idées, des pistes à explorer. Le boss est d'accord pour me laisser poursuivre discrètement mes recherches, mais il ne renonce pas à traquer Cameron. Il faut que je lui apporte quelque chose, et, crois-moi, j'ai intérêt à ce que ce soit du solide. »

Elle fit un pas vers lui.

« C'est Spencer qui est responsable de l'enquête, désormais. Je ne suis pas censée le mettre au courant, Fynn ne veut pas qu'on l'influence, sauf que je ne sais pas si je pourrai me taire. Bon sang, si seulement j'arrivais à comprendre ce qui se passe... »

Les lunettes de Brown étaient placées sur la table de chevet, à côté d'une tasse retournée et d'un pichet d'eau. Alice remarqua un soupçon de barbe sur les joues de son coéquipier, plus foncé que ses cheveux parsemés de gris.

« Les douilles ont été comparées à celles retrouvées chez les Sinclair, continua-t-elle. C'est la même arme : le calibre 22 qui a servi à tuer les enfants. Je vais me plonger dans les dossiers que t'as demandés à l'École de police et je harcèlerai Sorensen. »

Il lui aurait suffi de tendre le bras pour le toucher. Elle préféra s'abstenir, se bornant à le regarder en silence. Elle n'avait pas besoin de lui faire de promesses, et elle ne voyait rien à ajouter qu'il ne sache déjà. Durant quelques instants, elle laissa reposer sa main valide à côté de la sienne, sur le drap blanc.

« Je reviendrai demain », dit-elle.

Dans le couloir, la sœur de Brown parlait à un médecin. Alice croisa son regard, qu'elle sentit peser sur elle jusqu'au moment où les portes de l'ascenseur se refermèrent.

Des taxis stationnaient devant l'entrée principale de l'hôpital. Alice monta dans le premier de la file et donna au chauffeur l'adresse du poste. Ils roulaient depuis quelques minutes quand elle ordonna soudain, faisant tressaillir l'homme au volant :

« Arrêtez-vous.

– Pardon ?

– Vous pourriez vous arrêter, s'il vous plaît ?

– Pourquoi ? Qu'est-ce qui se passe ?

– Vite ! »

Le chauffeur se gara sur le bas-côté, et Alice n'eut que le temps de descendre avant de vomir. Sur la route, les voitures filaient à toute allure. Elle frissonna, l'estomac en feu.

« Je ferais peut-être mieux de vous ramener à l'hôpital, dit le chauffeur. Vous n'avez pas l'air en état de sortir, mademoiselle.

– Désolée. Donnez-moi une minute, ça va aller. » La tête baissée, elle attendit que refluent les vagues de nausée.

Quand elle se redressa, le chauffeur aperçut le holster sur sa hanche.

« Hé, je vous reconnais, vous êtes la policière qu'on a vue à la télé ! » Il s'était adossé à sa voiture, les bras croisés, comme s'il s'était arrêté pour admirer le panorama. « Vous devriez prendre un congé, vous n'avez pas bonne mine.

– J'y penserai, oui. Merci. »

Lorsqu'ils parvinrent à destination, elle le gratifia d'un généreux pourboire pour s'excuser d'avoir failli être malade dans son taxi.

Elle passa moins de cinq minutes au poste, juste le temps de récupérer le courrier dans son casier : deux lettres lui rappelant les audiences prévues au tribunal les semaines suivantes, et une grande enveloppe adressée à Brown qui, elle l'espérait, contenait les dossiers de l'École de police.

Comme elle n'avait pas de sac, elle replia en hâte la grande enveloppe autour des deux plus petites, et, sans plus tarder, quitta le bâtiment. Ce n'était peut-être pas une façon très respectueuse de traiter les précieux envois des services postaux, mais c'était bien le cadet de ses soucis ; son coéquipier, lui, aurait vraisemblablement démoli le casier au poste.

Après avoir parcouru à pied quelques centaines de mètres, elle se sentit mieux. Elle entra dans un bar au moment où il se mettait à pleuvoir. La fatigue avait commencé à altérer sa capacité de concentration ; la caféine lui donnerait un coup de fouet, au moins temporairement. Elle s'assit sur un tabouret près de la vitre embuée, pour boire son café. Dans la salle grouillant de touristes et de citadins qui faisaient leurs courses, personne ne lui prêtait attention.

Elle déplia l'enveloppe destinée à Brown, l'ouvrit, et en sortit le document attendu : une liste de noms qui s'étendait sur plusieurs années. Il n'y avait pas de détails, les raisons du refus étant confidentielles. Mais, avec un peu de chance, elle parviendrait à établir un lien entre Cameron et l'un de ces patronymes…

Après avoir feuilleté les différentes pages – il devait y avoir plus de deux cents noms –, elle leva les yeux au ciel ; autant chercher une aiguille dans une botte de foin.

Alors qu'elle s'apprêtait à soulever sa tasse de la main droite, son poignet la rappela brutalement à l'ordre. Bon, elle allait devoir faire travailler la gauche, songea-t-elle en écartant les doigts, avant de serrer le poing. Et le plus tôt serait le mieux.

Elle termina son café et sortit dans l'air froid qui, lui sembla-t-il, réveillait toutes ses douleurs. Mais ses pensées étaient déjà ailleurs, et elle se fraya rapidement un passage à travers la foule sur les trottoirs.

Dans l'obscurité du stand de tir aménagé en sous-sol, Alice Madison, le bras gauche tendu devant elle, logea trois balles dans la cible. Elle se focalisait sur les cercles concentriques dans lesquels elle avait appris à tirer : ceux du milieu représentaient le torse d'un homme, et il suffisait de remonter de trente-cinq centimètres pour viser la tête.

Il faisait frais dans la salle, maintenue à la même température toute l'année, et l'éclairage était tamisé entre les postes de tir. C'était un endroit où Alice avait toujours trouvé facile de se vider l'esprit en laissant ses yeux et ses mains faire tout le travail.

Elle pressa lentement la détente, le regard fixé sur les organes de visée, la cible au fond étant relativement floue. Le recul provoqua une secousse dans son bras, comme si elle avait reçu une décharge électrique. Il n'y avait personne à sa gauche, personne à sa droite. Une chance, elle aimait s'entraîner seule. Elle baissa son 45 et ôta ses lunettes de protection. Les tirs étaient bien groupés, mais elle pouvait encore s'améliorer. Elle fit passer l'arme dans sa main droite, assouplit ses doigts presque entièrement couverts par l'attelle et leva le bras. Aussitôt les élancements se déclenchèrent. S'ils étaient supportables, elle ne parviendrait cependant jamais à atteindre la cible dans ces conditions.

Elle inspira profondément, passa le pistolet dans sa main gauche, et pressa la détente au moment où elle relâchait son souffle. Une première fois, une deuxième, une troisième…

Leur agresseur était grand. Elle se rappelait sa voix dans la rue déserte lorsqu'elle était sortie de la voiture avec Brown. « Agent Mason », avait-il dit. Un peu plus d'un mètre quatre-vingts. Corps noueux, visage quelconque. Quant à ses cheveux… elle ne s'en souvenait pas, d'autant qu'il portait une casquette. Serait-elle capable de le reconnaître si elle le revoyait ?

Inspire, expire, tire. Baisse ton arme et recommence.

Elle avait raconté l'embuscade en détail à ses collègues, mais jusque-là ne s'était pas rejoué la scène dans sa tête pour s'en remémorer toute l'intensité. Il lui paraissait étrangement approprié de le faire en cet instant, alors qu'elle vidait son chargeur sur sa cible. *Ne pas oublier de le mentionner pendant ma séance avec le psychologue…*, se dit-elle. Elle savait qu'elle serait obligée d'assister au moins à un entretien avant de pouvoir reprendre son poste. Une simple formalité.

Elle appuya sur l'interrupteur qui commandait le rameneur de cibles, récupéra les restes de celle qu'elle avait déchiquetée, et les posa près d'elle. Puis elle actionna de nouveau l'interrupteur, et une autre cible se dressa devant elle, à une douzaine de mètres de distance. Elle rechargea, le 45 logé dans sa paume droite.

Le premier tir lui procura la même sensation agréable que celle éprouvée quand la balle frappait la batte de base-ball. Un trou parfait s'ouvrit au centre de la cible, et Alice en conçut une certaine satisfaction. Elle songea qu'elle aurait aimé faire ce genre de carton la veille. À un jour près, à un dollar près…, comme aurait dit son grand-père.

Elle aurait peut-être du mal à identifier leur agresseur au milieu d'un groupe de suspects, mais plus elle y pensait, moins elle avait de doutes : ce n'était pas John Cameron qu'ils avaient vu. Ce visage banal, cette petite bouche et ce nez fin n'étaient pas les siens.

La Balistique affirmait que le calibre 22 utilisé contre Brown avait servi à abattre trois membres de la famille Sinclair, et elle ne pouvait aller contre, mais un témoignage oculaire n'en constituait pas moins un argument de poids. Or, elle était en mesure d'innocenter Cameron pour l'agression dont ils avaient été victimes. Par conséquent, elle devait impérativement avoir une conversation avec Spencer.

Le lieutenant Fynn n'allait pas apprécier. Il lui avait demandé de garder pour elle son hypothèse, car il ne voulait surtout pas donner à Quinn des raisons de contester le mandat, et elle n'avait même pas tenu vingt-quatre heures.

Elle fit revenir la cible, dont le centre avait presque disparu, et en installa une nouvelle.

Son corps avait gardé le souvenir de la lutte à la fois brutale et rapide. On nous prépare toujours au pire lors des entraînements, songea-t-elle. Mais ce qu'on ne pourra jamais enseigner aux élèves, c'est la peur et le choc ressentis en cas d'attaque véritable. Avait-elle eu peur ? *Oh, oui…* Pour autant, s'était-elle trouvée dans l'incapacité de raisonner et de réagir ? Elle baissa son 45. *Je poserai la question à Brown quand je retournerai le voir.*

À la fin de la séance, plusieurs cibles en charpie s'entassaient près d'elle et sa main gauche tremblait de fatigue. Elle ôta lunettes et casque puis se retourna, pour découvrir J.-B. Norton, son instructeur, adossé au mur derrière elle. Sa présence lui fit plaisir. C'était un homme tranquille qui ressemblait à un bibliothécaire et qui avait enseigné sa science à plusieurs générations de policiers.

« Salut, J.B.

– On m'a prévenu que t'étais là, alors j'en ai profité pour t'apporter un petit cadeau. » Il lui lança un objet qu'elle rattrapa par réflexe : une balle de rééducation, à malaxer pour muscler sa main gauche. Elle sourit.

« Merci. Je vais en avoir besoin. »

Il ne lui demanda pas comment s'était déroulée la séance. Au lieu de quoi, il ramassa les cibles et les passa en revue pour évaluer la progression.

« On ne te voit plus beaucoup, depuis quelque temps, fit-il sans la regarder.

– Désolée. On a eu un rythme d'enfer.

– Écoute, je voulais juste te dire que t'es capable de tirer en cas de nécessité, d'une main comme de l'autre. » Il saisit la dernière cible entre le pouce et l'index en indiquant le centre transformé en passoire. « Et tu peux te fier à ton jugement, contrairement à certains des cow-boys qui viennent parfois ici. T'as déjà braqué ton arme sur un homme et pressé la détente ?

– Non.

– La plupart des flics n'ont pas à le faire, mais on ne sait jamais… » Ses lunettes luisaient dans la faible luminosité. « Si tu dois en arriver là, vise la poitrine. C'est le meilleur moyen de neutraliser l'adversaire avant qu'il puisse te loger une balle dans le corps. »

Troublée, Alice sentit un frisson lui parcourir l'échine. C'était une perspective effrayante. Elle hocha néanmoins la tête, et Norton s'éloigna.

Après avoir rassemblé ses affaires, elle quitta le stand de tir. L'odeur de la poudre imprégnait encore ses doigts quand elle saisit son portable pour appeler le poste.

Le lieutenant Fynn ne pouvait pas rester assis quand une conversation éprouvait sérieusement sa patience. En cet instant, il était debout. Il avait fermé la porte de son bureau, et Alice, debout elle aussi, avait bien conscience d'assombrir la journée déjà difficile de son supérieur.

« Répétez-moi ça, Madison.

– Voilà, j'ai décidé d'expliquer à Spencer que le signalement du tireur – l'homme qui s'est fait appeler l'agent Mason – mettait Cameron hors de cause. Quelles que soient les conclusions de la Balistique, j'estime nécessaire d'informer Spencer des miennes.

– Vingt-quatre heures de délai, c'était trop vous demander ?

– J'aurais déjà dû lui en parler hier soir à l'hôpital. J'ai eu tort de ne pas le faire.

– Vous voulez dire que c'est moi qui ai eu tort…

– Non, c'est moi. Je n'ai pas donné une description précise de notre agresseur, c'est vrai, mais je suis sûre que ce n'était pas Cameron. »

Le lieutenant Fynn avait bien conscience qu'elle était venue l'avertir par courtoisie et respect. Mais, à ce stade de l'enquête, il aurait préféré avoir affaire à une idiote sans éducation qui se serait contentée de suivre les instructions.

« C'est vraiment ce que vous voulez ? » demanda-t-il, la main sur la poignée. Son intonation lugubre sonnait comme un avertissement.

« Oui.

– Je ne peux pas vous interdire de discuter avec vos collègues. Néanmoins, je ferai tout ce qui est en mon pouvoir pour vous empêcher de compromettre nos investigations. C'est compris ?

– Tout à fait.

– O.K. » Il ouvrit la porte et appela : « Spencer ? Dunne ? Dans mon bureau tout de suite. »

Cela faisait deux jours que Spencer et Dunne n'avaient pas fermé l'œil : ils étaient rentrés chez eux depuis à peine quelques heures quand ils avaient reçu l'appel leur demandant de se rendre sur le site de l'agression, et ils n'avaient pas soufflé depuis. Ils paraissaient éreintés en franchissant le seuil du bureau, mais l'expression sinistre du lieutenant Fynn suffit à les réveiller. Spencer était le responsable de l'enquête, et Dunne son coéquipier ; à ce titre, on ne pouvait pas avertir l'un sans avertir l'autre.

« L'inspecteur Madison a quelque chose à vous dire, annonça Fynn. Vous feriez mieux de vous asseoir. » Lui-même croisa les bras avant de s'adosser à la porte close.

Les deux hommes échangèrent un bref coup d'œil. Alice leur présenta la situation de la manière la plus brève et la plus concise possible. Lorsqu'elle se tut, personne ne pipa mot.

Puis Dunne se passa les mains sur le visage. « Quel bordel ! » dit-il au bout d'un moment.

La réaction de Spencer fut plus difficile à évaluer. Il ne quittait pas Alice des yeux. « T'as une preuve de ce que t'avances, au moins ?

– Non, j'y travaille.

– Autrement dit, t'es en train de démolir ta propre enquête ?

– Je sais que le tireur n'est pas Cameron.

– Tu l'as à peine vu, bon sang ! T'as parlé d'un "visage quelconque", sans caractéristiques particulières. Rien ne te permet d'affirmer que ce n'était pas lui ; ce type change d'apparence tous les jours de la semaine, c'est pas à toi que je vais l'apprendre. Et la photo sur son permis de conduire, alors ?

– J'ai étudié les clichés pendant des jours. Je vous assure, les gars, c'était quelqu'un d'autre.

– Et Brown était d'accord avec toi ? intervint Dunne.

– Absolument. »

Le lieutenant Fynn, silencieux jusque-là, alla se poster au milieu de la pièce.

« Il creusait cette piste, en tout cas, déclara-t-il. Cela dit, on ne peut pas deviner quelle position il aurait adoptée par la suite. Il aurait très bien pu décider qu'il n'y avait pas assez d'indices pour étayer cette hypothèse. De fait, il n'y en a pas un seul. »

Alice ouvrit la bouche pour objecter, mais il la devança.

« Laissez-moi finir, Madison. Il n'aurait peut-être pas continué dans cette voie. Vous ne le savez pas plus que moi.

– Faux. D'ailleurs, il s'apprêtait à vous en parler.

– Le problème, c'est qu'il n'en a pas eu le temps. » Fynn soupira. « Je me suis replongé dans le dossier, j'en ai relu dix fois chaque mot, et je n'ai pas repéré la moindre raison de douter de nos conclusions. Écoutez, Madison, vous venez de vivre une expérience terrible. Vous ne croyez pas que vous bloquez sur ce point à cause de votre loyauté envers votre partenaire ? C'est un excellent flic, il tenait à prendre en compte toutes les éventualités, comme il se doit, mais ce n'en était qu'une parmi d'autres.

– Qu'est-ce que vous essayez de me dire ?

– Vous avez été agressés tous les deux, Brown est grièvement blessé et vous avez perdu votre objectivité. Vous vous sentez coupable parce que vous n'avez pas surveillé ses arrières, et du coup vous faites une fixation sur une possibilité qu'il a mentionnée et sur laquelle il serait sans doute revenu par la suite.

– Vous pensez que je m'obstine parce que je suis stressée ?

– Ça n'aurait rien de surprenant.

– Avec tout le respect que je vous dois, monsieur, c'est n'importe quoi.

– Vous êtes en arrêt de travail, inspecteur. Je vous conseille de rentrer chez vous et de vous reposer.

– Oh, et tout s'arrangera comme par miracle ?

– Vous seriez également bien avisée de changer de ton. »

Spencer et Dunne semblaient captivés par cet échange. Fynn se tourna vers eux. « Merci, messieurs. J'aimerais m'entretenir en privé avec l'inspecteur Madison. » Les deux hommes sortirent.

Alice carra les épaules, se préparant déjà à une rude bataille.

« Combien de temps faudra-t-il, à votre avis ? lui demanda-t-il.

– Pardon ?

– Combien de temps faudra-t-il, à votre avis, pour que cette conversation fasse le tour du poste ? »

Elle secoua la tête.

« Pas longtemps, répondit-il. Autrement dit, toutes vos initiatives seront bientôt sujettes à caution. En outre, vous ne serez pas autorisée à reprendre le travail tant que vous n'aurez pas été évaluée par un expert du syndrome de stress post-traumatique. Et il ne s'agira pas d'une simple formalité.

– Mais c'est… »

Il leva une main. « Et donc, tout ce que vous direz ou ferez à partir de maintenant ne pourra pas être utilisé par Quinn pour contester le mandat.

– Je…

– Vous êtes en pleine phase de déni, et ce n'est pas un cadeau, poursuivit-il. Ce sera inscrit dans votre dossier.

– Je m'en fiche.

– Je m'en doutais. »

Au moment de quitter la pièce, elle se retourna. « Brown n'aurait pas changé d'avis.

– Rentrez chez vous, Madison », répéta-t-il, d'un ton qui n'était cependant pas dénué de bienveillance.

Spencer l'attendait près du bureau. Il lui fit signe de le suivre, et ils entrèrent dans la salle de repos.

« Tu penses vraiment tout ce que t'as dit ?

– Tu m'as entendue, non ? Je n'ai rien d'autre à ajouter pour le moment. »

Spencer était calme et posé. S'il y avait bien quelqu'un qu'elle pouvait espérer convaincre, c'était lui.

« Tu le penses vraiment ? » insista-t-il.

Brusquement, elle sentit tout le poids de la fatigue s'abattre sur elle. « L'assassin a changé les entraves de Sinclair pour pouvoir y glisser les poils.

– Mais ça n'explique rien.

– Non. »

Ils se turent. Spencer alla ouvrir le réfrigérateur, en sortit une petite brique de jus de fruits semblable à celles qu'affectionnent les enfants, et perça l'opercule à l'aide de la minuscule paille. Il avait l'air songeur, comme s'il hésitait à lui révéler certaines informations.

« On a une piste du côté de la police portuaire, déclara-t-il enfin. T'avais raison pour le bateau. »

Alice en fut à la fois soulagée et navrée. « J'ai besoin de temps pour essayer de démêler tout ça.

– Pas sûr que t'en aies beaucoup, observa Spencer.

– Tu peux m'en dire plus sur ce que vous avez découvert ? »

Il esquissa un mouvement de dénégation. « Je ne pense pas que ce soit une bonne idée dans l'immédiat. Rentre chez toi et fais ce que t'as à faire. On verra bien qui obtiendra des résultats le premier. »

Dehors, le soleil avait décidé de battre en retraite et le ciel était d'un blanc annonciateur de neige. Alice héla un taxi. Une fois installée sur la banquette arrière, elle sortit son téléphone et, la nuque calée contre le dossier, chercha un numéro.

« Rachel ? Désolée, je ne serais pas de bonne compagnie ce soir. Je viendrai un autre jour. Mais merci pour l'invitation.

– Je passerai quand même t'apporter quelque chose à grignoter, d'accord ? Comme ça, Tommy aura l'occasion de t'embrasser. »

Rachel arriva avec un plat de lasagnes. Les deux amies ouvrirent chacune une bière, puis, pendant que sa mère faisait réchauffer les pâtes au micro-ondes, Tommy examina les blessures d'Alice. Du haut de ses six ans, il s'y connaissait en matière d'égratignures et d'éraflures.

« Ça fait mal ? demanda-t-il en effleurant de l'index ses points de suture.

– Pas tellement, non. » C'était vrai, elle commençait tout juste à sentir quelques tiraillements.

Le petit garçon lui déplaça doucement le bras pour mieux voir l'attelle, lui palpa les doigts pour s'assurer qu'ils n'étaient pas cassés, puis recula d'un pas. « Ça va, t'es pas trop abîmée, dit-il.

– Tant mieux.

– T'as chanté *Blackbird* ? »

Depuis qu'il était tout petit, sa mère lui chantait *Blackbird*, des Beatles, chaque fois qu'il avait un bobo. La chanson possédait pour lui des vertus magiques.

« Oh, je ne risquais pas d'oublier, répondit Alice.

– T'allais mieux, après ?

– Bien sûr. »

Il n'avait qu'un an de moins que le plus jeune fils des Sinclair, David. Une semaine auparavant, au même moment, David dînait avec son frère et ses parents. Quelques heures plus tard, un inconnu s'introduirait chez eux et l'abattrait dans son sommeil.

Quand Rachel et Tommy partirent, Alice étreignit longuement le garçonnet avant de le sangler dans le siège enfant sur la banquette arrière. Elle se félicitait d'avoir pris le temps de se changer avant leur visite, et de s'être lavé soigneusement les mains pour les débarrasser de l'odeur de poudre. Tommy, lui, fleurait bon les cookies.

Elle regarda la voiture reculer dans l'allée, puis s'éloigner sur la route. Une fois rentrée, elle se rendit dans sa chambre, où elle sortit du coffre le holster et le 45. Si son repas lui avait fait du bien, elle se sentait néanmoins nerveuse en diable.

La maison des Sinclair était désertée, maintenant que les policiers chargés de la surveiller avaient été affectés à d'autres opérations. Cette pensée en tête, Alice chercha les clés qu'elle avait gardées, et décida d'y retourner.

Tout était calme dans le voisinage, et le trajet à pied ne lui prit pas longtemps. Elle déverrouilla la porte, puis entra. Immobile dans le vestibule, elle balaya du regard les lieux. Rien n'avait changé dans cette demeure depuis sa dernière visite, constata-t-elle, alors que son propre monde avait été complètement bouleversé. Elle avait l'impression de pénétrer dans un univers figé, où le temps s'était arrêté une semaine plus tôt.

Kamen lui avait suggéré de considérer désormais Cameron comme une victime. Si elle parvenait à comprendre pourquoi il avait été choisi, elle ferait un pas de plus sur la piste du tueur. Et puisque Cameron lui-même ne pouvait pas apporter de réponses à ses questions, elle allait essayer d'en obtenir auprès des Sinclair.

Elle inspira profondément pour tenter de s'imprégner plus vite de l'atmosphère. Sept jours après le drame, il ne subsistait plus à l'intérieur qu'une écœurante odeur de renfermé, suffisamment déplaisante pour la déconcentrer.

Elle avait l'intention de se rendre à l'étage, mais plus tard ; les pièces du haut lui parleraient de la mort des Sinclair, or elle voulait avant tout en apprendre plus sur leur vie. Dans la mesure où ils avaient été sacrifiés pour piéger Cameron, leur route avait forcément dû croiser celle du tueur.

Après avoir éclairé le salon, elle alla s'asseoir sur le canapé. Elle s'installa confortablement sur les coussins moelleux, consciente soudain de toute la fatigue accumulée en vingt-quatre heures. Elle repensa à sa conversation avec Kamen, et songea qu'elle devrait rappeler encore une fois Sorensen au labo. Dans un coin de la pièce, une petite lampe projetait un halo de lumière sur le parquet.

Elle se dit qu'elle allait fermer les yeux juste une minute. Rien qu'une minute, et elle les rouvrirait. Rien qu'une... Elle sombra dans un sommeil lourd, sans rêves, qui n'était pas sans rappeler la mort elle-même. Elle en émergea trois heures plus tard et s'étira de tout son long sans trop savoir où elle était. Chez elle, sur son propre canapé ?

Un souffle d'air froid l'avait réveillée, semblait-il. Puis elle entendit le déclic d'une porte-fenêtre que l'on refermait, et elle en eut la chair de poule.

Tétanisée, le souffle court, elle tendit l'oreille. Elle sentait une présence dans le salon, dissimulée, tout comme elle l'était elle-même, par le haut dossier du canapé.

Elle perçut soudain un mouvement derrière elle. L'intrus devait se déplacer... Alice s'efforça de détendre ses muscles raidis, d'occulter le bourdonnement assourdissant du sang à ses oreilles. Il fallait qu'elle se ressaisisse, qu'elle se calme pour écouter.

Après tout, elle avait l'avantage : elle était armée et prête à agir, même si le pistolet était encore coincé dans son dos. L'intrus ne bougeait plus, apparemment, et elle le devina en train d'examiner les lieux.

La gorge nouée par l'appréhension, elle cilla à plusieurs reprises. Deux hommes seulement avaient une raison d'entrer en pleine nuit dans une maison qui avait été le théâtre d'événements terribles. Cette pensée la frappa avec la force d'une révélation : c'était peut-être l'agent Mason qui se tenait maintenant à quelques pas d'elle, ou peut-être John Cameron, meurtrier supposé d'une bonne dizaine de personnes.

Brusquement, le visiteur s'éloigna dans un chuintement à peine perceptible. Il s'engagea dans le couloir en direction de la cuisine.

Le cœur battant à se rompre, Alice se laissa glisser du canapé et sentit avec soulagement le plancher sous ses pieds. Dans la foulée, elle porta la main à son 45, dégaina et ôta le cran de sûreté.

Un faisceau lumineux dansa un instant sur le plafond du vestibule, avant de s'arrêter sur le coffret de l'alarme, près de la porte.

Son pistolet pointé vers le sol, Alice risqua un œil par-dessus l'accoudoir : l'intrus, dans l'entrée, lui tournait le dos. Vêtements sombres, cheveux bruns. Il tenait d'une main, la gauche, une petite lampe-torche, et de l'autre tripotait le coffret de l'alarme. Apparemment, il ne portait pas d'arme. Si elle fonçait sur lui maintenant, elle le prendrait au dépourvu et parviendrait certainement à le maîtriser en quelques secondes.

Les yeux plissés, elle se concentra sur lui. Que fabriquait-il ? Dans la pénombre, elle avait du mal à voir. Mais peu importait, elle lui poserait la question plus tard, quand il serait assis à l'arrière d'une voiture de patrouille, les poignets menottés. Dans l'immédiat, elle devait agir. Vite, avant qu'il se retourne.

Elle se redressa et s'exprima d'un ton ferme :

« Police de Seattle. Pas un geste. »

Il ne tressaillit même pas. Alice contourna le canapé, le bras gauche tendu, le canon de son arme braqué sur le dos de l'intrus.

« Faites ce que je dis, et tout se passera bien. Vous comprenez ? »

Pas de réponse. L'homme s'était figé, les bras légèrement levés.

De sa main libre, Alice chercha à tâtons l'interrupteur pour éclairer le plafonnier du vestibule. Elle le pressa.

« Vous comprenez ? » répéta-t-elle, lentement et distinctement.

Silence. Trois mètres seulement la séparaient de lui, et cette proximité lui inspira deux pensées. D'abord, que la dernière fois où elle s'était retrouvée aussi près de l'agent Mason les choses ne s'étaient pas très bien passées. Ensuite, que John Cameron avait pu s'approcher en catimini d'Erroll Sanders, qui ne s'était sans doute rendu compte de rien avant de sentir la lame sur sa gorge.

Qu'elle ait affaire à l'un ou à l'autre, mieux valait garder une distance prudente.

« D'accord, vous n'êtes pas du genre bavard. Personnellement, je m'en fiche. Vous allez faire ce que je vous dis, un point c'est tout. Je sais que vous m'entendez... »

Il était large d'épaules. Et il portait des gants – des gants de cuir noir.

Alice se déplaça de côté, sans parvenir à distinguer son visage.

« ... et que vous me comprenez. Alors, à genoux, les mains sur la tête. Obéissez, ou je vous garantis que vous le regretterez. »

Sa voix ne tremblait pas, sa main non plus. L'homme ne faisait toujours aucun mouvement.

En un éclair, Alice se revit descendre de la voiture, rejoindre le policier qui venait à leur rencontre, puis se diriger avec lui vers la maison. Elle se remémora les impressions qu'elle avait eues avant l'agression – la proximité de l'agent Mason, sa taille, sa corpulence...

Bon, qui ne risque rien n'a rien, songea-t-elle.

« John Cameron, je vous somme de... »

Il sursauta légèrement à l'énoncé du nom – le premier signe de vie qu'il donnait. Puis le frigo se mit à bourdonner dans la cuisine, troublant le profond silence qui régnait dans la maison à deux heures du matin, et, surprise, Alice détourna les yeux une fraction de seconde. Il n'en fallut pas plus à l'homme en face d'elle pour prendre la fuite.

« Hé ! » Elle n'avait jamais vu quelqu'un se déplacer aussi vite : elle n'était même pas remise de sa surprise qu'il avait déjà gravi l'escalier. Il ne lui restait plus qu'à lui tirer dans le dos ou le suivre. Elle opta pour la seconde solution.

Elle n'eut pas le temps de jurer : il fonçait vers la chambre des parents, elle devait absolument le rattraper avant qu'il puisse atteindre la fenêtre et sauter dans le jardin.

Elle s'élançait à son tour dans l'escalier quand elle se rendit compte qu'elle ne pourrait jamais le rejoindre ni escalader la fenêtre avec son bras blessé. Elle fit aussitôt demi-tour et dévala les marches, bien décidée à l'attendre dehors.

Dans sa précipitation, elle dérapa sur le parquet en tournant dans le salon puis se cogna contre les portes-fenêtres. Elle actionna la poignée en vain. *Merde !* Elles étaient verrouillées, et les clés n'étaient nulle part en vue.

Sans réfléchir, elle recula de quelques pas, fit passer le 45 dans sa main droite et se jeta contre la vitre, l'épaule gauche en avant, le coude replié pour se protéger le visage. Elle tomba sur la terrasse au milieu d'une pluie d'éclats de verre.

John Cameron atterrit dans le jardin au même moment et se transforma en ombre qui filait dans l'obscurité. Alice se redressa tant bien que mal avant de se ruer à sa poursuite. Devant elle, la pelouse bordée d'arbres sur deux côtés descendait vers le Puget Sound, et elle courut dans cette direction en essayant de ne pas glisser sur l'herbe gelée. Elle entendit Cameron sauter sur les galets en contrebas – il y avait bien deux mètres de dénivelé.

Attention, s'il a une arme, il a dû la sortir.

Elle atteignit à son tour l'extrémité du jardin, pila net puis s'allongea à plat ventre pour scruter les alentours. Aucun mouvement, aucun son. La plage était déserte. Il y avait peut-être dix mètres jusqu'à la mer, et à côté d'un petit ponton, sur sa droite, un canot se balançait sur l'eau.

À qui est ce bateau ? Est-ce que les Sinclair en avaient un ?

Alice se pencha pour mieux voir. L'air froid lui brûlait les poumons et le sol sous son ventre était glacial. Elle prit appui sur son coude gauche. Qu'est-ce que…

Au début, elle ne distingua que deux taches sombres qui s'écartaient lentement l'une de l'autre, se rapprochaient puis s'écartaient de nouveau. Le ponton et l'embarcation.

Il s'est caché dans le canot. Alice leva la tête. Qu'il tente donc sa chance, s'il en a tellement envie...

Cette fois, le doute n'était plus permis : le bateau se déplaçait le long du ponton. Alice ne distinguait pas l'amarre ; il faisait trop sombre et elle était trop loin. Mais elle n'osait pas se rapprocher, au cas où Cameron serait armé.

Elle aspira une grande goulée d'air, avant de fermer brièvement les yeux. Jusqu'où était-elle prête à aller pour réussir à parler cinq minutes avec John Cameron ?

Sans plus réfléchir, elle sauta à son tour, se réceptionna accroupie et posa la main sur les galets pour rétablir son équilibre. Une douleur fulgurante lui traversa le bras, lui arrachant une grimace.

Le canot avait presque atteint l'extrémité du ponton. Alice se redressa, et à peine avait-elle fait un pas qu'elle entendit derrière elle le craquement d'une branche qui se brisait. Elle se retourna, arme au poing, et s'immobilisa. Saisie de frissons, elle retint son souffle.

Du coin de l'œil, elle voyait toujours l'embarcation s'éloigner tranquillement. *Ça pourrait être n'importe quoi, juste un animal...*

Si elle se dépêchait, elle pourrait encore rejoindre le bateau. Elle ne bougea cependant pas. Ça pouvait être un animal, mais ce n'en était pas un, elle le savait. Quelque part sur sa droite, un bruissement se fit entendre. Elle jeta un coup d'œil au canot, qui dérivait vers le large.

Bien joué, pensa-t-elle. Cameron avait dû en redescendre après avoir détaché l'amarre, et se réfugier dans l'ombre des arbres qui séparaient les propriétés.

Elle regarda autour d'elle. Une échelle branlante se dressait à l'autre bout du jardin, mais ce serait trop long d'aller la chercher. Sans compter que son bras la gênerait. D'un geste déterminé, elle rengaina le 45.

Puis elle recula, prit son élan et bondit vers le sommet du remblai. De sa main gauche, elle chercha une prise au-dessus d'elle, et se hissa du mieux qu'elle le pouvait en s'aidant de la main droite, jusqu'au moment où elle parvint à s'allonger à plat ventre. La douleur fusa une seconde plus tard, plus terrible qu'elle ne l'avait imaginé. Elle s'accroupit en gémissant, et récupéra son arme. Sur sa droite, elle voyait la maison des Sinclair ; la lumière du salon se déversait par les portes-fenêtres, dont celle qu'elle avait fracassée, illuminant les contours des arbres les plus proches.

Elle scruta les pins en face d'elle et s'avança vers eux. Il faisait sombre dans le sous-bois, entre les troncs serrés. Elle progressa lentement sur la fine couche de neige gelée, faisant craquer sous ses pas brindilles et branches mortes. Combien de temps s'était-il écoulé depuis la dernière fois qu'elle avait perçu du bruit ? Quelques secondes, peut-être plusieurs minutes. Elle devait essayer de se concentrer. Sa main gauche, qui serrait l'arme, tremblait. Elle s'arrêta et laissa courir la droite sur l'écorce d'un pin, puis sur une branche basse qui ploya à son passage. Elle ne distinguait plus aucun son. Elle ne voyait rien à plus de cinquante centimètres, mais elle aurait dû entendre Cameron ; il ne pouvait pas avoir atteint la rue de l'autre côté des arbres… Donc, il s'était certainement arrêté lui aussi.

Totalement immobile, elle tenta d'identifier les formes autour d'elle. Une goutte de sueur dégoulina entre ses omoplates, lui arrachant un frisson. Elle ferma les yeux. Seul lui parvenait le grondement des vagues qui venaient lécher les galets. En voulant s'essuyer le front, elle s'aperçut qu'elle avait la peau moite. Un brusque mouvement dans les ténèbres sur sa gauche la fit tressaillir et, les yeux plissés, elle braqua son arme dans cette direction. La neige crissa sur sa droite. Elle retint son souffle, aux aguets : quelqu'un rôdait autour d'elle. Elle marcha vers la source du bruit.

Il était là, forcément. Toute la question était de savoir pourquoi il n'avait pas disparu. Rapide comme il l'était, il aurait déjà dû être loin…

En un éclair, la photo du *Nostromo* lui traversa l'esprit, et elle revit le pont noirci par le sang des cinq hommes que Cameron avait égorgés. Elle chassa résolument cette image, à laquelle succéda aussitôt celle de Sanders affalé par terre, dans son salon aux murs couverts de projections brunes. « Merde », chuchota-t-elle, et un petit nuage blanc se forma devant sa bouche.

Dans la maison, c'était elle qui avait eu l'avantage – brièvement, certes, mais elle avait réussi à le prendre de court. Elle se retrouvait maintenant pareille à une chauve-souris : aveugle, guettant le moindre son. Pour la première fois, elle se rendit compte qu'elle ne savait pas ce qui se serait passé si elle l'avait maîtrisé à l'intérieur. Cette pensée lui donna à réfléchir, accélérant encore les battements précipités de son cœur : elle ne pouvait pas l'arrêter maintenant, sinon ce serait la fin de tout. À partir du moment où il aurait les menottes aux poignets, même Nathan Quinn serait impuissant à les lui faire enlever. Or, Cameron était la seule personne susceptible de les mener au tueur ; si elle l'appréhendait, ils perdraient définitivement cette piste.

Elle se rappela les paroles de Brown sur le parking de l'aéroport, après la découverte de l'Explorer, et la vivacité de sa propre réaction. Elle ne se doutait de rien à ce moment-là, elle ne comprenait rien. « Jusqu'où es-tu prête à aller ? » lui avait demandé son coéquipier.

À force de scruter les alentours, elle finit par distinguer une petite clairière devant elle, où l'obscurité était moins dense. Elle prit cette direction sans plus se soucier du bruissement de ses vêtements ni du craquement des branches. Il lui sembla que ses pas résonnaient fort dans le silence quand elle émergea du sous-bois sous un pan de ciel dégagé, consciente d'offrir une cible idéale. « Rappelle-toi Sanders », lui soufflait une petite voix. Postée au milieu de la clairière, Alice compta mentalement jusqu'à soixante.

J'espère que tu me regardes, connard.

Un oiseau battit des ailes dans un arbre proche. Quand elle fut certaine d'avoir donné à Cameron suffisamment de temps pour la rejoindre, elle brandit le 45 au-dessus de sa tête, rassurée par la sensation familière de l'arme entre ses doigts. Le souvenir de sa première journée à la Criminelle lui revenait en mémoire : échange de poignées de main, de questions du genre : « Est-ce que vous connaissez Untel et Untel ? » Fynn qui la présentait à tout le monde, gardant Brown pour la fin... Brown, qui ne lui avait pas serré la main. La petite voix s'éleva de nouveau dans sa tête : « Si tu dois en arriver là, vise la poitrine. C'est le meilleur moyen de neutraliser l'adversaire avant qu'il puisse te loger une balle dans le corps. »

Elle rangea le 45 dans son holster, dont elle referma la patte. Puis, les bras écartés, elle tourna lentement sur elle-même.

Des gouttes de condensation avaient gelé dans ses cheveux et sur ses épaules, constata John Cameron en la voyant se mouvoir à découvert. Les choses ne se passaient pas comme il l'avait prévu – pas du tout, même. Il fit un pas vers elle.

« Il faut qu'on parle », dit-elle en mettant dans sa voix plus d'assurance qu'elle n'en ressentait.

Le profond silence qui suivit la troubla, et elle en vint à se demander si elle était seule dans les bois. Rien ne bougeait. Peut-être que Cameron était parti depuis longtemps, finalement... Elle patienta néanmoins.

Cameron l'avait reconnue sitôt qu'elle avait pris la parole dans la maison. C'était elle qu'il avait vue regarder les films et les photos de famille quand il s'était introduit chez les Sinclair. L'un des deux inspecteurs qui avaient été attaqués la veille.

Il avait lu les journaux, il savait qu'elle devait le croire coupable de l'agression. Dans ces conditions, pas question de la laisser approcher. Il avait fait le tour de la propriété avant d'entrer, sans repérer de voiture garée à proximité ; elle avait donc dû arriver à pied. Et elle s'était endormie, bon sang ! Il s'en voulait de ne pas avoir été plus prudent.

Dissimulé à quelques mètres à peine, il l'étudiait attentivement. De sa main gantée de noir, il appuyait contre sa jambe la lame de son couteau.

Alice attendait toujours. S'il avait décidé de ne pas bouger, elle ne bougerait pas non plus. S'il voulait jauger ses réactions, éprouver sa patience ou sa résistance au froid, alors ils seraient là pour un bon moment. Elle surveillait l'obscurité, lui aussi.

Il avait apprécié la façon dont elle s'était jetée à travers la vitre et lancée à ses trousses. L'embarcation avait servi de diversion ; il voulait qu'elle le rejoigne sous le couvert, pour pouvoir l'observer tout à loisir. Vingt-quatre heures plus tôt, elle avait été en contact avec la seule personne au monde qu'il brûlait de rencontrer. Elle avait raison : il y avait des choses dont ils devaient parler.

Des battements d'ailes se firent entendre dans les arbres au-dessus d'eux, et un paquet de neige tomba dans la clairière.

Cameron ne se souvenait même plus de la dernière fois où il avait approché un flic d'aussi près.

« Vous vous rendez compte que j'aurais pu facilement vous tirer une balle dans le dos ? lança Alice, la main toujours éloignée de son holster. Quelle est la probabilité pour que vous soyez armé, hein ? Tout le monde pense que vous avez tiré sur mon partenaire. Alors, si je vous avais abattu en invoquant la légitime défense, personne n'aurait trouvé à y redire. J'aurais peut-être même reçu une médaille... »

Elle laissa les mots résonner dans le silence.

« Et l'homme qui a assassiné vos amis n'aurait plus rien à craindre. »

Une nouvelle fois, elle essuya son front couvert d'une sueur glacée. Elle ne savait pas si elle pourrait l'amener à parler ; elle ne savait même pas si elle serait encore debout d'ici à quelques minutes.

« Plus de soirées poker, plus de fêtes d'anniversaire..., reprit-elle. Je les ai vus à la morgue, Cameron – les enfants, je veux dire. Et il y a de bonnes chances pour que Quinn soit le prochain. Mais vous devez déjà vous en douter. »

Si ce salopard de psychopathe ne se manifeste pas maintenant...

Des voix fortes se firent soudain entendre près de la maison. Alice, surprise, se retourna. Plusieurs personnes s'étaient engagées sur l'herbe – trois, peut-être quatre. Des flics, sans doute. Un habitant bien intentionné avait dû les appeler en entendant le fracas du verre brisé.

Merci beaucoup. La patrouille des voisins vigilants n'aurait pu choisir un plus mauvais moment pour intervenir. Des flics dans le jardin… Plus question pour Cameron de se montrer. Impossible.

Elle hésita. Les voix se rapprochaient. Elle balaya une nouvelle fois du regard l'obscurité autour d'elle.

Cameron les avait entendus lui aussi, et il observait une immobilité totale. Même si les nouveaux venus fouillaient les bois, il était certain de pouvoir filer. En cas de nécessité, il éliminerait sans problème les obstacles sur sa route. Devant lui, l'inspecteur Madison n'avait pas encore signalé sa présence.

Alice sentait l'adrénaline déferler dans ses veines. Devait-elle appeler ses collègues ? À peine venait-elle de se poser la question qu'il se mit à neiger. Elle leva les yeux ; les flocons voltigeaient autour d'elle. *Bon sang, j'ai dû perdre la tête.*

« Il faut qu'on parle », répéta-t-elle plus doucement, avant de reprendre la direction du jardin. Sans le savoir, elle passa à moins d'un mètre de John Cameron, qui ne la quittait pas des yeux.

En émergeant du couvert, elle vit quatre agents en uniforme – trois hommes et une femme – s'avancer vers elle, arme au poing.

Elle sortit sa plaque. « Je suis officier de police », dit-elle d'une voix forte. Ils se rassemblèrent autour d'elle.

Elle ne se retourna qu'une fois vers l'endroit d'où elle venait. Quelques secondes plus tard, il lui sembla entendre un moteur démarrer dans la rue. T'as mal joué le coup, ma grande, songea-t-elle. Brown aurait sûrement réussi à le convaincre de se montrer.

Les inspecteurs Kelly et Rosario arrivèrent trente minutes plus tard, les chaussures mouchetées de neige. Alice aurait préféré de loin avoir affaire à Spencer et Dunne, mais ç'aurait été trop beau.

Kelly affichait une mine sinistre : l'enquête sur la mort d'Erroll Sanders n'avait pas encore donné de résultats concrets, et la patience n'était pas son fort.

Alice leur répéta l'histoire qu'elle avait déjà racontée aux quatre agents. Elle leur montra les différents endroits concernés, avant de les guider jusqu'au ponton.

De retour dans la maison, ils croisèrent un technicien de scène de crime qui cherchait des empreintes sur le coffret de l'alarme.

« Alors comme ça, vous avez piqué un roupillon ? ironisa Kelly.

– Oui, répondit Alice, jugeant inutile de mentir.

– Et vous aviez toujours les clés, alors que vous êtes en arrêt de travail.

– C'est ça. Je me suis rendu compte qu'elles étaient restées dans une des poches de ma veste.

– Vous les auriez rapportées au poste demain matin à la première heure, j'imagine, intervint Rosario d'une voix dénuée de sarcasme.

– Bien sûr, affirma-t-elle.

– C'est ce que je pensais, dit-il à son partenaire, qui l'ignora.

– Vous espériez trouver quoi ? aboya Kelly. On a passé toute cette baraque au peigne fin.

– Je ne sais pas… Un élément qui m'aurait échappé la première fois.

– Hé, lâche-la un peu, d'accord ? lança Rosario. Brown est en soins intensifs, et elle se sentait obligée de faire quelque chose. » Il sourit à Kelly. « Je suis sûr que tu réagirais de la même manière si j'étais blessé.

– Pas forcément, répliqua l'intéressé. Donc, vous n'avez pas vu son visage ?

– Non.

– Vous n'avez vraiment pas la moindre idée de son identité ?

– Non.

– Et vous n'avez pas hésité à passer à travers une vitre pour le suivre.

– Exact. »

Elle leur donna un signalement du suspect – assez précis, de fait, mais susceptible de correspondre à un bon quart de la population masculine de la ville. Kelly avait beau prendre des notes, Alice le devinait en train de bouillir ; de toute évidence, il cherchait à déclencher une querelle que, d'une certaine façon, elle attendait elle aussi. Depuis le début, elle savait la confrontation inévitable, pour des raisons qui touchaient moins à leurs relations qu'à sa propre place au sein de l'équipe.

Kelly ne l'aimait pas. Il l'avait prise en grippe dès le premier instant, et pour Alice ce n'était pas une question de sexisme ni de généralités de ce genre. Elle ne lui revenait pas, tout simplement. Il esquissa un sourire crispé et ouvrait déjà la bouche pour dire quelque chose quand Rosario le devança.

« Vous avez déclaré que ce type portait des gants ?

– En effet. »

Alice et Kelly ne se quittaient pas des yeux.

« Donc, il n'y aura pas d'empreintes, poursuivit Rosario.

– Je ne pense pas, non.

– D'accord.

– Qu'est-ce que ça donne, du côté de l'affaire Sanders ? demanda Alice à Kelly.

– On progresse », répondit Rosario.

Autrement dit, ils n'avaient aucune piste, à part l'empreinte sur l'essieu, et aucun élément pour relier Cameron à la scène de crime.

Kelly s'anima brusquement. « Y a des rumeurs qui circulent, Madison, comme quoi vous avez trop la pétoche pour continuer à enquêter sur Cameron.

– Pardon ?

– On raconte que vous vous êtes dégonflée après ce qui s'est passé hier soir, et que du coup vous avez échafaudé toutes sortes d'hypothèses à la mords-moi-le-nœud. Vous bossez à la Crim' depuis… quoi ? Un mois ? Ce que vous avez fait, c'est la connerie typique d'un bleu : la pression était trop forte pour vous, et vous avez pas été capable de protéger votre partenaire. »

Alice avança d'un pas, certaine en cet instant qu'elle ne pourrait plus se contenir.

« Quoi ? » gronda Kelly.

Elle n'avait plus qu'une envie : lui rabaisser son caquet, égaliser le score après quatre semaines à supporter sa grossièreté et la puanteur de ses cigares au rabais. Un des cigares en question fiché entre les lèvres, il carra les épaules et crispa la mâchoire.

Autour d'eux, tous les autres s'étaient figés dans l'attente de ce qui allait suivre. Sachant qu'il était inutile de hausser le ton, Alice prit la parole posément.

« Vous voulez que je vous dise ? Sur la liste de tous les trucs regrettables qui se sont produits cette semaine, vous êtes loin de figurer en première position : vous, je vous situe grosso modo entre "J'ai oublié de passer au pressing" et "Il faut que je fasse le plein". Je me fous de ce que vous pensez, Kelly, parce que pour moi vous n'êtes qu'un désagrément mineur – juste une mauvaise odeur, une saleté dans les toilettes qui ne vaut même pas la peine qu'on tire la chasse. Bon, c'est clair ou je continue ? »

Kelly cilla. Rosario se porta à son secours.

« On pourrait peut-être s'arrêter là, hein ? murmura-t-il à l'adresse d'Alice

– D'accord.

– Kelly ? »

Celui-ci hocha la tête.

« O.K., je crois qu'on a fini pour ce soir. » Rosario referma une main sur l'épaule de son partenaire. « On y va. » Comme Kelly ne bougeait pas, il le prit par le bras. « Allez, on y va. »

De son côté, Alice voulait rester encore un peu pour faire une dernière fois le tour de la scène de crime. Dans l'intervalle, les agents en uniforme avaient cloué des planches devant la vitre brisée.

« On va vous attendre, et on vous ramènera chez vous, lui proposa Rosario.

– Non, merci. Ça me fera du bien de marcher un peu.
– Il est quatre heures du matin.
– Je sais. Ça va, je vous assure.
– Vous passerez déposer les clés demain ?
– Promis. »

Rosario baissa d'un ton pour ajouter : « Tâchez de vous reposer. On ne se connaît pas très bien, vous et moi, mais j'imagine qu'en temps normal vous n'êtes pas verdâtre… »

Demeurée seule dans la maison, après le départ de ses collègues, Alice se demanda s'il valait mieux s'offrir un verre de bourbon pour mettre un terme à la journée ou un café pour l'entamer. Elle déambula de pièce en pièce, trop fatiguée pour réfléchir, se bornant à laisser son cerveau enregistrer les informations transmises par ses yeux.

Compte tenu de son état de nervosité, elle avait préféré rentrer à pied plutôt que faire le trajet en voiture avec Kelly. Mais, une fois arrivée chez elle, ses mains tremblaient toujours quand elle se déshabilla avant de prendre une bonne douche chaude. La colère qui bouillonnait en elle n'avait cependant rien à voir avec Kelly ; lui n'était qu'un bruit de fond désagréable.

Elle s'attarda longtemps sous le jet – jusqu'à ce que l'eau refroidisse. Puis, en peignoir blanc et pantoufles, elle se rendit à la cuisine. Tout son corps l'élançait. Elle se servit un verre de lait, fit tomber deux antalgiques dans sa paume et les avala d'un coup. Elle n'eut aucun mal à s'endormir.

30.

JOHN CAMERON, dix-huit ans, avait pris place en face de Nathan Quinn dans le box d'angle d'un snack de la Deuxième Avenue. C'était l'heure du déjeuner, une foule de clients se pressaient dans la salle exiguë, et les serveuses devaient crier pour se faire entendre du cuisinier. Les deux hommes bavardaient en mangeant leur sandwich au corned-beef ; ou plutôt, Quinn parlait – de la justice, du système pénal et de l'affaire d'homicide sur laquelle il travaillait –, et Cameron l'écoutait, avec d'autant plus d'attention qu'il ne se sentait pas d'humeur loquace ce jour-là. Adossé à la banquette de cuir rouge, il observait son ami.

Il y avait un peu plus de cinq ans maintenant que David, le cadet de Nathan, était mort. Bien que frappés de plein fouet par ce drame, les membres des trois familles concernées s'étaient efforcés d'aller de l'avant, mais la peine ne disparaîtrait jamais. Cameron devait bien admettre que, depuis la disparition de David, Nathan avait toujours été là pour James et pour lui, et sans doute sa présence les avait-elle aidés. Avant, ils n'étaient que les copains de son petit frère ; après, ils étaient devenus l'incarnation de ce qu'il aurait pu faire, et de l'adulte qu'il aurait pu être s'il avait vécu.

Cameron hochait la tête pour marquer son approbation au bon moment. Nathan Quinn, qui représentait la loi en tant qu'assistant du procureur, avait dû se résigner à l'idée que le corps de son frère ne serait jamais retrouvé, et que, dans cette affaire, les coupables ne seraient jamais traduits en justice.

Il ne connaissait pas la paix pour autant ; au contraire, il était obligé de se battre tous les jours que Dieu faisait pour tenir le cap et ne pas laisser la colère le submerger. Jusqu'à une date récente, Cameron n'avait pas mesuré à quel point ce combat pouvait être rude, mais les choses avaient bien changé.

Six semaines plus tôt, jour pour jour, il buvait une bière dans un bar d'Eastlake, entre Yale Avenue et Pontius Avenue, quand un homme attablé au fond de la salle s'était approché du comptoir et s'en était pris au barman, pour un motif que Cameron n'avait pas saisi à cause de la musique. L'établissement, une sorte de rade de quartier où régnait une odeur de renfermé, était réputé pour ne pas être trop regardant sur les fausses cartes d'identité.

C'était une soirée tranquille, et le barman, impassible, continuait de laver et d'essuyer les verres, tandis que l'inconnu – la quarantaine passée, un bon mètre quatre-vingts, une silhouette musclée qui commençait à ramollir – le suivait le long du comptoir, se rapprochant peu à peu du tabouret où Cameron était assis. Il avait beau opiner du chef et tenter de dévier la conversation, le client irascible ne le lâchait pas. Cameron s'était soudain demandé s'il n'avait pas rencontré ce type quelque part ; son allure ne lui disait rien, mais sa voix, la façon dont il invectivait le barman, lui paraissait vaguement familière.

Peut-être l'avait-il croisé au restaurant ? Il en doutait : son père n'était pas du genre à fréquenter des individus aussi désagréables. En attendant, ce ton agressif, il le connaissait.

« M'oblige pas à faire ça. »

Les petits cheveux dans sa nuque s'étaient déjà dressés lorsque son esprit avait trouvé la réponse.

« M'oblige pas à faire ça, espèce de p'tit con. »

Il avait posé sa main gauche sur la droite avant même de savoir ce qu'il faisait. Pour la première fois depuis des années, il lui semblait sentir le contact froid de la lame sur sa peau. L'homme se rapprochait toujours, et Cameron s'était concentré sur son verre en s'efforçant de ravaler le flot de bière qui lui remontait dans la gorge. Il avait voulu se redresser, mais son corps ne lui obéissait plus. Alors il n'avait eu d'autre solution que de rester assis là, à essayer de maîtriser sa respiration… Il avait tout de même fini par lever les yeux, parce qu'il craignait que son absence de réaction paraisse étrange. L'homme s'était accoudé au comptoir, pendant que le barman le resservait et remplissait un bol de cacahuètes. Il s'était ensuite tourné vers Cameron, comme si ce dernier avait participé à la conversation.

« C'est pas croyable, hein ? » Il avait secoué la tête, s'était emparé de son verre de bourbon et des cacahuètes, puis il avait regagné sa table. Cameron avait attendu d'être suffisamment sûr de lui pour descendre de son tabouret. Il avait posé un billet sur le comptoir, assorti d'un généreux pourboire, et s'était dirigé vers la porte sur des jambes qui le soutenaient à peine.

Une fois dehors, il avait pris à gauche et parcouru une dizaine de mètres jusqu'à une ruelle qu'il savait déserte. Plié en deux, les mains sur les genoux, il avait vomi derrière une benne à ordures, avant d'aller s'asseoir dans sa voiture. Il était resté un long moment immobile, la nuque calée par l'appuie-tête et les mains tremblantes. Il n'y avait aucun doute dans son esprit. Absolument aucun. Il s'écoulait parfois plusieurs semaines sans qu'il revoie la scène en détail, ensuite tout lui revenait chaque jour pendant un mois. Ça durait à peine quelques secondes, mais c'était suffisant.

28 août 1985. John Cameron aurait bientôt treize ans. Ses copains et lui étaient partis pêcher à Jackson Pond. David avait fauché trois cigarettes à son père, et ils fumaient, les pieds dans l'eau fraîche, leurs vélos empilés les uns sur les autres à côté d'eux. Ils se demandaient s'il valait mieux ôter leurs T-shirts et risquer de se faire attaquer par un million de moustiques ou les garder et mourir de chaud. Jimmy avait plongé la tête dans l'eau, puis s'était secoué comme un chien. David lui avait lancé que, moche

comme il était, il avait dû effrayer les poissons. Il avait ensuite fait courir à la surface de l'étang une fine chaîne en or avec une minuscule médaille de saint Nicolas ; d'après lui, c'était mieux qu'un appât. La chaîne était un cadeau de la famille écossaise de son père, persuadée que le fait d'avoir une mère juive ne devait pas le priver de la protection du patron des âmes saintes. Mais le bijou avait beau scintiller, les poissons ne mordaient pas.

Jusque-là, tout allait pour le mieux : la journée était magnifique et la rentrée scolaire encore lointaine. Puis la camionnette bleue déboucha du chemin, et tout devint confus.

John Cameron reprit conscience sur le plancher, à l'arrière du véhicule. Il avait un bandeau sur les yeux, et les mains et les chevilles entravées. Sur le moment, il se crut dans un rêve – un cauchemar, plutôt. Puis il se cogna violemment contre une forme allongée près de lui et perdit connaissance encore une fois.

Quand il ré-émergea, ce fut pour entendre des hommes chuchoter près de lui. Il avait du mal à respirer sous le bandeau qui lui descendait sur le nez, sans compter que le tissu puait comme s'il avait servi à nettoyer un moteur plein de cambouis. Son T-shirt lui collait à la peau, et, lorsque des élancements douloureux lui vrillèrent le crâne, il comprit qu'ils avaient des ennuis et que c'était bien réel. Il aurait voulu appeler les autres mais aucun son ne franchissait ses lèvres. Désorienté, le corps raidi par la peur, il demeura immobile, jusqu'au moment où la camionnette s'arrêta.

Le bandeau, attaché bien serré derrière sa tête, l'aveuglait complètement. Il sentit des bras puissants le soulever pour le porter dehors. La caresse de la brise sur son visage lui parut merveilleuse. Autour d'eux, tout était tranquille, et il en déduisit qu'ils se trouvaient loin de la ville. Les inconnus – trois ou quatre – s'activèrent, sans échanger plus de quelques mots.

On le poussa contre un arbre, avant de lui passer une corde autour des épaules et des cuisses. L'herbe était fraîche sous ses pieds, et il se souvint que ses copains et lui avaient enlevé leurs chaussures près de l'étang ; elles devaient toujours y être. Il entendit soudain du mouvement et un froissement de vêtements sur sa gauche. David et Jimmy, sans doute… Ils avaient été kidnappés, c'était évident. L'année précédente, il avait lu dans le journal qu'un gosse avait été enlevé à Spokane, puis libéré deux jours plus tard. Étaient-ils en train de vivre la même chose ? Un silence oppressant régnait autour d'eux. Il perçut la fumée d'une cigarette et les grincements de la suspension quand les hommes grimpèrent à l'intérieur de la camionnette. Plus ses idées s'éclaircissaient, plus sa terreur grandissait.

Durant un moment qui lui parut interminable, personne ne dit rien. Enfin, l'un des inconnus prit la parole : « Bon, je veux que vous m'écoutiez attentivement, les garçons. Dites oui. »

Aucune réaction.

« Dites oui.

– Oui. » John entendit ses deux camarades répondre, d'une voix aussi faible que la sienne.

« Je vais vous donner un message à transmettre à vos pères, alors tâchez de vous en souvenir. Ce message, c'est : “Ça n'a rien de personnel, c'est juste du business.” Vous avez compris ? Répétez-le. »

John luttait pour ne pas défaillir ; ses liens étaient serrés, et il avait la gorge trop nouée pour parler. Il aurait voulu s'enfuir en courant, rentrer chez lui, se jeter dans les bras de sa mère.

« Répétez !

– “Ça n'a rien de personnel, c'est juste du business” », murmurèrent David et Jimmy.

John ouvrit la bouche, mais ne put prononcer un mot.

« Encore une fois.

– “Ça n'a rien de personnel, c'est juste du business”.

– Hé, gamin ! T'es sourd ou quoi ? Tu veux rentrer chez toi ? »

John hocha la tête. Malgré le chiffon sale appliqué sur son visage, il sentait les relents de tabac et de sueur que dégageait l'inconnu tout près de lui. Il y avait quelque chose de si rude et de si malfaisant dans la voix de cet homme qu'il était presque soulagé de ne pas le voir. À quoi pouvait ressembler un individu qui s'exprimait ainsi ?

« Allez, mon grand, à toi. »

D'une voix à peine audible, John prononça les mots.

« Plus fort ! »

Cette fois, John s'époumona.

« Waouh ! Il a du coffre, celui-là ! » ironisa quelqu'un.

John aspira de grandes goulées d'air en essayant de ne pas pleurer ; il ne voulait pas leur donner cette satisfaction.

« Vas-y, gamin. Remets ça un coup ! »

De nouveau, John hurla le message.

« Bien, bien. O.K., on vous ramènera chez vous dans un petit moment, mais avant, je veux que les choses soient claires : si vous parlez aux flics de ce qui s'est produit aujourd'hui, je reviendrai vous chercher. Si vous en parlez à quelqu'un, n'importe qui, je m'en prendrai aussi à votre maman et à votre papa. D'accord ? Vous avez rien vu, vous avez rien entendu. Vous vous contentez de passer le message à vos papas, et tout le monde restera en vie. C'est compris ?

– Oui. »

Les trois garçons se doutaient désormais que le restaurant était au cœur de cette histoire. Les adultes ne discutaient jamais de leurs affaires devant eux, mais c'était la seule explication possible.

« Je serais curieux de savoir si tu peux crier encore plus fort, fillette. » John sentit soudain un instrument coupant lui lacérer le bras.

« Qu'est-ce que tu fous ? lança un autre homme, qui se tenait un peu plus loin.

– Toi, la ferme, rétorqua le premier. M'oblige pas à faire ça, gamin. Je veux t'entendre brailler. »

John piailla de douleur quand la lame lui entailla encore le bras.

« Hé ! protesta l'autre homme.

– Remonte dans le camion et ferme ta putain de gueule, rétorqua posément le tortionnaire de John.

– Déconne pas, vieux. On se tire, maintenant.

– Pourquoi… pourquoi vous vous en prenez à lui ? demanda David.

– Laisse ce môme tranquille, insista l'un des complices. On y va.

– M'oblige pas à faire ça, espèce de p'tit con, gronda l'homme à l'adresse de John. Je veux t'entendre brailler. »

John céda en songeant aux grenouilles qu'on leur avait donné à disséquer en classe. Certains de ses camarades avaient eu du mal à contenir leur impatience. *Je parie que ce type est comme eux, et que je vais mourir.* Durant une seconde, il eut l'impression que la terreur allait l'étouffer.

« Arrêtez ! s'écria David.

– Qu'est-ce que t'as dit ? gronda l'homme en s'écartant de John.

– Il est plus petit que nous, poursuivit David. Demandez-nous tout ce que vous voulez, mais… mais laissez-le tranquille. » Il paraissait essoufflé, et la peur conférait à sa voix une tonalité plus aiguë que d'habitude.

« Si tu veux rentrer chez toi en un seul morceau, gamin, t'as intérêt à la boucler. »

C'est à ce moment-là que tout bascula : David s'arrêta de parler et se mit à respirer de plus en plus vite. John avait vu un jour un enfant en pleine crise d'asthme ; David produisait les mêmes sons – en pire.

« Qu'est-ce qui lui prend ? demanda l'un des ravisseurs.

– Il s'étouffe. Détache-le, cria un autre homme.

– Le touche pas, il va se calmer, affirma le chef de la bande.

– Il peut plus respirer, Bon Dieu ! »

Ils avaient beau parler tous en même temps, leurs voix ne couvraient pas les halètements et hoquets étranglés de David.

« Merde ! s'exclama l'un d'eux. Faut faire quelque chose.

– Si tu poses la main sur lui, je te plante.

– Il est mal, détache-le.

– Pas question », décréta le chef.

Les autres n'osèrent pas s'opposer à lui. La respiration de David devenait de plus en plus faible et saccadée, et John devait désormais tendre l'oreille pour la percevoir.

« Dave ? appela-t-il.

– Dave ? » cria Jimmy à son tour.

John se pencha au maximum, tirant sur ses liens, mais soudain il n'entendit plus David. Il n'entendit plus rien.

« Dave ? »

Le silence se prolongea, interminable. John ne distinguait que le craquement des branches et le bruissement des feuilles dans l'arbre auquel il était attaché.

« Allez, on dégage, dit enfin le chef.

– Qu'est-ce… qu'est-ce qui s'est passé ? » piailla Jimmy.

Il y eut une série de claquements secs ; l'un des hommes devait couper des cordes. « On se serait jamais embringués là-dedans si on avait su que ce serait un tel bordel, maugréa-t-il. Qu'est-ce qu'on va faire de lui ?

– On l'emmène avec nous.

– Pourquoi ?

– Ferme-la. Monte dans la camionnette et mets le contact. »

John ne pouvait plus ni parler, ni bouger, ni même penser. Tout devenait noir dans sa tête. L'odeur âcre d'une cigarette lui assaillit soudain les narines, et il comprit que le chef de la bande était revenu près de lui.

« Rappelle-toi bien notre petite conversation, gamin.

– Comment va David ? Qu'est-ce qu'il lui est arrivé ?

– Ton copain et toi, vous avez pas intérêt à parler de ça. Ni aux flics, ni à vos pères, ni à personne.

– Qu'est-ce que vous lui avez fait ?

– À personne, compris ?

– Qu'est-ce que vous lui avez fait ? répéta John, dont la voix se brisait.

– Je devrais peut-être m'assurer que t'oublieras pas. »

John sentit la lame fendre sa peau, et la douleur fut telle qu'il perdit connaissance au moment où les autres ravisseurs demandaient : « Et maintenant ? »

Quand il reprit conscience, quelques instants plus tard, ses bras l'élançaient, sa main le brûlait, et il était trempé de sueur.

« Jimmy ?

– Je suis là.

– Où ils sont ?

– Partis.

– T'es pas blessé ?

– Non. Et toi ?

– J'ai mal aux bras.

– J'ai l'impression qu'ils ont emmené David... »

Ils ne purent ni l'un ni l'autre se résoudre à exprimer le fond de leur pensée.

Au bout d'un moment, Jimmy chuchota : « Tu crois qu'ils vont revenir ?

– Je sais pas... Peut-être. »

La perspective de leur retour était effrayante, mais, s'ils les avaient définitivement abandonnés dans cet endroit, qui allait les secourir ? Avait-on seulement lancé les recherches ?

« Je vais tâcher de me libérer, Jimmy. Essaie, toi aussi. Faut qu'on se barre avant qu'ils reviennent. »

À force de frotter l'arrière de son crâne contre l'écorce, John parvint à déplacer légèrement le bandeau. Au bout d'une heure, le chiffon glissa de son visage et resta attaché autour de son cou comme un bandana. Il ouvrit grand les yeux, puis cilla à plusieurs reprises pour éclaircir sa vision : ils se trouvaient en pleine forêt, au crépuscule. Personne ne savait où ils étaient, à commencer par eux-mêmes.

Il regarda autour de lui. Pas de route, pas de chemin, rien. Comment étaient-ils arrivés jusque-là ? Il leva la tête. L'arbre auquel il était attaché lui parut énorme, du genre de ceux dont on montre la souche aux enfants quand on l'a coupé, pour leur faire compter les cercles. Dans le reste de la clairière, il ne semblait y avoir que des hautes herbes et des fougères, mais il ne voyait pas très loin, car le sous-bois était dense et l'ombre grandissait. Puis il baissa les yeux et sentit ses dernières réserves de courage le déserter : le sang dont il était couvert avait séché sur sa peau et sur son T-shirt déchiré ; c'était tout juste s'il distinguait encore la couleur des manches. Il lâcha un hoquet de stupeur, et Jimmy se tourna aussitôt vers lui. « Quoi ? Qu'est-ce qui se passe ? » interrogea-t-il, de nouveau gagné par la panique.

John, qui contemplait ses mains, sentit les larmes affluer. Rien ne l'empêchait de pleurer, puisque Jimmy ne pouvait pas le voir… Il n'avait pas mal ; au contraire, il était complètement engourdi, mais en lui la pression était trop forte, il fallait qu'il l'évacue. Il écarta les doigts, constata qu'ils répondaient toujours. Et la douleur se propagea peu à peu dans son bras, par vagues.

« Rien, t'inquiète pas », dit-il. Le visage ruisselant et les lèvres serrées, il entreprit de se contorsionner pour tenter de détendre la corde autour de ses épaules.

À la tombée de la nuit, il se débattait encore. De son côté, Jimmy progressait plus lentement et n'avait même pas encore réussi à se défaire du bandeau. Lorsque l'obscurité fut totale, ils commencèrent à se dire que les hommes ne reviendraient peut-être pas ; ils les avaient abandonnés à leur sort : se libérer ou mourir. Alors les deux garçons se mirent à parler sans discontinuer – de tout sauf de l'endroit où ils se trouvaient et de ce qu'il leur était arrivé. Ils continuèrent ainsi pendant des heures, parce qu'ils étaient persuadés que le bruit effraierait les animaux sauvages, et surtout, parce que la voix de l'autre constituait la seule preuve tangible qu'ils étaient toujours en vie.

Malgré la douceur de l'air, ils étaient transis. Ils n'en souffraient cependant pas trop, et purent même en rire quand Jimmy dut uriner et se demanda tout haut comment le jet pouvait sortir si chaud alors que son zizi était gelé. Aucun d'eux n'admit qu'il s'était fait dessus en présence de leurs ravisseurs. Le temps s'écoulait lentement. Des nuées d'insectes tournoyaient autour de leurs visages, et de courtes plages de silence s'instauraient parfois entre eux, quand l'un s'endormait et que l'autre montait la garde, pendant quelques minutes, avant de brailler pour réveiller son ami.

Les efforts de John finirent par se révéler payants, et il réussit à se glisser sous la corde qui emprisonnait ses épaules. Ce n'était qu'une petite victoire, mais elle lui apporta une immense joie. Il se sentait néanmoins si faible qu'il serait tombé en avant s'il n'avait pas eu les jambes entravées. La faim et la soif le tenaillaient, et la fraîcheur des premières heures de la matinée leur ôta toute envie de plaisanter. Jimmy s'assoupissait de plus en plus longtemps, et John continuait de s'adresser à lui jusqu'à le voir bouger.

Le jour se levait quand il parvint enfin à se libérer en mordant la corde autour de ses poignets. Il avait si froid qu'il ne sentait plus ni ses bras ni ses mains. Ses pieds nus se dégagèrent facilement des liens, et il s'affala à genoux, les paumes sur le sol, tremblant comme s'il devait réapprendre à marcher. Il arracha une poignée d'herbe humide de rosée et la frotta sur son front et sur ses joues. Puis il tituba vers Jimmy endormi et lui posa une main sur l'épaule.

« Hé…

– Attends, je t'enlève le bandeau. »

Incapable de défaire le nœud à l'arrière, tant il avait les doigts gourds, John repoussa la bande de tissu sur le front de Jimmy avant de la jeter dans les taillis. Les premières lueurs de l'aube étaient déjà visibles à travers la brume, et les deux garçons se dévisagèrent quelques instants. Puis le regard de Jimmy fut attiré par le sang qui maculait le T-shirt de son ami, et sa bouche s'arrondit de stupeur.

« C'est rien, je vais bien », s'empressa de dire John. Pourtant, la tête lui tournait tellement qu'il avait du mal à réfléchir. D'abord, libérer Jimmy. Ça, c'était faisable. Sauf qu'il échoua ; les cordes toujours serrées refusaient de céder. Il s'escrima pendant une heure, pour ne réussir qu'à les effilocher par endroits.

« Faut que t'ailles chercher de l'aide, dit Jimmy.

– Pas question que je t'abandonne ici.

– Tu m'abandonnes pas, tu vas chercher de l'aide. Je suis sûr que des tas de gens nous cherchent. Déjà que ta mère flippe quand t'arrives au dîner avec cinq minutes de retard...

– Ouais, c'est vrai, admit John avec un petit sourire.

– Alors grouille. »

Pour rien au monde ils n'auraient avoué combien ils se sentaient vulnérables. Ç'aurait été se comporter comme des filles.

« D'accord. »

John scruta le ciel pour tenter de localiser le soleil levant. Autant partir dans cette direction, elle en valait bien une autre. Il s'éloigna de quelques pas, se retourna une fois et plongea dans les fourrés. Jimmy, la tête appuyée contre l'arbre, avait refermé les yeux. John s'élança.

Un peu plus de cinq ans s'étaient écoulés, et John Cameron, assis dans sa voiture, savait enfin à quoi ressemblait l'homme qui lui avait entaillé la main. Or, cet homme l'avait regardé, il lui avait même parlé, et il ne l'avait pas reconnu. Il n'y avait pas eu la moindre lueur de doute dans ses yeux, alors que lui-même avait l'impression que sa peur faisait vibrer l'air autour d'eux.

La porte du bar s'ouvrit et se referma. Cameron se tassa sur son siège. Les yeux fixés sur le rétroviseur latéral, il vit l'individu s'éloigner lentement. La clé était déjà sur le contact, il n'avait qu'à la tourner et s'en aller. L'autre avait presque atteint le coin de la rue ; encore quelques secondes et il disparaîtrait de sa vie. Mais, cette fois, Cameron était bien décidé à ne pas le laisser faire.

Il glissa la clé dans sa poche, sortit de la voiture et repoussa doucement la portière. L'homme était toujours visible. Peut-être rentrait-il chez lui ? Déterminé à en avoir le cœur net, Cameron traversa la route pour le filer.

Il resta à bonne distance. Les rues étaient désertes, bordées de petits immeubles défraîchis avec des boutiques au rez-de-chaussée et des appartements au-dessus. Dix minutes plus tard, l'homme s'arrêta à côté d'une laverie, devant une porte recouverte d'une peinture rouge écaillée. Il la déverrouilla, et, peu après, deux fenêtres s'éclairèrent à l'étage.

Cameron longea lentement la porte rouge, notant qu'il y avait deux sonnettes, dont aucune ne comportait de nom. Il continua jusqu'au bout de la rue, puis revint sur ses pas, sans jamais quitter des yeux les fenêtres illuminées. Il ne distinguait aucun mouvement derrière les vitres ; sans doute l'homme devait-il se préparer pour la nuit. Il s'immobilisa devant la boutique d'un prêteur sur gages et fit semblant d'examiner le contenu de la vitrine, protégée par une grille. Étrangement, il n'avait pas envie de partir. Il finit cependant par retourner à sa voiture, pour rentrer chez lui. Ses parents dormaient et sa mère lui avait mis une part de gâteau au frigo.

Il se sentait toujours sous le choc, ébranlé jusqu'au plus profond de son être, et en même temps il devait bien admettre que la tournure des événements l'avait en quelque sorte grisé.

Il dévora la part de moelleux au chocolat, debout devant l'évier. Il n'avait pas faim, mais la pâtisserie avait le goût de tout ce qu'il y avait de plus agréable et de plus solide dans sa vie.

Son esprit s'activait et sa raison tentait de suivre le rythme. Il fallait qu'il appelle Nathan, il fallait qu'il lui dise… Dans ses cauchemars, dans tous les rêves terrifiants qu'il avait faits depuis leur sauvetage, ne figurait jamais qu'un seul ravisseur ; les autres avaient disparu, sans doute parce qu'ils n'avaient joué qu'un rôle mineur. C'était cet homme-là qui avait donné ses ordres à ses complices. Il leur avait interdit d'aider David, qui était mort à cause de lui.

L'enquête, d'autant plus laborieuse et chaotique que les deux principaux témoins n'avaient pratiquement rien à dire, avait permis d'établir au moins un fait : David Quinn souffrait d'une forme légère d'arythmie cardiaque. Il suivait un traitement, et pouvait espérer mener une vie normale, mais, lorsque ses parents avaient entendu le récit des deux jeunes rescapés, ils avaient aussitôt compris ce qu'il en était : ils avaient perdu leur fils.

Cameron passa dans le salon, prit la bouteille de Johnnie Walker de son père et se servit un petit verre. Jamais encore il n'avait fait une chose pareille – signe que la soirée était décidément exceptionnelle. Il s'assit à la table de la cuisine et laissa son esprit le ramener à la source de ses cauchemars.

Ils en avaient parlé une seule fois, Jimmy et lui, avant de répondre aux questions de la police. Après quoi, ils avaient vécu pendant des mois dans la terreur que ces hommes reviennent s'en prendre à eux et à leurs parents. Ils n'avaient eu aucun mal à mentir, à affirmer aux policiers qu'ils n'avaient jamais vu le visage de leurs ravisseurs, qu'ils ne pouvaient pas non plus identifier leurs voix. Ils avaient été enlevés au bord de Jackson Pond, drogués et emmenés ailleurs dans une camionnette. Quand ils avaient repris connaissance, ils étaient ligotés et aveuglés par un bandeau. Plus tard, David avait eu une crise. Personne ne leur avait expliqué pourquoi on les avait amenés là ; personne ne leur avait rien dit.

Au fil des ans, les hypothèses s'étaient succédé. Désormais, la maturité aidant, Cameron avait compris qu'il s'agissait d'une tentative de racket qui avait mal tourné.

Il jeta un coup d'œil au téléphone mural, près de la porte. Il ne lui faudrait que dix secondes pour appeler Nathan et tout lui raconter. Et ensuite ? Son ami pourrait arrêter le suspect, obtenir une identification formelle, le mettre en examen et l'enfermer dans une cellule dont il jetterait la clé. Pour avoir écouté attentivement Nathan depuis qu'il travaillait pour le procureur du comté, Cameron était au courant de la procédure. Mais, brusquement, il eut une révélation, fondée sur tout ce qu'il avait appris du fonctionnement de la justice : ils n'avaient pas l'ombre d'une chance. Lui-même était le seul témoin capable de reconnaître l'individu en question – il doutait que Jimmy en soit capable –, et encore, juste à sa voix. N'importe quel avocat de la défense, même les commis d'office qui avaient des dizaines de dossiers par jour à traiter, anéantirait son témoignage en un rien de temps. L'homme ne serait jamais poursuivi, il repartirait libre.

dans la main droite. Il lui en assena un coup puissant à la nuque, et Gilman s'écroula sans bruit. Cameron s'immobilisa, le souffle court sous sa cagoule. Il regarda autour de lui. Personne. Il devait agir vite. *Dépêche-toi ou t'es mort.*

Après avoir fait rouler Gilman sur le ventre, il lui ligota prestement les poignets et les chevilles à l'aide d'une corde à linge – de celles qui entremêlent trois fils, un rouge, un bleu et un blanc. Il prit ensuite dans sa poche un sac en plastique noir qu'il lui passa sur la tête, et le lui noua autour du cou, sans trop serrer. Il ne voulait pas que son prisonnier s'étouffe.

De nouveau, il scruta les alentours. Toujours personne. Il remonta en voiture, recula pour se garer près de Gilman, et alla ouvrir le coffre. Après avoir saisi le corps sous les aisselles puis l'avoir fait basculer sur son épaule, il l'enferma dans la malle arrière. Ses yeux survolèrent la rue, les trottoirs, les fenêtres. Rien à signaler. John Cameron se glissa au volant et démarra. Bientôt, il sortait de la ville pour se diriger vers le parc national du mont Rainier.

31.

« RÉVEILLE-TOI ! »

Timothy Gilman ouvrit les yeux. Il était assis par terre, adossé à un arbre, les jambes tendues devant lui. Ses poignets étaient entravés et ses mains reposaient sur son ventre. Il se sentait complètement désorienté, torturé par un terrible mal de crâne. Il tenta maladroitement de ramener ses jambes sous lui pour se redresser.

« Je te conseille pas de faire ça. »

Quelque chose lui comprima le cou, puis la pression se relâcha. De toute façon, il n'avait pas la force de se relever.

« C'est quoi, ce bordel ? marmonna-t-il.

– T'as soif ?

– Hein ?

– Y a une bouteille d'eau à côté de toi. »

Gilman avait la bouche tellement sèche qu'il décida de courir le risque. Il saisit la bouteille, dévissa le bouchon et but à longs traits, espérant ainsi se donner le temps de comprendre ce qui lui arrivait. Il s'accorda encore une petite gorgée de liquide, puis encore une autre, avant de regarder autour de lui.

La seule source de lumière provenait des phares d'une voiture garée à quelques mètres. Ils illuminaient la clairière entourée de pins où il se trouvait. Un homme était accroupi à environ trois mètres de lui – mince, le visage dissimulé par une cagoule. La cagoule, c'était une bonne chose, songea-t-il aussitôt. Si ce type ne voulait pas qu'on le reconnaisse, ça signifiait qu'il comptait le libérer tôt ou tard, et à ce moment-là il commettrait la plus grosse erreur de sa vie.

Une corde semblable à celle qui le ligotait était enroulée autour de la main gauche de l'inconnu. Gilman la suivit des yeux. Elle allait jusqu'à l'arbre auquel il était lui-même adossé, passait sur une grosse branche et redescendait pour former un nœud coulant autour de son cou – un nœud suffisamment lâche pour lui permettre de tourner la tête, sans toutefois lui laisser la possibilité de se dégager.

Gilman reporta son attention sur l'homme accroupi. Il paraissait nettement plus frêle que lui ; pour autant, s'il tirait de toutes ses forces sur la corde, il serait peut-être capable de le pendre.

Sa gorge le brûlait. Quand il prit la parole, ce fut dans un chuchotement rauque.

« T'es mort », dit-il.

John Cameron se leva, puis s'avança en enroulant lentement la corde autour de son avant-bras. Son cœur cognait à grands coups sourds, et sa respiration était beaucoup plus rapide qu'il ne l'aurait voulu, mais l'heure de l'affrontement tant attendu avait enfin sonné. Ce fut à peine s'il reconnut sa voix quand il répondit :

« Je crois pas, non. Pas ce soir, en tout cas.

– C'est une blague ?

– Oh non.

– Parce que je me gèle les couilles, moi ! » Gilman changea de position. « Alors t'as intérêt à m'expliquer ce que tu fous. »

Cameron avait répété cette scène si souvent dans sa tête – ressassant chaque mot, chaque geste – qu'il savait déjà ce qu'il allait dire et faire. Étrangement, pourtant, maintenant qu'il tenait cet individu à sa merci, tout lui paraissait absurde et vain. Il ouvrit la bouche, mais aucun son ne franchit ses lèvres. Il suffoquait.

« Qu'est-ce que tu veux, bordel ? »

Serrant la corde de la main gauche, Cameron ôta sa cagoule de la droite et la rangea dans la poche de sa veste.

Gilman se pencha en avant pour mieux le voir.

Après avoir donné un peu de mou, Cameron s'accroupit de nouveau pour amener son visage à la hauteur de celui de son prisonnier, et attendit que celui-ci réagisse.

« T'es le gars du bar… », dit Gilman d'un ton incrédule. Furieux d'avoir été pris en otage par un gamin, il voulut se lever.

« Reste assis », lui ordonna Cameron en tirant d'un coup sec sur la corde. Gilman retomba par terre, les yeux fixés sur la mince silhouette à quelques pas seulement de lui. « Qu'est-ce que t'as dans le crâne, bon sang ?

– Je m'appelle John Cameron.

– Ah ouais ? Ben j'en ai rien à foutre de ton nom, mon petit John. T'as pété les plombs ou quoi ?

– Possible. Mais au point où on en est, ça n'a plus d'importance », répliqua Cameron. Il n'aurait peut-être pas dû se démasquer, mais il se sentait beaucoup mieux ainsi. « Je m'appelle John Cameron, répéta-t-il. Et je te cherche depuis longtemps. »

Gilman parut plus surpris qu'effrayé. Le nom lui semblait familier, sans qu'il puisse le situer. « Qu'est-ce que tu veux ? répéta-t-il.

– Tu vas me dire qui vous a payés pour nous enlever. Et ce qui est arrivé à David. »

En face de lui, Gilman cilla. « Hein ? »

Cameron enleva le gant qui protégeait sa main droite, la leva dans la lumière des phares et s'assouplit les doigts.

« Dis-moi qui vous a payés, et ce que vous avez fait de David. »

La physionomie de Gilman changeait peu à peu. Le regard dur, il s'adossa de nouveau à l'arbre. Son souffle saccadé formait de petits nuages blancs devant sa bouche. Il serra les poings. De toute évidence, la mémoire lui était revenue.

« Je vais te planter, chuchota-t-il.

– T'as déjà essayé une fois », répliqua posément Cameron. La peur était toujours là, au fond de lui, mais il l'avait reléguée au second plan tant il éprouvait de soulagement à pouvoir enfin se confronter à cet homme, chacun d'eux sachant maintenant qui était l'autre. « Parle-moi de David.

– Et après ?

– Après, je te laisserai partir. »

Gilman grimaça un sourire. « Oh non, ça m'étonnerait. Tu m'as pas amené ici pour discuter le bout de gras.

– J'aurais pu te tomber dessus n'importe quel soir où tu rentrais seul de ce bar. Si j'avais voulu te tuer, tu serais déjà mort. » Les mots sonnèrent étrangement aux oreilles de Cameron. Pourtant, il ne mentait pas.

« Comment tu m'as trouvé ? demanda Gilman.

– Par hasard. Je passais quelquefois boire un coup dans ce rade, et un jour j'ai reconnu ta voix.

– Et ça t'a rappelé des bons souvenirs, j'imagine... Au fait, comment va ta main ?

– Pas trop mal. Qu'est-ce qui est arrivé à David ? »

Gilman secoua la tête. « Le gosse était déjà mort quand on l'a détaché. »

Un frisson parcourut Cameron, peut-être provoqué par la réponse de Gilman, ou par l'air de la nuit. « Il s'appelait David. David Quinn.

– Possible. Bon, va falloir que tu me détaches si tu veux que je te dise où on l'a enterré. C'est bien ce que tu veux, hein ? » Il tendit les poignets.

« Oui, répondit Cameron sans bouger.

– C'était un accident, O.K. ? Il était malade. C'était pas notre faute.

– Vous ne l'avez même pas aidé.

– Qu'est-ce que t'en sais ? T'as rien vu, t'avais les yeux bandés. »

Cameron raffermit sa prise sur la corde et recommença à l'enrouler autour de son bras.

« Je peux te donner le nom de ceux qui nous ont payés. Ou même t'emmener les voir. » Gilman tourna la tête à gauche et à droite. « Mais tu dois d'abord me libérer. »

Un court silence s'ensuivit. Autour d'eux, il n'y avait pas un mouvement dans la clairière.

« Bien sûr, murmura Cameron.

– Bien sûr », fit Gilman en écho. Il essaya une nouvelle fois de se mettre debout. Il y était presque parvenu quand Cameron tira sur la corde à deux mains en s'arc-boutant contre le sol. Gilman hoqueta et tenta d'agripper le nœud coulant. « Bouge pas », gronda Cameron.

Son prisonnier obéit, chancelant, la tête inclinée de côté.

« Où est David ?

– Là où tu risques pas de le trouver. »

Cameron tira plus fort. « Je t'ai demandé où était David. »

Dans une tentative désespérée pour économiser le peu d'air qui lui restait dans les poumons, Gilman se haussa sur la pointe des pieds.

« Dans l'eau. On l'a balancé dans l'eau.

– Où ?

– Qu'est-ce qu'on en a à foutre ? »

Les talons enfoncés dans le sol, Cameron exerça une traction plus violente.

« Dans… dans la Hoh River.

– Qui vous a payés ?

– Aucune idée. Ça s'est fait par téléphone, et on a reçu du cash. On n'a jamais vu le client. »

Cameron sentit s'accélérer les battements de son cœur. Il savait maintenant que tout ce qui sortirait de la bouche de cet homme ne serait que mensonges… Il dut fournir un gros effort pour desserrer ses doigts crispés sur la corde, et les deux hommes s'efforcèrent de recouvrer leur souffle.

Gilman jaugea son adversaire. Ce dernier avait du cran, mais ce n'était qu'un gamin, même s'il avait cinq ans de plus que la dernière fois où ils s'étaient rencontrés. Il se courba en faisant mine de s'étouffer, puis attrapa le nœud coulant comme s'il ne pouvait plus respirer. Quelle ironie ! songea Cameron, qui lui laissa néanmoins un peu plus de mou. Gilman se pencha en évaluant du coin de l'œil la distance qui les séparait. Environ trois mètres cinquante.

Le gamin n'était pas armé, apparemment. S'il avait un couteau ou un flingue dans sa poche, il lui faudrait le temps de le récupérer… Tout en se forçant à tousser, Gilman tituba et sentit la corde se relâcher encore. Il n'avait pas affaire à un tueur, c'était évident ; ce gosse avait beau jouer les durs, il n'en avait pas l'envergure, et dans un moment il le supplierait de l'achever. Plus que trois mètres.

John Cameron avait conscience que la corde se déroulait lentement. Il savait que Gilman se rapprochait, mais il ne voulait pas l'étrangler.

« Reste où t'es », dit-il.

Gilman comptait sur le fait que, plus il s'éloignait de l'arbre, plus ce serait difficile de l'y ramener. La tête baissée, il fit semblant d'être secoué par une nouvelle quinte de toux et leva la main comme pour s'excuser. Cameron s'écarta d'un pas en laissant la corde filer. *Il est complètement idiot*, pensa Gilman.

Levant les yeux, il le vit faire un autre pas en arrière, l'extrémité de la corde entre les doigts. Cette fois, le môme ne pourrait plus l'arrêter.

Maintenant !

Il se redressa, attrapa le nœud coulant à deux mains et fit un bond en avant. Sans le quitter des yeux, Cameron lâcha prise. Soudain libre, Gilman se rua vers lui en grondant : « T'es mort ! » Sa voix ramena à la mémoire de Cameron les terribles souvenirs qu'il gardait de cette journée de cauchemar, cinq ans plus tôt.

Il recula au moment où le sol cédait sous le pied de Gilman. Celui-ci sentit sa jambe s'enfoncer à travers la fine couche de feuilles et de branches recouvertes de neige, le vide s'ouvrit brusquement sous lui et il chercha en vain une prise à laquelle se raccrocher. Il chuta deux mètres plus bas en poussant un hurlement qui s'interrompit net quand les pieux lui transpercèrent la poitrine et les jambes. Ensuite, le silence retomba – un silence oppressant, terrible, comme Cameron n'en avait entendu qu'une seule fois dans sa vie.

Les jambes tremblantes, il se dirigea vers sa voiture, pour y prendre la lampe-torche posée sur la banquette arrière. Puis il s'approcha de la fosse, dont il éclaira le fond. Gilman gisait à plat ventre, complètement immobile. Il y avait très peu de sang, constata-t-il en braquant le faisceau sur le corps. La mort avait dû être instantanée.

Alors qu'il commençait à rassembler des branchages pour dissimuler le trou, Cameron se demanda s'il devrait s'inquiéter d'avoir pris autant de plaisir à savoir Gilman sur le point de s'empaler. Il récupéra la pelle qu'il avait apportée et combla grossièrement la fosse avant de la recouvrir de végétation. La neige tombait autour de lui, mais il s'activait trop pour avoir froid. Timothy Gilman avait désormais une tombe, ce que David n'aurait jamais.

Sur le trajet du retour, il s'arrêta dans un magasin de spiritueux, où il acheta une bouteille de bourbon en se servant de sa fausse carte d'identité. Au lever du jour, Nathan Quinn le ferait sortir d'une cellule.

32.

HARRY SALINGER suit de l'index la ligne d'ecchymoses sombres sur sa cage thoracique qui marque sa rencontre de vendredi soir avec Alice Madison. Torse nu devant le miroir en pied de sa chambre, une pièce à l'atmosphère spartiate, presque complètement dénuée de couleurs, il contemple avec fascination les taches rouges et violettes sur sa peau.

Quand son doigt se pose sur le point de contact, il a l'impression de sentir irradier toute la rage de son adversaire – un sentiment d'une extrême intensité, ce qui lui paraît logique dans la mesure où la lettre *i* dans « intensité » est violette, comme ses contusions. De fait, il mise sur cette colère, et, au moment où il effleure l'une de ses côtes, la douleur, fulgurante, lui arrache un tressaillement. Il lui semble qu'Alice Madison lui a transmis un peu d'elle-même durant leur affrontement, qu'elle a établi entre eux un lien dont il se réjouit. Dans sa maison de Three Oaks, elle est peut-être en train d'examiner les traces qu'il a laissées sur elle ; il est cependant peu probable qu'elle puisse en saisir la signification.

Il écarte les bras, puis se détourne légèrement pour mieux voir les longues cicatrices qui sillonnent sa poitrine et son dos : des dizaines de lignes irrégulières gravées sur son corps en prison, à l'aide de n'importe quel instrument coupant, tandis que quelqu'un le maintenait à terre. Telle une carte de son enfer personnel, elles lui rappellent l'endroit d'où il vient et celui où il va. Il se souvient de chaque entaille et de chaque main qui la lui a infligée. Ces traces, sur sa peau cireuse, ne lui permettront jamais d'oublier ne serait-ce qu'un seul jour de ces quarante-huit mois.

Après avoir enfilé une chemise blanche propre, il redescend au sous-sol. Il a scotché sur un mur les agrandissements des photos qu'il a envoyées à Fred Tully, du *Star*. C'est grâce à elles que les médias se sont concentrés sur John Cameron ; de plus, il les juge bonnes et il en est fier – en particulier celles en noir et blanc qui montrent James Sinclair essayant de se libérer de ses liens. Elles ne lui vaudraient sans doute jamais un prix mais il aime les regarder. Sur son établi, il a placé le calibre 22 dont il s'est servi pour abattre Annie Sinclair, ses enfants et l'inspecteur Kevin Brown. L'arme luit doucement sous le halo d'une lampe inclinable, orientée vers elle. Salinger l'a nettoyée avec soin ce jour-là, repassant inlassablement dans son esprit la vision des flammes de bouche.

Il déplace sa chaise de façon à pouvoir contempler tout à loisir l'objet dans le coin de la cave. Né de son imagination, il a d'abord pris forme sur les dessins au mur, et à présent, si incroyable que cela puisse paraître, il est devenu réel. Les éclats de verre sur les barreaux métalliques reflètent la lumière, mais ce sont avant tout les lames d'acier qui justifient l'existence de cette cage. Salinger se sent comblé : son œuvre devait juste l'aider à accomplir son dessein, jamais il n'aurait pensé qu'elle deviendrait si belle.

Il se tourne vers l'un des moniteurs, puis presse la touche PLAY de la télécommande. La maison d'Alice Madison apparaît dans la pénombre du crépuscule ; les fenêtres sont éclairées, la porte d'entrée ouverte, et trois silhouettes se détachent sur le seuil. Il actionne le zoom. L'entaille sur le front de la policière ainsi que son bras en écharpe sont bien visibles, et, inconsciemment, Salinger frotte son flanc à l'endroit où elle l'a frappé. Elle dit au revoir à la femme et enlace étroitement l'enfant. Il arrête la vidéo. Alice Madison serre le petit contre elle ; ce geste lui apprend tout ce qu'il a besoin de savoir.

33.

DIMANCHE MATIN, assez tôt pour s'offrir un petit déjeuner dans un bar. À peine entrée dans l'établissement, Amy Sorensen repéra Alice Madison assise au comptoir devant une tasse de café et un calepin ouvert. La partenaire de Brown était vêtue d'un pull à col roulé noir sur un jean également noir ; la tenue accentuait sa pâleur, mais ses yeux brillaient et elle lui sourit. Sorensen remarqua aussi sous son blazer le holster qu'elle portait désormais à la hanche gauche.

Elles allèrent s'installer dans un box, avant de passer commande. Alice avait été tirée du sommeil par l'appel de la responsable du labo, qui venait de terminer son service et insistait pour lui parler face à face. Elle avait aussitôt sauté sur cette occasion de sortir de chez elle. Le trajet en voiture, quoique pénible, ne lui avait pas posé trop de problèmes. À mi-parcours, elle avait ôté son attelle pour l'expédier sur la banquette arrière.

Sorensen commença par l'examiner avec attention. « Jolis points de suture, observa-t-elle. Deux centimètres plus bas, et vous pouviez vous faire le look pirate ! »

Alice esquissa un sourire las. Elle avait l'impression d'avoir vieilli de dix ans depuis leur dernière rencontre.

« Je sais. J'ai appelé l'hôpital tout à l'heure… »

Elles n'eurent pas besoin d'en dire plus ; toutes deux s'inquiétaient pour Brown et savaient qu'il luttait pour sa survie. La serveuse leur apporta leurs plats : pain perdu et bacon pour Alice, salade de fruits pour Sorensen.

J'ai rencontré Cameron hier soir. Un type sympa, et un sacré sprinter… Alice mordit sans enthousiasme dans un toast ; tout avait un goût de carton. Elle aimait bien Sorensen, dont l'opinion comptait beaucoup pour elle, mais ce qu'elle voulait lui confier risquait de nuire sérieusement à leur amitié. Un enquêteur de scène de crime révère les indices, et elle s'apprêtait à démolir allègrement l'autel sur lequel il se recueillait.

« Je suis au courant de votre entretien avec Fynn, commença Sorensen, qui n'avait jamais été portée sur les bavardages inutiles. La nouvelle a fait le tour des services, et on m'a raconté pas mal de conneries, comme quoi vous auriez dit que les preuves étaient contestables. » Dans sa bouche, le mot avait une consonance éminemment désagréable. « Alors je suis venue pour connaître votre version et m'assurer que vous n'aviez pas pété un putain de câble… Oh, à propos, le sang dans l'Explorer a le même ADN que les poils découverts dans le nœud des liens chez les Sinclair. »

Alice, qui ne l'avait encore jamais entendue jurer, en resta interdite. C'était presque aussi choquant que de voir quelqu'un briser une vitre d'un coup de poing. Elle en déduisit que, si Cameron devait un jour passer en jugement, Sorensen serait dans le camp de l'accusation.

« Je ne veux pas l'histoire complète de l'univers depuis le Big Bang, reprit cette dernière. Allez à l'essentiel.

– D'accord, déclara Alice. Je vais vous parler des résultats que vous avez obtenus en faisant cette analyse des poils que Brown vous a demandée il y a quelques jours. Ensuite, on avisera.

– Je vous écoute. »

Alice s'adossa à son siège. « Il y avait de la colle. »

En voyant Sorensen délaisser son assiette, elle comprit qu'elle avait toute son attention. « Vous avez découvert des résidus d'adhésif, poursuivit-elle, qui proviennent peut-être d'un banal morceau de Scotch. Et aussi un agent désinfectant en toute petite se dit-elle, avant tout pour essayer de se rassurer. Elle ouvrit, et l'inconnu lui adressa aussitôt un sourire chaleureux.

« Inspecteur Madison ? Ravi de vous rencontrer. Je m'appelle Fred Tully, je travaille pour le *Star*. Vous auriez quelques minutes à m'accorder ? » À aucun moment il ne s'était départi de son sourire.

C'était le pisse-copie qui avait revélé les détails de l'affaire dans son journal, faisant peser les soupçons de l'OPR sur tout le service. Elle le toisa sans aménité, tandis que la colère s'emparait d'elle.

« Je viens de l'hôpital, reprit-il. Les médecins disent que… »

Il se tut en voyant Alice brandir vers lui un index menaçant.

« Vous vous foutez de ma gueule ? » gronda-t-elle, avant de lui claquer la porte au nez.

Tully dut comprendre qu'il valait mieux ne pas insister, car elle l'entendit démarrer au moment où une voiture de patrouille passait lentement devant la maison. L'agent Giordano ne relâchait pas sa surveillance. Un peu réconfortée, Alice se mit au travail.

La table du salon était couverte des notes, documents et schémas qu'elle avait rapportés du poste. Dans ce monceau d'informations se trouvaient certainement celles qui pourraient l'aider à déterminer l'identité du tueur. *George Pathune…* Alice consulta sa montre. À cette heure-là, son contact à Bones devait déjeuner avec ses enfants. Elle l'appela.

« Arnelle ? Bonjour, Alice Madison à l'appareil. Désolée de vous déranger un dimanche.

– Oh, bonjour, inspecteur Madison. Je vous ai vue au Journal télévisé. Comment vous sentez-vous ?

– Pas trop mal.

– Et votre équipier ?

– Il est toujours en Soins intensifs.

– Ça m'a fait un choc quand j'ai appris la nouvelle.

– Je m'en doute. Écoutez, Arnelle, je vais être franche : j'aurais besoin que vous me rendiez un service. Il faudrait que je puisse consulter le dossier d'un détenu nommé George Pathune, qui a été tué en prison. Ça doit remonter à deux ou trois ans. »

À l'autre bout de la ligne, le silence se prolongea quelques secondes.

« C'est drôle, j'ai l'impression qu'on s'intéresse beaucoup à feu George Pathune, tout d'un coup…

– Ah bon ? On vous a déjà appelée à son sujet ?

– Il y a trois heures, un détective privé m'a posé des questions sur lui.

– Et vous l'avez renseigné ?

– Je lui ai dit : "J'ignore comment vous avez obtenu mon numéro privé, et je vous demanderai de bien vouloir m'appeler au bureau. J'y suis de neuf heures du matin à cinq heures du soir, du lundi au vendredi." »

Hollis avait dû lui proposer de la dédommager pour sa peine, mais apparemment elle s'était montrée inflexible.

« Bonne réponse, approuva Alice.

– Le meurtre de Pathune aurait-il un rapport avec l'agression dont vous avez été victimes, votre équipier et vous ?

– J'en suis presque sûre.

– Donnez-moi deux ou trois heures. J'appellerai la sécurité pour leur transmettre votre nom.

– Arnelle, je…

– Je sais, je sais. À bientôt. »

Alice se leva. Elle avait pas mal de route à faire, autant partir le plus vite possible. Puisque Nathan Quinn cherchait à mettre la main sur ce dossier, elle avait tout intérêt à essayer de comprendre pourquoi. Elle versa le reste du café dans une Thermos, puis vérifia que son téléphone portable était chargé. Elle était presque à la porte quand elle se rappela que Fynn voulait récupérer les clés des Sinclair. Or, elle n'avait pas eu l'occasion de les faire refaire. Tant pis. Au besoin, elle n'aurait qu'à briser une autre vitre.

Dehors, le ciel couvert en ce début d'après-midi fondait les couleurs en une même grisaille, et une fine pellicule de neige recouvrait sa voiture. Celle-ci démarra néanmoins du premier coup. Alice sortit de sa poche deux antalgiques qu'elle avala avec comme un policier… Elle était sûre que, dans sa jeunesse, il avait cherché à en devenir un. Elle l'imagina en train de boutonner son uniforme devant la glace en pensant aux deux inspecteurs qu'il allait piéger, et à la meilleure façon de les attirer sous les arbres pour accomplir ses sombres desseins…

Elle baissa sa vitre pour laisser l'air froid lui balayer le visage. Elle en venait à suspecter leur agresseur d'avoir pris plaisir à tirer sur Brown alors qu'il incarnait un policier. C'était une façon pour lui de justifier son acte, de lui donner un côté presque légal.

George Pathune… Le meurtrier avait dû laisser des traces physiques sur le corps de sa victime, mais les enquêteurs s'étaient contentés du lambeau de denim pour remonter jusqu'à Rabineau. Elle se demanda si, à leur place, Sorensen aurait cherché plus loin, avant de se souvenir du scepticisme affiché par la responsable du labo, ce matin-là, au bar.

Rien ne pouvait ébranler la confiance de Sorensen dans ses indices. Alice songea qu'elle aurait pu lui emprunter sa cuillère, comportant ses empreintes et son ADN, pour lui montrer à quel point il était facile de… En cet instant, elle eut de la chance que la route soit droite et déserte, car, durant une fraction de seconde, elle ne vit plus que le tueur saisissant le verre qui comportait les empreintes de Cameron – le récupérant au restaurant, sur la table où Cameron lui-même l'avait posé. *L'assassin travaillait au Rock.*

Sans quitter la route des yeux, Alice sortit son mobile de la poche intérieure de sa veste, puis appela le poste. Elle tomba sur Jenner, l'agent de permanence.

« Madison à l'appareil. Vous pouvez me passer le lieutenant ?

– Il n'est pas dans son bureau.

– O.K. Je vais essayer de le joindre sur son portable.

– Il est parti avec les inspecteurs.

– Parti où ?

– Je ferais mieux de vous mettre en relation.

– Jenner ? » Alice eut beau plaquer le combiné contre son oreille, elle n'entendit plus sur la ligne que des grésillements.

Brown… Quelque chose était arrivé à Brown, et ils étaient tous allés à l'hôpital. Brown n'avait pas survécu.

Filant toujours dans la pénombre, Alice attendit qu'une voix lui annonce la mort de son coéquipier. Mais, tant que les mots n'étaient pas prononcés, il y avait de l'espoir…

Le silence se prolongea, insupportable, jusqu'au moment où Andrew Dunne demanda : « Madison ? T'es là ? » Alice distingua d'autres voix en arrière-fond.

« Dunne ? Où vous êtes ?

– On va l'avoir.

– Quoi ?

– On a repéré Cameron. Son bateau est amarré dans la marina de Poulsbo. Je l'ai devant les yeux. »

Alice fit un effort pour rassembler ses esprits. En même temps, elle se sentait submergée par le soulagement.

« Cameron est à bord ? demanda-t-elle, sans trop savoir si la réponse allait lui plaire.

– Oui. On l'a aperçu il y a environ une heure.

– Est-ce que Fynn est avec toi ? Il faut que je lui parle.

– C'est que… il est assez occupé.

– Il y a urgence, Dunne.

– Il est avec le commandant de l'unité du SWAT, le shérif du comté de Kitsap et le chef de la police de Poulsbo. On va intervenir d'une minute à l'autre. Dis-moi ce qu'il y a, je lui transmettrai le message.

– Le SWAT est sur place ? s'étonna Alice.

– Tout le monde est là, répondit Dunne. On a bouclé la marina et les alentours.

– Passe-moi Fynn. Vite. »

Son insistance finit par alerter Dunne.

« Madison ? T'as un problème ?

– Un détenu a été tué à Bones il y a deux ans, et le corps présentait des similitudes avec ceux des Sinclair. Maintenant, passe-moi Fynn !

– C'est pas possible. »

Alice n'aurait su dire si ces paroles s'appliquaient au meurtre de Pathune ou à la situation actuelle du lieutenant. « Dunne, t'es là ? Andy ? »

Silence.

« Andy ? »

Grésillements.

« Écoute, Madison, je vais devoir te rappeler.

– Non… »

Déjà, il avait coupé la communication.

Ils allaient déclencher l'opération. Ce n'était plus qu'une question de secondes… Alice serrait si fort le volant que même son bras valide était douloureux. Elle connaissait tous les agents de l'équipe du SWAT jusqu'au dernier – des éléments fiables, bien entraînés et capables de faire en sorte que chacun, dans leur camp comme dans celui de l'adversaire, puisse s'en sortir vivant. En l'occurrence, ils s'apprêtaient à appréhender John Cameron, qu'ils pensaient coupable d'avoir tiré sur l'un d'eux. Alice baissa de nouveau sa vitre. Quelqu'un allait bientôt mourir, d'un côté ou de l'autre. Eux pensaient tenir l'agresseur de Brown, et lui ne se laisserait pas prendre vivant.

Un jour, se dit-elle, Cameron tomberait pour le meurtre de Sanders et celui des dealers de Los Angeles. Mais pas maintenant, pas comme ça. Si elle n'agissait pas, ce serait l'assassin des Sinclair le grand gagnant.

Elle saisit de nouveau son téléphone. Elle se souvenait du numéro pour l'avoir composé à plusieurs reprises quelques jours plus tôt.

« Allô ? »

La voix lui parut si proche qu'elle hésita. Était-elle vraiment sûre de vouloir faire une chose pareille ?

« Monsieur Quinn ? Je, euh, c'est l'inspecteur Madison.

– Bonjour, inspecteur.

– Écoutez, je sais que Tod Hollis travaille pour vous, et que vous lui avez demandé d'appeler Sorensen en vous disant que ça me reviendrait forcément aux oreilles. Je sais aussi que Cameron vous a téléphoné pour vous raconter notre rencontre d'hier soir, alors… » Elle s'interrompit pour reprendre son souffle. « Vous m'avez donné Pathune, n'est-ce pas ?

– Possible.

– Vous aviez raison : je crois moi aussi que c'est le même assassin. On va le coincer, mais il nous faut du temps, et justement on en manque. Cameron vous fait confiance, n'est-ce pas ?

– Comment ça ?

– S'il se conforme à mes instructions, il s'en tirera. Mais s'il blesse l'un de ces hommes, ni vous ni moi ne pourrons plus rien pour lui. »

Alice imagina le bateau, l'équipe du SWAT prête à lancer l'assaut, les voitures banalisées avec les agents accroupis derrière et les tireurs postés sur les toits des jolies maisons aux alentours.

« Inspecteur…

– Vous pouvez l'aider, mais vous devez lui dire de se rendre.

– Quoi ?

– Je vous jure que s'il s'en prend à l'un d'eux, je le descendrai moi-même. » Elle espérait de tout cœur que ce qu'elle allait ajouter permettrait de sauver des vies. « Le tueur était employé au Rock. Maintenant, dites à Cameron de se rendre et de descendre du bateau. »

Alice coupa la communication puis jeta le téléphone sur le siège passager. Elle dépassa Everett et traversa le comté de Snohomish, la neige lui laissant juste entrevoir un ruban d'eau noire. Il devait neiger à Poulsbo aussi… Elle pouvait encore attraper le ferry pour Winslow et y être en moins de deux heures. Entre-temps, tout serait terminé. « Jusqu'où es-tu prête à aller ? » lui avait demandé Brown une fois. Elle sentit une larme rouler sur sa joue et l'essuya avec sa manche.

« Qu'est-ce qu'on attend ? » demanda l'inspecteur Tony Rosario sans s'adresser à personne en particulier. Posté derrière une fourgonnette de la compagnie d'électricité du comté de Kitsap, garée sur le parking de la marina de Poulsbo, il frottait l'une contre l'autre ses mains gantées. Il portait par-dessus son manteau un coupe-vent bleu marine avec les mots SPD inscrits au dos ; dessous, son gilet en Kevlar le gênait au niveau des aisselles.

« Les gars de la surveillance maritime ne sont pas encore prêts, répondit Dunne. Ils ont eu une urgence. » Il se tenait près de Rosario, ses jumelles de vision nocturne braquées sur le quai E, le deuxième en partant de la droite, en face de la capitainerie. Kelly, à côté d'eux, examinait les alentours en râlant, dépité d'avoir dû laisser le SWAT intervenir en premier. Il leva les yeux ; sur le toit de l'épicerie scandinave, un tireur d'élite devait viser l'avant-avant-dernier bateau de la rangée, celui dont la cabine était éclairée. Kelly ne le voyait pas, mais il était sûr qu'il était là.

Tout le monde était en place. Une dizaine d'agents du SWAT, déployés entre le quai et la terre ferme, n'attendaient plus qu'un signal pour s'élancer. Leur commandant n'avait pas jugé utile de faire venir un négociateur ; il estimait qu'il valait mieux agir vite et neutraliser Cameron avant qu'il puisse tirer sur un autre flic. Le lieutenant Fynn avait rejoint les trois autres responsables, au bout du quai D, derrière un petit bâtiment de brique semblable à la Capitainerie. En théorie, c'était son opération, mais dans les faits le chef de la police de Poulsbo avait pris les choses en main. Les effectifs s'étaient mis en position dès que l'électricité avait été coupée, et les quatre hommes, le visage fermé, n'avaient pratiquement pas échangé un mot depuis, se bornant à taper des pieds pour se réchauffer.

Sur les dix-sept agents de la police de Poulsbo, quelques-uns avaient bien grommelé alors que le SWAT préparait l'offensive, invoquant des histoires de territoire et de juridiction, mais tous se souvenaient que le *Nostromo* avait appareillé de cette même marina, alors les râleurs avaient fini par se taire.

Le commandant de l'unité du SWAT, Marty Karlsson, avait déjà briefé son équipe.

« Le bateau de Cameron est l'avant-avant-dernier sur le quai E. Il va donc falloir en longer environ vingt-quatre autres avant de l'atteindre. Je sais qu'on a aperçu le suspect dans la cabine, mais si je vous vois vous risquer sur un pont, n'importe lequel, qui n'a pas été sécurisé, je vous balance moi-même à l'eau. » Il y avait eu des hochements de têtes et des « Oui, chef » autour de lui. « Ce type est aussi vif et glissant qu'une anguille, sans compter qu'il n'hésitera pas à faire feu sur vous. Alors pas question de prendre des gants ; s'il ne veut pas finir la journée en un seul morceau, libre à lui. »

Les rideaux dans la cabine du neuf-mètres fuselé avaient frémi à plusieurs reprises, comme si quelqu'un les effleurait au passage, et, chaque fois que c'était arrivé, trente-cinq hommes et femmes armés jusqu'aux dents avaient retenu leur souffle.

« Dans combien de temps ? » demanda Fynn au chef de la police Rogers.

Celui-ci leva trois doigts. Des voix lui parvenaient dans son oreillette ; la vedette des patrouilleurs était presque en place.

Quelques mètres plus loin, Dunne se tourna vers Spencer, sa radio à la main. « Je viens d'avoir Madison, dit-il. Elle voulait parler à Fynn.

– Pourquoi ?

– Elle a quelque chose.

– Tu lui as dit ce qui se passait ? »

Dunne confirma d'un hochement de tête.

« Où est Rosario, Bon Dieu ? s'écria Kelly en regardant autour de lui.

– Il a dû partir, répondit Dunne.

– Où ?

– Ça pressait. »

Des silhouettes filaient sur le quai E. Spencer entendit des ordres s'élever dans son oreillette. « Ils ont donné le signal », dit-il.

Tony Rosario regrettait amèrement que les toilettes publiques aient été fermées pendant la durée de l'opération. Il faisait un froid de canard, et, après avoir avalé trois grands cafés pour se réchauffer, qui lui avaient mis les nerfs en pelote, il avait de plus en plus de mal à supporter Kelly.

Ils avaient garé leur Ford près d'une benne à ordures, au fond d'une ruelle qui donnait sur le front de mer. Elle se trouvait dans le périmètre plongé dans le noir, et il se dit qu'il pourrait se soulager discrètement sans aller trop loin. Il esquissa un sourire. Les lieux étaient si sombres qu'il aurait intérêt à faire attention de ne pas pisser sur leur voiture.

Il se repéra plus facilement qu'il ne l'avait cru, et, deux minutes plus tard, il s'immobilisait entre leur Ford banalisée et la benne, ôtait ses gants puis ouvrait sa braguette. L'air était glacial.

La première fois qu'il entendit le bourdon, il n'y prêta pas vraiment attention. Il remontait sa braguette quand il l'entendit de nouveau, et une certitude s'imposa alors à lui : il n'y a pas de bourdons en décembre. Le bruit était celui d'un pager qui vibrait quelque part dans son dos.

Au moment où il se retournait, on l'attrapa par les cheveux avant de lui écraser la tête contre le mur de brique devant lui. Son nez se brisa sous le choc, et la douleur fut telle qu'il faillit perdre connaissance. Ensuite, tout se passa au ralenti : le sol se porta à sa rencontre, et il essaya d'atteindre son arme, mais sa main avait du mal à obéir aux ordres de son cerveau. *Pas comme ça, mon Dieu ! C'est trop con.* Il sentit enfin la crosse sous ses doigts.

Une voix grave lui glissa à l'oreille : « À terre. »

Quelqu'un lui faisait les poches. Les yeux larmoyants, Rosario tenta de respirer malgré le flot de sang qui lui coulait du nez.

« À terre, j'ai dit », répéta l'homme dans un chuchotement, tout en lui appuyant sur le dos.

La pression disparut d'un coup, et Rosario mobilisa ses forces pour se relever en prenant appui sur le mur. Il s'y adossa et regarda autour de lui. Il était seul. Il tâtonna à la recherche de son arme, puis de la radio dans la poche de son pardessus, avant de sentir le sol sous ses paumes.

Au niveau du barrage érigé à trois rues de là, les agents du comté de Kitsap font signe à une Jeep Cherokee vert foncé de s'arrêter. Le conducteur leur présente son insigne : police de Seattle.

« Comment ça se passe, là-bas ? » lui demande l'agent Carey en indiquant la marina. Il aurait aimé participer aux opérations, pour avoir enfin quelque chose à raconter.

« On l'a coincé, répond John Cameron. Il n'ira nulle part ce soir. » Il salue de la main les policiers en redémarrant. Le chauffage dans la voiture est poussé au maximum, et il se félicite d'avoir enfilé des vêtements sombres par-dessus sa combinaison de plongée ; ainsi, l'agent Carey n'a pas remarqué qu'ils étaient trempés. Il a également toutes les raisons de se réjouir que les agents du SWAT aient coupé l'électricité dans la marina, ce qui lui a permis de se laisser glisser furtivement dans les eaux sombres dont la température était glaciale. Sa main tremble quand il baisse la ventilation et décroche le pager qui vibre à sa ceinture. C'est le numéro de Quinn. Tout en conduisant d'une main, il ouvre de l'autre le sac à dos étanche posé sur le siège passager. Les doigts toujours gourds, il cherche le numéro dans ses contacts et presse la touche de numérotation.

« Nathan ?

– Où es-tu ? » Quinn s'exprime d'un ton mesuré, mais Cameron décèle une inflexion cassante dans sa voix.

« En voiture.

– La police surveille le bateau. Tu ne peux pas y retourner.

– J'en viens, justement. »

Un long silence s'ensuit.

« Tu vas bien ? demande Quinn.

– Pas de problème. Comment as-tu appris qu'ils surveillaient le bateau ?

– Quelle importance ?

– Eh bien… » Cameron sourit. « Ton timing était parfait.

– Jack, l'inspecteur Madison m'a dit que… » Quinn marqua une brève pause. « Elle pense que le détenu assassiné en prison a probablement été victime du même homme. Elle aura bientôt un nom.

– Qui l'a mise au courant, pour ce meurtre ?

– Quelqu'un de la Scientifique l'a prévenue que Hollis fouinait. Mais, Jack…

– Quoi ?

– Comment as-tu quitté le bateau ?

– J'ai piqué une tête dans le noir. Je ne le conseille à personne.

– Ce n'est pas ce que je te demande.

– Je sais ce que tu me demandes, et la réponse est non.

– O.K. Où vas-tu ?

– Tu veux vraiment que je te réponde ? »

La voix de Quinn était encore plus froide que la mer d'encre. « Va au diable, Jack. »

Mais Cameron regrettait déjà sa réplique.

« Chez moi, Nathan. Je rentre chez moi. »

Après cet échange, Quinn pose le téléphone. Il n'a pas dit à son ami que le meurtrier était employé au restaurant, et il ignore où est l'endroit que Cameron considère aujourd'hui comme son foyer. Il prend le magnétophone qu'il utilise depuis que Billy Rain l'a appelé, et écoute Alice Madison lui annoncer que son client est sur le point d'être appréhendé. Il sort la cassette et la contemple. Il n'aurait pu prévoir ce rebondissement, mais il tient désormais entre ses mains la carrière et l'avenir de l'inspecteur Madison.

Rosario revint vers la marina, le sang inondant le devant de son pardessus. À son arrivée, il vit de puissants projecteurs éclairer les quais. Les agents du SWAT se croisaient, sautaient de bateau en bateau, fouillaient chaque centimètre carré du site à l'aide des lampes fixées à leurs fusils. Hors d'haleine, encore secoué, il longea un groupe de policiers de la ville occupés à explorer le parking et se dirigea vers le lieutenant Fynn.

Celui-ci, en pleine discussion avec un sergent du SWAT, se retourna à son approche.

« De l'aide, vite ! cria-t-il au moment où Rosario s'écroulait.

– Je… je suis désolé », balbutia ce dernier.

Quelques secondes plus tard, Fynn et le shérif du comté demandaient par radio l'installation de barrages routiers dans toute la péninsule. C'était comme si un grand coup de vent avait soudain soufflé sur la marina et dispersé la foule : l'Unité de scène de crime était en route afin de passer au peigne fin le bateau de Cameron, mais pour tous les autres l'action était ailleurs. Des agents du SWAT scindés par petites groupes sillonnaient Poulsbo, accompagnés par des policiers qui connaissaient bien la ville. Chacun savait cependant, au plus profond de lui, que leur proie avait disparu depuis longtemps.

Kelly se tenait à l'écart, le regard rivé sur l'urgentiste qui soignait le nez de Rosario et tentait d'endiguer le flot de sang. Son équipier s'était fait voler son arme et n'était même pas certain de pouvoir reconnaître son agresseur. Or, au tribunal, une identification fondée sur une voix ne valait pas grand-chose. Kelly se sentait à la fois furieux et blessé, comme si Rosario lui avait infligé un affront personnel. Qu'est-ce qui lui avait pris de partir seul dans son coin ? Quand leurs yeux se croisèrent, Rosario détourna les siens. Kelly s'approcha et s'accroupit à côté de lui.

« Ça aurait pu être pire, dit-il.

– Tu trouves ? répliqua Rosario.

– Mouais. Je pourrais parler à une housse mortuaire. »

Le lieutenant Fynn se chargea lui-même d'interroger l'agent Carey, qui n'en menait pas large. Cette histoire-là n'était certainement pas de celles qu'il avait rêvé de raconter.

Alice saisit son téléphone portable qui sonnait sur le siège passager.

« Madison ? C'est Dunne.

– Qu'est-ce qui se passe ?

– Cameron a foutu le camp.

– Quoi ?

– Quand le SWAT a investi le bateau, il était trop tard. Il a dû plonger. Je sais pas trop à quel moment, parce que les gars surveillaient la marina depuis des heures. Il a réussi à les abuser en laissant les lumières allumées dans la cabine et en branchant un petit ventilateur pivotant qui faisait voltiger les rideaux de temps en temps. On a fouillé le bateau, sans résultat. Maintenant, on attend la Scientifique. » Il s'interrompit un instant. « Et Rosario a été attaqué par-derrière alors qu'il était parti pisser.

– Hein ? C'est arrivé comment ?

– Le SWAT s'apprêtait à donner l'assaut. Comme les flics de la Poulsbo avaient verrouillé les toilettes publiques, Tony est retourné dans la rue où Kelly et lui avaient garé leur bagnole, et il se reboutonnait lorsqu'on lui a écrasé la tête contre un mur. Il a le nez cassé et un œil amoché. Le plus emmerdant, c'est qu'on lui a fauché son arme et sa plaque.

– Cameron ?

– Il pourrait pas le jurer. Mais bon, y a pratiquement jamais de crimes violents dans le coin. J'ai du mal à imaginer que quelqu'un d'autre ait pu choisir ce moment pour attaquer un flic...

– Comment va Rosario ?

– Il était en train de pisser, ma grande. À mon avis, il a sacrément les boules. Et si jamais l'agresseur se sert de son flingue pour descendre quelqu'un, ça va pas s'arranger...

– Non, c'est sûr... », murmura Alice. Pour elle, ce n'était pas une grande consolation de savoir que Cameron avait filé avant qu'elle appelle Quinn. Le malheureux Rosario n'en avait pas moins le nez cassé, et son arme avait disparu. « Je peux parler à Fynn ? demanda-t-elle.

– Il est pas là. Il est allé interroger les agents qui ont laissé Cameron franchir le barrage, et autant te dire qu'il est sacrément remonté. Alors, à moins d'avoir un truc super important à lui apprendre, genre la nouvelle du siècle, je te conseille de pas le déranger pendant deux ou trois heures. »

Alice songea qu'elle aurait intérêt à mettre ce délai à profit pour peaufiner ses arguments. Ils raccrochèrent. Elle déplorait que Rosario ait été blessé, évidemment, mais elle n'ignorait pas que l'opération aurait pu tourner au massacre, et au fond elle se sentait soulagée. Elle s'arrêta prendre un café dans Mercer Street, d'où elle passa son appel suivant.

Nathan Quinn décrocha à la première sonnerie.

« Votre client a agressé un officier de police, dit-elle.

– Il est toujours en vie ?

– Oui.

– Alors c'est une bonne journée pour nous deux. »

Elle laissa s'écouler quelques secondes avant d'annoncer : « Je veux le dossier de tous les employés du Rock. Est-ce qu'il me faut un mandat ? »

Elle espérait que, vu l'urgence de la situation, Quinn se montrerait moins regardant sur le respect de la loi.

« Compte tenu de ce que vous avez, vous ne serez même pas reçue par le juge », répondit-il.

Alice leva les yeux au ciel.

« Bon, je vous rejoins au restaurant, déclara-t-il. Dans combien de temps pouvez-vous y être ? »

Treize minutes plus tard, ils entraient tous les deux sur le parking.

En proie à une étrange impression d'irréalité, Alice le regarda déverrouiller la porte de l'établissement. Ils ne s'étaient même pas salués.

Quinn désactiva l'alarme puis pressa un interrupteur. Quand l'inspecteur Madison s'avança dans la lumière, il découvrit son visage tuméfié et contusionné, la profonde entaille qui lui barrait le sourcil… Il y avait aussi dans son regard une lueur qui n'y brillait pas quatre jours plus tôt. Il ne baissa cependant pas les yeux.

Alice l'avait pris en grippe dès l'instant où il avait décidé de protéger Cameron. Quinn avait cru à l'innocence de son client envers et contre tout, et la suite des événements lui avait donné raison. Alice ne l'en appréciait pas plus pour autant. À sa façon, il était aussi dangereux que Cameron, et il convenait par conséquent de se méfier de tout ce qu'il pourrait faire mine d'offrir. En cet instant, son expression n'exprimait ni chaleur ni compassion, ce qu'elle jugeait préférable. Ils étaient l'un comme l'autre sur leurs gardes.

« Admettons qu'on mette la main sur un nom, ce soir, dit-il. Est-ce que votre hiérarchie vous prendra au sérieux ?

– Oui, du moment que je peux fournir des éléments concrets.

– Et si personne ne veut vous écouter ? »

Sans lui laisser le temps de répondre, il s'éloigna. Alice se doutait qu'il essayait de ne pas penser à toutes les fois où il avait bavardé avec un serveur, un extra ou un commis de cuisine. Si le meurtrier avait été employé au Rock, Quinn l'avait forcément rencontré. Il lui avait parlé, peut-être même avait-il sympathisé avec lui…

Le bruit de leurs pas résonna dans la salle, accentuant l'impression étrange dégagée par les tables dressées, seulement éclairées par le demi-jour qui pénétrait par les grandes baies vitrées.

« Qu'est-ce qui motive le tueur ? » demanda Quinn en entrant dans le bureau du manager. Il avait posé la question d'un ton neutre, comme s'il s'agissait d'une des nombreuses affaires qu'il traitait quotidiennement.

« Je n'en sais encore rien. Quand on aura découvert "qui", on aura sans doute une chance de comprendre "pourquoi". »

Quelques jours plus tôt à peine, songea Alice, elle était dans ce même bureau avec Brown, à parler couteaux de cuisine et soirées poker… L'air froid sentait le renfermé. Quinn ouvrit un classeur métallique et entreprit de passer en revue les dossiers.

« On cherche sur les trente derniers mois ?

– Oui », répondit-elle.

Elle n'avait pas encore la liste de tous les détenus remis en liberté juste après la mort de Pathune, mais elle pourrait l'obtenir dès le lendemain. La date du meurtre était un bon point de départ.

Quinn soupira. « Les fichiers sont classés par ordre alphabétique. Il va falloir tous les consulter.

– Merci, mais je peux faire des copies et les éplucher moi-même. Je n'ai pas besoin de votre aide.

– Vous avez l'air tout à fait capable de vous débrouiller, en effet. On va s'installer dans la cuisine ? »

Alice hésita. « Si on découvre quelque chose, quelle garantie aurai-je que vous n'en informerez pas aussitôt votre client ?

– Vous avez la parole d'un auxiliaire de justice, affirma Quinn sans la moindre trace de sarcasme. Et puis, rien ne vous empêche de revenir dès que vous aurez convaincu un juge de vous signer un mandat. »

Ils saisirent chacun une pile de dossiers, passèrent dans la cuisine et les posèrent sur le plan de travail immaculé au milieu de la pièce.

Ils commencèrent par éliminer toutes les femmes, réduisant ainsi d'un tiers le nombre de suspects potentiels. Puis Quinn saisit une chemise et l'ouvrit. Alice l'imita.

« Vous lui en avez parlé ? lança-t-elle.

– Comment ça ? »

Quinn savait pourtant exactement à qui elle faisait allusion.

« À Cameron.

– Vous êtes en train de m'interroger sur la teneur de mes communications avec mon client ?

– Je vous demande juste si, avant ou après lui avoir conseillé de quitter son bateau, vous avez dit que l'assassin travaillait au Rock.

– Je n'en ai pas eu l'occasion.

– Ah non ?

– Non. »

Pour faire tourner un restaurant pendant trente mois, il faut pas mal de personnel à plein temps ou à mi-temps, et des extras. Chaque dossier contenait un CV, des références et des coordonnées, mais pas forcément présentés de la manière la plus claire qui soit.

Ils les parcoururent les uns après les autres, les plaçant au fur et à mesure qu'ils les écartaient dans la pile « à exclure ». Jusque-là, il n'y en avait pas d'autre.

« Comment êtes-vous arrivée à la conclusion que mon client n'était pas le meurtrier ? reprit Quinn, concentré sur les papiers.

– J'ai lu récemment un article sur un photographe qui s'était fait tabasser, et je me suis souvenue d'une photo que j'avais vue de Cameron gamin. » Alice se rendit compte trop tard qu'elle venait de faire allusion aux funérailles du jeune frère de Quinn. Elle leva les yeux. « Désolée », s'empressa-t-elle d'ajouter.

Il l'ignora. « Continuez.

– Je crois que, lundi dernier, un peu après vous avoir parlé, Cameron a agressé Andrew Riley parce que celui-ci avait essayé de photographier les corps de James Sinclair et de ses proches. Ça m'a rappelé ce qui s'était produit des années plus tôt.

– C'est tout ?

– Oui.

– C'est juste cette photo qui vous a fait changer d'avis ?

– Oui.

– Je comprends mieux que votre patron ne vous ait pas suivie…

– Vous espériez que j'allais sortir de mon chapeau une preuve secrète ?

– J'espérais que vous auriez désormais plus à m'offrir qu'une simple intuition.

– On est deux, monsieur Quinn.

– À quoi ressemblait-il ?

– Qui ?

– L'homme qui a tiré sur votre coéquipier.

– Il est fort, rapide et déterminé. Il était parfaitement à l'aise dans le rôle d'un flic, et il n'a pas hésité à tirer sur un inspecteur. »

Elle poussa un dossier vers lui. « Dicky Boyd. En prison au moment du meurtre de Pathune. Il a commencé à travailler en cuisine huit mois plus tard et il a démissionné en juin dernier. Ça vous dit quelque chose ?

– Boyd ? Oui, mais je ne pense pas lui avoir jamais adressé la parole.

– Vous pourriez me le décrire ? »

En un éclair, Alice revit le faux policier qui s'était porté à leur rencontre devant la maison de Cameron.

« Dans les un mètre quatre-vingts, cheveux noirs, bâti comme une armoire à glace. Pourquoi a-t-il été condamné ?

– Escroquerie, répondit Alice. Et l'homme qui a tiré sur Brown était plutôt mince.

– Sans compter qu'il y a un sacré pas à franchir pour passer de l'escroquerie au meurtre.

– Vous vous rappelez quelque chose de particulier à son sujet ?

– Rien du tout. »

Alice écarta le dossier de Boyd et en prit un nouveau. Une heure plus tard, ils avaient deux autres noms : Owen Burke et Paul Telling.

« C'est tout ? lui demanda Alice en plaçant la dernière chemise sur la pile "à exclure".

– C'est tout.

– Bon, Burke est sino-américain, et Telling ne mesure qu'un mètre soixante-dix. Tous les deux ont été mêlés à des affaires de trafic de drogue. Aucun ne ressemble à l'homme que j'ai rencontré. »

Alice était tellement sûre de découvrir un nom qu'elle n'avait pas envisagé une seconde d'échouer. Nathan Quinn s'approcha d'un des frigos, en sortit deux bouteilles d'eau et lui en tendit une.

« Merci, dit-elle. Je vais recommencer. On a dû négliger quelque chose.

– Peut-être pas… »

Il décrocha le combiné mural et chercha un numéro dans le répertoire.

« Allô, Donny ? Nathan Quinn à l'appareil. »

Donny O'Keefe, se rappela Alice. Le chef du Rock, qui était aussi un habitué des soirées poker. Le jour où ils étaient venus avec Brown, il leur avait proposé de la soupe de poisson. Elle se leva, s'étira, et fit quelques pas pour se dégourdir les jambes avant de se replonger dans la paperasse.

« Écoute, Donny, je m'intéresse à un gars qui aurait travaillé dans ta cuisine à sa sortie de prison. Il aurait pris son poste il y a un peu plus de trois ans. » Il regarda Alice. « Un mètre quatre-vingts, assez mince. J'ai Boyd, Burke et Telling, mais ils ne correspondent pas. »

Quinn l'écouta quelques instants. « Non, je ne peux pas t'expliquer pour le moment. Merci. Je te rappellerai demain. » Il raccrocha.

« Qu'est-ce qu'il a dit ? »

Une main toujours posée sur le téléphone, Quinn ne répondit pas.

« Alors ? insista Alice.

– Il a dit : "Pourquoi pas Salinger ?"

– Qui est Salinger ? Je n'ai pas vu de dossier à son nom.

– Harry Salinger. Il a dû partir avec quand il a rendu son tablier, il y a quelques mois.

– Harry Salinger… »

Alice prit une profonde inspiration et saisit son mobile. « Inspecteur Madison, Criminelle. J'ai besoin d'informations sur un individu : Salinger, Harry. Oui, j'attends… » Elle ouvrit son calepin et attrapa son stylo en priant pour avoir quelque chose à noter.

Trente secondes s'écoulèrent. Alice se sentait sur des charbons ardents. Quinn patientait, les yeux fermés.

« Oui, je suis toujours en ligne. » Elle griffonna sur la page. « Des dates, s'il vous plaît. Et aussi l'adresse. Super, merci. » Elle raccrocha. « Salinger a été libéré trois jours après le meurtre de Pathune ; il avait été condamné pour coups et blessures. »

Elle referma son calepin.

« Bon, à partir de là, je vais devoir prouver qu'il était sur la scène de crime. Ensuite, il faudra que j'arrive à convaincre Sarah Klein et le bureau du procureur. Quant à vous, vous allez vous arranger pour que votre client se tienne à carreau un certain temps. Quitte à le ligoter sur une chaise. »

Elle commença à rassembler ses affaires. « Surtout, ne lui donnez pas ce nom. En aucun cas.

– Comment allez-vous vous y prendre pour prouver que Salinger était sur la scène de crime ?

– Attention, Cameron a attaqué un officier de police, et ça je ne risque pas de l'oublier ; simplement, je mets cette histoire de côté pour le moment. Je ne voudrais pas que vous débouchiez le champagne.

– Salinger, lui rappela Quinn d'un ton sec.

– Je ne sais pas encore. Il est très méticuleux : toutes les empreintes recueillies chez les Sinclair étaient celles des victimes, à part sur le verre – verre qui provenait d'ici, de cette cuisine. Plus j'y pense, plus j'ai l'impression qu'il a dû visiter la maison des Sinclair sous un prétexte ou un autre, qu'il n'est pas du genre à foncer dans le noir. Vous ne voyez pas une occasion où il aurait pu s'y rendre ?

– Les Sinclair ont donné une fête il y a quelques mois. Je me rappelle que James a emprunté des verres au restaurant. Peut-être qu'un des employés a porté les caisses chez lui, et est ensuite allé les récupérer ? C'est une possibilité. »

Alice releva certains numéros de téléphone sur la liste des employés. Des personnes qui travaillent ensemble tous les jours doivent forcément savoir des choses sur leurs collègues.

« Vous vous rappelez cet homme, monsieur Quinn ? »

Il réfléchit un moment. « Non », répondit-il enfin, et Alice le devina soulagé. Le souvenir du meurtrier en compagnie des Sinclair, peut-être même parlant aux enfants, aurait sans doute été trop difficile à supporter.

« Merci pour votre coopération, en tout cas, dit-elle en se dirigeant vers la porte. Ça nous a permis de faire un grand pas en…

– Je vous ai enregistrée, l'interrompit Quinn.

– Pardon ?

– Quand vous m'avez averti de l'intervention à la marina. »

Elle se tourna vers lui en espérant que ni son expression ni sa voix ne la trahiraient.

« Ce n'était pas délibéré, expliqua-t-il. Mais il se trouve que j'enregistre tous mes appels, depuis quelque temps. Je ne m'attendais pas à recevoir un coup de téléphone de votre part, et je m'attendais encore moins à ce que vous m'offriez sur un plateau de quoi convaincre la juge Martin d'enterrer l'affaire.

– Vous allez lui en parler ?

– N'est-ce pas ce que ferait tout avocat sensé ?

– Probablement. » Elle s'absorba un instant dans ses pensées. « Cet enregistrement ne change rien : je me suis discréditée à la seconde même où j'ai exposé ma théorie à mon patron. À partir de là, mon attitude sera mise sur le compte d'un choc post-traumatique : mon équipier a été blessé, je m'en veux de ne pas l'avoir protégé, etc. Bref, mes supérieurs se débrouilleront pour que ni mes paroles ni mes actes ne puissent nuire à l'enquête. Ils savaient que vous risquiez de vous servir de moi pour contester le mandat.

– Mais ils ne pouvaient pas savoir que vous me téléphoneriez et que vous feriez capoter leur opération, objecta Quinn. Ça, vous croyez vraiment qu'ils le mettront sur le compte du choc post-traumatique ? Vous avez intégré la Criminelle depuis moins de cinq semaines, vous avez un avenir prometteur. Vous imaginez les conséquences ?

– Qu'est-ce que vous attendez de moi, Quinn ?

– Dites-moi pourquoi je ne devrais pas aller voir la juge dès ce soir.

– Je ne suis pas d'humeur à implorer des faveurs…

– Même pour sauver votre carrière ?

– Même pas. Je perdrai ma plaque, et vous, vous perdrez la seule personne qui croit en l'innocence de votre client. Allez donc dire ça à la juge.

– Je lui donnerai le nom de Salinger.

– Ce n'est pas suffisant. »

Quinn se fendit d'un sourire dénué de joie, une lueur indéchiffrable dans le regard.

« Rien n'est jamais suffisant, inspecteur. On se débrouille avec ce qu'on a.

– Je suis d'accord. Alors vous pouvez utiliser cet enregistrement, je m'en fiche.

– Faux, rétorqua Quinn. Vous attachez au contraire beaucoup d'importance à votre métier, et vous voulez continuer à l'exercer. »

Une nouvelle fois, Alice mesura à quel point l'avocat pouvait être dangereux. À choisir, elle préférait encore avertir Fynn elle-même.

« Ce nom vous a fait gagner un peu de temps, inspecteur, reprit-il. Utilisez-le au mieux, parce que d'une façon ou d'une autre ce mandat contre mon client sera annulé demain. Et encore une chose… » Il chuchotait, à présent. « Ce serait idiot d'appeler votre patron pour lui parler du coup de téléphone que vous m'avez passé. Je vois bien que vous êtes tentée, mais abstenez-vous. Réfléchissez à ce qui vous paraît le plus important : que je détienne cet enregistrement, ou que Harry Salinger n'ait plus jamais l'occasion de nuire à votre coéquipier ? »

Alice s'efforça de maîtriser sa colère. « Je ferai ce que j'ai à faire. Si je n'ai plus de plaque, ça risque de me ralentir, mais ça ne m'arrêtera pas.

– Je n'en ai jamais douté », répliqua Quinn, alors qu'elle s'éloignait dans la salle de restaurant.

Après avoir mis le contact, Alice resta un moment immobile dans sa voiture, tandis que les vitres s'embuaient peu à peu. Elle ne pouvait pas s'offrir le luxe de s'inquiéter pour l'avenir. *Si je n'ai plus de plaque...* Quinn l'avait laissée regarder les dossiers du personnel uniquement pour avoir plus de chances d'obtenir un nom à fournir à la juge Martin. Eh bien, tant mieux pour lui, il avait ce qu'il voulait. Cela dit, elle aussi. La seule chose qu'elle regrettait, c'était de ne pas pouvoir annoncer la nouvelle à Brown.

Dans un premier temps, elle tenait à regarder dans les yeux l'homme qui avait failli tuer son coéquipier, tout comme elle avait éprouvé le besoin de voir John Cameron moins d'une semaine auparavant. *Pour ce que ça m'a aidée...* Le cliché d'identité judiciaire de Salinger aurait fait l'affaire, mais elle préférait ne pas retourner au poste dans l'immédiat. Mieux valait se reporter à la photo de son permis de conduire, qu'elle n'aurait aucun mal à se procurer.

Elle enclencha la première et roula jusqu'à la sortie du parking. Si elle tournait à droite, elle rentrerait chez elle ; si elle tournait à gauche, elle pourrait rendre une petite visite à Harry Salinger.

Nathan Quinn referma à clé la porte du restaurant, puis observa un instant le parking. Il n'y avait personne sur la route, l'inspecteur Madison avait mis son clignotant à droite, et pourtant elle n'avançait pas. Quinn enfonça les mains dans ses poches ; il savait où elle habitait, et où elle envisageait d'aller. Tandis qu'il l'observait, il vit soudain le voyant rouge clignoter à gauche et la voiture démarrer.

Elle avait choisi de se rendre à la « dernière adresse connue » du suspect, et il se réjouit que ce soit celle de Salinger et non celle de Jack. Son ami n'aurait sans doute pas toujours autant de chance... Alice Madison était capable de se défendre – ses blessures l'attestaient –, et peut-être même parviendrait-elle à localiser Salinger la première. Ensuite, elle reprendrait la traque de John Cameron, et à n'en pas douter les choses s'animeraient pour tous les protagonistes.

Elle voulait seulement jeter un coup d'œil à la maison, tenter de se faire une idée de son occupant, rien de plus. Mais l'adresse que

Peu après minuit, elle tomba sur son nom dans la liste envoyée par l'École de police : Harry Salinger avait été officiellement averti que sa candidature n'était pas retenue deux jours avant le délit pour lequel il avait été envoyé en prison et dans l'existence de George Pathune. Alice s'autorisa un petit sourire ; au moins, elle avait vu juste sur ce point. L'idée que le massacre perpétré chez les Sinclair ait été l'œuvre d'un homme qui, à un moment de sa vie, avait aspiré à protéger et à servir ses concitoyens lui faisait froid dans le dos.

Le document ne spécifiait pas les raisons pour lesquelles Salinger avait essuyé un refus. Avait-il échoué au test psychologique ou au test d'aptitude physique ? Alice espérait sincèrement qu'il n'avait pas passé le cap du premier.

34.

HARRY SALINGER s'essuie les mains sur un torchon. Il n'est pas patient, mais Dieu sait qu'il a fait de son mieux avec les moyens du bord, et à présent il est presque prêt. Il voit la ligne d'arrivée ; l'objectif est à portée de main, et l'ampleur de ce qu'il a réussi à accomplir lui coupe le souffle. Jamais il n'aurait cru pouvoir réaliser un tel exploit sept ans plus tôt, quand il était assis sur ce tabouret de bar, avec l'impression que la lettre de refus envoyée par l'École de police lui brûlait la peau à travers sa poche.

Il avait posé sa candidature parce qu'il en rêvait depuis toujours, et parce que sa décision aurait fait plaisir à son père s'il avait encore été en vie ; parfois, ses motivations se mélangeaient douloureusement dans sa tête. Quand la lettre était arrivée, ce matin-là, tout s'était écroulé.

Alors, il s'était assis dans ce bar, où il avait bu, et bu encore, indifférent aux allées et venues autour de lui comme au passage du temps. Quand une main lui avait agrippé l'épaule, il s'était retourné brusquement, pour découvrir qu'il faisait nuit et que la salle était presque vide. À part lui, il ne restait que le barman et cet autre client. La voix de l'inconnu était gris anthracite, et Salinger n'avait pas compris les mots qu'il prononçait. Il ne se rappelait plus qui avait donné le premier coup de poing, mais il s'était laissé emporter par la colère.

La bagarre avait été brève, et, lorsque la police était arrivée, le barman gisait à plat ventre sur le plancher, au milieu d'une multitude d'éclats de verre. L'autre homme avait tenté de résister quand on l'avait menotté, mais pas Salinger. Lui n'avait même pas touché le barman.

On les avait fait asseoir dans une pièce qui sentait la Javel, et alors seulement Salinger avait compris qu'il avait de sérieux ennuis. Les indices n'étaient pas concluants, avait déclaré l'avocat de la partie adverse. Chacun des deux prévenus aurait pu frapper le barman à coups de bouteille.

Salinger portait la combinaison qu'on lui avait donnée, car son avocat commis d'office n'avait pas eu le temps d'aller lui chercher des affaires. L'autre homme s'était rasé et arborait le costume que son défenseur lui avait apporté – un modèle coûteux, manifestement, mais moins élégant que celui de l'homme de loi qui s'était présenté : Peter Hansen, du cabinet Quinn, Locke & Associates. Il paraissait bien parti pour empocher son premier million de dollars, alors que l'avocat de Salinger semblait tout juste sorti de la fac de droit et avait même appelé Salinger « Henry » au lieu de « Harry ». Si ce dernier avait compris qu'il allait plonger, il n'avait toutefois aucun moyen de savoir à quel point les eaux seraient profondes et glauques.

Salinger replie le torchon puis le met de côté. *Patience.* Il a dû fournir un gros effort pour ne pas céder à la tentation d'aller à Poulsbo en ce dimanche après-midi ; il aurait ainsi pu assister de ses propres yeux au résultat du coup de téléphone anonyme qu'il avait passé sur la ligne spéciale mise en place par la police pour obtenir des renseignements au sujet de John Cameron. Il a découvert l'existence du bateau en octobre, et a attendu le bon moment pour en informer les flics de Seattle. Le matin même, il est allé vérifier sur place, en se mêlant aux touristes qui se promenaient le long des boutiques scandinaves ; sur le front de mer, au-delà des guirlandes clignotantes et des arbres dénudés, le neuf-mètres était bien visible.

Depuis, il est assis dans sa cave, devant ses moniteurs qui montrent les images des chaînes de télévision locales. Jamais il ne se serait cru capable de supporter une aussi longue attente. Mais bientôt la nouvelle tombera, et il saura que John Cameron a tué de nouveau alors qu'un groupe d'intervention tactique s'apprêtait à l'appréhender. Pas un seul instant il n'a douté que Cameron s'en tirerait ; l'essentiel, c'est qu'il laisse dans son sillage plusieurs cadavres de représentants de la loi, comme autant de clous supplémentaires à son cercueil.

Enfin, l'une des chaînes diffuse un flash spécial. Le journaliste se tient près du périmètre de sécurité afin qu'on puisse voir les voitures de police dont les gyrophares tournent. Salinger se penche en avant sur sa chaise. Il sent la déception l'envahir, et se cache le visage dans ses mains. Il voudrait ne pas pleurer, mais comment s'en empêcher ? Sa frustration est immense.

Il s'oblige à respirer lentement, ferme les yeux et cherche la télécommande à tâtons. Quand ses doigts se referment sur le boîtier, il coupe le son pour ne plus entendre les commentaires exaspérants du reporter. C'est un sérieux revers, mais il ne doit pas se décourager pour autant. Il a déjà préparé les affaires dont il aura besoin pour les quelques jours à venir. Quelques jours, il n'en demande pas plus. Il place sa main sur le petit coffret posé sur sa table depuis six mois, et la sensation du bois sous ses doigts le réconforte.

Le réservoir de la camionnette est plein, la grande œuvre de sa vie démontée et les différents éléments bien cachés derrière des cartons, sous une couverture à carreaux. Il s'est chronométré : il lui faudra quarante-deux minutes pour les réassembler.

Dans sa cuisine, Harry Salinger se prépare deux sandwichs – œufs durs et mayonnaise sur pain blanc. Ses projets n'ont rien de rigide, il se laissera porter par le courant s'il le faut. La voix enregistrée d'Alice Madison, dans ses écouteurs, lui tient compagnie. Il trouve même la force de sourire.

35.

LUNDI MATIN, 6 h 30. Billy Rain se réveilla en sursaut. Il n'avait pas bien dormi, une fois de plus. Depuis qu'il était tout gosse, le sommeil, qui apparemment ne posait aucun problème aux autres, s'obstinait à le fuir. Sa rencontre de la veille avec Nathan Quinn et le battage médiatique autour des meurtres de Blueridge n'avaient pas arrangé les choses.

À son retour du bar, il avait avalé des somnifères dans l'espoir de bénéficier d'au moins quelques heures d'oubli. Il avait à présent la tête lourde et la gorge sèche. La faible lumière jaune qui perçait la pénombre de son studio provenait d'une enseigne au néon, sur la façade de l'immeuble, qui clignotait au niveau de l'étage du dessus.

Il avait une brique de lait au frigo, se rappela-t-il. Et seulement trois enjambées à faire pour traverser la pièce et se désaltérer. Il sortit une jambe de sous les couvertures, posa le pied sur le carrelage.

« Bouge pas ! » ordonna la voix. Et Billy Rain éprouva un choc comparable à un coup de poing en pleine poitrine. Il se figea.

« Je… j'ai trente dollars en liquide, pas de carte de crédit, et mon portefeuille est sur la commode. Prenez-le et partez. »

Il entendit les ressorts du fauteuil craquer quand l'intrus, dont il ne distinguait que la silhouette, se leva. Des pas se dirigèrent vers la commode, dans un coin, et la lampe placée dessus fut allumée.

« Oh, putain », chuchota Billy en reconnaissant John Cameron. Celui-ci alla tranquillement se rasseoir dans le fauteuil. « Salut, Billy. »

Le cœur cognant à grands coups sourds, Billy Rain s'assit et ramena le drap sur lui. Jamais il n'aurait dû appeler Quinn. Peu importait la récompense, jamais il n'aurait dû se manifester.

« Tu sais qui je suis ? »

Billy opina du chef.

« Alors voilà : j'aimerais que tu me répètes ce que t'as raconté à Nathan Quinn hier. Tu me dis tout ce dont tu te souviens. Tu t'en sens capable ? »

De nouveau, Billy hocha la tête.

« T'as soif ? Tu veux un verre d'eau ? demanda Cameron – une question qu'il avait posée un soir en forêt, des années auparavant, à un homme sur le point de mourir.

– Oui, je… d'accord.

– Bouge pas, je vais te le chercher. Jusque-là, Billy, tu t'en sors bien. Alors détends-toi et ne fais pas l'idiot. »

Cameron prit un verre propre à côté de l'évier et le remplit d'eau du robinet. Après l'avoir placé sur la table de nuit, il retourna s'installer dans le fauteuil. Billy Rain but à longs traits.

« Faut-il que je te précise ce qu'il risque d'arriver si tu t'avises de mentir ?

– Non.

– O.K. Vas-y, commence par le début.

– Vous voulez savoir ce que j'ai vu, c'est ça ?

– Je veux tout savoir.

– D'accord. » Billy prit une profonde inspiration et se lança. John Cameron l'écouta sans le quitter des yeux, s'imprégnant de chaque phrase, de chaque mot.

Au fil de son récit, Billy Rain sentit son angoisse refluer légèrement. Depuis des années, les événements de cette journée formaient en lui comme un abcès. Il avait entrepris de le crever la veille, avec Quinn, et il achevait désormais d'en extraire le pus.

« Parfait, approuva Cameron. Donc, ça s'est passé dans la blanchisserie. C'est là que tu bossais ?

– Oui, depuis un peu plus d'un mois. Ça fait partie du programme de réinsertion : on apprend un métier pour pouvoir trouver du boulot quand on sort.

– Vous étiez tous dans la même équipe ? Je veux dire, toi, Rabineau et la victime ?

– Oui, on était dix détenus du même quartier. Avant, on avait bossé dans les cuisines pendant quatre mois, à récurer les plateaux. »

Cameron paraissait ailleurs, tout d'un coup. Troublé par son silence, Billy ajouta : « Ça a permis à certains, dans le groupe, de décrocher une place dans des restaus ou ailleurs. Moi, ça m'a pas franchement aidé.

– C'est vrai. » Cameron se leva. « Toi, t'as été embauché dans le garage de ton beau-frère. »

Cette information-là, Billy aurait préféré qu'il l'ignore. Cameron se dirigea vers la porte.

« C'est tout ? demanda Billy. On a fini ?

– Tu peux garder ton portefeuille », répondit Cameron, avant que la porte se referme doucement derrière lui.

Billy Rain s'empressa d'aller la verrouiller, puis s'y adossa en poussant un profond soupir.

John Cameron regarda à gauche et à droite. Personne dans le couloir, et les quatre autres portes palières étaient closes. Une fois sorti de l'immeuble, il s'engagea dans la ruelle située derrière – un passage étroit bordé par des murs de brique. Le givre avait durci les détritus sur le sol, et il les sentit craquer sous ses bottes. Il composa de mémoire un numéro de téléphone.

« Donny ? C'est Jack. »

Donny O'Keefe avala une gorgée de café. « J'étais sûr que t'allais appeler. T'as parlé à Nathan ? »

En se remémorant sa précédente conversation avec Quinn, Cameron se rendit compte que son ami devait être au courant depuis la veille. « Oui, mais répète-moi ce que tu lui as dit, Donny. J'ai besoin de l'entendre de ta bouche. » Ce n'était pas tout à fait la vérité, et les deux hommes le savaient parfaitement.

O'Keefe s'exécuta néanmoins, parce que Harry Salinger avait travaillé dans sa cuisine et qu'il ne s'était douté de rien. Au fond, il était content que Cameron se manifeste.

Au terme de sa discussion avec Donny O'Keefe, John Cameron rentra chez lui. Il s'était débarrassé de la Jeep après avoir quitté précipitamment Poulsbo, persuadé que tous les flics de Seattle allaient se lancer aux trousses de l'homme qui avait assommé l'inspecteur Rosario avant de franchir un barrage routier. Son véhicule de secours, un pick-up rouge GMC, l'attendait dans un abri. C'était un vieux modèle cabossé, avec sur le plateau quelques caisses de matériel de chantier protégées par une bâche. La raison sociale, MENUISERIE SCOTT, SEATTLE, figurait sur le côté en lettres blanches.

Ce n'était pas de gaieté de cœur qu'il avait abandonné la Jeep – la seconde voiture dont il avait dû se séparer cette semaine-là, et qu'il préférait à l'Explorer.

Il avait décidé de ne pas penser à Salinger avant d'arriver chez lui et d'avoir la possibilité de réfléchir posément au meilleur moyen de le débusquer et de l'éliminer. Il ne pouvait pas s'offrir le luxe de se laisser distraire sur le trajet, se dit-il en voyant une voiture de patrouille s'arrêter au feu rouge à côté de lui. Le conducteur ne jeta cependant qu'un rapide coup d'œil à cet individu au visage tanné, envahi par une barbe de trois jours, et à moitié dissimulé par une vieille casquette de base-ball des Seahawks.

Quand le feu passa au vert, le flic tourna à droite. Cameron poursuivit sa route sans encombre. À peine rentré, il se servit un verre de jus d'orange et téléphona à Quinn.

« J'ai rendu une petite visite à Billy Rain, révéla-t-il, sachant que son ami allait se préparer à entendre une mauvaise nouvelle.

– Ah bon ?

– Il m'a parlé du programme de réinsertion pour aider les détenus à décrocher un travail à l'extérieur, dans des restaurants par exemple…

– Oui. » Quinn avait hésité, mais il lui semblait inutile de cacher la vérité.

« Et je viens d'appeler Donny, ajouta Cameron.

– J'aurais préféré que tu t'abstiennes.

– Harry Salinger… On a bien dû le croiser des dizaines de fois au Rock.

– Je sais. » De son côté, Quinn y pensait sans relâche depuis la veille.

« On pourrait peut-être dîner ensemble ce soir pour en discuter ?

– Ici ? Chez moi ?

– Oui.

– D'accord. En attendant, je ne veux pas que tu bouges. L'inspecteur Madison va faire annuler ton mandat et orienter les recherches sur ce type. » *Ce type.* « C'est presque fini, Jack. Ne sors pas, n'adresse la parole à personne, ne prends aucune initiative.

– O.K.

– Et, Jack ?

– Quoi ?

– Tu vois qui est ce… cet individu ?

– Non.

– Je t'appellerai si j'ai du nouveau.

– Comme hier soir, quand t'as appris son nom ?

– Désolé, je ne pouvais pas faire autrement.

– Faux, t'es pas désolé. T'es mon avocat, et tu me protégeais. Pour ça, t'es le meilleur. À plus tard. »

Ils raccrochèrent, conscients tous les deux d'avoir menti : Quinn ne l'aiderait jamais à remonter jusqu'à Salinger, et pour sa part Cameron ne s'arrêterait jamais de le traquer.

Il se fit couler un bain et avala quelques comprimés de Tylenol, car il se sentait fébrile depuis son plongeon imprévu de la veille. Il se déshabilla, ôta le holster fixé à sa cheville, en sortit l'arme et la plaça sur une serviette posée près de la baignoire. L'eau chaude l'apaisa.

Il se laissa glisser jusqu'à s'immerger complètement. Il ne connaissait pas Harry Salinger, ne l'avait jamais rencontré avant qu'il soit embauché au restaurant, et n'avait même jamais entendu personne mentionner son nom avant sa conversation avec O'Keefe. Il avait bien dû le voir, pourtant, en tenue de serveur, ou peut-être de cuisinier… Il n'en gardait aucun souvenir. Aujourd'hui, Harry Salinger était devenu une sorte de trou noir qui aspirait tout autour de lui… À cette pensée, Cameron se redressa, et prit une grande goulée d'air.

Il finirait par le trouver, tout comme il avait trouvé Billy Rain. Il lui faudrait sans doute un peu plus de temps, mais quand il l'aurait en face de lui, il exigerait des réponses et lui accorderait en retour une fin rapide.

Ce serait le seul geste de compassion qu'il aurait à son égard, et il savait déjà qu'il en tirerait une grande satisfaction. On ne peut pas ressusciter les morts, alors autant s'accorder quelques petits plaisirs.

36.

LUNDI MATIN. Alice, arrachée brutalement au sommeil, se tourna pour éteindre le réveil et découvrit qu'elle n'était pas dans son lit mais sur le canapé, et que son téléphone sonnait sur la table basse. Elle l'attrapa.

« Allô ?

– Inspecteur Madison ? Nathan Quinn à l'appareil. »

Ces mots suffirent à la réveiller complètement.

« Il est arrivé quelque chose ?

– Je viens d'avoir un coup de fil de Jack. Il sait. On n'a plus beaucoup de temps. »

Merde. C'était une mauvaise nouvelle. Une très mauvaise nouvelle. Cameron allait agir vite, à n'en pas douter ; contrairement à elle, il n'aurait pas à s'embarrasser de formalités juridiques.

« Qu'est-ce que vous avez fait ? demanda-t-elle.

– Je ne lui ai rien dit, si c'est ce que vous voulez savoir. Quand comptez-vous prévenir Klein ?

– Je vais d'abord voir si on peut établir une correspondance entre l'ADN de Salinger, dont on a une trace dans son dossier, et les indices recueillis chez les Sinclair. Alors seulement j'appellerai Sarah Klein. En attendant, débrouillez-vous pour convaincre votre client de ne pas mettre le nez dehors, parce que les flics n'hésiteront pas à tirer à vue.

– D'accord, mais de votre côté tâchez d'accélérer le processus. »

Alice sentit la colère la gagner. Après la semaine qu'elle venait de passer, elle n'était pas d'humeur à se laisser bousculer.

« Est-ce que Cameron connaît cet homme ? s'enquit-elle d'un ton sec.

– Non.

– Comment a-t-il découvert son identité ?

– Il a réfléchi, tout comme vous. Alors continuez à faire votre boulot, inspecteur, et on pourra tous rentrer chez nous. »

Il était très tôt et elle n'avait même pas avalé son premier café. Piquée au vif, elle se redressa en lâchant d'une traite :

« Quand vous vous réveillez le matin, Quinn, j'imagine que vous n'avez qu'une pensée en tête : "Comment est-ce que je vais m'arranger aujourd'hui pour permettre à mon client de s'en tirer encore une fois ?" C'est pour ça que vous êtes payé. Et ensuite, vous croisez les doigts en espérant qu'il ne sèmera pas de nouveaux cadavres derrière lui. Alors ne venez pas me dire comment je dois faire mon boulot, d'accord ? Oh, vous pouvez toujours essayer de vous persuader que vous servez la loi, que vous êtes un auxiliaire de justice… La vérité, c'est que vous vous abritez derrière votre jargon juridique en espérant que tout se passera bien, comme un vulgaire vendeur de voitures d'occasion tiré à quatre épingles compte sur les petites lignes du contrat pour lui sauver la mise ! »

Surprise elle-même par la sévérité de ses propos, elle se tut. À l'autre bout de la ligne, Quinn garda le silence quelques secondes. Elle ferma les yeux.

« Belle tirade, tout à fait pertinente de surcroît. Je m'en souviendrai, inspecteur », dit-il enfin, d'une voix étonnamment douce.

Alice ouvrit la bouche pour tenter de se rattraper, mais Quinn avait déjà raccroché, et elle se sentit soudain honteuse. Elle s'accorda une longue douche chaude, s'attardant sous le jet jusqu'au moment où le contact de l'eau sur ses plaies devint trop irritant. Plus elle y pensait, plus elle se disait que cette journée marquerait peut-être la fin de sa carrière de flic.

Elle se séchait quand le téléphone sonna dans sa chambre.

« Inspecteur Madison ? C'est Ellen McCormick. » *La sœur de Brown…* Alice n'eut même pas le temps d'imaginer le pire. Déjà, son interlocutrice enchaînait : « Je vous appelle pour vous dire qu'il n'a plus besoin d'assistance respiratoire. Ses poumons ont pris le relais. »

Alice sourit. Elle ne se rappelait pas avoir jamais éprouvé un tel soulagement.

« C'est une excellente nouvelle, déclara-t-elle, consciente que ces mots ne suffisaient pas à exprimer son émotion.

– Je sais. Une heure à la fois, un jour à la fois, comme on dit… Comment vous sentez-vous ? »

Compte tenu de ce qui se passait à l'hôpital, Alice trouvait un peu étrange que la sœur de Brown ait décidé de lui téléphoner personnellement, plutôt que de laisser un policier s'en charger.

« Pas trop mal, étant donné les circonstances, répondit-elle. Et vous, vous tenez le coup ?

– Je ne comprends pas trop ce qui arrive, avoua Ellen McCormick. J'ai regardé les informations hier soir. Apparemment, la police a failli arrêter cet homme, mais il a réussi à s'échapper, alors j'ai peur… » Elle s'interrompit, le temps de chercher ses mots. « J'ai peur qu'il essaie encore de s'en prendre à mon frère. »

Alice aurait aimé se montrer totalement franche avec elle. Dans l'immédiat, cependant, c'était impossible. D'ici à quelques heures, peut-être…

« À mon avis, Kevin n'a rien à craindre de l'individu qui s'est enfui hier, déclara-t-elle. Il est en cavale, il n'osera jamais s'introduire dans un hôpital cerné par les flics. » Une affirmation qui, dans son esprit, pouvait s'appliquer autant à Cameron qu'à Salinger.

Ellen McCormick lui avait paru assez fine psychologue, tout comme son frère. Alice se réjouit de ne pas lui parler face à face, et plus encore de savoir un policier armé en faction devant la chambre de Brown. Mieux vaudrait qu'il y reste tant que Salinger ne serait pas sous les verrous.

Après sa conversation avec la sœur de Brown, elle emporta son café sur la terrasse et appela Sorensen.

« Amy ? C'est Alice. Vous avez une minute ?

– Je suis en train de reconstituer une vitre brisée en approximativement un million de fragments, dans l'espoir que, par miracle, elle comporterait une empreinte. Alors une minute, pas plus.

– Je vais faire vite. Le tuyau que vous m'avez donné hier, à propos du détenu tué à Bones, c'était du solide. Le meurtre présente de fortes similitudes avec celui des Sinclair, jusqu'à la croix tracée sur le front de la victime avec son sang. Cameron n'était pas en prison à l'époque, contrairement à un autre homme libéré peu après et qui a été embauché dans le restaurant dont Cameron, Quinn et Sinclair sont propriétaires. Vous me suivez, jusque-là ?

– Oui.

– O.K. Ma question est : y avait-il des traces chez les Sinclair qui ne correspondaient ni aux victimes ni à Cameron ? Comme des cheveux, des cellules de peau, des fibres… Tout ce qui aurait pu être mis de côté parce qu'on n'en voyait pas l'utilité sur le moment. »

Elle ne comptait pas sur une empreinte. Salinger était fiché : s'il en avait laissé une près des corps, elle aurait été relevée et immédiatement identifiée.

« Les techniciens ont prélevé une grande quantité d'échantillons, qui n'ont pas tous été analysés, expliqua Sorensen.

– Il doit bien y avoir une preuve de sa présence là-bas… »

Sorensen garda le silence quelques secondes.

« Maintenant que vous le dites, il y avait un peu de talc sur le carrelage de la salle de bains, reprit-elle. De la même marque que celui utilisé par les Sinclair, ce qui ne nous a pas alertés sur le coup. »

Du talc.

« On en met souvent avant d'enfiler des gants en latex, observa Alice. L'assassin a dû changer les siens après le meurtre, et avant d'insérer les poils dans le nœud des liens.

– Ah, et on a aussi recueilli une petite quantité de sang coagulé.
– Une croûte ?
– Possible.
– Analysez-la. C'est une priorité.
– On a déjà des tonnes de…
– C'est son sang, affirma Alice. Il a fait de la prison, on a son ADN. Analysez l'échantillon le plus rapidement possible.
– D'accord. Je vous rappelle. »

C'était une belle matinée, froide mais lumineuse. À une trentaine de mètres de la berge, deux kayaks fendaient l'eau. Alice aurait aimé sortir le sien, à l'abri dans le garage, le débarrasser de la poussière accumulée depuis des semaines et passer quelques heures à ne penser à rien d'autre qu'au bruit de la pagaie frappant la surface. Elle ramassa deux ou trois galets plats, puis les lança de la main gauche. Ils ricochèrent à plusieurs reprises avant de couler. Elle inspira à fond ; le grand air lui faisait du bien.

Harry Salinger, dont le frère jumeau s'était noyé encore tout jeune… Leur père était flic, leur mère était morte d'une surdose de médicaments.

À mesure qu'elle expédiait d'autres cailloux dans le Puget Sound, Alice sentait la nausée la gagner. Elle-même devait jouer un rôle dans les fantasmes de ce tordu, au même titre que Cameron et Quinn, sinon elle serait allongée sur un lit d'hôpital à côté de Brown…

Quel que soit son plan, il n'avait jamais eu l'intention de lui faire du mal, juste de la brusquer un peu pour la mettre à l'épreuve, se rapprocher d'elle, établir un contact plus personnel. Et dans ce scénario, Brown incarnait l'hôte inopportun. *Treize jours…* Elle frissonna. Que voulait Salinger ? Le massacre des Sinclair lui avait sans doute procuré une immense satisfaction, mais le véritable enjeu résidait ailleurs, elle en était persuadée. Il attendait autre chose, et à cette pensée Alice recula brusquement sur le quai. Il restait quatre jours avant l'expiration du délai fatidique ; le pire était encore à venir.

Elle s'était emmitouflée chaudement pour se protéger du froid, mais la température s'était adoucie, et sur la pelouse des plaques de terre apparaissaient sous la fine couche de neige. Le ciel d'un bleu limpide s'étendait au-dessus d'elle, et elle regretta de ne pas être plus sensible à la beauté de la nature – à ces couleurs de la terre et de l'eau qui l'avaient ramenée à Seattle après ses années d'université, quand le monde était encore chargé de promesses.

Lorsqu'elle rentra prendre son petit déjeuner, elle pensait toujours à Harry Salinger. Il avait été condamné à une peine d'emprisonnement pour coups et blessures ; comment en était-il arrivé à tuer George Pathune, et plus tard à massacrer une famille entière ? Dans le premier cas, il ne s'agissait pas d'un cas de légitime défense : le jeune pyromane ne représentait pas une menace pour lui, il essayait seulement de survivre en prison. Quant à la mort des Sinclair, elle constituait une étape dans un projet diabolique pour anéantir Cameron, un projet dans lequel Brown et elle avaient également trouvé leur place, bien malgré eux.

Elle feuilleta son calepin, à la recherche des notes qu'elle avait prises lors de son entretien téléphonique avec l'avocat de Salinger et le représentant du ministère public. En même temps, elle se demandait ce que le père de Salinger, lui-même policier, avait pu penser des agissements de son fils. Peut-être l'un de ses anciens collègues se souviendrait-il de lui ? Alors qu'elle se levait pour aller prendre son téléphone, on sonna à la porte.

Elle n'attendait pas de visiteur. Après avoir posé son mug, elle souleva la patte du holster à sa hanche. La distance jusqu'à la porte d'entrée lui parut presque infranchissable, preuve qu'elle était plus tendue qu'elle ne l'imaginait. La main sur la crosse de son arme, elle approcha son œil du judas.

L'homme sur le seuil avait tout d'un ex-flic, peut-être même d'un ex-militaire. Il tenait une enveloppe dans sa main droite, et son épais manteau pouvait très bien dissimuler un holster d'épaule. *Un privé.*

Elle déverrouilla la porte.

« Inspecteur Madison ? Bonjour, je m'appelle Tod Hollis, se présenta-t-il en lui montrant son insigne d'enquêteur. J'ai quelque chose pour vous, de la part de Nathan Quinn. »

Alice le conduisit dans le salon, où elle le vit contempler la table encombrée de notes, de schémas de la scène de crime et des documents qu'elle avait rapportés du poste. Au milieu de tous ces papiers se trouvait le tirage de la photo figurant sur le permis de conduire de Salinger.

Ce n'était pas une visite de courtoisie, aussi Hollis alla-t-il droit au but. « Je me suis renseigné sur le pick-up noir qu'un témoin a aperçu dans l'allée des Sinclair, le soir des meurtres. »

Elle eut une seconde d'hésitation. « Ah oui, c'est grâce à ce témoignage qu'un mandat d'amener a pu être établi à l'encontre de Cameron, la semaine dernière.

– Vous feriez bien de jeter un coup d'œil à ceci », dit-il en lui tendant l'enveloppe.

Alice souleva le rabat et en sortit une liasse de papiers. C'était le contrat de location d'un pick-up noir auprès de l'agence Alamo, pour une période allant de trois jours avant la mort des Sinclair au lundi où les corps avaient été découverts. Un certain Peter Welsh l'avait signé, et la photo sur la photocopie de son permis de conduire montrait Harry Salinger. Alice leva les yeux.

« Il m'a fallu un bon moment pour écumer toutes les agences de location de la région. Sans compter que, jusqu'à hier, je n'avais pas de nom à associer à ce cliché, expliqua Hollis. Salinger s'est procuré des faux papiers, il a loué le pick-up pour la semaine et sali la plaque d'immatriculation pour brouiller les pistes. Il comptait bien que quelqu'un l'apercevrait.

– Depuis combien de temps travaillez-vous sur cette piste ?

– J'ai commencé le jour où le mandat a été lancé, révéla Hollis.

– C'est l'agence Alamo de l'aéroport Sea-Tac…

– Salinger a dû se dire qu'on le remarquerait moins au milieu de la foule.

– Si le pick-up n'a pas été reloué, les techniciens de la Scientifique en tireront peut-être quelque chose… Même si j'imagine qu'il l'a nettoyé.

– Il n'a pas été reloué, affirma Hollis.

– Vous en êtes sûr ?

– J'ai graissé la patte des employés pour qu'ils me préviennent s'ils avaient un client intéressé. Jusque-là, personne ne l'a demandé.

– Mais ils ne peuvent pas le garder indéfiniment. Il faut que j'appelle mon chef. »

Hollis se leva pour prendre congé.

« Je sais que vous cherchez Salinger de votre côté, et je vous suis profondément reconnaissante de m'avoir informée de vos découvertes, dit Alice en indiquant le contrat. Mais n'oubliez pas qu'il est dangereux. N'essayez pas d'entrer en contact avec lui, ne vous montrez pas. » Elle lui donna sa carte.

Il avait déjà la main sur la poignée de la porte quand elle demanda : « Vous étiez dans la police ? »

Tod Hollis se retourna. « Pendant quelques années, oui. »

Non seulement Alice avait aperçu le holster sous son manteau, mais Hollis avait le maintien d'un homme qui a passé une bonne partie de sa carrière dans les forces de l'ordre.

« Le père de Salinger était flic – en uniforme, je crois, précisa-t-elle. Vous l'avez déjà rencontré ? »

Il réfléchit un petit moment. « Je ne crois pas. En attendant, il doit être rudement fier de son fils ! »

Alice sortit dix minutes après le départ du détective privé. Elle appela le pager de Sorensen, lui laissa un message, puis téléphona au poste pour s'assurer que le lieutenant Fynn était dans son bureau. Le répondeur de Sarah Klein, sur sa ligne professionnelle, l'informa que cette dernière serait en audience jusqu'à seize heures.

Alice consulta sa montre. Elle préférait que l'assistante du procureur soit là quand elle informerait ses collègues des derniers développements. Elle essaya à nouveau de la joindre sur son portable.

Cette fois, Klein décrocha. Des voix résonnaient en arrière-fond ; elle devait toujours être au tribunal.

« Sarah ? C'est Alice Madison.

– D'après ce que j'ai entendu dire, vous vous êtes défendue comme une tigresse. Bravo.

– Merci. Brown n'est plus sous assistance respiratoire.

– Je sais, les nouvelles vont vite par ici. Et pour une fois que c'en est une bonne…

– Je suis en route pour le poste, je vais voir Fynn et j'aimerais que vous soyez là vous aussi.

– Je vous préviens, j'ai déjà barré votre nom sur ma liste de cadeaux de Noël.

– Je vous la fais courte, O.K. ? Le pick-up noir aperçu par un témoin le soir du meurtre des Sinclair, sur lequel on s'est fondés pour demander un mandat contre Cameron, a été loué sous une fausse identité par l'homme qui a tiré sur Brown. Il avait déjà commis un meurtre avant celui des Sinclair, et disposé le corps de la même façon. Son travail le mettait en contact avec eux et avec Cameron. Il s'appelle Harry Salinger. »

Alice entendit Klein s'éloigner du bruit ambiant pour aller se placer dans un coin plus tranquille.

« Vous avez de quoi prouver sa présence sur la scène de crime ?

– La Scientifique y travaille. Apparemment, il a laissé des traces dans la salle de bains quand il a enlevé ses gants.

– Vous avez un mobile ?

– Pas encore.

– Et pour Cameron ?

– Il est innocent.

– Tout est relatif…

– Je n'ai pas d'autres éléments à vous fournir pour le moment, je le crains.

– D'accord, je vous rejoins au poste. »

Alice prit la 509 en direction du nord. Elle conduisait en pilotage automatique, à peine consciente de la circulation autour d'elle. Depuis son dernier entretien avec Fynn, elle avait délibérément averti leur principal suspect qu'un groupe de policiers armés s'apprêtait à investir son bateau. D'accord, Cameron avait déjà quitté les lieux au moment où elle avait appelé Quinn, Rosario pouvait le confirmer, mais il n'en demeurait pas moins qu'elle s'était rendue coupable de trahison.

Avec le recul, elle avait du mal à comprendre comment une telle décision avait pu lui paraître justifiée. Pourtant, moins de vingt-quatre heures après les faits, il était question d'annuler le mandat à l'encontre de Cameron et d'en établir un autre à l'encontre de Salinger. Mais où en serait-elle aujourd'hui si des flics avaient été tués à la marina ?

Elle regrettait de ne pas pouvoir en parler avec Brown. Cependant, elle n'avait pas besoin de lui pour savoir ce qui se passerait si quelqu'un apprenait la vérité : plus personne ne voudrait travailler avec elle, son patron ne serait que trop heureux de la livrer en pâture aux agents de l'OPR, et elle pourrait faire une croix sur son avenir dans la police. C'était sans doute ce qu'on appelait les risques du métier…, songea-t-elle. Plongée dans ses pensées, elle faillit manquer la bretelle de sortie.

Le lieutenant Fynn avait laissé la porte de son bureau ouverte, et Alice réussit à l'atteindre sans être interceptée par ses collègues. Elle avait entendu les voix de Spencer et de Dunne dans la salle de repos, et, par chance, Kelly n'était visible nulle part. Elle toqua et attendit.

« Entrez. »

Assis à sa table de travail, Fynn avait l'air d'avoir dormi trois heures sur un canapé et de porter son costume de la veille. Il scrutait le moniteur posé sur un chariot dans un coin. L'image en noir et blanc était arrêtée.

« J'allais vous appeler, dit-il sans préambule. Regardez ça. » Il pressa la touche PLAY.

« Qu'est-ce que c'est ?

– Regardez. »

Pour autant qu'Alice puisse en juger, il s'agissait de l'enregistrement d'une caméra de sécurité : un comptoir d'accueil, une femme derrière qui répondait au téléphone, puis raccrochait et saisissait un mug.

« Qu'est-ce que je suis censée voir ? s'enquit-elle.

– Attendez. »

Deux hommes se présentèrent en même temps à l'employée. Le premier signa un registre et sortit du champ, l'autre tendit à la femme une enveloppe et se détourna pour partir, exposant son visage à la caméra. De nouveau, Fynn fit un arrêt sur image.

« Vous le connaissez ? » demanda-t-il.

La définition était mauvaise, mais Alice hocha la tête. « D'où vient cet enregistrement ?

– Qui est-ce ?

– Il s'appelle Harry Salinger. »

Fynn s'adossa à sa chaise.

« La scène a été filmée par la caméra installée dans le hall du *Washington Star*. Depuis le début, les agents de l'OPR essaient de savoir qui a tuyauté le journaliste. Ils ont d'abord pensé que c'était un flic, ensuite ils ont réussi à faire avouer à Tully comment il avait obtenu ses informations sur la scène de crime. Ce petit merdeux a reçu une photo, déposée à la réception par un inconnu. L'OPR s'est dit que ça nous intéresserait. » Il poussa vers elle une photographie sous pochette plastique. « On l'a fait agrandir. Vérifiez l'heure sur le réveil de la table de nuit. »

Les yeux d'Alice survolèrent les corps, pour s'arrêter sur le réveil, qui indiquait 2 h 15. Autrement dit, quelques minutes après la mort de James Sinclair.

« Reprenez tout depuis le début », dit Fynn.

Alice s'assit, avant d'entamer son récit.

37.

IL RÉGNAIT UN TEL SILENCE dans le cabinet de la juge Martin que chacun des membres du petit groupe le sentait peser. Spencer et Dunne étaient assis côte à côte au fond de la pièce, le lieutenant Fynn et Sarah Klein juste devant le bureau de la magistrate. Alice, toujours debout, serrait dans sa poche son téléphone portable en souhaitant ardemment que Sorensen la rappelle pour lui communiquer le résultat des tests ADN. Tous attendaient que la juge, armée de son stylo à plume, ait fini de lire la demande de mandat.

Alice avait conscience de la présence de Nathan Quinn sur sa gauche, à l'écart des autres. Il les avait regardés entrer en restant totalement impassible face à la perspective de cette audience qui, pourtant, devait aboutir à l'annulation du mandat contre son client. Et elle avait éprouvé une pointe de culpabilité au souvenir de leur échange plutôt vif. Elle avait frappé fort, alors que cet homme disposait du moyen – sous la forme d'un enregistrement qu'il avait peut-être apporté dans son attaché-case en cuir italien – de la priver de son seul rêve, maintenant qu'elle n'était plus l'unique personne sur la planète à croire en l'innocence de Cameron. Il semblait toutefois ne pas faire plus attention à elle qu'aux autres.

« Vous savez, Nathan, dans la mesure où nous étions tous prêts jeudi dernier à jeter aux orties le secret professionnel, un homme moins digne que vous s'accorderait un petit moment de triomphe », fit remarquer la juge en signant le mandat.

Sarah Klein eut le bon goût de ne pas s'absorber dans la contemplation de ses escarpins de marque.

« Sans éléments nouveaux, je suivrais la même démarche aujourd'hui, se défendit-elle.

– Et vous parviendriez aux mêmes résultats, mademoiselle Klein. Lieutenant, quelles sont les chances de localiser M. Salinger avec un peu plus d'efficacité que M. Cameron ?

– On vient de lancer les recherches, madame la juge, répondit Fynn. Son dernier domicile connu est vide depuis sa condamnation. Après sa période de probation, il a disparu. Il n'a ni famille ni attaches en ville. Rien ne prouve qu'il soit encore dans l'État de Washington.

– Il y est toujours, affirma Quinn. Quelqu'un vous a téléphoné au sujet du bateau de Cameron, et, à mon avis, ça ne venait pas de l'Office du tourisme du comté de Kitsap.

– Il s'agissait d'un appel anonyme reçu sur la hotline et passé d'une cabine dans la marina de Poulsbo, expliqua Fynn. À cet endroit, il n'y a aucune caméra de sécurité. La police locale fait le tour des boutiques, mais je ne compte pas trop sur un témoignage utile. Salinger a consacré du temps à monter son plan, et ce n'est pas maintenant qu'il va relâcher sa vigilance.

– Quels sont les moyens mis en place ? s'enquit la juge en revissant le capuchon de son stylo.

– Alerte générale. On va diffuser la photo de Salinger partout, de Seattle jusqu'aux Keys de Floride, établir un profil et lancer tous nos effectifs sur sa piste. Ce rebondissement ne date que de quelques heures, on ne sait pratiquement rien de cet individu.

– J'espère que vous êtes content, Nathan, lança la juge. Votre client n'est plus que le deuxième suspect le plus recherché de l'État. »

Quinn ne releva pas.

« Est-ce tout pour aujourd'hui ? » ajouta la magistrate en tendant le mandat à Fynn.

Au même instant, Alice sentit son téléphone vibrer dans sa poche, et elle prit la communication.

« Oui, d'accord. Merci. On n'a pas tout à fait fini. » Elle referma son portable. « La petite quantité de sang coagulé retrouvée sur la scène de crime chez les Sinclair correspond aux marqueurs de base de l'ADN de Salinger. C'est pour nous la confirmation qu'il était là-bas. »

C'était un début. Tous se levèrent pour partir.

« Inspecteur Madison ? Nathan ? J'aimerais vous dire un mot en privé, si vous n'y voyez pas d'objection. » La juge attendit d'être seule avec eux pour poursuivre. « Je ne suis pas vraiment sûre de comprendre toutes les étapes qui vous ont permis de nous livrer le nom de Harry Salinger, inspecteur, mais mon instinct me dit que c'est en partie le résultat de conversations et de décisions dont vos supérieurs n'ont pas eu connaissance. Quant à vous, Nathan, je pense que vous avez fait tout ce qui était en votre pouvoir pour l'aider à explorer cette nouvelle piste. Bon, je n'ai rien contre cette coopération, disons, secrète et officiellement non autorisée, du moment qu'elle aboutit à l'arrestation d'un criminel recherché. Néanmoins, si l'un de vous s'avise de prendre une initiative qui m'oblige à révoquer le dossier de l'accusation parce que vous, inspecteur Madison, vous avez un équipier en Soins intensifs, et vous, Nathan, un client aux mains tachées de sang, je ne saurais trop vous conseiller de boucler rapidement vos valises pour aller vous installer dans un autre État – ou mieux, à l'autre bout du pays. »

Elle enfila son manteau bleu marine, puis noua autour de son cou un foulard en soie dont les doux motifs bleu pastel accentuaient encore le contraste avec la dureté de son intonation. « C'est tout ce que j'avais à dire. Passez une bonne soirée. »

Après son départ, Alice et Nathan Quinn quittèrent à leur tour le cabinet. Ils montèrent dans l'ascenseur sans échanger un mot, et ce fut seulement en atteignant l'entrée principale qu'Alice rompit le silence.

« Ai-je raison de supposer que Cameron vous a demandé de quitter la ville pendant quelque temps ?

– C'est possible.

– Vous devriez suivre son conseil. Bientôt, la photo de Salinger sera diffusée dans les médias. Il cherche à atteindre Cameron en s'en prenant à ses proches, et à ce titre vous êtes autant en danger que l'étaient les Sinclair. S'il se sent acculé et sous pression, les "treize jours" risquent de se réduire à treize heures… Et, croyez-moi, il va se sentir acculé et sous pression.

– Vous ne savez pas ce qu'il veut.

– Oh si : il veut anéantir Cameron, et il a presque réussi. »

Quinn repensa aux messages inscrits sur les cartes crème. *28885*.

« J'aimerais que ce soit aussi simple…, répliqua-t-il. Ce n'est pas moi qu'il a attaqué la semaine dernière, inspecteur. Vous aussi, vous êtes une cible potentielle pour lui.

– Je suis toujours vivante parce qu'il avait décidé de ne pas me tuer. Je ne dis pas ça à la légère, il aurait pu m'abattre sans problème… À mon avis, quels que soient ses mobiles et ses projets, je n'en fais plus partie. Alors, écoutez-moi bien : vous êtes apparemment la seule personne capable de contacter John Cameron, qui, lui, est peut-être le seul à avoir une idée de ce qui pourrait expliquer cette folie furieuse. J'ai besoin de lui parler, et il faudrait que vous lui transmettiez ma requête. »

Elle fut soudain frappée par la pâleur de l'avocat. Dans la lumière crue du hall, de profonds cernes apparaissaient sous ses yeux.

« Vous êtes très franche, inspecteur. Vous n'hésitez pas à exprimer vos pensées, sans vous préoccuper du contexte ni des convenances. Mais si je vous laisse rencontrer John Cameron – qui, étrangement, ne semble pas plus que vous se soucier des conséquences de ses actes –, quelles sont les chances pour que, au fil de la discussion, il soit soudain question de quinze autres affaires en cours entre ici et Los Angeles ? Combien de personnes éplucheront-elles votre rapport dans les moindres détails, en espérant y relever un détail compromettant, un début d'aveu ou un élément à charge ? N'est-ce pas ce que vous chercherez vous-même à obtenir ?

– Il n'y aura pas de rapport, monsieur Quinn. Je prendrai juste des notes destinées à mon usage personnel. Cette conversation se déroulera dans l'endroit de votre choix, et vous pourrez vérifier que je ne porte pas de micro. Tout ce qui m'intéresse pour le moment, c'est Salinger, le meurtre des Sinclair et l'attaque contre mon coéquipier. Le reste n'est pas à l'ordre du jour. Je ne dis pas que, plus tard, je ne serai pas amenée à enquêter sur d'autres affaires le concernant, et à tout mettre en œuvre pour le coincer. Mais, je vous le répète, ce n'est pas ma priorité dans l'immédiat.

– Vous vous rendez compte de ce que vous me demandez ?

– Je vous demande de me faire confiance, au nom des personnes auxquelles vous teniez, et au nom d'un policier avec qui j'échangerais volontiers ma place si c'était possible. »

Il lui sembla déceler une lueur d'amusement dans les yeux de l'avocat, mais elle ne le connaissait pas assez pour en être sûre.

« Je suppose qu'il vous en coûte beaucoup de solliciter ainsi mon intervention, compte tenu de la tournure prise par notre relation...

– Bien plus que vous ne l'imaginez, admit Alice, estimant que l'heure n'était plus aux faux-semblants.

– Je veux bien le croire.

– On est engagés dans une course contre la montre, et il faut que cette rencontre ait lieu le plus rapidement possible.

– En d'autres termes, je devrais non seulement accepter de mettre en danger l'avenir de mon client, mais aussi placer ma confiance en une personne qui méprise mon travail et la façon dont je l'exerce – une personne dont je pourrais enterrer définitivement la carrière d'un seul coup de fil. »

À court de repartie, Alice se borna à soutenir le regard intense qu'il posait sur elle. De toute façon, elle ne pouvait pas revenir sur ce qui avait été dit, et s'excuser maintenant paraîtrait à la fois hypocrite et de mauvais goût. En même temps, elle ne voulait pas penser à ce qu'il risquait d'advenir de cet enregistrement.

« Je vous rappellerais s'il le fallait, monsieur Quinn, même en sachant ce que je sais maintenant. Alors à vous d'aviser. »

Elle le devinait en train de la jauger selon des critères qui la dépassaient, ce qui à long terme se révélerait peut-être une bonne chose. Elle avait conscience des allées et venues autour d'eux, des pas sur les dalles de marbre, des voix et des bribes de conversations. Quinn la dévisageait toujours.

« Vous m'avez donné George Pathune, parce que vous vous doutiez de ce que je ferais de cette information, reprit-elle. Laissez-moi aller jusqu'au bout de ce que j'ai commencé.

– Je vais y réfléchir.

– Pas de rapport, pas de micro, et la possibilité pour vous d'assister à cet entretien.

– C'est le minimum, inspecteur…

– Treize jours, rappelez-vous. Certainement pas un de plus. Peut-être même moins. »

Il détourna les yeux. Un courant d'air s'engouffra par les portes ouvertes, arrachant un frisson à Alice.

« Je vais y réfléchir », répéta-t-il.

Il s'éloigna dans la grisaille du début de soirée, les pans de son manteau lui battant les jambes. Alice se sentait aussi éreintée qu'après une course au finish. Elle espérait avoir eu la bonne attitude, usé des bons arguments, s'être montrée convaincante. Il n'existait aucun moyen de prédire ce que déciderait Quinn, alors autant se préparer dès maintenant à aller de l'avant sans le bénéfice d'une conversation avec son précieux client. Elle avait l'impression d'être gauche et maladroite, pareille à un outil trop émoussé pour servir à un ouvrage qui exigeait précision et habileté.

Et merde, pensa-t-elle. Elle sortit à son tour, en plissant les yeux pour affronter le vent mordant.

Elle traversait la salle de brigade quand le lieutenant Fynn lui fit signe de le rejoindre dans son bureau. Il referma la porte derrière elle, puis enfila sa veste.

« Je pars à la conférence de presse, expliqua-t-il. Ô joie… Pourquoi la juge voulait-elle vous voir, Quinn et vous ?

– Elle était étonnée que Quinn n'ait pas d'emblée contesté le mandat. Elle s'est dit qu'il y avait peut-être une sorte d'entente entre nous, et elle voulait nous faire savoir que, si l'une de nos initiatives l'obligeait à abandonner les poursuites contre Salinger, elle aurait notre peau. Le message avait au moins le mérite d'être clair.

– Vous auriez peut-être intérêt à vous le tatouer sur la main et à le réciter toutes les heures…

– Je crois que j'ai compris, monsieur.

– Tant mieux. Au fait, le Dr Fellman a téléphoné, mais je n'ai pas le temps de le rappeler. Vous voulez bien vous en charger ?

– Encore une chose, monsieur : j'ai demandé à Quinn d'organiser une rencontre avec son client. Cameron détient peut-être certaines informations susceptibles de nous aider.

– Qu'est-ce qu'il a répondu ?

– Qu'il allait réfléchir.

– Et qu'en pensez-vous ?

– Très franchement, je n'en sais rien. Quinn est… » Elle chercha le terme adéquat. « Il est imprévisible. L'idée de cette rencontre lui déplaît au plus haut point, mais il est possible qu'il en voie l'intérêt si elle permet d'arrêter Salinger avant que celui-ci s'en prenne à son client. Ou vice versa.

– Qu'est-ce qui pourrait inciter Cameron à vous parler ?

– J'ai été en contact avec Salinger. À mon avis, il voudra m'interroger là-dessus. »

Fynn s'accorda quelques secondes de réflexion. « Mais vous ne croyez pas vraiment à l'éventualité d'un face-à-face, hein ?

– Non. Quand les poules auront des dents, blablabla… Bon, je vous tiendrai au courant de ce que voulait Fellman. »

Assise à son bureau, Alice contempla quelques instants la chaise vide et la table impeccable de son coéquipier. Elle ne tirait aucune fierté de la façon dont la situation avait évolué : c'était Brown qui aurait dû envisager d'interroger John Cameron, pas elle. Il travaillait depuis des années à la Criminelle, elle n'y était que depuis cinq semaines… Elle allait d'abord appeler Fellman, puis elle téléphonerait à Fred Kamen, à Quantico. Dans l'hypothèse hautement improbable où Quinn accepterait de jouer les entremetteurs et Cameron de parler à quelqu'un qui n'avait pas hésité à traverser une baie vitrée pour se lancer à sa poursuite, elle tenait à se préparer au mieux. *Mais comment se prépare-t-on à une rencontre avec un homme soupçonné de plusieurs meurtres ?* Elle composa de mémoire le numéro du légiste. *Parle doucement et brandis un gros instrument conçu pour mesurer les constructions impossibles à observer.* Humour potache, cours de psychologie.

« Il faut que je vous montre quelque chose, inspecteur. C'est quoi, votre adresse mail ? » La voix du Dr Fellman trahissait sa lassitude ; à l'évidence, il avait eu une longue journée éprouvante. Alice lui communiqua ses coordonnées.

« Encore une chose : y a-t-il du monde autour de vous ? Des particuliers venus au poste pour une raison ou pour une autre ?

– Non, docteur, on a choisi d'installer notre bureau à l'écart, justement pour éviter tout contact avec le public, répondit-elle, gagnée par une sourde appréhension. Mais pourquoi me demandez-vous ça ?

– Le policier qui a trouvé le second corps a rendu son petit déjeuner sur les lieux. Je vous ai déjà vue assister à des autopsies, mais là, je vous préviens, c'est du brutal.

– Compris.

– Je vous envoie deux séries de photos. Je vous donnerai des explications quand vous ouvrirez les fichiers.

– C'est bon, je les ai reçus. » Alice laissa sa main s'attarder une fraction de seconde au-dessus de la souris, hésitant à pénétrer dans un nouvel enfer. Puis elle cliqua pour afficher les images.

Elle s'adossa à son fauteuil et cilla lentement.

« Qu'est-ce que… qu'est-ce que je suis censée voir, docteur ? » *Je vous en prie, ne me dites pas que c'était un être humain…*

« Des restes humains non identifiés, inspecteur. C'était l'un des deux cadavres découverts dans le comté de Pierce au cours des trois dernières semaines. »

Alice porta à ses lèvres la bouteille d'eau qu'elle avait piochée dans son sac. Le liquide était tiède.

« C'est un animal qui a fait ça ?

– Si seulement… Qu'est-ce que vous constatez ?

– Altération importante des tissus, nombreuses entailles sur le corps, surtout sur le thorax. Les coupures sont profondes, apparemment, et la plupart vont dans le sens de la longueur. Les organes internes ont dû être touchés. J'imagine que la perte de sang a été fatale…

– C'est le moins abîmé des deux corps. Ouvrez l'autre fichier. »

Alice s'exécuta. Elle garda le silence quelques instants, et, quand la voix de Fellman lui parvint, elle lui parut étrangement étouffée, comme s'il lui parlait de très loin.

« Inspecteur ?

– Oui, je… je suis toujours là.

– Vous êtes devant la seconde dépouille. En fait, cet homme-là a été découvert en premier, mais il est mort avant l'autre. Les deux ont été tués au cours des cinq dernières semaines, à quelques jours près, et abandonnés en pleine nature. S'il avait fait chaud, on n'aurait sans doute pas pu voir aussi nettement les plaies, à cause de l'activité des insectes. Pour une fois, le froid a joué en notre faveur.

– Qu'est-ce qui leur est arrivé ?

– Le légiste du comté de Pierce pensait à un animal sauvage, jusqu'à ce qu'il examine le second corps. Il s'est alors aperçu que le schéma des blessures était identique sur les deux. La première victime présentait de profondes lacérations à certains endroits bien particuliers, mais elle est morte d'une balle tirée dans la tête. La seconde présentait le même type de coupures, et aux mêmes endroits, sauf qu'elles étaient beaucoup plus longues et nombreuses. Celle-là s'est vidée de son sang. Inspecteur...

– Je vous écoute.

– Il n'aurait pas été facile pour une personne de reproduire aussi précisément le tracé des entailles. J'en déduis qu'il s'agit d'une sorte de piège infernal, de mécanisme meurtrier, conçu de manière à ce que le malheureux enfermé à l'intérieur n'ait pas d'autre choix que d'avancer, s'infligeant lui-même ces blessures. Je pense à des lames d'acier.

– Comment ça, "avancer" ?

– À en juger par la profondeur et l'angle des plaies, il semblerait que ces hommes aient été physiquement contraints de ramper à travers ce... cette chose. Quelqu'un leur a sans doute braqué une arme sur la tempe ; je ne peux pas imaginer qu'ils se soient imposé volontairement une telle épreuve. Le premier a dû renoncer assez rapidement, ce qui lui a valu une balle dans la tête, le second est allé plus loin et il en est mort. »

Alice survola du regard les deux photos en essayant de comprendre ce qui s'était passé, et de visualiser la scène, avant d'y renoncer brusquement.

« C'est une boîte, c'est ça ? murmura-t-elle. Comme une cage ?

– Peut-être. Pour l'instant, nous en sommes réduits à des hypothèses.

– Pourquoi le légiste de Pierce vous a-t-il appelé, docteur ? » demanda-t-elle, l'estomac noué.

Il n'hésita qu'un bref instant, mais ce fut suffisant pour qu'elle se doute de la réponse.

« Un morceau de verre était placé à l'intérieur de chaque corps, dans l'une des entailles du thorax, près du cœur. Au même endroit pour les deux, ce qui exclut toute part de hasard, d'autant que les fragments proviennent du même genre de verre que celui sur lequel on a relevé l'empreinte de Cameron, dans la cuisine des Sinclair. De plus, la première victime a été abattue avec un calibre 22. On n'a pas de douilles pour établir une comparaison, mais il est

– Vous avez répondu à toutes mes questions sans hésiter, y compris celle sur la peur. À une exception près : celle concernant votre relation avec Quinn. Vous admettez qu'il ne vous fait pas confiance, et de votre côté vous ne lui avez pas caché le mépris qu'il vous inspirait. Il y a mieux, comme point de départ pour un éventuel échange d'informations… Alors, qu'avez-vous à me dire ? »

Alice ferma les yeux. Si elle lui mentait, il y aurait de fortes chances pour que Kamen la perce à jour ; si elle choisissait la vérité, les conséquences pourraient se révéler catastrophiques pour elle. Ses conseils d'expert en valaient-ils la peine ? Était-elle prête à mettre sa plaque dans la balance pour bénéficier de son expérience et de son soutien ? Quinn avait raison : elle se fichait pas mal de son avancement, mais pas de la possibilité d'exercer un métier qu'elle aimait plus que tout.

« Inspecteur ?

– Une minute, je réfléchis. »

Il laissa échapper un petit rire qui tenait de l'aboiement. « Au moins, vous n'essayez pas de me mener en bateau !

– Je pourrais toujours opter pour une réponse succincte…

– Avec tout le respect que je vous dois, inspecteur, il est plus de minuit ici en Virginie. Alors, vous me déballez tout ou vous raccrochez. Ni vous ni moi n'avons de temps à perdre avec une version édulcorée de la situation. Je vous rappelle que j'ai l'entière confiance de Brown, si ça peut vous aider à prendre une décision.

– C'est le cas. »

Elle lui parla de l'enregistrement. « Quinn m'a affirmé qu'il s'en servirait pour contester le mandat contre Cameron si je ne parvenais pas à le faire annuler au plus vite. Je lui ai répondu qu'il pouvait bien l'utiliser comme il voulait. Quelques heures plus tard, le labo nous confirmait la présence de Salinger sur la scène de crime et le mandat était annulé. C'est tout. »

Kamen soupira. « Il vous suspend une épée de Damoclès au-dessus de la tête, et vous, vous l'envoyez promener…

– De toute façon, rien ne l'empêchera de faire ce qu'il estime être son devoir. C'est au moins un aspect de sa personnalité que j'ai cerné. Les autres, je les découvrirai bien assez tôt.

– S'il vous disait : "Conformez-vous à mes instructions ou je vous prive de votre boulot", comment réagiriez-vous ?

– Maintenant que Salinger est devenu notre principal suspect, Quinn ne peut plus me manipuler. L'enquête se poursuivra avec ou sans moi, et…

– Je ne voulais pas parler de ce qui se produit aujourd'hui, inspecteur, mais de ce qui risque de se passer dans deux ans d'ici, quand vous voudrez mettre John Cameron en examen pour je ne sais quel crime.

– Franchement, monsieur Kamen, si dans deux ans nous sommes tous vivants et en mesure de nous colleter avec ce genre de problème, ce sera déjà une grande victoire.

– Pas étonnant que Quinn soit transporté de joie à l'idée de vous laisser rencontrer son client…

– Plus j'y pense, et plus je suis convaincue que ça n'arrivera jamais. Il faudra qu'on remonte jusqu'à Salinger par un autre moyen.

– Tenez-moi au courant, inspecteur.

– Promis. Merci pour vos conseils.

– Personne ne vous félicitera, mais à mon avis cet appel que vous avez passé à Quinn a permis de sauver des vies.

– Et moi qui comptais sur une médaille…

– Ne laissez pas votre absence d'ambition nuire à votre carrière. Brown aura besoin de sa coéquipière quand il sortira de l'hôpital.

– Je tâcherai de ne pas l'oublier. »

Assise sur le canapé, Alice cala sa tête contre le dossier et ferma les yeux. Seuls les légers craquements et crépitements du bois dans la cheminée troublaient le silence. Elle était encore capable de trouver ces sons réconfortants, et d'en tirer du plaisir, même si ses cours de psychologie lui avaient appris à analyser le mécanisme de ses réactions.

Le bruit d'une voiture qui s'engageait dans l'allée la fit se redresser d'un bond. Il était trop tard pour que ce soit Rachel, qui de toute façon n'aurait pas manqué d'appeler avant de venir. Au moment où elle ôtait le cran de sûreté sur son arme, une portière claqua, mais pas trop fort ; s'il ne craignait pas de s'annoncer, le visiteur n'en respectait pas moins le sommeil des voisins. Alice passa en revue différentes possibilités, avant de s'arrêter sur la plus terrible : on venait lui annoncer la mort de Brown. Elle se précipita à la porte et regarda par le judas.

Merde.

Elle ouvrit en grand. Nathan Quinn se tenait à quelques pas de la maison. Il ne fit pas mine d'avancer.

« Bonsoir, inspecteur.

– Monsieur Quinn…

– Vous vouliez que cette rencontre ait lieu le plus vite possible.

– En effet. Dois-je comprendre que c'est pour maintenant ? »

Elle sentit son cœur s'emballer, mais ce n'étaient que les effets de l'adrénaline. Son rythme cardiaque n'allait pas tarder à ralentir.

« Oui.

– Où est-il ? » Elle jeta un coup d'œil derrière l'avocat, en direction de la voiture, puis scruta l'obscurité près de la maison.

Quinn n'hésita qu'une fraction de seconde. « Il est déjà là. »

Le visage inexpressif, il ne bougeait toujours pas. Saisie d'un frisson, Alice devina plus qu'elle n'entendit une présence dans son dos. Elle se retourna, pour découvrir John Cameron campé au milieu du salon, la fixant de ses yeux ambrés. Grand, vêtu de noir, il maintenait ses mains gantées bien en vue, respirait calmement et ne cherchait pas à éviter son regard. Les bûches craquaient toujours dans l'âtre.

Il était là, dans la maison. Il y était déjà quand je suis rentrée.

Dans un éclair de lucidité, Alice comprit que sa réaction aurait une influence décisive sur leurs rapports, dussent-ils être des plus brefs. Elle n'avait qu'un désir : l'assommer d'un bon coup de crosse pour être entré chez elle par effraction. Mais il n'était certainement pas homme à se laisser intimider par une arme.

Sans toucher à son holster, elle déclara : « J'ai bien conscience que les circonstances sont exceptionnelles, monsieur Cameron. En attendant, votre intrusion est inacceptable. Nous avons besoin d'établir un certain degré de confiance si nous voulons obtenir des résultats, et ce que vous venez de faire est le plus sûr moyen de tout foutre en l'air. » Sans lui accorder le temps de répliquer, elle se tourna vers Quinn. « Entrez, maître. » Elle s'effaça pour le laisser passer.

Elle ferma ensuite la porte à clé, même si ce geste lui paraissait complètement absurde, en sachant au moins une chose : quelles que soient les surprises que lui réserverait l'avenir, au hit-parade des situations surréalistes celle-ci remporterait toujours la première place.

38.

ALICE SE TOURNA vers les deux hommes qui se tenaient dans son salon. C'était à elle de faire en sorte que cette rencontre aboutisse, c'était une chance unique d'obtenir des résultats, alors autant l'exploiter au mieux. Elle ne devait pas se laisser déstabiliser. Après tout, elle savait déjà que Cameron était capable de s'introduire n'importe où. *Alors merde, vas-y, lance-toi.*

Son regard se porta sur Nathan Quinn. À en juger par sa mine, il aurait donné cher pour être ailleurs.

« Monsieur Cameron ? commença-t-elle. Ai-je raison de supposer que vous avez largement eu le temps, avant mon retour, de parcourir mes notes posées sur cette table et de passer en revue tout ce qui présentait un intérêt pour vous ?

– Oui. » Il avait une voix douce. « Je vous le confirme.

– Bien. Il est donc inutile que je mette certaines choses à l'écart. Je vous en prie, asseyez-vous. » Elle indiqua la table. « Je vais préparer du café. »

S'ils furent surpris par son attitude de parfaite maîtresse de maison, ils n'en laissèrent rien paraître. Mais il était vrai que, en matière de flegme, Nathan Quinn aurait pu en remontrer à une statue.

Tout en s'activant dans la cuisine, Alice repensait aux événements terribles survenus aux cours des dix jours écoulés. Elle se rappela la fillette qu'elle était autrefois, capable d'observer une partie de poker pendant des heures, de déchiffrer l'expression des joueurs et de deviner les cartes qu'ils avaient en main. Si elle possédait encore ce talent, c'était le moment ou jamais de l'utiliser.

Elle rejoignit les deux hommes qui, tels des invités bien élevés, ne s'étaient pas encore assis et l'attendaient en silence près de la table.

« Bon, voilà ce que je vous propose, monsieur Cameron, dit-elle. Vous et moi, on se pose des questions et on essaie d'y répondre dans la mesure du possible, sauf si M. Quinn intervient pour nous arrêter. Il n'y aura pas de rapport officiel, je prendrai juste quelques notes destinées à mon propre usage. Et je ne porte pas de micro. Nous sommes d'accord ?

– Oui », répondit Quinn.

Alice se détendit légèrement sur sa chaise. Elle ne voulait pas précipiter les choses, car il lui paraissait presque aussi important de cerner la dynamique à l'œuvre entre ces deux hommes que d'obtenir des éléments susceptibles de la conduire jusqu'à Salinger. Kamen avait raison : il y avait de fortes chances pour qu'elle soit un jour amenée à engager des poursuites contre Cameron. Dans cette perspective, tout ce qu'elle pourrait apprendre sur lui ce soir-là se révélerait précieux pour l'avenir.

Elle se donna une chance d'étudier ses traits en se disant qu'il serait bon de retoucher la photo produite par les Archives. Si le visage de Cameron était semblable, en plus âgé, à celui du garçon jadis arrêté par la police, des changements subtils l'avaient néanmoins altéré : les années avaient modelé ses pommettes, affiné le dessin de sa mâchoire et créé autour de lui quelque chose d'intangible – une dimension qui le faisait paraître plus fermé et distant.

« Allez-y, dit-elle.

– L'embuscade, inspecteur. Parlez-moi de l'homme qui vous a attaqués, votre partenaire et vous. »

Le regard intense que Cameron posait sur elle lui rappelait celui d'un prédateur ; l'heure n'était plus aux politesses d'usage. *Parfait, on n'a pas de temps à perdre en bavardages inutiles.*

À côté d'elle, Quinn s'adossa à son siège. Alice s'attendait à cette demande de la part de Cameron. Les détails qu'il voudrait connaître seraient aussi révélateurs pour elle que les questions auxquelles il accepterait de répondre.

Elle but une gorgée de café. « Vendredi soir, au poste, j'ai reçu un appel sur mon portable… »

Cameron l'écoutait, les bras croisés, la tête légèrement inclinée de côté. Elle lui rapporta les faits en termes simples, parce qu'elle ne voyait pas la nécessité de broder ; s'il avait besoin de précisions, il n'aurait qu'à les lui demander. Elle décrivit l'agression aussi précisément que si elle avait dû remplir une déposition. Comme par hasard, la douleur dans son épaule s'était réveillée.

Les yeux plissés sous l'effet de la concentration, Cameron la laissa terminer. Il regardait les points de suture sur son arcade sourcilière, ses ecchymoses, son bras blessé. Il réfléchissait, et, à l'évidence, ne se souciait pas de combler les silences.

De son côté, Alice s'efforçait de graver dans sa mémoire le plus de caractéristiques possibles, de sa coupe de cheveux soignée au col roulé bleu marine en cachemire qu'il portait. Il lui semblait étrangement familier, pareil à un ami d'enfance perdu de vue depuis longtemps, et qu'elle aurait retrouvé adulte. Dans son esprit, elle organisait déjà des informations qu'elle ne doutait pas d'utiliser un jour contre lui.

En même temps, elle avait conscience du regard de Quinn et du poids de ses attentes. C'était tout l'enjeu de cette rencontre : l'avocat lui avait donné un petit quelque chose qu'il ne pouvait guère se permettre de gaspiller, et il espérait que les bénéfices potentiels seraient à la hauteur de la mise. Il n'ignorait pas que tout ce qu'elle apprenait au sujet de son ami – comment il aimait son café, la main dont il se servait – risquait à l'avenir de se retourner contre lui. *Il est droitier*, songea Alice. Elle aurait pu se sentir flattée par la méfiance de Quinn à son égard, mais elle savait que, s'il avait finalement accepté cette entrevue, c'était surtout parce qu'ils étaient tous à court d'options.

« Jusqu'à quel point s'est-il montré brutal avec vous, inspecteur ? demanda Cameron.

– Il voulait que je perde connaissance.

– Mais il ne cherchait pas à vous infliger de blessures graves.

– Je ne le saurai jamais.

– Pensez-vous qu'il a retenu sa force ?

– Je n'ai pas analysé ses réactions. J'étais trop occupée à essayer de ne pas respirer.

– Quand vous avez senti le chloroforme, avez-vous d'emblée fait le rapprochement avec les Sinclair ?

– Oui. J'ai tout de suite compris que j'avais affaire au même meurtrier, et que ce n'était pas vous.

– Vous avez eu peur ?

– Oui.

– Pourtant, ça ne vous a pas paralysée.

– J'ai agi sans trop réfléchir.

– Mais vous avez eu le temps de réfléchir depuis. Toutes ces notes sur la table, toutes ces heures passées à regarder la machine qui respire à la place de votre équipier, à vous exercer à tirer de la main gauche... »

Alice cilla.

« Ne vous inquiétez pas, je ne vous ai pas filée, déclara Cameron. Vous tirez des deux mains, n'est-ce pas ? J'imagine que vous avez dû beaucoup vous entraîner... Vous portez votre arme sur la hanche gauche et vous l'avez nettoyée récemment. »

Dans le silence qui suivit, Alice attendit une question.

« Il avait l'intention de créer un lien avec vous, reprit-il. Il voulait aussi se débarrasser de votre équipier, et en prime fournir à la Balistique le calibre 22 qui vous mettrait sur ma piste.

– Je dirais plutôt l'inverse, répliqua-t-elle. Son principal objectif était d'utiliser cette arme pour vous compromettre.

– Non. Il aspirait à un contact physique avec vous, inspecteur. Le fait de mettre hors jeu votre collègue représentait juste un petit bonus, d'autant plus que c'était un policier expérimenté. Il cherchait à être seul avec vous, et, à mon avis, il a pris plaisir à votre affrontement. » Il s'interrompit un instant, comme si une pensée déplaisante lui traversait l'esprit. « Vous vous êtes bien défendue, c'est certain, mais vous avez surtout eu énormément de chance. C'était un rendez-vous galant, inspecteur, sauf que vous ne le saviez pas. »

Elle sentit un frisson glacé la parcourir. Il n'y avait aucune ironie dans les propos de Cameron ; il se contentait de disséquer l'événement pour en mémoriser tous les aspects. *Qu'était-il en train d'apprendre sur elle, et comment utiliserait-il ces informations ?*

« Salinger est-il retourné sur la scène de crime de Blueridge ? »

C'était Brown qui avait insisté pour qu'on filme la foule de badauds massés devant la maison des Sinclair, se rappela Alice. Dunne avait visionné l'enregistrement quelques heures auparavant.

« Oui, répondit-elle.

– C'est là qu'il vous a vue pour la première fois.

– Pourquoi m'aurait-il remarquée ? »

Cameron esquissa un sourire dénué de bienveillance.

« Le photographe, dit-il.

– Andrew Riley ?

– C'est ça.

– Il a eu un petit problème ce soir-là.

– Oh, c'est vrai ? »

À côté d'eux, Quinn n'avait ni bougé ni prononcé un seul mot, mais l'attention qu'il portait à leur échange était presque palpable.

« À vous de m'interroger, inspecteur », reprit Cameron.

Alice pensait à ce qu'elle pourrait lui demander depuis le soir où elle s'était jetée contre la porte-fenêtre avant de le suivre dans les bois.

« Parlez-moi de votre relation avec James Sinclair. »

Sa requête le surprit, elle s'en aperçut au léger tressaillement qui agita sa paupière.

« Pourquoi ?

– Parce que c'est ma question.

– Vaste question…

– Vaste sujet. »

Il garda le silence.

« J'essaie de déterminer pourquoi Salinger s'en est pris à James Sinclair et à sa famille, expliqua Alice. Pourquoi pas à M. Quinn ici présent ? Pourquoi ne pas vous avoir tendu un piège après une de vos parties de poker au restaurant ? Ou quand vous rentriez dans votre ancienne maison ? Il en savait suffisamment sur vous pour choisir n'importe laquelle de ces possibilités. Alors parlez-moi de James Sinclair.

– Andrew Riley a une idée très précise de…

– Jack », l'interrompit Quinn.

Cameron se tut, et Alice comprit qu'il ne lui donnerait aucune information sur son ami assassiné.

« Ai-je raison de dire que Salinger s'est attaqué à la cible la plus vulnérable ? » insista-t-elle.

Un craquement se fit entendre dans la cheminée.

« Oui.

– À quoi accordez-vous le plus de valeur, monsieur Cameron ?

– Pardon ?

– Qu'est-ce qui compte le plus à vos yeux ?

– Vous voulez aussi qu'on discute de ma couleur préférée, tant qu'on y est ?

– Vous ne pensez pas que Salinger s'est posé la question lui aussi ? Qu'il vous a observé – vous, un homme que rien ne semble ébranler – en se demandant comment faire pour vous atteindre ? Qu'il a réfléchi au moyen de vous priver de ce qui vous est le plus cher ?

– Et ce serait quoi, d'après vous ?

– Je ne vous connais pas assez pour deviner.

– Ce qui ne vous empêche pas d'avoir déjà une petite idée de la réponse, inspecteur.

– Je préférerais l'entendre de votre bouche.

– Je n'en doute pas.

– Quoi que ce soit, je vous conseille d'ériger un rempart tout autour, parce que Salinger va faire son possible pour vous l'enlever.

– Qu'il essaie.

– Croyez-moi, il vaudrait mieux ne pas en arriver là. Vous ne l'avez jamais rencontré ? Vous n'avez jamais eu affaire à lui avant qu'il soit embauché au restaurant ?

– Non.

– Savez-vous s'il est en relation avec quelqu'un qui vous aurait créé des problèmes dans le passé ?

– Non. Si c'était le cas, je l'aurais déjà découv...

– Jack. » Une nouvelle fois, la voix de Quinn l'empêcha d'aller plus loin.

Sanders et les morts de Los Angeles.

« L'un des employés du restaurant a dû lui dire qui vous étiez..., enchaîna Alice, qui pensait à haute voix. Il vous a surveillé pendant des mois en attendant le bon moment pour agir.

– Jusque-là, rien de ce que vous m'avez dit ne constitue un mobile, objecta Cameron.

– Il a agressé deux inspecteurs en se faisant passer lui-même pour un flic. Avant d'être envoyé en prison, il avait posé sa candidature pour entrer à l'École de police, mais sa demande avait été refusée. »

Alice imaginait Salinger en train de débarrasser des tables tout en regardant Cameron, Sinclair et Quinn réunis pour le dîner.

« Sa motivation n'est peut-être pas d'ordre personnel, dit-elle. Prenez n'importe lequel des crimes pour lesquels vous n'avez jamais été poursuivi ; si ça se trouve, il cherche juste à équilibrer les comptes. »

La colère de John Cameron ne se manifesta que par une ombre fugace qui voila son regard, mais Alice en perçut néanmoins toute l'intensité. C'était une colère froide, maîtrisée. Il ferait un adversaire redoutable au poker, songea-t-elle. Elle jeta un coup d'œil à Quinn qui, perdu dans la contemplation du feu, semblait écrasé par la culpabilité. Il se leva et s'approcha des portes-fenêtres, derrière lesquelles il faisait nuit noire.

Alice ne chercha pas à rompre le silence. Pourquoi Quinn se sentait-il aussi coupable de la mort de ses amis ? Parce qu'il était au courant des actes qui avaient conduit Salinger à vouloir la perte de Cameron ? Il n'était pas la proie d'un vague malaise suscité par des soupçons ; son sentiment de responsabilité se fondait sur des éléments précis : du sang, des dates, des armes. Aucun doute, Quinn savait.

« Comment envisagez-vous le dénouement de cette affaire, inspecteur ? demanda soudain Cameron. Quatre morts et un équipier en Soins intensifs… Que faudra-t-il pour que vous vous estimiez satisfaite, que vous refermiez le dossier et que vous rentriez tranquillement chez vous ?

– Je crois que le terme "tranquillement" est de trop, mais je compte bien refermer le dossier sous peu, quand Salinger sera en détention et mon équipier sorti du coma.

– En détention… », répéta Cameron.

L'instinct protecteur de Quinn le poussa de nouveau à intervenir. « Jack. »

Celui-ci ne précisa pas sa pensée, mais Alice devinait ce qu'il avait voulu dire. « Chacun son truc, chuchota-t-il.

– Et vous, que faudra-t-il pour que vous vous estimiez satisfait ? » le défia-t-elle.

Quinn frémit, et Cameron soupira avant de répondre. « Un jour, inspecteur, ce serait agréable d'avoir une conversation avec vous sans avoir à se préoccuper des conséquences légales… Tout ce que je peux vous dire aujourd'hui, c'est que je ne m'estimerai jamais satisfait de la conclusion de cette affaire, même si votre justice ou la mienne condamnait Salinger à mort.

– Ça suffit. » La voix de Quinn se réduisait à un murmure, mais Cameron l'entendit et se tut. Une nouvelle fois, Alice s'étonna du rapport de pouvoir entre eux.

« Je vais refaire du café. » Elle se leva et emporta leurs tasses vides en même temps que la sienne. Elle avait besoin de s'éclaircir les idées, car elle avait une décision difficile à prendre. Si étrange que cela puisse paraître, la présence de John Cameron chez elle ne la contrariait désormais guère plus que celle d'un parent désagréable qui se serait imposé. Or, cet homme risquait de connaître l'horreur qu'avaient subie les deux inconnus dans le comté de Pierce, et il ne le savait pas. Il était là, à échanger avec elle des considérations juridiques, et il ne se doutait de rien. Quinn non plus.

Elle s'immobilisa près de la gazinière, les mains posées sur le plan de travail, les yeux fermés pour mieux tenter de repousser le souvenir des photos envoyées par le légiste. Elle n'entendit pas Quinn approcher.

« Que se passe-t-il ? » Elle se retourna. Appuyé contre le chambranle, les bras croisés, il semblait aussi épuisé qu'elle.

« Vous avez l'air… » Les mots qui lui venaient à l'esprit ne durent pas lui plaire, car il laissa la phrase en suspens.

« Vous n'êtes pas du genre impressionnable, inspecteur, reprit-il au bout d'un instant. Mais là, vous avez manifestement la frousse. Je ne pense pas que notre petite réunion impromptue en soit la cause. »

L'eau de la cafetière italienne imprégnait peu à peu le café moulu, répandant un arôme qu'Alice trouvait réconfortant en un moment où se bousculaient dans sa tête des images plus effrayantes et plus hideuses les unes que les autres. Elle s'adossa au plan de travail.

« J'ai pu constater ce soir qu'il existe une relation de confiance entre Cameron et vous, et qu'il vous écoute, déclara-t-elle. J'ai appris aujourd'hui par le légiste qu'il y avait du nouveau. Je peux vous garantir qu'aucun de vous n'a jamais rien vu de pareil. » *Moi non plus, d'ailleurs.*

Quelques minutes plus tard, ils rejoignirent Cameron qui lisait le titre des ouvrages dans la bibliothèque. Alice lui parla des macabres découvertes faites dans le comté de Pierce, et de leurs raisons de supposer qu'il s'agissait de l'œuvre de Harry Salinger. Pour appuyer ses dires, elle leur montra les photos. Quand elle eut terminé, les premières paroles de Cameron furent pour Quinn. « Dis-lui pour les messages.

– Quels messages ? demanda Alice.

– Le jour où vous et votre coéquipier êtes venus m'annoncer la mort de James à mon bureau, j'avais reçu une carte – une carte toute simple, couleur crème, dans une enveloppe, sur laquelle il y avait écrit : "Treize jours". Mercredi dernier, j'en ai reçu une autre, qui comportait cette fois des chiffres : "28885".

– Deux huit huit huit cinq.

– Non, vingt-huit, huit, quatre-vingt-cinq », rectifia Quinn, certain qu'elle ignorait la signification du message.

La colère la submergea d'un coup, et elle s'y raccrocha, car c'était une émotion préférable à la peur. « Si je comprends bien, Salinger vous a contacté personnellement ? Vous saviez que c'était lui, puisque vous avez forcément lu dans les journaux qu'il avait gravé les mots "treize jours" au-dessus de la porte d'une chambre chez les Sinclair, et vous n'avez rien dit ? Et là-dessus, quand il vous envoie un nouveau message avec la date du kidnapping de la Hoh River – un événement qui vous touche de près, vous, Cameron et Sinclair –, vous ne jugez pas utile non plus de nous en avertir ? Mais qu'est-ce qui vous a pris, bon sang ? »

S'il était surpris qu'elle ait fait le lien avec la date de l'enlèvement, Quinn n'en montra rien. « Il y a encore vingt-quatre heures, Jack était votre principal suspect, et ces messages constituaient mon seul lien avec l'homme que je savais être le vrai meurtrier. Je voulais découvrir ce qu'il voulait, pour le manipuler. Il n'était pas question pour moi de m'en séparer.

– Mais vous n'avez plus le choix, monsieur Quinn. Vous allez les confier à la Scientifique, qui les analysera dans les moindres détails. Le papier, l'encre – les techniciens feront tous les tests possibles pour essayer de relever des empreintes, des traces de salive sous le timbre, et que sais-je encore. Salinger s'est adressé à

« Des randonneurs ont découvert un corps dans les bois, lui raconta-t-il. Celui d'un type qui est tombé dans un trou et s'est empalé sur des pieux plantés au fond. »

Cameron ne cilla même pas. « C'est ce qu'on appelle un piège à ours. Il était peut-être chasseur ?

– Non, ce n'était qu'un homme de main prêt à manger à tous les râteliers. Un sale type. Je le connaissais. »

Quand la serveuse s'approcha, Cameron commanda le dessert du jour. Il posa ensuite sur la table le programme des matchs des Sonics. « Vas-y, bosse un peu et dis-moi lesquels t'as envie de voir… Mmm, cette tarte est un vrai régal. » Ses yeux brillants ne lâchaient pas ceux de Quinn. « Tiens, goûte. »

« Un gamin discret, avait dit le barman. Il buvait souvent une bière, des fois un café avec un petit verre de whisky. Du genre à essayer de paraître plus vieux qu'il n'était, mais un air pas commode. Ah oui, je me rappelle avoir pensé qu'il devait avoir un problème avec l'une de ses mains, parce qu'il la sortait jamais de sa poche. Je m'attache toujours aux petits détails, ça me passe le temps… »

Quinn entoura quelques dates au stylo noir. Jack ne lui en parlerait pas, il ne lui avouerait jamais l'acte qu'il avait commis, aussi ne serait-il jamais lui-même obligé de prendre en compte un nouvel échec de ce système judiciaire auquel il croyait tant, et sur lequel il avait fondé toute son existence après le deuil terrible qui l'avait frappé. Gilman était l'un de leurs ravisseurs, l'un de ces hommes qui avaient fait disparaître David dans les bois pour toujours, et Jack porterait désormais seul le fardeau de sa mort.

Il ouvrit son cabinet quelques semaines plus tard. Ses confrères avaient raison : les affaires seraient florissantes.

40.

L'ALERTE FUT DONNÉE par un habitant de la région qui, en partant travailler à Seattle avant le lever du jour, remarqua des lueurs étranges derrière les arbres. Une voisine dirait plus tard qu'elle avait cru entendre une explosion vers une heure du matin. Les pompiers d'Everett foncèrent vers la propriété isolée, toujours auréolée de flammes. La chaleur avait fait fondre la neige autour de la maison, dégageant un cercle de terre nue qui s'étendait jusqu'aux sapins dont elle était environnée.

Les soldats du feu, revêtus de leur équipement, se tenaient à présent devant le brasier. Personne n'était sorti de la bâtisse. Ils avaient inspecté tout le périmètre, balayant du faisceau de leurs lampes-torches les plaques de neige sale que l'incendie n'éclairait pas.

L'étage s'était écroulé sur le rez-de-chaussée, qui à son tour s'était effondré sur le sous-sol. L'édifice en bois, construit au début du siècle précédent, avait brûlé rapidement. Malgré l'eau déversée par les lances, les premières lueurs de l'aube révélèrent le tas de cendres et de décombres noircis qu'était devenue la maison de Harry Salinger.

Alice décrocha le téléphone à la deuxième sonnerie, se redressa dans son lit et posa les pieds sur le parquet frais.

« Allô ?

– Madison ? »

C'était Spencer.

« Oui, je t'écoute.

– On a reçu un appel de San Diego sur la hotline hier soir – celui d'une femme qui prétend être la tante de Salinger. Elle a vu sa photo aux informations et elle nous a donné une piste : il a hérité d'une propriété à Everett pendant qu'il était en prison. Legs de ses grands-parents. Il n'a jamais pris la peine de faire enregistrer l'acte de propriété à son nom. »

Alice, qui se dirigeait déjà vers la salle de bains pour prendre une douche, pila net.

« Dis-moi que t'as l'adresse. » Un souvenir lui était revenu à la mémoire : la réserve naturelle d'Everett au printemps.

« T'emballe pas, Madison. De toute façon, on arrivera trop tard.

– Qu'est-ce que…

– Tout a brûlé. La baraque est partie en fumée, les pompiers pensent à des produits accélérateurs de combustion. Pour le moment, on sait que dalle. Les enquêteurs sont déjà au boulot.

– On ne peut pas se permettre de croire qu'il était à l'intérieur, Spencer. La vie fait rarement ce genre de cadeau.

– Je sais. N'empêche, il y a apparemment eu une explosion. Alors on peut au moins espérer qu'il a grillé, non ?

– Sûr. On peut toujours espérer. »

Alice garda le combiné en main quelques instants après avoir coupé la communication. Elle n'était pas encore bien réveillée, et la nouvelle l'avait prise au dépourvu. C'était un rebondissement totalement inattendu.

Elle vérifia l'heure. 6 h 10. Elle devait retrouver Quinn au poste dans un peu moins d'une heure et demie pour récupérer les messages. Spencer avait mentionné des produits accélérateurs de combustion ; autrement dit, soit Salinger avait littéralement brûlé les ponts derrière lui avant de passer à l'étape suivante de son plan, soit il avait entreposé des produits dangereux chez lui et avait péri dans l'explosion.

Elle ouvrit le robinet et entra dans la cabine de douche. Par expérience, elle savait que la vie n'est jamais aussi clémente.

Ce fut seulement après sa seconde tasse de café qu'Alice se rendit compte qu'elle n'avait pas parlé à Spencer de la visite de Quinn et Cameron. Mais elle avait encore du mal à y croire, et seuls les mugs dans l'évier lui confirmaient que cette entrevue, qu'elle aurait qualifiée quelques jours plus tôt de « rêve surréaliste », avait bel et bien eu lieu.

Quoi qu'il en soit, l'incendie les avait privés d'une mine d'informations sur Harry Salinger, sur la façon dont il occupait ses journées, dont il consacrait certaines heures à planifier la mort et l'horreur… Elle ajusta son holster et resserra la courroie. S'il y avait dans cette maison des indices permettant d'établir un lien entre Salinger et les deux inconnus suppliciés du comté de Pierce, alors ils étaient partis en fumée eux aussi. Pour toujours.

Spencer la rappela au moment où elle montait en voiture.

« Les pompiers ont découvert un corps dans les ruines. Ils n'ont pas fini de sécuriser le site, mais ils sont certains qu'il s'agit de restes humains. »

Alice appuya son front sur le volant. Durant une fraction de seconde, elle s'était presque réjouie de la présence d'un cadavre sur place, comme si c'était une bonne nouvelle. Inutile de prétendre le contraire. Comment en était-elle arrivée là ? Elle baissa sa vitre et inspira profondément. Elle ne se voilerait pas la face : oui, elle avait été soulagée d'apprendre que le sinistre avait fait une victime, et elle avait espéré que c'était l'homme dont elle avait vu les œuvres sanglantes sur les photos envoyées par le Dr Fellman.

Il lui vint pourtant à l'esprit que, par l'une de ces bizarreries dont le cœur humain a le secret, s'ils avaient été ensemble dans la maison quand l'incendie s'était déclaré, elle aurait sans doute essayé de le faire sortir…

Elle tourna la clé de contact, et le ronronnement familier du moteur brisa le silence. Un oiseau perché dans les branches au-dessus d'elle s'envola, délogeant un paquet de neige qui tomba sur le pare-brise.

Au fond, si le feu avait infligé un châtiment à Harry Salinger avant le bureau du procureur, et avant John Cameron, c'était peut-être aussi bien.

Alice roulait sur la 509 quand son portable se mit à vibrer sur le siège passager.

« Madison ? C'est pas un, mais trois corps qu'il y avait dans cette baraque », annonça Spencer d'une voix que le manque de sommeil éraillait.

Elle enregistra l'information. Apparemment, Salinger n'était pas parti seul pour l'enfer...

« Écoute, Spencer, il faut que je file au labo déposer un truc, et ensuite que j'aille briefer Fynn. Vaudrait mieux que tu sois là.

– Pourquoi ? T'as du nouveau ? » Il bâilla.

« J'ai vu Cameron hier soir. On a eu... comment je pourrais présenter ça ? Disons, une petite conversation.

– Sérieux ? T'as le chic pour faire des trucs intéressants, toi... D'accord, rendez-vous au poste. »

Alice appuya sur l'accélérateur. Elle n'aspirait qu'à une chose : foncer à Everett pour explorer à quatre pattes les ruines fumantes de la maison de Salinger, jusqu'à trouver quelque chose, n'importe quoi, qui confirmerait que son propriétaire était là au moment de l'explosion. Or, c'était impossible : il allait d'abord falloir identifier les victimes, informer leurs proches, puis attendre les résultats de l'analyse ADN et le bon vouloir d'un destin qui, depuis quelque temps, leur jouait de sales tours.

Alors même qu'elle se défoulait en pestant contre le sort, elle sut que, à un moment ou à un autre de la journée, elle scruterait les ruines calcinées de cette bâtisse qui ne lui offrirait pas de réponses. Et qu'il en irait de même pour Cameron et pour Quinn.

Nathan Quinn descendit de sa Jeep au moment où elle-même se garait sur le parking du poste. Il lui tendit une grosse enveloppe matelassée qu'elle prit sans en vérifier le contenu.

« Merci », dit-elle.

Il hocha la tête.

« Vous savez quoi faire si vous recevez un autre message, n'est-ce pas ?

– Il n'y en aura peut-être pas d'autre.

– Vous avez appris ce qui s'est passé ?

– Oui, répondit-il. Il y a une heure. »

Elle ne lui demanda pas qui l'avait mis au courant. « On compte trois morts jusque-là.

– Trois ? »

De toute évidence, il ignorait le nombre de victimes, ce qui était à la fois une bonne et une mauvaise nouvelle. Alice vit se refléter sur son visage les émotions qu'elle avait éprouvées un peu plus tôt.

« Combien de temps faudra-t-il pour faire les analyses, inspecteur ?

– Je ne sais pas. Ça dépend de pas mal de facteurs. »

Quinn enfonça les mains dans les poches de son manteau. Des flocons se posaient sur ses épaules, et fondaient aussitôt.

« Quand on veut bloquer une requête de la partie adverse, on lui envoie un blizzard : tous les documents demandés en trois exemplaires minimum, plus tous ceux qui ont été mentionnés de près ou de loin durant la phase précédant l'action en justice. On la noie sous la paperasse.

– Salinger aussi nous a envoyé un blizzard.

– Vous croyez que la chance a tourné ? Qu'il s'est fait sauter chez lui ?

– Franchement, non.

– Moi non plus, inspecteur. » Il s'éloigna.

« N'oubliez pas de nous prévenir si vous recevez un autre message ! »

Il se retourna et soutint son regard un bref instant.

« Évidemment. »

Alice retint de justesse un gémissement de contrariété. Non seulement Quinn ne se donnait pas la peine de rendre son mensonge convaincant, mais elle avait décelé dans ses yeux une lueur qui n'augurait rien de bon.

« Je pensais qu'on collaborait en toute transparence, dit-elle.

– Je ne vous ai jamais raconté d'histoires, inspecteur, et ce n'est pas maintenant que je vais commencer.

– Pourquoi est-ce que ces paroles ne me rassurent pas ?

– Parce que vous êtes bien plus avisée que ne le laisse supposer votre âge.

– S'il est toujours vivant, il vous écrira encore. »

Quinn garda le silence.

« Au prochain envoi, ajouta-t-elle, ruez-vous sur votre téléphone pour m'appeler, comme si votre vie en dépendait. Parce que c'est le cas. »

Il se taisait toujours.

« Hier soir, c'est Cameron qui a mentionné ces messages, pas vous. Depuis quand est-il le plus raisonnable de vous deux ?

– Vous ne devriez pas vous rendre à une réunion, inspecteur ? Ou convoquer votre portraitiste maison afin de faire modifier la photo de Jack pour la postérité ?

– Mes remarques susciteront sans doute pas mal d'intérêt, je vous l'accorde… »

Quinn remonta en voiture et mit le contact. « Amusez-vous bien. »

Compte tenu de toutes les épreuves qu'ils avaient traversées la semaine précédente, il aurait dû éprouver du soulagement en sachant que le véritable tueur était soit mort, soit sur le point d'être arrêté. Or, Alice n'avait rien décelé de tel chez lui.

La pince métallique réfléchit la lumière de la lampe braquée dessus quand Sorensen sortit la carte de la première enveloppe. Elle avait rassemblé en queue-de-cheval ses longs cheveux, et Alice avait glissé les siens dans le col de son blazer. Toutes deux se tenaient penchées sur la table de travail – le seul endroit éclairé de la pièce.

Si elle connaissait déjà le contenu des messages, Alice n'en reçut pas moins un choc en découvrant les mots « Treize jours » inscrits sur le beau papier crème ; elle les revoyait gravés dans la peinture blanche au-dessus de la porte dans la chambre des Sinclair – une image qui ramenait à elle l'odeur écœurante des cadavres mêlée à la cire d'abeille. Elle retint son souffle.

Dans le bureau de Fynn, une heure plus tard, les membres du petit groupe commencèrent par observer un silence quasi religieux ; personne n'osait bouger, de peur de manquer un mot.

« Il était méfiant mais sûr de lui », déclara Alice après avoir relaté la soirée de la veille à Fynn, Spencer, Dunne, Kelly et Rosario.

Kelly paraissait sur le point d'exploser. De toute évidence, il ne supportait pas d'être briefé par la plus jeune recrue du service, qui était aussi la plus inexpérimentée. En outre, le fait qu'elle ait pris un café avec l'homme qui avait agressé son partenaire deux jours plus tôt lui paraissait inconcevable.

Alice avait pesé ses mots, consciente que ce n'était pas le moment de se laisser aller à des conjectures. Elle ne voulait pas non plus leur donner l'illusion de mieux connaître John Cameron ; s'ils croyaient avoir cerné le personnage, ils risquaient de s'exposer à un danger plus grand qu'un nez cassé.

« Sorensen nous appellera quand elle aura terminé l'analyse des messages, conclut-elle.

– C'est du bon boulot, Madison », déclara Fynn.

Il faut que je le dise à Brown, songea Alice. *Alors seulement, je pourrai considérer que j'ai terminé mon rapport.*

Elle s'assit devant son ordinateur. Au départ, elle ne comptait faire parvenir à Kamen que les photos du comté de Pierce, puis Quinn s'était présenté à sa porte, et, douze heures plus tard, elle contemplait sa messagerie en essayant d'ordonner le chaos d'événements récents : les révélations de la veille, l'incendie du début de matinée, la certitude que Salinger n'en avait pas terminé avec ses lettres…

Après avoir pianoté un moment, elle se leva et arpenta le petit espace occupé par son bureau et celui de Brown. La pièce lui paraissait à l'image de son esprit : encombrée, et en même temps privée d'une force vitale.

« On ne sait pas pourquoi il s'est adressé à Quinn, et ces cartes, cette correspondance inachevée, sont chargées de promesses, de tous les espoirs de ce qu'il rêve d'accomplir. Tant qu'on n'aura pas compris de quoi il s'agit, il sera impossible de l'arrêter s'il est toujours vivant. »

Alice signa l'e-mail, inséra les photos en pièce jointe et expédia le tout à Fred Kamen.

Fynn, satisfait du rapport officieux qu'elle lui avait présenté, lui avait demandé de retracer l'histoire de Salinger, d'essayer de reconstituer son parcours, et de chercher dans son passé tout ce qui pourrait les aider à expliquer le présent. Parallèlement, il avait envoyé tous les effectifs disponibles interroger les personnes que Salinger avait pu rencontrer.

Alice entreprit d'établir une chronologie qui débutait avec Harry et Michael Salinger, les deux frères jumeaux, faisant leurs premiers pas, et s'achevait par l'un des deux abattant froidement des enfants. Sa prise de notes fut interrompue par l'arrivée du jeune technicien des Archives avec qui elle avait rendez-vous.

Il lui montra sur écran le portrait de Cameron établi d'après la photo prise au moment de son arrestation, vingt ans plus tôt.

« Vous l'avez rencontré, d'après ce que j'ai entendu dire. C'est ressemblant ? demanda-t-il, manifestement désireux d'obtenir son approbation.

– En fait, c'est un cas un peu particulier. Il faut qu'on retouche certains détails.

– On s'est plantés, c'est ça ?

– Les effets du vieillissement ont été globalement bien rendus, mais la disposition des rides est différente, ici et ici. Quant à la ligne d'implantation des cheveux…

– Attendez. Je vais procéder aux modifications au fur et à mesure. »

Il fit craquer ses jointures, puis remonta machinalement l'élastique de sa queue-de-cheval blonde. « On va commencer par les cheveux… »

Alice se concentra pour visualiser la scène de la veille, quand elle s'était retournée pour découvrir Cameron dans son salon, puis quand elle l'avait étudié assis à sa table – la pierre de Rosette qu'elle avait besoin de déchiffrer.

Quelques instants plus tard, il était là, sur l'écran devant elle.

« Voilà, j'ai terminé. C'est bon, pour la forme des yeux ? »

Alice se pencha.

« Parfait, répondit-elle. Maintenant, il ne vous reste plus qu'à enlever tout ce qui est le reflet d'une conscience et d'un semblant de sens moral… »

Elle imprima le portrait en plusieurs exemplaires, en coinça un sous l'agrafeuse du bureau de Spencer, et sortit ses clés de voiture.

Elle prit la 99 en direction du nord, espérant que les pompiers d'Everett la laisseraient approcher de la maison de Salinger – du moins de ce qu'il en restait. Au fil des kilomètres, elle dut se répéter qu'il n'y aurait pas de réponses immédiates, pas de brusques révélations, simplement parce qu'elle se tiendrait sur les lieux qui avaient abrité les mystères d'une existence vouée au mal.

Le ciel était couvert, les nuages bas. Elle accéléra pour arriver à destination avant que la lumière décline.

Il ne lui fut pas difficile de trouver l'adresse : les véhicules d'urgence grouillaient dans l'allée qui menait à la bâtisse, elle-même dissimulée par des arbres. Des hélicoptères de la télé tournoyaient au-dessus du site, et une bonne dizaine de cameramen filmaient tout ce qu'ils jugeaient digne d'intérêt.

Elle se gara, accrocha son insigne à sa poche de poitrine, puis descendit de voiture. Les policiers postés près du cordon de sécurité lui firent signe de passer. Ce fut l'odeur qui la frappa en premier – des relents à la fois âcres et acides dans l'air froid, qui lui brûlèrent les poumons, auxquels se mêlait une sorte de résidu gras qu'elle crut sentir se déposer dans sa bouche.

Ses yeux se mirent à larmoyer, et elle les essuya avec sa manche. Quelques instants plus tard, elle atteignait la clairière protégée par le ruban de sécurité ; la neige avait fondu au-delà, laissant voir une terre détrempée et grisâtre. La bouffée de colère qui l'assaillit l'étonna par son intensité : c'était l'endroit où avait vécu Salinger, mais il n'était pas là ; c'était aussi l'endroit où il avait conçu son œuvre, mais il n'en subsistait rien, plus aucun élément susceptible de l'aider à comprendre. Elle longea le périmètre délimité par le ruban. Des hommes en combinaison de protection examinaient méthodiquement les gravats. De temps à autre, l'un d'eux ramassait de sa main gantée un objet qu'il plaçait dans un sachet de mise sous scellés.

De l'autre côté de la maison, Alice aperçut Dunne qui discutait avec un pompier. Quand il la remarqua, il leva la main droite vers elle, le pouce replié, les quatre autres doigts dressés : quatre corps. Elle hocha la tête. *Message reçu.*

Dans la mesure où elle ne possédait qu'une expérience limitée des incendies – accidentels et criminels –, Alice ignorait si ce qu'elle ressentait en ces lieux était dû à sa perception subjective ou si c'était une réaction normale. Il lui semblait qu'une force malfaisante, nuisible, planait au-dessus des ruines. Elle balaya du regard les arbres derrière les décombres, assombris par la tombée du jour. Elle ne doutait pas que Cameron, dissimulé parmi eux, avait observé les allées et venues sur le site. Peut-être était-il encore là – elle n'aurait su le dire.

« Les gars ont bel et bien relevé des traces de produits accélérateurs de combustion, lui confirma Dunne. Et des bonbonnes de gaz ont explosé. Apparemment, Salinger fabriquait des trucs en métal au sous-sol. C'est le chaos, maintenant. On aura sans doute du mal à identifier ce que c'était à l'origine, mais en tout cas c'était pas des meubles.

– Et pour les corps ?

– Certains restes sont intacts, d'autres complètement déchiquetés. Il y a quatre crânes humains au total. Quelle que soit la façon dont il a pris, le feu s'est propagé extrêmement vite. Même si les pompiers avaient bondi dans leurs camions au moment de l'explosion, ils n'auraient jamais pu arriver à temps pour l'arrêter. »

41.

DANS LES ENTRAILLES EN BÉTON du stand de tir, Alice, la main gauche refermée sur son arme, logea plusieurs balles au centre de la cible. Son casque lui épargnait le vacarme des détonations, mais le recul avivait chaque fois la douleur dans son bras droit.

Elle ne prêtait aucune attention aux autres tireurs. Elle rechargea, changea de cible et visa de nouveau le centre, puisant du réconfort dans ces gestes qui lui offraient un répit en lui permettant de se vider la tête.

Elle avait déjà inséré sa clé dans la serrure de la porte d'entrée quand son portable sonna.

« Allô ?

– Il y avait un autre message dans mon courrier aujourd'hui. Je viens de le trouver. »

Quinn.

Alice entra dans le vestibule sans allumer.

« Vous l'avez reçu ce matin ?

– Oui, mais on me l'a apporté il y a seulement une heure.

– Donc, la lettre a été envoyée…

– … avant l'incendie.

– C'est soit la dernière chose qu'il a faite, soit une étape de plus dans son plan. » Alice relâcha son souffle. « O.K. Qu'est-ce qu'il dit, cette fois ?

– Je peux vous montrer la carte dans cinq minutes.

– Parfait. » Alice tourna lentement sur elle-même en guettant un son dans la maison silencieuse.

« Simple curiosité, monsieur Quinn : est-ce que Cameron est déjà là ? demanda-t-elle d'un ton sec, la main sur son holster.

– Non, il est avec moi. »

Depuis des années qu'elle travaillait dans la police, Alice avait pris certaines habitudes en arrivant chez elle : d'abord ranger son arme, ensuite se laver le visage et les mains pour les débarrasser des résidus de poudre ou de tout ce qu'elle pouvait rapporter des scènes de crime. Ce soir-là, sa main gauche reposait sur la crosse de son arme quand elle s'appuya un instant contre le dossier du canapé, les yeux rivés sur la porte d'entrée. Deux hommes allaient lui apporter un petit aperçu du mal à l'état pur, sous la forme de quelques mots imprimés sur du papier crème. Cette pensée l'emportait sur l'excitation qu'aurait dû provoquer chez elle la possibilité imminente d'étudier une nouvelle fois John Cameron – même si cela signifiait inviter un meurtrier à s'asseoir à la table de la salle à manger qui avait appartenu à sa grand-mère.

Elle alluma un feu. *J'espère que t'es mort, Salinger*, songea-t-elle en craquant une allumette pour faire partir le petit bois. *J'espère que t'es mort et déjà en route pour l'enfer alors que ta carcasse pourrit à la morgue…* Puis elle sentit la chaleur des flammes sur son visage. Au même moment, la voiture de Quinn s'arrêta dans l'allée. Des portières claquèrent, et Alice alla ouvrir, avant de s'effacer pour laisser entrer ses visiteurs.

Ce fut Cameron qui les entendit le premier – des pas légers sur le sol mouillé. Il se retourna vivement et se plaça aussitôt devant Quinn pour le protéger. Rachel émergea de l'obscurité, Tommy calé sur la hanche. Elle tenait à la main un sac en papier Kraft.

« C'est mon amie », s'empressa de dire Alice. Il était trop tard pour empêcher Rachel, déjà souriante, de pénétrer dans la maison.

« Salut, Alice. Maman est passée tout à l'heure, et tu sais comment elle est… » Elle s'interrompit en découvrant les deux hommes dans le vestibule. Pour avoir vu leurs photos dans les journaux pendant des jours – et même si l'un d'eux ne ressemblait que vaguement au portrait publié dans la presse –, elle les reconnut sans peine : c'était John Cameron et l'avocat qui le défendait, s'interposant entre la justice et un individu soupçonné du pire. Les médias avaient beau concentrer leurs gros titres sur Harry Salinger, Cameron restait un personnage effrayant, sur lequel circulaient des rumeurs susceptibles de combler d'aise les amateurs d'histoires sanglantes. Elle serra son fils contre elle.

« Ne t'inquiète pas, la rassura Alice en s'approchant d'elle. Ces messieurs sont ici pour parler. On travaille toujours sur cette affaire. Je ne peux pas te recevoir pour le moment. »

Rachel hocha la tête, puis lui tendit le sac en papier.

« Tu sens tout drôle, lança Tommy.

– Je suis allée voir un endroit qui a brûlé, bonhomme.

– J'aime bien quand on fait des feux de camp », dit le petit garçon. À force de gigoter dans les bras de sa mère, il lâcha sa balle de base-ball, qui roula sur le plancher jusqu'aux pieds de Quinn. Celui-ci la ramassa de la main gauche, la droite serrant toujours une pochette en plastique transparent qui contenait une enveloppe couleur crème.

« Tiens », dit-il en la tendant à l'enfant. Au même moment, il croisa le regard de Rachel et suspendit son geste. Après une brève hésitation, ce fut à elle qu'il donna la balle.

« Merci, lui glissa Alice, avant d'entraîner Rachel dehors.

– Tu n'as pas de problème, t'es sûre ? lui demanda son amie, devenue toute pâle.

– Bizarrement, non. Je suis en sécurité avec eux.

– Je ne comprends pas.

– Moi non plus. La seule chose que je sais, c'est qu'on doit travailler ensemble pour parvenir à résoudre cette enquête.

– Sois prudente, hein ?

– Promis. »

Alice rejoignit les deux hommes qui, le plus naturellement du monde, s'étaient installés dans le salon. Durant un bref instant, elle repensa à Quinn rendant la balle à Rachel parce qu'il avait certainement perçu le mépris dans son regard – le mépris, et un avertissement : rien de ce qu'il avait touché ne devait entrer en contact avec l'enfant. L'avocat n'avait pas détourné les yeux, et le souvenir de cet échange tendu mettait Alice mal à l'aise. Puis Quinn lui montra l'enveloppe, et elle oublia tout le reste.

« Bon, voyons ça. »

Elle sortit une pince à épiler de la petite pochette qu'elle gardait dans son sac. « Vous avez touché cette lettre les mains nues ?

– Non, je l'ai ouverte avec des gants et un coupe-papier », répondit Quinn.

Cameron, assis dans un fauteuil près de l'âtre, avait fermé les yeux comme si rien de ce qui se passait dans la pièce ne le concernait.

Alice fit glisser doucement la carte hors de l'enveloppe, puis les posa l'une à côté de l'autre. Même encre noire, même petits caractères : « 3 HEURES DU MATIN ». Elle jeta un coup d'œil au verso. Il n'y avait rien d'autre.

Elle attrapa son calepin et en déchira deux pages. Elle écrivit en majuscules « TREIZE JOURS » sur la première, et « 28885 » sur la seconde. Après les avoir placées à droite de la carte, elle recula. Durant quelques instants, on n'entendit plus que les crépitements du feu. Quinn avait eu du temps pour y réfléchir, et, tel qu'elle le connaissait, il avait dû parvenir à une conclusion.

« Vous savez ce que ça signifie, n'est-ce pas ? »

Il acquiesça d'un signe de tête en indiquant le premier message. « Treize jours après le meurtre de James et de sa famille, à l'endroit où mon frère est mort le 28 août 1985, ajouta-t-il en montrant le second. Et à trois heures du matin. Il nous donne le jour, le lieu et l'heure. C'est une invitation à le rencontrer. »

Il avait raison, Alice en avait l'intime conviction. Salinger avait eu dès le départ l'intention de lui fixer un rendez-vous, et il avait pris le temps de s'assurer qu'il avait toute son attention. La série de chiffres « 28885 » était liée à la mort de David Quinn ; personne, à part son frère aîné et John Cameron, n'aurait pu la déchiffrer, et cette date était également indissociable de la clairière où les garçons de la Hoh River avaient affronté leur destin.

« Ça nous porte à vendredi, observa Alice. Salinger a dû envoyer cette carte au moins vingt-quatre heures avant l'incendie, et avant la diffusion de sa photo par toutes les chaînes de télévision. Les techniciens du labo travaillent sur l'identification des corps, mais ils ne peuvent pas aller plus vite : il y en avait quatre dans la maison, qui ne sont pas tous intacts. On n'aura peut-être pas les résultats d'ici à vendredi. Quand il a expédié le dernier message, Salinger pensait que vous seriez seul engagé dans cette histoire, monsieur Quinn, à essayer en vain de défendre votre client contre nous, tandis que M. Cameron aurait continué d'accumuler les cadavres.

– Vous me surestimez, intervint ce dernier, sans quitter du regard les flammes dans la cheminée.

– Pas du tout. Salinger savait comment vous réagiriez, tout comme il savait que, les choses étant ce qu'elles sont, M. Quinn aurait accepté d'aller à ce rendez-vous pour vous sauver la vie, avec ou sans votre accord.

– Vous pensez que je suis en danger, inspecteur ?

– Je pense que ce n'est pas fini. Et rien ne me fera changer d'avis tant que je n'aurai pas vu le crâne de Salinger sur la table du légiste, et qu'on ne m'aura pas certifié qu'il s'agit bien de son ADN.

– Vous êtes plus gore que je ne l'imaginais…

– C'était une façon de parler. »

Cameron tourna la tête et posa sur elle ses yeux couleur de miel. « Oh non, je ne crois pas. »

Alice soutint son regard quelques secondes, puis saisit de nouveau la carte à l'aide de sa pince pour la replacer dans la pochette en plastique. « Je vais la déposer au labo ce soir. Les gars bossent vingt-quatre heures sur vingt-quatre, en ce moment ; plus vite ils pourront jeter un coup d'œil à ce message, mieux ce sera. » Elle considéra les deux hommes tour à tour. « Il nous reste deux jours avant vendredi, mais, à mon avis, il ne se passera rien à cette date. Salinger ne peut plus compter sur le bénéfice de l'anonymat, son plan est à l'eau. Si les tests ADN ne nous apportent pas la confirmation que l'un des corps était le sien, on sera tous sur place vendredi, à l'heure dite. Au cas où il serait assez dingue pour venir quand même au rendez-vous, on aura convoqué les flics du SPD, ceux de l'État, la police du parc et le SWAT – tout le monde, sauf vous deux. C'est bien compris ?

– C'est long, deux jours, souligna Cameron. Qui sait où chacun de nous trois sera vendredi ? »

Ils auraient encore eu beaucoup à se dire, mais dans l'immédiat le sujet était clos.

Un peu plus tard, alors qu'elle roulait vers Seattle, Alice songea que, de son côté comme de celui de ses deux visiteurs, personne ne s'embarrassait plus des politesses d'usage. Ils ne s'étaient pas salués, ni quand ils étaient arrivés ni quand ils étaient partis ; elle avait juste vu, par la lunette arrière de sa Honda, les phares de la Jeep de Quinn qui la suivait sur la 509 disparaître lorsqu'il avait pris la sortie de South Michigan Street. Elle appela le lieutenant Fynn sur son portable pour lui expliquer qu'elle se rendait au labo et pourquoi. La signification des messages ne lui plaisait pas plus qu'à elle, et il convint que Quinn avait probablement raison en pensant à un rendez-vous. Tous deux – Fynn dans son bureau, entouré de photos de famille et d'encyclopédies, et elle au volant de sa voiture – s'accordèrent sur un point : il y avait quand même une petite chance pour que certains des restes à la morgue soient ceux de Harry Salinger.

« Une dernière chose, monsieur..., dit-elle.

– Ah ! Je me demandais quand vous alliez aborder le sujet.

– Il faut qu'on le fasse. Pour vérifier.

– Je sais. Le juge Hugo signera l'ordonnance d'exhumation à la première heure demain matin. Je veux qu'on en ait le cœur net le plus vite possible.

– Est-ce que vous savez si des actes de vandalisme ont été signalés dans ce cimetière au cours des dernières semaines ?

– À ma connaissance, aucun, mais on posera la question aux fossoyeurs sur place. La terre sera gelée, ils auront du mal à creuser.

– Autrement dit, si Salinger a ouvert la tombe, il a dû le faire il y a déjà un certain temps, quand le sol était plus meuble…

– Possible. De toute façon, on a établi qu'il préparait son coup depuis longtemps. Rien de nouveau à propos de Quinn et de son client ?

– Cameron a gardé le silence pendant presque tout l'entretien. Il attend un rebondissement, quel qu'il soit. Quant à Quinn… eh bien, il est difficile à cerner. La seule chose dont je suis sûre, c'est qu'il serait allé à ce rendez-vous. Si on traquait toujours Cameron, il n'aurait pas parlé des messages et il serait parti à la rencontre du tueur seulement armé de sa vivacité d'esprit et de son diplôme de droit. Ou il aurait peut-être demandé à son détective privé de se cacher dans les taillis avec un fusil. Je ne peux pas me prononcer. »

La circulation était fluide, et il tombait une légère bruine qui se muait de temps à autre en brève averse de neige. Alice trouva Sorensen au laboratoire, allongée sur le canapé de son bureau, les yeux couverts par son avant-bras.

Plus tard, ce même soir, Alice ne se coucha qu'après avoir pris une longue douche pour se débarrasser de l'odeur âcre de l'incendie. Sa dernière pensée, avant de sombrer dans le sommeil, éclata à la surface de sa conscience comme une bulle. *J'espère que t'es mort.*

42.

Quand Alice ouvrit les yeux, un peu avant que son réveil sonne, elle se sentait étrangement extérieure à elle-même. Elle attendait de pouvoir à nouveau entendre et respirer normalement, de pouvoir rassembler ses forces pour repartir au front. Elle attendait que Brown se réveille. Et ne voyait pas d'autre moyen de l'aider que de retrousser ses manches et de se lancer dans l'action, en s'efforçant de faire reculer la peur qui, tel un sifflement strident, affolait ses pensées.

Au poste, l'ambiance était aussi à l'attente fébrile. Le lieutenant Fynn était parti faire signer l'ordonnance qui leur permettrait d'exhumer le corps de Michael Salinger. Si cette perspective n'enchantait personne, il faudrait néanmoins ouvrir le cercueil afin de vérifier que les restes y étaient toujours, que Harry Salinger ne les avait pas emportés pour les placer dans sa maison avant l'incendie. Personne n'oubliait que les deux frères avaient le même ADN.

Presque tous les inspecteurs étaient sortis eux aussi, sans doute soulagés d'avoir d'autres impératifs, de pouvoir prendre leur voiture, marcher, discuter – tout sauf regarder leur montre.

À peine était-elle installée à son bureau qu'Alice classa ses notes. La douleur dans son bras s'était atténuée, et si elle n'envisageait pas encore de tirer de la main droite, elle pouvait sans problème soulever une tasse de café.

Quelques instants plus tard, elle refermait la porte d'entrée et se dirigeait vers sa voiture.

Elle plaça dans le coffre la boîte à chaussures et son contenu, protégés par un sachet de mise sous scellés, puis se glissa au volant et reprit la direction du poste.

Le jeune juriste continuait de lui parler des derniers développements dans l'affaire Headley contre ClearGen Ltd, mais Nathan Quinn avait cessé de l'écouter. Quand son regard effleura l'horloge posée sur la cheminée de la salle de réunion, et qui indiquait 18 h 07, il songea qu'il restait moins de quarante-huit heures avant le rendez-vous – moins de deux jours avant un événement qui ne se produirait peut-être jamais.

Il se rendit soudain compte que le jeune homme s'était tu. « Merci, Mark, j'étudierai le dossier plus tard. »

Mark Rosen rassembla ses documents et sortit. Carl Doyle entra presque aussitôt ; de toute évidence, il avait attendu dans le couloir. Quinn n'eut pas besoin de lui demander pourquoi il paraissait troublé.

« Vu ce qui s'est passé, c'est nécessaire », dit-il.

Doyle n'était ni naïf ni d'humeur à tourner autour du pot.

« Que faut-il que je sache ? » s'enquit-il d'un ton courtois, teinté cependant d'une pointe de nervosité que Quinn avait appris à reconnaître au fil des ans.

« Il s'agit d'une simple formalité, ne vous en faites pas. »

Carl Doyle s'assit sur une chaise et se passa dans les cheveux une main parsemée de taches de son. La situation était tout sauf simple. Si on le maintenait dans l'ignorance, il ne serait pas capable de protéger Quinn et le cabinet de la seule façon possible pour lui : en faisant correctement son travail sans se préoccuper du reste.

« Alors ? Que faut-il que je sache ? » répéta-t-il.

Quinn attendit que le soleil ait complètement sombré dans le Puget Sound, puis il se dirigea vers la porte et la ferma.

« J'ai certaines choses à vous dire », commença-t-il.

Doyle quitta la salle de réunion dix minutes plus tard. Il marcha droit vers les toilettes et laissa l'eau froide couler sur ses poignets, jusqu'à ce que la sensation de fraîcheur se soit propagée dans tout son corps.

Après un court jogging dans le quartier et une bonne douche, Alice réchauffa le ragoût de la veille. Elle avait dû prendre sur elle pour ne pas appeler Sorensen et le Dr Fellman afin de leur demander où ils en étaient de leurs analyses. De toute façon, ils avaient tous les deux son numéro de portable.

Elle commença à regarder *La Garçonnière*, et s'endormit sur le canapé avant que Shirley MacLaine ait le cœur brisé.

De sa maison plongée dans le noir, au-dessus d'Alki Beach, John Cameron contemple derrière les baies vitrées les lumières de Seattle, et les petits points brillants qui filent sur le viaduc Alaskan Way le long du Puget Sound.

Il sait que cette vue ne l'apaisera pas. Il vient de lire une copie de la fiche d'identité de Harry Salinger, établie au moment de son arrestation, et toutes les notes que Tod Hollis a rassemblées sur lui. Le jour s'est enfin fait dans son esprit, et il peste tout bas.

Il a des armes chez lui. Il en emportera certaines, et laissera les autres. Il n'est pas sûr d'avoir de nouveau l'occasion de se tenir dans cette pièce, à regarder des voitures rouler au loin, et il s'en fiche complètement. Au bout du compte, ce sera la vitesse, plus que la force ou les munitions, qui lui permettra d'atteindre son but. Ainsi que la volonté d'agir. L'instinct du prédateur a refait surface, et il sent s'évanouir pour de bon le peu d'humanité qu'il lui restait encore. Il espère que l'inspecteur Madison ne se mettra pas en travers de sa route, tout en se doutant qu'elle sera là.

Il froisse la fiche, craque une allumette et enflamme le papier, qui se racornit et se consume dans l'âtre vide.

43.

JEUDI MATIN. Alice, assise à son bureau, avait coincé le téléphone entre son oreille et son épaule pour pouvoir écrire sur son calepin. Une question venait de lui traverser l'esprit quand Dunne s'engouffra dans la pièce.

« Les gars du labo vont recommencer les tests pour en avoir la confirmation, mais il semblerait que l'ADN d'un des corps corresponde à celui de Salinger », annonça-t-il.

Alice prit le temps de glisser un « Merci, au revoir » poli, quoique expéditif, à son correspondant, puis raccrocha.

« Fynn est reparti faire signer l'ordonnance, poursuivit Dunne. Les premières analyses ont révélé une concordance entre l'ADN d'un des cadavres découverts dans les ruines et le sang coagulé retrouvé chez les Sinclair.

– Il faut absolument qu'on vérifie si la dépouille de Michael Salinger est toujours dans son cercueil, déclara Alice, qui n'avait pas lâché le combiné. On ne peut pas se permettre d'avoir des doutes.

– Prends ton manteau. Entre nous, je crois que j'ai jamais été aussi impatient d'aller au cimetière ! »

Alice se leva pour le suivre, le cœur rempli d'espoir et d'appréhension. Elle espérait se tromper ; plus que tout, elle espérait se tromper.

Tommy adorait aller avec sa mère au supermarché Farmer Joe's, à Burien, parce qu'on y vendait des bâtonnets glacés à la fraise. Il aimait faire fondre le sorbet sur sa langue et sentir le froid lui engourdir légèrement les doigts. Un pur moment de bonheur.

Il leva les yeux vers sa mère, plantée devant les fruits et légumes en conserve, un rayon qui n'offrait aucun intérêt pour lui.

« Encore deux ou trois petites choses, mon cœur, et on y va », dit Rachel en lui lâchant la main pour attraper une boîte de pêches au sirop. Elle vérifia la teneur en sucre avant de la placer dans son panier.

Tommy savait parfaitement où étaient les glaces : dans un congélateur à deux rayons de là. Sa mère lui avait interdit de s'éloigner, mais il n'avait pas l'intention de partir, il voulait juste faire les courses, tout comme elle… Il avança lentement vers le bout de l'allée.

« Tommy ? Reste où je peux te voir, mon chéri.

– Oui, maman. » Il regarda autour de lui en réprimant un soupir. Rien ne lui paraissait plus assommant que d'acheter des provisions. Un policier en uniforme se tenait un peu plus loin, devant les boîtes de céréales, un panier vide à la main, une grosse parka sur le bras. Sa tante Alice aussi était policier, songea Tommy en le voyant tourner la tête vers lui.

Dans le cimetière de Queen Ann Hill, la pluie crépitait sur les parapluies. Le terrain descendait en pente douce, et l'eau formait de petits ruisseaux qui traversaient les plaques de neige. Alice se félicita d'avoir enfilé des bottes. Fynn, Spencer, Dunne, Kelly et Rosario, dont les vestes et bas de pantalon étaient trempés, s'étaient déployés sur le site et examinaient les stèles à la recherche de la tombe de Michael Salinger. Personne ne savait au juste où elle était située. En d'autres circonstances, la balade à travers ces quarante acres de pelouse parfaitement entretenue, où des conifères ombrageaient les symboles universels du repos éternel, aurait pu être agréable, mais ce jour-là ils étaient venus pour déterrer un cercueil, et Alice espérait bien ne pas croiser de visiteurs en deuil.

Le gardien, vêtu d'une longue parka grise, faisait de son mieux pour suivre leur groupe, tout en répondant aux questions du lieutenant Fynn. Non, il n'y avait pas eu d'actes de vandalisme au cours des trois années écoulées, ni aucun incident à déplorer. Les équipes d'entretien vérifiaient régulièrement l'état des sépultures. Alice, qui ne l'écoutait que d'une oreille, s'accroupit devant une stèle et effleura l'inscription gravée dans le marbre usé par les intempéries. Ce n'était pas la bonne. Elle se redressa et se remit en route.

« Par ici ! » brailla soudain Kelly en levant un bras.

Le gardien saisit son talkie-walkie pour indiquer l'emplacement au fossoyeur. Tous les enquêteurs se rassemblèrent autour de Kelly, arrêté devant une pierre tombale en granit, identique à ses deux voisines. Une pierre austère, toute simple, sans angelots ni ornements, à laquelle le climat du Nord-Ouest Pacifique avait conféré une patine inimitable. Seules les dates révélaient qu'il s'agissait d'un enfant.

Deux techniciens de scène de crime en combinaison imperméable les rejoignirent. Sorensen, confrontée à une montagne d'indices, était restée au labo.

Quand Alice s'accroupit de nouveau, quelques gouttes de pluie s'insinuèrent dans son col. Le sol autour des stèles était intact ; pas la moindre marque laissant supposer qu'on avait touché ou ouvert l'une des trois tombes Salinger – ni même que quelqu'un s'était recueilli là récemment. Un des techniciens prenait des photos, l'autre filmait la scène à l'aide d'une petite caméra-vidéo.

Le fossoyeur arriva quelques instants plus tard, au volant d'une sorte de pelleteuse miniature manifestement capable d'accomplir la besogne plus vite que des humains.

« O.K., c'est parti ! » lança le chauffeur. Les mains dans les poches, Alice recula.

Elle n'aurait su dire combien de temps dura l'opération. À un certain moment, le fossoyeur descendit de son engin et s'arma d'une pelle pour déblayer le reste de la terre, le métal raclant le bois au fond du trou. Personne ne soufflait mot.

Les deux techniciens avaient déjà installé des projecteurs pour éclairer la fosse. L'un d'eux sauta à l'intérieur et disparut de leur vue. L'autre demeura au bord, pour filmer.

Quand son téléphone portable sonna, Fynn s'écarta du cercle de lumière.

Alice ferma les yeux en levant son visage vers le ciel. Il ne pleuvait presque plus, et elle laissa un voile d'humidité se déposer sur sa peau. *J'espère que t'es mort.*

La voix du lieutenant la ramena à la réalité. « C'était le légiste. Les résultats sont confirmés : c'est bien le corps de Salinger qui était dans la maison. L'ADN correspond.

– Les scellés sont intacts ! » Le technicien dans la fosse avait dû crier, car tout le monde s'était mis à parler en même temps.

« Vous en êtes sûr ? cria à son tour Alice.

– Je les ai sous les yeux. Il aurait fallu les briser en quatre endroits différents. Il est évident que personne ne les a touchés depuis que le cercueil a été enseveli. »

Alice s'agenouilla au bord du trou. Autour d'elle, les autres se déplaçaient, discutaient ou parlaient dans leur téléphone.

« Ouvrez-le », dit quelqu'un.

Sous les yeux d'Alice, le technicien fit rapidement sauter les scellés sur les côtés. Quand il souleva le couvercle, tous les enquêteurs s'approchèrent. À l'intérieur, des lambeaux de vêtements s'accrochaient aux restes d'un corps dont il ne manquait apparemment aucune partie.

« Alors ? Vous êtes contents ? » lança le gardien. N'obtenant pas de réponse, il enchaîna : « Dites, lieutenant, je souhaiterais tout remettre en état le plus vite possible. Je suis sûr que vous comprenez… »

Alice se désintéressa de la conversation. Harry Salinger était mort. Il fallait qu'elle l'annonce à Quinn et à Brown. Il avait disparu à jamais, muni d'un billet pour l'enfer qu'il s'était lui-même délivré. Elle sentit la main de Dunne se poser sur son épaule. Il souriait. Même Rosario, le teint blême et le nez toujours dissimulé par un pansement, souriait lui aussi. Toutes les personnes réunies autour de cette tombe ouverte arboraient une mine réjouie, comme si c'était la meilleure chose qui pouvait leur arriver. Cette fois, c'était bel et bien fini.

Après avoir pris congé de ses collègues, Alice s'engagea dans la pente. Son univers venait encore une fois de pivoter sur son axe, et elle avait besoin de prendre un peu de recul pour s'habituer à cette nouvelle perspective. *Quinn*, songea-t-elle. Au moment où elle sortait son mobile, il sonna.

« Tommy a disparu. » Des voix se faisaient entendre près de Rachel, qui s'efforçait de retenir ses sanglots, de respirer et de parler en même temps. « Alice, tu m'entends ? Tommy a disparu ! »

Alice se figea, puis tourna la tête vers le sommet de la colline, où brillaient encore les projecteurs installés par les techniciens.

« Qu'est-ce qui s'est passé, Rachel ? Où es-tu ? »

Elle pria pour recouvrer rapidement ses réflexes de policier, sinon elle ne pourrait pas aider ses amis.

« Au Farmer Joe's… Je venais de prendre un article dans un rayon, Tommy était avec moi, mais tout d'un coup je me suis retournée et il n'était plus là. Je lui ai répété je ne sais combien de fois de… Alice, je l'ai cherché partout, dans le magasin et dehors. Je ne comprends pas comment…

– T'as prévenu la police ?

– Oui, les flics sont là, ils le cherchent aussi. Tout le monde le cherche. Où est-il allé ? Comment a-t-il pu…

– Ça fait combien de temps que t'as remarqué son absence ?

– Une trentaine de minutes.

– S'il te plaît, Rachel, passe-moi un policier.

– Alice…

– Je sais, murmura-t-elle, espérant transmettre dans ces deux mots tout ce que son amie voulait entendre. Allô ? Inspecteur Madison, de la Criminelle. Vous êtes… ?

– Agent Clarke, de la police de Burien.

– Écoutez, agent Clarke, le petit garçon qui a disparu est mon filleul. Est-ce qu'on vous a donné son signalement ? Sa mère doit avoir une photo récente de lui dans son portefeuille. Elle vous l'a montrée ?

– Oui.

– O.K. Vous avez pensé aux enregistrements des caméras de surveillance ?

– Oui, on les a déjà visionnées, mais ça n'a rien donné. On voit la mère et son fils entrer dans le magasin, c'est tout, et ensuite la mère affolée ressortir en appelant le petit. Dans l'intervalle, aucun client n'est parti avec un enfant. Quant à la porte de derrière, utilisée par le personnel, elle était verrouillée. Il faut un badge magnétique pour l'ouvrir.

– J'entends bien, agent Clarke, mais un gamin de six ans ne peut pas se volatiliser comme ça.

– J'en suis conscient. En attendant, personne ne l'a vu s'en aller, seul ou accompagné, et le fait est qu'il n'est nulle part. Mes collègues sont partis fouiller les magasins voisins… » Dans un murmure, il ajouta : « Ils inspectent aussi le coffre des voitures sur le parking. Vous voyez ce que je veux dire ?

– Je vois, oui.

– On ne sait pas encore si tous les critères sont réunis pour une alerte enlèvement. Je vais devoir vous laisser. »

Alice lui communiqua son numéro de portable.

« Alice ? »

La note d'espoir dans la voix de Rachel lui fendit le cœur.

« Je me mets en route tout de suite, je serai bientôt avec toi.

– D'accord.

– La police fait ce qu'il faut.

– D'accord.

– On va le retrouver.

– D'accord », répéta Rachel, d'une toute petite voix.

Alice raccrocha. À aucun moment elle n'avait quitté des yeux les projecteurs sur la colline, dont la clarté trouait le crépuscule. *Salinger est mort.*

Elle fonça au bas de la pente, monta dans sa voiture et démarra en trombe, laissant des traces de gomme sur le parking du cimetière.

Tout en roulant, elle chercha un numéro sur son téléphone. « Spencer ? C'est Madison, j'ai une urgence. » Elle était tombée directement sur la boîte vocale de son collègue. « Mon filleul a disparu. Il a six ans. C'est peut-être un enlèvement. Ça vient de se produire, et pour le moment on n'a aucun élément. Tu peux me rappeler sur mon portable. »

Pour avoir déjà enquêté sur des affaires impliquant des enfants, elle connaissait les statistiques : presque soixante-quinze pour cent des jeunes victimes de rapt et de meurtre étaient tuées dans les trois heures suivant leur disparition. Mais Tommy n'était pas une statistique. Tommy était un petit garçon de six ans qui aimait partir le nez au vent. *Il ne risque rien et on va le retrouver.*

Elle se sentait déchirée entre la raison et une peur sans nom qui lui inspirait les hypothèses les plus noires. Elle avait beau se répéter que les scellés d'origine étaient intacts sur le cercueil de Michael Salinger, et que le labo avait confirmé la correspondance d'ADN, il lui semblait que l'odeur du chloroforme lui emplissait de nouveau les narines. Rien, pas même l'air glacial qui s'engouffrait par les vitres ouvertes, ne parvenait à la chasser.

Le temps de récupérer son téléphone sur le siège passager, et elle chercha un autre numéro dans le répertoire.

« Inspecteur Madison à l'appareil. Je voudrais parler au Dr Fellman. Je sais qu'il est occupé, et je n'insisterais pas s'il ne s'agissait pas d'une urgence. Oui, merci… »

Les secondes s'égrenèrent au ralenti, tandis qu'elle patientait.

« Allô, inspecteur ? Je suis en plein…

– Désolée de vous déranger, docteur, mais il est possible qu'un enlèvement vienne de se produire, et j'aurais besoin de précisions.

– Qui a été enlevé ?

– Un petit garçon qui a un lien avec l'enquête sur Salinger. »

Le légiste s'accorda un instant de réflexion. « Allez-y, je vous écoute.

– Vous avez analysé l'ADN d'un des corps découverts chez Salinger. Ce corps était-il complet ?

– Oui.

– Vous avez vous-même effectué les tests, n'est-ce pas ? Deux fois, si j'ai bien compris. La correspondance avec Salinger a été confirmée ?

– Oui, grâce à l'ADN mitochondrial – le seul qu'on ait pu prélever. Il a résisté à une température élevée et à la destruction des tissus mous.

– L'ADN mitochondrial, c'est celui transmis exclusivement par la mère ?

– Tout juste. On en a recueilli suffisamment pour établir la correspondance et pour la confirmer. Pourquoi me demandez-vous ça, inspecteur ? Je pensais que vos collègues et vous alliez déboucher le champagne, ce soir…

– Salinger avait l'habitude de manipuler des indices et de s'attaquer à la famille de ses cibles. Le petit garçon qui a disparu est mon filleul.

– Je suis navré de l'apprendre. Mais, croyez-moi, même ce sale… même lui n'aurait pas pu altérer l'ADN.

– D'accord. Je ne vous retiens pas plus longtemps.

– Bonne chance », dit-il encore, au moment où elle coupait la communication.

44.

ALICE LOUVOYAIT entre les voitures qui encombraient la chaussée à cette heure de pointe. Elle savait qu'il y avait des questions à poser, et elle imaginait l'agent Clarke recensant tous les points à aborder, appliquant la procédure à la lettre, sans savoir s'il s'agissait d'une fugue, d'un enlèvement ou d'un cas où le parent était impliqué. « Est-ce déjà arrivé ? Souvent ? Combien de temps s'est-il écoulé avant que vous remarquiez sa disparition ? L'enfant était-il bouleversé ? Montrez-moi encore une fois où vous vous teniez… » Lui ne connaissait pas Rachel Abramowitz, mais elle, si, songea Alice, avant de passer en revue différents scénarios. Tommy s'était perdu ; il avait voulu faire un tour, il s'était éloigné plus qu'il n'aurait dû, et il déambulait toujours. C'était possible, mais peu probable : le petit garçon n'aurait jamais osé sortir du magasin. Deuxième option : il avait quand même voulu faire un tour, et, sans personne pour lui tenir la main, il avait essayé de traverser une rue animée. À partir de là, toutes les hypothèses étaient plus sombres les unes que les autres.

Au cours de sa carrière, Alice avait souvent eu l'occasion de mesurer toute la cruauté de la vie, qui frappait au hasard ; on ne peut pas travailler dans la police sans en faire l'expérience. Mais, ce jour-là, c'était au plus profond d'elle-même qu'elle la ressentait.

Brown lui avait demandé un jour pourquoi elle avait voulu intégrer la Criminelle, et les inspecteurs de l'OPR l'avaient également interrogée sur ce point. Au fond, tout s'était joué en ce matin où, vingt ans plus tôt, un chien avait aboyé.

Elle tenta en vain de chasser l'image des longues rangées d'arbres et de taillis proches du magasin, de tous ces fourrés denses où il serait si facile de cacher le corps d'un enfant. De même, elle essaya de ne pas penser à tous les délinquants sexuels recensés à Burien. Ce n'est pas pour rien que la justice n'est jamais confiée aux proches des victimes… Son téléphone resta silencieux tandis qu'elle avalait les kilomètres.

Ce fut à la sortie d'un virage qu'elle les vit : une foule disparate et les faisceaux lumineux de nombreuses lampes-torches. Tommy manquait toujours à l'appel, et il n'était même plus question désormais de compter sur le peu de réconfort apporté par la lumière du jour.

Alice se gara sur le parking du centre commercial Five Corner et chercha du regard Rachel et Neal. Elle les repéra engagés dans une discussion avec un policier près de la voiture de Rachel. Leur fils avait disparu depuis maintenant une heure, et ils avaient toujours l'air de retenir leur souffle. Autour d'eux, des haut-parleurs diffusaient en sourdine des chants de Noël.

Si la voix de son amie au téléphone lui avait brisé le cœur, la vue de son visage défait, marqué par le choc et l'angoisse, la chamboula complètement. Neal lui avait passé un bras autour des épaules, et tous deux écoutaient l'agent avec la plus grande attention, comme s'il pouvait leur montrer la voie du salut. Autour d'eux, des hommes et des femmes s'activaient, regardaient sous les voitures et par-dessus les haies en criant le nom de Tommy. Alice aperçut des ouvriers qui inspectaient les bennes à ordures. Jamais les proches n'auraient fait une chose pareille.

Elle se dirigea vers le couple, et prit Rachel par la main. Quand elle sentit les doigts de son amie agripper les siens avec force, Alice espéra que ses yeux lui communiqueraient tout ce que les mots ne pouvaient exprimer.

« Bonjour, agent Clarke, dit-elle en lisant le nom sur le badge du policier. On s'est parlé au téléphone.

– Bonjour, inspecteur. »

Petit et trapu, les cheveux coupés en brosse, il avait les joues ombrées par une barbe naissante. À son expression, Alice devina qu'il la reconnaissait – elle était apparue suffisamment souvent dans les journaux télévisés la semaine précédente –, mais il ne fit aucun commentaire.

« Est-ce qu'on a lancé une alerte enlèvement ? demanda-t-elle.

– Pas encore. Pour le moment, on ne sait toujours pas s'il s'agit bien d'un enlèvement.

– Vous avez quand même préparé un message pour la télévision et la radio ?

– On s'en occupe. Du reste aussi.

– C'est quoi, le "reste" ? » intervint Neal d'une voix altérée.

Alice et l'agent Clarke échangèrent un bref coup d'œil, et il la laissa donner les explications à ses amis. Elle réfléchit rapidement à un scénario possible, tout en sachant que rien ne pourrait les rassurer. « Imaginons que quelqu'un ait vu Tommy tomber au moment où il sortait du magasin… Eh bien, cette personne a très bien pu le conduire à l'hôpital, vous voyez ? Alors les policiers vont se renseigner auprès des services d'urgence pour savoir si on ne leur aurait pas amené un petit garçon correspondant à son signalement.

– Mais je… je ne comprends pas, dit Rachel. Il n'a pas quitté le magasin ; on a regardé les images des caméras de surveillance, on ne le voit pas sortir. Il devrait encore être ici… » Dans sa voix, la colère le disputait à l'incompréhension. Rachel luttait pour garder la tête froide dans un monde où plus rien n'avait de sens.

« Je vais visionner ces enregistrements, déclara Alice.

– D'accord, déclara l'agent Clarke. Mais j'ai bien peur que vous n'en tiriez rien. C'est dommage, il y avait un agent du SPD dans les rayons au moment où le petit disparu, il a peut-être remarqué quelque chose… On se renseigne pour essayer de le joindre.

– Il appartenait au SPD, vous en êtes sûr ? demanda Alice.

– Oui. Il était en uniforme.

– O.K., je reviens tout de suite. » Elle pressa brièvement la main de Rachel, puis s'éloigna. Si elle leur montrait son inquiétude, ses amis se rappelleraient que c'était un homme portant l'uniforme de la police de Seattle qui avait envoyé son coéquipier en Soins intensifs…

Après tout, ce policier se révélerait peut-être petit, gros et chauve. Il avait très bien pu s'arrêter au Farmer Joe's afin de faire ses courses pour le dîner. Un uniforme, ce n'était pas forcément suspect.

Une demande polie, accompagnée par la présentation de sa plaque, permit à Alice d'accéder rapidement au moniteur de surveillance.

L'adolescente qui l'avait fait entrer dans la pièce lissa son sweat-shirt Old Navy du même rose que ses ongles. « C'est vrai ? Vous le connaissez, ce gosse ?

– Oui », répondit Alice sans se retourner.

Tandis qu'elle cherchait sur l'enregistrement le moment où Rachel et Tommy étaient entrés dans le magasin, elle sentit la jeune fille, qui avait terminé son service et enlevé la chemise hawaïenne imposée par le magasin, l'observer avec curiosité. De la réserve adjacente leur parvenaient des bouffées du parfum qu'elle venait de mettre – une fragrance fleurie quelconque portant le nom d'une célébrité quelconque –, et Alice en vint à souhaiter qu'elle parte.

« J'ai un petit frère du même âge. »

Alice ne releva pas. Elle venait de voir Rachel, qui tenait Tommy par la main, franchir les portes, et son cœur s'emballa. Tommy… Le policier arriva quelques secondes plus tard. Grand et noueux, coiffé de la casquette réglementaire, il baissa la tête en passant dans le champ de la caméra. Il s'engouffra dans le supermarché d'un pas déterminé, avant d'aller chercher un panier, comme s'il venait seulement d'y penser. Alice fit un arrêt sur image et mobilisa toute sa capacité de concentration. Elle ne pouvait se résoudre à envisager le pire scénario, alors que, quelques heures plus tôt à peine, elle se tenait devant la tombe ouverte.

Il portait une épaisse parka sur le bras et ne levait jamais les yeux. Il semblait captivé par le carrelage au sol. Au bout de plusieurs minutes, il reparut dans le champ, sans son panier, la parka jetée sur l'épaule, et sortit. Il n'avait apparemment rien acheté.

Alice visionna les images encore et encore.

« Qu'est-ce que vous regardez ? s'enquit l'adolescente derrière elle. Le policier, c'est ça ?

– Oui.

– Je l'ai vu. »

Alice tourna la tête vers elle. « Vous vous souvenez de lui ?

– Euh, oui… »

La fille paraissait embarrassée.

« Pourquoi ? Il avait quelque chose de particulier ? »

Son interlocutrice détourna les yeux un bref instant. Elle parut hésiter, puis se pencha pour dire à voix basse : « Il sentait mauvais. Mais vraiment mauvais, quoi. Je me suis approchée d'un bouc, un jour, et… Ben, c'était le même genre de puanteur. Quand il m'a croisée, je l'ai bien sentie, en même temps qu'une espèce d'odeur chimique.

– Quel genre d'odeur ? Des produits d'entretien ? Du savon ? De la Javel ?

– Non, il sentait le bouc et l'hôpital. Vous voyez ce que je veux dire ? »

Alice voyait très bien. Elle étudia une nouvelle fois l'enregistrement. « Vous en êtes sûre ? Absolument certaine ?

– Oui, je me suis cassé le bras l'année dernière, et on m'a emmenée à Harborview. »

Sur l'écran, l'homme sortait, la parka sur l'épaule, puis Rachel se précipitait vers la caisse quelques secondes plus tard en appelant son fils.

« Votre nom, c'est bien Hayley ? Alors Hayley, s'il vous plaît, racontez-moi tout ce dont vous vous souvenez. Où étiez-vous quand vous avez remarqué ce policier ? »

Elle tira l'autre chaise placée près de l'écran, et Hayley s'assit en face d'elle dans le petit espace, amenant leurs genoux à se toucher. Elle avait des yeux bleu clair, mis en valeur par un maquillage soigné – un talent que, pour sa part, Alice n'avait jamais possédé quand elle avait dix-sept ans. Ni même plus tard.

« Ben, j'étais dans le rayon des cafés, et je vérifiais les stocks, parce que certaines marques avaient été dévalisées. C'est drôle, les gens achètent plus de café à Noël, et j'avais pas arrêté de cavaler toute la journée…

– Continuez.

– Il marchait vite – je veux dire, plus vite que la plupart des clients qui font leurs courses, vous voyez ? C'est pour ça qu'il a attiré mon attention. Et après, il est passé près de moi, et j'ai senti cette odeur… » Le souvenir fut suffisamment désagréable pour l'amener à plisser le nez.

« Et ensuite ?

– Rien. Il est parti. J'ai pensé qu'il avait oublié quelque chose et qu'il se dépêchait, c'est tout. Il avait rien acheté.

– Vous l'avez vu approcher du magasin ? Est-ce qu'il a traîné à l'entrée ?

– Non. Je l'ai juste vu partir.

– Et vous avez distingué son visage ? Vous pourriez le reconnaître ? »

Hayley se mordilla la lèvre. Il était évident qu'elle aurait voulu répondre « Oui », mais que la réponse était « Non ».

« Peut-être…, dit-elle enfin. Mais je vous le répète, il marchait vraiment vite. Je sais pas trop. »

Alice contempla l'écran, qui montrait la rangée de caisses et Rachel paralysée par la panique.

« Hayley ? Encore un effort, d'accord ? Après le départ de ce policier, vous avez fait quoi ? »

Quand la jeune fille se concentra, un petit sillon apparut sur son front parfaitement lisse.

« J'ai terminé l'inventaire des cafés.

– Et après ?

– Ben, y avait cette dame qui avait perdu son fils, alors on est tous allés lui demander ce qui arrivait avant de retourner explorer les rayons. Mais il était nulle part.

– Vous l'avez appelé ?

– Bien sûr. On criait tous son nom.

– Vous avez bien regardé à l'endroit où sa mère l'avait vu pour la dernière fois ?

– Oui. Il y était pas. J'ai fait le tour de ce rayon au moins quatre fois.

– Vous vous rappelez d'autres détails ? l'encouragea Alice, qui redoutait cependant la réponse.

– Quelqu'un avait laissé un panier dans le rayon d'à côté. Je l'ai ramassé et j'ai continué à chercher.

– Ce panier, il était vide ?

– Oui. Un client l'avait posé par terre, en plein milieu de la travée. Les gens sont d'un sans-gêne, des fois… » Elle haussa les épaules.

Le bouc et l'hôpital. Alice avait soudain l'impression de manquer d'oxygène.

Elle s'adossa à sa chaise en plastique. Comme le silence se prolongeait, la jeune fille commença à donner des signes d'agitation sur son siège.

« J'aurais pas dû faire ça, vous croyez ? demanda-t-elle.

– Vous avez fait exactement ce qu'il fallait », la rassura Alice, un goût de cendres dans la bouche. Elle consulta sa montre.

Un grand sourire éclaira le visage de Hayley.

Alice s'aspergea le visage d'eau fraîche dans les toilettes du personnel. Elle avait emmené Hayley voir l'agent Clarke, qui avait dûment pris sa déposition, même s'il paraissait se demander en quoi elle pourrait les aider à retrouver le policier du SPD.

Il lui avait également expliqué que les caméras censées couvrir les abords du Farmer Joe's et les places de parking les plus proches de l'entrée ne fonctionnaient pas. Dès l'instant où l'homme avait quitté le magasin, il s'était comme volatilisé. Restait toujours la possibilité de visionner les images de la vidéosurveillance sur la 509e Rue et la 160e, mais, dans la mesure où elle ne savait pas quelle voiture chercher, cela reviendrait à tâtonner dans le noir.

Elle fit couler un peu d'eau froide sur ses poignets. Les policiers avaient fouillé chaque centimètre carré de la réserve, sans découvrir le moindre signe de Tommy. Elle se doutait que les coups de téléphone passés aux hôpitaux, de même que les messages diffusés à la radio et à la télévision, ne donneraient rien. Il n'y avait pas de témoins. De fait, aucun indice ne laissait supposer jusque-là qu'il y ait eu crime.

Dehors, le ciel était dégagé et les étoiles visibles par-delà le halo orangé des lumières de la ville. Cela faisait des heures que Tommy avait disparu – des heures qu'il aurait dû être couché, que toute cette histoire aurait dû être réglée s'il s'était agi d'un simple incident. Rachel et Neal étaient partis sillonner à pied les alentours de la Première Avenue, pensant qu'il avait peut-être pris cette direction plutôt que de traverser la 509e Rue.

Alice consulta sa montre. Elle était soulagée que ses amis ne soient pas là pour la voir s'en aller. Si elle se rendait sur place trop tôt, elle risquait de faire échouer toute l'opération, ce qui entraînerait des conséquences qu'elle préférait ne pas imaginer ; si elle arrivait trop tard, le peu d'espoir auquel elle s'accrochait encore serait définitivement anéanti.

La logique n'avait aucune place dans son raisonnement. Elle ne se fiait qu'à une chose : les impressions fugaces d'une adolescente qui n'était même pas sûre de pouvoir identifier le suspect. Ce n'était rien, et pourtant c'était la clé, le début de la piste qui la mènerait à Tommy. Sans le savoir, Alice avait eu entre les mains la demande de rançon ; elle avait été envoyée et reçue des jours plus tôt, alors que le petit garçon dormait tranquillement dans son lit. Certes, ça ne ressemblait pas à une demande de rançon, mais, dans un univers qui ne tournait plus rond, tout était sens dessus dessous.

Le souvenir de Tommy dans les bras de Rachel lui serra le cœur. Elle revit Quinn tenir d'une main la balle de base-ball, et de l'autre le dernier message de Salinger – la promesse d'un enfer qu'aucun d'eux n'aurait pu prévoir. Le dernier élément de la demande de rançon.

Alice confia la jeune fille à la police de Burien, sans donner d'explications ; elle ne voyait pas comment justifier une conviction qui se fondait plus sur l'instinct que sur la raison. Puis elle entreprit d'explorer le parking du centre commercial, en se demandant quel emplacement elle aurait elle-même choisi si elle avait voulu gagner au plus vite la 509e Rue après l'enlèvement. L'endroit était désert, à présent, et le sol ne présentait aucune trace particulière. Son souffle s'échappait en petits nuages blancs dans l'air froid tandis qu'elle cherchait des indices.

Quand il fut presque l'heure de partir, elle regarda dans la direction prise par Rachel et Neal, en priant pour qu'ils aient raison et elle tort. Elle espérait que quelqu'un – eux ou d'autres – retrouverait Tommy indemne, et que ce ne serait pas elle qui le découvrirait là où elle allait. Elle espérait, envers et contre tout.

Elle retournait vers sa voiture quand le Ford Explorer noir ralentit à sa hauteur. Elle s'arrêta net, et une volontaire, derrière elle, les bras chargés de Thermos, la heurta, avant de s'excuser et de poursuivre son chemin.

Nathan Quinn descendit du véhicule et balaya du regard le parking. Quand leurs yeux se croisèrent, Alice relâcha son souffle ; elle n'aurait rien besoin d'expliquer, il était déjà au courant. John Cameron sortit à son tour de la voiture, et s'y adossa.

Quinn ne portait pas de cravate, et la pâleur de sa peau, visible dans son col ouvert, le faisait paraître étrangement vulnérable. Il s'avança vers elle, et Alice le rejoignit en quelques enjambées.

« Qu'est-ce que vous faites ici ?

– Je savais que vous n'alliez pas tarder à vous mettre en route, répondit-il. Il faut qu'on attrape le ferry à Edmonds.

– Vous ne devriez pas vous en mêler. Ni l'un ni l'autre.

– C'est plutôt l'inverse, inspecteur : vous n'auriez jamais dû être entraînée dans cette histoire. Ni vous ni cet enfant. Mais l'heure du rendez-vous approche, et notre voiture est plus rapide que la vôtre. »

Consciente de la présence des policiers autour d'eux, Alice songea qu'elle allait avoir pour compagnons de route un meurtrier et son meilleur ami. Après avoir soutenu un instant le regard de l'avocat, elle se dirigea vers sa Honda Civic pour y récupérer quelques affaires, qu'elle fourra dans un sac de sport. Cameron monta à l'arrière de l'Explorer, laissant Quinn conduire. Alice s'installa à l'avant, sur le siège passager. Sa voiture resterait sur le parking du centre commercial Five Corner, avec tout ce qui avait constitué sa vie jusque-là ; si la chance était de leur côté, elle pourrait peut-être en reprendre possession plus tard.

Ils avaient déjà parcouru plusieurs kilomètres sur la 509e quand Quinn rompit le silence.

« Comment a-t-il fait pour enlever le petit ? »

Alice regardait droit devant elle. « Il portait l'uniforme de la police de Seattle. Il est entré dans le magasin, il a enveloppé Tommy dans la parka qu'il avait apportée, en mettant à profit la fraction de seconde où sa mère a détourné les yeux, et il est sorti.

– Vous en avez parlé à quelqu'un ? »

Elle secoua la tête. « Impossible. L'enregistrement de la caméra de surveillance n'est pas concluant, mais j'ai interrogé un témoin qui a reconnu l'odeur du chloroforme. C'est tout. Si je me trompe… Je ne pouvais pas laisser les parents de Tommy imaginer que cet homme le détenait. Et vous, comment avez-vous su ?

– Ils ont annoncé au journal télévisé que le SPD confirmait la mort de Harry Salinger dans l'incendie de sa maison. Juste après, il a été question de ce petit garçon disparu à Burien. » Il tourna la tête vers elle. « Ce ne serait pas la première fois que Salinger leurre la police… »

De l'autre côté de la vitre, les lumières orange des réverbères défilaient à toute allure dans un paysage de béton. Alice vérifiait le nombre de kilomètres restants sur les panneaux indicateurs qu'elle avait à peine le temps de voir. Elle dressa mentalement l'inventaire de ce qu'elle avait mis dans le sac de sport à ses pieds, calcula le nombre de munitions dont elle disposait, repensa à la dernière fois où elle avait nettoyé son arme… Une pensée la frappa soudain.

« Vous pouvez m'arrêter au prochain drugstore ? Il faut que… que j'achète certaines choses au cas où Tommy serait blessé : une trousse de secours, des pansements, une couverture chauffante… »

Elle dut s'interrompre, tant ces simples mots lui coûtaient.

« Il y a tout ça à l'arrière, déclara Quinn.

– Vous avez l'habitude de vous balader avec des couvertures chauffantes dans le coffre ? »

Il ne répondit pas. Et brusquement, Alice comprit.

« Vous comptiez aller à ce rendez-vous, n'est-ce pas ? Même si le SPD a confirmé sa mort.

– Il a déjà leurré la police, répéta l'avocat.

– Mais pourquoi tenez-vous tant à vous jeter dans la gueule du loup ?

– Pour mettre un terme à cette histoire une bonne fois pour toutes. »

Les yeux fermés, John Cameron avait pris ses aises sur la banquette. Il n'avait pas dit un mot depuis que Quinn et lui étaient venus la chercher, et Alice ne pouvait se défaire de l'impression que cet homme, derrière elle, incarnait une force obscure comparable à celle qui animait Harry Salinger.

Elle savait, sans avoir besoin de poser la question, qu'il avait apporté une arme, voire plusieurs – dont, peut-être, le couteau qui avait tué Errol Sanders. Et elle se demanda dans quel monde elle évoluait désormais, pour que cette certitude lui procure plus de réconfort que de crainte.

« Tod Hollis a fait des recherches sur la condamnation de Salinger, reprit Quinn. Et sur son procès. »

Quelque chose dans sa voix alerta Alice, qui se tourna vers lui.

Dans le port d'Edmonds, le M.V. *Puyallup* appareilla à l'heure dite. La traversée jusqu'à Kingston prendrait trente minutes. En pleine nuit, le ferry était presque vide. Quand les rares voyageurs eurent quitté la cale, Quinn, Cameron et Alice inspectèrent méthodiquement les voitures en stationnement, rangée par rangée, en regardant à l'intérieur chaque fois, guettant d'éventuels sons autres que le grondement des moteurs. Aucun véhicule ne leur parut suspect, ce qui au fond ne les surprit guère. Salinger avait dû embarquer des heures plus tôt, avec à l'arrière son précieux chargement toujours enveloppé dans la parka. Il s'était sans doute mêlé aux banlieusards et aux touristes partis en excursion pour la journée après s'être débarrassé de l'uniforme du SPD.

Alice cilla en pénétrant dans l'intérieur blanc du pont passager, incommodée par la luminosité. Les yeux plissés, elle se dirigea vers la petite cafétéria. Elle n'avait pas d'appétit – elle n'imaginait même pas en avoir de nouveau un jour –, mais elle avait besoin de prendre des forces et de s'occuper l'esprit. Elle remplit son assiette machinalement, paya et alla s'asseoir sur une banquette. La première bouchée avait un goût de cendres, et elle la fit passer avec une gorgée d'eau.

Quinn vint s'asseoir en face d'elle. Il avait acheté un café qu'il ne buvait pas, et ne disait rien. Alice était soulagée qu'il ne lui ait pas servi des banalités du genre « Tout va s'arranger ». Harry Salinger avait déjà tué des enfants, ils étaient bien placés pour le savoir.

Autour d'eux, les passagers étaient dispersés dans le vaste espace, seuls ou par petits groupes. Cinq adolescents, entassés dans un box quelques mètres plus loin, explosèrent soudain de rire. Alice tressaillit et se leva. « Je vais prendre l'air. »

Quinn se borna à hocher la tête. Quand Alice poussa les portes, l'air froid lui fit l'effet d'une gifle. Elle sortit son portable, puis afficha un numéro. Elle devait donner ce coup de téléphone, mais elle espérait tomber sur une messagerie.

Lorsque ce fut le cas, elle songea aux paroles qu'elle avait répétées dans sa tête, qui lui semblaient désormais creuses et vides de sens.

À vrai dire, aucun mot ne pouvait exprimer ce qu'elle avait à annoncer. « Lieutenant Fynn ? C'est Alice Madison. Je suis sur le ferry qui assure la liaison entre Edmonds et Kinsgton... »

Elle parla pendant une bonne minute, avant de raccrocher. Le pont était désert et, dans la nuit claire, Kingston se réduisait à quelques lumières disséminées à l'horizon. Au-delà se trouvait le pont qui leur permettrait de rejoindre la péninsule Olympic et la Highway 101, qui faisait le tour du parc National Olympic – l'immense forêt entourant un cœur de montagnes et de glaciers, où Harry Salinger avait emmené Tommy.

Certains avaient tant perdu dans cette forêt... Mais, ce soir, songea Alice, il leur serait peut-être possible de rendre à Tommy un peu de ce qui avait été volé à David Quinn.

Des étoiles brillaient à l'ouest, au-dessus de la vallée de la Hoh River. Peut-être le petit garçon les voyait-il lui aussi, en ce moment même... *On vient te chercher, Tommy. Sois fort, on arrive.*

Quinn guida l'Explorer sur la rampe du ferry puis s'engagea sur la 104 en direction de Port Gamble. Il tourna ensuite sur la 101, qui longeait Discovery Bay. Alice songea qu'il avait eu raison de prendre le volant : jamais elle n'aurait pu conduire aussi vite sur un trajet qui ne lui était pas familier. Elle se demanda brièvement combien de fois il s'était rendu dans la clairière où son frère était mort.

Après Port Angeles, les bois se refermèrent sur eux des deux côtés, formant dans la lumière des phares un tunnel de végétation qu'ils traversaient à toute allure. La route décrivait des virages serrés, leur offrant parfois une vue sur une étendue d'eau éclairée par la lune, pour les replonger presque aussitôt dans les ténèbres.

Quinn sortit au niveau d'Upper Hoh Road, longea le Hard Rain Café en direction de Willoughby Creek, et, quelques minutes plus tard, se gara sur le bas-côté.

Dehors, l'air était vif et saturé d'humidité. Cameron ajusta sur ses épaules les sangles d'un petit sac à dos.

« Jack va marcher jusqu'à la clairière, expliqua Quinn à Alice. Il l'atteindra par le nord. »

Cameron était vêtu de noir de la tête aux pieds – une tenue qui le rendait quasiment invisible.

Il se tourna vers Quinn. « J'ai ta parole, Nathan ? »

Celui-ci hocha la tête.

« Ta parole », répéta Cameron.

En cet instant où il prenait congé de son ami, Alice crut le voir se dépouiller de son masque impénétrable. Elle n'aurait pu en jurer, ce fut trop rapide, pourtant il lui sembla qu'un échange muet avait lieu entre les deux hommes. Mais déjà Cameron disparaissait entre les arbres, dans un bruissement de végétation à peine audible.

« Ce n'est plus très loin, indiqua Quinn.

– Attendez. » Elle plongea la main dans son sac de sport, y récupéra un objet et s'approcha de l'avocat.

« Mettez ça », dit-elle en lui fourrant dans les mains un gilet pare-balles.

Il contempla le vêtement bleu marine rigide, sur lequel les lettres SPD se détachaient en jaune.

« Non.

– Ce n'est pas une option.

– Vous croyez vraiment que toute cette histoire va se régler par une fusillade ?

– Je n'en ai aucune idée. En revanche, je suis sûre d'une chose : je suis prête à vous menotter à cette voiture si vous n'enfilez pas ce gilet, et à continuer toute seule. Alors ne discutez pas. »

Quinn laissa échapper un petit reniflement méprisant. Au même moment, un *clic* se fit entendre quand le bracelet métallique se referma autour de la poignée de la portière, et il sentit le contact

Il courait toujours, indifférent à la forêt autour de lui, indifférent à la douleur en lui. Il se rappelait chaque journée de ces quarante-huit mois, chaque blessure qu'on lui avait infligée, chaque détenu qui l'avait attaqué. Rabineau ne sortirait jamais de Bones, il s'en était lui-même assuré en tuant Pathune et en traçant cette croix sur son front. Restait à s'occuper de Quinn.

Il lui avait été facile de se faire embaucher au restaurant. Le premier soir, quand, en tenue de serveur, il avait regardé les deux hommes attablés avec son ennemi, il avait eu une révélation aussi soudaine qu'éblouissante : son entreprise allait bien au-delà d'une simple vengeance pour toute la souffrance qu'il avait endurée, bien au-delà de tout ce qu'il avait pu imaginer. Elle avait du sens. S'il se retrouvait là maintenant, frappé par cet éclair de lucidité, alors que la dernière blessure reçue en prison n'avait même pas encore cicatrisé, c'était parce qu'il devait en être ainsi. Tout, dans son existence, l'avait conduit à ce moment ; il n'était qu'un instrument dans l'accomplissement d'un dessein supérieur visant à l'anéantissement de Nathan Quinn et de ses proches.

La voix indigo d'Alice Madison résonnait dans son esprit concentré sur sa fuite. Il aurait pu faire le trajet les yeux bandés, mais il n'aurait retiré aucune satisfaction de cette fanfaronnade. Combien de temps allait-il devoir tenir ?

Alice sentit le terrain s'aplanir brusquement sous ses pieds, et elle pataugea dans plusieurs centimètres d'eau. Sur la berge d'en face, les cailloux clairs étaient à peine visibles. Salinger avait changé de direction. Elle traversa le ruisseau peu profond, gravit la rive opposée et s'enfonça de nouveau dans la végétation.

Elle courait sans plus se soucier des branches sur son chemin. De temps à autre, elle percevait cette même odeur putride qui lui donnait envie de vomir. Du sang et de la terre… Il lui semblait que ses poumons étaient en feu, et qu'elle n'avait plus de souffle, mais soudain elle atteignit un sentier – un chemin de terre que les lueurs de la lune faisaient luire faiblement par endroits –, et elle reprit de la vitesse.

Salinger était en vue. Cameron émergea à son tour sur la piste devant elle, et se rapprocha peu à peu du fuyard. Alice puisa dans ses dernières réserves d'énergie pour le rattraper. Ils progressèrent côte à côte, galvanisés par la proximité de Salinger.

Ils y étaient presque. Par deux fois, Alice crut pouvoir refermer la main sur l'homme devant eux. Puis le grondement de l'eau leur parvint, et l'un après l'autre ils débouchèrent sur la berge de la Hoh River, où la clarté de la lune leur parut étonnamment vive. Salinger trébucha, perdit l'équilibre sur les rochers et s'étala. Alice et Cameron se jetèrent sur lui et le clouèrent au sol. À aucun moment il ne chercha à se débattre, et Alice constata qu'il respirait normalement tandis qu'eux étaient hors d'haleine. Le cerveau bloqué sur les dernières paroles qu'il avait prononcées, elle tenta de recouvrer son souffle.

« Où est Tommy ? Qu'est-ce que vous lui avez fait ? » cracha-t-elle. Elle s'aperçut qu'elle lui pressait le canon de son arme sous la mâchoire, alors qu'elle ne se rappelait même pas avoir dégainé. De son côté, Cameron lui appuyait la pointe de son couteau sur la pommette.

Salinger, les yeux fixés sur le ciel, demeurait inerte. Son visage était tellement dénué d'expression, de toute trace de peur suscitée par la perspective d'une mort imminente, qu'Alice se figea soudain, trop ébranlée pour raisonner, mais intimement convaincue à présent que quelque chose clochait. Il y avait un problème – un gros problème… Elle sentit un filet de sueur glacée dégouliner entre ses omoplates.

« Vous m'avez donné ce que je voulais, dit enfin Salinger d'une voix éraillée, en jetant un coup d'œil vers la forêt.

– Qu'est-ce que vous vouliez, espère de taré ?

– Quinn. »

Alice et Cameron se consultèrent du regard en se rendant compte que l'avocat n'était pas avec eux, qu'il était resté loin derrière.

« Quinn ?

– Oui. » Salinger se tourna vers Cameron. « Pour le coup, il est pas près de pouvoir vous sortir de là… »

Des pièces du puzzle s'assemblaient peu à peu, laissant supposer le pire.

« Où est Tommy ? Qu'est-ce que vous lui avez fait ? » Alice se releva d'un bond tandis que Cameron pesait de tout son poids sur Salinger pour le maintenir à terre, sans rencontrer la moindre résistance.

Cet homme n'avait pas commis une seule erreur depuis douze mois. Il ne s'était pas trompé en situant l'endroit où le frère de Quinn était mort, comme elle l'avait cru, il voulait avant tout isoler l'avocat. Abasourdie, elle se pencha vers lui, les mains sur les genoux.

« Tommy est vivant, hein ? »

Pour toute réponse, Salinger se fendit d'un petit sourire.

Alice s'adressa à Cameron. « Le comté de Pierce », lâcha-t-elle. Incapable d'en dire plus, elle reprit la direction de la forêt et se mit à courir comme si elle avait le diable aux trousses.

« Non ! » hurla Alice en s'élançant vers Salinger en même temps que Cameron. Quelques secondes plus tard, ils avaient disparu tous les trois dans le sous-bois. Nathan Quinn entendit les bruits de la poursuite s'atténuer, puis il n'y eut plus que le crachotement des torches autour de lui et le profond silence de la forêt.

Il retourna dans la direction d'où ils étaient venus, et, parvenu à la hauteur de la dernière torche, installée à l'orée de la prairie, il la dégagea de son support métallique en se disant que la scène avait un caractère presque médiéval.

Estimant qu'il était inutile de rester caché dans l'ombre, il s'avança à découvert. Les arbres autour de lui délimitaient un cercle de ciel dans lequel brillaient des étoiles. Il leva les yeux, tandis que la brise rafraîchissait la sueur sur son visage. Il avait lu le rapport de Hollis, il savait maintenant pourquoi Salinger lui avait envoyé les messages. Pour sa part, c'était à peine s'il se souvenait de l'affaire et du rôle que lui-même y avait joué. La veille, il avait essayé une bonne centaine de fois de se remémorer ces moments, ainsi que d'autres au Rock, pour visualiser Salinger ; mais quand celui-ci s'était porté à leur rencontre, quelques minutes plus tôt, il ne l'avait absolument pas reconnu. Sept ans auparavant, il n'aurait su dire qui, de Harry Salinger ou du client de Quinn, Locke & Associates était coupable, et il n'en avait toujours aucune idée aujourd'hui. La seule chose dont il était sûr, c'était que James et sa famille avaient péri, et que le jeune Tommy avait été enlevé, parce que lui-même avait un jour usé de meilleurs arguments que la partie adverse. Et parce que, vingt ans auparavant, le cours de son existence avait brusquement dévié.

Les messages faisaient référence à la clairière, et jusque-là Salinger n'avait pas commis une seule erreur.

L'entrée du sentier qui conduisait à cet endroit où il se rendait au moins une fois tous les deux mois depuis une vingtaine d'années était devant lui. Il ne l'avait jamais emprunté dans le noir, mais à force il le connaissait pratiquement par cœur. Il s'y engagea en se fiant à ses souvenirs, quitta la prairie et pénétra dans le sous-bois, attentif à ne pas approcher la torche des branches basses.

Deux ou trois minutes plus tard, la clairière se matérialisa devant lui. Elle lui parut plus impressionnante dans l'obscurité. Dire que James et Jack y avaient passé une nuit autrefois, seuls et d'autant plus terrifiés que David n'était plus avec eux…

Lorsqu'il s'approcha, la flamme de la torche projeta ses lueurs mouvantes sur le premier des arbres qui lui étaient devenus si familiers. Celui où Jack avait été ligoté pendant qu'on le torturait. *Timothy Gilman empalé au fond d'une fosse…*

James avait été ligoté au tronc suivant, dont Quinn éclaira l'écorce irrégulière au passage, avant de se diriger vers le troisième – l'arbre de David. Là, il se figea : le trou avait été creusé entre les énormes racines. Il s'ouvrait dans la terre comme une gueule béante et, durant un instant, Quinn ne put se résoudre à faire un pas de plus. Mais il devait regarder. Il le fallait.

Il avança vers le bord et leva sa torche. En contrebas, une cage métallique occupait tout l'espace, révélant le petit garçon recroquevillé à l'intérieur, enveloppé dans une couverture. Quinn n'eut même pas conscience du cri qui s'échappait de ses lèvres. Il coinça sa torche entre deux pierres, se jeta à plat ventre sur le sol et tendit le bras droit à travers les barreaux, jusqu'à effleurer du bout des doigts la joue de Tommy. L'enfant était couché sur le flanc, et Quinn chercha à tâtons son col, puis son cou : le pouls était lent mais régulier, le corps dégageait un semblant de chaleur.

Au même moment, il lui sembla que quelque chose se déplaçait sous son ventre, et de l'eau se mit à couler d'une ouverture dans la paroi de la fosse – un trou gros comme le poing, inaccessible pour lui, situé au niveau des pieds du petit garçon.

Il se pencha en agrippant les barreaux au sommet de la cage. Il distinguait à présent le mécanisme de verrouillage et le fil rouge qui en partait. Il tira de toutes ses forces sur les barreaux, sans résultat.

L'eau commençait à former une flaque autour du petit garçon. Combien de temps restait-il ?

Il était évident pour lui que Tommy avait été drogué. Il ne remuait pas, ne réagissait pas quand on l'appelait, et son souffle était à peine perceptible. Quand l'eau aurait suffisamment monté, il ne pourrait plus respirer.

Réfléchis ! s'ordonna Quinn. Il devait prendre le temps de considérer la situation, parce que c'était Salinger qui avait conçu ce système. Pourquoi ?

Alors qu'il se redressait, il sentit une surface dure sous ses pieds. Il écarta frénétiquement les feuilles mouillées et les aiguilles de pin, dégageant une sorte de dalle munie d'un pressostat. C'était lui qui avait enclenché le mécanisme en s'allongeant par terre pour vérifier que l'enfant était vivant…

Un fil électrique était relié à la dalle, qui serpentait sur le sol avant de disparaître derrière un taillis.

Au cours de sa carrière, Nathan Quinn avait souvent été confronté à la folie. Les tribunaux lui avaient apporté l'expérience du chagrin et de cette sauvagerie qui, dans les pires moments, prive certains êtres de leur humanité, mais jamais il n'aurait pu imaginer une telle monstruosité.

Il reporta son attention sur le petit garçon. L'eau coulait toujours, bientôt il serait trempé. Condamné à mourir par noyade ou d'hypothermie… Quinn suivit le fil électrique brun jusqu'au taillis, qui se révéla être un camouflage grossier, sans doute visible à plusieurs mètres de distance en plein jour – de simples branchages assemblés à la va-vite qu'il s'empressa de repousser.

Les yeux rivés sur l'objet qu'il venait de découvrir, il recula d'un pas. Le premier moment de stupeur passé, la réalité de ce qu'il avait sous les yeux s'imposa à lui, balayant tout espoir de salut. *Le comté de Pierce…* Le réservoir en plastique contenant l'eau qui ruisselait dans la fosse était enfermé à l'intérieur d'une cage dont les montants avaient été fixés au sol par des crochets en U. L'agencement des différents éléments dépassait l'entendement : des morceaux de verre et des lames d'acier soudées les unes aux autres, orientées vers l'intérieur d'une prison métallique qui allait en s'incurvant, telle la spirale d'un coquillage. Une structure basse, mais suffisamment longue et large pour qu'il soit impossible d'atteindre le réservoir à moins d'y pénétrer. Un conduit avait dû être enterré dessous. La vanne et le fil rouge relié au mécanisme de verrouillage étaient bien visibles ; il suffirait de tourner cette vanne pour vidanger le conteneur, stopper l'écoulement dans la fosse et déverrouiller le système.

Quinn regarda en direction de la forêt où avaient disparu ses deux compagnons. Quand reviendraient-ils ? Il tenta de se raccrocher à la logique. Ils reviendraient, forcément – soit l'un d'eux, soit les deux. Salinger ne pouvait échapper à la fois à Jack et à

Alice Madison, pas sans arme. Or, aucun coup de feu n'avait été tiré jusque-là.

Conscient que le temps pressait, il retourna auprès de l'enfant. Maintenant qu'il avait vu le piège infernal créé par Salinger, il comprenait mieux comment ces malheureux dont l'inspecteur Madison leur avait montré les photos s'étaient retrouvés dans un tel état. Leur agonie avait dû être aussi lente qu'horrible…

L'eau montait toujours dans la fosse. Quinn se débarrassa de sa veste et fut surpris de découvrir le gilet pare-balles par-dessus sa chemise ; il l'avait complètement oublié. Il sortit son portable, afficha un numéro et pressa la touche d'appel. Quand son correspondant décrocha, il lui parla en essayant de donner un sens à ses propos, sans être sûr d'y parvenir, d'autant que son esprit se concentrait sur une seule pensée : le supplice enduré par les hommes qui avaient été obligés de ramper dans cette cage incurvée. Lui-même aurait besoin de s'y engager pour atteindre le robinet.

Il posa le téléphone toujours connecté près de ses pieds, puis se tourna vers la forêt. L'un des deux finirait par revenir. L'un des deux sauverait le petit garçon.

Après s'être allongé à plat ventre sur le sol mouillé, il mobilisa toute sa volonté et pénétra dans la cage. La première lame lui lacéra le dessous de l'avant-bras, une autre racla la surface du gilet pare-balles avant de passer entre les attaches et de lui percer le flanc. Un gémissement étouffé lui échappa.

Qu'arriverait-il si son corps abandonnait la lutte avant son esprit ? Il ferma brièvement les yeux en s'efforçant d'ignorer la douleur cuisante. Il n'y avait qu'un moyen de le savoir.

46.

CAMERON vit Alice Madison disparaître en direction des bois. La dernière image qu'il gardait d'elle était celle de son visage transformé en masque de terreur et d'incrédulité. Il maintenait toujours Salinger à terre, la pointe du couteau appuyée contre sa joue.

Il relâcha lentement son souffle. Il avait voulu traquer cet homme pour protéger Nathan, et il avait échoué. S'il était arrivé quelque chose à son ami… Il repoussa cette pensée. Deux minutes avaient suffi pour renverser la situation, et il savait maintenant que répandre le sang de ce rebut de l'humanité ne lui apporterait aucune satisfaction, parce que sa mort ne lui permettrait jamais d'équilibrer les comptes.

La tête inclinée de côté, il murmura : « Est-ce que tu es fou ? »

Salinger parut méditer la question. « Je l'ignore, répondit-il.

– Je me demande comment le tribunal va pouvoir juger ce que t'as fait. Tous ces préparatifs, cette mise en scène élaborée… »

Sa main se resserra autour de la gorge de Salinger, qui comprit cette fois que son plan s'arrêterait là. Il était entre les mains d'un homme qui voulait le faire souffrir, quitte à lui laisser la vie sauve pour mieux y parvenir.

« J'ai creusé au pied de l'arbre où est mort David pour y installer mon piège, chuchota-t-il. Tu te souviens de l'endroit ? Combien de temps faudra-t-il à ton avocat pour se décider à y entrer ? Tu sais qu'il continue à se rendre dans cette clairière tous les mois ?

À ton avis, jusqu'où il pourra aller avant de se vider de son sang et de perdre connaissance ? »

Les yeux rivés sur lui, Cameron ne répondait pas.

« Est-ce que t'as une idée des efforts qu'a déployés ton ami pour essayer d'aider sa famille ? Du temps qu'il a fallu avant que son corps s'immobilise pour toujours à côté d'eux ? Un des gosses a essayé de se cacher sous le lit… »

Cameron lui assena un coup à la tempe avec le manche du couteau, et Salinger s'affaissa sur la berge rocheuse de la Hoh River.

« Je suis pressé, dit-il. Tu ne vas pas mourir, je veux juste m'assurer que tu ne bougeras pas. Il faut que les autorités puissent te trouver et te punir en t'obligeant à supporter cette misérable existence que tu souhaitais tellement quitter… » Il s'agenouilla près de Salinger. Il ne s'était encore jamais imposé ce genre de contrainte, mais il ne demandait qu'à essayer.

Loin des zones éclairées par la lune, Alice filait le long du sous-bois, le faisceau de sa lampe-torche révélant tour à tour la forêt et le sol pierreux. Elle atteindrait bientôt la pente escarpée, et elle aurait besoin de ses deux mains pour la gravir plus vite ; si elle devait donner l'alerte, c'était maintenant ou jamais. Elle sortit son mobile en priant pour qu'il y ait du réseau. Le signal était faible, mais au moins elle le recevait.

Quand la communication fut établie, elle débita aussitôt un flot de paroles. L'opératrice lui fit tout répéter, et Alice énonça de nouveau son matricule, avant de lui garantir – sans ralentir l'allure, et le plus fermement possible malgré l'urgence de la situation – que, si elle devait tout reprendre encore une fois, elle le lui ferait payer cher une fois revenue à la civilisation.

Son second appel fut pour le lieutenant Fynn. Elle espérait ne pas tomber sur sa messagerie, malheureusement ce fut le cas, et elle s'immobilisa au pied de la colline. Lorsqu'elle se lança à l'assaut de la pente, quelques secondes plus tard, progressant du mieux qu'elle pouvait sur les feuilles mouillées, elle savait qu'elle avait parlé, pourtant elle ne se souvenait plus de ce qu'elle avait dit.

Jamais Cameron n'avait été visé ; depuis le début, c'était Quinn la véritable cible. Elle imaginait Salinger, nouvellement employé au restaurant, discutant avec l'un des extras qui, un sourire suffisant aux lèvres, jetait un coup d'œil par-dessus son épaule. « Tu le connais ? – Oh oui… »

Impossible de continuer. Nathan Quinn ne parvenait plus à imposer sa volonté à son corps. Quand il tenta encore un mouvement vers l'avant, il sentit la pression du gilet pare-balles défait se relâcher un peu plus, mais il demeura bloqué. Quelque chose s'était enfoncé dans sa jambe, l'empêchant de la bouger ; l'autre ne répondait plus du tout. La douleur avait cédé la place à une sensation de froid engourdissant. Il ne voyait plus le robinet, ni rien d'autre.

De sa main droite tendue, poisseuse de sang, il effleura le côté du réservoir ; il lui sembla sentir quelque chose sous le bout de ses doigts, quelque chose qu'il n'arrivait pas à saisir.

Il avait perdu toute notion du temps, et la paralysie gagnait peu à peu ses membres. Peut-être que s'il se reposait un petit moment, juste un moment, il réussirait à rassembler ses forces et à aller plus loin…

Alice déboucha en trombe dans la clairière. Elle découvrit tout en même temps : la fosse, la cage, le sang… Elle entendit à peine sa voix qui criait le nom de Quinn et de Tommy, tant les battements de son cœur étaient assourdissants. N'obtenant pas de réponse, elle les appela encore et encore. Après s'être jetée à plat ventre au bord du trou, elle secoua les barreaux de la cage qui emprisonnait le petit garçon, et le mécanisme se déverrouilla. Elle écarta la couverture trempée puis glissa une main sous le bras de l'enfant. Tout doucement, elle le tira vers elle, le souleva et l'allongea sur le sol. Le temps d'essuyer sa main trempée sur son pantalon, et elle lui prit le pouls. Il battait toujours.

D'un souffle, elle expulsa tout l'air de ses poumons. « Quinn ! hurla-t-elle. Il est vivant, il respire… » Elle crapahuta jusqu'à la seconde cage en tenant Tommy serré contre elle. L'avocat était tourné de l'autre côté, elle ne distinguait pas son visage ; seuls étaient visibles ses vêtements déchirés et tachés de rouge. Il avait le bras gauche replié dans le dos. Elle lui saisit la main à travers les barreaux.

« Quinn… » Ses doigts glissaient sur la peau trempée de sang, et elle ne put trouver son pouls. « Quinn… »

Elle installa Tommy sur ses genoux et récupéra son sac à dos, d'où elle sortit une poignée de petits coussins chauffants, ainsi que deux couvertures de survie. Il fallait réchauffer l'enfant progressivement… Elle inséra les coussins sous sa propre veste, emmaillota Tommy dans les couvertures et lui passa un bras autour des épaules, pour le maintenir plaqué à la fois contre elle et sous le vêtement. Son autre main chercha de nouveau celle de Quinn. Elle était glacée.

« Quinn… »

Tommy soupira. « Je suis là, Tommy. Ça va aller. Je suis là, maintenant. » Il gémit dans son sommeil. Alice le serra plus fort contre elle, et, la bouche dans ses cheveux, se mit à chantonner « Black Bird ».

La main de Quinn, enfermée dans la sienne, tressaillit.

Alice ne saurait jamais combien de temps s'était écoulé ainsi. Mais, soudain, en levant les yeux, elle avait découvert John Cameron devant elle. Quand il s'agenouilla, elle s'aperçut qu'il avait le visage maculé de traînées luisantes – des traînées qui souillaient aussi ses mains et ses vêtements. Le regard éteint, il pressa le bras de son ami.

« Où l'avez-vous laissé ? demanda-t-elle.

– Sur la berge, répondit-il sans quitter Quinn des yeux. Vivant. »

Au bout d'un moment, il tourna la tête vers elle. Le bruit des pales d'un hélicoptère se faisait entendre, encore lointain, mais de plus en plus distinct.

« Si vous voulez partir, faites-le maintenant, reprit Alice. Si vous décidez de rester, ne dites rien – ni à moi ni à personne. Pas un mot. Vous comprenez ? »

Cameron s'assit sur le sol. Il n'avait pas lâché le bras de son ami.

Les secours déferlèrent par vagues. Les premiers furent les membres de l'unité d'intervention spécialisée dans les prises d'otages. Armés de fusils à longue portée et munis de puissantes lampes-torches, ils se déployèrent dans la clairière.

Alice brandit sa plaque, tandis que Cameron croisait docilement les mains derrière sa tête. Les urgentistes arrivés dans la foulée s'activèrent autour de Tommy, qu'ils placèrent sous oxygène, en même temps que les agents du SWAT fouillaient Cameron sans trouver aucune arme sur lui.

La vue de la cage les réduisit tous au silence, puis les membres de l'équipe médicale se concertèrent pour agir au mieux. On planta une aiguille dans le bras accessible de Quinn afin de le mettre sous perfusion, tandis que ses constantes vitales étaient mesurées et régulièrement annoncées à haute voix. Tous s'accordaient pour dire qu'il était trop risqué d'essayer de le sortir du piège en pleine forêt. Le froid et la structure métallique avaient contribué à le maintenir en vie ; si on le libérait maintenant, il risquait de se vider de son sang. Il faudrait l'évacuer par hélicoptère et le dégager à l'hôpital pour le soigner aussitôt – s'il survivait au transport, ce qui à ce stade paraissait peu probable.

L'homme découvert peu après au bord de la Hoh River fut stabilisé et allongé sur une civière. Personne ne lui posa de questions, parce qu'il n'était pas en état de parler.

47.

BILLY RAIN tendit au guichetier le chèque de cent mille dollars à déposer sur son compte, qui affichait un solde de cent quarante-sept dollars et vingt-sept *cents*. Il avait mis son costume – le seul qu'il possédait –, parce que Carl Doyle l'avait invité à venir chercher la récompense dans les locaux de Quinn, Locke & Associates où, après les avoir rejoints, Tod Hollis avait proposé de le conduire jusqu'à la banque de son choix.

Le guichetier ne cilla même pas. Billy, toujours sous le choc, saisit le bordereau que l'homme poussait vers lui. Il avait donné sa démission à son beau-frère le matin même, et s'apprêtait à rentrer chez lui, dans cette maison dont il n'avait plus les clés, pour avoir une conversation avec sa femme. Elle était loin d'imaginer tout ce qu'il avait à lui apprendre.

Dans le couloir de l'hôpital, Carl Doyle était assis sur le banc étroit qui, depuis trois jours, faisait pour lui office de bureau, de foyer et de tour de guet. Il s'était érigé en gardien de la chambre de Nathan Quinn, dont il était également depuis trois jours le mandataire, et personne n'avait été autorisé à y entrer à part les médecins et les infirmières. Même Alice Madison, qui pourtant était venue à de nombreuses reprises, n'avait pu franchir cette porte. Ce serait à Quinn lui-même de décider qui il voulait voir

– s'il voulait voir quelqu'un – quand il se réveillerait. Pour Doyle, c'était devenu un mantra.

Si la vie de Quinn ne tenait plus qu'à un fil depuis soixante-douze heures, elle ne l'avait cependant pas déserté. Les médecins étaient aussi surpris par sa résistance que par l'étendue des blessures ; certains avaient déjà eu l'occasion de soigner des patients ayant survécu à une attaque d'ours, et, d'après eux, ils étaient en meilleur état que l'homme prisonnier d'une cage arrivé dans leur service.

Les internes avaient arrêté de compter les points de suture quand ils avaient atteint quatre cents, la rate était perforée, et l'ophtalmologue donnait des nouvelles encourageantes, sans toutefois apporter aucune certitude. Ce n'était pas grand-chose, mais c'était mieux que rien.

Aussi Carl Doyle gérait-il les affaires du cabinet sur ce banc d'hôpital, où il était bien déterminé à rester aussi longtemps qu'il le faudrait.

Quand l'inconnue s'approcha d'un pas hésitant, il nota qu'elle paraissait aussi épuisée qu'il l'était lui-même. Elle s'arrêta devant la porte, et il délaissa ses papiers.

« Pas de visite, déclara-t-il. Et pas de commentaires non plus.

– Je m'appelle Rachel Abramowitz. Je... je suis la maman de Tommy. »

Doyle lui prit les mains, et elle s'assit à côté de lui en essayant de ne pas flancher.

« Comment va-t-il ? »

Elle esquissa un pâle sourire. « Il ne se souvient de rien. Depuis qu'il s'est réveillé, il a l'air d'aller bien, il mange et il dort normalement. Mais, son père et moi, on se relaie constamment pour le surveiller. Constamment. »

Doyle hocha la tête.

« Et lui ? Comment va-t-il ? » s'enquit-elle en indiquant la porte close.

Estimant qu'elle avait le droit de savoir, il lui expliqua la situation.

« Vous voulez bien me rendre un service ? demanda-t-elle encore.

– Bien sûr.

– Pourriez-vous lui remettre ceci, de la part de mon fils ? »

Après le départ de Rachel Abramowitz, Doyle entra dans la chambre. Les stores étaient baissés, et l'homme sur le lit, plongé dans un coma artificiel, semblait dormir profondément.

Il n'avait pour sa part aucune idée de ce que signifiait l'objet remis par la visiteuse, mais peu importait ; Quinn, lui, saurait. Il glissa la balle de base-ball dans la main valide du blessé, et lui replia doucement les doigts dessus.

Chargée d'un plateau-repas, Mary Sue Linden se hâtait dans le long couloir. Depuis trois jours, elle était le plus jeune membre de l'équipe soignante à s'occuper du patient X, un homme qui bénéficiait de l'anonymat et d'une protection policière. Le bruit circulait qu'il avait été témoin d'un crime odieux, et qu'un cartel de la drogue était à ses trousses.

Elle longea les chambres vides, voisines de la sienne, puis salua de la tête les deux agents de police qui montaient la garde. Après avoir poussé la porte d'un coup de hanche, elle constata que le patient X était réveillé. Il ne pouvait pas parler, mais il respirait désormais sans assistance. Les médecins ne savaient pas ce qui avait pu provoquer ses blessures. Un requin armé d'un couteau, peut-être ? avait suggéré l'un d'eux.

Elle s'approcha du lit, amenant l'homme à poser sur elle ses yeux clairs, presque incolores. Elle plaça le plateau sur la table de chevet, avant de couler un bref regard en direction de la porte, et de se pencher vers lui pour murmurer :

« J'ai un message pour vous. De la part de votre ami, l'inspecteur roux… »

Il plissa les yeux.

« Vous m'entendez ? »

Harry Salinger cilla une fois.

« Il m'a demandé de vous transmettre la nouvelle, et de m'assurer que vous aviez bien compris. » Et d'ajouter dans un souffle : « Le petit garçon est vivant, il n'a rien. L'homme aussi est toujours en vie. Ils s'en sont sortis tous les deux. »

Quand le patient détourna la tête, elle lui tapota gentiment le bras. Les hommes n'aiment pas montrer leurs émotions, c'est bien connu.

Debout dans sa cellule, John Cameron avait levé son visage vers la lumière qui entrait par la fenêtre étroite. Il portait la combinaison orange des détenus mis en examen pour crime grave, à qui on a refusé la remise en liberté sous caution. Il n'en concevait ni surprise ni inquiétude particulières. L'inspecteur Madison lui avait rendu régulièrement visite, pour lui donner des nouvelles de Quinn, et rien d'autre ne l'intéressait.

Ce jour-là, au parloir, ils s'assirent de chaque côté de la vitre, vêtus tous deux d'une tenue différente qui ne cachait cependant pas les griffures et écorchures similaires sur leurs visages et leurs mains.

« Ils ont trouvé un coffret en bois dans sa camionnette, qui contenait un petit os, déclara Alice. C'est peut-être celui du frère.

– Vous savez où il a été emmené ?

– Oui. En détention surveillée.

– Bien. Il a besoin d'une protection.

– On lui a clairement signifié qu'il avait échoué, qu'ils étaient tous les deux vivants… » Par l'ouverture sous la vitre, elle lui fit passer une liasse de feuilles : le compte rendu du procès de Salinger et la plaidoirie finale rédigée par Quinn.

Sur la première page, Cameron lut : « … car c'est cette force fondamentale au cœur de chaque être humain qui nous pousse à réclamer la justice pour tous ceux qui ont subi des torts, qui ont été atteints dans leur intégrité physique ou… »

Alice se leva pour partir. « Avant de vous enfoncer dans la forêt, vous avez dit à Quinn…

– Il m'avait donné sa parole qu'il ne ferait rien de stupide, qu'il ne s'exposerait pas au danger. » Il s'adossa à sa chaise. « Posez-moi la question, inspecteur, je devine qu'elle vous brûle les lèvres. »

Ils auraient tout aussi bien pu bavarder chez elle, près d'un bon feu de cheminée, dans son salon embaumant le café frais.

« Combien de temps comptez-vous rester ? demanda-t-elle.

– Aussi longtemps que je le jugerai utile. »

En cet instant, il semblait ne plus y avoir de vitre entre eux.

John Cameron était maintenu en isolement, officiellement pour sa propre sécurité, ce que tout le monde savait être un mensonge dérisoire. Il avait néanmoins réussi à se procurer un journal, et appris que Harry Salinger avait procédé à un échange de pierres tombales au cimetière : le squelette découvert dans la tombe de son jumeau était en réalité celui de leur père. Quant à son frère Michael, il avait connu une seconde mort, par le feu cette fois.

Les analyses avaient confirmé que le corps dans le cercueil n'avait pas d'ADN mitochondrial commun avec lui. Mis sous surveillance permanente pour éviter qu'il ne se suicide, accusé de plusieurs meurtres et d'un enlèvement, Salinger, où qu'il soit détenu et soigné, devait regretter de ne pas être à la place de son frère… Les paupières closes, Cameron soupira. Les limites de sa cellule ne signifiaient rien pour lui. Dehors, le ciel était d'un bleu si lumineux qu'il faisait mal aux yeux.

À son réveil, l'inspecteur Kevin Brown prit peu à peu conscience de son environnement. Il lui paraissait évident qu'il était dans une chambre d'hôpital. La dernière chose qu'il se rappelait, c'était une conversation au poste avec Madison. La lumière hivernale filtrait à travers les lamelles des stores, et l'horloge murale lui révéla qu'il était 15 h 07, en ce 28 décembre. Il n'aurait su dire depuis combien de temps il était là, d'autant qu'il n'avait aucune idée de ce qui justifiait sa présence en ces lieux.

Il voulut bouger, mais ses efforts demeurèrent vains. Quand il parvint enfin à tourner la tête, il découvrit sa coéquipière profondément endormie dans un fauteuil, près de son lit, un gros livre ouvert sur les genoux. Elle avait l'air de s'être battue avec un rosier. Un soupir lui échappa dans son sommeil, et un souvenir revint alors à la mémoire de Kevin Brown – ou peut-être était-ce seulement la réminiscence d'un rêve : la voix de Madison qui lui parlait et lui faisait la lecture, des heures durant. « Appelez-moi Ismaël... » Il la regarda dormir un bon moment, jusqu'à ce que l'arrivée de l'infirmière la tire de son sommeil.

REMERCIEMENTS

Certains noms de lieux sont fictifs, car j'ai préféré ne pas donner pour cadre au meurtre et à la violence une maison spécifique dans une vraie rue. De même, j'ai légèrement modifié la localisation et les attributions des différents services de la police de Seattle.

Cette histoire n'aurait jamais vu le jour sans l'enthousiasme et la foi indéfectible de mes amis et de ma famille : Sue et Bruce Berglund à Seattle, qui nous ont ouvert leur cœur et leur foyer, offrant ainsi à mon récit la vue qu'ils ont de leur terrasse ; Kezia Martin, ma première lectrice, pour ses encouragements et sa détermination à lire le manuscrit au fur et à mesure de sa rédaction ; ma mère, qui m'a appris que le monde est riche de possibilités, et enfin Gerald, qui a permis que tout se réalise.

Ce roman n'existerait pas non plus sans mon agente, Teresa Chris, dont le soutien, la confiance et l'humour vital ont été des atouts précieux, et sans Jo Dickinson, chez Quercus, qui a fait preuve d'énormément de gentillesse et de tact pour aborder ce pavé. Ils ont apporté d'innombrables améliorations à l'histoire. Tous mes remerciements aussi à Kathryn Taussig et à la formidable équipe de chez Quercus, pour leur énergie et le tour de magie qui ont transformé en un livre toutes ces feuilles volantes.

Composition Nord Compo
Impression CPI Firmin-Didot en février 2014
Éditions Albin Michel
22, rue Huyghens, 75014 Paris
www.albin-michel.fr
ISBN : 978-2-226-25433-7
N° d'édition : 20365/01. – N° d'impression : 121409
Dépôt légal : mars 2014
Imprimé en France